# Knud Romer
# Die Kartographie der Hölle

Roman

Aus dem Dänischen
von Ulrich Sonnenberg

Insel Verlag

Titel der Originalausgabe: *Kort over Paradis*

Originally published in Danish by Lindhardt og Ringhof, Copenhagen
Published by agreement with agentur gudrun hebel, Berlin.

Wir danken der **DANISH ARTS FOUNDATION** für die Unterstützung

Die Arbeit des Übersetzers am vorliegenden Text wurde vom Deutschen Übersetzungsfonds gefördert.

Erste Auflage 2020

Satz: Satz-Offizin Hümmer GmbH, Waldbüttelbrunn
Druck: CPI – Ebner & Spiegel, Ulm
Printed in Germany
ISBN 978-3-458-17850-7

# Die Kartographie der Hölle

Für Odessa und Vienna

## Mein Schatz

Ich habe dein Lächeln im Kästchen verwahrt,
Milchzahn für Milchzahn, jeden einzelnen,
und das Blitzen in deinen Augen gefangen,
du mein Augenstern.

Noch immer kannst du dein
glückliches Lachen hören,
in meinem kleinen Schmuckkästchen
erklingt dein perlendes Gelächter.

Gestutzte Weidenbäume und flache Felder vor einem unendlichen Horizont – sieh dich um, so sieht es aus, wenn ich die Augen schließe. Es ist egal, wo ich mich befinde und wohin in aller Welt ich auch reisen mag. Und wenn ich auf dem Mond stünde. Ich brauche nur zu blinzeln, und der Straßengraben vibriert vor Grashüpfern. Und auf den Wiesen riecht es nach Tang. Der grüne Sund fließt vorbei.

Ich trage Falster in mir, weil ich gewissermaßen die Landschaft *bin*. Sie war das Erste, was ich gesehen habe, und sie schuf mich in ihrem Bild – es kam in mir zu Bewusstsein, es erwachte in mir. Wir entstanden gleichzeitig. Alles war neu, als sei man verliebt, und Gott spielte Yo-Yo mit der Lerche, die hoch oben an ihrer Schnur hing und Triller schlug.

In der Tierwelt nennt man es »Imprinting«. Tiere kopieren, was sie sehen, sie finden in einer dichten Landschaft aus Gerüchen, Lauten und Sinneseindrücken nach Hause: Ortssinn. Dies gilt auch für Menschen, als Kind bindet man sich an das, was einem begegnet. Wir besetzen es in einem euphorischen Moment mit unseren Gefühlen und unserer Aufmerksamkeit. Das Gesicht unserer Mutter, das Verhalten der Eltern und die Eigenschaften der Umgebung prägen sich in unser Gedächtnis ein und formen unser Bewusstsein.

Es kann ein Einfamilienhaus in einem Vorort sein, ein Hof auf dem Land, ein Gebäude in einem Hochhausviertel. Das Land der Kindheit liegt überall und ist immer genau hier. Geschaffen wird es durch dieses nahsinnliche Erlebnis, durch die Art und Weise, wie wir es erleben, ob es sich nun um einen Kücheneimer handelt oder den Hinterhof mit dem Komposthaufen, der nach Regenwürmern und Erde riecht. Es ist das Tier in uns, das die Ohren spitzt, wittert und den Ort in Natur verwandelt.

Mein Bewusstsein ist eine Landschaft, die sich mir und meinen Sinnen geöffnet und ihnen Ausdruck verliehen hat. Weiße Lämmerwölkchen grasten in den Schatten der Weiden, und ich stand mittendrin und kannte nichts anderes – es war alles, was ich wusste, es war der ganze Horizont meiner Welt: Falster.

Warum war es so flach? Es war vom Himmel gefallen.

Die Landkarte hing über dem Bett meines Kinderzimmers: »Lalandiae et Falstriae Accurata Descriptio«. Vater hatte sie mir bei einer Versteigerung erstanden. Sie war abgegriffen und so alt, dass der Text darauf in einer Sprache verfasst war, die nur Tote und Gespenster sprachen: Latein. Die Städtenamen waren in einer verschnörkelten Schrift geschrieben, und die Landstraßen schlängelten sich zwischen gestrichelten Umrissen von Hügeln, Wäldern und Kirchen.

Die Ostsee schlug an die Küste, und die Fregatten flohen unter vollen Segeln vor den aus der Tiefe auftauchenden Seeungeheuern. Wappenschilder und Vignetten mit Tieren, Jägern und Bauernmädchen rahmten die Karte ein, und genau dort – du kannst den Finger darauflegen – wohnte ich in einem Städtchen mit zwei Türmen, das Nyköbing heißt.

Die Stadt liegt am Sund, und wenn man genau hinsieht, kann man die schmalen gepflasterten Gassen erkennen, die vom Hafen hinaufkriechen. Die kleinen schiefen Häuschen haben rote Dächer und verputzte Fassaden – gelbe, hellblaue, grüne –, und sie lehnen aneinander, um nicht umzufallen. Auf dem Marktplatz stehen der Bärenbrunnen und eine Bank im Schatten eines Baums.

Auf diese Bank durfte man sich um Gottes willen nicht setzen. Denn dann hörte man auf, sich zu waschen und die Haare zu schneiden, man bekam einen Bart, trug zerlumpte Kleidung und fing an, laut Selbstgespräche zu führen. Und bevor man sich versah, ging man zwischen der Bank und dem Wirtshaus gegenüber – Fortuna – hin und her, genau wie Tröten-Børge. Er rief den Leuten »tröt« hinterher – sie zuckten vor Schreck zusammen –, und ich nahm mich in Acht, kniff die Augen zu und lief hastig an ihm vorbei.

Mit dem Fahrrad komme ich am weitesten weg. Einige Kilometer auf dem Grønsundsvej und durch Sønder Kirkeby, und schon ist man da. Es duftet nach Kamille und Klee, und ein paar weiße Steinsäulen schimmern am Ende der Welt in der Sonne.

Auf dem letzten Stück geht es durch Felder und um die Scheunen des Gutshofes, dann biegt man auf eine lange, schnurgerade Allee. Hier liegt es hinter Rasenflächen und schläft seinen Dornröschenschlaf: Schloss Corselitze, perlgrau und viereckig, mit hohen Fenstern und Schornsteinen auf dem Dach, und aus der Fassade ragt eine Flaggenstange.

Die Flagge wurde gehisst, wenn die Königin zu Besuch kam, aber sie kam nie. Ich glaube, sie hat es vergessen. Das Schloss stand leer, die Rosen und Hecken wurden für niemanden geschnitten. Vielleicht spielten einmal zwei Mädchen im Park, und ich stieg in Gedanken die Treppen hinauf, schritt durch die Säle und trat auf den Balkon mit einem fantastischen Ausblick.

Auf beiden Seiten von Bäumen gesäumt, zog sich die Allee über den Hügel und durch den Wald. Und wo mein Blick endete, zwinkerte mir das blaue Meer zu. Aus dem Gebüsch traten Jäger mit abgeknickten Büchsen über der Schulter, und Bauernmädchen banden Heugarben. So sah es für die Königin aus.

Über die Böschung zum Strand neigten sich die Buchen und konnten nicht weiter, und ich warf meine Angel aus, um Meerforellen zu angeln. Ich fing nur Tang. Die weißen Segel der Fregatten standen am Himmel, dann sprangen mit geifernden Mäulern die Seeungeheuer aus den Wellen, und ich wuchs mit der Landkarte und der sicheren Gewissheit auf, dass der Wind in den vier Ecken der Welt von Posaune blasenden Engeln erzeugt wird.

Eine Amsel weckte meine Ohren. Es war das Schönste, was ich je gehört hatte, rein und klar wie ein Fenster, in das der Sommer blickt. Ich wusch mein Gesicht, steckte das Hemd in die Hose und konnte nicht schnell genug in die Schule kommen. Unsere Klassenlehrerin hieß Frau Kronow. Sie hatte braune Haare und eine Pagenfrisur. Stellte sie sich im Vormittagslicht ans Fenster, konnte ich sie durch ihr Strickkleid sehen.

Die anderen hatten Dänisch, Rechnen und Erdkunde, während ich Frau Krolow studierte und immer klüger wurde. In der Pause rieb sie ihre Hände mit Nivea-Creme ein, es war auf den Fluren und Treppen und auch hinter dem Fahrradschuppen zu riechen.

Wir schrieben ein Diktat, und ich bekam mein Schreibheft wie einen Liebesbrief mit roten Strichen zurück. Um ein Uhr wischte sie die Tafel sauber. Auf dem Heimweg gurrten die Tauben – »Frau Kronow, Frau Kronow« –, und ich hatte den ganzen Nachmittag, um im Viertel umherzuschweifen.

Der letzte Mohikaner, das war ich. Ich leckte mir den Schweiß von den Armen – es schmeckte salzig – und ging Äpfel klauen. Über den Nachbargrundstücken breiteten die Bäume ihre Zweige aus. Es war mein Königreich, ich hatte meinen Namen in die Borke geschnitten. Ich stahl Haselnüsse, aß Kirschen und verschluckte den Kern, der mir wie das Rätsel meiner selbst vorkam.

Das Wichtigste an Hosen waren die Taschen. Ich stopfte sie voll mit allem, was ich finden konnte – Schrauben, Muttern, Schneckenhäusern –, und unten im Laden stand Kaufmann Olsen hinter dem Tresen. Er war groß und dick und hatte Tätowierungen auf den Armen, er war zur See gefahren. Drei Glaskugeln, einige Kronkorken und eine Feder reichten genau für ein Eis.

Regnete es im April, regnete es in mir, und in dem strömenden Regen wurde es still. Ein Gewitter zerriss den Himmel. Auf dem Boden glitzerte es in tausend Pfützen, es roch nach Kies und Grünem.

Das Frühjahr spross hervor – Hokuspokus, Winterling und Krokus –, und die Kohlmeisen hüpften in der Luft wie Steine auf dem Wasser. Überall um mich herum war Leben. Die süßen Gefühle blühten im Tausendschönchen. Meine schlimmsten Gedanken wucherten wild in den stechenden und brennenden Disteln und Brennnesseln. Vor Bärenklau hatte ich Angst.

Die Wolken trieben an meinem Gesicht vorbei, und ich veränderte mich mit dem Wind und dem Wetter. Ich bekam Sommersprossen und war im Sonnenschein hochvergnügt und überglücklich und tief deprimiert und traurig bei trübem Wetter. Wenn es stürmte, hüpfte ich im Garten herum. Bei Ostwind, der von weit her, aus der mongolischen Steppe, kam, liefen Pferde durch die Straßen. Im Winter wurde Nykøbing zu Schnee.

Ich fand in der Hecke ein Nest mit gefleckten Eiern und

suchte unter den Steinen nach Käfern. Hinterher schlug ich sie in einem Buch mit Illustrationen nach, *Insekten in Farbe.* Wenn ich ihren Namen fand, hatte ich das Gefühl, sie auf eine Nadel zu spießen. Sie waren ausgesprochen nobel und stammten noch aus dem römischen Reich: »Forficula auricularia!«

Das Beste sparte ich mir jedoch bis zum Schluss auf, wenn ich die Tür zu meinem Zimmer schloss und Hausaufgaben machte. Ich hatte für den nächsten Tag dasselbe auf wie am Tag zuvor. Die gelbe Schreibtischlampe bog ihren Kopf über den Schreibtisch, wenn ich an dem Aufsatz weiterarbeitete, der nicht fertig werden wollte und auch nicht abgegeben werden konnte, ohne dass es mich umgebracht hätte: »Das weibliche dänische Geschlecht wird durch Frau Kronow auf das Feinste repräsentiert«, schrieb ich und strich es wieder durch.

Ich konnte es nicht sagen, ich fand nicht die richtigen Worte. Sie gehörten jemand anderem, ich benutzte Sätze, die ich gelesen hatte, ich verkleidete mich: »Die deutsche Automobilindustrie wird durch den Mercedes 220 auf das Feinste repräsentiert.« Es hatte keinen Sinn. Ich konnte meine Gefühle nicht verbergen. Sie ragten heraus wie eine Hand aus einem Kostüm: »Ich liebe sie sehr.«

Die Amseln zwitscherten auf den Hausdächern. Ich spielte draußen und bemerkte erst, wie dunkel es geworden war, wenn ich hereingerufen wurde: »Knüdchen, Essen!« Die Straße beschrieb an der Ecke eine Kurve und endete in meinem Bett.

Das Schiff auf der Landkarte über dem Kopfende wartete auf mich, es war spät. Es legte ab und segelte mit Frau Kronow als Gallionsfigur über die Meere. Es wiegte mich unter den Sternen in den Schlaf und fuhr durch die Nacht, und der nächste Tag war ein neues und unbekanntes Land.

*

Es ist lange her, seit ich auf der Hans Ditlevsensgade herumgehüpft bin und Himmel und Hölle gespielt habe. Die Gardinen sind vorgezogen, obwohl die Sonne scheint. Wenn ich klingele, passiert nichts. Niemand antwortet. Schließlich klettere ich über die Hecke und klopfe vom Garten aus ans Fenster. Er sitzt auf seinem Sessel im Zimmer und schläft – und ich rufe »Vater«, dann wacht er auf.

Es dauert eine Ewigkeit, ich höre seine schleppenden Schritte. Er fummelt mit den Schlüsseln, die Tür ist verschlossen, dann steckt er wie eine Schildkröte den Kopf heraus. »Ach, bist du gegangen?« »Nein, ich bin gerade gekommen«, antworte ich, und er sagt: »Ja, ja, ich meine ja auch Knud.« Ich bin Knud. Er schüttelt den Kopf und sagt, das wisse er doch.

Ich versuche, ihn in den Garten zu locken und ein paar Erdbeeren zu pflücken. Aber er will nicht, er sagt nein und will auch kein Stück Kuchen. Wir sitzen auf unseren festen Plätzen am Tisch. Der freie Stuhl neben ihm erschwert das Decken des Tischs. Die Standuhr tickt. Wir haben uns nichts zu sagen.

Es hat keinen Sinn, und nach ein paar Stunden breche ich auf. Er steht in der Tür und winkt mit dem Stock. Sein eigenes Leben weiterzuleben und ihn allein im Haus zurückzulassen ist so, als begehe man ein Verbrechen.

Aber ich störe nur. Sobald er hinter sich abschließt, war ich nicht da, hat es nie einen Besuch gegeben. Er setzt sich wieder in den Sessel, und alles ist so, wie es immer gewesen ist. Mutter ist blond und hübsch, ich bin ihr Sohn, und das Barometer steht auf unveränderlich.

Vater lebt weiter in einem geschlossenen Kreis von Erinnerungen, gegen die keine Wirklichkeit ankommt, zumal niemand mehr da ist. Er lässt sie direkt hinter sich und registriert sie nicht einmal – auch mich nicht. Wenn wir telefonieren, gibt es nichts Greifbares, und eines Tages sagt er: »Wir sitzen vor dem Fernseher.«

Es war merkwürdig, und ich hatte gehofft, er hätte es nur aus alter Gewohnheit gesagt. Aber so war es nicht. Als ich all meinen Mut zusammennehme und ihn danach frage, weicht er aus und ist verwirrt. Sie habe gerade das Zimmer verlassen, aber sie sei hier gewesen. Ich höre, wie er aufsteht und nach ihr ruft: »Hildchen, Hildchen!«

Die Schwelle zum Flur knarrt, ich kenne jedes Geräusch im Haus, es steckt in mir. Er schaut in die Küche und sieht im Schlafzimmer nach – und er öffnet die Kellertür. Ich habe furchtbare Angst, dass er in den Keller will und die Treppe hinunterfällt.

Zum Glück bleibt er jetzt stehen, und ich warte darauf, dass er zurückkommt und wieder zum Hörer greift. Vorsichtig legt er ihn ans Ohr: »Hallo?« Ich bekomme keine Luft. »Wo ist sie?«, frage ich. »Im Keller«, antwortet er. Sie hätte sich hingelegt.

Mutter ist seit zwei Jahren tot, und ihr Tod ist ein kleines Mädchen mit Zöpfen, auf das Vater aufpasst. Sie lernt zu gehen, er zieht sie an, sie sehen gemeinsam fern. Abends legt er sie in ihr Bett und gibt ihr einen Gutenachtkuss.

Ich hatte Angst vor meinen Besuchen und wenn ich am Tisch saß, wagte ich nicht, auf ihren angestammten Platz zu schauen, denn ich wollte nicht sehen, was ich befürchtete – aber es liegt nichts auf dem Teller. Sie hat aufgegessen. Ich kann für Vater nichts tun, ich nehme mich seiner an und tröste ihn. Er ist untröstlich.

Nach ihr kam nichts, und es gibt nicht genügend Wodka und Kokain, um das zu ändern. Alle fünfzehn Minuten verlasse ich das Zimmer und schnupfe eine Linie auf der Toilette. Sogar ihre Zahnbürste steht noch da. Ich habe keine Ahnung, wie wir das überstehen sollen, ohne mit ihr auf dem Østre Kirkegård zu verschwinden.

Am 18. November hat er ein Kreuz in den Kalender gezeichnet und mit dünner, zittriger Handschrift daneben geschrieben: »Mutter tot«. Es ist die letzte Notiz in dem Kalender, in dem Vater Rechenschaft über unsere gezählten Tage ablegte. Der Rest ist leer – weiße Seiten.

Wir blieben unter uns und spielten Kniffel im Schatten von Deutschland. Es wiederholte sich in den Tischmanieren, den Serviettenringen und dem Porzellan in der Anrichte, das nicht kaputtgehen durfte, dem Meißner Porzellan. Das Gemälde über dem Sofa zeigte eine Landschaft im Harz.

Es gab Kuchen: eine Sacher-Torte! Und Sahne, Schlagobers. Mutter goss sich aus einer Flasche ein wenig in ihren Kaffee und nannte ihn Fiaker. Marillenlikör, schwärmte sie, allerdings war der in Nykøbing nicht zu bekommen.

Nach dem Krieg war sie in die Stadt gekommen und hatte in der Zuckerfabrik Arbeit gefunden. Als die Saison vorbei war, blieb sie, servierte Vater Zwetschgenknödel und heiratete ihn.

Er leckte sich den Mund, Himbeersoße und Puderzucker, und hinterher bekam er Apfelstrudel. Oder es gab Kaiserschmarren zum Nachtisch: schwere Pfannkuchen mit Rumrosinen und Pflaumenmarmelade. Selbstverständlich mit Puderzucker – zu allem. Im Winter briet sie Kartoffelpuffer, die mit Knoblauch bepinselt wurden. Es klang wie Schneeflocken, »Puffer«.

Mutter sang auf Deutsch: »Schlaf, Kindlein, schlaf.« Es war wie eine Zauberformel, von weit her beschwor sie ein Land mit Bergen und Burgen herauf. Wenn es schneite, schüttelte Frau Holle ihre Bettfedern vom Himmel herab, so erzählte sie. Die Wälder waren märchenhaft tief. Sie breiteten sich in der Dunkelheit aus, und ich bekam Albträume, verirrte mich und wurde von den Brüdern Grimm gefressen.

Sie nannte mich »Knüdchen« und Vater »Väterchen«; Großmutter war »das kleine Muttimäuschen«. Kosenamen kamen nur in der Verkleinerungsform vor – es hieß »Koseform« –, und sie ließ vor lauter Liebe alles klein werden, damit es in ein Buch passte. Sie las mir Till Eulenspiegel und Reincke Fuchs vor. Die Hasen gingen in die Schule, in *Die Häschenschule*, und lernten, Ostereier zu bemalen und sich vor dem Fuchs zu hüten.

Ich sah sie als Schatten auf der Tapete vor mir, Max und Moritz und den Räuber Hotzenplotz. Das Unheimlichste war Peter aus dem *Struwwelpeter.* Plötzlich stand er da, mit gespreizten Beinen, viel zu langen Fingernägeln und wirren Haaren: »Sieh einmal, hier steht er. Pfui! Der Struwwelpeter!«

Die unartigen Kinder wurden vom Niklas in ein Tintenfass gesteckt und der Schneider sprang von rechts mit einer riesigen Schere heran und schnitt dem Jungen die Daumen ab, an denen er lutschte. Das war grausam, ich steckte die Hände in die Hosentaschen.

Auf der Treppe zum Kindergarten bei Fräulein Freuchen in der Frisegade wiederholte sie immer denselben Vers: »Die Katze tritt die Treppe krumm, die Katze tritt die Treppe krumm.« Mir wurde schwindlig, wenn ich versuchte, mir vorzustellen, wie die Treppe krumm wurde, meine Zunge verknotete sich.

Im Restaurant bestellte ich, was ich am liebsten mochte: Schnitzel, Wiener Schnitzel! Das war gut, sogar im Horbelev Kro – dort stand ein Billardtisch im Hinterzimmer und es roch nach Bier –, und wenn wir Großmutter besuchten, wurde das Schnitzel, je weiter wir auf der Autobahn kamen, immer flacher und lag nach all den Raststätten golden und knusprig auf einem großen, runden Teller.

In Frankfurt blühten die Kirschbäume. Der Frühling kam früher als bei uns. Abends gingen wir aus und aßen im Wienerwald, der von bunten Lampen erleuchtet wurde. Die Kartoffeln zu meinem Schnitzel wären »Erdäpfel«, sagte der Keller. Die Bäume mussten kopfüber in die Erde hineinwachsen, aus der sie kamen.

Es gab Unmengen an Schokolade und Kekse von Bahlsen, die wie Buchstaben geformt waren: »Russisch Brot«. Man konnte das Alphabet essen! Ich schrieb: »Die Katze tritt die Treppe krumm«, kaute mich durch den Satz und dachte, es sei Russisch.

Großmutter hatte sogar einen Fernseher von der Größe eines Puppentheaters, der sich erst aufwärmen musste. In der Mitte des Schirms leuchtete ein Fleck auf und wuchs sich zu einem Bild aus. Gezeigt wurden Wiederholungen von UFA-Filmen mit Lilian Harvey und Willy Fritsch: *Liebling, mein Herz läßt dich grüßen.* Wir sangen in Schwarzweiß mit und Mutter trank Gespritzten – Apollinaris mit Weißwein. Am liebsten mochte sie Grünen Veltliner, mit dem sie beschwingt und glücklich wurde.

Der Weihnachtsmarkt war ein glitzerndes Karussell. Es gab heiße Maronen, gebrannte Mandeln und Bratwurst. Heiligabend hörten wir die Wiener Sängerknaben im Radio, »Kling, Glöckchen, klingelingeling«. Neujahr wurde vom ORF ein Konzert mit den Wiener Philharmonikern live aus dem Goldenen Saal des Musikvereins übertragen.

Wien war das süße Leben. Ich fand Geschmack daran, bevor ich überhaupt wusste, dass es die Stadt gab. Wir wiegten uns zu den Walzern – Johann Strauß der Jüngere: »An der schönen blauen Donau« – und klatschten im Takt beim Radetzky-Marsch von Johann Strauß dem Älteren. Silvester hoben wir um zwölf die Gläser und prosteten uns zu, Mutter, Vater, Großmutter und ich: »Prost Neujahr!«

Mutter tauchte meine Kindheit wie einen glasierten Apfel in alles, was sie liebte, es reichte für den Rest des Lebens. Ihr Wiegengeschenk war die deutsche Sprache. Alles, was ich bereits auf Dänisch bekommen hatte, wurde mir noch einmal geschenkt, die Straßen, die Wälder und der Schnee. Dann schloss sie das Buch und sagte, ich solle darauf aufpassen, es gehöre mir.

*

Das Lebkuchenherz hängt am Kronleuchter. Er hat es nicht abgenommen. Vater hatte es ihr auf dem Weihnachtsmarkt in Frankfurt gekauft, bevor sie heirateten. »Ich bleib Dir 3, 4 + 4«, steht in der Glasur: »Ich bleib Dir treu, für und für« – dein für immer. Fünfzig Jahre lang hat er es zu ihrem Geburtstag herausgeholt. Es ist hart wie Stein.

Es wird immer schwerer, ihn zu wecken – er schläft vor dem nicht eingeschalteten Fernseher –, und jedes Mal muss ich von vorn beginnen und ihn daran erinnern, wer ich bin und wo er ist. Und jedes Mal muss ich ihm erklären, was passiert ist.

»Kannst du dich an Dansk Bygnings Assurance erinnern, die dänische Gebäudeversicherung? Du hast so viele Blumen zu deinem Jubiläum bekommen, und eine Flasche Wein nach der anderen.« Er trank nicht, aber wir haben ihn mit all den Flaschen in seinem Büro fotografiert. »Du warst vollkommen in Zellophan eingepackt.«

Vater schaut in die Luft und erinnert sich an nichts, obwohl er noch immer die goldene Uhr trägt, die ihm vom Vorstand überreicht wurde. Sie schlackert um sein Handgelenk. Ich sehe, wie dünn er geworden ist.

»Du hast Mutter an dem Sommerabend zu Louis Armstrong ins Tivoli eingeladen, kannst du dich nicht daran erinnern? ›What a Wonderful World‹!« Sie sang es, wenn sie glücklich war, sich ein Zigarillo ansteckte und mit Wodka im Glas in der Küche feierte. Ich erinnere ihn an die Melodie, aber er reagiert nicht. »Wo ist die Zuckerdose?«

Wir tun so, als sei nichts geschehen, wiederholen die Worte von gestern, dem letzten Jahr und all den anderen Jahren, in denen wir versucht haben, die Wahrheit aus dem Leben zu verbannen: Dass sie älter wurden und Mutter krank war. Sie holte uns dennoch ein. Eines Tages war es vorbei mit dem Duft von Zwetschgenknödeln.

Ich ertrage den Gedanken an das verkochte Gemüse nicht, und Vater kaute sich durch graues, totes Fleisch. Mutter verzog das Gesicht zu einer Grimasse und sah aus, als ob sie sich gleich übergeben müsse: »Es tut mir so leid.«

Es war das Essen der Gemeinde. Es kam in vakuumverpackten Plastikschalen, die in der Mikrowelle aufgewärmt wurden. Der Gestank wird mich verfolgen, solange ich atme. »Pling!« Ich versank im Erdboden vor Scham.

Ob ich ihnen nicht etwas kochen sollte? Mutter seufzte: »Ach, Knüdchen.« Mehr musste sie nicht sagen. Sie hatten für alles gesorgt, und ich konnte kaum auf mich selbst achtgeben.

Vater nahm sich ihrer an, kochte morgens Kaffee und servierte ihn am Bett. Sie trank ihn schwarz, sie war müde. Er deckte den Tisch mit den geblümten Tellern, der Zuckerdose von Villeroy & Boch und stellte den Korb mit Weißbrot, Butter und der Orangenmarmelade dazu. Wenn das Brot aus dem

Toaster hüpfte, kam Mutter im Morgenrock und setzte sich zu uns.

Wie sie geschlafen hatte? Schlecht, sie hätte sich hin und her gewälzt vor Schmerzen. »Mein liebes Väterchen«, sagte sie, streichelte seine Wange und rührte das Frühstück nicht an.

Ich hatte es immer befürchtet, wollte es nicht wahrhaben und sah hilflos zu, wie Mutter einschrumpfte und aufhörte zu essen. Statt der Kaffeetasse stand jetzt ein Pillenglas auf dem Tablett. Sie legte sich ins Bett und stand nicht mehr auf, und das Toastbrot sprang hinauf in den Himmel.

Jetzt bin ich mit Vater allein und weiß mir keinen Rat. Was soll aus uns werden? Wir haben niemanden außer uns. Ich fahre auf der Autobahn zwischen Kopenhagen und Nykøbing hin und her, klammere mich an ihn und halte die letzten Reste fest.

Ihm fällt das Hören und Sehen schwer, er verschwindet vor meinen Augen. Ich bin umgeben von Löchern, die er normalerweise ausfüllte. Inzwischen fehlt die Hälfte des Hauses. Er versteckt Dinge, und wenn er sie nicht wiederfindet, kommt er sich selbst abhanden. »Wo bin ich?«, fragt er, und ich muss nach ihm suchen.

Zwischen uns liegt ein Fotoalbum, wir zeigen auf Mutter im Ozelot und Vater mit einem weichen Hut; sie stehen auf dem Aussichtsturm am Himmelbjerget. Der Winter bei Onkel Helmut und Tante Eva in Oberfranken, Großmutter im Palmengarten. »Und wie kommst du auf das Foto?«, fragt er. »Ich bin dein Sohn«, antworte ich. Er murmelt »nee, nein« und »ach ja, das bist du wohl« und sieht mich an, als sei ich eine Wand.

Er hat den Faden verloren, und ich kann ihn nicht finden. Am schlimmsten ist Mutters Schmuckkästchen. Er war vollkommen verzweifelt und weinte, und wir erwähnen es mit keinem Wort mehr. Ich fürchte, er hat es weggeworfen.

Ich muss mich jetzt um ihn kümmern, so wie er sich um mich gekümmert hat, aber ich kann weder bleiben noch ihn verlassen. Ich habe das Gefühl, nie älter geworden zu sein, wenn ich ins Kinderzimmer gehe und in den Garten schaue. Es ist ein Fenster mit Trauerrand.

Es war bedeckt, Mutter kroch auf den Knien draußen im Garten herum. Ich sah sie deutlich vor mir, mit ihrer Schürze und dem Wodka-Glas, das sie immer wieder umstellte, während sie Unkraut jätete. Sie kannte niemanden und ging nur in die Stadt, um einzukaufen – bei Schlachter Bengtsen, im Supermarkt Favør – und im Kiosk am Enighedsvej Zigarillos zu holen.

Der Kiosk hieß überdies Knuds Kiosk. Sie zeigte auf eine Flasche hinter der Theke und bat dann um zwanzig Zigarillos der Marke Madame. Ich ging oft mit, um mir die Illustrierten anzusehen, die mit ihren geschönten Fotos aus den Regalen quollen: Autos, Filmstars – und Mädchen auf den Titelblättern. Sie waren ein Wunsch, der nicht in Erfüllung gehen durfte und verboten war.

Sie ging nicht mehr oft aus dem Haus, und mit den Jahren hatte sie sich immer mehr zurückgezogen und verbrachte die meiste Zeit mit Gartenarbeiten, Jäten und Pflanzen. In Gedanken war sie jedoch an einem anderen Ort.

Dort gab es Feste und Musik, dort ging sie auf die Universität und spielte Tennis – und ritt auf dem Gutshof von Klein Wanzleben über die Felder. Alles pflanzte sie in den Garten ein, ihre Jugend und den furchtbaren Krieg, Forsythien und Berberitze – und im Sommer schlugen ihre Erinnerungen in ein Blumenmeer aus.

Das hellblaue Vergissmeinnicht war Großmutter. Sie vermisste Großmutter und schrieb ihr einmal in der Woche. Das Schleierkraut mit den kleinen weißen Blüten war Vater. Es gab ihren Jagdhund Bello und die Mädchen aus dem Internat, und ganz hinten standen die Maiglöckchen, die sie aus dem Wald geholt hatte: Horst Heilmann.

Er war ihre erste Liebe gewesen, »Horstchen«. Sie hatten zusammen studiert und sich verlobt. Die Nazis hängten ihn wegen Hochverrats, weil er Mitglied der Roten Kapelle war, der Widerstandsgruppe in Berlin. Die Nazis hatten ihr das Herz herausgerissen, und sie floh und hatte nichts Entlegeneres finden können als Nykøbing.

Mutter sprach mit niemandem darüber. Sie lächelte auf Dänisch, weinte auf Deutsch und pflegte ihre Beete. Wenn der Wodka zur Neige ging, war sie an diesem Tag fertig und setzte sich auf die Veranda.

Es war nur eine kleine viereckige Parzelle hinter dem Backsteinhaus. Aber in ihren Augen wurde der Garten zu einem Park mit Hochbeeten, Stauden und Rhododendronbüschen, so wie es früher einmal gewesen war. Die Sonne legte sich auf den Rasen und die Schatten der uralten Bäumen.

*Maikäfer, flieg!*
*Der Vater ist im Krieg,*
*die Mutter ist im Pommerland,*
*Pommerland ist abgebrannt.*
*Maikäfer flieg!*

Sie summte, ohne die Lippen zu bewegen, und zog den Schal enger um die Schultern. Es war kühl geworden. Ein Tropfen fiel ins Glas, Ringe breiteten sich aus. Dann regnete es.

Bei Großmutter zerschlug die Bronzeuhr die Zeit und zermahlte sie zu Staub. Bei den Abendessen trug ich einen Anzug mit Fliege, das Haar akkurat gescheitelt, und ich saß ganz still, als würden wir fotografiert. In ihrer Wohnung am Kettenhofweg hatte man kaum Platz, die Teppiche lagen übereinander, die Möbel umschlossen uns.

Als würde man durch ein Vergrößerungsglas sehen, ich sah es von außen und konnte nicht hinein. Ich folgte der Landschaft vom Rücksitz des Autos aus, wenn Vater uns in den Taunus fuhr. Regentropfen kullerten die Scheibe hinunter. Auf den sonntäglichen Ausflügen in den Wald zog die Langeweile ihre Schneckenspur hinter mir her.

Meine Kindheit verging damit, ungeduldig auf und ab zu hüpfen und überall hinzulaufen. Alles wollte ich sofort haben, ich konnte nicht warten. Aber es zog sich hin, und je weniger passierte, desto länger dauerte es.

Endlose klassische Konzerte, bei denen ich auf dem unbequemen Stuhl gähnte und einnickte. Der Gottesdienst dauerte, es wurde niemals Weihnachten. Über dem Webmuster des Teppichs hing ich meinen Gedanken nach, und die Uhr hörte auf zu ticken, denn zwischen jeder Sekunde war es zu lang. Und was passierte dann?

Ganz leise versank die Umgebung, die mein Interesse nicht zu fesseln vermochte – das Auto, das Wohnzimmer, der Konzertsaal, die Kirche –, und ich fing an, für mich ganz allein zu träumen. Als würde etwas in mir erwachen und mich übernehmen, je mehr ich dahindöste. Der Vorhang ging auf, und nun spielten sich meine eigenen Vorstellungen auf der Bühne ab.

Langeweile ist der Königsweg zum Dornröschenschloss. Man findet ihn direkt hinter unserem Blick. Wenn man die Augen fast nicht mehr aufhalten kann und die Wirklichkeit kurz vorm Erlöschen ist, fangen die Dinge an, dir zuzublinzeln, zu kichern, zu reden und ihr eigenes Leben zu entwickeln. Und wenn man die Zeit hinauszieht, bleibt sie früher oder später stehen, und die Ewigkeit setzt ein und das Märchen beginnt.

»Es war einmal ...« ist Vergangenheit – es ist Erinnerung, die verinnerlichte Zeit. Sie dauert so lange wie die Geschichte, und wenn sie nicht gestorben sind, dann leben sie noch heute.

Wir fuhren an den Rhein, besuchten die Familie in Rüdesheim und besichtigten unterwegs Burgruinen. Burg Katz. Ich bekam ein Eis am Touristenkiosk. Mutter zeigte auf einen hohen Felsabsatz.

Dort oben saß die Loreley, sagte sie. Sie kämmte ihr Haar und sang, dass es in den Ohren schmerzte: »Ich weiß nicht, was soll es bedeuten, dass ich so traurig bin.« Von den Wirbeln im Wasser wurde man herabgezogen – und irgendwo in der Tiefe lag das Rheingold begraben.

Papa Schneider war von Kunst, Hunden und Büchern umgeben, die Bücherschränke türmten sich vor den Wänden auf. Sie hatten im Herrenzimmer gestanden, nur lag das jetzt in Ostdeutschland – vielleicht war es inzwischen ein Parteibüro –, und Großmutter benutzte den Schreibtisch, um den Fernseher darauf zu stellen.

»Wenn wir doch noch den Baum hätten.« Mutter stieß den Rauch ihres Zigarillos aus und dachte an das Gemälde von Max Pechstein. Es war im Museum gelandet, fort und für immer verloren, man hatte es ihnen mit allen anderen Dingen genommen.

Obwohl er seit vielen Jahren tot war, hatten sie Angst vor Papa Schneider, niemand wagte sich an die Schränke heran. Sie durften nicht berührt werden, aber vielleicht durfte es auch nur ich nicht, »Narrenhände beschmieren Tisch und Wände!« Ich hörte auf, um Erlaubnis zu fragen.

Die dicken, schweren Bände standen hinter Glas und verbargen ein fürchterliches Geheimnis, das nicht entweichen durfte. Es waren Zauberbücher mit Goldschnitt, es fehlten bloß die Schlüssel. Sie mussten irgendwo sein.

Großmutter lud hin und wieder zum Kaffeeklatsch ein. Witwen aus der Vergangenheit tauchten auf: Tante Ilse, Frau Rabetje und Frau Johannismann, die mit dem Direktor der Spielbank in Bad Homburg verheiratet gewesen war. Sie hatte gute Laune, war wohlhabend und mollig; hinter vorgehaltener Hand hieß es, sie sei in ihrer Jugend recht leichtlebig gewesen. Sie führten die Kaffeetassen an einen gespitzten, runzligen Mund – der Lippenstift franste aus – und tauschten Bosheiten über Nichtanwesende aus. Hinterher spielten sie Bridge.

Es war das komplizierteste und intriganteste Kartenspiel für das bessere Bürgertum. Vor mir spielte sich das gesellschaftliche Leben in einem Minenfeld von Mitteilungen und Allianzen ab. Sie husteten und blinzelten und gaben sich Zeichen, aber Großmutter konnte nicht lügen.

Sie bekam rote Ohren. Man konnte die Karten in ihrer Hand problemlos lesen – das Resultat war vorhersehbar –, und diese Gespenster gaben sich Wangenküsse und verhallten mit den metallischen Schlägen der Uhr auf der Anrichte.

Sobald Großmutter sich hinlegte, um ihr »Mittagsschläfchen« zu halten, kam meine Stunde. Die Wohnung schlief mit ihr ein, und ich schlich in der Stille umher, die sich vom Sofa her ausbreitete. Schubläden und Schachteln, ich wühlte in Taschen und drehte Vasen um oder schüttelte sie.

Irgendwo mussten die Schlüssel sein, aber sie waren unauffindbar. Ich gab es auf und zog irritiert am Handgriff. Der Trick war selbstverständlich, dass die Tür gar nicht abgeschlossen war. Der Bücherschrank öffnete sich mir, und ich tauchte ein in eine andere Welt und kam nie wieder zurück.

Ich nahm einen Band heraus. Die Seiten waren gelb, als wären sie verwelkt. Getrocknete Blätter fielen heraus. *Des Knaben Wunderhorn* stand auf dem Titelblatt, ein Wanderer zog pfeifend durch ein Tal, sein Bündel über die Schulter geworfen. Die Mühlräder schnurrten am Bach, Soldaten zogen in den Krieg. Dann hörte ich, wie Großmutter sich bewegte, und stellte das Buch hastig zurück an seinen Platz.

Ich warf die Tür des Bücherschranks hinter mir zu und stand im Wohnzimmer. Es war dunkel geworden. Sie rief mich: »Knüdchen, wo bist du?« »Hier«, antwortete ich. »Huch!«, stieß sie aus und schlug erschrocken die Hände vor den Mund –, und keiner von uns bemerkte den Schatten, der aus dem Schrank geschlüpft war: »Das bucklicht Männlein«, der bucklige Zwerg.

Man hatte den Zwerg eingesperrt, weil er Unglück brachte. Darum durfte man die Schränke nicht öffnen. Doch nun war es passiert, und er sollte mir alles zerstören und mich bis zum Schluss verfolgen.

Von nun an würde nichts mehr gelingen. Was auch immer ich tat oder mir ausgedacht und erträumt hatte. Das kleinste Vorhaben war vergebens. Wollte ich einen Drachen steigen lassen, gab es keinen Wind. Ich bekam auch keinen Kuss, mein böser Geist sorgte dafür. Und ich hatte ihn sogar selbst freigelassen.

Doch davon hatte ich keine Ahnung, ich stöberte einfach weiter und fand den *Märchen-Almanach* von Wilhelm Hauff. Der kleine Muck und Kalif Storch erwachten im Orient zum Leben – alle Teppiche fingen an zu fliegen –, die Karawane befand sich auf dem Weg nach Bagdad, um sie herum flimmerte die Wüste.

Die Augen fielen mir aus dem Kopf, als ich E.T.A. Hoffmanns *Der Sandmann* las. Ich erschrak mich zu Tode bei Adelbert von Chamisso und seiner Erzählung von Peter Schlemihl. Er verkaufte dem Teufel seine Seele. Die Illustrationen waren Schattenspiele aus Tusche, die ihre langen Finger nach mir ausstreckten. Sie tasteten nach meinem Lebensfaden, und ich fuhr schreiend im Bett auf.

Wie gestochen standen ihre Namen auf den Büchern, Brentano, Eichendorff, Tieck, und ich lernte Sütterlin, um sie zu lesen, ich setzte mich an den Schreibtisch und übte die Schrift auf Briefpapier. Eines Tages wollte ich nach Heidelberg und Tübingen fahren. Hölderlin hatte dort in seinem Turm gesessen und war wahnsinnig geworden. Romantischer ging es nicht!

In der Schublade lagen kleine rote Stücke Siegellack. Sie schmolzen über einer Kerze wie ein gebrochenes Herz und waren für Liebesbriefe und geheime Mitteilungen gedacht. Ganz hinten im Schrank fand ich Novalis' *Heinrich von Ofterdingen* in einem schwarzen Einband. Er starb aus unglücklicher Liebe. Das wollte ich auch.

Ich ging in die Buchhandlungen und Antiquariate, es gab sie in jeder Straße, man konnte in der ganzen Stadt umhergehen und war nur von Büchern umgeben. Wurde ich hungrig, gab es die Freßgass. Ich bestellte eine »lange Rote« mit Brot und Senf und versorgte mich am Kiosk mit Nüssen und Rosinen – Studentenfutter.

Gleich um die Ecke, nicht weit vom Kettenhofweg, lag die Frankfurter Bücherstube. Der Keller war eine Schatzkiste, Aladins Höhle, hier traf man auf Hunderte, Tausende von Geschichten. Vielleicht war meine eigene darunter, aber wie sollte ich sie jemals finden? Ich musste mich darauf verlassen, dass sie mich fand.

Ich wusste genau, was ich sein wollte, und drückte mir die

Nase an der Tür des Verlags in der Lindenstraße platt, in dem Hugo von Hofmannsthal und Rainer Maria Rilke erschienen waren. Es war der Verlag der Götter, der Insel Verlag.

Das Einzige und Beste, das ich mir vorstellen konnte, war, Schriftsteller zu werden, oder nein, nicht Schriftsteller und auch nicht Dichter. Ich wollte Poet werden – ein deutscher Poet! Und im Insel Verlag verlegt werden. Ich schwor bei den Gebrüdern Grimm und allem, was mir hoch und heilig war – und wollte mein Leben dafür geben. Nur das und nichts anderes.

Es war mein höchster und innigster Wunsch. Und es wurde mein Fluch. Denn ich ahnte nicht, dass es unmöglich war. Es konnte niemals in Erfüllung gehen.

Der bucklige Zwerg grinste hinter dem Sofa. Er freute sich, als er sah, wie ich vor die Hunde ging und in bodenlosem Unglück und Ruin endete. Wer weiß, was aus mir geworden wäre, hätte es bei Großmutter keine Bücherschränke gegeben? Sie hatte mir zu einem Traum verholfen, aus dem ich nicht erwachen konnte; ich sollte hundert Jahre schlafen. Ich lag da und las, den Kopf in die Hände gestützt. Das Licht kam aus dem Märchenland, und die Dornenhecke wuchs um den ewigen Nachmittag herum in die Höhe.

Ich bin sicher, dass der Zwerg mir nach Falster folgte und sich freute, wenn ich über die gepflügten Felder ging und laut *Hymnen an die Nacht* rezitierte. Krähen flogen durch die Luft, krächzten und schrien.

Glücklicherweise erfuhr niemand, was ich mir vorgenommen hatte. Und es tauchte auch nicht auf der Liste »Was will ich werden?« auf, die wir in der Schule abliefern mussten, damit man den richtigen Praktikumsplatz für uns fand. Es gab viele Möglichkeiten. Polizeibeamter, Sanitäter, sogar Diplomingenieur. Aber weder das eine noch das andere sagte mir zu, und ich stellte mich hinter eine Hobelbank und hobelte im Werkunterricht Holz.

»Was soll das denn werden?« Der Lehrer wurde immer wütender, je länger ich arbeitete. Er hatte riesige Hände. »Nichts«, antwortete ich und versuchte das Wenige, das übrig geblieben war, mit irgendetwas zu vergleichen. Dann hob ich einen Splitter vor ihm in die Höhe: »Ein Zahnstocher?«

Es gelang mir, dem Werkunterricht zu entkommen, und ich wurde auch vom Deutschunterricht befreit, weil ich ständig die Aussprache und die fehlerhafte Grammatik meiner Klassenkameraden korrigierte: »Das heißt nicht das Mann, das heißt der Mann!« Sie mussten sich mit Regeln, Ausnahmen und Merkversen herumschlagen: »durch, für, gegen, ohne, wieder, um!« Es war süße Musik in meinen Ohren, ich hatte frei und hörte sie von der Treppe aus im Klassenzimmer die Merksätze herunterleiern.

Meine größte Angst war, jemand anderes zu werden und mich am Ende vielleicht nicht mehr wiederzuerkennen. Allein die Vorstellung, Kurt Fisker zu sein, ohne es zu wissen! Er war Fischer, während Brot-Poul für Jappes Mühle Brot ausfuhr, und Dussel-Johanne verrückt war. Der Rechtsanwalt Victor Larsen war am Landgericht zugelassen und rauchte Zigarre, und so ging es weiter.

Die Hohe Brücke war hoch, und die Zuckerfabrik produzierte Zucker. Die Hafenstraße führte hinunter zum Hafen, die Westerwaldstraße am Westerwald vorbei, und der Marktplatz lag auf dem Marktplatz. Es fehlte nur noch, dass an den Häusern »Haus« stand und an den Türen »Tür«, und wenn man den Namen seiner Liebsten falsch buchstabierte, bekam sie eine Hasenscharte.

Ja, nachts ist es kälter als draußen. Es gab keinen Riss in der buchstäblichen Welt. Man konnte darin graben, man konnte auf sie einschlagen, und die Leute versuchten, sich diese Welt gegenseitig zu verkaufen. Die Optimistischsten hängten ein Schild heraus, auf dem »Antik« stand, die meisten beließen es jedoch bei »Flohmarkt« – und einer bot in seinem Geschäft sogar »Antikes und Bestattungen« an.

Wir waren Dinge unter Dingen. In den Tragetaschen der Milchjungen klapperten die Flaschen. Der Bürgersteig war mit Schotter bestreut, die Straßen mit grauschwarzem, löchrigem Asphalt geteert. Die Telefonmasten hatten Porzellanknöpfe, der Wind pfiff in den Leitungen.

Die Klosterkirche ragte zwischen den Bäumen hervor, der Wetterhahn drehte sich unablässig auf der Turmspitze. Um Mitternacht flog er krähend davon. Die Straßenlaternen wurden angezündet, und eine dünne Gestalt sprang hervor – die Schultasche in der Hand –, gefolgt von seinem Schatten.

Ich hatte beschlossen, das Kleine Latinum nachzuholen, und meldete mich in einer Abendschule an. »Lalandiae et Falstriae Accurata Descriptio« – wer würde nicht gern mit den Toten sprechen? Und mit Geistern!

Es war ein merkwürdiges Gefühl, am Abend den Schulhof zu betreten. Er war dunkel, leer und fremd und erinnerte an die schwarze Schule, fand ich – war da nicht eine Katze, die buckelte? An den Kleiderhaken hingen keine Jacken, die Korridore waren still und verlassen, und schließlich verirrte ich mich in einen Klassenraum in einem abgelegenen Teil des Gebäudes, das sonst nicht genutzt wurde.

Ich hatte nicht damit gerechnet, dass dort jemand war, und stürmte hinein. Hinter dem Pult stand eine strenge Dame, die sich mitten im Satz unterbrach und den Kopf hob. Die Schüler drehten sich um und starrten mich an.

Sie hatten runzlige Gesichter und kreideweißes Haar, ich

sah meine Klassenkameraden vor mir. Es waren allesamt Greise. In Nykøbing war die Abendschule das Totenreich, und der Knochenmann unterrichtete in Latein: »Kommen Sie herein!«

Ich drehte auf der Stelle um und lief um mein Leben, und vor mir tanzte der Schatten im Licht der Straßenlaternen und jubelte und lachte auf dem ganzen Heimweg. Es gab keine größere Erleichterung als aufzugeben: »Italia terra est. Sardinia insula est. Scriba sum. Poeta es. Nauta non sum.« Das war der Präsens Indikativ von sum und las sich wie die Inschrift auf einem Grabstein. Nie wieder Mikkelsens blaues Lateinbuch.

Ich wollte lieber meine Ruhe haben und rührte ohnehin keinen Finger. Vater kümmerte sich um alles. Zu Hause galt Vaters Ordnung. Alles musste an seinem angestammten Platz liegen, konnte schartig werden oder verloren gehen, wenn es am falschen Platz lag. Am besten, man überließ es ihm. Mutter strich mir übers Haar, lächelte und sagte: »Du sollst es gut haben.« Dagegen konnte man nichts machen.

Morgens erwartete mich eine heiße Tasse Nesquik und ein geschmiertes Hörnchen. Am Sonntag gab es einen Zuckerkranz vom Bäcker. Ich ließ mir mit dem Aufwachen unendlich lange Zeit, drehte mich auf die Seite und aß einen Bissen. Dann zog ich mir wieder die Decke über den Kopf.

Man konnte zumindest pünktlich sein, aber ich kam zu spät. Ich verpasste die Punischen Kriege, die Flüsse Europas und die Ausführungen über das Verhältnis zwischen Durchmesser und Radius in einem beliebigen Kreis. Nach der Schule bekam ich Pfannkuchen oder Waffeln zum Mittagessen – mit Puderzucker. Am Dienstag lag ein Micky-Maus-Heft neben meinem Teller.

Es wurde mir nie richtig bewusst, dass man arbeiten musste, um Geld zu verdienen. Ich hatte keine Ahnung, wo es herkam, und ich zerbrach mir auch nicht den Kopf darüber. Eines Nachts träumte ich, dass Goldmünzen auf der Straße lägen. Man musste sich nur bücken und sie aufsammeln – es war wie in: *Die Sterntaler* –, und ich musste mir um nichts mehr Sorgen machen. Alles würde sich finden.

Ich glaubte an das Gedicht von der Wünschelrute: »Schläft ein Lied in allen Dingen« – was du dir wünschst, sollst du bekommen. Man musste es sich nur intensiv genug wünschen und den richtigen Ton anschlagen, dann würden die Dinge erwachen und das Goldene Zeitalter anbrechen.

Es tschilpte und zwitscherte, wenn ich über die Brücke fuhr und auf der Landstraße nach Fuglsang radelte. Ich folgte den Tönen. Sie kamen von dort.

Seerosen schwammen im Wallgraben. Libellen schwirrten umher und schneiderten eine Landschaft voller Sonnenlicht, der Park kam in Sicht. Jetzt galt es, leise zu sein, um die Gäste nicht zu stören. Sie waren nervös. Der Herrenhof war ein Refugium, und ich besuchte Tante Annelise, die Ruhe brauchte.

Ihr ging es am besten zwischen Goldrahmen und Kristallkronleuchtern. Aber schließlich war sie ja auch von königlichem Geblüt, und es war durchaus anstrengend, eine Prinzessin zu sein!

Irgendwann einmal hatte die königliche Yacht in Nykøbing angelegt. Der König war in die Stadt gegangen, und sie war überzeugt, eine uneheliche Tochter von Christian X. zu sein.

Annelise konnte jederzeit zerspringen. Im Musiksaal ließ sie die Spiegel erzittern. Carl Nielsen, Gerard von Brucken Fock, Engelbert Röntgen und sein Sohn Julius hatten sich zu einem Streichquartett zusammengefunden, doch das war lange her. Annelise hatte Schauspielerin werden wollen, trat inzwischen aber lediglich in ihren eigenen Vorstellungen auf.

Ich spazierte an den Steineinfriedungen entlang und folgte der Spur eines Treckers bis Skejten. Der Sund glitt vorbei. Die Eichen standen dort, als hätten sie es bereits seit tausend Jahren getan. Auf der Wiese lagen Feldsteine. Das Brackwasser dampfte vor Mücken.

Sie tanzten in Wolken über Grasbüscheln und Kuhfladen – man konnte sie tatsächlich hören –, ein flüchtiger, vergänglicher Augenblick: Ein kleiner Stich, und mein Blut verwandelte sich in Musik und flog davon. Ein süßer Juckreiz blieb zurück.

Ich kratzte und kratzte und spürte es am eigenen Leib. Wie in der deutschen Romantik waren wir eins mit der Natur! Und damit nicht genug, mein Blut vereinte sich mit ihnen! Ich lief mit Zeckenbissen und Mückenstichen übersät herum, und Tiere, Pflanzen und Menschen waren Metamorphosen derselben Kraft, die von der Sonne kam.

Das Ganze hatte sich vom ersten großen Knall an fortgepflanzt. Man konnte es nennen, wie man wollte – Energie oder Gott –, und nicht einmal die Physiker wussten, was es war oder wie es entstanden war.

Die Quelle des Lebens war das mystische X und gluckerte im Bach, der Tingsted Å. Es zog sich durch die duftenden Blumen und den Gesang der Vögel, selbst durch das kleinste Insekt – und ich war ein Teil davon und breitete auf dem Feld die Arme aus: »Oh, und die Nacht, die Nacht!«

Ich stand auf Zehen im Universum und bestaunte den Mond. Er wurde über dem Horizont immer größer und schwerer, bis der Sund mit seinen Barschen und Booten nach oben floss und auf der Milchstraße glitzerte.

*

Wir hatten nie etwas mit den öffentlichen Institutionen und Einrichtungen zu tun, abgesehen von der Nutzung der Straßen, der Schule und einmal dem Krankenhaus, wo sie mich wegen Blinddarmentzündung operieren wollten, weil ich einen Kirschkern verschluckt hatte. Das Krankenhaus ist der lebensgefährlichste Ort von Nykøbing. Man riskiert, aus der Narkose nicht mehr zu erwachen.

Ich hatte Angst vor der Gemeinde, aber was sollte ich machen? Ich benötigte Hilfe. Vater verwelkte und zerfiel. Es war staubig, ich versuchte, zu putzen und aufzuräumen, ohne dass er es merkte und mich daran hindern konnte. Die Küche klebte, das Verfallsdatum der Gewürze auf dem Regal war seit zehn Jahren abgelaufen. Der Kühlschrank war leer, abgesehen von den Stapeln mit Plastikschüsseln – es gab sonst nichts darin –, und Vater saß allein in der Wohnung und ertrug es notgedrungen.

Ich will ihn mit nach Kopenhagen nehmen, kann es mir aber nicht leisten – der Bankangestellte begleitete mich bis zur Tür. – In meiner Wohnung ist nicht genug Platz, und ich kann ihn nicht pflegen. Er muss ins Bad und gewaschen werden. Er braucht saubere Wäsche. Ich weiß kaum, wie man die Waschmaschine im Keller anstellt. Die Ölheizung geht aus, und ich kann nicht einmal eine Glühbirne auswechseln. So kann es nicht weitergehen.

Vater steht morgens um halb sieben auf. Er zieht seinen Anzug und ein weißes Hemd an, bindet sich eine Krawatte um und geht ins Büro, sagt er. Es ist der Sekretär im Wohnzimmer. Man kann die Schreibfläche hinunterklappen, dort liegen haufenweise Briefumschläge und alte Steuerunterlagen, Quittungen. Was macht er? Er schreibt einen Scheck aus.

Mir dreht sich der Magen um. Ich schäme mich und will nicht, und nehme ihn dann doch entgegen: »Danke.« So wie Vaters Schwester. Man hörte von Annelise nur, wenn sie Geldschwierigkeiten hatte, dann reagierte er sofort: »Ich schicke einen Umschlag.«

Er hat alles bezahlt, bezahlt und bezahlt – und er bezahlt noch immer für seinen untauglichen, nichtsnutzigen Sohn. Während meines Studiums arbeitete ich irgendwann mal in der Spielwarenabteilung eines Warenhauses und bediente die Eltern eines Klassenkameraden aus Falster: »Ja, ist das nicht der große Dichter?«

Ich bekam alles geschenkt und warf es weg. Ich hatte jeden Tag Geburtstag. Jeder Tag war voller Überraschungen, ein Fingerzeig genügte, und ich wurde überhäuft mit Süßigkeiten und Geschenken. Ich schwänzte und trieb mich herum, und genau wie Pinocchio wurde ich zum Esel.

Ich sammelte Matchbox-Autos. Den Wagen von The Omen. Der von James Bond hatte Katapultsitze, und das Batmobil konnte mit Streichhölzern schießen. Bei Chitty Chitty Bang Bang ließen sich die Flügel ausklappen, und ich flog einer hellen Zukunft entgegen, die in einem bordeauxfarbenen Toyota Carina endete. Selbst der gehörte Vater.

Das Auto ist schmutzig und verbeult und rostet unter mir.

Vaters Fahrerhandschuhe liegen mit Kraks Straßenkarte im Handschuhfach, ich kann Mutters Zigarillos riechen. An einem der Vorderräder fehlt die Felge. Ein zahnloser Penner, der sichtbare Beweis, dass ich zu nichts fähig bin, ich kann mir nicht einmal ein Auto leisten.

Vater hatte mir damals sogar das Geld dafür gegeben. Ich wollte einen Cadillac Coupe de Ville haben, Baujahr 1972, in Goldmetallik und mit einem weißen Dach. Glücklicherweise beließ ich es bei dem Gedanken. Er wäre rasch auf dem Schrottplatz gelandet.

Stattdessen verprasste ich das Geld und setzte mich auf den

Rücksitz seines schwarzen Mercedes, wenn B. vorbeikam – so hieß er, B. Das stand zusammen mit seiner Telefonnummer auf der Visitenkarte. B. verkaufte Kokain und drückte auf einen Knopf, mit dem sich der Rücksitz flachlegen ließ. Ich könnte ihn für hunderttausend Kronen haben, sagte er – einen Mercedes 500 –, und nach einer Linie war ich nicht mehr bei Sinnen und wollte schon einschlagen.

Es lässt sich nicht länger hinausschieben, ich muss irgendetwas unternehmen und greife zum Telefon: »Sie sind mit der Gemeinde Guldborgsund verbunden.« Man kann zwischen den Optionen 1, 2, 3, 4 und 5 wählen – 3 steht für die Ambulante Pflege –, aber ich rufe außerhalb der Bürozeiten an.

Man kam einfach nicht in Kontakt mit ihnen. Sie verloren sich im Jenseitigen, und ich erschrak, als es endlich gelang. Die Behörde ging ans Telefon – und man verband mich weiter: »Sie sind jetzt die Nummer 9 in der Warteschleife.« Es konnte nicht ewig dauern, doch dann ging es in die falsche Richtung: »Sie sind jetzt die Nummer 10 in der Warteschleife.« Ich legte auf und versuchte es erneut, bis ich wieder außerhalb der Bürozeiten anrief.

Oft hatten sich die Probleme gelöst – und sei es, dass man in der Zwischenzeit gestorben war –, bis man sich durch Hinweise, Weitervermittlung und Warteschleife gearbeitet hatte. Etwas Großes schien mich zu erwarten. »Ambulante Pflege, Distrikt Süd«, meldete sich eine Stimme. Sie klang fern und abwesend und fragte mich nach der Nummer meines Personalausweises.

Von diesem Moment an hörte ich auf, eine Person zu sein. Ich wurde zu einer Nummer, zu irgendjemandem, und einer anonymen, absoluten Macht unterworfen: dem Gesetz. Was auch immer es an menschlichen und moralischen Rücksichten gab, von den Paragraphen wurden sie außer Acht gelassen. Es gab niemanden, der sich zuständig fühlte. Ich sprach mit anonymen Stimmen.

Vielleicht haben wir uns vom Zwang der Natur befreit, aber der gesellschaftliche Zwang ist noch kälter, härter und unbarmherziger als ein Tier. Man kann nicht um Gnade bitten oder mit der instrumentellen Vernunft der Verwaltung verhandeln. Kierkegaard starb vergebens, Kafka lebt.

Ich unterbrach die Verbindung zum Schloss und erholte mich ein wenig. Es hieß, sie könnten die Verantwortung nicht übernehmen, Vater könne nicht in seinem Haus bleiben, wenn er schwächer werde. Ich hatte ihnen versichert, das sei keineswegs der Fall, überhaupt nicht – im Gegenteil!

»Mit wem hast du telefoniert?«, erkundigte sich Vater. »Mit niemandem«, erwiderte ich und setzte ihn im Badezimmer auf einen Stuhl. Als kleiner Junge hatte ich in der Badewanne gelegen und mit Schiffen und Schaumblasen gespielt, alles war hellblau gewesen. Jetzt waren die Rollen vertauscht.

Ich lege ihm ein Handtuch um die Schultern und spüle das Haar im Nacken: »Sag mal, was ist denn hier los?« Das Haar ist zu lang, außerdem hat er Bartstoppeln und braucht eine Rasur. Ich verteile den Schaum auf seinem Gesicht, setze das Rasiermesser an und winke ihm zu. Sein glattes Gesicht taucht jetzt im Spiegel auf, es ist erstaunlich, wie sehr wir uns ähnlich sehen: »Wir bekommen Besuch!«

Es klingelt, und eine kleine, kompakte Frau stellt sich vor. Karina, die ambulante Pflegerin. Wir hatten nur selten Fremde in der Wohnung, ich kann mich nicht entsinnen, wann es das letzte Mal vorgekommen ist, vor fünfundzwanzig Jahren? Es ist merkwürdig, dass eine Fremde im Wohnzimmer steht.

Sie stellt ihre Tasche auf den Esstisch und geht sofort auf Vater zu: »Na, Jørgensen. Schön wohnen Sie hier, Jørgensen.

Ich werde mich jetzt ein bisschen um Sie kümmern.« Ich sehe, wie er versucht, sie einzuordnen, wie er danach sucht, wer sie wohl sein könnte. Ich sehe seinem Gesicht an, wie er Verwandte und alte Bekannte Revue passieren lässt, aber sie ist nicht darunter.

Vater hat sich immer darüber beschwert, dass es zog, wenn man die die Tür nicht hinter sich schloss, aber noch bevor ich es ihr erklären kann, hat sie die Gardinen zur Seite gezogen und die Balkontür geöffnet. »Wir brauchen doch frische Luft! So ist es ja doch gleich besser, Jørgensen! Gibt es noch Kaffee?«

Ich gehe in die Küche und habe keine Ahnung, wo sich die Kaffeefilter verstecken, ich stehe da und starre die Kaffeemaschine an. »Na, stellen wir sie erst einmal an«, erklärt sie. »Gehen Sie nur zu Ihrem Vater, Knud.«

Er mischt sich sofort ein, als ich die gewohnten Kaffeetassen auf den Tisch stellen will – »pass doch auf, nicht dorthin« –, Karina kommt mit der Kaffeekanne. Zu meinem großen Entsetzen öffnet sie die Anrichte und nimmt das Meißner Porzellan heraus.

Sie setzt sich auf Mutters Platz, und ich schaffe es nicht, sie davon abzuhalten – nicht dahin, nicht dahin! Eigentlich müsste er wütend werden, stattdessen zeigt sich auf seinem Gesicht beinahe ein Lächeln. Offensichtlich hat er sie nun doch erkannt und für sich entschieden, wer sie ist.

Sie erläutert rasch, was ansteht und wie sie vorgehen wird. Vater stimmt ihr zu und sagt ja. Er hat keine Probleme mit dem Hören, obwohl er mir eigentlich auf alles mit einem »was ist?« antwortet – selbst wenn ich behaupten würde, ich sei schwanger.

Dann ist es gut für heute, auf Wiedersehen und vielen Dank. »Na, Jørgensen, dann komme ich morgen wieder.«

Ich gebe ihr einen Schlüssel für die Haustür und breche auf

mit dem bedrückenden Gefühl, Vater noch einmal zu verlieren. Als ich das nächste Mal vorbeischaue, sitzen sie zusammen im Esszimmer.

»So, Jørgensen, gut gemacht.« Er hat vom Essen nichts übrig gelassen und trinkt sogar ein Glas Bier. »Wolltest du nicht erst morgen kommen?«, fragt er.

Wenn ich etwas sage, beachtet er mich nicht oder er schüttelt den Kopf. Sie lächeln sich nachsichtig an. Er lacht und sie lacht und ich gehöre nicht dazu, ziehe mich zurück und gehe ins Badezimmer.

Es ist der einzige Ort im Haus, der abgeschlossen werden kann. Ich stopfe für gewöhnlich Watte ins Schlüsselloch und genieße es, in Ruhe gelassen zu werden. Das Badezimmer ist umfunktioniert zu einer Klinik, mit Tuben und Flaschen, Küchenrollen und Latexhandschuhen. Unter dem Waschbecken steht ein Plastikeimer. Die Badewanne hat einen Handgriff bekommen, an dem man sich hochziehen kann, außerdem gibt es jetzt einen Schemel und eine rutschfeste Matte. Plötzlich wird mir klar, dass sie ihn wäscht.

Ich habe meine Eltern nie nackt gesehen. Und nun habe ich meinen Vater einer letzten Entblößung ausgeliefert, meinen eigenen Vater, den diskreten, respektierten Versicherungsmann. Ihm ist nichts mehr von sich geblieben. Eines Tages in nicht allzu langer Zeit werde ich an der Reihe sein.

Ich kann mir bereits vorstellen, wie ich Mittagsschlaf halte und zusammenzucke, weil das Telefon klingelt. »Au, au!« Was ist los? »Mein Rücken!«, rufe ich und fluche über den Stuhl, der angeblich ergonomisch ist. Ich beschwere mich bei der Verbraucherzentrale, verfluche den Chiropraktiker: »Er ist nichts als ein sadistischer Pfadfinder mit Metallbrille und kurzer Hose!« und beklage mich beim Gesundheitsamt: »Das sind alles Quacksalber!«

Ruf die Polizei, sage ich. Wenn es sie überhaupt noch gibt, ich habe mir jedenfalls einen Notalarm angeschafft, damit ich mich sicher fühlen kann, wenn ich beim Einkaufen auf Drogensüchtige und osteuropäische Banden treffe.

Ich verlaufe mich im Supermarkt und suche vergeblich in den Regalen nach Waren, die gar nicht mehr produziert werden; ich beginne lange Gespräche mit den Kassiererinnen, bis sich in der Schlange hinter mir jemand beschwert. Hinterher kontrolliere ich den Kassenbon und finde einen Fehler bei den Angebotspreisen, dessen Korrektur Stunden dauert: »Kasse 2 wird jetzt geöffnet.«

Ich rede mit Leuten unter dreißig, als wären es Kinder. So sehen sie in meinen Augen jedenfalls aus, ich bin kurz davor, ihren Kopf zu tätscheln und zu fragen, ob sie nicht ins Bett müssen? Sie sagen »Herr« und »Sie« zu mir und öffnen mir die Tür in der Hoffnung, dass ich gehe. Ich bin emotional labil, weine beim geringsten Anlass und bekomme Wutanfälle, als hätte ich noch Alkoholreste vom Vorabend in mir.

Jeden Morgen wache ich um fünf Uhr mit einer vollen Blase auf und werde beim Pinkeln nie fertig. Ich unterbreche es einfach und setze es später fort. Mein Haar ist dünn, mein Bart grau, die Zähne fallen mir aus, und mein Vater sieht mich aus dem Spiegel an, nickt und gibt mir recht.

Einst trug ich Rüschenhemden, babyblaue Anzüge und nadelspitze Schuhe. Ich schnüffelte Koks und trank rund um die Uhr Wodka. Jetzt bin ich mehr oder weniger Abstinenzler. Die Kleidung soll kein unnötiges Aufsehen erregen und am besten grau oder braun sein. Am liebsten trage ich immer dasselbe. Mein Jackett ist so gut wie neu, obwohl es aus dem letzten Jahrtausend stammt, und wenn meine Frau es wegwirft, hole ich es aus dem Mülleimer.

Ich mag keine Veränderungen, bekomme schnell Angst und

bin desorientiert. Bordsteine gibt es nur, um darüber zu stolpern, und ich stoße mit Dingen zusammen, die vorher nicht dort gewesen sind, wo kommen sie mit einem Mal her? Ich bekomme einen mittleren Nervenzusammenbruch, wenn sich plötzlich irgendwo etwas regt oder lärmt. Grüßt mich jemand auf der Straße, grüße ich nicht zurück – ich bin kurzsichtig und sehe nicht, wer mir da entgegenkommt.

Verkehrsregeln sind für die anderen verbindlich, ich fahre mit dem Rad gegen die Einbahnstraße und bei Rot über die Ampel. Meine Frau setzt mir eine Billigbrille auf, wenn wir mit dem Auto unterwegs sind, aber das hilft nicht viel. Ich klammere mich an den Lenker und fahre mit achtzig Stundenkilometern auf der Überholspur, egal, wie laut das Gehupe hinter mir ist.

Wenn ich meine Frau küssen will, sagt sie, sie würde mir gern eine Ohrfeige geben. Wir reden über Krankheiten und Krebs. Niemand lädt uns mehr zum Abendessen ein, weil wir uns ans Ende des Tisches zurückziehen und dort streiten und uns beschimpfen.

Wenn es dann endlich einmal ein Fest gibt, zu dem man uns einlädt, und wir tatsächlich auch hingehen, setze ich mich in den Hof. Rauchen darf man auch nicht mehr, und das Schlimmste ist, mit anderen Menschen reden zu müssen; die Musik ist viel zu laut, dreh leiser!

Die Zukunft ist verbraucht. Es ist aussichtslos, das Leben besteht aus Leerlauf und Wiederholungen, bei denen das Ergebnis von vornherein bekannt ist: Alles, was ich sage, habe ich früher schon einmal gesagt, und alles, was ich sehe, ist eine Wiederholung von etwas, das schon beim ersten Blick nicht interessant war. Sogar mit Porno kann ich nichts mehr anfangen. Das Licht in der Wohnung zu löschen ist das Wichtigste, was ich im Laufe des Tages unternehme.

Ich will keine weiteren Filme, keine weiteren Bücher mehr, ich will nur noch die Musik meiner Jugend hören – Sparks, 10cc, Supertramp, Queen – und die Überbleibsel der Gefühle aufsaugen, die ich damals hatte. Nirgendwo werden mehr Gerichte serviert, wie sie mir früher geschmeckt haben. Wenn man vom ein oder anderen Relikt in der Provinz absieht, wo es noch rotweiß karierte Tischdecken gibt – und eine unverschämte Bedienung.

Reisen ist die Mühe nicht wert. Die Pyramiden waren ein von der Werbung hochgejazzter Haufen Steine im Sand, und meine einzige und letzte Freude ist es, mich am Arsch zu kratzen und an meinem Finger zu riechen.

Bin ich höflich, tue ich so, als würden wir uns kennen, aber tatsächlich habe ich keine Ahnung, wer du bist. Mein Kurzzeitgedächtnis ist abgesoffen, ich erinnere mich an nichts und niemanden, nicht einmal an das vierte Mitglied der Beatles: Paul, John, Ringo … und wer? Ich bin blank.

Kaum habe ich etwas erlebt, ist es bereits wieder vergessen; und die Welt hat auch mich vergessen und sich die ganze Zeit über verändert, sodass ich im Dunklen taste und den Weg nicht finden kann.

»Ich bin fertig!«, brülle ich und erwarte eine Entschuldigung für die Störung meines wohlverdienten Schlafs. Tut, tut, tut tönt es aus dem Telefon, der Hörer wurde längst aufgelegt.

Ich gehe ins Wohnzimmer zu Vater und will ihn beiseiteziehen, um mit ihm über Karina zu reden. Wir flüstern, obwohl sie bereits gegangen ist, er seufzt. Es wäre besser, wenn ich gar nicht da wäre.

Er macht, was ihm gesagt wird – »Jetzt wollen wir uns mal die Füße ansehen, Jørgensen« –, und ich bin nur lästig und störe.

Bevor ich aufbreche, öffne ich die Schubladen, zähle das Silber im Schrank nach und suche die Visa-Karte in seiner Brieftasche. Sie ist fort.

»Vater, hast du ihr deine Visa-Karte gegeben?« Ich rufe die Bank an, frage nach und möchte einen Kontoauszug. Eine Vollmacht ist nötig, mit Unterschrift. »Was willst du damit?«, will er wissen. Eine Danksagung, lüge ich. Seine Hand zittert, ich fühle mich wie ein Betrüger.

Zwanzig Kronen beim Bäcker, der Einkauf im Supermarkt und Medikamente aus der Apotheke – als würde man seinem täglichen Leben in kleinen Beträgen folgen. Der einzige abweichende Posten in den letzten Jahren beläuft sich auf hunderttausend Kronen. Alles in mir verkrampft sich: mein Auto.

An seinem Geburtstag wäre ich fast zu spät gekommen. Ich hatte mich für alles mit dem größten Geschenkkorb aus dem Kaufhaus Magasin bedanken wollen. Wein, Würste, Oliven im Glas und eine Sachertorte von Reinh van Hauen, meine unendliche Schuld. Selbstverständlich ist Karina mit dabei, es ist ein Festtag, und ich lasse mir nichts anmerken, decke den Tisch und überreiche ihm das Geschenk.

Es gibt eine Schachtel mit gefüllter Schokolade, »Asbach Uralt, Zarte Fläschchen«, er liebt sie. Aber er packt sie nicht einmal aus. Karina umarmt ihn, er drückt sich an ihren großen Busen. Sie hat auch ein Geschenk für ihn und steckt ihm eine Brosche an seine Strickjacke, ein Glöckchen mit einem Tannenzweig, es ist der 8. Dezember. Sie hat eine Batterie und blinkt.

Die Haustür geht auf, unten steht jemand im Wohnzimmer. Es ist ihr Mann, der sich um den Garten kümmert und die Hecke schneidet. Er stellt sich auf und fängt an, Trompete zu spielen: »Happy birthday to you, happy birthday to you«. Sie rufen »Glückwunsch!«, setzen sich an den Tisch, essen und unterhalten sich mit Vater. Und ich sitze daneben, mich gibt es nicht.

»Vati hat Geburtstag, tra-la-la-la-laa. Vati hat Geburtstag, heisa-hopsa-saa.« Der Kuchen ist voller Marmelade und schmeckt furchtbar. Ich fühle mich wie der letzte Mensch und schaue zum Kronleuchter hinauf. Das Herz ist abgehängt.

Wir wohnen hier nicht länger. Sie muss nur auf das Bild sehen, und die Landschaft über dem Sofa wird zu Kitsch. Das Porzellan ist geblümt, Vater ist Herr Jørgensen, und die Fersen werden schrundig, wenn man zu lange im Bett liegt. Es riecht nach Decubal.

Alles ist für einen anderen eingerichtet, der die Wohnung übernommen hat. Sie ist eingezogen und steht vor dem Garderobenspiegel, um zu sehen, ob ihr Mutters Ozelot passt. Das darf nicht wahr sein. Ich presse die Worte zwischen den Zähnen heraus: »Ziehen. Sie. Den. Aus.«

Sie hängt ihn auf den Bügel und wendet sich der Tür zu: »Leider bin ich gezwungen, der Gemeindeverwaltung mitzuteilen, dass wir nicht länger die Verantwortung übernehmen können, Ihren Vater hier allein wohnen zu lassen.«

*

Wir lebten so weit draußen auf dem Land, dass uns nur noch Wasser umgab. Wenn die Nachrichten uns erreichten, waren es schon keine mehr. Man konnte sich zwischen zwei Zeitungen entscheiden, *Lolland-Falsters Folketidende* und *Nakskov Ny Dag*. Grundsätzlich berichteten sie konträr über ein und dasselbe Ereignis, meistens ging es um Berichte über Nachbarschaftskriege und Chiffreanzeigen mit Mitteilungen einsamer Liebender und Schmuggler: »Heute Abend, 18 Uhr!«

Die Mondlandung hatte niemals stattgefunden, und auch

die Jugendproteste führten nur zu einem schwachen Echo. Sie blühten in den Pickeln des einzigen Hippies der Stadt: Ole-Viggo.

Er ließ sich die Haare wachsen und lief barfuß herum. Die Füße ragten aus seiner Schlaghose, als wollte er prüfen, welche Temperatur das Wasser hatte. »Peace«, sagte er und spreizte die Finger, aber die Leute kümmerten sich nicht um ihn.

Es geschah nichts. Fiel durch irgendeinen fantastischen Zufall dennoch irgendetwas vor, wiederholte es sich bis in alle Ewigkeit. Vieles hatte sich bereits vor hundert Jahren abgespielt und schien noch immer eine Überraschung zu sein, und nie werde ich den Tag vergessen, als Coca-Cola in Nykøbing auftauchte.

Es strich über den Himmel und landete auf Falster wie ein Meteor. Nie zuvor hatte ich etwas Vergleichbares gesehen und nie zuvor etwas so Wunderbares probiert, Vanille, Zitrone, Karamell. Außerdem kam es von der anderen Seite des Erdballs: Amerika!

Die geschwungene, geriffelte schwarze Flasche war exotisch und mystisch, und der Geist der Flasche sprudelte wie eine neue Zeit voller Leben heraus. Ich träumte davon zu reisen – alles war möglich – und sang bei der Werbung mit: »I'd like to teach the world to sing in perfect harmony.«

Oh, Minirock! Oh, Blumenkinder! Oh, Popmusik und psychedelische Farben. Es war das Märchen von Tausendundeiner Nacht, und ich bekam bei Junior in der Østergade Cowboyhosen mit Smileys und Regenbogen und setzte mich mit dem Mikrophon meines Kassettenrecorders ins Wohnzimmer, um die Hitparade aufzunehmen. Das Radio war so groß wie ein Möbelstück. Die vordersten Nummern der Top 20 wurden von Mutter begleitet, die mit dem Staubsauger lärmte oder den Tisch deckte. »Psst, ich nehme auf!«

»The Magical Mystery Tour« und die Beatles, die Beach Boys, Donavan und Coca-Cola. Die leeren Flaschen türmten sich in unserem Vorratskeller. Der Botenjunge brachte auf seinem Lastenfahrrad frischen Nachschub von Kaufmann Olsen. Er war rothaarig, hatte Sommersprossen und hieß Finn – und er hasste mich, weil er die Kisten die Hintertreppe hinunterschleppen musste.

Es war der größte Eingriff, den ich je erlebt hatte, als Vater ›halt stopp‹ sagte, jetzt ist es genug! Man bekäme davon schlechte Zähne, und außerdem sei es zu teuer. Ich war vollkommen baff und begriff es nicht. Außer für Coca-Cola gab es doch keinen Grund aufzustehen, also legte ich mich krank ins Bett.

Ein paar Tage danach erbarmten sie sich meiner – »lass ihn doch!« –, es war das Ende des Kalten Kriegs um eiskalte Coca-Cola. Alles kam zu mir zurück, ich setzte die Flasche an den Mund und das Leben gehörte mir. Ich konnte damit machen, was ich wollte.

Seither hat Coca-Cola mich aus dem Bett gebracht. Coca-Cola zog mich durchs Studium und leistete mir in endlosen Nächten Gesellschaft, in denen ich verzweifelt dasaß und weder aus noch ein wusste.

Es war mein Raketentreibstoff. Wenn ich eine Coke im Restaurant bestelle und mir wird etwas anderes serviert, gehe ich. Und wenn ich auf die kleine dicke Glasflasche mit fünfzehn Zentilitern stoße, die in meine Kindheit einschlug, ist es wie eine Zeitreise; ich nehme sie dann mit: meinen besten amerikanischen Freund.

Wir feierten zusammen. War ich traurig, rollten Tränen die Flasche hinunter und trösteten mich. Ich nenne es »schwarzen Champagner«. Das meiste kann ich entbehren, nur Coca-Cola nicht. Am 8. Juli feiere ich jedes Jahr Mr. Pembertons Geburtstag. Er hat Coca-Cola 1885 erfunden, danach war die Welt nicht mehr dieselbe. Ich auch nicht.

Ich hatte das Getränk der Götter probiert – Ambrosia, Nektar – und den Weg ins Land der Seligen gefunden. Es war der Genuss. Man musste nur seinen Gelüsten folgen. Sie summten wie die Bienen, setzten sich auf alles, was süß und bunt war, und saugten es aus: »Ahh.«

Schaufenster und Jensens Schokolade, wo es Bonbonbruch zu kaufen gab, Comic Strips in der Bibliothek an der Rosenvænget. Susannes Brüste, die auf dem Schulhof unter der Bluse sprossen, und die Bienen flogen um sie herum mit Flügeln wie Augenwimpern.

Ich konnte mich nicht sattsehen und wurde auf einer goldenen Honigspur von einer Attraktion zur anderen gezogen. Ich blätterte mich durch den Kiosk und die Schallplatten bei Hoffmeyer & Jørgensen und kaufte meine erste Single: »Goody Goody Gumdrops« von den Lollipops – und freute mich auf die Autobahnen in Deutschland.

ESSO hatte Tierkarten, Aral hatte Aufkleber. In den Tankstellen gab es Illustrierte mit Popstars, *Bravo*, und Oben-ohne-Mädchen: *Praline*, *Neue Revue* und *Quick*. Ich kaufte mir hastig die kleinste Flasche Jägermeister und eine Dose Schnupftabak mit Mentholgeschmack und versteckte beides tief in meinen Hosentaschen.

Jedes Mal, wenn ich mich unbeobachtet fühlte, trank ich einen raschen, heimlichen Schluck auf dem Rücksitz, schnupfte unbemerkt und nieste. »Bist du erkältet?« Ja, vielleicht ein bisschen, antwortete ich mit verstopfter Nase. In meinem Kopf drehte es sich, Mädchen und Popmusik, die Autos sausten in der Dunkelheit vorbei, und ich bat darum, auf dem nächsten Rastplatz zu halten, weil mir schlecht war.

Die Parolen waren mit großen Buchstaben auf die Fassaden gegenüber von Großmutters Wohnung geschrieben. »Diese Häuser sind besetzt!« Großmutter erklärte, die Bewohner würden sich weigern, die Häuser im Westend zu räumen, weil sie von Immobilienspekulanten aufgekauft wurden.

Auf dem Balkon standen junge Männer mit Bärten und langen Haaren und Mädchen in Jeans und T-Shirt – und ohne BH. Sie rauchten Zigaretten und hörten laute Musik. Ein paar Tage später rollten sie ein großes Banner aus:

*SPD,*
*Spekulant,*
*Magistrat*
*sind ein*
*Gangster-*
*Syndikat*

Die Studentenproteste hatten Frankfurt erreicht – »Tumult! Terror! Häuserkampf!« –, und ich saß im Wohnzimmer zwischen den schweren Möbeln, den Teppichen und der Bronzeuhr aus einem anderen Jahrhundert und wünschte, ich wäre dabei.

Großmutter hatte einen kleinen schwarzen Persianerhut mit einem feinen Netz, das sich vor ihr Gesicht legte. Sie setzte ihn auf, adrett und bekümmert, und sagte: »Na, Knüdchen« – und nahm mich zum Kaffeekränzchen ins Café Laumer mit.

Wir gingen bis zur Ecke der Brentanostraße und dann die zwölf Stufen hinauf zu der gewölbten Tür. Der Duft von Kuchen, Kaffee und Schokolade schlug mir entgegen. Die Tassen klirrten, der Klatsch begann. Ich bekam einen Spritzkuchen, und Großmutter plauderte mit ihren Damenbekanntschaften und grüßte einen sehr ernsten, kahlköpfigen Mann, der sich mit einigen linken Studenten von der Universität an den Nachbartisch setzte.

Es war Adorno, Theodor W. Adorno, oder »Teddie«, wie seine Frau ihn nannte. Er war der Begründer der kritischen Theorie und der Frankfurter Schule. Sie wohnten ein paar Häuser weiter im Kettenhofweg, und er trat in Hut und Mantel aus der Tür, »Guten Morgen, Herr Doktor«, und ging in sein Institut.

Es lag nicht mehr als zehn Minuten zu Fuß entfernt an der Senckenberganlage. Um zu seinem Institut zu kommen, musste er nur die Senckenberganlage überqueren, der Verkehr war dicht, und Adorno in seine Gedanken versunken.

Früher oder später wäre er überfahren worden, denn das Straßenverkehrsamt hatte damals noch keine Ampel vorgesehen, die dafür sorgte, dass die Dialektik bei Rot hielt und bei Grün weiterging. Heute steht sie dort: die Adorno-Ampel, und trägt dazu bei, dass seine Gedanken noch immer sicher die Dantestraße am Ende der Parkanlage erreichen.

Das Gebäude ähnelte einem Bunker mit einer polierten Fassade und Fenstern wie Schießscharten, doch die beiden Säulen am Eingang standen für Lehre und Philosophie und führten zurück ins antike Griechenland. Ich wagte nicht, es zu betreten, obwohl ich vor Neugierde beinahe platzte: das Institut für Sozialforschung.

Die Nazis hatten es 1933 geschlossen. Adorno war Jude und Intellektueller, er trug eine Brille und musste ins Exil nach Amerika fliehen. Es war grauenvoll und alles, was er verachtete, von der Massenkultur bis zum Nationalsozialismus, alles lief seiner Ansicht nach auf dasselbe hinaus.

Man muss sich nur die Fahne ansehen – die Swastika in dem roten Kreis – und sie mit dem Coca-Cola-Logo vergleichen. Es war offensichtlich, wo die Nazis ihre Propaganda herhatten, von der Reklame, und er setzte sich hin und schrieb zusammen mit Max Horkheimer die *Dialektik der Aufklärung*.

Sie befassten sich mit den Ursprüngen der westlichen Zivilisation und begannen bei Odysseus – darunter taten sie es nicht –, und meinten, die Aufklärung und die Vernunft seien schon immer von ihrem eigenen Schlagschatten der Verdunkelung und der Barbarei verfolgt worden. Zwar hätten wir uns zwar vom Zwang der Natur und der Mythologie befreit, wären in der kapitalistischen Gesellschaft aber ebenso unfrei und mythologisch verblendet.

»Es gibt kein richtiges Leben im falschen«, sagte er, aß ein Stück von seiner Johannisbeertorte und diskutierte das Nichtidentische mit den Studenten am Tisch. *Dialektik der Aufklärung* wurde ein Bestseller, die Bibel des kritischen Bewusstseins, und lieferte das ideologische Geschütz zu der Protestwelle, die Deutschland überschwemmte.

Es endete damit, dass auch sein Institut besetzt und seine Vorlesungen gestört wurden. Sie lärmten und schrien Parolen. Ein paar junge Frauen traten ans Katheder, öffneten ihre Lederjacken und hielten ihm ihre Brüste vors Gesicht. Adorno schützte sich mit seiner Aktentasche, floh aus dem Auditorium und rief die Polizei.

Das war nicht die Freiheit, an die er gedacht hatte, und schon gar nicht die Revolution. Doch sie hatten ihn beim Wort genommen und gehandelt. Die Nichtidentischen wollten eine gesellschaftliche Umwälzung und demonstrierten gegen das Kapital, den Staat und den Krieg in Vietnam. Es gab Straßenkämpfe und Brandanschläge auf Warenhäuser an der Zeil – der Kaufhof brannte –, und mit einem Schlag war alles anders.

Es waren die gleichen Leute, die auf der anderen Straßenseite des Kettenhofwegs die Häuser besetzt hatten. Ich winkte ihnen von Großmutters Fenster zu – und Andreas Baader und Gudrun Ensslin winkten mir vom Balkon zurück.

»Vollidioten!«, schnaubte Großmutter. Ich bekam einen Schock, als ich ihre Schwarzweiß-Fotografien auf den Plakaten sah: »Gesuchte Terroristen«. Es handle sich um gewalttätige Anarchisten, stand da, und gesuchte Mitglieder der RAF, der Rote-Armee-Fraktion. Vier Millionen DM waren als Belohnung ausgesetzt.

Ich fühlte mich wie einer von ihnen und schuldig, auch ich war ein Terrorist, meine alltäglichen Verbrechen reichten, um mich auf der Stelle festzunehmen. Garantiert würden sie schon bald herausfinden, dass ich Zigaretten aus dem Silberetui meiner Großmutter gestohlen hatte. Es stand auf einem spiegelblanken Mahagonitisch, und ich achtete darauf, dass es auch nicht einen Millimeter verrückt wurde, wenn ich den Deckel öffnete. Aber man konnte nie wirklich sicher sein.

Im Fernsehen wurde »Aktenzeichen XY … ungelöst« gezeigt, Eduard Zimmermann trat ins Wohnzimmer und sah uns vom Bildschirm mit todernster Miene an: »Guten Abend, meine Damen und Herren.« Er unterhielt uns mit Mord, Einbrüchen und Bankrauben, und die Verbrecher waren auf freiem Fuß. Sie standen direkt vor der Tür, ich erschrak mich zu Tode.

Die Kriminalpolizei bat um Hilfe bei der Aufklärung, und ich saß mit Mutter, Vater und Großmutter auf dem Sofa und erwartete jeden Moment, mein Verbrecherfoto zu sehen. Ich wurde gesucht, ich hatte Fingerabdrücke auf dem Zigarettenetui hinterlassen – und die Belohnung betrug vier Millionen DM!

Die besten Dinge waren verboten und sie spielten sich im Geheimen ab, in einer unsichtbaren Welt für Eingeweihte, und ich wollte wissen, was es war.

Sie verrieten nichts, und Scrabble war eine Möglichkeit, sich dem Gespräch zu entziehen. Über so viele Dinge konnte nicht gesprochen werden. Ich wagte nicht, die Worte »Angst«, »Tod« oder »Sex« zu legen, und war überzeugt, dass sonst der Schneider aus dem *Struwwelpeter* heranspringen und mir die Daumen abschneiden würde.

Angst hatte ich schon immer gehabt, sie hatte mich auf Schritt und Tritt verfolgt, und sie wurde immer größer, während ich nicht mitwuchs. Sie lauerte unter dem Bett, ganz hinten im Geräteschuppen und in Frau Skårups Garten. Sie kochte Rostentferner in ihrer Küche, der lilafarbene Rauch stieg auf, die Haselnussbüsche welkten, und ich mied die Straße, wo sich die Jungenbanden trafen.

Alles und alle waren hinter mir her, die Schule, die Mopeds und das Monster im Komposthaufen, und wenn ich es bis zur Treppe schaffte und die Tür meines Zimmers hinter mir zuwarf, klopfte mein Herz und rannte vor Schreck weiter.

Solange die Angst sich auf viele Dinge verteilte, konnte ich damit umgehen, konnte ich sie auf Abstand halten. Ich hatte Angst vor Spinnen, aber die Gefahr war eindeutig und hatte einen Namen, Webspinne, Kreuzspinne. Man konnte sie beherrschen oder durch etwas verdrängen, was mich interessierte: Briefmarken oder Aquarienfische. Bestimmt gab es jemanden, der von morgens bis abends einen Pullover der Angst strickte, und den bekam man dann als Weihnachtsgeschenk.

Wenn es dunkel wurde, war es etwas anderes. Es gab jetzt nichts mehr, was ich vor die Angst stellen konnte. Jeder Widerstand war zwecklos. Die Angst zog vom Heizungskeller in mein Zimmer, sammelte sich in den Gardinen und in den schattigen Ecken – und in mir.

Zurück blieb nur mein eigener Herzschlag. Ich lag im Zimmer, konnte weder Hände noch Mund bewegen und hörte es draußen im Garten jammern. Es war fürchterlich, es klang wie ein weinender Säugling – es war eine Katze.

Sie konnten nachts sehen und saßen auf der Lauer, um mich zu holen. Sobald eine Katze mir über den Weg lief, hatte ich das Gefühl zu schlafwandeln. Die Welt wurde fremd – mit krummen Treppen und weinenden Säuglingen –, jederzeit konnten sie ihre Klauen in mich schlagen.

Lucifer persönlich nahm die Gestalt einer schwarzen Katze an. Wenn auf dem Dach eines Hauses eine Katze saß, war ich überzeugt, dass eine Hexe darin wohnte. Hier kamen die Katzen her, und die Hexe hatte den kleinen Muck eingesperrt und ihn gezwungen, auf sie aufzupassen. Sie hatte seine Schuhe und seinen Stock verbrannt, damit er nicht fortlaufen konnte. Der kleine Muck war ich.

Vor tausend Jahren waren die Katzen Götter gewesen, und sie benahmen sich, als wären sie es noch immer. Mit erhobenem Schwanz und unendlicher Arroganz stolzierten sie an einem vorbei und ignorierten ihre Umgebung, die ohnehin nur für sie da war. Sie waren faul und dominant und beherrschten die Zimmer meiner Tante, die sich ins alte Ägypten verwandelten, wenn sie mit spitzen Ohren wie Statuen auf dem Fensterbrett saßen.

Die Sphinx war natürlich eine Katze, was sonst? Jedes Mal, wenn ich einer Katze in die Augen sah, stand ich dem größten Geheimnis überhaupt von Angesicht zu Angesicht gegenüber: Wer bin ich, was bin ich?

Die Katze antwortete nicht, sondern ging direkt durch mich hindurch, wortlos und unnahbar. Katzen gehörten überhaupt nicht zu uns – sie waren Raubtiere, sie waren wild –, und sie schlichen umher und zogen die Grenze zwischen unserer häuslichen, vertrauten Welt und der Natur.

In ihrer Anwesenheit wurde man zu Luft und verschwand. Sie waren ein Rätsel und undurchschaubar. Warum gingen wir tagsüber nicht mit einer Laterne umher und stießen verzweifelte Rufe aus, wie konnte man dieses unmögliche Dasein nur als so normal empfinden und so vollkommen gleichgültig hinnehmen?

Ich konnte niemanden fragen und legte meine Buchstaben auf das Scrabble-Brett: »Tod«. Mutter goss sich rasch ein Glas Wodka ein – »Lass doch, Knüdchen, jetzt wird Vater nervös« – und wieder sprachen wir nicht darüber. Es gab keine Hilfe. Man musste selbst darauf kommen.

Ich spielte »Emil und die Detektive«, sammelte Beweise und wusste nicht, wonach ich suchte, aber ich wäre nicht im Zweifel gewesen, wenn ich es gefunden hätte. Überall gab es Zeichen, Hinweise und Spuren. Ich kniff ein Auge zusammen, drückte mit dem Zeigefinger auf den imaginären Auslöser und sagte »klick«.

Es schien, als seien Angst und Lust zwei Seiten der gleichen Erregung – je schlimmer, desto besser! Es wurde heißer und kälter, und immer heißer. Ich stahl Münzen aus Großmutters Portemonnaie, trank von ihrem Cognac und ging in Frankfurt auf Entdeckungsreise.

Das Gefährlichste war die Kaiserstraße am Hauptbahnhof. Mutter hatte mich gewarnt, sie war dort als Jugendliche belästigt worden. Es erforderte große Überwindung, den Schritt zu wagen. Ich atmete tief durch, sah nicht nach links und nicht nach rechts und marschierte geradeaus, als ginge ich direkt dem Untergang entgegen.

Der Bahnhof begann dort, wo die Stadt aufhörte, er stülpte

ihr Inneres nach außen. Das ordentliche, anständige Westend verkehrte sich in dreckige, heruntergekommene Hallen mit Drogensüchtigen, Prostituierten und Pennern. An allen Ecken und Enden wurde einem ein »psst« zugezischt. Unter einer riesigen Uhr bewegte man sich am Rande des Gesetzes.

Die Menschen waren auf der Durchreise, gesichtslose Männer schlugen den Kragen hoch und schlichen ins Kino. Fast alle Bahnhöfe hatten ein AKI: ein Aktualitäten-Kino. Mit ihrem unwiderstehlichen Programm an B-Filmen trugen sie zum Wiederaufbau nach dem Krieg bei: Liebe, Laster, Grausamkeit!

Die Filme liefen von neun Uhr morgens bis ein Uhr nachts nonstop, in einer unendlichen Schleife ohne Anfang und Ende. Einen inhaltlichen Anspruch hatten die Filme ohnehin nicht, es ging ausschließlich um den Nervenkitzel, so viel wie möglich und so schnell wie möglich, bis man zu seinem Zug musste. »Mach dir ein paar scharfe Stunden, geh in Deutschlands frechsten Film!« Koste es, was es wollte, ich musste hinein.

Die Eintrittskarte war billig, doch der Preis war hoch – Demütigung und Scham. Die Dame an der Kasse sah verlebt aus. Sie hatte gelbe Zähne und durchschaute einen, als stünde man mit heruntergelassener Hose da – dann gab sie mir eine Miniaturflasche mit Weinbrand. Ich verkroch mich in dem flimmernden Halbdunkel in die hinterste Reihe, Zigarettenrauch waberte im Licht des Projektors, und starrte mit offenem Mund auf *Schulmädchen-Report*.

Es war schäbig und stank. Ein süßlicher, schwerer Geruch nach Schweiß und Alkohol, Tabak und Urin. Wie auf einer öffentlichen Toilette. In gewisser Weise war es auch so. Man trank, entlud sich und spülte nach. Sobald der rote Vorhang sich hinter mir schloss, war es nicht passiert. Ich konnte wieder frei atmen.

Nur das schlechte Gewissen hielt sich noch lange, zusammen mit der Erleichterung, unbeschadet davongekommen zu sein. Und der Triumph. Ich war über meinen eigenen Schatten gesprungen und schaute im Spiegel auf einen anderen Jungen, den ich nicht kannte und der mich nicht kannte. Er rauchte und log, trank und stahl und hatte gerade all dies im Film gesehen.

Es klumpte sich zusammen und blieb wie ein Adamsapfel im Hals stecken. Wenn ich mich lange genug rasierte, bekäme ich einen Bart, eine tiefe Stimme und den Führerschein. Am nächsten Morgen probierte ich Vaters Ronson-Rasierapparat aus.

Das wäre in Nykøbing niemals möglich gewesen. Dort wurde im Kino nichts anderes gezeigt als *Tarzan* und *Die Olsenbande*; und wenn du in die Arkaden gegangen bist, um dir das Plakat von *Mazurka im Bett* anzusehen, haben sie es deinen Eltern erzählt und noch deine Großeltern dafür verantwortlich gemacht. Es ging weniger darum, etwas herauszufinden, als darum, dabei nicht erwischt zu werden.

Man schmorte schon in der Hölle, wenn man auch nur daran dachte, aber mir ging es nicht aus dem Kopf, ich träumte von Susanne. In mir summte es immer lauter vor Lust, und das trieb mich zum Bäcker am Solvej, wo sie im ersten Stock wohnte. Die Bienen hingen in einer großen, gelbbraunen, wimmelnden Traube über dem Hefegebäck und hatten sich an dem Automaten versammelt, aus dem man Plunderstückchen ziehen konnte. Er troff vor Honig.

Was durfte es sein? Ich schaute durch die Glasdeckel der Automatenfächer und bekam einen Schock: *Weekend Sex*, *Rodox*, *Color Climax* – die Magazine waren voller menschlicher Geschlechtsteile. Das spielte sich also sonntags ab!

Am späteren Abend schlich ich noch einmal dorthin und

huschte auf leisen Sohlen hin und her, ich konnte es nicht, ich konnte es aber auch nicht lassen. Wenn ich Münzen in den Automaten warf, würde es die ganze Stadt hören. Die Nachbarn würden aufwachen und das Licht einschalten. Ich würde in Handschellen gelegt und abgeführt.

»Na du, heiße Plunderstückchen, was?« Ich zuckte zusammen und drehte mich um. Der Malermeister ging vorbei und blinzelte mir zu. Er hatte mich entlarvt – er war der bucklige Zwerg –, aber es war jetzt ohnehin egal, ich war verloren.

Ich schloss die Augen, steckte die Fünfer in den Münzschlitz, ließ sie fallen – eins, zwei, drei, vier – und wartete darauf, auf frischer Tat ertappt und zum Tode verurteilt zu werden.

Es dauerte eine Stunde bei starkem Gegenwind. Ich war auf mein Moped gesprungen und fror jämmerlich, aber es war nichts gegen das Gefühl, das mich überkam, als ich an der Storstrømsbroen neben dem Schild mit dem weißen Pfeil stand: »Kopenhagen 120«.

Ich musste nur den Kickstarter treten und weiterfahren. Früher oder später würde ich auf meiner Puch Dreigang den Rathausplatz erreichen – Neonreklame, Verkehr, Menschengewimmel –, und die Welt läge offen.

Wolken zogen auf, und ich peitschte im Regen zurück. Der Lichtkegel des Scheinwerfers warf mir die Landstraße hin. Ich stellte das Moped in die Garage, lief mit meiner Beute in mein Zimmer und warf mich auf die Schlafcouch. Noch immer hing die Karte an der Wand und teilte mir in einer ausgestorbenen Sprache mit, wo ich mich befand. »Lalandiae et Falstriae Accurata Descriptio«. Ich war überall gewesen und hatte die gestrichelten Linien zwischen den Feldern und Bauernhöfen bis tief in den Hamborgskov verfolgt. Sie führten nirgendwohin.

Die übrigen Wände waren mit Plakaten tapeziert – Queen und Freddie Mercury, The Sensational Alex Harvey Band – und einem Reklameschild: Enjoy Coca-Cola. Die Philips-Stereoanlage und die Steinsammlung im Regal. Die Steine lagen dort in einer peinlich genauen Ordnung, und ebenso wenig Rebellion und Straßenkampf gab es in mir.

Ich hatte mich in das weiche, weiße, rothaarige Mädchen verliebt und hängte die Reproduktion über den Schreibtisch. Es war ein Gemälde von Gustav Klimt, »Danae« – der Jugendstil der Wiener Werkstätten verzierte meine Pubertät mit weiblichen Körpern und Blumenmotiven in triebhaften Arabesken.

Ich stellte mir vor, ich würde mit Schriftstellern des Jung-Wien im Café Griensteidl Kuchen essen und Kaffee trinken: Arthur Schnitzler, Alfred Polgar, und Peter Altenberg schickte Postkarten mit »kleiner Prosa« und herzlichen Grüßen.

Niemand schrieb ein schöneres Deutsch als Hugo von Hofmannsthal. Ich lernte seine Gedichte auswendig – »Es läuft der Frühlingswind durch kahle Alleen« – und labte mich an seinem Porträt im Lexikon. Er trug einen steifen Kragen und Schnurrbart und schrieb Librettos für Richard Strauss. Was konnte man sich mehr wünschen?

Es schien, als hätte alles, was mir gefiel, seinen Ursprung im Wien der Jahrhundertwende: Literatur, klassische Musik, Kunst und sogar Kuchen –, das Beste, was einem das Leben zu bieten hatte. Meine Ohren öffneten sich, als ich das erste Mal Gustav Mahlers Musik beim Donnerstagskonzert aus dem Radio strömen hörte. Man schmolz dahin vor süßer Wehmut, jeder Strich auf den Geigen war ein unendlicher Verlust. Und die Töne flossen aus einer Quelle in Wien.

Das Zimmer war meine Wunderkammer, und ich fühlte mich allein – vollkommen allein – mit meinem kostbaren, aber peinlichsten Schatz. Ich zitterte vor Nervosität und versteckte das Pornoheft in einer Plattenhülle. Das Risiko war gering, dass meine Eltern *Trespass* von Genesis hören wollten. Es würde nie gefunden werden, ebenso wenig wie ich. Ich war unsichtbar.

Wir hatten einen Fernseher bekommen, und Vater verlängerte die Antenne und richtete sie auf Deutschland aus. Die interessanten Sendungen kamen erst, wenn man im Bett lag, ich kroch zur Tür im Flur und schob sie ein wenig auf, einen kleinen Spalt weit, Millimeter für Millimeter, sie durfte auf keinen Fall knarren, sogar mein Schatten könnte gehört werden. Ich sah ein bisschen von *King Kong* und auch von *Dr. Mabuse*, aber niemand hatte mich auf die Frau vorbereitet, die sie an einen Pfahl gebunden hatten.

Mit Kutten bekleidete Männer standen mit brennenden Fackeln um sie herum, und ein Henkersknecht drückte ihr eine Messingmaske mit Stacheln vors Gesicht und hämmerte sie fest. Das Blut spritzte. Ich wusste es nicht, aber ich hatte gerade die erste Szene aus Mario Bavas *Die Stunde, wenn Dracula kommt* gesehen.

Das Einzige, was ich tun konnte, war schreien. Tagelang schrie ich, ohne einen Laut von mir zu geben, dann kam ich aus der Schule nach Hause und jemand hatte das Bett gemacht, die Bettdecke zur Seite geschlagen. Es lag mitten auf dem Laken und breitete mein Innerstes in glänzenden, fleischfarbenen Bildern aus: *Color Climax.*

Angst stieg in mir auf und durchfuhr mich, ein Abgrund öffnete sich. Abends am Esstisch sagte Mutter kein Wort. Sie war bei mir eingedrungen und ließ es unausgesprochen zwischen uns stehen – und ich saß mit dem Rest von mir allein in meinem Zimmer.

Ich war in der schwärzesten Provinz gestrandet. Wenn die

Sonne unterging, war es, als hätte man dir die Augen ausgestochen, so dunkel war es auf Falster.

*

Es wäre halb so schlimm gewesen, wenn ich einen Freund gehabt hätte. Irgendjemandem, dem ich mich hätte anvertrauen können und der verstanden hätte. Vielleicht ging er auf der Straße direkt an mir vorbei und nickte mir im nächsten Moment zu? Wir würden uns sofort erkennen.

Es musste ihn geben. Schon allein, weil er mir so fehlte. Ich sehnte mich nach jemandem, mit dem ich reden konnte. Aber wo hätte ich suchen sollen, außer in meiner Fantasie? Und eines Tages war er plötzlich da. Entstanden aus purer Sehnsucht und dem Nichts.

Wir waren exakt im gleichen Alter, und er kam von der anderen Seite des Atlantiks, aus Amerika! Ich konnte es vor mir sehen, wie er sich durch die Menschenmenge am Kai drängte und an Bord eines Schiffs ging, das am Hudson River angelegt hatte.

Es war groß und weiß, mit zwei gelben, schräg nach hinten ragenden Schornsteinen, aus denen Dampf quoll: »SS Constitution«. Es tutete tief, das Wasser schäumte, dann wurde die Gangway eingezogen.

Die Menge jubelte und schrie, und das Blasorchester spielte »When the Saints Go Marching In«. Der Kai sprang wie eine Tischbombe in die Luft. Es regnete Konfetti, Luftschlangen und Fähnchen. Langsam setzte sich das Schiff in Bewegung.

Die Geräusche der Stimmen und Autos verflogen, nach und nach waren nur noch die Möwen zu hören. Er lehnte sich über die Reling und schaute auf die Schlepper und die Statue der Freiheitsgöttin, die steuerbord vorbeizog. Manhattan wurde zu einem grauen, diesigen Felsen und versank im Meer.

Er tauchte in der Dunkelheit auf wie Sterne, die am Himmel leuchten und blinken. Ich glaubte, meinen eigenen Augen nicht zu trauen: ein Ozeandampfer! Der Dampfer fuhr durch die Stadt, und er war unter den Passagieren. Ich wusste, dass er durch die Straßen gehen und mein Fenster finden würde – und für mich begann ein anderes Leben.

Manche haben Karlsson vom Dach, andere bekommen Besuch von Elvis, wenn sie Hilfe brauchen. Sie sind unsichtbar, nur wir allein können sie sehen, und aus welchem Grund auch immer, sie kommen aus derselben Quelle wie die Melodie, die wir in der Dunkelheit summen.

Als ich von der Schule nach Hause kam, saß er auf der Mauer im Garten hinter dem Haus, ließ die Beine baumeln und rauchte eine Zigarette. Rauchst du? Er reichte mir die Packung. »Samsun«, es waren türkische Zigaretten, und ich steckte mir eine an, hustete und rang um Atem. Dann zog ich noch einmal, und wir waren Freunde.

Wir verglichen unsere Hautabschürfungen und gingen zusammen über die Felder. Er war an Orten gewesen, die ich nicht kannte, und hatte mehr erlebt, als ich mir je hätte erträumen können. Er war einmal barfuß auf eine Wespe getreten und erzählte von Rasensprengern, die über dem gestutzten Rasen des Hilton Hotels Regenbögen hervorbrachten.

Das Hilton leuchtete weiß von der Spitze des Hügels. Palmen standen am Eingang. Das weibliche Personal trug Pluderhosen, aber sonst hätte das Hotel überall stehen können. Das Hilton sah überall gleich aus, egal, ob es in Kairo, Havanna oder Athen stand, sogar die Strohhalme waren die gleichen. Sie würden immer dort wohnen, sagte er.

Die Klimaanlage wurde mit Eiswürfeln gekühlt, der Pikkolo klingelte mit einer Glocke und rief einen »Mr. Jones« aus. Die Gäste gingen durch eine Luftspiegelung aus Bildern und Möbeln aus den USA, und in der Bar in der Lobby wurden Milchshakes serviert. Der Gebetsruf von der Großen Moschee erstarb in den weichen Teppichen. Das Hotel war von Istanbul vollkommen isoliert.

Seine Eltern hatten eine Suite zum Bosporus gebucht. Man hatte das Gefühl, im Urlaub zu sein. Er blieb am Pool, sprang vom höchsten Sprungbrett und bestellte Lammkoteletts und Kartoffeln vom Grill im Café. Die Zimmermädchen brachten ihnen zusätzliche Kissen, er nahm die Abkürzung durch die Küche – »Staff only« – und benutzte den Lastenaufzug statt den Gästefahrstuhl im Foyer.

Das Hotel hatte acht Etagen und vierhundertachtundneunzig Zimmer. Er hatte sie gezählt und an jede einzelne Tür geklopft. Auf den Fluren konnte man sich in den Wäschekörben verstecken, die Leute kamen aus den Zimmern, sahen sich um – Männer mit Pfeifen, Frauen in Unterwäsche – und wunderten sich.

Das Hilton war auch ein Ort, den berühmte Menschen besuchten, Filmstars, Sportler und »socialites«, seufzte seine Mutter. Sie las im Friseursalon die *New York Post* und ging die Klatschspalten durch. Der Friseur war Franzose. Er wedelte mit der Schere, plauderte und hatte nicht ein einziges Haar abgeschnitten, wenn er ihr das Resultat präsentierte: »Voila!«

Einige kostbare Sekunden stand er Wilt Chamberlain gegenüber: Wilt the Stilt, The Big Dipper, Chairman of the Boards! Er war der beste Spieler der NBA, groß, schwarz, lächelnd, und passte kaum in den Fahrstuhl, aber der Größte von allen war noch immer Charles Bronson.

Einer seiner Söhne hatte ihn auf's Zimmer eingeladen. Sie hatten einige Tage zusammen am Pool gespielt. Nun saß er auf einem Stuhl und atmete dieselbe Luft wie Bronson, und Bronson würde gleich kommen. Die Tür ging auf, aber es war Bronsons Frau. Sie hieß Jill, hatte blonde Haare, trug ein Piratenkopftuch – und machte ein erschrockenes Gesicht.

Ihre Brüste schaukelten unter der dünnen, durchsichtigen Bluse. Er konnte seinen Blick nicht abwenden. Sie stellte ein Glas mit einem Drink auf den Couchtisch, ganz offensichtlich war sie nervös, und fing an, ihn auszufragen, wer er war und was sein Vater machte.

Er arbeitete auf dem Konsulat. »Dem Konsulat?«, fragte sie. »U. S. Consulate.« »Ah, dann bist du Amerikaner!«

Abends stand er in der Bar und hörte dem Orchester zu, das »Delilah« von Tom Jones spielte. Sie versuchten ihr Bestes und trugen beim Refrain sogar noch etwas dicker auf – »My, my, my!« –, aber sie kamen nicht einmal in die Nähe des Originals. Es war wie alles andere lediglich ein Nachklang von etwas, das sich schon weit entfernt hatte.

Er schrieb eine Postkarte an Tante Betty und markierte ihren Hotelbalkon mit einem Pfeil. Sie konnte die Karte zwischen die anderen Karten auf ihrem Regal stellen und ihm zuwinken. Hier wohnte er: hinter einem kleinen Fenster über Tante Bettys Kamin.

Sonst hatte er eigentlich niemanden. Es war schwer, Freunde zu finden. Sie zogen weiter und er sah sie nie wieder. Aus dem Rückfenster ihres Autos schaute er auf das weiße Hotel auf dem Hügel.

Sie fuhren am Luna Park mit dem großen Riesenrad vorbei. Er war zwischen den Schießbuden herumgelaufen und hatte Zuckerwatte gegessen. Wenn er bei offenem Fenster schlief, konnte er den Lärm des Parks, das Juchzen und Lachen hören.

An warmen Abenden wurde unten am Bauplatz ein weißes Laken zwischen ein paar Bäumen aufgespannt und Eintritt verlangt. Die Leute standen Schlange und warteten darauf, dass die Sonne unterging. Wie Nordlicht wogten die Bilder über den Himmel. Er setzte sich mit einer Tüte gebrannter Mandeln dazu, der Zucker brannte auf der Zunge. Gezeigt wurden türkische Western.

Es war einfach, der Handlung zu folgen, die Dialoge konnte er selbst zu Ende führen. Aus irgendeinem Grund war der Ton nicht synchron und ein wenig verzögert. Sie hoben die Hände, bevor jemand »Hände hoch!« sagte, und fielen um und riefen »Ich bin getroffen!«, nachdem sie schon tot waren, aber niemand ließ sich davon irritieren. War ein Film nachsynchronisiert, ging es total schief, dann sprach ein Schauspieler über den deutschen, italienischen oder englischen Text.

Die Dialoge passten nicht zur Handlung, und genauso war es auch, wenn sein Vater ihnen einen kurzen Besuch abstattete und sie gemeinsam im Restaurant saßen. Es kam selten vor, aber er hatte dann das Gefühl von Kulissen, Rollen und Repliken. Irgendetwas war falsch, auch wenn man es nicht sofort hätte benennen können.

Nichts wäre ihm lieber gewesen, als dazuzugehören, aber das setzte voraus, dass man blieb. Sie reisten ab. Er sah auf dem Weg zum Hafen den Abspann über das alte Stadtviertel und die Minarette rollen und versuchte sich vorzustellen, welche Schauspieler die Rollen seiner Eltern, seiner Geschwister und seine Rolle übernommen hatte. Mein amerikanischer Freund nahm mich mit auf eine Reise rund um die Welt, und das war der beste Sommer, den ich je hatte. Alles schien in Sonnenschein gezeichnet. »Wie heißt du?«, wollte ich wissen. Er legte mir die Hände ans Ohr und flüsterte. Am nächsten Tag war er verschwunden.

Ich ging in den Garten, doch wie lange ich auch wartete, es

gab nur den Komposthaufen, dessen Geruch und die zugewucherte Mauer zum Nachbarn. Die Ferien waren zu Ende. Als die Schule begann, hängte ich die Jacke an den Haken und war wieder allein mit den Feldern und den Krähen.

*

Die Gutachterin für den Pflegedienst ist gekommen. Sie wirkt wie ein Gespenst in einem heimgesuchten Haus. Die Benachrichtigung habe ich in einem Fensterumschlag erhalten, den zu öffnen ich wie gewöhnlich hinausgeschoben habe. Ich verstand nicht genau, was die Worte bedeuteten. Jetzt weiß ich es, doch es ist zu spät.

Es ist ein böser Geist, den die Gemeinde schickt, um dir das Liebste zu nehmen, wenn du keinen Ort hast, um es unterzubringen. Niemand streichelt Vater über die Wange, »Väterchen«. Mutter war nicht mehr da, und er legte den Hut nicht mehr auf die Ablage im Flur, wenn er aus dem Büro kam. »Hallo!«

Ich hatte für ihn kein Heim mit Familie, festen Essenszeiten und einem gestreiften Pyjama: »Gute Nacht.« Was hatte ich getan? Ich hatte aufgegeben und die Gutachterin hereingelassen. Ich habe ihr sogar die Hand gegeben. Sie hat sie ergriffen, dann hat sich die strenge Dame mit ausdruckslosem Gesicht auf eine Stuhlkante gesetzt und eine Aktenmappe herausgeholt.

Sie beginnt, Vater zu verhören, und fragt ihn nach allem Möglichen. In welchem Jahr leben wir? Wer ist der Ministerpräsident? Welche Farbe hat das Frühjahr? Ich versuche, ihm die Antworten zuzuflüstern, genau wie er mir bei meinen erbärmlichen Hausaufgaben geholfen hat. Jedes Wort kann und wird gegen ihn verwendet werden, ich kann ihm nicht helfen und sehe hilflos zu.

Wir befinden uns im Jahr 1925. Der Ministerpräsident heißt Stauning, und er wohnt mit seinen Eltern in Orehoved.

Es ist eine Prüfung des Realitätsprinzips, es leuchtet in sein Gesicht wie die Schreibtischlampe bei der Polizei, und er ist so unterhaltsam wie möglich. Er freut sich, Gesellschaft zu haben, und erzählt all seine Anekdoten noch einmal. Sie schreibt mit.

Ich kann den Gedanken nicht zu Ende denken und will eingreifen – »nein!« –, aber es ist bereits überstanden. Sie hat genug gehört. Ihm ist gerade ein Pflegeheimplatz genehmigt worden, und mir wächst die Hand aus dem Grab:

*Hat mein Gewissen doch viel tausend Zungen,*
*Und jede Zunge bringt verschiednes Zeugnis,*
*Und jedes Zeugnis straft mich einen Schurken.*

Sein Bestes zu geben ist das Einzige, was zählt. Das habe ich nicht getan. Die Scham wird mich überleben wie ein Hund.

*

Es war lange vor dem Internet und den Mobiltelefonen. Wir waren die Letzten, die einen Fernseher bekamen. Es gab auch keine, nur eine pechschwarze Landstraße mit Haarnadelkurven – und die Autofahrer waren betrunken. Mein Onkel Ib stellte eine Kiste Starkbier in den Kofferraum und rauchte und trank unterwegs. Sicherheitsgurte hatte niemand. Man fuhr mit ausgeschalteten Scheinwerfern, um Licht zu sparen. Die meisten waren verunglückt, bevor sie Kopenhagen erreichten.

Es gab ein Transistorradio in der Küche und ein Radio im Wohnzimmer. Das Telefon war schwarz und schwer und aus

Bakelit. Es klingelte sehr laut, dass wir die Hände in die Luft warfen, als würden wir verhaftet. Wenn man die richtige Nummer hatte, konnte man in der Vergangenheit anrufen.

Mutter telefonierte mit unserer deutschen Familie, mit ihrer Stiefschwester Eva, Tante Junghans aus Kelkheim und Tante Inge, die auf Mallorca lebte: »Bueno!« Sie hatte einen amerikanischen Millionär geheiratet, der starb, kurz nachdem er für sie eine Hazienda auf dem Gipfel eines Berges gebaut hatte. Vater verfolgte das Gespräch mit der Armbanduhr. Er wurde immer ärgerlicher. Es kostete ein Vermögen, Schweigen war Gold!

Hin und wieder fiel ein Brief durch den Briefschlitz. Ich löste die Briefmarke mit Wasserdampf vom Umschlag, trocknete sie auf einer Zeitung und legte sie zu meiner Sammlung. Es war eine Sensation, wenn sie aus dem Ausland kam. Einer meiner späteren Lieblingssätze stammte von Walter Benjamin: »Marken sind die Visitenkarten, die die großen Staaten in den Kinderstuben abgeben.«

Ich lernte Geographie, Flora, Fauna und Mathematik durch Briefmarken. Sie waren eine Miniaturausgabe der Weltgeschichte mit Staatsoberhäuptern, Jahrestagen und Nationalsymbolen in Viererblöcken und Ersttagsbriefen. Die Wirklichkeit wurde getrocknet und gepresst, genau wie Blumen in einem Herbarium oder eine Schmetterlingssammlung. Ein Museum in einem Briefmarkenalbum – und wenn ein Zacken fehlte, war die Marke wertlos.

Zeit und Ort waren ihnen als brutale Tatsachen aufgestempelt. Königskronen, Swastiken und runde Gummistempel mit Datum und Ort. Ich versuchte, die Chiffren des mystischen Postwegs zu deuten, auf dem sie hierhergebracht wurden – Las Palmas, Nørre Alslev – und studierte ihn wie einen Fluchtplan. Er verlief durch die Briefmarkenhandlung in der Jernbanegade.

Die Schachtel mit gemischten Unsortierten für fünf Kronen lockte mit der Chance auf den großen Coup. Ich hatte von der Blauen Mauritius gehört und machte mich auf die Suche nach dieser wertvollen Briefmarke, dem Gral der Philatelisten.

Die teuersten Briefmarken waren die Fehldrucke. Mit der Lupe suchte ich nach Abweichungen »5 Øre weinrot. Stahlstich-Wellenlinie von 1938. Klumpfuß am rechten Hinterlauf des Löwen« oder »Bombe am Runden Turm« als violette Briefmarke zum dreihundertjährigen Jubiläum aus dem Jahr 1942 mit einem Wert von zehn Øre. Der kleine Strich rechts vom Turm enthielt sämtliche Schrecken des Zweiten Weltkriegs.

Ich ordnete sie sorgfältig und chronologisch in Klemmtaschen. Sie sahen so ordentlich aus wie die Wörter eines einfachen Hauptsatzes. Auf Altgriechisch hieß lesen »legein« und bedeutete »sammeln«. Wenn man las, sammelte man Buchstaben, und in dem Album der Firma Leuchtturm ordnete ich mich in gewisser Weise selbst.

Briefmarken waren wie Bücher, sie ließen sich öffnen. Alles entfaltete sich in ihren Erzählungen, über die ich im Wohnzimmer in Tagträume verfiel. Noch immer besitze ich einen verwaschenen Pullover, auf dem steht: »Books are silent friends«. Die Bibliothek war der stillste Ort auf der Welt.

Mir schien, als würde jedwede Stille im Lesesaal entstehen. Er war leer. Wo waren die Menschen? In den Büchern. Der geringste Lärm erzeugte ein Echo, ein Husten, ein Stuhl, der verrückt wurde, sofort wurde man angestarrt und ermahnt, es wurde gezischt, als hätte man Tote aufgeweckt: »Psst!«

Die Decke wölbte sich über mir. Die Fenster mit ihren Rundbögen verbreiteten das Licht einer anderen Welt. Es kam aus den Büchern. Ein ganzer Wald von Geschichten.

Man konnte froh sein, wenn man an der Bibliothekarin vorbeikam, die hinter der Schranke herrschte: Fräulein Simonsen. Ihr Haar türmte sich auf wie ein Bienenkorb. Sie hatte große, weiße Ohrringe und stemmte die Hände in die Seiten, wenn sie wütend war. An der Wand hing ein Schild: »Rechtzeitige Rückgabe erbeten.«

Sie war unfehlbar wie Gottes Schatten auf Erden und hielt mit ihrem Karteikasten Ordnung im Universum. Die Reihenfolge war das Allerwichtigste, niemand durfte sich den Regalen nähern, ohne auf die heiligen Prinzipien von Deweys Dezimalklassifikation zu schwören.

100 war Philosophie und Psychologie, 200 war Religion, 800 war Literatur und 900 Geschichte und Geographie. Diese Hauptgruppen waren jeweils in zehn weitere Gruppen unterteilt, und so ging es ewig weiter. Jeder Band hatte seine feste Nummer und seinen festen Platz, und es gab einen besonderen Platz in der Hölle für diejenigen, die ein Buch falsch einstellten.

In den Kinderbüchern der Bibliothek waren die Dinge großgeschrieben und illustriert: ein Hund, ein Ball, ein Auto. Man konnte mit Hilfe der Bilder die Geschichten nachvollziehen. Ich war mit den Göttern und Helden der Antike umhergezogen, und Odysseus hatte sie überlistet. Ich war Rasmus und der Landstreicher und Wickie und die starken Männer, und Tim und Struppi, die sich aus jeder Klemme befreiten und das Mysterium auflösten.

Die Bilder gingen in die Bücher für Erwachsene über. Sie drehten mir in den Regalen den Rücken zu und präsentierten sich mit Namen und Titel. Alfred L. Kroeber: *Anthropologie.* Man sah förmlich wie es die Hacken zusammenschlug und sich verbeugte. Es war eine steife und formelle Begegnung und ich eilte zu der Abteilung, in der die Bücher frei waren: Fiktion.

Nummer 823 war *Frankenstein.* Ich versteckte es zwischen den anderen Büchern und legte den Stapel auf den Tresen, mir schlug das Herz bis zum Hals. Ich hatte das Gefühl, als blättere Fräulein Simonsen in mir, als suche sie nach unanständigen Worten. »Tsk«, sagte sie, zog die Karte heraus und trug das Datum ein. Sofort überkam mich Angst, dass ich die Bücher nicht rechtzeitig zurückbrachte.

Das Schlimmste war, dass ich nicht von ihnen lassen konnte, wenn ich sie erst einmal gelesen hatte. Ich verlor meine Freunde. Sie verschwanden in den Regalen und wurden zu Erinnerungen. Ich wollte *Frankenstein* nicht zurückgeben!

Ich überlegte zu behaupten, das Buch sei verschwunden, vielleicht gestohlen, und ob ich Vater bitten könnte, es zu ersetzen? Aber das würde die Göttin des Zorns nur noch mehr herausfordern. »Sie sind unersetzlich«, erklärte sie und steckte die Karteikarte mit dem Datum ganz hinten ins Buch.

Ich schob es so lange vor mir her, bis es hieß, jetzt oder nie – und ließ es sein. Am folgenden Tag hatte ich ein Problem. Es wurde größer und größer, und mit jedem Tag, den ich es hinauszögerte, wurde es schwerer, das Buch abzuliefern, bis es unmöglich war.

Das Rennen war gelaufen und ich dachte verzweifelt darüber nach, wie ich meine Spur verwischen konnte. Ich könnte mich heimlich in die Bibliothek schleichen und aus dem Karteikasten die Karte von *Frankenstein* herausziehen. Dann würde ich *Über die Entstehung der Arten* in die Abteilung Biographien stellen und die Bibel gegen *Lady Chatterleys Liebhaber* tauschen und verschwinden.

Hinter mir ging das Universum unter. Die Kartei explodierte und flog Fräulein Simonsen wie die Spielkarten in

*Alice im Wunderland* um den Kopf. Sie versuchte, sie zusammenzuhalten, sämtliche Genres mischten sich jedoch in einer einzigen Orgie von Tieren, Mord und Religionsgeschichte. Vor Schreck standen ihr die Haare zu Berge, wie bei Frankensteins Braut und ich konnte vorläufig nichts mehr ausleihen.

Nicht weniger als eine neue Welt hatten mir die Bücherschränke meiner Großmutter und die Bücher selbst eröffnet, meine stillen Freunde. Ich kam aus Christoffersens Boghandel und Møllers Antikvariat mit einem Stapel von Büchern unter dem Arm nach Hause und glaubte, dass ich nur weiterlesen müsste, solange bis es in Nykøbing keine Bücher mehr gab. Dann würde ich Kopenhagen erreichen.

Ich behauptete, der Grund sei das Studium der Literaturwissenschaft. Nicht, dass ich tatsächlich irgendwelche Intentionen hatte, Wissenschaftler zu werden. Oder dass ich ernsthaft Literatur studieren wollte, ich wollte sie schreiben – und mit dem Studium kam man der Sache am nächsten.

Hätten sie mich gefragt, wie ich mir das vorstellte, hätte ich allen Ernstes geantwortet, dass ich mit einem Bündel über der Schulter auf österreichischen Landstraßen wandern und dabei »Lieder eines fahrenden Gesellen« pfeifen wollte. Die Berge, Bäume und Wolken würden von selbst zu Gedichten werden. Aber wovon wollte ich leben?

Ich machte mir keine Sorgen. Solange man etwas hatte, für das es sich lohnte zu leben, war diese Frage irrelevant, ich vergeudete keinen Gedanken daran. In den Dörfern würden mir die Gastwirte in der Küche die Reste zu essen geben: »Nimm dir ein Stück Schinken und einen Knust Brot.« Und unter dem Dach gab es ein Bett für mich. Nachts schlich dann die dralle Tochter des Wirts in mein Zimmer und drückte sich an mich. Und am nächsten Morgen spazierte ich hinaus ins Blaue – »Ging heut' Morgen über's Feld« –, und kehrte nach einem Jahr vielleicht zurück. Sie würde am Wegesrand stehen, einen Säugling im Arm wiegen und mich küssen. Das Leben war süß. Der Tod auch.

So gestaltete sich das Dasein zumindest laut Eichendorff. *Aus dem Leben eines Taugenichts* ragte aus meiner Innentasche in einer gelben, dünnen Taschenbuchversion. Es war mein Reiseführer, ich hatte es immer dabei, und wo sollte es enden? Im Insel Verlag!

Wieder einmal war ich Don Quichote, der gegen die Windmühlen kämpfte, es war komplett wahnsinnig. Mit roten, geschwollenen Augen und heruntergedrehtem Seitenfenster saß Mutter auf dem Parkplatz vor dem Wohnblock im Auto. Hätte ich nicht Jura oder Staatslehre studieren und nebenbei arbeiten können? Nein, alles oder nichts. Dann fuhren sie los und verschwanden um die Ecke.

Ich war der Einzige, den sie hatte, neben Vater ihre einzige Gesellschaft. Nun war ich zu Hause ausgezogen und hatte versprochen, abends anzurufen. Sie schlossen sich in ein dunkles Haus ein und schalteten das Licht an. Sie ging in die Küche und er deckte den Tisch für zwei und ließ meinen Serviettenring in der Schublade liegen. Eine kalte Mahlzeit, Aufschnitt, es gab keinen Grund, etwas anderes anzurichten. »Was soll aus ihm werden?« Vater schüttelte den Kopf.

Sie sahen fern: *Tagesschau*. Das Telefon klingelte auf dem Lampentisch. Ich war es. »Romer Jørgensen«, sagte Vater feierlich, als könnte eine wichtige Person am Apparat sein, und reichte den Hörer an Mutter weiter. »Mein Liebling.« Ich munterte sie auf, so gut es ging, und erzählte von dem großen Tag. Ich war auf dem Immatrikulationsfest gewesen!

Der Vor Frue Plads war voller frischgebackener Studenten.

Erik Skinhøj, der Rektor der Universität, hielt eine Rede im Festsaal und hieß uns willkommen. Ich hatte mich durch das Gedränge gearbeitet und ihn begrüßt. Hinterher gab es Bier vom Fass und Bratwürste im Lindegården. Die Rockband Skousen & Ingemann spielte.

»Tja, wir haben nichts erlebt«, antwortete sie, beinahe so, als sei es meine Schuld, und ich legte auf und ging in mein Zimmer. Es war der 3. September 1979. Zum ersten Mal konnte ich die Tür schließen und hatte etwas für mich allein: zwölf Quadratmeter Beton mit Toilette und einem Balkon mit Blick auf Amager.

Es musste keine hochherrschaftliche Wohnung in Wien sein. Ich war glücklich, unfassbar glücklich, und erleichtert, entschlüpft zu sein.

Ich richtete mich ein und hängte das Plakat übers Bett. Zeus kam in einem goldenen Regen zwischen Danaes Beine. Der Schreibtisch stand mit Tintenfass, Federhalter und rotem Siegellack im 19. Jahrhundert. Dann genoss ich die Aussicht vom Balkon.

Die endlosen Wohnkarees im Urbanplanen-Viertel blinkten in der Dunkelheit. Die Schornsteine ragten aus der Fernwärmeanlage Sundholmen. Nicht mehr als drei Kilometer entfernt lag es am Horizont und zog alle meine Gefühle und wildesten Fantasien auf sich: Kopenhagen!

Auf meinem Gesicht breitete es sich in einem Lächeln aus, in silbernen Blitzen, blauem Licht und glitzernden Fontänen; ich bewunderte das Feuerwerk, das im Tivoli für mich und nur für mich abgeschossen wurde.

Obwohl die Universität in der Nähe lag, ging ich Montag sehr früh los. Ich konnte ohnehin vor Aufregung nicht schlafen und lief zwischen Hundehaltern, die mit ihren Hunden Gassi gingen, und zufällig abgestellten, vermutlich gestohlenen Fahrrädern durch die Straßen, als wären es von Pflügen gezogene Furchen. Die Betonblöcke sahen überall gleich aus. Man konnte sich leicht verlaufen.

Ich trug keine Uhr, aus Protest gegen die Fremdbestimmung. Es war eine Fessel am Handgelenk! Allmählich müsste ich aber eigentlich ganz in der Nähe der Uni sein. Ich hatte keine Ahnung, wo ich war.

»Entschuldigung«, fragte ich eine ältere Dame, »wie finde ich denn die Universität von Kopenhagen?« Sie sah mich merkwürdig an. Ich fügte stolz hinzu: »Ich bin Student der Literaturwissenschaft!«

Nach einigen vergeblichen Versuchen – »Entschuldigung« – zeigte jemand in die entgegengesetzte Richtung. Ich war ein paar Stunden in die falsche Richtung gelaufen.

Also drehte ich um, überquerte eine stark befahrene Straße und ging weiter über einige Fußballplätze, bis ich die Gebäude entdeckte. Grauer Beton mit roten Fenstern. Ich kletterte über einen Zaun und ein Gebüsch und erreichte den Hintereingang eines Gebäudes, in dem die Kopenhagener Universität auf Amager untergebracht war.

Die Tür war abgeschlossen. Aber eines der Fenster stand einen Spalt weit offen. Mit etwas Mühe kletterte ich hinein und befand mich in einem langen Korridor, der sich immer weiter verzweigte. Ich musste nach 9.2.17, was immer das zu bedeuten hatte.

Es war, als würde man ein vierblättriges Kleeblatt suchen, ich ging von Tür zu Tür und von Institut zu Institut – und direkt zum Haupteingang hinaus. Ich war doch gerade erst in die Universität hineingekommen. Ein erkälteter Springbrunnen plätscherte im Sonnenlicht. Vor mir hing ein Schild: »Treppe 9«.

Ich rannte in den zweiten Stock, ich hatte den Code geknackt, jetzt galt es, Raum 17 zu finden. Anklopfen, ja bitte? Ich trat in eine stumme Versammlung. Sie saßen an in Hufeisenform aufgestellten Tischen, und vor ihnen stand ein Mann mit Spitzbart, der aussah wie Lenin.

Sie sahen aus, als hätten sie ein Gespenst vor sich. Ich setzte mich rasch und fing an, den Lehrplan von der Tafel abzuschreiben. Es blieb noch Zeit für eine abschließende Runde, in der man sich vorstellte und erzählte, warum man diesen Studiengang gewählt hatte.

Es klang interessant, teilte der Erste mit. Das wüsste sie nicht, antwortete die Nächste nach längerer Bedenkzeit. Er brauchte noch ein Nebenfach, erklärte ihr Nebenmann. Es war kaum zu glauben, hatte ich mich verlaufen?

Es waren noch mindestens dreißig Studenten, ich hielt es kaum aus, ihnen zuzuhören, meine Füße trippelten, meine Hände zitterten. Es türmte sich in mir auf, es gab so viel zu sagen, und es brach aus mir heraus, als ich an der Reihe war.

Ich liebte die deutsche Romantik und war in *Des Knaben Wunderhorn* eingetaucht und nie wieder herausgekommen. Dann zählte ich Titel auf und redete und redete und redete. Ich wollte doch in Wien leben!

Meine Kommilitonen packten bereits ihre Sachen, und der Dozent sagte, »wir sehen uns dann im großen Auditorium«, ich begriff, dass die Vorlesung für heute vorbei war und beendete meinen Redefluss.

Ich weiß nicht, was ich eigentlich erwartet hatte, Schillers *Athenaeum*? In jedem Fall etwas anderes. Ich trottete die Treppe hinunter und spazierte zurück durch Urbanplanen – in Weste, weißem Hemd und Gehrock mit langen Schößen und führte laute Selbstgespräche mit dem Bürgersteig.

Auf dem kleinen Platz vor dem Ende der Betonblöcke gab

es eine Kneipe, den Smut-Inn Pub. Man vergaß die Zeit, sank im Halbdunkel dahin und verlor seine unsterbliche Seele. »Was soll's«, dachte ich und kaufte einen Liter Cola und eine Halbliterflasche Hansen-Rum im Brugsen.

Ich trank den Rest des Tages, hörte dabei Musik, las und hämmerte auf die Reiseschreibmaschine ein. Es war Mutters Triumph. Sie hatte sie nach dem Krieg als Zugsekretärin in Deutschland benutzt. »Dansk Bygnings Assurance« stand in der oberen rechten Ecke auf dem Papier. Ich hatte es aus Vaters Büro bei der dänischen Gebäude-Versicherung mitgenommen.

Was ich schrieb? Worte, nichts anderes als Worte in langen Reihen, die ich in den Büchern gefunden hatte und vielleicht verwenden konnte: »Sternschnuppen«, »Katzengold«.

Es brauchte viele Worte, bis Sätze, Rhythmen und Metaphern entstanden. Ich kopierte ganze Kapitel und überlegte, sie unter meinem Namen an einen Verlag zu senden. Vermutlich hätten sie aber rasch bemerkt, dass nicht ich *Die Welt von gestern* geschrieben hatte.

Wien war das Zentrum der zentraleuropäischen Bildungskultur, und ich saß in meinen zwölf Quadratmetern und baute die Stadt systematisch in mir nach. Sie war nicht aus Backstein erbaut, sondern aus Tönen, und diese Töne liefen auf dem Dach der Nationalbibliothek entlang, die sich drei Etagen unter der Erde in einem Labyrinth erstreckte, das vom Albertinaplatz bis zum Heldenplatz reichte.

Die Fenster waren Gemälde und die Geräusche der Stadt Musik. Sie waren der Kopf auf meinen Schultern, sie waren meine Augen und Ohren. Alle meine Vorstellungen von Wien formten gleichzeitig mich und den Traum vom süßen Leben.

Man konnte sich sein Wien erfinden, ohne je dort gewesen zu sein. Es war die Geschichte, die den Dingen Bedeutung verlieh. Wenn ich genug über Wien wusste und die Stadt endlich fertig gebaut hatte – Straße für Straße, Haus für Haus, hier hatte Mozart gewohnt, dort hatte Altenberg Kaffee getrunken –, würde ich nach Wien reisen und heimkehren.

Ja, das Zimmer im Studentenwohnheim war klein. Aber es war mein Zimmer. Die mit Bast umwickelte Weinflasche, in der eine Kerze steckte, der Tisch aus Kisten, über die ich eine weiße Decke gelegt hatte. Morgen würde ich in einem Barockschloss in Rodaun aufwachen. Ich pustete die Kerze aus, und der bucklige Zwerg krabbelte aus dem Schatten und schüttelte sich vor Lachen.

Er legte die Lehrbücher aus der Universitätsbuchhandlung auf den Tisch: *Textstrukturen*, *Literatursoziologie* und *Theorie der Avantgarde* von Peter Bürger. Das war das Pensum – und von der ersten Lektion bis zum Ende des Semesters starrte das bucklige Männlein mich mit seiner großen viereckigen, braunen Brille an.

Ich wurde von einer Menagerie von Männern empfangen, sie hatten lange Haare, einen direkt über den Augenbrauen waagerecht geschnittenen Pony und wildwuchernde, buschige Bärte. Ralf, Torben und Dan, wie auch immer sie hießen – man wurde durch eine ideologische Mühle gedreht, die an Gehirnwäsche erinnerte.

Die Theorien waren Doktrin, die auf unkritisch angenommenen Maximen für Gläubige aufbauten. Vielleicht wurden sie deswegen so vehement verteidigt, vielleicht führten die Dozenten deshalb Krieg gegen alle konkurrierenden Lehrmeinungen. Wer der falschen Schule angehörte, war schlimm dran. Seine Bücher wurden nicht rezensiert, sondern in der Zeitschrift *Poetik* auf den Scheiterhaufen geworfen: »Warnung vor einer Institution – John Chr. Jørgensen: Literarische Methodenlehre«.

Es war eine Religion. Jede Abweichung wurde mit Exkommunikation bestraft. Man wurde aus der guten Gesellschaft ausgeschlossen – andererseits bedeutete es für diejenigen, die am Institut die Macht hatten, Rederecht und Titel. Grodal war der tüchtigste Wissenschaftler. Er lief durch die Flure, raufte sich die Haare und schrie: »Sie haben den Falschen gewählt, sie haben den Falschen gewählt.« Ein anderer war zum Professor ernannt worden. Es spielte sich ein gnadenloser Kampf ab.

Es gab jede Menge akademischer Wracks. Sie versteckten sich in ihren Büros und kamen nicht mehr zurecht. Die Flasche klirrte in der Schublade. In der Teeküche stieß man hin und wieder auf dieses unheimliche, dünne Gespenst: den ewigen Studenten. Er war nervös und unrasiert und grinste bei jedem Wort. Es war ein Schicksal schlimmer als der Tod. Es sollte meines werden.

War es schon schwer gewesen, auf die Universität zu kommen, erwies es sich als nahezu unmöglich, sie wieder zu verlassen. Wie eine schlechte Entschuldigung wollte ich einfach sitzen bleiben, durchschaubar und sichtlich gescheitert, das Leben ging ohne mich weiter.

Aber ich hatte es bei den Brüdern Grimm geschworen. Das war das Einzige, was zählte. Alles andere war egal. Ich arrangierte mich, so gut ich konnte, und obwohl ich mich für Amerika begeisterte, kaufte ich mir sogar ein T-Shirt mit roten Buchstaben: CCCP.

Sie traten für die Sowjets ein und verteidigten Ostdeutschland. Viele sprachen begeistert über die bewaffnete Revolution und hatten ein Gewehr im Küchenschrank. Baader-Meinhof war die Vortruppe, es gehörte zum guten Ton, sie zu unterstützen, und Terror war nichts anderes als »Gegengewalt« gegen einen unterdrückenden, faschistischen Staat.

Nur die Arbeiterklasse war unparteiisch, hieß es, und kannte die Wahrheit über die Gesellschaft als Ganzes, weil sie mit der Produktionssphäre verbunden war. Das Bürgertum hingegen lebte isoliert von praktischen Lebenszusammenhängen in einer Welt des Selbstbetrugs und des falschen Bewusstseins. Dies kam im kulturellen Überbau exemplarisch zum Ausdruck, auch in der Literatur.

Unter keinen Umständen durfte man Werke lesen, die dieses Selbstverständnis weitertrugen und diese Vorstellungen und Weltsicht passiv reproduzierten. Es war eine Todsünde! Man war verblendet und verloren.

Die offensichtlichen Bedeutungen an der Oberfläche waren lediglich Symptome für andere, verborgene Bedeutungen in der Tiefenstruktur. Textanalyse hatte ideologiekritisch zu sein und sollte die sozialen und psychologischen Zwänge aufdecken, von denen der Autor gesteuert und der naive Leser verführt wurden: du.

Es ging darum, die unter dem Text liegende Wirklichkeit und die tatsächlichen Interessen aufzudecken, die im Spiel waren. Man war gleichsam ein Kriminalbeamter, der einem Verbrechen auf der Spur war – die Literatur war voller Lügen –, oder ein Arzt, der eine Krankheit diagnostizierte. Sie lasen Bücher mit Stethoskop und Skalpell, und die Wissenschaft hatte gesiegt, wenn der Patient tot war.

Die Wahrheit wurde immer verdrängt – unerhört und nackt –, und man selbst war zu einem besseren Menschen geworden, der die Mystifikation durchschaut hatte und nun klar sah. Mir würde eine Offenbarung zuteilwerden, wie Schuppen würde es mir von den Augen fallen – es war als bekäme man Zugang zu einem Stripclub. Oder einer Sekte.

Je höher man auf der Hierarchie-Leiter stand – als Assistent, Dozent oder Professor –, desto klüger war man, frei und aufgeklärt. Wie Priester besaßen sie die endgültige Deutungshoheit und legten vom Gipfel des Berges den Text für die Gemeinde aus. Es gehörte zu ihren Privilegien, dass sie unter den weiblichen Erstsemestern wählen und verwerfen durften. Die Vielversprechendsten luden sie zur Studienberatung in ihr Büro ein.

Ich hing an ihren Lippen und versuchte, die richtigen Antworten zu geben: »Die axiologische Komplexität wird durch eine syntagmatische Verschiebung von Signalen in erheblicher Komplexität thematisiert.« Das Wichtigste war die Aneignung der Terminologie, und noch bevor ich das wusste, marschierte ich bei einer Demonstration die Strøget hinauf und sang im Chor: »Nieder mit der bürgerlichen Universität!«

Es war nicht klar, wogegen sie demonstrierten, klar war nur, dass es gegen die geltende, institutionalisierte Ordnung ging. Es interessierte mich auch nicht. Freiheit, dachte ich und erhielt sogar ein Megaphon: »SPD, Spekulant, Magistrat, sind ein Gangster-Syndikat!«

Die Mädchen liefen ohne BH herum, und ich ging zum Land og Folk-Festival der DKP und am 1. Mai in den Fælledpark. Es war wie in Frankfurt. Die Studentenproteste waren noch nicht zu Ende.

An der Spitze der Demonstration wehten schwarze Fahnen. Wir hielten den Verkehr auf und riefen den Beamten zu: »Polizei und Militär, der Kapitalisten williges Heer!« Man war vom Studium befreit, um am 1. Mai teilzunehmen und sich zu betrinken. Warum auch nicht?

An der Kreuzung Trianglen war vor lauter Bannern und Menschen kaum ein Durchkommen. Der Lärm von Brandreden und Musik strömte aus dem Park. Ein herumreisender

Schausteller hatte am Eingang einen Wohnwagen mit Glücksrad aufgestellt. Man konnte Teddybären in unterschiedlicher Größe gewinnen, außerdem wurden Würstchen und Popcorn verkauft. Die Revolution stand direkt vor der Tür!

Wenn man eine Freundin finden wollte, dann hier. Man musste nur links sein. Ich sah mir die Mädchen der Sozialistischen Arbeiterpartei, der Sozialistischen Volkspartei, der DKP, der Linkssozialisten und dem Rest der versammelten Fraktionen an. Alle hatten sie hier ihre Stände, Bühnen und Bands, die ihre elektrische Botschaft unter den letzten gauklertanzenden Hippies verbreiteten.

Noch nie hatte ich so viele Palästinensertücher, gehäkelte Mützen und selbstgestrickte Pullover gesehen. Man hatte fast das Gefühl, als dränge man sich durch eine Schafherde – Haare, Haare und nochmals Haare –, und die Parteien und Initiativen schienen kein Ende zu nehmen.

Volksbewegungen gegen Imperialismus, Klassenausbeutung, Aufrüstung, Atomkraft und die Europäische Union – und sicher auch gegen das schlechte Wetter. Je nach Geschmack und Laune konnte man dem Nicaraguakomitee oder dem Südafrikakomitee beitreten, der Dänisch-Kubanischen Vereinigung oder der Solidaritätsgruppe Palästina. Frauenmacht und Kindermacht, Einheitsfront und vor allem Fassbier. Unmengen von Fassbier.

Die meisten Aktivisten waren dem Volk bisher höchstens in Gestalt des Klempners, der ihre kalten Heizkörper reparierte, nähergekommen, oder als Möbelpacker Olsen aus der beliebten Fernsehserie *Das Haus in Christianshavn*. Sie pflegten die Arbeiterromantik in Wohngemeinschaften mit abgelaugten Fußböden und Hagebuttentee und hängten Dea Trier Mørchs Linoldrucke aus *Winterkinder* an die Wand.

Marxisten und Leninisten, Trotzkisten und Maoisten trafen sich in einer Kellerkneipe im Huset in der Magstræde. Ich spielte mit ihnen Schach unter den Porträts von Rosa Luxemburg und Karl Liebknecht. Alle kannten die Geschichte ihrer Ermordung während des kommunistischen Spartakusaufstandes in Deutschland. Es war gemütlich.

Um einen waschechten Proletarier zu finden und zu riskieren, Prügel zu beziehen, wenn man ihm dumm kam, musste man im Fælledpark schon weiter gehen. Langsam bewegte ich mich auf den weitläufigen Bereich der Sozialdemokraten und Gewerkschaften zu. Aus den Lautsprechern quoll ein stetiger Wutanfall, bei dem es um Streiks, die Krise, das Bruttosozialprodukt und Lohnverhandlungen ging.

Allein die Art und Weise, wie sie bestimmte Buchstaben und Worte aussprachen, war respekteinflößend. Die Mädchen waren schwabbelig, ihre Klamotten rochen säuerlich, sie trugen Tätowierungen aus Nyhavn. Bandelte man mit ihnen an, wurden sie auf der Stelle schwanger. Und am nächsten Kampftag der Arbeiterklasse säße ich dann wieder dort – als arbeitsloser Familienvater mit einem Petroleumofen und einem Lokus im Hof.

Man musste aufpassen, wo man sich herumtrieb. Jede Person war eine Tür, durch die man eintrat – und möglicherweise endete man an einem unbekannten Ort. Das konnte überall passieren und den Rest des eigenen Lebens bestimmen.

Es hieß, es könnte sich sogar um Betrug und »flirty fishing« handeln, wenn jemand dich allzu einladend anlächelte. Man riskierte, in eine Sekte zu geraten: Children of God.

Die Sonne brannte, ich ließ mich weitertreiben und träumte von Sex im Dienst einer höheren Sache. Was könnte das sein? Vor der anarchistischen Bühne setzte ich mich ins Gras, in der Hoffnung, dass das radikal genug war.

Um mich herum tauchten Punker auf und taten ihr Bestes,

um auszusehen wie etwas, das die Katze hereingeschleppt hatte. Bei einigen lugte eine Ratte aus der Tasche, ein paar hatten sich mit Sicherheitsnadeln durchstochen, als seien sie Voodoo-Puppen.

Sie waren gegen alles und schnüffelten Feuerzeuggas und Amphetamin, statt für bewusstseinserweiternde Erlebnisse unter LSD-Einfluss zu schwärmen. Die Lösung der eigenen Probleme war nicht die Revolution, sondern Selbstmord. Es war ein Unterschied, ob man ein alternatives Dasein als Blumenkind in einer reichen Gesellschaft führte, oder am Rande einer armen Gesellschaft in der Depression nach der Ölkrise aufwuchs.

Sie distanzierten sich radikal von ihrer Umgebung und sahen gleichzeitig mehr oder weniger identisch aus: Eyeliner, mit Seife präparierte, zu Berge stehende Haare, Nieten, zerrissene Klamotten, Militärstiefel. Die Jugendkultur war eine Verbrauchskultur, sie stand in den Läden, Bars und Spielstätten der Punks zum Verkauf.

Das alte Viertel um die St. Petri Kirche mit seinem bröckelnden Fachwerk und Pflastersteinen war so heruntergekommen, dass es wie Berlin aussah. Hier und da gab es Hausbesetzungen. Läden wie Flipmachine und Roger verkauften alte Herrenjacken mit Ansteckern und schottisch karierte Hosen, Uniformen und Hundehalsbänder.

Die dazugehörenden Schallplatten gab es bei Superlove und Gry, das der jüdischen Prinzessin Martha gehörte. Sie sang auch in einer Band. Wer war nicht in sie verliebt? Billiges Starkbier wurde bei Floss ausgeschenkt. Homosexuelle hinterließen ihre Telefonnummer an den Toilettenwänden zwischen den Graffitis, »Kilroy was here«. Man kaufte sich eine fix und fertige Identität und streifte sie sich in der Lebensanschauung über, die in der Größe passte. Nach einer Tour durch die Larsbjørnstræde konnte man mit seinen Spiegelbildern am Gammel Torv abhängen.

All das geschah ohne mich, ich war nicht im Saltlageret dabei, um die Sods zu hören, und auch nicht in Daddy's Dance Hall. Dort tanzten Mädchen aus den Vororten unter Diskokugeln und tranken Gin Tonic, bis sie umfielen. Am nächsten Morgen saßen sie mit verlaufenem Mascara an der Vesterport Station und warteten auf die erste S-Bahn – oder stolperten mit ihren Stilettos in der Hand die Straße hinunter: »Johnny, ach, ich liebe dich!«

Ich machte mir nichts daraus, in der Bierschwemme des La Fontaine zu sitzen und mit älteren Männern beim Jazz mit dem Fuß zu wippen. Ich hatte Angst vor der Kneipe am Sundholmsvej. Sie hieß »Friheden«, zur Freiheit, als sei sie gerade aus dem Gefängnis ausgebrochen.

Ich zündete mir die Pfeife an und beschloss, ins Universitetscafeen zu gehen. Das musste für Studenten sein, dachte ich. Die Luft war dicht vor Rauch und Stimmen. Ich kam ins Gespräch mit einem netten Mädchen in Latzhose. Dann kam ein Mann an den Tisch und belästigte sie, er benahm sich eigenartig. »Komm, ich geb' dir 'n Bier aus«, sagte ich und versuchte, wie ein Einheimischer zu klingen, aber er hörte nicht auf, bis er hinausgeworfen wurde.

Als wir den Keller verließen, sprang auf der Straße ein Schatten heran, schlug zu und rannte davon. Der Junge vor mir sank zusammen, Blut spritzte ihm aus dem Hals – er war mit einem Teppichmesser gestochen worden. Blaulichter blinkten. Wir hinterließen unsere Zeugenaussagen bei der Polizei, und ich begleitete das Mädchen über die Brücke zum Christianshavn Torv.

Ob ich irgendwo Mitglied sei? »Bei der APO«, antwortete ich und erklärte, es sei eine Abkürzung für »Außerparlamentarische Opposition«. Der militanteste Flügel unterstützte Baader-Meinhof und baute ein Netzwerk aus Sympathisanten auf. Sie hatten mir zugewinkt, als ich bei meiner Großmutter im Kettenhofweg am Fenster stand!

Ich erzählte ihr von Andreas Baader, der sich wie ein Playboy benahm und einen Sportwagen fuhr. Er hatte mit Dolores, der Tochter des Nachbarn, geflirtet. Sie hatte Make-up aufgelegt. Ihre Eltern, die Familie Djugaric, stammten aus Jugoslawien und waren in der Pension Gölz an der Ecke des Kettenhofwegs angestellt. Hin und wieder aß ich bei ihnen zu Abend. Wir sahen uns im Fernsehen *Mit Schirm, Charme und Melone* an.

Aus irgendeinem Grund mochte er mich, vielleicht wollte er aber auch nur einen guten Eindruck hinterlassen, jedenfalls nahm Andreas mich eines Tages zum Angeln mit. Wir brachen am frühen Morgen auf – ich hatte nie zuvor in einem Cabrio gesessen – und schossen durch die Vororte aus der Stadt.

Trostlose Felder, lange Gräben und Moore. Er warf Brotkügelchen in einen Teich und lachte. Nun müsse man nur noch warten, sagte er. Kurz darauf kochte das Wasser vor Karpfen, die sich um das Brot schlugen.

Er warf die Angel aus, zog einen Fisch nach dem anderen heraus und führte Selbstgespräche, als hätte er vergessen, dass ich dabei war. Plötzlich warf er alles von sich, fuhr zurück in die Stadt und setzte mich ab – und einige Zeit später schaute er mich von einem Fahndungsplakat an.

»Wow«, sagte sie und gab mir einen Kuss. Sie war Mitglied im Chilekomitee und arbeitete in einem Kindergarten. »Wir haben Läuse«, seufzte sie und drückte sich an mich.

»Ich wähle die rechte Fortschrittspartei«, erklärte ich hastig. Sie verschwand augenblicklich, aber es juckte bereits.

Was sollte ich in der Apotheke sagen? Es war genauso, als hätte man eine Geschlechtskrankheit. Ich kaufte eine Läusekur und las mit einer blauen Badekappe auf dem Kopf Arnold Hausers *Sozialgeschichte der Kunst und Literatur.*

Wenn es so weiterging, könnte es gut werden. Kopenhagen ist mein Name. Ich war beinahe umgebracht worden und hatte einen Kuss bekommen – und Läuse. Das war das Leben auf des Messers Schneide.

Abends ging ich zum Münztelefon im Flur und rief an. »Romer Jørgensen«, meldete sich Vater und gab den Hörer an Mutter weiter. Sie erwarteten, dass ich sie jedes Wochenende besuchte.

»Nykøbing F«, war als Zielbahnhof angegeben. Ich schleppte meine schmutzige Wäsche in einem Koffer mit, der Zug rumpelte über die Storstrømsbroen. Hier hatte ich mit einem Schmuckkästchen mit glitzernden Blinkern Hornhechte geangelt. Sie schwammen in dichten Schwärmen vorbei und wurden mit dem Haken am Schwanz oder am Kopf herausgezogen. Man konnte sie nicht essen, ich warf sie in den Mülleimer.

Sobald man Falster erreichte, lief die Zeit rückwärts. Ich stieg aus, die Treppe in der Mitte der Bahnhofshalle führte hinauf in das leere Restaurant, wo ich im Verein der Philatelisten Briefmarken getauscht hatte.

Sie winkten mir vom Parkplatz aus zu, Mutter im Ozelot, Vater mit seinem weichen Hut. Wir umarmten uns und fuhren wie immer auf dem gleichen Weg nach Hause in die Hans Ditlevsensgade 14.

Im Wohnzimmer roch es nach Kindheit, Makkaroni-Auflauf und Apfel-Beignets, und ich wurde zum »kleinen Knüdchen«. Unsere Namen und das Taufdatum waren in die Serviettenringe eingraviert. Ebenso wie die Worte, die wir in festen, rituellen Wendungen austauschten. Reden war Silber.

Mutter zündete sich ein Zigarillo an, Vater legte die Hand auf sein Wodkaglas und fragte nach dem Studium. Im Grunde genommen wollte er es aber gar nicht wissen und hätte es auch nicht verstanden, wenn ich geantwortet hätte. Schweigen war Gold.

Wie sollte ich erklären, was ich so trieb und was ich eigentlich studierte? Die Mädchen, das Nachtleben und den Boden der Flasche. War sie leer, kaufte ich eine neue, studierte weiter und nannte es Literaturwissenschaft.

Die besten Schriftsteller hatten sich totgesoffen. Das gehörte dazu – in der Universitätsbibliothek zog mich die Wissbegierde durch viele Regalmeter lange Grenzüberschreitungen: Edgar Allan Poe, Gérard de Nerval, Gustav Meyrink; Wahnsinn und Tod und das Haus zur letzten Latern.

Alles andere war interessanter als Vorlesungen. Doch nach Marx kam Freud, und ich konnte mein Glück kaum fassen, als *Die Traumdeutung* Thema war. Wir sollten lernen, Träume zu deuten, wie Wahrsager!

Träume waren Wunscherfüllungen, so weit konnte ich noch folgen. Das Besondere war jedoch, dass sie tabu waren und gegen das eigene Gewissen kämpften, gegen die Überich-Instanzen: Eltern, Autoritäten, gesellschaftliche Moral.

Um in Erfüllung zu gehen, mussten die verbotenen Gelüste die Zensur umgehen und sich in einem sinnreichen System von Verschiebungen und Verdichtungen verbergen, der Traumarbeit. Das Resultat war der Traum, wie man sich an ihn erinnerte.

Die ganze Traumdeutung lief darauf hinaus, diese sekundäre und sozial angepasste Formverwandlung der Wunscherfüllung auf ihren ursprünglichen Inhalt zurückzuführen und herauszufinden, worum es tatsächlich ging. Und das war immer und ausnahmslos: Sex.

Ich will nicht behaupten, dass es mich wirklich überraschte, obwohl ich tiefe und dunkle Mysterien erwartet hatte. Wie sich herausstellte, enthielten die Träume doch zumindest auch ein Schreckensszenario, zumal der am allermeisten verdrängte Wunsch Inzest war.

Der Vorhang ging auf für die Urszene und den Ödipuskomplex. Mir fielen beinahe die Ohren ab. Das Entscheidendste war das Erleben der Eltern beim Sex, real oder in der Fantasie, und die Gefühle, die es in einem unwissenden Kind auslöste.

Das war nicht gerade Konversationsstoff fürs Abendessen. Ich wollte nur ungern Puderzucker auf den Nachtisch streuen – der knusprige Teig schmolz auf dem Teller zu Butter – und sie damit unterhalten, dass die heißesten Wünsche kleiner Jungen die Ermordung des Vaters und Sex mit der Mutter waren.

Aber so war es. Es stand außerhalb jeder Diskussion, dixit!

Wer wollte etwas bezweifeln, was von der höchsten Instanz der Fakultät ausging? Wir waren kaum zur Kastrationsangst gekommen, also der Furcht, ihn zur Strafe abgeschnitten zu bekommen, als ich bereits den Verstand zu verlieren drohte. Es ergab keinen Sinn.

Die Literaturwissenschaft baute auf der Psychoanalyse auf, und die Romane waren eine Art Tagtraum, in denen die Triebe verkleidet befriedigt wurden. Die Textanalyse brachte dies unverschleiert an den Tag, und es war jedes Mal dieselbe Geschichte, es ging um Sex, um noch mehr Sex und handelte von Ödipus.

Es gab keine Türklinke bei Herman Bang, die nicht glühte und den Penis repräsentierte. Sylvia Plath beschrieb einen U-Bahn-Zugang, und meinte die Vagina. Diese Metaphern für die Geschlechtsteile halfen mir, sie zu neutralisieren und zu Wissenschaft werden zu lassen, aber ich sah sie vor mir, als säße ich in einem Pornokino.

Die Rosen in *Frau Marie Grubbe* waren nicht nur Botanik und ein Symbol der Liebe, sondern wurden eingesetzt, um heftige Onanieszenen zu beschreiben. Es war, als würde man J. P. Jacobsen auflauern. Wir lasen Sherlock Holmes, und wenn die Helden mit Glocken bimmelten, um Hilfe herbeizurufen, ging es bei Conan Doyle um die Vorstellung einer »mütterlich akzeptieren, gemeinsamen Onanie«.

Wie sollte ich meinen Eltern davon erzählen? Ein Schrei wäre durchs Haus gegangen. Das Porzellan hätte Risse bekommen, der Putz wäre abgebröckelt. Es hätte ausgesehen wie in Pompeji.

Nach dem Abendessen holten wir die Würfelbecher und spielten Bluff. Zwei Fünfer, drei Zweier vier Sechser, fünf Sechser, sieben Sechser, wir lachten »Bluff!« Vater war über das Ergebnis erstaunt und schrieb es auf. Das war doch unglaublich!

Sie hielten mich fest und weigerten sich, irgendein Älterwerden von mir zu akzeptieren, denn das wäre ein Schritt in ein anderes Leben gewesen, weg von ihnen. Die Standuhr tickte, und solange es nicht ausgesprochen wurde, war es auch nicht geschehen. Mein Mund war mit Nadel und Faden vernäht.

Ich versteckte mich, sobald ich es hörte, ich hatte furchtbare Angst vor dem Lied »Hänschen klein«. Er verlor seine Mutter und ging mit Stock und Hut hinaus in die Welt, doch sie weinte, und er drehte um:

*Lieb' Mama, ich bin da,*
*sagt das Hänschen, hopsassa.*

*Niemals mehr, glaube mir,*
*geh' ich fort von dir!*

Man musste sich entscheiden, bei seiner Mutter zu bleiben oder sie auf dem Gewissen zu haben. Wir räumten den Tisch ab und wünschten uns »gute Nacht«. Ich ging zu Bett, und um mich herum schrumpfte das Zimmer zusammen.

Nichts gehörte mehr mir, weder die Steinsammlung noch das Batmobil und auch nicht die *Insekten in Farbe*. Und Kopenhagen war überhaupt nicht auf der Karte verzeichnet, auf der die mir bekannte Welt abgebildet war: »Lalandiae et Falstriae Accurata Descriptio«.

Am Morgen stand eine Tasse mit heißem Nesquik und ein geschmiertes Hörnchen vor meinem Bett. Wenn ich abbiss, wurde ich wieder dreizehn. Ich hatte von Katzen und Säuglingen geträumt, die nachts im Garten weinten und Treppen krumm traten.

Wir fuhren zum Bahnhof. Mutter hatte einen Kuchen gebacken, eine Sachertorte, die Wäsche lag gewaschen und gebügelt in meinem Koffer. Wir winkten zum Abschied. Dörfer und Rübenäcker breiteten sie vor dem Fenster im grauen Wetter aus. Die Krähen schwärmten über dem Wald. Ich sah einen Jungen dem Zug nachrennen – hinaus, weg, fort von hier, schneller, lauf, lauf!

Am Hauptbahnhof von Kopenhagen gab es zwei Ausgänge. Sie führten zu ganz unterschiedlichen Orten. Nahm man den falschen Ausgang und ging die Treppe hinunter, an den Toiletten vorbei auf die Istedgade, landete man auf der Kehrseite der Stadt.

Dort versteckten sich Kellergeschäfte und Kneipen, die aus der Hölle kamen. Ehe man sich versah, spürte man eine freundliche Hand auf der Schulter und sollte die Rechnung im Café Centralen bezahlen, nur war das Portemonnaie gestohlen. Tätowierer und orientalische Reisebüros, Stripclubs und Bordelle, die roten Lampen blinkten, und unten an der Ecke lag als Schrecken und Warnung: das Männerwohnheim.

Jedes Mal, wenn ich nach dem Wochenende zurückkam, wurde es mir schwerer zu widerstehen. Ich beherrschte mich, trat aus dem Haupteingang, ging zum Tivoli und dem Rathausplatz und nahm den Bus nach Amager. Am Sundholmsvej kaufte ich eine Flasche Wein an der Tankstelle. Anderthalb Liter in Bast mit sechzehn Prozent, es ging mir nicht um den Geschmack, sondern um die Wirkung.

In gewisser Weise hatten mir meine Eltern alles genommen, was ich in der Zwischenzeit erlebt hatte. Es war ein Gefühl, als führe man zum ersten Mal mit einem Fahrstuhl. Ich schloss die Tür meines Zimmers – und drehte die Musik auf, *Sabbath Bloody Sabbath.*

So ging es bis tief in die Nacht weiter. Die Nachbarn und Bewohner über und unter mir hämmerten und klopften an die Wände, damit ich leiser drehte. Aber inzwischen war ein Jahr vergangen, und ich musste mich beeilen, wenn ich es einholen wollte, bevor alles von vorn begann und ich wieder nach Falster musste.

*

Mein Großvater hatte einen mächtigen grauen Bart. Er war so lang, dass er ihm bis zum Hosenbund reichte. Man konnte sich dahinter verstecken.

Er war Pastor in Schottland und predigte am Sonntag Gottes Liebe, und alle – jedes Geschöpf, auch die Tiere – wollten im Jenseits mit ihm erlöst und vereint werden.

Dies gefiel der strengen, calvinistischen Gemeinde nicht, sie halbierten seinen Lohn. Er kündigte, zog nach England und schrieb Bücher, um seine Familie zu versorgen, die ebenso groß war wie sein Bart – elf Kinder. Und obwohl er fünfzig Bücher schrieb, konnten sie nicht davon leben, bis Königin Victoria ihm eine Pension zubilligte.

Bei ihnen zu Hause fanden häufig Lesungen statt. Lewis Carroll gab seiner Frau das Manuskript von *Alice in Wonderland*. Sie las es ihren drei jüngsten Töchtern vor. Die waren so begeistert, dass Carroll sich überreden ließ, es zu veröffentlichen, und eine der Töchter, Mary, diente als Modell für die illustrierte Erstausgabe.

Sie führten im Wohnzimmer auch Theaterstücke auf. Großvater zog einen Brustpanzer und einen weißen Umhang mit einem roten Kreuz an und spielte den Christian aus *The Pilgrim's Progress*.

Er kämpfte sich in dem Stück von der Stadt der Zerstörung in die Himmlische Stadt. Hier endeten seine Tage nach einem langen Leben. Das war 1905, kurz nachdem seine geliebte Frau gestorben war, er wurde einundachtzig Jahre alt.

Wir haben keine Großväter in unserer Familie. Daher konnte ich mir einen suchen. Mein Vater hatte keinen Großvater, und ich hatte keinen, er starb, bevor ich geboren wurde, und meine Kinder werden keinen Großvater haben, und auch ihre Kinder nicht.

Wie es ist, einen Großvater zu haben oder Großvater zu sein, weiß ich nicht. Aber dafür weiß ich, wie es ist … keinen zu haben.

Streckt man die Hand in Richtung Vergangenheit aus, ist dort niemand, der sie ergreift. Man ist ohne Familie und ohne Geschichte, ohne Vergangenheit, man hängt mit nichts und niemandem zusammen. Als sei man vom Himmel gefallen.

Man kommt nirgendwoher, man ist für immer ein Zugezogener und muss schauen, wo man bleibt.

Wo er hätte sein sollen, war Leere. Daher musste ich ihn erfinden, oder besser, ich fand ihn in einem Buch: *At the Back of the North Wind*. Er hieß George MacDonald.

Als ich das Buch öffnete, wusste ich sofort, dass ich ihn gefunden hatte. Da war jemand, der mich bei der Hand nahm und mich hochhob. Wenn der Nordwind blies und den Jungen im Buch mit sich trug, war ich es, und noch vor dem Ende der Geschichte war ich in diesem Buch zu Hause.

Seine Bücher waren schwer zu finden. Jedes Mal, wenn es mir gelang – *The Golden Key*, *The Wise Woman* – traf ich auf meinen Großvater, der sie mir vorlas. *The Princess and the Goblin* verwandelte alles in ein Märchen mit vielen verborgenen Türen und voller Magie. Ich schlief mit *Lilith* und *Phantastes* unter dem Kopfkissen ein und glaubte jedes Wort.

Ich redete mit niemandem darüber, weil kaum einer ihn kannte. Außerdem gehörte er mir und niemandem sonst: mein heimlicher Großvater im Himmel.

Ich folgte einem anachronistischen Traum, ohne es zu wissen. Er führte nicht in die Welt hinein, sondern immer weiter aus ihr heraus in ein staubiges Labyrinth von Antiquariaten mit Zetteln und Spinnweben an der Tür: »Bin gleich wieder da«.

Ich verbrachte die Blüte meiner Jugend in Gesellschaft von mürrischen, alten Männern, die zwischen Bücherstapeln im Halbdunklen saßen. Sie antworteten nicht oder brüllten einen an, sobald man das Antiquariat betrat: »Was willst du?«

George MacDonald, sagte ich. Schüttelten sie den Kopf, fragte ich nach William Morris. Er hatte *The Well at the World's End* geschrieben. Die Bücher der Kelmscott Press waren ausgesuchtes Kunsthandwerk und Utopien über das Paradies auf Erden. Sie waren so wertvoll wie Juwelen. Allein ihr Anblick genügte, um die eigene Existenz zu rechtfertigen.

Die Königliche Bibliothek besaß einige wenige Exemplare, die ich für den Lesesaal bestellte. An den Tischen saßen Studenten und lasen für ihre Examina um die Wette. Sie hatten den Kopf in ein Nachschlagewerk gesteckt und stellten ihn später mit dem zusammengeklappten Buch zurück ins Regal. Ich freute mich darauf, den Duft des Papiers einzusaugen, in das ornamentierte Gebüsch einzutauchen und in den *Canterbury Tales* zu blättern. Aber es war nicht da, jemand musste es falsch eingeordnet haben, meinte der Oberbibliothekar: Frede.

Er sah böse aus, ich erinnere mich deutlich an ihn. Später stellte sich heraus, dass er dieses und Tausende anderer unersetzlicher Bücher gestohlen – und gleichzeitig alle anderen Angestellten um sich herum gemobbt und degradiert hat. Wie tief konnte man sinken? Ein Bücherdieb!

In Frankfurt hatte ich eine Anthologie mit übersetzten Geschichten von Lord Dunsany geschenkt bekommen: *Das Fenster zur anderen Welt*, Insel Verlag. Das Buch hatte grüne Seiten, als wären es die frischen Blätter eines Baums.

Sein Name klang in jeder Sprache wunderschön: Edward John Moreton Drax Plunkett, 18th Baron of Dunsany. Er wohnte in Irland auf einer Burg aus dem 12. Jahrhundert. Ich war vollkommen verzaubert von den Titeln seiner Bücher: *The Book of Wonder, A Dreamer's Tales, The King of Elfland's Daughter.* Sie glitzerten wie die Schuppen eines buntschillernden Drachen, und ich setzte mich auf ihn und flog zur Schatzsuche davon.

Ich musste diese Bücher haben, jedes einzelne von ihnen! Aber sie waren in Kopenhagen nicht aufzutreiben. »Haben Sie etwas von Lord Dunsany?« Niemand hatte auch nur von ihm gehört, bis ich auf eine alte Dame in einem Antiquariat in der Larsbjørnstræde stieß.

»Vielleicht«, antwortete sie, als ich nach *The Charwoman's Shadow* fragte. Ich kam regelmäßig vorbei, um mit ihr Tee zu trinken und aus dem Schaufenster zu schauen.

Auf der anderen Seite der Straße lag ein Bordell mit dicken, großbusigen Prostituierten. Sie warteten im geblümten Morgenmantel und Perücke auf ihre Kunden und legten auf der Fensterbank Patience. Hin und wieder schlich der Schatten eines Beamten mit einer Aktentasche unter dem Arm heran, sah sich auf der Straße um – und schlüpfte hinein. Die Gardinen wurden zugezogen. Nach einer Weile stahl er sich wieder zur Tür hinaus. Die Gardine wurde wieder aufgezogen, und die Kabale ging auf.

So ging es einige Monate weiter, bis das Antiquariat eines Tages geschlossen und die Tür verriegelt war: »Bin gleich wieder da« – sie war tot. Ich wagte nicht, mir vorzustellen, was mit dem einzigen Exemplar von Lord Dunsany in Dänemark passiert war, falls sie es tatsächlich besessen hatte. Vermutlich hat man es weggeworfen.

Ich fütterte meine Drachen mit Himbeerschnitten, sie schmeckten ein wenig nach Prinzessinnen, flog in den Winterferien nach London und besuchte die Antiquariate in der Charing Cross Road. Aber Lord Dunsany war auch hier nirgendwo aufzutreiben.

Stattdessen entdeckte ich den Comic-Laden in der Denmark Street, Forbidden Planet, und stand in einem Vogelkäfig voller bunter Hefte. Sie schlugen mit den Flügeln: »Pow!«, »Wham!«, »Bang!« In der Cecil Court lag das vornehmste Geschäft für Kinderbücher, Marchpane. Ich hatte das Gefühl, ein Schmuckkästchen zu betreten. *The Wind in the Willows*,

*The Secret Garden*. Sie waren in Zellophan eingeschlagen und unbezahlbar.

Ich fuhr nach Oxford und Canterbury und schlief zwischen den Bänken in der Kathedrale. »Have you got any books by Lord Dunsany?«

Auf dem Heimweg besuchte ich die Casa Camuzzi in Montagnola. Hermann Hesse war dorthin geflüchtet, nachdem er Deutschland nach dem Ersten Weltkrieg als Pazifist verlassen hatte. Ich ging bei Regenwetter durch den Park und fand den Zweig, den er in seinem letzten Gedicht beschrieb. Er war noch nicht abgebrochen.

Auf Falster strichen die hellroten Kirchen vorbei, und in Kopenhagen schossen grüne Turmspitzen hoch. Ich öffnete den Koffer und holte meine Schätze heraus: Charles Kingsley, *The Water-Babies* und *Peter Pan in Kensington Gardens* mit Illustrationen von Arthur Rackham. Ich hatte auch Edmund Dulac und Kay Nielsen gefunden. Es waren die schönsten Bücher – nur gehörten sie dem Buchbinder in der Pistolstræde in Kopenhagen.

Er verkaufte mir die signierte schwedische Originalausgabe von John Bauers *Trolle, Wichtel, Königskinder* aus dem Jahr 1915. Auf der Titelseite schaut die Prinzessin aus einem ovalen Loch mit Goldrand. Ich bekam das Buch weit unter Preis, als Trost, weil ich gern Kunstbuchbinder geworden wäre. Man musste zunächst Industriebuchbinder werden und dann auf die Graphische Schule gehen, ich könnte mich ja in zehn Jahren noch einmal melden, sagte er. Nur gab es bei mir keinerlei Verbindung zwischen meinem Kopf und meinen Händen – sie lagen auf dem Tisch wie etwas Unbrauchbares –, und Geduld hatte ich ohnehin nicht. Ich band mir ja nicht einmal die Schnürbänder zu.

»Ging heut' Morgen über's Feld«, summte ich. Das Semester begann und die Landstraße erstreckte sich zwischen den Wohnblöcken und war nicht länger als meine Schritte. Hinter mir wuchs sie sofort wieder zu. Es musste mehrere Jahrhunderte her sein, dass jemand diesen Weg gegangen war.

Ich hätte ebenso gut einen Dichtermantel und Galoschen tragen können. Das Mühlrad schnurrte, ich schrieb über Bäume und Berge und Wolken und übte mich darin, in Versfüßen, Sonetten und Rondellen zu reimen. Sie ließen die Sprache melodisch werden. Es war wie bei einer Flöte oder einem Vogel, der sang.

Jedes Mal, wenn ich eine Amsel hörte, war ich wieder auf Falster und baute Höhlen im Wald von Sønder Kohav. Ich warf mit Steinen nach den Möwenschwärmen am Meer, lag im warmen Roggenfeld und kaute Kaugummi aus Korn. In der Mergelgrube lebten Wassersalamander.

Die Laute drangen direkt zu mir durch und trafen die ältesten Teile des Gehirns, wo die Instinkte und die Gefühle sitzen. Alles hat einen Klang, und die Schwingungen der Dinge, die Klangwellen, die vibrierende Luft, spielen auf unserem Gefühlsleben wie auf einem Streichinstrument.

Wir erleben die Wirklichkeit in ihrer Stimmung und ihren Tönen. Doch wir bemerken es erst, wenn der Ton fort ist. Es braucht nicht mehr als ein paar Pfropfen in den Ohren, und schon haben wir den Kontakt zu unserer Umwelt verloren. Sogar die Stimme scheint fern und nicht unsere eigene zu sein. Es ist das Bemerkenswerteste am Hören, dass es uns verankert und wir das Gefühl haben, in einer bestimmten Umgebung zu sein und uns selbst zu spüren. Wir klopfen an, eine Tür geht auf – kling! Ein Glas.

Vielleicht heißt es deshalb dazugehören? Der Ort und die Gegenwart sind Laute, und Falster wurde von Amseln gesungen. Sie sangen die Felder, die Heuhaufen, die Gärten und die Straßen der Vororte. Man konnte die spielenden Kinder und den Strand mit dem Strandhafer auf dem Deich hören. Es rauschte in meinen Ohren.

Ich erinnere mich noch immer an die Mücke, die mich am Sund stach – und wie mir ein Gedanke durch den Kopf ging. Es summte in der Hand, ich hatte meine Stimme gefunden, und hinterher stach ich mich in den Finger und schrieb es auf:

*Kaum spürst du den Stich*
*dieses leichten Insekts,*
*das dich ins Herz stach*
*um einen Augenblick zu trinken,*

*doch dein Blut bekam Flügel*
*und verwandelte sich in Musik,*
*die davontanzt und von*
*der Mystik des Mückenstichs singt.*

Es war eine Unio mystica. Alles war eins – und es war beinahe zu wenig. Das Leben war nichts als ein flüchtiges Insekt, das von einem Gedicht in Bernstein gegossen wurde.

Das sollte auf meinem Grabstein stehen, beschloss ich sofort. Junge Mädchen in der Pubertät würden dorthin wallfahrten und sich vor Wonne einnässen.

Die Lerche war die Ekstase – »L« war mein Lieblingsbuchstabe, ich liebte das »L« –, und ich wollte es so hoch in die Luft werfen, dass es niemals herabfiel:

*Von deinem Herzen erhebt sich die Lerche*
*und schlägt Triller ins Blaue.*

*Hörst du einer Lerche zu,*
*spürst du den Schlag deines Herzens.*

Der Hase mit den langen Ohren floh vor dem, was er hörte. Die Schnecke sehnte sich nach Hause und suchte nach dem Schneckenhaus, das sie auf dem Rücken trug. Wenn ich könnte, würde ich zu einem schreienden Tier.

Zum Mitsommerfest regnete es immer. Ich stand im Sand von Bellevue, schaute auf die jungen Frauen, die rund um das Feuer saßen, und verliebte mich in jede einzelne – in die mit den Sommersprossen, in die mit der Stupsnase. Ich konnte nichts anderes tun, als den Bus zurück ins Jahr 1790 zu nehmen:

*Ich träumte, den Kern einer*
*aufgeplatzten Kirsche zu küssen,*
*und nach einem großen Gewitter*
*im Sonnenschein den Hagel zu stapeln.*

*Mein Schatz, bist du bei mir*
*und wir brennen zusammen*
*in der langen, hellen Nacht,*
*bin ich das Lied und du die Flamme.*

Die Gedichte waren gleichsam Briefmarken, viereckig mit Versen wie Zacken und dem Zahnrad einer Uhr – und kurz. Konnte man es nicht mit einem Wort ausdrücken, ging es auch nicht mit zwei Worten und es wurde immer schlimmer.

Ich hatte meine Gedichte an jeden Verlag im Telefonbuch geschickt und zog den Korken aus einer Flasche Wein. Dann setzte ich sie an den Mund wie eine Trompete und trank die ganze Musik: *Des Knaben Wunderhorn* – und hoffte auf ein Wunder.

Mein Zimmer lag im dritten Stock. Niemand war groß genug, um ans Fenster zu klopfen. Und doch passierte es. Ich bekam Besuch von einem Riesen! Oder beinahe – draußen standen Aldo und Claus. Sie waren die Balkone hochgeklettert.

Alle im Institut hatten sich in Aldo verliebt, auch die Dozenten. Er hatte eine weiche Stimme, Rehaugen und braune Locken. Und außerdem kam er von der Philosophie. Somit hatte er per Definition mit allem recht. Er musste kaum etwas sagen. Das tat er auch nicht – dennoch wachte er jeden Morgen in einem anderen Bett auf.

Der andere war Claus Carstensen. Er ging auf die Kunstakademie und malte mit Urin – außerdem hatte er eine Glatze. Mehr konnte man nicht erreichen. Er tönte auf Südjütländisch mit einer Selbstsicherheit, die keinen Platz für Widerspruch ließ. Wenn man eine Kerze vor ihn hinstellte, ging sie aus.

Die beiden hatten eine Galerie weit draußen an der Vesterbrogade eröffnet, die »Der Kaiser ist tot« hieß. Ihre Bilder waren wirklich hässlich und hatten überhaupt nichts mit Kunst zu tun, fand ich.

Wir hatten uns bei der Literaturwissenschaft kennengelernt und fochten schon bald einen knallharten Kampf aus: Wer sprach das bessere Deutsch? Wir warfen uns gegenseitig einen Akzent vor und hörten, wie der andere konsequent »Kirche« sagte, während man es selbst wie »Kirsche« aussprach. Wir waren so betrunken, dass Claus kein Wort verstand, und ich keine Ahnung hatte, wovon ich redete.

Die Rivalität flammte während einer Sauftour auf, wir wurden dermaßen wütend, dass wir uns darauf verständigten, den Streit prügelnd vor der Tür auszutragen. Er war ein paar Köpfe größer, drei Jahre älter und sehr viel stärker als ich, aber ich war verbissen und man hätte mich schon totschlagen müssen.

So weit kam es dann doch nicht. Die Prügelei endete damit, dass wir das Ganze vergaßen und uns auf unser deutsches Wintermärchen zuprosteten. Es war kälter und böser, als wir es uns je vorgestellt hatten.

Ich ließ Claus und Aldo zur Balkontür herein. Sie waren betrunken und hatten Bier mitgebracht. Wir redeten und tranken. Ob ich auch andere Musik hätte? Nein, aber ob ich ihnen etwas vorlesen sollte? Sie nickten und sahen plötzlich sehr müde aus.

Das hinderte mich nicht, die Blätter mit meinen Gedichten zur Hand zu nehmen – »Dansk Bygnings Assurance« – und zu rezitieren. Ihnen fielen die Kiefer herunter, aber ich war meiner Sache einfach sicher; meine Stimme wurde mehr und mehr zum Gesang, ich freute mich auf den Beifall.

Zunächst gaben sie keinen Laut von sich. Allerdings bebten sie am ganzen Körper, dann endlich platzte es aus ihnen heraus. Sie starben vor Lachen. Sie lachten und lachten, dass ihnen die Tränen die Wangen hinabliefen, sie schlugen sich auf die Schenkel und konnten sich überhaupt nicht wieder beruhigen.

Claus griff sich an den Kopf. Das war fantastisch! Was für eine Parodie, sagte Aldo, das Gelächter wogte hin und her, bis es schließlich verebbte. Ich saß fassungslos da, starrte sie an und konnte es nicht glauben. Ihnen ging es ebenso: »Sag mal, das meinst du doch nicht etwa ernst?«

Am nächsten Vormittag stand ich auf, noch immer betrunken und verwirrt, und ging auf die Toilette. Für die Vorlesungen war es zu spät. Es flimmerte mir vor den Augen, dann formte es sich zu Buchstaben und Worten, »Schwanz«, »Fotze«, »ficken«, »Sperma«, die nicht verschwanden.

Im Gegenteil, sie blieben dort stehen, wo Aldo und Claus sie als letzten Gruß mit Rasierschaum hingeschrieben hatten.

Ich wischte sie mit einem Handtuch ab, aber die Wände hatten eine Gummiverkleidung. Die Worte hatten sich eingeätzt und ließen sich nicht entfernen, solange ich hier wohnte.

Ich war untröstlich, kaufte mir im Brugsen eine Flasche King George-Whisky, Chips und einen tiefgekühlten Käse-Schinken-Toast und kontrollierte meinen Briefkasten, ohne dass ich etwas Gutes oder überhaupt etwas erwartete. Doch es gab Post. Und damit nicht genug: Ein Verlag hatte geantwortet!

Ich riss den Umschlag auf und las den Brief noch im Aufzug: »Mit Poesie hat das nichts zu tun«, stand da. Man könne es nicht einmal auf Ga-Jol Lakritz-Packungen drucken. Wenn überhaupt, dann gehörten diese Texte zu der Art von Texten, die man in Silvester-Knallbonbons fand. Ich sollte es vielleicht eher dort versuchen. Mit freundlichen Grüßen.

Es war das bucklige Männlein, mein böser Geist, und das Mühlrad hörte auf, sich zu drehen. Bäume, Berge und Wolken verloschen. Ich hatte mir niemals vorstellen können, dass so etwas möglich war, ich hatte gedacht, es ginge jetzt geradewegs zum Insel Verlag.

Nur gab es keinen Weg mehr, auf dem ich gehen konnte. Wir schrieben nicht das Jahr 1790, sondern den 15. Juli 1980. Kurz nach Mitternacht ertönte ein gigantischer Knall. Die Gebäude erzitterten, die Fensterscheiben klirrten, der Nachthimmel flammte auf.

Die Extraktionsanlage der Dänischen Sojakuchenfabrik war explodiert. Man hörte und spürte es beinahe in ganz Kopenhagen. Man solle sich nicht im Freien aufhalten, hieß es im Radio, es bestünde die Gefahr, sich zu vergiften. Ich öffnete die Balkontür und sah die Flammen über Islands Brygge. Merkwürdige Abendluft, ich atmete tief ein, so tief ich konnte, und hoffte, dass es auf diese Weise mit mir zu Ende ging.

Ganz so leicht fiel es mir jedoch nicht, mich loszuwerden. Am nächsten Morgen war ich noch immer am Leben und schleppte meine unglücklichen Reste in die Gemeinschaftsküche, um mir ein Frühstück aus dem Kühlschrank zusammenzuklauen.

Da bemerkte ich den Geruch. Er kam von weit her, von der Mauer im Garten hinter dem Haus auf Falster. Ich erkannte ihn sofort – und da stand er quicklebendig vor mir und rauchte. Die Art, wie er die Zigarette hielt, wie er sich vorbeugte, wenn man ihm Feuer gab, und einem als Dank mit dem Zeigefinger leicht auf die Hand klopfte. Er war es – mein einziger, magischer, amerikanischer Freund.

»Salaam«, lachte er. Die Zähne in seinem sonnengebräunten Gesicht waren schneeweiß. Er sah sehr viel älter aus als ich, obwohl wir gleichaltrig waren, und er trug Altmännersachen: braunes Sakko, Pullunder, Cordhose. Wie die Männer in der Türkei hatte er die Hinterkappen seiner Schuhe heruntergetreten, sodass sie aussahen wie Pantoffel.

Er hatte in Istanbul gewohnt und auf den Fähren des Bosporus Drachen im Wind steigen lassen. Wenn er nein sagte, nickte er aufwärts, schnalzte mit der Zunge und klatschte die Faust in die offene Handfläche des ausgestreckten Arms: »Narh!« Das entsprach »fick dich«, klang allerdings besser.

Sein Vater war amerikanischer Diplomat und seine Mutter Russin. Man sah es an den schwermütigen Augenlidern, den hohen Wangenknochen und dem Kiefer, der so vierschrötig war wie der eines Comic-Helden. Der Eiserne Vorhang senkte sich quer über sein Gesicht.

Er war an der Front des Kalten Kriegs aufgewachsen und in Genf und Washington auf die Französische Schule gegangen. Seine Jugend hatte er jedoch größtenteils in Teheran verbracht, wo sein Vater während der Schah-Diktatur Konsul war.

Das war allerdings nicht Vaters eigentliche Beschäftigung,

und auch nach Athen und Berlin war er nicht als Diplomat geschickt worden. Sein Vater war bei der CIA. Er war Spion.

Mein Freund redete selten über sich, noch weniger über seine Familie – und nie über seinen Vater. Dafür gab es einen guten Grund. »Bulbul«, sagte er, zuckte mit den Achseln und wich aus: »Wenn ich das erzähle, bin ich gezwungen, dich umzubringen.«

Sein Vater benutzte diese Redewendung. Es ging darum, anonym zu bleiben, grau und langweilig, und er war gut darin: »Ich weiß selbst nicht einmal, wer er ist.« Der Rest war Schweigen.

Wir spielten Schach. Er gewann, ohne aufs Brett zu schauen und sagte: »schah mat.« Das war Persisch für »der König ist hilflos« – und die Statuen des Schahs wurden umgerissen und stürzten eine nach der anderen in Teheran zu Boden.

Ich verfolgte die Revolution im Fernsehen. Ayatollah Chomeini, mit weißem Bart und schwarzen Gewändern, trat aus einer Maschine der Air France und ging die Gangway hinunter. Der militante Islam war geboren.

Wir unterhielten uns über die Geiselnahme und die Besetzung der amerikanischen Botschaft. Ausnahmsweise reagierte er und schnaubte: »Henry Precht.« Der Verantwortliche im State Department für die Verhandlungen mit dem Regime im Iran war der inkompetenteste Trottel, den er je kennengelernt hatte, er bewegte sich in Shorts durch dem Nahen Osten wie ein Elefant im Porzellanladen.

Ich schenkte ein – und prostete der Wand zu. Er ließ das Glas stehen. Er rührte keinen Alkohol an, konnte aber problemlos einen Joint drehen, allerdings hatte er vor langer Zeit schon aufgehört, Haschisch zu rauchen.

Er trank Tee mit Zuckerwürfeln zwischen den Zähnen und hatte Kamelfleisch probiert. Wenn Kamele geschlachtet wurden, weinten sie wie Kinder – der Höcker schmeckte am besten. Im Sommer wurde es so heiß, dass der Regen nicht mehr den Boden erreichte. Er wurde Goldregen genannt.

Er hatte ein Bordell in Shahr-e Now besucht und iranische Prostituierte von der Straße aufgelesen, bevor ich die Haken meines ersten BHs gelöst hatte. Seitdem war viel Wasser den Bach hinuntergelaufen. Er interessierte sich jetzt eher für Kunst.

Die russische Avantgarde und den italienischen Futurismus – und eine obskure englische Kunstrichtung, den Vortizismus. Er las Wyndham Lewis, sammelte die Bücher der Olympia Press – *Traveller's Companion* – und besaß eine Originalausgabe der Zeitschrift *BLAST*.

Er war mir mehrere Jahrhunderte voraus, er war all das, was ich nicht war. Ich bewunderte ihn und war eifersüchtig auf jede Stunde, die wir nicht miteinander verbrachten. Dazu kam, dass er so schwierig zu erreichen und nie richtig präsent war, als säße er irgendwo weit weg und betrachtete mich aus dem Jenseits.

Vielleicht hatte er irgendwann aufgehört, sich an Menschen zu binden, weil er sie zu oft verloren hatte. Ohnehin glaubte er nicht an irgendwelche gültigen Zusammenhänge. Alles war Lüge und nur willkürlich verbunden, Erklärungen waren angenehme Illusionen.

Er konstatierte es nüchtern, mit einem beinahe arroganten Verhältnis zur Wirklichkeit und derselben Abstraktion, die er auch für sich beanspruchte. Es schien, als erlebe er sein Leben in der dritten Person und registriere seine Umwelt, ohne irgendetwas für sie zu empfinden oder ihr irgendeine Bedeutung beizumessen.

Er löste sich in eine nebulöse Gestalt auf, die ich vermisste und von der ich hin und wieder in einem kurzen Brief las; eine Gestalt, die ich nur selten sah und der ich allenfalls ein wenig näherkam, wenn wir uns zufälligerweise in einem Raum befanden.

Sein Englisch war schön wie gehämmertes Silber. Wenn er erzählte, wurden die Ereignisse so präsent, dass man sie gleichsam in den Händen halten konnte, und ich fragte ihn, ob er es nicht aufschreiben wolle? Er müsse es tun, es sei seine Pflicht!

Ich bettelte und flehte ihn an. Aber er wollte lediglich in Ruhe gelassen werden. Wenn seine Eltern ein Schweigegelübde abgelegt hatten, galt es auch für ihn. Seine Kindheit war verschlossen wie eine als geheim deklarierte Akte.

Und wenn die nächsten dreißig Jahre dazu notwendig wären, ich wollte diese Akte öffnen und seine Geschichte erzählen. Ich nannte ihn M. Er nickte – »fucking kill the minotaur!« –, lächelte mich an und erwiderte müde: »Meine Familie ist der tote Wal, der auf den Meeresboden sinkt. Und ich bin Jonas. Der Wal hat mich verschluckt.«

*

Literaturwissenschaft war eine Wüstenwanderung vom dialektischen Materialismus zur strukturellen Semantik. Wir stellten *Ein Puppenheim* auf den Kopf – ich war enttäuscht, dass das Schauspiel nicht in einem richtigen Puppenhaus spielte – und bohrten so lange, bis der Dozent pflichtschuldigst das Schlafzimmer von Amalie Skram analysiert hatte.

Wenn das Wissenschaft sein sollte, war ich nicht bei Trost. Mir blieb nichts anderes übrig, als es zu vergessen und auszugehen. Ich trank ein Bier im Sofie Kælderen, vielleicht kam ja eine bekannte Schauspielerin oder ein bekannter Sänger vorbei. Immerhin war hier die Band Gasolin' gegründet worden. In der Flasche war eine Kippe, ich musste aufhören, die Flaschen anderer Leute auszutrinken.

Wäre ich doch nur ein richtiger Bewohner von Christianshavn gewesen! Ich ging in die Eiffel Bar und wählte an der Jukebox »Love is Like Oxygen« von Sweet. Und fing an, Starkbier zu trinken. Sobald ich betrunken genug war, zog ich weiter zur Diskothek Charlie Brown in der Strandgade.

Das ächzende Neonschild schaukelte über der Tür: »Charlie« – und man kam in eine Kneipe mit Plattenspieler. Alles war voller Menschen, Musik und Rauch. Eine Frau tanzte mit mir, auch bei der nächsten Nummer. Dann fasste sie mir in den Schritt, ich flüchtete auf der Stelle und drängte mich durch die Leute. Kühle, salzige Seeluft wehte vom Hafen heran.

Zurück zum Studium und dem Institut für Literaturwissenschaft. Wir hatten gelernt, dass man die Theorien mit dem praktischen Leben in Beziehung setzen sollte. Sie verteilten Flugblätter und sprachen mit Werftarbeitern von B & W am Fabriktor über die bürgerliche Öffentlichkeit, aber ich kannte nichts anderes als Bücher und fand darin beim besten Willen nicht den Hauch von etwas Praktischem.

Merkwürdigerweise bestand ich das Examen und entkam in die Sommerferien. Ich bestieg den Drachen und reiste nach Edinburgh: »Have you got any books by Lord Dunsany?«

Schottland war ein Land, in dem bis zur Isle of Skye Feuer in den Kaminen brannte. Man hörte die Schafe im Nebel, »mäh«, Nieselregen fiel, und ich sah die Felsen eines Märchens: The Old Man of Storr.

Das Mädchen an der Hotelrezeption in Portree war rothaarig und hatte Sommersprossen. Sie fragte, ob ich am Abend mit ihr ausgehen wolle: »Do you want to go to a dance?« Es war schon spät, als wir über die Pflastersteine zur Kirche gingen. Sie lag auf einem Hügel in der Nähe. Die Leute hatten sich herausgeputzt und brachten ihre guten Schuhe in einer

Tüte mit; ein paar tanzten vor und segelten zu »Moon River« über den Kirchenboden.

Dann schloss der Rest des Ortes sich ihnen an und gab sich in silberbrodierten, abstehenden Röcken und glänzenden Lackschuhen dem Gesellschaftstanz hin. Auf einer kleinen Bühne spielte ein Orchester. Und am Kreuz wippte Jesus mit dem Fuß.

Wir saßen auf einer langen Bank, ohne ein Wort zu wechseln, bis ein Junge aus dem Ort das Mädchen aufforderte. Ich hätte auf der Isle of Skye Schafzüchter mit einer Schar rothaariger Kinder werden können, der Pastor hätte mich auf der Straße gegrüßt. Aber ich brachte es nicht über mich.

Der Regen folgte mir bis Wales. Ich stieg in Swansea aus. Der Hafen mit den Schiffen erinnerte mich an Falster. Die einzigen Läden, die sonntags geöffnet hatten, waren ein Kentucky Fried Chicken und ein Wäschegeschäft mit Damenunterwäsche. Weshalb ausgerechnet diese beiden Läden geöffnet hatten, war mir nicht ersichtlich, aber bestimmt gab es dafür eine psychoanalytische Erklärung.

Die Hügel in der Umgebung waren karg und vegetationslos. Ich wanderte hinauf zu dem weißen Haus am Cwmdonkin Drive 5 und schaute durchs Fenster. Hier hatte Dylan Thomas in seinem Kinderzimmer gesessen und »The Force that through the Green Fuse Drives the Flower« geschrieben.

Die letzte Station war immer London. Am Ende der Treppe zum zweiten Stock bei Hatchards an der Piccadilly stand das Buch der Bücher im Glasschrank: eine Erstausgabe von *Alice in Wonderland*, ich würde sie niemals besitzen.

Ich ging in eine Bar und schlingerte in ein Kino in der Tottenham Street: The Scala. Dort wurden rund um die Uhr Horrorfilme gezeigt.

Durch das wechselnde Licht und die Silhouetten von den

Menschen, die dort saßen, aßen, tranken und sich leise unterhielten, wurde die Dunkelheit lebendig. Es waren überwiegend Jugendliche – Punker, Rockabillys oder Touristen wie ich –, einige hatten sich hingelegt und schliefen, Obdachlose und Liebespaare.

Hier könnte man einziehen und wohnen und ewig bleiben, dachte ich. Das Leben würde in einer endlosen Reihe von grausamen Bildern vorüberziehen. Carl Theodor Dreyer war nicht gefährlich – *Blätter aus dem Buche Satans* –, *Nosferatu* mit diesem buckligen Vampir und seinen langen Fingern war da schon unheimlicher, obwohl es sich auch um einen Stummfilm handelte.

Bei *Blood Feast* lachten die Zuschauer lauthals. Es war nicht schwer zu erkennen, dass es sich um Theaterblut handelte und die herumfliegenden Körperteile Prothesen waren. Aber das Lachen verstummte bei *Der Hexenjäger* mit Vincent Price. Der war böse, und ich spürte, wie die Paranoia angekrochen kam und bei *Suspiria – In den Krallen des Bösen* ihre Klauen in mich schlug – die Musik war fast das Erschreckendste.

Ich döste und verfolgte im Halbschlaf einen Film, der auf einer wahren Geschichte beruhte. Die Kopie war körnig, die Kameraführung und der Ton realistisch, und die Handlung nicht sonderlich dramatisch. Es geschah in der Wirklichkeit.

Ein paar Jugendliche nahmen auf einer Autofahrt einen Tramper mit, einen Penner, der nicht ganz richtig im Kopf zu sein schien. Er saß ganz hinten im VW-Bully und brabbelte vor sich hin. Dann holte er ein Klappmesser heraus – und fing an, sich mit einem lallenden Grinsen selbst in die Hand zu schneiden!

Dann erlebte ich Nubbins Sawyer in *The Texas Chainsaw Massacre* und konnte den Film vor Entsetzen nicht zu Ende sehen. Das morgendliche Licht nadelte meine Augen. Ich hatte vollkommen vergessen, dass es draußen eine Welt gab.

Ich lief zur Jugendherberge, packte meine Sachen und floh, noch immer steckte mir das Entsetzen in den Knochen. Es gab keinen Ort, an dem ich es loswerden konnte.

Die neugekauften Bücher stellte ich in Kopenhagen ins Regal und versuchte, die Angst hinter eine Mauer aus viktorianischer Kinderliteratur zu sperren. Ebenso wie die Lust fand sie jedoch einen Weg durch sämtliche Idyllen und Verdrängungsmechanismen, und ich konnte weder das Mädchen in Portree noch das Motorsägenmassaker vergessen und hatte nur einen Gedanken – noch einmal!

Wenn ich meinen Eltern von den Sommerferien erzählte, war davon nichts mehr übrig. Was sollte ich sagen? Mutter machte Sülzkotelett – ihre Glanznummer – und hinterher würfelten wir. Dann hieß es »gute Nacht« – das Haus ging mit dem Licht aus –, und ich lag in der Dunkelheit und hörte die Geräusche aus ihrem Schlafzimmer am Ende des Flurs.

Mir standen die Haare zu Berge, mein Herz hämmerte. Sie stöhnten taktfest. Das konnte und durfte nicht wahr sein: die Urszene!

Aber es war nur Mutter, die nebenan in der Küche seufzte und rumorte, weil sie mit dem Abwasch noch nicht fertig war. Aber es spielte keine Rolle: Ich hatte es gedacht und gefühlt, es war meine Fantasie gewesen, und das genügte Freud.

Auf dieser Grundlage konnte man rasch siebenhundert Seiten mit Inzest, Vatermord und Kastrationsangst füllen: *Edgar Poe, sa vie, son* œuvre, *étude analytique* von Marie Bonaparte. Eine Pflichtlektüre im Institut. Die Zukunft lag auf der anderen Seite von zwei dicken Bänden, und man musste die grausame Prüfung bestehen und sie durchackern, wenn man sich irgendwelche akademischen Hoffnungen machen wollte.

Die Psychobiographie über Poes Leben und Werk war genau das, *Psycho* – und las sich wie eine Abhandlung über Norman Bates. Die Novellen wurden aufgeteilt in Geschichten über die Mutter und Geschichten über den Vater, es gab schließlich nur die Geschichten von Ödipus.

Poe war ein sadomasochistischer, inzestuöser, impotenter und zur Nekrophilie neigender Vatermörder, der von Kindheitstraumata getrieben wurde. *Das verräterische Herz* beschrieb den Penis des kastrierten Vaters in Form des Auges – und der Konflikt zwischen dem Sohn als Täter und dem Vater als Opfer fand in *Das Fass Amontillado* statt, wenn der Penis des Vaters endlich in den feuchten, dunklen Keller eingemauert wird.

Der Keller symbolisierte im Übrigen den Anus der Mutter – oder »cloaca«, wie sie es nannte. Der Wunschtraum, in den Mutterleib zurückzukehren, verwandelte sich in einen klaustrophobischen Albtraum, und ich hatte die größte Lust, die Polizei zu rufen – oder den Notarzt –, um sie zu bitten, uns aus der Irrenanstalt zu erretten.

Wenn jemand eine Sitzung auf der Couch brauchte, dann war es die Prinzessin Bonaparte. Sie war eine steinreiche Nachfahrin von Napoleon I. und stürzte sich in psychoanalytische Grenzüberschreitungen, die von den Filmen, die man in den Kinos auf der anderen Seite des Hauptbahnhofs zeigte, kaum übertroffen wurden.

Der Hinterausgang lockte, aber ich besuchte auf dem Heimweg stattdessen das Mädchen im Wein- und Tabakladen. Sie hatte schwarze Haare, weiße Haut und schielte. Man konnte ihr nicht in die Augen sehen. Auf Deutsch hieß das »Silberblick«, und ich stieg verliebt in den Bus nach Amager.

Ich schraubte den Deckel von der Flasche und drehte die Musik laut. Sie hämmerten gegen die Wände. Mitten in der

Nacht steckte ich mir einen Schraubenzieher in die Hosentasche. Mein Appetit auf rasch konsumierbare Güter übertraf meine finanziellen Verhältnisse bei weitem, und vor den Geschäften hingen Automaten, die eine immer größer werdende Anziehungskraft auf mich ausübten, je betrunkener ich wurde.

Ich torkelte bewusstlos durch die Straßen und zitterte vor Aufregung. Wenn ich sicher war, dass niemand in der Nähe war, setzte ich den Schraubenzieher an die Klappe und brach sie auf, eine nach der anderen von der Amagerbrogade bis zum Røde Mellemvej: »Krash!«

Am Ende wurde ich unvorsichtig und trat gegen einen Automaten, vielleicht fielen ja Münzen heraus. Im Grønjordskiosk wurde das Licht angeschaltet. Ich rannte vor einem wütenden Mann im Nacken davon, »haltet den Dieb!« – verschlungene Wege, Spielplätze, parkende Autos –, es gelang mir, ihn abzuschütteln. Gott sei Dank.

Ich stolperte in mein Zimmer und rang um Atem. Viele Stunden später erwachte ich, weil jemand gegen die Tür schlug: »Dreh leiser, verdammt noch mal, dreh endlich leiser!« Ich schaltete die Anlage aus und wandte mich meinem Bett und einem heillosen Durcheinander zu.

Überall im Zimmer lagen Unmengen von bunten Tüten voller Süßigkeiten und Pornoheften herum. Es sah aus wie ein fleischfarbenes Bad aus Geschlechtsteilen und Glanzbildern. Ich hatte eine Orgie veranstaltet und war mit der Prinzessin im Bett gelandet: Marie Bonaparte.

Jetzt musste ich sehen, wie ich das Beweismaterial so schnell wie möglich wieder loswurde. Glücklicherweise gab es noch ein Glas Coca-Cola für meinen Kater. Zu spät fiel mir wieder ein, wozu ich es benutzt hatte, ich leerte das Glas mit Cola und Sperma in einem Zug.

Christiania gehörte zu den Plätzen, die mich besonders interessierten, als ich in die Stadt zog: der Freistaat! Was konnte man sich mehr wünschen als einen Ort, an dem das Gesetz außer Kraft gesetzt war? Alles war erlaubt und das Unterste nach oben gekehrt.

In einem weit gesteckten und nicht definierten Rahmen durfte man machen, was man wollte. Man wohnte umsonst – keine Miete, keine Steuern, kein Zwang, keine Verpflichtungen –, und niemand erließ irgendwelche Vorschriften, außer einem nebulösen Kollektiv, das nicht in der Lage war, einen Beschluss zu fassen.

Ich überquerte unter dem Eingangsschild eine Grenze mit dem beklommenen Gefühl, die Zivilisation hinter mir zu lassen – ohne Autoritäten und Kontrolle. Aber auch ohne Schutz, die Polizei kam nicht dorthin.

Man war auf sich allein gestellt und handelte auf eigene Verantwortung. Man ging auf gut Glück zu Werke, und ich musste daran denken, dass es so auch sein würde, wenn meine Eltern eines Tages starben. Eine Welt ohne Mutter und Vater. Niemand, der nein sagte.

Ich unterschied mich nicht sehr von den herumstreunenden Hunden, die im Dreck zwischen den Buden und Kneipen herumschnüffelten. Ein langhaariger Freak hüpfte auf einem Bein auf mich zu. Er fragte, ob ich zwei Kronen hätte? Hatte ich und versprach mir, mich von den harten Drogen fernzuhalten.

Sonst könnte die Gemeinschaftsküche schnell zum letzten Halt werden. Sie war ungemütlich, verdreckt und versifft. Die ultimative Freiheit bestand augenscheinlich darin, unter schweren Haschwolken Bier mit Grönländern zu trinken.

Im Månefiskeren war es schon netter – dort servierte man Tee –, aber auf Dauer auch nicht viel anders, ebenso wie im

Nemoland, wo die Rocker herrschten, Bullshit. Hehlerware ging von Hand zu Hand, die Kriminalität blühte mit Marihuana, Psilocybin-Pilzen und Kokain wie ein Garten voller Nachtschattengewächsen.

Obwohl es selten zu Gewaltausbrüchen kam, lauerte die Gewalt direkt unter der Oberfläche. Stahl jemand an den Haschbuden, wurden die Männer verprügelt, jungen Frauen wurden die Kleider vom Leib gerissen; sie mussten Christiania nackt verlassen. Wenn man auf der Pusher Street rannte, liefen einem die Hunde hinterher und bissen zu.

Ich schlenderte um die Tische im Woodstock, wo Haschisch von Papptellern verkauft wurde. Wenn sich die Gelegenheit ergab, sicherte ich mir ein paar Krümel, die danebengefallen waren. Ich wagte nicht, mich an einen der Pusher zu wenden und zu betteln, bis ich mich eines Nachts so betrank, dass mir alles egal war.

Christiania war dunkel und menschenleer. Die Buden und Kneipen waren geschlossen. Ich ging davon aus, dass ich jemanden finden würde, der mit etwas verkaufte oder mich irgendwohin verwies. Eine Gestalt kam vorbei und zeigte auf ein paar hohe, grau Häuser und sagte: »Arken.«

Über der Tür hätte stehen müssen: »Lass alle Hoffnung fahren.« Gestank schlug mir entgegen. Die Wände bröckelten, die Treppen quollen über vor Abfall und Exkrementen. Ich kam kaum durch und konnte in dem langen Gang so gut wie nichts sehen, ich schaute in die Zimmer im ersten Stock.

Junkies lagen auf Matratzen und krochen mit einem Löffel Heroin um eine Kerze herum. Es war unheimlich. Sie fixten, nickten mit den Köpfen und schliefen den Schlaf der Seligen, während alles um sie herum zu einem Müllplatz verfiel.

Ich hatte Angst, mich zu verirren und hier nicht mehr herauszufinden, ich wollte einfach nur weit weg sein, als eine rostige Stimme sich meldete: »Brauchst du was?« Der bucklige Zwerg saß da im Schein einer nackten Glühbirne. Er grinste wie ein Totenschädel und nahm mir hundert Kronen ab – und ich lief davon und taumelte umher, um aus diesem Geisterhaus herauszufinden, dass sie Fredens Ark – die Arche des Friedens – nannten.

Schon bald war ich fester Kunde auf der Pusher Street, ich kam mindestens zwei Mal pro Woche. Ich brauchte ein Gramm östliche Mystik, zwei Gramm Surrealismus und drei Gramm Poesie. Man konnte ohne Drogen überhaupt nicht schreiben, und ich folgte der Literaturgeschichte zwischen Regenpfützen und brennenden Ölfässern.

Alle hatten es getan. Von Thomas de Quincey bis Gottfried Benn, Opium und Äther, Kokain, Amphetamin, Heroin und Benzedrin, und natürlich LSD. Lewis Carroll nippte in seiner Junggesellenwohnung in Oxford am roten Fliegenpilz, und Jean-Paul Sartre nahm so viel Meskalin, dass er glaubte, der Fußboden wäre mit Krabben übersät. Aldous Huxley hatte über den Trip in *Die Pforten der Wahrnehmung* philosophiert und das psychedelische Zeitalter eröffnet.

Nach The Doors und Jim Morrison trat kein Rockstar, der etwas auf sich hielt, auf, ohne auf Droge zu sein und darüber zu singen. Wurde man davon wahnsinnig und starb mit siebenundzwanzig, umso besser!

Die Anhänger der Antipsychiatrie betrachteten es als ein Zeichen von Gesundheit, in einer kranken und repressiven Gesellschaft krank zu sein. Sie standen für die Studentenrevolte in der ärztlichen Wissenschaft, ihre Vertreter wollten die Medikationen stoppen und das Krankenhauswesen normalisieren. Denn das hatte kein anderes Ziel, als dem herrschenden System zu dienen und Abweichler zu ermitteln und einzusperren.

Ich hatte Ronald D. Laing und Gregory Bateson gelesen, die eine Theorie entwickelten, wie die bürgerliche Familienstruktur die Kinder in einem »double-bind« festhielt und sie schizophren werden ließ. Man sollte nicht die Psychose behandeln, sondern sich durch sie hindurcharbeiten, als eine Reise in die Selbstverwirklichung und die Freiheit.

Diese Theorie war so verbreitet und allgemein akzeptiert, dass sie die Grundlage für einen populären Spielfilm lieferte, *Family Life* von Ken Loach. Nachdem ich ihn gesehen hatte, war ich überzeugt, dass ich mich in einer Double-bind-Situation zwischen Mutter und Vater befand und die Blätter des Birnbaums im Garten bunt malen müsste.

Wenn sie mich nach meinem Studium fragten und dabei den Nachtisch auf den Tisch stellten, war das eine typische Double-bind-Situation mit entgegengesetzten Signalen und autoritärer Liebe.

Aber es gab einen Ausweg. Wenn ich nur genügend trank und rauchte, würde ich wahnsinnig werden und bekäme Zugang zu dem magischen Theater, von dem Hermann Hesse im *Steppenwolf* spricht: »Nur für Verrückte – Eintritt kostet den Verstand.«

Baudelaire forderte gleichsam dazu auf: »Berauscht euch!« – und aß Haschisch mit Alexandre Dumas im Club des Hashischins. Er schrieb in *Die künstlichen Paradiese*, dass es die Fantasie anrege. Das konnte ich gut gebrauchen, in Anbetracht der Tatsache, wie wenig ich erlebte und wie unbedeutend diese Erlebnisse waren.

Selbst Walter Benjamin wollte den Rausch in einer Phänomenologie beschreiben. Eine Notiz aus seinen Protokollen stellte er als Motto an den Anfang seines Buchs *Berliner Kindheit*: »O braungebackne Siegessäule mit Winterzucker aus den Kindertagen«. Er hatte die Zeilen unter Haschisch-Einfluss geschrieben, eigentlich sollte es heißen: »Kinderzucker aus den Wintertagen.«

Auch er hatte bemerkt, dass die Dinge komisch wurden – wir nannten es einen Lachanfall –, und die Passage in eine andere Welt war wie ein Ritual, wenn es denn nach mehreren Versuchen passierte. Man musste erst die Enzyme entwickeln, die den Stoff aufbrachen und aktivierten. Plötzlich geschah es, und man hörte einfach nicht auf, über die sich auflösende Wirklichkeit zu lachen.

Es breitete sich ein Gefühl des Wohlbehagens und des vorbehaltlosen Wohlwollens aus, wie bei einer intensiven Liebschaft. Man sank zurück in seinen Körper und erlebte alles mit einer Kraft, als kehrten die Sinneseindrücke der Kindheit zurück.

Coca-Cola hatte nie besser geschmeckt, es war wie der erste Kuss. Die Musik öffnete sich wie eine Blume. Ich war beinahe erschrocken über die Wirkung einer Reggae-Nummer, es überrumpelte mich total, der Rhythmus wiegte das Universum in den bebenden Membranen der Basslautsprecher zur Ruhe.

Das Verrückteste waren indes die Violinen und Steigerungswellen, die in *Also sprach Zarathustra* durch das Orchester gingen. Als hätte man normalerweise Stöpsel in den Ohren. Jetzt hatten die Stöpsel ein Loch, und ich krabbelte aus einem Keller auf Falster und schwamm in den Tönen des Donnerstagskonzerts aus dem Sendesaal.

Alles war in einen größeren Zusammenhang eingebunden und nahm eine enorme Bedeutung an, über die man mit anderen nicht sprechen konnte, die unmöglich zu vermitteln war und sich in leeren Allgemeinplätzen verlor: alles und nichts, Zeit und Ewigkeit. Es fand sich kein Wort dafür, im Gegenteil, Worte zerlegten dieses Gefühl und teilten es auf in vorher und nachher und nach und nach, statt es in seiner ganzen Komplexität zu beschreiben.

Trotzdem gelang es mir, etwas aufzuschreiben, ich hatte nicht weniger als das Rätsel des Universums gelöst – und es am nächsten Tag bereits wieder vergessen, als mein Blick auf den Zettel fiel. Ich stürzte mich auf die Notiz und erwartete eine Offenbarung. »Ein komischer Geruch hängt im Raum«, stand da. Und das stimmte durchaus.

Man kam nie an ein Ziel, man trat auf der Stelle. Ich rauchte Hasch, blieb, wo ich war, der Raum erweiterte sich, gleichzeitig zog sich die Zeit in die Länge und blieb stehen. Sie zerrann zwischen zwei Sekunden wie Sand durch eine Ritze, während ich mich in irgendeinen Gedankengang vertiefte und die Sätze immer länger wurden, mit Einschüben und Abschweifungen, und sich immer weiter von der Pointe entfernten, die ich längst hinter mir gelassen hatte.

Las ich, war es mir unmöglich, das Wichtige vom Unwichtigen zu trennen. Alles war gleich – und gleich wichtig. Ganze Seiten waren in meinen Lehrbüchern unterstrichen und mit Ausrufezeichen an den Stellen versehen, an denen ich eine Erkenntnis hatte, nur erinnerte ich mich an nichts.

Die Umwelt verschwand, und mit ihr jede zukunftsorientierte Handlung. Die aktive Befriedigung, etwas zu tun, war verschwindend gering im Verhältnis zu dem Genuss, es zu lassen und in einem unbegrenzten, ozeanischen Zustand der passiven Lust dahinzufließen.

Ich verlor das Interesse an anderen Dingen und mochte kaum noch nach meinem Glas greifen – ich war willenlos, unmotiviert und träge. Oder um es geradeheraus zu sagen: stinkfaul. Es war mir zu weit bis zur Tür, und allein beim Aufstehen hatte ich das Gefühl, als müsste ich das Gebäude anheben und rund um die Welt reisen.

Meine Füße waren schwer wie Blei. Ich schaffte es nicht mehr, den Müll hinunterzutragen? Stattdessen stellte ich die Mülltüten auf den Balkon. Die leeren Flaschen stellte ich dazu, Coca-Cola, Wein und Wodka.

Ich hörte auf aufzuräumen und war nicht in der Lage, die Bücher in der Bibliothek abzuliefern, ich verschob es von heute auf morgen. Die Mahnungen öffnete ich nicht mehr, aus Angst vor den Mahngebühren, die zu einem astronomischen Betrag anwuchsen. So entwickelten sich die geringsten Banalitäten zu unüberwindlichen Problemen, die ich vor mir herschob; und mit jedem Joint grub ich mein Loch tiefer.

Ich hatte eine Kuckucksuhr an die Wand gehängt, in dem Häuschen saß der Vogel auf seinem Ei und brütete die Zeit aus. Jede halbe Stunde schoss er heraus und flog mit einem lauten »Kuck-kuck, kuck-kuck« davon. »Du hast wohl 'nen Vogel«, sagen die Deutschen und klopfen sich mit dem Zeigefinger an die Stirn: »Du bist verrückt.«

Langsam verfiel und versumpfte alles um mich herum, alles türmte sich vor mir auf. Eines Abends schaute ich aus meinem Zimmer, vor meiner Tür stapelten sich Töpfe, Pfannen und schmutzige Teller. Ich hatte in der Gemeinschaftsküche den Abwasch nicht erledigt. Dafür hatte ich in einem meiner regelmäßigen Fressanfälle wieder einmal sämtliche Marmeladen und das Weißbrot aus dem Kühlschrank genommen – war man bekifft, entwickelte man den unwiderstehlichen Drang nach allem Möglichen.

Meine Mitbewohner hatten mich gebeten, den Kühlschrank wieder aufzufüllen, aber nicht gesagt womit, also stopfte ich die Erde der Topfpflanzen hinein. Nun glotzten sie wütend und verärgert auf den Fernseher und warteten darauf, dass ich den wöchentlichen Abwasch erledigte.

Aber ich musste sie enttäuschen und warf die Tür hinter

mir zu. Die Tellerstapel krachten zusammen. Ich röstete Tabak, mischte ihn mit Hasch und stopfte mir die Pfeife. Dann inhalierte ich und hatte, kaum dass ich den Rauch ausstieß, das Ganze bereits wieder vergessen.

Warum gab es überhaupt etwas und nicht eher nichts? Das war die einzige Frage, mit der es sich zu beschäftigen lohnte.

Der Abwasch musste warten, und ich unterstrich sämtliche Worte in Martin Heideggers *Einführung in die Metaphysik.*

*

In London fand ich ihn schließlich. Lord Dunsany. Das Antiquariat hieß Scooby Books – »books« spiegelverkehrt –, und ich war zu ihnen auf die andere Seite gekommen und erwartete, dass sie von rechts nach links lasen und die Zeiger der Uhren rückwärts liefen.

Der Laden wurde von einem Rentner betrieben, sein Assistent war Asiate. Ich folgte der üblichen Prozedur, kaufte ein paar Bücher, fragte nach einigen anderen und versuchte, eine Unterhaltung mit den beiden zu beginnen.

Man musste sich qualifizieren, um Zugang zu den Schätzen im Hinterzimmer zu bekommen, und beweisen, dass man wusste, womit man es zu tun hatte. Endlich waren wir an diesem Punkt angelangt: »Have you got any books by Lord Dunsany?«

Hatten sie nicht. Aber sie kannten jemanden, der sie haben könnte. Einen Zwischenhändler, der vielleicht am Nachmittag vorbeikam. Ich vertrieb mir die Zeit, indem ich in den Büchern in den Regalen blätterte, doch der Zwischenhändler tauchte nicht auf, auch nicht am nächsten Tag. Ich verlor schon den Mut – doch dann bimmelte die Glocke an der Tür: Ein großer, schlaksiger Mann mit unreiner Haut, einem Barett auf dem Kopf und Militärstiefeln trat ein. Er hieß James.

Sie unterhielten sich und schlossen den Laden. Wir pressten uns alle in seinen Morris Mascot, der Rentner, der Asiate und ich. Er fuhr aus der Stadt in die Vororte von Ost-London. Die Straßen hatten Schlaglöcher, die Mülleimer waren umgeworfen – eine einäugige Katze suchte nach Futter –, dann hielt er vor ein paar Gebäuden, die wie Baracken aussahen.

Zu beiden Seiten des Flurs waren Einzelzimmer vermietet, und in einem von diesen Zimmern wohnte er mit einem Schlafsofa, einem Sessel und einer Leselampe. Die Wände waren vom Boden bis zur Decke mit Büchern bedeckt. Ich setzte mich aufs Sofa. Wieder fragten sie mich aus: Wer ich wäre, was ich täte und welche Motive ich hätte. Ich log. Denn das Schlimmste, was es in ihren Augen gab, war das Studium der … Literaturwissenschaften.

Sie hätten mir niemals etwas von Bedeutung überlassen, wenn sie auch nur den geringsten Verdacht geschöpft hätten, dass ich an einer Universität studierte, wo man Bücher analysierte wie sadistische Kinder, die Fliegen die Flügel ausrissen.

Ich erzählte, meine Mutter hätte mir eine Anthologie mit Übersetzungen von Lord Dunsany geschenkt, und seither hätte ich davon geträumt, eines der Originale zu besitzen. Ich wollte Kunstbuchbinder werden und mich um Bücher kümmern, die vergessen waren oder anfingen zu vergilben. Denn las man sie erneut, wurden die verblichenen Seiten wieder frisch und grün.

Er zeigte uns eine Ausgabe von Oscar Wildes *Salome*. Das Theaterplakat der Uraufführung mit einer Tuschezeichnung von Aubrey Beardsley lag zusammengefaltet in dem Exemplar. James war arm wie eine Kirchenmaus – und doch der reichste Mensch, der mir je begegnet war.

Er hatte bei Shakespeare & Co in Paris gearbeitet, wo James Joyce sich gern aufhielt – und er hatte einen Guide über englische Antiquariate geschrieben. Das Buch begann mit einer gewöhnlichen Liste von Buchhandlungen und deren speziellen Fachgebieten – Geschichte, Philosophie, Kriminalliteratur – und entwickelte sich zu einem Roman, der in einem Labyrinth wütender Antiquariatsbuchhändler spielte und sie und ihre jeweiligen Besonderheiten beschrieb. Wie man mit ihnen umzugehen hatte. Wie man die besten Preise erzielen und die größten Entdeckungen machen konnte. Es hätte von mir sein können.

James ging ins Nebenzimmer, auch das war voller Bücher, und kam mit der Erfüllung all meiner Wünsche zurück: *A Dreamer's Tales*, *Tales Of Wonder* und *The Kind Of Elfland's Daughter* mit Goldbuchstaben auf dem tiefblauen Einband. Die Titelblätter waren in flüssiger Schrift signiert, mit dem langen, geschwungenen »y«: Dunsany. Es war, als hielte man ihn persönlich in den Händen.

Der Schatz am Ende des Regenbogens lag in unmittelbarer Reichweite. Es gab nur ein einziges Problem: den Preis. Ich hatte in den Sommerferien gearbeitet und Reklamefolder für den Safaripark von Knuthenborg an die wartenden Autofahrer in der Schlange vor der Fähre verteilt, dafür musste ich morgens um fünf schon die Fähre nach Rødby-Puttgarden nehmen.

Ich brachte zollfreie Zigaretten mit zurück und verkaufte auch »Stewardessen-Whisky«. Das war mit Sprudel vermischter Whisky, der nur noch zweiundzwanzig Prozent hatte und somit als Dessertwein durch die Grenzkontrolle ging. Ich war ziemlich sicher, dass mein Geld für eine signierte Erstausgabe von Lord Dunsany nicht reichte.

Doch ich hatte genug. Irgendeine höhere Gerechtigkeit setzte sich durch. Die Bücher kosteten exakt den Betrag, der mir zur Verfügung stand. Sie gehörten mir, ich konnte es nicht fassen und packte sie in dickes braunes Packpapier. Es waren die Eier des Vogels Phönix, ich gab das Päckchen auf der Fähre nach Calais, im Zug nach Kopenhagen und im Bus nach Amager nicht aus der Hand.

*The Sword of Welleran*, *The Gods of Pegana* stellte ich nacheinander ins Regal – die Zauberbücher meiner Kindheit. Im nächsten Semester nahm ich sie zu einem Studienseminar mit und schlug vor, sie in die Literaturliste aufzunehmen.

Das hätte ich nicht tun sollen. Denn es war keine Literatur. Es war Fantasy und nicht wert, sich damit zu beschäftigen. Bei Fantask, einem Kellerladen mit Comic Strips in der Larsbjørnstræde, konnte man so etwas meterweise bekommen.

Sie machten sich über die hochtönende, elisabethanische Sprache lustig und lasen mit betonter Ironie vor: »Come hither!« Torben Grodal verriss *Der Herr der Ringe* als selbstquälerische, katholische Unterwerfungsverehrung und nannte das Buch den »Scheißring«.

Er hätte einen Blutsturz bekommen, wenn er herausgefunden hätte, dass ich eine in Leder gebundene Ausgabe mit den Illustrationen von Königin Margarethe im Regal stehen hatte und davon träumte, sie signiert zu bekommen: »Von Daisy für Knud«.

Nichts davon wurde in Literaturgeschichte auch nur mit einem Wort erwähnt. Tolkien? E. R. Eddison, *The Worm Ouroboros*? Mervyn Peakes *Gormenghast*, Lovecraft, Clark Ashton Smith, sogar H. G. Wells wurde ignoriert, aber wie sollten Erzählungen denn sonst sein, wenn nicht fantastisch?

Es hatte eine Säuberung stattgefunden. Irgendeine feindliche Macht hatte sie entfernt und in Vergessenheit geraten lassen. Genau wie im Film *Fahrenheit 451*.

Die Diktatur hatte einen Namen. Sie hieß Modernismus. Was nicht zum literarischen Hauptstrom von Mallarmé bis T. S. Eliot und Paul Celan gehörte und in *Die Struktur der modernen Lyrik* auftauchte, war der Beschäftigung nicht wert.

Die Texte waren hermetisch verschlossen wie ein eingewachsener Nagel. Man musste ein halbes Leben studieren, um die letzten, verkohlten Reste der Sprache interpretieren zu können: »Huhediblu«.

Sobald eine Geschichte erzählt wurde, die Gefühle ansprach, handelte es sich bestenfalls um Kioskliteratur, wenn nicht gar um eine bürgerliche Mystifizierung. Nichts von all dem, was ich las, taugte etwas – und der Jugendstil und die Präraffaeliten waren keine Kunst, sondern Kitsch.

Tatsächlich stand Dunsany unter »D« im Regal und kostete pro Exemplar dreißig Kronen. Ballantine Books hatte sie wieder veröffentlicht. Außerdem lag Fantask schräg gegenüber von dem Antiquariat, in dem ich auf den Schatten eines Buches gewartet hatte, der sich nie zeigte.

Märchen waren nichts anderes als eine funktionelle Vermittlung zwischen einem Mangelzustand und dessen Aufhebung. Sie folgten der Grundstruktur von Bedeutung. Ich spürte, wie der Zauber langsam verschwand. Die Titel auf den Buchrücken wurden ausradiert. Mein treuer Drache fraß seine letzte Himbeerschnitte und verschwand. Ich leckte meine Wunden zwischen dem Café Dan Turell und dem Café Sommersko. Sie lagen beinahe in Paris. Die Barkeeper waren so unnahbar wie eine assyrische Gottheit. Man winkte und winkte und wurde nie bedient, obwohl keine anderen Gäste im Lokal saßen.

Die Flipper-Automaten führten ein Eigenleben. Immer wieder kämpften dieselben Initialen um die höchste Punktzahl: WIZ und CAR. Wurden die Geräte ausgetauscht, standen diese Buchstaben sofort wieder ganz oben. Niemand wusste, um wen es sich bei WIZ und CAR handelte.

Gegen Mitternacht waren die Konzerte im Montmatre zu Ende. Normalerweise wurde Jazz gespielt, der das Zuhören nicht wert war. Wir stellten uns in die Schlange zur Nachtdisko auf die Nørregade und drückten und drängelten uns zum Eingang. Die Türsteher trennten die Böcke von den Schafen. Wir alle waren Böcke in einer Schafherde und stürzten auf die Tanzfläche.

Es ging um Funk und noch mehr Funk, Brecker Brothers' »East River«. Wenn das Equipment der Musiker abgeräumt war, übernahmen die coolsten Mädchen die Bühne und tanzten mit langen Haaren vor dem Gesicht und breiten Nietengürteln um die Hüften.

Die Fortsetzung fand im Hong Kong in Nyhavn statt. »Hast du deinen Pass dabei?«, wurde aus Spaß gefragt, wenn man in den Keller ging. Ich taumelte nach Hause ins Bett, wenn die anderen Leute zur Arbeit gingen, ihre Kinder zur Schule brachten und ein normales Leben führten.

Ich hatte ohnehin nichts anderes zu tun, als zu studieren, und das konnte ich ebenso gut nachts machen. Poststrukturalismus und Neostrukturalismus und Dekonstruktion, ich verschwendete Monate meiner unersetzlichen Zeit mit französischen Philosophen, die meine Illusionen über Nähe und Identität platzen und die Wirklichkeit zu einem Nichts werden ließen.

Zu Gunsten von anonymen sozialen Strukturen schafften sie das Subjekt ab. Man redete nur durch Sprache und Grammatik. Wahnsinn und Perversionen waren die einzig wahren Selbstentfaltungen in einem autoritären System.

Ich hatte allerdings eine wesentliche Pointe verpasst. Es handelte sich um Theorie – nicht um eine Gebrauchsanweisung. Doch ich hatte es so verstanden, und wenn man wusste, was das Richtige ist, musste man es auch tun. Anderenfalls lebte man in einer Lüge.

Ich las weiter und veränderte mich ständig. Jede Seite zeigte eine andere unbekannte Variante meiner selbst, wie bei Bonbons, jedes Mal ein neuer Geschmack, eine neue Farbe. Ich unterstrich und fügte Ausrufezeichen hinzu – und suchte weiter nach des Pudels Kern wie in Goethes *Faust*.

Als wollte man eine Antwort finden, ohne die Frage zu kennen. Und da die Frage ungewiss war, konnte es im Prinzip alles Mögliche sein. Ich erkannte mich in den meisten Dingen wieder und litt an sehr vielen Diagnosen. Narzistisch gestört, in Übereinstimmung mit Christopher Laschs *Das Zeitalter des Narzißmus,* und zwangsneurotisch wie in Freuds Vorlesungen; ich war laut *Anti-Ödipus* psychotisch, obwohl ich unmöglich an allem gleichzeitig erkrankt sein konnte.

Wenn man mittendrin steckte, hatte man nur eine Chance, und die hieß, das Pferd vom Schwanz aufzäumen und bis zum bitteren Ende so weitermachen: »Ein Käfig ging einen Vogel suchen.«

Irgendeine Erkenntnistheorie, irgendein Roman, ein Film oder eine überirdische Musik mussten die Erlösung bringen. Jede Sekunde war eine Tür, durch die der Messias treten konnte. Alles würde sich klären und mir im Lichte des Paradieses deutlich vor Augen stehen.

Rilke war der größte Lyriker, der in der deutschen Sprache wie eine Lerche sang. Er hatte einen Roman über einen Dänen geschrieben, der vor Angst verging: Malte Laurids Brigge. Ich las ihn Zeile für Zeile – und beschloss einen unangemeldeten Besuch. Wenn ich eine Antwort finden wollte, dann dort.

Die Donau war der einzig richtige Weg dorthin. Sie entsprang einer Quelle im Schwarzwald und floss durch Deutschland und Österreich, die Slowakei, Ungarn, Kroatien, Serbien, Bulgarien, Rumänien, Moldawien und die Ukraine und mit ihr die ganze ost- und mitteleuropäische Kultur. Irgendwann vor Millionen von Jahren nahm sie auch den Neckar und den Main in sich auf, mündete dort, wo heute Wien liegt und vereinigte sich mit dem Urmeer Tethys.

Ich genoss den Anblick des weißen Kielwassers vom Deck aus – der blaue Fluss, die Berge kletterten zum Himmel –, und stieg schließlich in den Zug nach Muzot. Die Straße wand sich aus der Stadt heraus und führte im Sonnenlicht über einen Hügel.

Ich wurde von einem Mercedes überholt. Vermutlich ein Oberlehrer mit seiner Frau und seinen Kindern auf Wallfahrt. Sie starrten leer aus dem Rückfenster. Und dort lag es: Château de Muzot!

Das Gebäude mit den gezackten Giebeln stand zwischen grünen Bäumen in einem Garten. Im Hintergrund erhoben sich die Berge. Ich fragte eine alte Dame, ob ich hereinkommen dürfe – nur für ein paar Sekunden? Sie seufzte und nickte und setzte ihre Gartenarbeit fort.

Die Vögel sangen mit den *Sonetten an Orpheus* um die Wette. Efeu wuchs an der Hausmauer. Ich pflückte ein paar von den Blättern – für Rilke waren sie der »Schatten eines Lächelns« –, trocknete und presste sie zu Hause und verwendete sie als Lesezeichen im *Buch der Bilder*. Wenn ich nach Wien wollte, war es höchste Zeit.

Es fanden sich noch immer Löcher, Sackgassen und weiße Flecken auf der Landkarte, die Stadt war ein Bauplatz in mir. Und doch wusste ich inzwischen genug über die Stadt, dass ich mich in ihr zurechtfinden würde; ich zog den Anzug an, den ich von meinem deutschen Onkel Helmut bekommen hatte.

Er war aus weißem Leinen und hatte eine Weste. Der Onkel war damit in Afrika auf Safari gewesen. Das Hemd hatte einen steifen, losen Kragen, der mit einem unmöglichen Kragenknopf befestigt wurde. Ich band mir einen schwarzen Schlips um und griff nach meinem Koffer. In dem Augenblick, als wir losfuhren, wurde der Zug zu einer Dampflokomotive, und ich setzte mich in den Speisewagen und hieß Felix Krull.

Wir kamen morgens am Westbahnhof an. Ich erkannte alles wieder, als ich es jetzt zum ersten Mal sah. Wien kam mir wie ein alter Freund entgegen. Wir nahmen die Straßenbahn und bummelten über die Ringstraße mit den verzierten Marmorpalästen. Sie sahen aus wie Sahnetorten für Riesen. Wie in einem Karussell drehten sich Parlament, Rathaus, Hoftheater und die Universität um uns.

Die Stimme im Lautsprecher sagte die Haltestellen an: »Schwe-den-platz. Schot-ten-ring«. Ich stieg an der Oper aus und lief über die Fußgängerzone zur Mariahilferstraße 51.

Der Hutmacher Oberwalder befand sich im Keller unter dem Fremdenverkehrsbüro. Das Geschäft quoll über vor Hüten, Mützen und Kappen für jeden einzelnen Kopf auf der Welt, ich kaufte einen grauen Homburger. Er passte perfekt, und ich begann bereits, anders zu denken.

Jetzt war ich für das Café Schwarzenberg am Kärntner Ring korrekt gekleidet. Immerhin wartete es seit einhundertfünfzig Jahren auf seine Gäste. Der Kellner im Frack hatte einen gewichsten Schnurrbart, die Spitzen ragten nach oben. Er wies mir einen Tisch zu: »Guten Abend, Herr Doktor, heute allein?«

Ich hängte Hut und Mantel an den Haken und schlug die

Speisekarte auf – und ich war wieder ein Kind. Aus den Spiegeln an der Wand lächelte ein blonder Junge und wählte Rindsuppe mit Frittaten und Wiener Schnitzel mit Petersilienerdäpfeln. Ich prostete ihm mit Grüner Veltliner zu. Es gab Kaiserschmarrn mit Zwetschkenröster zum Dessert und eine Wiener Melange, während ich Zeitungen an Stangen las: *Krone* und *Kurier*.

Musik wogte aus einer Ecke durch das Lokal, wo eine ältere Frau mit ausladendem Busen am Flügel saß. Ihr dünnhaariger Mann spielte Violine – Fritz Kreislers »Du alter Stephansturm« –, und ich zog meinen Kugelschreiber heraus und fing an, auf die Serviette zu schreiben.

*

Mein amerikanischer Freund M. hatte versprochen, sein Schweigen endlich zu brechen und etwas zu erzählen, wenn ich ihn beim Schach schlug. Es bestünde keine Gefahr, dass es je so weit käme, glaubte er. Wir fingen an, quer über den Atlantik Fernschach zu spielen. »e4-e5« stand auf der Postkarte.

Es war ein Königsgambit. Es dauerte jeweils einige Wochen, bis die Postkarten ankamen. Ich studierte währenddessen Eröffnungen, Schlussspiele und Königinnenopfer und übte.

Ich notierte die Züge in einem Heft – »Db4 Ta4« –, um Fehler rechtzeitig zu entdecken und zu korrigieren. Mit der Zeit dauerten die Partien länger. Ich kannte ein Gambit und hatte trotz allem die Goldene Springer-Prüfung im Schachclub von Falster bestanden. Man bekam eine goldene Nadel an den Pullover gesteckt.

Es fiel mir schwer, freiwillig einen Bauern zu verlieren. Aber der Gegner brauchte mehrere Züge, um ihn zu schlagen und seine eigene Figur zurück ins Spiel zu bringen. Seine Stellung war zerstört. Doppeldrohungen und Sperrungen, ich vertiefte mich in die Taktik – der Springer stand schlecht am Rand – und ging auf der Straße, als würde ich eine Figur ziehen. Ich träumte quadratisch in Schwarz und Weiß. Die Zeit wurde zu einer Schachuhr. Die Sekunden lagen auf einem Haufen und tickten wie Grashüpfer, wenn ich vom Brett aufblickte.

Irgendetwas musste schiefgegangen sein, ich bekam einen Schreck. Vielleicht hatte ich gezogen, während ich schlief – oder betrunken war. Ich erkannte die Stellung nicht wieder.

Sie eröffnete die Möglichkeit einer Bedrohung seines Königs: »Kish« – das bedeutete »Schach« auf Persisch –, es sah nicht so aus, als wäre er zu retten. Ich konnte eine Postkarte mit dem entscheidenden Zug verschicken. M. war matt!

Es war wie ein Duell. Du warst nicht nur dümmer als dein Gegner, du warst tot. Schach war Krieg. Der Kalte Krieg wurde nicht von Soldaten entschieden, sondern von Intellektuellen, sagte er – und zeigte an seine Schläfe.

Es ging darum, den anderen zu durchschauen und gleichzeitig seine eigenen Absichten mit Scheinmanövern zu verbergen, damit der Gegner in die Falle ging. Jetzt hatte ich zum ersten Mal gewonnen – nun musste er mir etwas von seiner Geschichte erzählen.

Ein Russe hatte M. das Schachspielen beigebracht. Die Russen waren die besten Schachspieler der Welt, und sein Vater hatte ihn aus irgendeinem unerklärlichen Grund zu einem Besuch bei diesem Russen mitgenommen. M.'s Eltern arbeiteten für die Zentraladministration in Washington. Eigentlich sah er sie immer nur von hinten. Ständig waren sie auf dem Weg nach draußen.

Der Pass seines Vaters war schwarz und voller blauer, roter

und violetter Stempel: Türkei, Österreich, Libanon. Niemand wusste, wohin er morgens flog und wie lange es diesmal dauern würde. Er legte den Mantel über den Arm und ging mit seiner Aktentasche ins Büro. Entweder sahen sie ihn am Abend wieder oder er war wochenlang unterwegs.

M. lief ihm in der Einfahrt nach, sprang auf sein Fahrrad und trat in die Pedale. Das Auto bog um die Ecke und beschleunigte, vielleicht blieb Vater fort und kehrte nie wieder zurück? M. winkte.

Zu seiner großen Überraschung blieb der Wagen stehen und kehrte um. Vater öffnete die Tür zum Beifahrersitz. »Spring rein!« Das Hauptquartier der CIA in Langley lag nur zwanzig Kilometer entfernt. Er fuhr an dem Gitterzaun mit dem Schild »Warning« vorbei und grüßte die Wache am Tor.

Generalmajor Donovan sah sie mit festem Blick von seinem Sockel herunter an – Vater kannte ihn aus dem Zweiten Weltkrieg, erzählte er. Sie gingen über das Wappenschild mit dem Adler und der Kompassrose im Boden – Treppen und Flure – und betraten ein verlassenes Büro. Der Schreibtisch war leergeräumt.

Eine Stunde später fuhren sie über die Brücke und die Chain Bridge Road aufs Land. Das Haus lag abseits, als wäre es davongelaufen. Ein fremder Mann kam heraus, er war nicht sonderlich groß und hatte einen angenehmen Händedruck. Der Mund war voller Goldzähne.

Sie sprachen Russisch, und M. wurde ein bisschen langweilig, als der Russe plötzlich ein Brett und Figuren aufstellte – und als wäre es das Selbstverständlichste auf der Welt, begann er, mit M. Schach zu spielen. Er brachte ihm verschiedene Strategien bei und erklärte mit schwerem Akzent: »Starting a game is easy. The endgame is where you win. Study the endgame.«

M. zog so schnell er konnte. Der Russe rauchte Zigaretten. Wenn er das Gespräch mit Vater beendet hatte, streifte er die Asche ab, setzte M. matt und fuhr ihm durch die Haare.

Warum sein Vater ihn überhaupt mitnahm, fand er nie heraus. Vielleicht sollte er einfach nur in das Spiel und den Gedankengang eines Russen eingeführt werden, bevor sie in den Kalten Krieg aufbrachen: »operational posting«.

Es hatte die ganze Woche nach gekochten Kohlrouladen gerochen. Vater hasste Kohl, sie diskutierten auf Russisch im Esszimmer. Mutter war wütend und wollte sich nicht damit abfinden. »Wie lange?«, rief sie. Die Frage blieb in der Stille des Raums stehen. Es kam keine Antwort.

Die Tür wurde zugeknallt. Am folgenden Tag glich sie einem Donnerwetter und sagte kein Wort. M. goss mehr Milch über seine Cornflakes, damit sie nicht knirschten – seine Geschwister verzogen sich sehr schnell, »bis dann!« –, und sie klapperte mit dem Abwasch, ignorierte Vater und ließ ihn selbst nach zwei zusammenpassenden Socken suchen.

Keine Erklärungen, nicht einmal ein Pelzmantel konnte es wiedergutmachen: »O-pe-ra-tio-nal po-sting.«

Als das Schuljahr vorbei war, wurde zusammengepackt. Im Flur standen Koffer und über den Möbeln lagen Laken, als seien die Möbel Utensilien eines Zaubertricks. Sie sollten gemeinsam aufbrechen. Sein großer Bruder Tim war vollkommen aus dem Häuschen: »Wir ziehen in den Krieg!«

M. war es gewohnt, dass der Bruder seltsame Dinge sagte, um ihn zu erschrecken. Wenn man nach oben blickte, bekam man eine Atombombe auf den Kopf, und wenn man ein Mädchen küsste, beißt es einem die Zunge ab und schluckt sie herunter – »Was ist das für ein Krieg?«

Tim flüsterte »der Kalte Krieg«. Und M., der unwillkürlich

an eine Schneeballschlacht denken musste, wollte wissen, wo dieser Krieg stattfand. »Überall.«

Solange er sich erinnern konnte, war er Tim hinterhergelaufen – »ich auch, ich will mit!« Aber er war viel zu jung, um seinen großen Bruder einzuholen.

Er verlor den Ball, er fiel vom Skateboard und es tat weh. Als er Tim das erste Mal ins Wasser nachsprang, ging er unter und gab es auf. M. war zu jung, um auch nur irgendetwas zu tun, und beim Football sah er nichts anderes als die Beine der Zuschauer. Tim rauchte Zigaretten und schnipste die Kippe über die Tribüne. Er hatte sie nicht ausgedrückt.

Vicky und Missy waren Mädchen und Zwillinge, sie lebten in ihrer eigenen Welt. Und die war mehr oder weniger verrückt, soweit er es beurteilen konnte. Sie flochten sich gegenseitig die Zöpfe und zwinkerten sich dabei zu.

Er hatte Angst, wenn sie mit ihm spielen wollten. Sie nahmen ihn gefangen – er war hilflos, niemand kam ihm zu Hilfe –, und die Zwillinge saßen auf der Kommode und kommandierten ihn herum.

Sie thronten dort in ihren Rüschenkleidern und zupften Blätter von Margeriten. »Er liebt mich«, sagte Prinzessin Vicky, »er liebt mich nicht«, sagte Prinzessin Missy. Sie gingen auf Zehenspitzen, streuten sich Zucker ins Haar und sagten: »wir«.

Es war der Pluralis Majestatis. »Wir« hatten schmerzende Füße und wollten ein Kissen. »Wir« verlangten nach einem Glas Saft. »Wir« hätten gern Kekse, und er holte die Kissen und servierte Oreos.

Sie zerteilten sie, leckten die Cremefüllung ab und tauchten die Reste in Milch. Dann erklärten sie ihn zu ihrem Lakaien, der sich bücken und rückwärtsgehen sollte. »Finde die Haarspange, Bucky.« Er fand sie. »Nein, die schwarze.

Bucky!« Das war sein Spitzname, »Bucky«, bei dem er vor Wut einen roten Kopf bekam.

M. wünschte, er wäre Tim, der auf dem Regalbrett hinter Glas aus einem Rahmen strahlte und tat, was er wollte. Es dauerte lange, bevor sein Vater sich abgewöhnte, ihn Tim zu nennen, und sich erst beim zweiten Mal korrigierte, wenn er ihn ansprach – M. hatte das Gefühl, er sei nichts anderes als ein Versprecher, ein Sprachschnitzer. Es gab nicht eine einzige Fotografie von ihm allein – er wurde zwischen die anderen gequetscht, stand hinter ihnen oder am Rand und konnte froh sein, dass wenigstens etwas von ihm zu sehen war: ein Arm oder ein Fuß. Der Platz war besetzt. Er war zu seinem eigenen Leben zu spät gekommen.

Der Kalte Krieg begann auf einem großen Parkplatz in Rosslyn – sie überfuhren die Rüttelschwelle mit einem dumpfen Schlag –, dann gingen sie durch eine Apotheke und setzten sich in ein Wartezimmer.

»Ist das ein Krankenhaus?«

»Nein«, sagte Vicky. »Ist es nicht.«

»Die sehen aus wie Ärzte.«

»Hierhin werden die unheilbar Kranken geschickt.«

»Hast du nie darüber nachgedacht, warum du so klein bist?«, fragte Missy.

»Was?«

»Die geben dir etwas, damit du wächst.«

Sie wurden hereingerufen und gegen alle möglichen Unglücksfälle geimpft, insgesamt sieben Mal. »Mehr können wir nicht auf einmal verabreichen« – ein Mann in einem weißen Kittel tupfte die Haut ab. Das Schlimmste war »Gammaglobulin«, die Schwester von »Vasco da Gama«. Es wurde in den größten Muskel, »gluteus maximus«, gespritzt und tat noch Tage danach weh.

Tim hatte kleine entzündete Wunden, weil er mit ungewaschenen Händen daran kratzte. Die Zwillinge behaupteten, sie seien insgesamt gegen vierzehn Krankheiten geimpft worden. Sie würden sich nie wieder erkälten.

M. träumte vom Meer. Am Morgen war Sand in seinem Bett.

Vor der Abreise besuchten sie Tante Betty in Montclair. Sie wurde »90 gates« genannt. Es klang wie ein Codewort zu einem Ort mit so vielen Eingängen, dass nur die Eingeweihten den richtigen Weg, die richtige Tür kannten – wer brauchte eigentlich mehr als eine? Doch es war ihre Adresse, 90 Gates Avenue.

M. erinnerte sich, dass Tante Betty in der Einfahrt stand, als sie aus dem Auto ausstiegen. Sie war Vaters Schwester und weinte, und er klopfte ihr auf den Rücken: »Nun beruhige dich doch.« Dann knetete sie ihr Taschentuch in den Händen und kniff sich in die Wangen.

Die Haustür wurde nicht mehr benutzt. Eine Treppe wand sich von der Vorhalle an der Holzpaneele entlang bis in die erste Etage, wo Anne gewohnt hatte. Anne war ihre Freundin gewesen, sie hatten fünfundzwanzig Jahre zusammengelebt, Betty hatte nie geheiratet. Nun lag Anne auf dem Mount Hebron-Friedhof, doch Betty sprach über sie, als säße sie im Nebenzimmer.

M. wäre gern bei ihr geblieben. Er fühlte sich wohl hier. Betty hatte langes, wolliges graues Haar. Die Steine ihrer Halskette rasselten. Es gab nichts, worum sie sich nicht gekümmert hätte. Wenn er etwas falsch machte, schimpfte sie nicht, sondern klärte ihn über die Konsequenzen auf, die das für sie alle hatte. Sie wollte für alle nur das Beste.

»Du wirst schon zurechtkommen«, sagte sie und fügte hinzu, sie hätte ein Abschiedsgeschenk für ihn, aber er müsse es selbst finden. Sie wünschten einander gute Nacht, und er legte sich ins Bett und löschte das Licht. Die Bettdecke war weich und duftete sauber, die Bäume warfen grüne Schatten durchs Fenster. Dann schaltete er das Licht wieder ein.

Unter dem Kopfkissen lag, versehen mit einer Schleife, das kleinste Päckchen der Welt. Vorsichtig öffnete er es. Es war eine der Länge nach aufgesägte Patrone, die sich mit einer Sicherheitsnadel befestigen ließ. Auf der Vorderseite war eine Inschrift eingraviert: »China 1944« und »Betty«.

Ihm war nicht klar, was das bedeuten sollte, aber er fragte sie auch nicht danach. Es war ihr gemeinsames Geheimnis. Sie würde es ihm erzählen, wenn sie wieder nach Hause kämen, und bis dahin trug er die Kugel in seinem Herzen: *Dead Man Walking.*

Tante Betty hupte vor dem Haus in ihrem Ford. Das Auto war so groß wie ein Wohnzimmer. Auf dem Rücksitz lagen Sofakissen und auf dem Boden flogen vertrocknete Blumen und alte Zeitungen herum. Sie lehnte sich zurück und fuhr gemächlich nach Manhattan, das am Hudsonfluss in die Luft ragte.

»Muh-he-kun-ne-tuk«, flüsterte Betty ihm zu. So nannten die Indianer den Hudson. »Der Fluss, der in beide Richtungen fließt.« Sie zog ihr Taschentuch heraus, weinte aber dann doch nicht, und begleitete sie durch das Gedränge bis zur Landungsbrücke, wo Vater ihre Papiere vorzeigte.

Sie mussten sich loslassen. Er lief aufs Deck, um zu winken, bevor der Horizont sie ausstrich. Ihr Hut wurde ihr vom Kopf geweht, und sie rief irgendetwas, aber bis er es hörte, hatten die Möwen es verschluckt.

Es gab nur noch den Wind und die Wellen. Es gab nichts als Wasser, egal, wie lange er nachsah – auf dem Meer klang alles anders und war schwerelos. Es war der 12. Juli 1967, und seine Stimme flog davon und wurde fortgeblasen.

Plötzlich tauchten Wale auf. Er rief seine Geschwister: »Seht mal!« Sie schafften es nicht – die Wale waren bereits wieder abgetaucht –, aber Tim hatte die Schrotflinte mitgebracht, zielte und drückte ab. Sie diente zum Tontaubenschießen und gehörte Vater.

Er wurde vom Rückstoß umgeworfen und war mächtig stolz, weil er eine Waffe benutzt hatte. Vater kümmerte sich nicht weiter darum und winkte nur ab. Schließlich war ihnen nicht der Himmel auf den Kopf gefallen.

Hin und wieder kamen Vögel angeflogen. M. fütterte sie mit Graubrot und Rosinen. Die Wellen schlugen übers Deck, beim Abendessen hatte er Tang in den Haaren.

Sie hatten sich umgezogen, Mutter trug ein Abendkleid, Vater eine weiße Smokingjacke. Tim und ihm wurde ein Schlips um den Hals gebunden – wie ein Knoten, damit sie den Mund hielten. Die Kleider der Zwillinge waren aufeinander abgestimmt, so wie sie es gernhatten.

Die Speisekarte bestand aus Fremdworten. Vater las sie vor und bestellte für sie – sie wussten nie, was sie bekamen: »Versucht es einfach.« Für ihren Geschmack war es viel zu kompliziert. Sie lachten über die Schalentiere, schnitten Grimassen und fielen beinahe vom Stuhl, als »Baked Alaska« serviert wurde: Eis, eingebacken in Baisers.

Vater bestellte auf Französisch. Das war ein großer Teil des Vergnügens – »Alors, pour mon frère là« –, aber sie verdarben es ihm. Er übertraf sich in Superlativen: »Splendid, excellent!« Aber selbst für die Kellner war es offensichtlich, dass sie die höhere Kochkunst nicht sonderlich zu schätzen wussten.

Der Kapitän fragte, ob alles nach ihrer Zufriedenheit sei, und lud sie an seinen Tisch ein. Sie bekamen Würstchen mit Kartoffelbrei und die Ermahnung, sich anständig zu benehmen.

Hinterher gab es Tanz, der sich hinzog – Meyer Davis Orchestra, »September Song«. M. schaute auf das Wasser im Glas, das im Takt mit dem Atlantik schaukelte.

Die lange, gewundene Bucht lächelte ihm zu. Der Vulkan flimmerte im Dunst hinter Neapel. Unter ihren Füßen schaukelte es am Kai noch immer, als das Auto ausgeladen wurde – ein Kran hob es aus dem Laderaum –, niemand von ihnen hatte es vorher gesehen. Es war nagelneu und kam direkt aus der Fabrik: ein kastanienbrauner Plymouth Valiant Commando 100.

M. holte mit seinem Vater Benzin – für die Überfahrt war der Tank geleert worden – und kehrte mit einer Flasche zurück, die mit einem Stück Stoff verstopft war und stank: »Der fährt mit allem, was brennen kann!« Der Verkehr war dicht, Lärm, Staub und Menschen. Ein Fischhändler auf einem dreirädrigen Fahrrad schrie ihnen »Al-lo! Fiish!« durch die offenen Autofenster zu.

Sie fuhren in östliche Richtung nach Brindisi und mit der Fähre nach Griechenland. M. wurde Kilometer um Kilometer gehänselt. Missy genoss die Grausamkeiten. Sogar sein Vater fand es komisch. Warum reagierte er überhaupt und machte alles nur noch schlimmer? Warum tat er nicht einfach so, als würde er es nicht hören? Dann hätte sie nichts davon gehabt und aufgehört.

»Was würdest du machen, wenn du in seinen Schuhen stecken würdest?«, fragte Mutter. Missy erwiderte: »Ich würde sie putzen.« Dann setzte sie sich in die Mitte, wo eigentlich er saß, und wenn sie unterwegs übernachteten, verlangte sie sein Bett. Sie bekam ihren Willen. M. fühlte sich klein und hilflos und blickte über die Felder und den Himmel – die vibrierende Hitze über der Straße –, kurbelte das Fenster hinunter und spürte den Fahrtwind.

An der Grenze zur Türkei wurde es unheimlich. Hunde bellten sie an. Die Abendsonne warf Schatten auf Dinge, die nicht da waren. Die Büsche wurden zu Stacheldraht mit blutroten Beeren. Sie hatten den Krieg erreicht.

Zwischen den Bäumen hatte man sie in Stellung gebracht, sie waren deutlich zu sehen: Panzer. Riesige, graue Ungeheuer, die bereit waren, das Feuer zu eröffnen. M. duckte sich. »Sonderlich gut versteckt haben die sich aber nicht, was ist das denn für ein Heer?«

Vater antwortete, vielleicht werden sie absichtlich so demonstrativ präsentiert, »damit sie nicht eingesetzt werden müssen«. Er sprach mit den Soldaten, die seinen Pass kontrollierten. Es funktionierte jedes Mal. Sie öffneten die Straßensperre und winkten den Wagen an der Schlange vorbei. Tim zeigte ihnen den Finger.

Die Kanonen auf der anderen Seite zielten direkt auf sie. Dann ließen sie den Westen hinter sich, und im Kofferraum klirrten die Gläser mit griechischem Honig.

*

Das Spiel war vorbei, er hatte mich mattgesetzt und brach ab, ohne irgendetwas verraten zu haben. Aber was hatte ich erwartet? Es war ein gewöhnliches Leben unter ungewöhnlichen Umständen – und der größte Unterschied bestand darin, dass er möglicherweise mit einer geladenen Pistole aufgewachsen war.

Sie hätte in der Nachttischschublade gelegen, so erzählte es

Tim, damals, als sie in Berlin wohnten. Sie rechneten jeden Moment damit, von den Sowjets überrannt zu werden – »eine Kaliber.45«.

M. hatte im Schlafzimmer nachgesehen, ob sie noch da war, er hatte die Schublade geöffnet. Aber sie war weg – und das war das Ende der Geschichte.

Eine weitere Partie zu gewinnen, war die einzige Möglichkeit, mehr aus ihm herauszubekommen. Aber ich kannte die Eröffnung nicht und musste sie nachlesen, wenn ich mit in den Kalten Krieg wollte: »Sa3«.

Ich studierte in Kopenhagen, lebte aber in Wien, und die Stadt veränderte sich mit mir. Es war mir vorher nicht bewusst gewesen, dass der Begriff »Jugend« in »Jugendstil« wörtlich zu verstehen war. Es war der Protest der Jugend vor hundert Jahren!

Er richtete sich gegen die verknöcherte Habsburger Monarchie und brach mit der alten Ordnung und dem Spießbürgertum. Klimt und Koloman Moser, Josef Hoffmann und die anderen verweigerten sich der Kunstakademie und bauten ihr eigenes Ausstellungsgebäude, die Secession. Es erhob sich auf dem Platz wie ein Skandal, aus dem sich die Zukunft entwickelte.

Die akademische Malerei war ebenso veraltet wie die Architektur an der Ringstraße und nichts anderes als eine hohle, historisierende Zierde. »Stuck« hieß das bei Herman Bang. Diese Gemälde widersprachen der modernen Wirklichkeitserfahrung und waren kein Ausdruck des gelebten Lebens, sondern versuchten im Gegenteil, dieses Leben mit Motiven aus der griechischen Mythologie und einer dicken Schicht Firnis zuzukleistern und zu überdecken.

Adolf Loos hatte gesagt, wie es war: Ornament ist ein Verbrechen – und ich sah Otto Wagners Postsparkasse und das Looshaus auf dem Michaelerplatz in neuem Licht. Der Kaiser hatte es von seinem Schlafzimmer aus gesehen und es »das Haus ohne Augenbrauen« genannt – er ließ die Gardinen vorziehen.

Ich trank Cocktails zwischen den Spiegeln der American Bar, während der Jugendstil in den Expressionismus überging und bei Oskar Kokoschka explodierte, der im Leopold Museum eine andere Aussicht eröffnete.

Hofmannsthal hörte nach dem *Brief des Lord Chandos* auf, Lyrik zu schreiben, weil ihm die Worte unter den Fingern zerbröselten – die Realität war außer Reichweite und entzog sich der Sprache –, und Wittgenstein verwandelte sie in ein abstraktes Spiel.

Die Spätromantik bei Mahler und Strauss hatte die Musik an ihre äußersten Grenzen gebracht. Die Symphonien schwollen mit immer größeren Besetzungen an wie die Palais an der Ringstraße und brachen mit Arnold Schönberg zusammen. Die Tonsprache in Dur und Moll war ein überstandenes Kapitel und musste einen neuen, zeitgemäßen Ausdruck finden. Hatte ich vorher »O Röslein rot« gesungen, wenn ich betrunken durch die Stadt segelte, verfiel ich nun in den atonalen Sprechgesang aus *Das Buch der hängenden Gärten*: »Unterm schutz von dichten blättergründen«!

Es gab einen Abgrund der Stille bei Anton Webern. Es waren Ruinen von Musik. Wien wurde von Alban Berg in den süßesten Schmerz von seriellen Zwölftönen verwandelt. Sogar Peter Altenberg hatte als Touristenattraktion sein Ende gefunden und saß im Café Central wie eine Puppe über seiner ewigen Kaffeetasse. Doch die *Altenberg Lieder* erweckten ihn wieder zum Leben, und er nahm einen Schluck: »Seele, wie bist du schöner, tiefer, nach Schneestürmen.«

Ich setzte den Homburg auf und fuhr in die Staatsoper, um *Wozzeck* und *Lulu* zu hören und wusste nicht mehr, wer ich war, als ich später das Café Schwarzenberg betrat: »Guten Abend, Herr Doktor, heute allein?«

Ich ging zur Therapie bei Freud in die Berggasse, bekam eine Mutterbindung und beging Vatermord. Und wurde schließlich beim Psychiater Leo Navratil – *Schizophrenie und Sprache* – psychotisch und ließ mich ins Haus der Künstler in der Landesnervenklinik Gugging einliefern.

Das Kriminalmuseum in der Großen Sperlgasse präsentierte Verbrechen, die Jack the Ripper in *Lulu* in nichts nachstanden – Äxte, Giftmorde und rechtsmedizinische Fotografien von blutigen Betten –, aber die ultimative Horrorshow war die pathologisch-anatomische Sammlung im Narrenturm.

Der Turm mit der ehemaligen Irrenanstalt – Europas erster und ältester Einrichtung dieser Art – lag in der Spitalgasse 2 und hatte nur mittwochs ein paar Stunden auf. Er enthielt die weltweit größte Sammlung an Präparaten – insgesamt fünfundvierzigtausend –, und ich taumelte durch die Säle mit Organen, Gallensteinen, Geschlechtsteilen, Krebsknoten und Skeletten von Siamesischen Zwillingen. Moulagen aus Wachs von Menschen mit Missbildungen. Hände und Gesichter bedeckten die Wände. Föten mit Wasserköpfen starrten mich aus Formaldehyd an. Es war das Theater der Grausamkeit.

Die Schönheit war lediglich die andere Seite der Bosheit, der Gewalt und des Wahnsinns, der zu Wien gehörte – meinem geliebten Wien. Die Hochkultur des Hoftheaters passte zu den brutalen Volksbelustigungen des Hetztheaters. Hunde und Wölfe, Bären, Wildschweine und Löwen wurden aufgehetzt, um sich vor einem begeisterten Publikum gegenseitig in Stücke zu reißen. Das Hetztheater ging 1796 in Flammen auf, aber das Triebleben erlosch nie.

Die riesigen Paläste des Naturhistorischen Museums und des Kunsthistorischen Museums lagen sich wie eine Konfrontation gegenüber. Kultur und Natur, das Gleichgewicht des Terrors konnte jeden Moment kippen und die Hölle losbrechen. Im Park mitten zwischen ihnen stand die Statue von Maria Theresia und regierte kaiserlich und königlich über die unmögliche österreich-ungarische Doppelmonarchie.

Das reine k. und k. oder Kakanien, wie Robert Musil es in *Der Mann ohne Eigenschaften* genannt hat. Oder eine Portion Kaiserschmarrn: Mischmasch, Durcheinander. Es brachte ungarische, slawische, italienische, türkische, tschechische, böhmische und nicht zuletzt jüdische Menschen in einer sinnvollen Mischung zusammen. Genau wie die Sprache: Wienerisch.

Ich besuchte oft das Kleine Café am Franziskanerplatz, trank ein Weißbier und las H.C. Artmann. Er schrieb auf »Weanerisch«, so klang das – *med ana schwoazzn dintn.* Das Deutsch des Mittelalters und Tschechisch, Ungarisch, Französisch und Romani, Hebräisch und Jiddisch vereinten sich in der weichen, melodischen Gassensprache mit langgezogenen Vokalen und nasalem Akzent. Es wurde von allen gesprochen, vom Großbürgertum bis zu den Kutschern mit Melone – sie fuhren noch immer mit ihren Pferdekutschen umher, klack, klack, klack. »Fiaker« hießen sie auf Kroatisch und »Fijaker« auf Serbisch.

Die Grenze zwischen Osteuropa und dem Westen verlief quer durch Wien – und der Balkan, oder besser der Orient, begann am Naschmarkt an der Wienzeile. Es gab nichts Schöneres als zwischen den Buden zu spazieren, die sich vor Delikatessen bogen, und die Rufe der Straßenverkäufer und den Anblick und den Duft der Waren zu genießen. Ich wollte den Rest meines Lebens geben, um eine Topfenkolatsche zu probieren. Es war ein Biss Kulturgeographie: »Kolatsche« kam vom tschechischen »koláč«, Rad –, und wenn man eine von Butter triefende ungarische Lángos an der Straßenecke ergatterte, dann hatte man das goldene Dreieck Prag-Budapest-Wien erwischt.

Es war ein Sprengsatz aus wirtschaftlichen, sozialen und nationalen Konflikten, der unter dem Landesvater Kaiser Franz Joseph I. von nichts anderem als Zierrat, Symbolpolitik und Zeremonien zusammengehalten wurde. Er wurde immer älter, während um ihn herum gestorben wurde. Sein einziger Sohn beging Selbstmord, seine vom Volk geliebte Königin Sissi wurde niedergestochen – vor langer Zeit hatte ich mich in Romy Schneider verliebt, die in diesem kandierten Heimatfilm die Sissi spielte. 1914 fand das Attentat auf den Thronerben Franz Ferdinand in Sarajewo statt – und die Erde wurde zu einem Schlachtfeld und verbrannte.

Nach und nach hatte ich mich immer mehr von Weckerklingeln und Examensvorbereitungen entfernt – und von einem Leben mit Arbeit, Familie, Kindern und Rente. Es ging ohne mich weiter, die Tage und Jahre vergingen im Leerlauf, bis von der Umwelt nur noch Fensterumschläge und Rückrufe mit Geldbußen geblieben waren: »Mitteilung der Königlichen Bibliothek«. Früher oder später musste ich mir die Scham verkneifen und sie meinem Vater geben.

Einmal pro Jahr nahm ich das Resultat meiner Anstrengungen in Form eines vorläufigen Steuerbescheids entgegen. Es waren keinerlei Einnahmen registriert worden, er belief sich auf null Kronen. Das entsprach genau dem, was ich war: eine Null. Vor dem absoluten Überich versteckte ich mich unter der Bettdecke. Wie ein Auge starrte es aus dem Formular auf mich. Das große Andere, der Staat.

Ich hatte den Tag auf den Kopf gestellt, ich ging zu Bett, wenn andere Leute aufstanden, und wachte nachmittags auf, um die Nacht mit mir selbst zu verbringen. Inzwischen sah ich kaum noch andere Menschen und Tageslicht. Es hätte mich gezwungen, mir die verzweifelte Wahrheit einzugestehen, es hätte mich auf der Stelle zu Staub verwandelt – und mein einziger Ausweg bestand darin, zwischendurch beim Schach zu gewinnen.

*

Der größte Teil von Istanbul wurde auf dem Rücken getragen. Teppiche, Mauersteine und Großeltern. Alle waren unterwegs und trugen ihr Geschäft mit sich. Viele handelten mit Simit, ringförmiges, mit Sesam bestreutes Gebäck. Sie boten es auf langen Stangen an und riefen laut und durchdringend: »Siim-it! Siim-it!«

M. liebte es, auf den Markt zu gehen, dafür sparte er sein Taschengeld. Die Händler kamen vom Land und verkauften ihre Waren auf Decken, die sie auf dem Boden ausbreiteten: Eier, Früchte, Nüsse, Brot und Gewürze. Die Frauen trugen Kopftücher und bunte Kleider, den Kindern hatte man blaue Broschen mit einem schwarzen Kreis in der Mitte auf die Pullover genäht. Sie sollten gegen den bösen Blick schützen und Glück bringen. Man bekam handgepresstes Sonnenblumenöl in durchsichtigen Flaschen.

Sie sahen aus wie Molotow-Cocktails, fand er. Mutter schüttete das goldene Öl auf einen Teller, streute Salz darauf und legte mit Knoblauch eingeriebenes Brot dazu. Dann setzten sie sich auf den Balkon und aßen. Und Valya lehnte sich zurück und versteckte sich hinter ihrer Sonnenbrille.

Sie war aus der Sowjetunion geflohen. Vater hatte sie nach

dem Krieg in Salzburg kennengelernt, als er dort als Soldat stationiert war. Sie redeten nicht darüber, M. musste allein damit zurechtkommen, gleichzeitig Amerikaner und Russe zu sein, halb und halb; irgendwie musste er es zusammenbringen.

Sie nannten Vater auf Französisch Pierre und Peter auf Englisch, Mutter nannte ihn jedoch Pjotr. Nie warf sie etwas fort, sie verrieb Spucke auf Mückenstichen und ging in Juwelierläden, um sich die teuersten Ringe und Diamanten anzusehen und wenigstens einmal in der Hand zu halten. An Geburtstagsgeschenken ließ sie das Preisschild kleben, als wäre das Geschenk nur ein Anhängsel.

Mutter behielt in der Wohnung den Mantel an und sagte ständig »astarozna«. Das war Russisch und bedeutete »vorsichtig«. Man konnte nicht vorsichtig genug sein.

Bei einer leichten Brise zog bereits Sturm auf. Sie machte sich Sorgen, sein Vater nahm die Dinge jedoch auf die leichte Schulter. Bei den kleinsten Details waren sie sich uneins, und wenn sie Auto fuhren, bog er rechts ab, wenn sie links sagte. Seit ihrer Hochzeit hatte sie nicht ein einziges Mal ja gesagt.

»Das schmeckt gut.« M. tauchte das Brot ins Öl. Mutter trug ihre Sonnenbrille, sie war fern und kühl und hatte Raureif im Haar, als befände sie sich noch immer in Leningrad. Alle drei Wochen ging sie zum Friseur, ließ es sich färben und taute auf.

Ihre Wohnung lag in einem grau verputzten Gebäude in Mecidiyeköy. Eine Kurzwellenantenne ragte aus dem Dach, das Mobiliar aus Washington war wie durch einen Zauberschlag im Wohnzimmer angekommen.

Es war ein willkommenes Wiedersehen nach den Monaten im Hotel, beinahe so, als käme man nach Hause. Die Keramikfigur eines Affen – er war einen Meter groß und hieß JoJo –

und die Esszimmerlampe. Die Amphore mit den Korallen auf einem Eisenständer. Sein Vater hatte sie an der Küste gefunden, als er in Athen stationiert war.

Viele Möbel stammten aus Dänemark. Seine Eltern hatten sie 1961 in Kopenhagen gekauft, als sie von Berlin aus einmal zu Besuch dort waren.

Im obersten Stockwerk wohnte ein deutscher Ingenieur mit seiner türkischen Frau und ihrem gemeinsamen Sohn – sie waren mürrisch und grüßten im Treppenhaus nicht. Auf der Straße schlug es ihm entgegen. Es klang mal lauter, mal schwächer, je nachdem, wie der Wind stand. Die Stimme zog die letzte Silbe jedes Wortes in die Länge und schien zu betteln und zu beten: »ALLAHU AKBAR! ASH – HADU AL-LA ILAHA ILLALLAH!«

Die Gläubigen wurden von der Moschee zum Gebet gerufen. M. hatte es bisher nicht gehört, nun ließ es sich jedoch nicht mehr umgehen und erreichte ihn, egal, wo er sich befand. Fünf Mal am Tag wurde das Leben von Gott unterbrochen.

Morgens hatten sie nicht genügend heißes Wasser, und da er der Jüngste und Kleinste war, brauchte er nicht so viel wie die anderen, erklärte Missy. Es war eiskalt, wenn er sich waschen wollte. Er durfte die Badewanne der Eltern benutzen und saß im Atlantik, bis es an die Tür klopfte. Mutter rief, er solle sich endlich anziehen!

Tim und eine der Zwillinge gingen in die amerikanische Schule und nahmen den Bus: U.S. Air Force. Gleich hebt er ab, dachte er. Die meisten Schüler wuchsen auf Militärbasen auf und warteten darauf, dass Krieg ausbrach.

M. begleitete seine zweite Schwester Vicky und seinen Vater. Der Plymouth segelte aus der Garage. Nachts stand er in der Garage, sonst wäre er gestohlen worden; er hatte das Diplomatenkennzeichen »CD«. Sie konnten ungestraft bei Rot über eine Ampel fahren und parken, wo sie wollten, aber M. hasste es, wenn Autofahrer sie erkannten, dicht auffuhren und die Hupe durchdrückten.

Dann passierten sie den Sicherheitsposten des Konsulats und hielten vor dem Hauptgebäude. Hinein durften sie nicht – hinter Vater schloss sich die Tür.

Kohlenstaub und Rauch wirbelte über den Boulevard Istiklal Caddesi und sammelte sich an den Mauern. Fasste man sie an, hatte man schwarze Finger. Die Frauen trugen Bienenkörbe im Haar, liefen in schenkelkurzen Röcken herum und bummelten durch die Geschäfte. Die Männer sahen in ihren Anzügen aus wie Darsteller in einem alten Gangsterfilm, sie tranken Tee, ließen dabei die Gebetsketten durch die Finger laufen und stritten sich – so klang es zumindest, obwohl sie unmöglich die ganze Zeit über zornig sein konnten.

Er trottete mit dem Schulranzen auf dem Rücken Vicky hinterher. Sie gingen durch eine Seitenstraße, die leicht zu finden war, weil an der Ecke ein Fotogeschäft lag. Im Schaufenster waren Fotos von Jungen in weißer Festtagskleidung ausgestellt. Sie waren fröhlich und lächelten – irgendetwas war mit Silberfaden auf ihre roten Schals gestickt –, und M. lächelte zurück und spiegelte sich im Schaufenster.

Vater hatte sie auf der französischen Schule angemeldet: Papillon. Schmetterlinge gab es indes nicht. Die Schule wurde von Franziskanermönchen betrieben, man betrat am Ende der Gasse ein altes Kloster.

Der gepflasterte Hof stieß an allen Seiten an Hausmauern. Auf den Treppen und Korridoren aus breiten, groben Dielen sah man schreiende Kinder, die in ihre Klassenzimmer rannten. Die Pulte standen in vier geraden Reihen vor dem Katheder.

Am ersten Schultag sollten sie ihre Hefte einschlagen. Es war nicht schwer: Sprache und Geschichte in blaues, Mathematik in rotes Papier. Dennoch setzte er sich vorsichtshalber an das hinterste Pult, als er die Lehrerin sah.

Sie war streng und mindestens vierzig Jahre alt. Oder noch älter. Ihr Haar war im Nacken zu einem Knoten zusammengebunden, der sie fest im Griff hielt; und sie sprach viel zu schnell, als würde jemand sie vorspulen.

M. hörte zu, ohne etwas zu begreifen, er verstand kein Wort. Er war es gewohnt. Mutter und Vater sprachen Russisch miteinander und wechselten nur am Esstisch ins Englische, wenn sie um die Butter baten.

Kurz darauf bekam er es mit den Flexionen zu tun und konnte es bis zum »point finale« kaum abwarten: der Pause. Sie hatten keine Schulbücher, sie kopierten die Tafel in ihre Hefte. Die Lehrerin las vor, und sie schrieben mit. Schrieb man etwas falsch, durfte man nicht den Radiergummi benutzten, sondern musste das Ganze noch einmal schreiben.

Zweimal pro Woche hatten sie »dictée«. Er zuckte zusammen, wenn sie zum »accent circonflexe« kam. Ein kleineres Vergehen, wenn er zum Beispiel seinem Nebenmann etwas zuflüsterte, kostete einen Schlag mit dem Lineal auf die offene Hand. Unruhe während der Stunde, in der Ruhe zu herrschen hatte: ein Schlag auf die Knöchel. M. wurde an den Ohren gezogen, das Schlimmste aber war, wenn man in einem Haufen Salz knien musste. Es schmerzte und brannte. Er hatte Hautabschürfungen und erschien nicht länger in kurzen Hosen.

Zum Mittagessen versammelten sie sich vor den Klassenzimmern und rannten in die Kantine. Dort standen lange Tische und Bänke. Im Vorbeilaufen griff er nach einem Löffel und einer Schale. Körbchen mit frischgebackenem Brot, das eine rösche, braune Kruste hatte, und Flaschen mit Olivenöl und Essig standen auf den Tischen.

Man konnte zwischen einem dicken Klumpen Linsensuppe und einem zusammengekochten Gericht mit Reis wählen, das die meisten vorzogen. Es wurde von zwei Mönchen serviert, die einen Topf durch den Mittelgang schleppten und mit großen Schöpflöffeln die Portionen verteilten. Der Saal hallte wider von Stimmen: »Monsieur Jean, du sauce!«

M. ging allein von der Schule nach Hause. Es war nicht besonders weit zu dem großen Platz mit den Hotels und dem Busterminal, Taksim Meydanı.

Das Opernhaus wurde niemals fertig. Es sah so aus, als würden sie nachts wieder einreißen, was sie am Tage gebaut hatten; so sicherten sie sich Arbeit für ihre Kinder und Kindeskinder noch bis in viele Generationen.

Die Luft war erfüllt von Lärm, Hupen und Musik. Es kam von den Taxen, den »Dolmuş«. Es waren beinahe ausnahmslos amerikanische Autos aus den fünfziger Jahren. Wenn sie auf den Straßen der USA verschwanden, tauchten sie in Istanbul wieder auf: Hudson, Nash und sein Favorit, ein DeSoto – es klang wie ein Kommando: DESOTO! Sie waren schwer und verchromt und in Istanbul wurden sie mit noch mehr Zierrat und weiteren Scheinwerfern versehen, außerdem wurden über dem Armaturenbrett Plattenspieler installiert.

Viele Fahrer hatten einen Stapel Singles neben sich liegen, die sie unterwegs abspielten. Sie bummelten und rasselten über die mit Schlaglöchern übersäten Straßen, und der Tonabnehmer hüpfte in einem Klagegesang mit Geigen und Trommeln umher – Zeki Müren! Er hatte sein Lied beendet, wenn sie Sisli erreichten, am Stadion und der Moschee vorbeifuhren und M. aussteigen musste: »Inecek var«.

»Tim? Vicky, Missy?« Sie waren nicht zu Hause, und seine

Eltern zu irgendeinem Abendessen oder einer Cocktailparty eingeladen. Meist fuhren sie direkt vom Büro dorthin, manchmal kamen sie allerdings auch rasch nach Hause und zogen sich um. »The war zone«, nannte Vater derartige Einladungen und zog im Smoking in den Krieg.

Die Nachmittage schleppten sich zäh dahin. Als hätten sie ihn vergessen und mit dem Keramikaffen und der Amphore zurückgelassen. Die Amphore fasste fünfundzwanzig Liter. Fünfundzwanzig Liter Dunkelheit, genug für die ganze Wohnung. Es leuchtete mit einer Taschenlampe hinein: Von Staub bedeckte Zigarettenstummel, Kugelschreiber, Knöpfe und Papierfetzen. Es glich einer Mondlandschaft.

M. schlich ins Schlafzimmer und untersuchte ihre Sachen. Die Pistole war nicht zu finden. Vermutlich gab es sie auch gar nicht. Er zog die Schublade des Toilettentischs heraus, wo sich seine Mutter inmitten von Watte und Nagellack, Nähzeug und Parfümfläschchen ausgebreitet hatte. Der Duft stieg auf. Man konnte sie beinahe berühren.

Er sah im Kleiderschrank nach. Vater hing in einer schnurgeraden Reihe an den Bügeln, gereinigt und mit Bügelfalte. Er setzte sich zwischen ihre Kleider und Taschen und kam ihnen so nahe wie sonst nie. Es gab eine Menge Dinge, die sich als Verkleidung eigneten. In Pappkartons rasselten ein Satz Goldzähne und Brillen mit Fensterglas. Ein Schuh mit Einlage, sodass man humpelte. Schlüssel und Pillengläser, eine Brieftasche – er las die Visitenkarten: »Albert Monier, Fondation Nestlé«.

Schließlich schlüpfte er in eines der Jacketts. Es war zu groß, die Ärmel reichten fast bis zum Boden. Eine Zigarette zwischen den Lippen – Chesterfield, Vaters Marke. Dann stellte er sich vor den Spiegel und versuchte zu erraten, wer er war.

*

Ich hatte die Gardinen vor dem normalen Leben zugezogen. Ich rauchte immer mehr Hasch und lief abends die Pusher Street in Christiania auf und ab. Die Zeit dehnte sich wie ein Gummiring. Ich war zu einem ewigen Studenten geworden – und studierte die Ewigkeit: Wer bin ich, wo bin ich, was ist der Sinn meines Lebens? Jetzt bin ich hier, doch schon bald ist es niemals passiert und ich bin fort für immer. Warum gibt es überhaupt etwas und nicht eher nichts?

Ich hatte mich auf Selbststudien verlegt – was gab es Wichtigeres als sich selbst zu studieren – und zeigte mich nur selten bei den Vorlesungen im Institut, weil es peinlich war. Die meisten Kommilitonen meines Jahrgangs hatten rechtzeitig aufgehört. Oder sie waren abgestürzt wie Peter.

Er hatte bei Tuborg gearbeitet. Seine Nähe zur Produktion und damit zur Arbeiterklasse, wenn nicht gar zum Proletariat, gab ihm einen gewissen Status; er wohnte am Plantevej in Søborg.

Ich hatte mit ihm, Aldo und Claus Poker im Garten gespielt. Es irritierte sie, dass ich die Karten weglegte, wenn ich eine schlechte Hand bekam: »Passe.« Aber ich konnte nicht bluffen und spielte wie meine Großmutter mit offenen Karten.

Wir tranken beim Spielen, und wenn wir alle gegangen waren, trank Peter weiter, er trank unvorstellbare Mengen. Hin und wieder musste ich nach einer Sauftour mit zu ihm hinausfahren und ihn wieder auf die Füße stellen.

Ich las ihm *Wilhelm Meisters Lehrjahre* oder James Joyce vor, er liebte Joyce, doch dann ging es sehr schnell bergab mit ihm. Wir verloren ihn nach und nach aus den Augen, bis er endgültig verschwunden war. Zwischendurch hörte ich Gerüchte, dass er in Søborg ein Wirtshaus nach dem anderen leerte. In den Kneipen hatte man ihm den Spitznamen »Banane« gegeben.

Viele Jahre später bin ich ihm zufällig auf der Strøget begegnet. Er war völlig verkrümmt, Hände und Gesicht waren aufgedunsen, die Nase blühte wie eine entzündete Rose. Er hatte eine Blumenkohlnase, Rosacea. Wir wussten beide nicht, was wir sagen sollten – er erzählte, dass er bei der Post arbeite. Ich vermute, dass er inzwischen gestorben ist.

Das Postterminal war die Endstation für viele, die ihr Studium hinschmissen. Die Literaturwissenschaft produzierte Verlierer am Fließband – und Invaliden. Das war die beste Zukunftsaussicht: eine Invalidenrente. Es ließ sich auf niedrigster Flamme vegetieren, man hatte Ruhe vor der Gesellschaft und konnte sie von einem höheren, idealistischen Standpunkt kritisieren, ohne gezwungen zu sein, sich für das Kapital zu prostituieren oder selbst zur Ware zu werden, wie es der Arbeitsmarkt verhieß.

Ein Dozent hatte Selbstmord begangen, er war vom Dach des Magistrenes Hus am Lyngbyvej gesprungen.

Sie dozierten über soziales Engagement, praktische Relevanz und die Verankerung in der Basis. Aber die ganz schlichte Tatsache war, dass sich kein irrelevanteres und abstrakteres Studium im Universum finden ließ.

Das eigene, unmittelbare Erleben der Dinge wurde einem abgenommen wie ein Spielzeug. Es war »Verblendung« und »Ideologie«, »Fremdbestimmung« und »Verdrängung«. Schritt für Schritt wurde man in einen Illusionsbruch geführt, in dem man seinen Realitätssinn, seine Identität und sogar seinen eigenen Namen wie eine leere, sprachliche Konvention verlor.

Wenn sich dann schließlich alles erklären ließ und man nicht länger auf seine eigenen Augen und Ohren vertrauen durfte, war man weichgekocht.

Man hatte alles Mögliche zu akzeptieren, auch wenn es im Gegensatz zu den eigenen Erfahrungen stand. Klammerte man sich an einen Strohhalm des gesunden Menschenverstandes, befand man sich auf dem Holzweg und konnte ebenso gut auch vom Dach des Magistrenes Hus springen.

Die eine Seite war der Kokain schnüffelnde, sexfixierte Freud, sein Todestrieb und seine mythologisierten Erklärungen, die andere der okkulte und total wahnsinnige C. G. Jung.

Er hörte Stimmen, sah Gespenster und verband unser kollektives Unbewusstes mit mystischen und ewiggültigen Mustern quer durch Zeit und Kulturen. Mandalas führten zu einer tiefen Einsicht in den Menschen, wo sich Gott finden ließ.

Seine Mutter war psychotisch, ihm erging es genauso. Sie erschien ihm nachts wie eine leuchtende Figur, deren Kopf vor ihr in der Luft schwebte. Jung begann eine sadomasochistische Beziehung mit einer seiner Patientinnen, Sabina Spielrein. Sie war ein Inzestopfer und nach den sexuellen Übergriffen ihres Vaters mental geschädigt. Ging es noch bizarrer?

Noch weit mehr, wenn es nach dem Hohepriester ging: Jacques Lacan. Seine Ideen vermischten die Psychoanalyse mit Linguistik und sogar mit Mathematik. Sein Siegeszug betraf sämtliche Disziplinen von der Psychologie und der Kritischen Theorie über Philosophie, Soziologie und feministische Theorie bis hin zum Neostrukturalismus – und am schlimmsten für mich: bis zur Literaturwissenschaft.

Wir beugten uns über die heiligen Schriften, die den »transzendentalen Phallus«, den »Namen des Vaters«, »klein a« und »groß A« in obskurem Französisch erklärten. Es hätten ebenso gut die Tora oder der Koran sein können. Uns fehlten nur die Schläfenlocken und der Bart.

Es war unmöglich zu verstehen, weil es Nonsens war, extrem verwickelter Nonsens, aber trotzdem Nonsens, und man musste es pauken und auswendig lernen und herunterleiern, wenn man gefragt wurde: das Imaginäre, das Symbolische und das Reale!

Außerhalb des Instituts war es zu nichts zu gebrauchen. Die Welt versank, und die studentischen Aufrührer waren Dozenten, Professoren und Prorektoren an der roten Universität geworden. Die Posten waren für die nächsten dreißig, vierzig Jahre besetzt.

Die wenigen Kamele, die durch das Nadelöhr gingen, waren menschliche Wracks. Die Glasaugen stierten. Sie schluckten Antidepressiva und angstdämpfende Medikamente und schrieben über Fantasmen in Marquis de Sades Werk oder über Erotik, Souveränität und Grenzüberschreitung bei Georges Bataille – mit Kurs auf die geschlossene Abteilung.

Witzigerweise waren es Frauen, die damit am besten zurechtkamen und den Lacan'schen Wahnsinn pflegten. Wie Nonnen im Kloster unterwarfen sie sich dem Meister mit einer masochistischen Freude – »Jouissance« war der Fachbegriff – und waren so besessen von ihm, dass sie ihre Tage und Nächte darauf verwendeten, auch noch die Mysterien seiner letzten Seminare zu erforschen, obwohl er längst dement geworden war.

Es war absolut eigenartig und unverständlich, aber zumindest konnten sie sich schadenfroh damit trösten, dass die Beziehung von Männern zu Frauen von deren Angst vor der Vagina bestimmt war – und davor, kastriert zu werden.

Die gesamte Literatur- und Filmgeschichte entsprang dem Bedürfnis, dies zu verdrängen: »Einen Penis zu haben oder nicht zu haben, das ist hier die Frage!« Wollte man erfolgreich sein, war es ein großer Vorteil, keinen zu haben. Auch wenn man ein Mann war.

Lacan war wahnsinnig. Er schlug seine Patienten, schlief mit unzähligen seiner männlichen und weiblichen Studierenden und verlangte, dass seine Kollegen ihn mit »Dieu« anredeten.

Was hatten sie sich vorgestellt, was sollte aus uns werden – und wo sollte das hinführen? Die theoretische Grundlage des Menschenbildes war zutiefst gestört, aber das war absolut harmlos im Verhältnis zu den Gesellschaftsmodellen, die präsentiert wurden.

Nicht genug damit, dass wir mit einem falschen Bewusstsein in einem unterdrückenden und ausbeuterischen System aufgewachsen waren. Die sozialen Strukturen setzten sich hinter unserem Rücken in einem Maß fort, dass wir aufgehört hatten, als Individuen zu existieren und als willenlose Roboter von einer anonymen Macht fremdgesteuert wurden.

Wir hatten keinerlei Möglichkeit, zwischen den Bildern der Herrschenden und den Bildern der Lust, die im Umlauf waren, zu unterscheiden und irgendwo eine echte und aufrichtige Wirklichkeit zu erkennen.

Alles war eine mentale Konstruktion, bloße Zeichen und Bedeutungen in einem »Simulakrum«. Es gab keinen Unterschied zwischen Realität und Fiktion – nichts war das, wofür es sich ausgab –, und man konnte nicht wissen, ob überhaupt etwas passiert war.

Nach einigen Semestern war man seines eigenen Selbsterlebens beraubt und allein, isoliert und handlungsunfähig an den Rand der Gesellschaft gedrängt worden. Die Gesellschaft schien ein fremdes und zerstörerisches Feindesland zu sein, von dem man weder Teil sein konnte noch wollte.

Gut war böse, Freiheit war Zwang, Arbeit war Ausbeutung, und Verbrauch eine Verdinglichung, die das eigene Trieb- und Fantasieleben mit glitzernden, ästhetisierenden Produkten aussaugte. Schönheit war Fetischismus, und Fotomodelle die Inkarnation der prostituierten Warenseele. Allein, dass man sich um sein Aussehen kümmerte, Make-up oder auch nur ein Deodorant benutzte, war eitel und bewies, dass man käuflich war. Je hässlicher man war – oft auch mit mangelnder Mundhygiene –, desto seriöser, intellektueller und kritischer wirkte man. Vielleicht sollte ich einfach aufhören, mir die Zähne zu putzen.

Sogar die eigenen Eltern standen in Sachen Disziplinierung und Indoktrination in einer totalitären Ordnung. Es war nicht die DDR, es war eine Diktatur – es war Dänemark –, und ich konnte mich kaum bewegen, ohne mich zu verlieren.

*

An den Wochenenden wurden sie durch die Sehenswürdigkeiten gezerrt, und ihr Vater hielt Vorträge. Paläste, Moscheen und Museen, die Welt bestand aus Mosaiken. Die Galatabrücke führte über den Bosporus, das Goldene Horn, sie gingen in die Altstadt. Im Bazar gab es alles zu kaufen, »Hühnerzähne und ein Menschenleben«. M. durfte unter gar keinen Umständen allein irgendwohin gehen. Sonst war er verkauft.

Seine Mutter war hinter russischem Silber her. Leuchter, Zigarettenbehälter, Teeglashalter, sogar Münzen. Solange es aus der Zeit vor der Revolution stammte, wurde es gesammelt, poliert und ausgestellt. Vater interessierte sich für Uhren, mechanische Uhren und vor allem: Repetieruhren. Sie gaben die Uhrzeit mit feinen Schlägen an, »pling«. Vater konnte man hören. Sein bevorzugter Händler war der Baron. Er hatte einen Laden im Innersten des Bazars, neben einem Teehaus. Die Vitrinen glitzerten vor Ketten, Gold und Juwelen, und er sprang auf, sobald die beiden sich zeigten: »Pierre!«

Ein Junge servierte Tee in tulpenförmigen Gläsern auf einem Tablett mit Keksen und Stapeln von Zuckerstücken. Sie setzten sich: »Comment vont les affaires?« Der Baron lächelte. Vater nickte: »Mashallah.«

Sie diskutierten über die Preise, dann verzogen sie sich ins Hinterzimmer. M. wurde nervös, wo blieben sie? Einige Kinder polierten die Ausstellungsstücke mit schwarzen Lappen. Sie beachteten ihn nicht.

Vielleicht hatte man sie verkauft und hier zurückgelassen, vielleicht würden sie nie wieder aus dem Bazar herauskommen?

M. war umgeben von Uhren und spürte, wie sie ihm die Zeit stahlen. Es gab viele Spezialanfertigungen. Statt der römischen Zahlen hatten sie türkische Ziffern und gingen tausend Jahre nach.

»War es teuer?«

»Wir werden sehen«, antwortete Vater.

Sie fuhren über die Brücke zurück. Männer angelten mit langen Ruten wie auf den Postkarten.

»Es kommt darauf an, was sie wert ist.«

Den Rest des Sonntags hatte er für sich. Er ging die Istiklal Caddesi hinauf und sah sich die Zeitungsstände an. M. konnte sie nicht lesen, aber die Schlagzeilen sahen mit ihren gelben und schwarzen Buchstaben und Fotos von Verkehrsunfällen und Schönheitsköniginnen sehr dramatisch aus. Kaum hatte er den Taksim erreicht, als er die Kampfrufe hörte. Es klang wie Krieg!

Von der Universität marschierten sie mit roten Bannern und Fahnen heran und stießen die Fäuste in die Luft. Er wollte loslaufen. Allerdings waren sie nicht hinter ihm her. M. mischte sich unter die Menschen und schaute aus der Entfernung zu.

Plötzlich stürmte eine andere Gruppe gegen die Demonstranten an. Sie schlugen mit Keulen um sich, traten und trampelten, als wollten sie ein Feuer löschen. Der Mann neben ihm sagte, es seien »les militants«.

Die Polizei trug weiße Helme. Steine hagelten auf sie nieder. Sie zogen die Schlagstöcke und rückten zum Angriff vor. Es wogte hin und her, langsam ließ die Heftigkeit zwischen den Parteien nach. Die Rufe und Schreie, die Sirenen der Polizeipatrouillen und der sich füllenden Krankenwagen. Die Straßen waren geräumt.

Dann kroch sie aus allen Ecken und Spalten, in denen sie sich versteckt hatte – das Unheimlichste in Istanbul: die Stille.

Warum taten sie das, wenn sie doch nur geschlagen und verhaftet wurden? Das sei Politik, antwortete Vater, der hinter *The Times Literary Supplement* saß und seinen Kaffee trank. So etwas sollte man anderen überlassen – ebenso wie sich am Rücken zu kratzen. Im Übrigen sei es Zeit, zu Bett zu gehen. Die amerikanische Sechste Flotte sorgte dafür, dass er in Ruhe schlafen könne.

Aber eines Morgens passierte doch etwas. Auf dem Parkplatz vor dem Konsulat wuselten Männer in schwarzen Anzügen um eine Limousine herum. Sie hielten inne und ließen Vater einparken.

Als sich das Tor geschlossen hatte, trainierten sie weiter diesmal allerdings schneller. Es handelte sich um eine Übung. M. hätte beinahe geklatscht. Einer der Leibwächter sprang mit einem Gewehr in den Händen aus dem Auto, seine Jackettschöße flatterten wie Flügel. Er war wirklich gut!

Später hörte M., dass bei der Verhaftung eines Amerikaners etwas schiefging, er hatte sich freischießen können. Die Polizei jagte ihn. Ein Gangster mit langen Haaren – und einem Glasauge: »Dead Eye!« Er füllte die Vorderseiten der Zeitungen – alle redeten über ihn –, und Vater kannte ihn sogar.

»Er war durchaus eine Persönlichkeit.«

»Die Männer mit der Waffe und der Limousine, hatten die etwas mit Dead Eye zu tun?«

»Schon möglich.«

M. hatte das Gefühl, dass dies nicht die ganze Wahrheit war, er versuchte, über seinen großen Bruder mehr zu erfahren. »Dead Eye ist Drogenhändler«, sagte Tim und zuckte die Achseln, als sei das eine Berufsbezeichnung und nichts anderes.

Tim hatte auf dem Gymnasium angefangen, dem Robert College. Wie ein Tempel lag es mit seinen Säulen und den breiten Treppen zwischen Rosenbeeten und Bäumen am Bosporus. Das Motto der Schule war »Dominus Illuminatio Mea« – Der Herr ist mein Licht –, und Tim zeigte M. eine Mulde in der Böschung, wo sie sich vor den Lehrern versteckten, wenn sie rauchten.

Sie nannten es Xerxes' Stuhl. Das Heer des persischen Königs hatte den Bosporus auf einer Brücke aus vertäuten Booten überquert. Zumindest wurde es behauptet. Nun rollten sie dort Joints.

Nach der Schule trieb sich Tim auf dem Platz vor der Sultan-Ahmet-Moschee herum. Dort konnte man Haschisch kaufen, riskierte aber, verhaftet zu werden. Das hielt ihn jedoch nicht ab. Er besaß einen Ausweis mit Foto, der ihm diplomatische Immunität verschaffte. Die Beamten rauften sich die Haare und rasselten mit den Handschellen, aber sie mussten ihn gehen lassen. Im Grunde konnte er tun und lassen, was er wollte – und das tat er auch.

Das Hotel Gulhane war ein beliebter Ort bei den Hippies. Wenn sie kein Geld mehr hatten, zogen sie aufs Dach. Sie rauchten Hasch und kochten Opium in einem Zelt: The Tent.

»Wenn Vater das rauskriegt, bringt er dich um.«

»Wie soll er das rauskriegen?«

»Er weiß alles.«

»Nein, tut er nicht. Willst du mal probieren?«

M. schüttelte den Kopf.

Istanbul war das Tor zum Fernen Osten und voller junger Leute auf dem Weg nach Kathmandu. Sie trieben sich in der Stadt herum und saßen gern in einem Restaurant nicht weit vom Hotel: The Pudding Shop. Außer Pudding gab es dort Drogen zu kaufen – und wenn man Glück hatte, ergab sich auch eine Mitfahrgelegenheit nach Osten oder Westen, auf jeden Fall konnte man Informationen über die Reise dorthin austauschen. Wo gab es die besten Möglichkeiten zum Übernachten? Welche Grenzübergänge waren gefährlich? Wer war in einem Gefängnis tief im Osten gestrandet?

Tim erzählte Schreckensgeschichten von armen Teufeln, die man in Taschkent mit Drogen erwischt hatte und die ihre Strafe in der Sowjetunion absitzen mussten. Andere endeten in griechischen oder bulgarischen Gefängnissen, und ein paar junge Frauen waren an der Grenze zum Iran verhaftet worden. Sie hatten Leute gebeten, Valium für sie zu schmuggeln. Wer nicht durchhielt, konnte nur noch Selbstmord begehen. Einige von ihnen waren in Andalusien vergewaltigt – andere mit durchgeschnittener Kehle in Afghanistan gefunden worden. Es klang, als überlege er aufzubrechen.

Abends wurde das Zelt auf dem Hoteldach von Kerzen erleuchtet. Im Schein der Kerzen wurde gelesen, geschrieben und gezeichnet. Und immer gab es Musik von Gitarren, Kassettenrecordern und hin und wieder einer Sitar, wenn sie in kleinen Gruppen beieinander saßen und das Chillum kreisen ließen.

Es war unschwer zu erkennen, wer aus dem Osten zurückgekehrt war. Ihre Haut war dunkler, und ihre Kleidung ein fantastisches Durcheinander. Bauschige, schlafanzugähnliche Hosen aus Indien, Seidenschals aus Benares, Westen mit kleinen Spiegelstickereien. Sie schmückten sich mit Mantras auf Sanskrit.

Ihre Haare waren länger. Oder sie waren bis auf ein Büschel im Nacken abrasiert, wie bei Taras Bulba. Einige von ihnen färbten mit Henna ihre Finger und Zehennägel rot. Die meisten waren mit Acid und östlicher Musik zugedröhnt und für diese Welt verloren.

All dies änderte sich mit Dead Eye: Gary Bouldin. Es kursierten verschiedene Versionen der Geschichte, aber so viel war sicher, dass er nach Istanbul gekommen war, um mit seiner Geliebten, Pat – Patricia Ann Seeds –, Haschisch zu kaufen und es in die USA zu schmuggeln.

Es war durchaus üblich, dass Drogenhändler ihre Kunden an die Polizei verrieten, um sich mit den Polizisten die Beute zu teilen. Dies war auch Gary passiert, der so unvorsichtig gewesen war, dem Händler den Inhalt seiner Brieftasche zu zeigen.

Ihm standen für seine fünf Kilo Haschisch dreißig Jahre in einem türkischen Gefängnis bevor. Sie erpressten ihn auf dem Revier. Wenn sie seine Brieftasche und die Papiere für das Auto bekämen, würden sie ihn laufen lassen. Die korrupte Polizei war ein Geschenk für einen Kriminellen.

Aus irgendeinem Grund weigerte sich Gary jedoch. Vielleicht spürte er, dass es mit ihm sowieso aus sein würde. Als sie anfingen, ihn zu schlagen, habe er zwei halbautomatische Pistolen, die er bei sich trug, gezogen – so lautete die offizielle Erklärung – oder er hatte sich die Waffe eines Beamten geschnappt. Jedenfalls erschoss er ihn.

»Run, Pat!«, schrie er und entkam über die Straße in ein Restaurant. Ein Mann stellte sich ihm in den Weg. Er tötete ihn und verletzte zehn weitere Gäste, vielleicht war er auf Speed. Unglücklicherweise gab es keinen Hinterausgang.

Gary versteckte sich auf der Toilette, »Besetzt«. Sechshundert Beamte versammelten sich mit erhobenen Maschinenpistolen vor dem Lokal. Der oberste Polizeichef erschien, um mit ihm zu verhandeln. Gary öffnete die Tür einen Spalt und erschoss ihn.

Die Toilettentür wurde vom Kugelhagel durchsiebt. Er wurde von sechzig Schüssen getroffen, Hackfleisch. Das Foto seiner zusammengeschossenen Leiche erschien zur Abschreckung und Warnung auf den Titelseiten der Zeitungen.

Von da an waren die Hippies nicht länger willkommen. Man sah jeden weißen Ausländer mit langen Haaren schief an. Sie sahen zu, dass sie weiterkamen, oder machten einen Bogen um Istanbul. Die Route nach Kathmandu war geschlossen.

Das war der Anfang vom Ende des »Summer of Love«. Ein Jahr später war er mit dem Messermord während des Altamont-Konzerts und der Manson-Familie endgültig vorbei, und Tim nahm M. mit zu dem protestantischen Friedhof in Feriköy.

Sie suchten zwischen nackten Bäumen und Efeu, sie kletterten auf Grabsteine und Sarkophage aus Marmor: »James Ward 1829-1890«, »Martha Peet 1856-1920« – verwitterte Namen und Jahreszahlen von Menschen, die einmal am Leben gewesen waren.

M. hatte Angst, einer von ihnen zu werden und weit fort von zu Hause zu sterben, unbekannt und vergessen. Die meisten waren Diplomaten gewesen – oder Lehrer, Missionare –, doch dann fanden sie ganz hinten das frische Grab und den Stein mit der Inschrift: »Gary Ralph Bouldin 1935-1968«.

Es wäre ihm nie in den Sinn gekommen, dies seinem Vater zu erzählen. Aber er hatte etwas gegen Tim in der Hand, wenn es sein musste. Außerdem erwischte er einen der Zwillinge bei einem innigen Kuss an der Ecke bei der Bushaltestelle.

Missy hatte eine einzige Schwäche. Sie waren ein Meter neunzig groß, stark und dumm: Marineinfanteristen – und von denen gab es jede Menge. Bei ihnen wurden ihre logischen Fähigkeiten außer Kraft gesetzt – sie wurde klein und sanft.

Seit langem war sie heimlich verliebt in Alan Fiers oder »Cliff«, wie er genannt wurde: Cliff Crubs. Das war kein Spitzname. Es war sein Tarnname, der verdecken sollte, dass er deutlich älter war als sie und für die CIA arbeitete.

Er stammte aus Ohio und war offiziell Assistent des Konsulats. Vater meinte, er hätte ein bisschen zu oft Football ohne Helm gespielt. Aber sie konnte es nicht lassen, ihn anzurufen und sich mit ihm zu treffen, obwohl es peinlich war. Wie immer bekam Missy ihren Willen – und Alan Fiers.

Allerdings hatte sie ihn nicht für sich allein. Beim nächsten Mal umgarnte Vicky Cliff Crubs. Er sah oder merkte keinen Unterschied. Doch ihnen erging es ebenso, und so betrogen sie einander als Doppelspione im Haus der Liebe.

*

Ich fing ganz automatisch an zu stehlen. Warum sollte das gegen das Gesetz sein? »Es gibt kein richtiges Leben im falschen«, hatte Adorno gesagt. Man konnte es gleichsam als zivilen Ungehorsam und sozialen Aktivismus ansehen.

Ich sah mich in Gads Boghandel um und wartete auf den richtigen Moment. Das erste Mal war immer am schwersten. Mein Herz setzte einen Schlag aus – und ich steuerte direkt auf den Ausgang zu, mit steifem Nacken und roten Ohren.

Danach ging es Schlag auf Schlag. Um keine Aufmerksamkeit zu erregen, war die Geschwindigkeit entscheidend. Ich konnte in eine Buchhandlung gehen und kam mit der neuesten Ausgabe von Kierkegaards Gesammelten Werken heraus, als wäre es das Natürlichste auf der Welt.

Niemand schöpfte Verdacht. Ein einziges Mal folgte mir ein Verkäufer zur Tür. Vielleicht hatten sie den Schwund bemerkt. Er fragte, ob ich nicht bezahlen wolle? Ich erwiderte, ich hätte ein Buch im Schaufenster gesehen, könne mich aber nicht an den Titel erinnern, aber ganz wie er wolle … Dann reichte ich ihm den Stapel Bücher und lief beleidigt die Købmagergade hinunter.

Etwas anderes war es, wenn ich den Buchhändler kannte; dann trat man nicht in einen Laden, sondern in ein Bewusstsein. Jedes Buch in den Regalen hatte einen Grund, warum es dort stand, und der bestand nicht darin, es zu verkaufen. Es stand dort einfach nur, weil es von besonderer Bedeutung war.

Es wäre mir nie eingefallen, bei Tysk Bogimport, der deutschen Buchhandlung, zu stehlen. Sie lag in einem Keller, und hier fühlte ich mich zu Hause. Die bunten Einbände der edition suhrkamp bildeten einen Regenbogen – daneben das ernste Blau von Hegel und Habermas. Fischer Verlag, Rowohlt und Reclams kleine gelbe Hefte, wenn man sich nichts anderes leisten konnte.

Ich trainierte mein Deutsch und plauderte mit Ulrich Sonnenberg und Herbert Zeichner, der lange Haare hatte und sich um die gesellschaftskritische und politische Literatur von allen möglichen kleineren, radikalen Verlagen kümmerte, die rote Typographien und eine Menge Ausrufezeichen verwendeten! Es war so, als wäre man in Berlin.

In der Librairie Française bestand der Fußboden aus schwarzen und weißen Fliesen; sobald man eintrat, wurde man von einem giftigen Pudel ins Hosenbein gebissen. Wollte man etwas kaufen, war hinter den Bücherstapeln ein Seufzen zu hören. Eine hochaufgeschossene, blasse Frau mit langen Haaren erhob sich wie ein Schlafwandler von ihrem Cafétisch in Paris – bekifft von ihren Gauloises – und gab willkürlich einen Betrag in die Kasse ein.

The English Bookstore wurde von einem höflichen Mann im Anzug geführt. Er hatte einen Schnauzbart und kam mit seinem Laden kaum über die Runden. Trotzdem beging ich hier einen Vertrauensbruch – und schlich mit *A Clockwork Orange* in der Tasche aus London hinaus.

Der größte Unterschied zwischen der Hauptperson Axel und mir war die Scham. Ich schämte mich, es gestohlen zu haben. Langsam und unmerklich öffnete sich ein Auge in mir, während ich mich wie ein Dieb auf meiner Runde durch Kopenhagen bewegte.

Die Buchhandlung Atheneum hatte eine Königin: Sidsel. Sie gehörte zur fünften Generation einer Buchhändlersippe aus Trondheim – und war ein hübsches Rätsel. Wie alle anderen war auch ich in sie verliebt. Sogar die Professoren luden sie ein, aber niemand hatte Glück.

Ich überwand meine Schamhaftigkeit und fragte, ob ich bei ihr eine Buchhändlerlehre beginnen könne? Das war nicht möglich – und ohne weitere Skrupel steckte ich ein Buch unter den Arm. Gefühle taten ohnehin nur weh.

Das Nachtleben bot sich als Alternative an, da ich ja tatsächlich kein Leben am Tag hatte. Das Cafe Krasnapolsky öffnete seine Pforten und imitierte New York in Zement, rostfreiem Stahl und Glas. Die Ventilationsrohre waren freigelegt, die Panoramafenster verwandelten die Gäste in Mannequinpuppen. Es musste kalt sein.

Schwarzgekleidete junge Menschen standen an der langen Bar und tranken Sort Guld – Schwarzes Gold, das Starkbier.

Ihr Platz in der Rangordnung ließ sich daran ablesen, in welcher Reihenfolge sie bedient wurden. Ich hieß Knud, rauchte Pfeife und kam aus Falster. Ich kam nie dran. Die Schlange zur Diskothek U-Matic unten im Keller wurde immer länger, bis ich auf der Straße stand.

Auf den Treppen des Huset musste man auf die gewalttätigen »Psychobillys« aufpassen – Danny trat die Leute halb tot. Ich stellte mich in die Schlange zum Barbue, wo Aldo Türsteher war. Er trat auf wie Jesus und musste nicht einmal die Stimme heben, um die Leute in Schach zu halten, und ich genoss ein paar Status-Sekunden in der Innenstadt, wenn er mich an den anderen vorbeiwinkte und umsonst einließ.

Paul Hardcastle fegte mit »19« über die Tanzfläche. Der Raum war schwarz gestrichen. Alle tanzten mit sich selbst, in der Hoffnung, im Stroboskoplicht einen Liebsten zu finden, der die Dunkelheit in Stücke riss und die Gesichter aufleuchten ließ.

Die Bars boten vorübergehend Gesellschaft, ansonsten ging ich ins Kino. Studie 1, 2, 3 und 4 zeigten junge Mädchen, die sich in *Bilitis* für David Hamilton und seine Vaselinlinse auszogen. Das Publikum bestand überwiegend aus Touristen, japanischen Männern – im Carlton konnte man sich vier Jahre lang jeden Tag *Deep Throat* ansehen.

Im Nygade Teater lief ewig *Caligula* mit Malcolm McDowell. Ich hatte das Gefühl, dass es falsch war, ihn mit Geschlechtsteilen und Blowjobs in einen Topf zu werfen – er war ein Star –, und ich riskierte, auf der Strøget erkannt zu werden.

Ich musste mir Mut antrinken und so tun, als wäre ich nicht ich, obwohl der Film noch immer einen Schatten von Handlung hatte und sich innerhalb akzeptabler Grenzen bewegte. Übertreten wurden sie auf der Vesterbrogade im Hawaii Bio und dem Blue Movie. Das Saga-Mädchen, das Wahrzeichen des Saga-Kinos, räkelte sich auf ihrem Schild, und eine gemalte Hand ragte aus dem Fenster und hob ihr Kleid hoch.

Ich wagte nicht, in eines dieser Kinos zu gehen und auch nicht in die Läden an der Istedgade, wo alle Entschuldigungen aufhörten und der harte Porno begann. Die Kneipen gehörten zu den übelsten der Stadt. Dort soffen sich die Alkoholiker zu Tode.

Ich war sicher, dass das Auge aufgehen und es sofort sehen würde. Es suchte nach mir, ich spürte es, wenn ich mir eine Kinokarte kaufte, wenn ich in den Läden und auf der Pusher Street klaute. Es war nur eine Frage der Zeit, bis man mich fasste und zur Rechenschaft zog.

*

Sie hatten sich inzwischen daran gewöhnt, dass ihr Vater seine Besonderheiten hatte. Er trug Weste und Uhrkette und ließ seine Anzüge in einem Geschäft in Beyoğlu nähen. Der Schneider stand mit Stecknadeln im Mund auf einem Schemel und schnitt Vaters Silhouette in Seidenpapier aus.

»Der eine Knopf ist nicht zu.«

»Das ist Absicht, damit man das handgefertigte Knopfloch sieht. Daran sieht man, dass der Anzug maßgeschneidert ist.«

Er zog den Hemdsärmel vor und zündete sich eine Zigarette an. Der Rauch formte eine dünne pilzförmige Wolke über ihm.

Vater zitierte bei jeder Gelegenheit *Der eherne Reiter* – man musste sich beeilen und rechtzeitig verschwinden, wenn er tief einatmete. Oder ein Gedicht von Omar Khayyam, mit dem er sie morgens weckte:

*Awake! For Morning in the Bowl of Night*
*Has flung the Stone that puts the Stars to Flight:*
*And Lo! The Hunter of the East has caught*
*The Sultan's Turret in a Noose of Light.*

Er las die *Ilias* und Herodot und rief: »Das müssen wir uns ansehen!« Alles wurde fotografiert – er hatte zwei Kameras. Eine Rolleiflex und eine Minox, die so klein war, dass niemand sie bemerkte. Auf der Toilette hatte er eine Dunkelkammer eingerichtet. »Nacktfotos«, flüsterte Missy.

Sie besaßen einen Plattenspieler und eine Sammlung ganz unterschiedlicher Schallplatten – *Janissary Marches, Songs of the French Foreign Legion, Gypsy Brass* –, hörten sie aber nie. Nur wenn sie jemand besuchte und Vater eine Besprechung hatte, ging es los. Er holte den Wodka, legte eine Platte auf und drehte die Musik laut, die durch die Wohnung marschierte: »Katjing, katjing!«

Manchmal begegnete M. im Treppenhaus Männern. Sie zogen die Hüte in die Stirn und starrten geradeaus, als würden sie ihn nicht sehen. Wenn er seinen Vater fragte, wer sie waren, kratzte der sich im Nacken und erzählte den neuesten Witz über Breschnew.

Niemand durfte in sein Arbeitszimmer, The Gun Room. Das Schrotgewehr hing an der Wand. Vielleicht zur Zierde, vielleicht war es aber auch geladen. Er arbeitete bis tief in die Nacht. Am Ende des Korridors leierte die Stimme: »Ready, ready, Whisky, Tango, Hotel, Delta, Zulu, Echo.«

Es klang beinahe zu fremdartig, das konnte er nicht sein, aber Tim war sich seiner Sache sicher. Vater schickte Nachrichten an irgendjemanden hinter dem Eisernen Vorhang: Albanien, Jugoslawien, Bulgarien. Wozu brauchten sie sonst eine Antenne auf dem Dach?

Es war schwer zu glauben. Denn das Aufsehenerregendste an Vater war, dass er seine Uhren auseinandernahm, um die Mechanik zu untersuchen. Er suchte nach der Zeit. Wenn sie in kleinen Teilchen vor ihm lag, packte er sie ein.

Vater besaß so viele Uhren, in seinem Zimmer stand jedoch nur eine englische Standuhr aus dem Jahr 1759. Der Uhrkasten fehlte, und am Ende der Schnüre baumelten schwere Bleigewichte, mit denen man sie aufzog. Sie tickte und stanzte die Stunden in Metall aus, »ting, ting, ting« – und im Kalten Krieg wurde es wieder Frühjahr und Sommer und Winter für immer.

Der amerikanische Adler wachte über dem Haupteingang des Konsulats. Es war ein altes Palais mit hohen Fenstern, Säulen und Gesimsen, Glasmalereien und aus Italien importierten Marmorböden: Palazzo Corpi.

Der Schiffsreeder Ignazio Corpi hatte das Gebäude 1873 als Liebesnest für sich und seine junge Geliebte bauen lassen. Sie war seine Cousine, und ihm war geweissagt worden, dass sie sterben würden, sobald das Palais fertiggestellt sei.

Neun Jahre später war es so weit. Aus Angst hatte er es immer wieder hinausgezögert – und tatsächlich starb *er* wenige Tage später. Die Cousine zog ein und starb kurz danach. Es hieß, sie würde nachts herumspuken und nach ihm suchen.

Die Fresken an den Wänden zeigten erotische Szenen aus der griechischen Mythologie. Sie wurden übermalt, als der Auswärtige Dienst Amerikas das Gebäude übernahm. Die Amerikaner hatten das Palais gemietet, bis John Leishman zum Botschafter ernannt wurde und es 1905 mit eigenen Mitteln für achtundzwanzigtausend Lira in Gold kaufte.

Er war ein Industriemagnat und verstand nicht, wie man

etwas mieten konnte, aber der Kongress weigerte sich, ihm die Kaufsumme zurückzuzahlen. Also lud er ausgewählte Mitglieder des Kongresses in Washington zum Abendessen ein und gab ihnen reichlich zu trinken. Hinterher spielten sie Poker. Leishman hatte bereits große Summen verloren, als er der Gesellschaft aus Spaß vorschlug, um das Gebäude zu spielen.

Wenn sie gewännen, wollte er sämtliche Ausgaben übernehmen. Die Kongressmitglieder schlugen ein und prosteten sich zu, überzeugt, dass er wieder verlieren würde.

Doch Leishman hatte im Laufe des Abends nicht einen Tropfen angerührt – und gewann. Die Abgeordneten konnten die Wette nicht ungeschehen machen, obwohl die Isolationisten im Kongress protestierten, allerdings waren sie auch nicht zum Fest eingeladen worden. Die erste ausländische amerikanische Botschaft in staatlichem Besitz wurde beim Poker gewonnen und verloren.

Das europäische Viertel war seither mit dem Rest der Stadt verschmolzen und verlief sich in engen Gassen. Gleich in der Nähe zerfiel das Pera Palas wie ein wurmstichiges Symbol der Spionage. An der Grenze zwischen Ost und West hatte es die Jahrhunderte überdauert, vom Reich der Osmanen bis zum Zweiten Weltkrieg.

Es war das älteste europäische Hotel in der Türkei, errichtet von der Compagnie Internationale des Wagons-Lits, um den Passagieren des Orient-Express eine angemessene Unterkunft zu bieten. Sie wurden mit warmem, fließendem Wasser und elektrischem Licht empfangen und – vom Eiffelturm abgesehen – dem einzigen elektrischen Aufzug der Welt.

Selbstverständlich hatte König Edward VIII. das Hotel eingeweiht, wer sonst? Sarah Bernhardt hatte dort gewohnt, Greta Garbo war ein regelmäßiger Gast. Ebenso Alfred Hitchcock und Mata Hari, die in Frankreich wegen Spionage angeklagt und hingerichtet wurde.

Ernest Hemingway checkte hier ein, um über den Krieg zwischen der Türkei und Griechenland zu berichten, und Agatha Christie besuchte das Hotel mit ihrem Mann Max Mallowan, dem Archäologen. Sie waren auf dem Weg zu Ausgrabungen im Iran. In Zimmer 411 schrieb sie an *Mord im Orientexpress*.

Die Reichen und Glamourösen veranstalteten Gala-Abendessen und feierten nachts. Man trank »English Tea« am Nachmittag und aß Kekse zu den Tönen eines Schiedmayer-Flügels. Jedes Mal, wenn ein Spion durch die Tür trat, ertönte eine Erkennungsmelodie – so offen ging es zu –, es gab kein schlimmeres Wespennest als Istanbul.

Nun saß der Chef der CIA, Duane Clarridge, am Ende der geschwungenen Treppe im Palazzo Corpi. Er war mitten im Sommer 1968 mit seiner Frau Maggie und den beiden Kindern Cassie und Ian nach Istanbul gekommen und heckte ständig neue Pläne aus, einer fantastischer als der andere. Sie wirkten wie eine Mischung aus einem Roman von Graham Greene und der Serie »Spion gegen Spion« aus dem *Mad Magazine*, aber er meinte es ernst.

Er nannte sich Dewey Marone und Dax Preston LeBaron, aber für die meisten war er bloß »Dewey«. Es hieß, er verkünde gern Floskeln, und Vater hatte keine sonderlich hohe Meinung von ihm. Wenn man irgendetwas Banales feststellte, sagte er nicht »duh«, sondern »oh, Dewey Clarridge!«

Sie kannten ihn nur vom Hörensagen. Überhaupt hatten die Eltern nur sehr wenig Kontakt zu ihren Kollegen. Sie kamen niemals zu Besuch zu ihnen nach Hause, und Vater sprach mit keinem von ihnen über seine Arbeit.

M. hatte nicht die geringste Idee, was seine Eltern eigentlich wirklich taten, und wenn er fragte, bekam er gewöhnlich zur Antwort: nichts. Oder sein Vater reagierte mit Bonmots: »Das Schiff sinkt, lasst das Meer ab!«

*

Ich packte meine Wäsche zusammen, die schmutzigen Unterhosen, Socken und Jeans, und nahm den Zug nach Nykøbing, und mit jedem Mal wuchs das Missverhältnis zu meinen Eltern irgendwann würde es zum, vorhersehbaren Bruch kommen.

Es war unmöglich, am Esstisch zu sitzen, die mir zugeteilte Rolle zu spielen und wie eine hängengebliebene Platte wieder und wieder dieselben Phrasen zu hören: »Hattest du eine gute Reise? Wie ist das Wetter in Kopenhagen? Ach, Knüdchen!«

Ich bekam weder einen Bissen herunter noch ein Wort über die Lippen. Der größte Teil meiner Lebensführung widersprach all ihren Vorstellungen über das Gute und Wahre, Schöne und Richtige – und ich war mir selbst auch fremd geworden und schlich wie ein Einbrecher im Haus umher:

*A stranger has come*
*To share my room in the house not right in the head*

Ich saß meinem eigenen Gewissen gegenüber und ahnte nicht, was ich ihnen zum Nachtisch servieren sollte: »Wie sieht's denn mit dem Studium aus?« Sie machten mir keine Vorwürfe, aber sie hatten schwere, sorgenvolle Augenlider und wrangen ihre Hände vor Kummer.

So glücklich es gewesen war, so traurig war es geworden, und die Weihnachtstage waren das Beste und Bezauberndste überhaupt. Ich saß mit Nüssen und Lebkuchen da und blickte aus dem reifüberzogenen Fenster des Kinderzimmers:

*Der Himmelsbaum*

*Es herrscht Gedränge auf meinem Vogelbrett,*
*es ist kalt dort draußen.*
*auf der kalten Fensterscheibe*
*zeichne Herzen ich in meine Atemzüge.*

*Wer schüttelt wohl die Kugel*
*mit unserer Welt darin?*
*Bevor du es weißt, kommt Weihnachten,*
*und plötzlich fällt der Schnee.*

*In braune Plätzchen ist alles ausgestochen,*
*Lebkuchenmann, Lebkuchenfrau und Sternschnuppen.*
*Engel drehen sich auf Kerzenhaltern*
*und singen von Gott.*

*Sterne trägt der Himmelsbaum.*
*Im Wohnzimmer duftet es nach Zimt.*
*Das Jesuskind liegt in der Krippe,*
*Vater trägt eine Zipfelmütze und Mutter gibt ihm einen Kuss.*

*Das Leben ist ein Geschenk,*
*verpackt in unendliches Papier,*
*und der Garten des Paradieses,*
*wo liegt er? Genau hier.*

Am 6. Dezember, am Nikolaustag, fuhren wir wie immer nach Corselitze und holten Moos und Steine für die Krippe. Mutter bastelte daraus eine Landschaft und stellte die Krippe und die Figuren auf, die Hirten und Schafe. Hinter den Bergen saßen die Heiligen Drei Könige auf ihren Kamelen. Josef und Maria hatten sich mit dem Esel auf den Weg gemacht. Bis Heiligabend wurden sie jeden Tag ein bisschen näher an den Stall gerückt.

Das kleine Jesuskind wurde in die Krippe gelegt, dann zündete Mutter die Kerzen an, und die Engel schimmerten mit ihren Flügeln aus Gold und beteten mit gefalteten Händen in den Flammen.

Wir waren Vater, Mutter und Kind in einem Krippenspiel und standen um den Weihnachtsbaum, dessen Spitze mit einem Stern geschmückt war. Es war an der Zeit, es war höchste Zeit, jetzt oder nie und für alle Zeit und Mutter holte die Ziehharmonika. Dann sangen wir auf Deutsch und auf Dänisch und wieder auf Deutsch »O du fröhliche, o du selige, o du gnadenbringende Weihnachtszeit!« und feierten ein Mysterium.

Den Baum mit den Kerzen und der Schokolade in blauem, grünem und goldenem Silberpapier und die spitzen Papiertüten mit Süßigkeiten hätte man direkt aufessen können. Das Leben war gegeben und unbegreiflich.

Ich kroch unter die breiten Äste, holte die Geschenke hervor und verteilte sie. »Von Vater für Mutter«, »Von Mutter für Vater« – und Großmutter, wenn sie zu Besuch war. Fast alle Geschenke, die unter dem Baum lagen, waren für mich.

Aus Teddybären und Autos wurden Bücher und D-Mark, von denen ich mir noch mehr Bücher kaufen konnte. Ich blätterte mich durch die Feiertage, den Kopf in dem nächsten Band vergraben, ohne zu bemerken, dass wir nicht eine einzige Kirchenglocke hörten und die Dinge allmählich ihre Bedeutung für mich verloren.

Es war eine leere Form, die wir, so gut es ging, ausfüllten. Niemand von uns glaubte an dieses Fest wenn die Pute auf den Tisch kam. Das Wohnzimmer glitzerte vor Weihnachtsschmuck, Kerzen und Glaskugeln aus Deutschland, doch die

Tannnennadeln rieselten auf den Boden. Der immergrüne Baum ging ein.

Wir sagten »nein, so etwas!« und »oh, danke!« und packten Geschenke aus, die sich als höfliche Missverständnisse erwiesen. Sie waren für jemand anderen, schrumpften zu Symbolen, von denen nur die Verpackung übrig blieb, und ich fand die ganze Mandel im Mandelreiskompott und wusste, welche Überraschung mich erwartete.

Die Kerzen am Baum ertranken im Wachs. Alles war erstarrt wie auf dem Negativ des obligatorischen Weihnachtsfotos. Vater stellte das Stativ auf, drückte auf den Selbstauslöser und lief zu uns: »Oh, gleich ist es so weit!«

Die Spiegelreflexkamera hatte die empfindlichsten Linsen. Sie wurde behandelt wie ein kostbarer Schatz, ganz vorsichtig, sonst ging sie kaputt. Es war eine Ehre, von ihr verewigt zu werden.

Wir sagten »cheese« – und zählten den großen Augenblick vor dem Weihnachtsbaum herunter. Dann gab die Kamera einen leises Klicken von sich. So blinzelten wir über die Jahre ins Blitzlicht. Die Kleidung bekam Schulterpolster, das Haar wurde kürzer, und meine Eltern sahen immer älter und älter aus und lächelten traurig.

Ich starrte in die Linse auf die Zukunft. Sie war verloren und ruiniert, zusammen mit all dem, was mir immer so gefallen hatte. Wie von einem Begräbnis fuhr ich mit dem Zug zurück nach Kopenhagen und schloss die Tür zu meiner Einsamkeit.

Mein einziger, bester Freund saß an einem Schachbrett. Er zog seine Figuren mit unsichtbarer Hand auf der anderen Seite des Atlantiks, während ich mich um den Verstand soff und in der unendlichen Nacht Haschisch rauchte.

*

Der Gebetsruf hallte in den Straßen wider, und M. trat zur Seite, als er ertönte: »Allahu Akbaar!« Die Straßenhändler lockten mit ihren Rufen. Die Wasserverkäufer trugen eine Zinktonne auf der Schulter und klopften mit dem Mundstück des Schlauchs an ein Glas. Sie waren unter einer Regenwolke geboren und lebten von ihr. Einige standen hinter einer Waage und ließen sich gegen Bezahlung wiegen.

Die Kästen der Schuhputzer waren mit Beschlägen, Perlenketten und Fotografien von Filmstars verziert. Man musste aufpassen, wo man hintrat, sonst waren die Schuhe plötzlich geputzt und man musste bezahlen.

Diejenigen, die nichts hatten, waren Bettler und präsentierten ihre Armut mit der offenen Hand. Einige krochen auf dem Boden. Es war schwer zu sagen, wo die Menschen aufhörten und die Tiere begannen. Die Hunde waren abgemagert. Bären wurden am Geschirr oder einem Strick um die Schnauze gezogen, ihnen stand Schaum vorm Maul. Sie kamen aus den Wäldern im Norden, bei Bulgarien. M. drängte weiter, bevor sie anfingen, für die Leute zu tanzen.

Er sah eine Frau, die von Kopf bis Fuß in einen schwarzen Gewand gesteckt worden war und ein Gitter vor dem Gesicht hatte. Doch die Frau, die Bären, die Hunde und die Bettler bewegten sich zur Musik, solange der Leierkastenmann an seiner Kurbel drehte.

Merkwürdig war, dass er keine Angst hatte. Nicht ein einziges Mal. Er war Ausländer und fühlte sich geschützt, ja, in gewisser Weise unsichtbar – nichts von all dem, was geschah, hatte etwas mit ihm zu tun. Sie gingen an ihm vorbei. Die Dinge zogen sich zurück, wenn er die Hand nach ihnen ausstreckte.

M. saß allein in einer vollen Straßenbahn. Sie hatte Holzsitze, rumpelte über die Schienen und quietschte in den Kurven.

Der Schaffner musste die Stromabnehmer wieder an die Leitungen setzen, wenn sie heruntergefallen waren. Er zeigte seine Fahrkarte vor, aber keiner kontrollierte sie.

Die Stadt, seine Eltern, selbst Abby Waters aus seiner Schule, in die er verliebt war – alles verlor sich in einem unbestimmten Jenseits. Es war unbegreiflich und entglitt seinen Händen.

Zwischendurch konnte er in dem Lärm noch etwas anderes hören. Es war zart und schwach. M. horchte und versuchte, den Ton zu fangen und herauszufinden, woher er kam. Die Häuser rückten dichter zusammen.

Dann war es wieder zu hören, immer deutlicher. Er lief die Straße hinunter, durch ein Steinportal. Der Vogelmarkt war unüberhörbar!

Sie zwitscherten und schrien und schlugen mit den Flügeln. Tauben und Papageien, Stare und Wellensittiche. Die Bauer waren übereinandergestapelt. Es hätte ihn nicht überrascht, wenn sie auch Fledermäuse und Drachen verkauft hätten.

Die roten Hähne wurden beim Hahnenkampf eingesetzt. Die Gänse schnatterten, und ein großer kohlschwarzer Rabe mit einer Fußkette hackte nach ihm. Er konnte sich nicht entscheiden und kaufte einen Bauer mit einem Finken. Der sah nett aus und hatte hübsche Farben.

Er trug den Käfig nach Hause, hängte ihn in sein Zimmer und versuchte, den Vogel mit Sonnenblumenkernen zu dressieren. Tim meinte, er solle ihm die Augen ausstechen. So würden sie es auf den Kanarischen Inseln machen, um sie zum Singen zu bringen.

M. fütterte den Finken mit getrockneten Früchten, einem Stück Wurst und Kuchen. Er pfiff für ihn »What a day for a daydream«, deckte den Bauer wieder zu und hoffte, The Lovin Spoonful zu hören, aber der Vogel scherte sich nicht darum und machte den Schnabel nicht auf.

Eines Nachts wachte er auf. Der Vogel sang. Die wundervollsten, psychedelischsten Töne kamen aus dem Vogelkäfig, in dem Tim sein Haschisch versteckt hatte.

Das Frühjahr kam mit Tulpen. Schafherden liefen durch die Straßen, die Hirten trieben sie mit langen Ruten vor sich her. Ein Nachbar kaufte eines der Tiere, worauf sich ein Haufen Neugieriger versammelte. M. stellte sich dazu.

Der Bock hatte schmutzig-weiße Wolle und einen gelben Fleck am Schwanz. Die schwarzen Beine wurden von einem Mann festgehalten, während ein anderer sein Knie gegen das Schaf presste und es bei den Hörnern packte. Dann zog er das Messer.

Es war nicht zu ertragen, sie schnitten dem Bock die Kehle durch und rissen ihm den Kopf zurück. Die Augen quollen hervor, das Blut schwappte in den Rinnstein – und der Mann stand auf und wischte sein Messer mit einem Lappen ab.

So feierten sie das Opferfest, Kurban Bayramı, und opferten ein Schaf statt einen ihrer Söhne, um zu zeigen, wie sehr sie Gott fürchteten. Es war einmal mehr die Geschichte von Abraham und Isaak, und M. wusste nicht, wie er mit der Grausamkeit umgehen sollte. Sie würde ihn für immer begleiten – der Teufel hielt ihn in seinen Klauen –, und er schlug vor Angst die Hacken zusammen und wünschte sich zurück nach Maryland.

Das Motorboot war die letzte Fluchtmöglichkeit, wenn Istanbul sich wie ein Stein um sie schloss, »Hiawatha«. Das Boot wurde bei offiziellen Gelegenheiten benutzt, um die Gäste zu unterhalten, aber manchmal durfte er auch mitfahren.

M. liebte es, mit seinem Vater hinauszufahren. Obwohl sie

sich nicht viel zu sagen hatten, teilten sie den Anblick der Küste, der Zypressen, der Burgen und der Holzhäuser, die auf Stelzen im Wasser standen – und oben auf dem Hügel bei der Moschee begegneten sich ihre Blicke.

Die Möwen flogen ihnen kreischend hinterher, kreuz und quer zwischen Kähnen und Fischerbooten. Die Hiawatha hatte einen kräftigen Motor, der nahezu lautlos war, weil während des Zweiten Weltkriegs mit dem Boot Agenten an Land gebracht worden waren.

Es war frisch lackiert, die Messingbeschläge funkelten in der Sonne. Eine blaue Flagge flatterte im Wind mit einem »C« in der Mitte: »Consulate Officer«.

Sie fuhren zu den Prinzeninseln und gingen auf warmen Schotterwegen spazieren. Pferdekutschen fuhren vorbei, Autos waren verboten, die Nadelbäume dufteten nach Harz. Die Palais waren zugewuchert und glichen versunkenen Schiffen.

»Trotzki hat hier im Exil gelebt«, erklärte sein Vater. »Jack Soble hat sich hier mit ihm getroffen, und später noch einmal in Dänemark.«

M. nickte, ohne um eine Erklärung zu bitten. Sie war in der Regel komplizierter als seine Frage. Sie fuhren hinaus aufs Marmarameer, die See wurde ruhiger.

»In den alten Tagen, unter den Osmanen, wurden streunende Hunde auf die Insel gebracht und dort zurückgelassen.«

»Und dann? Was haben die gefressen?«

»Sich gegenseitig. Es gab nichts anderes als Hunde, und schließlich gab es nur noch einen Hund.«

»Und was ist mit dem passiert?«

»Der ist verhungert.«

Das Meer ging in den Himmel über, und von der anderen Seite des Atlantiks wehte ihnen etwas entgegen: USA. Wenn sie weiterführen, kämen sie irgendwann an. M. legte sich auf den Achtersteven und blickte ins blubbernde Kielwasser, das sich mit dem Dieselrauch vermischte und einen weißen Streifen hinter ihnen zurückließ.

»Moish«, sagte sein Vater einige Tage später zu ihm, »wenn du von der Schule nach Hause kommst, habe ich eine Aufgabe für dich.«

»Ja?«

»Hast du so etwas schon mal in der Hand gehabt?«, fragte er, trat auf den Balkon und reichte ihm ein schweres Fernglas. M. hatte ihn so oft sagen hören, dass es leicht kaputtginge, dass man vorsichtig damit umgehen müsse und es nicht fallenlassen dürfe.

»Das ist ein Zeiss 7 × 42. Nimm es in beide Hände. Dreh, bis du ein scharfes Bild hast. Den Riemen um den Nacken.«

»Okay.«

»Gut, kannst du den Bosporus sehen?«

»Augenblick, nein – doch, jetzt schon!«

Er hatte immer davon geträumt, bei einer geheimen Mission dabei zu sein. Nun wurde er beauftragt, das Wasser zu überwachen und zu zählen, wie viele Schiffe vorbeifuhren.

»Wenn es geht, dann schreib auch auf, unter welcher Flagge sie fahren. Mit diesem Buch kannst du die Flaggen überprüfen, und hier ist ein Heft zum Aufschreiben. Es gibt einen Bonuspunkt, wenn du auch noch den Namen des Schiffs erkennst!«

M. setzte das Fernglas an. Plötzlich konnte er alles sehen.

*

Die Ablieferungsfrist für das Nebenfach war um viele Semester überschritten. Ich versuchte es zu vergessen, blieb im Bett liegen und trank. Inzwischen hatte ich mit niemandem mehr Umgang und spielte Schach gegen eine unsichtbare Hand, die aus weiter Ferne antwortete und mit jedem Zug unbegreiflicher wurde.

Er gewann nach Belieben jede Partie und verkörperte für mich alles, was ich selbst gern gewesen wäre. Irgendwann hatte er sogar den größten Popstar der Türkei kennengelernt.

Im ersten Winter waren sie in einen Wintersportort auf der asiatischen Seite des Bosporus gefahren. Er lag etwas außerhalb von Bursa. Die Pisten waren nicht sonderlich steil, und er lernte, auf Skiern zu stehen.

M. bekam ein paar Bretter unter die Füße und einen Schubs in den Rücken. Der Schnee war nass, die Pisten neblig. Aber er schaffte es bis nach unten, ohne zu stürzen.

Sein Vater war ein guter Skiläufer, weil er lange in Österreich und der Schweiz stationiert gewesen war, er fuhr in langen, weichen Schwüngen an ihm vorbei.

Sie hatten Zimmer im Hotel Uludag gebucht. Das Hotel war gemütlich, Feuer knisterte im Kamin. Das Restaurant summte, Besteck klirrte.

Am Nebentisch saß eine fremde Gruppe, und immer wieder gingen Gäste dorthin und begrüßten einen Mann, der Autogramme gab. Es war Zeki Müren, seine Stimme war rund um die Uhr im Radio zu hören. Er trug Ohrringe, Lidschatten und Lippenstift, aber das hätte nichts zu bedeuten, meinte Vater. Wichtig war nur, dass man »a good sport« war.

Gegen Abend holte er seine Schachschachtel, öffnete sie und gab Müren so lange Zeichen, bis er ihn bemerkte. Müren flüsterte einem Mann etwas ins Ohr, der jetzt zu ihm an den Tisch kam. »No inglese, parlez-vous français?« M. antwortete »mais oui! Alors«, dann stellten sie die Figuren auf.

Alle verfolgten das Spiel, aber es dauerte nicht lange, bis M.

mattgesetzt wurde. Es war ein billiger Trick. Seine Jeans war noch feucht vom Schnee, und er stand auf, um die Beine zu strecken – und stieß dabei ans Brett.

Die Figuren fielen um. Etwas Peinlicheres war kaum vorstellbar. Niemand würde ihm glauben, dass er es nicht absichtlich tat. Er war ein schlechter Verlierer.

Es war so weit entfernt von dem Schachturnier in Gedser, wie man es sich nur vorstellen konnte – und von dem Pokal für die Teilnahme an der Lolland-Falster-Meisterschaft.

Wie hätte ich meinen Eltern von diesem türkischen Popstar erzählen können, der ein Transvestit war – und ihnen erklären, dass mein Studium sich hinzog und im Sand verlief, weil ich meine Zeit damit verbrachte, Schach mit dem Sohn eines CIA-Spions zu spielen?

Mir blieb nichts anderes übrig, als resignierend die Arme auszubreiten, als sie kamen und mich aus dem Sumpf zogen, den ich mir selbst in dem Zimmer des Studentenwohnheims geschaffen hatte.

Ausnahmsweise öffnete ich. Sie standen vor der Tür. Vater trug seinen Mantel und den weichen Hut, sein Gesicht war ernst. Und Mutter hatte einen Eimer in der Hand und mehrere Scheuerbesen unter dem Arm. Ich musste sie hereinlassen.

Die Beschwerden hatten schließlich dazu geführt, dass man mich rausschmeißen wollte. Vater inspizierte das Zimmer, während Mutter anfing aufzuräumen und zu putzen. Sie war alt geworden und seufzte, schnaufte und stöhnte. Ihr tat der Rücken weh, ihre Beine fingen an, krumm zu werden – und was tat ich?

Ich versuchte, mich zu entschuldigen, so gut es ging, und versuchte, das schlimmste Chaos zu beheben und ein paar Sachen wegzuräumen. Aber es war zu spät, um noch irgendetwas zu tun. Der Balkon war eine Müllhalde.

Abfall und Mülltüten, leere Flaschen, und all die Dinge, die ich aus der Stadt mitgebracht hatte, wenn ich betrunken war und unterwegs geklaut hatte: ein Stuhl, zwei kupferne Stehlampen, die in einem Eingang gestanden hatten (warum ich sie mitgenommen hatte, wusste ich nicht mehr). Sogar einen mittelgroßen Baum hatte ich aus irgendeinem Grund aus Christianshavn über die Brydes Allé geschleppt und die Brandleiter hinaufgetragen. Ich war zwischen den Zweigen der Baumkrone aufgewacht.

Ich dachte, ich hätte mich auf einem Baum schlafen gelegt und müsste hinunterklettern, bis ich zu mir kam und mein Zimmer wiedererkannte. Alles landete in den Containern auf dem Parkplatz.

Es war aufgeräumt, zwölf Quadratmeter blanke Flächen – vielleicht kam ich ja doch noch glimpflich davon –, bis wir zum Badezimmer kamen: »Schwanz«, »Fotze«, »ficken«, »Sperma«. Mutter rieb und rubbelte es mit Ajax und immer schärferen Reinigungsmitteln ab. Aber es ließ sich nicht abwischen, Vater erhielt die Kaution nicht zurück und musste die Reinigung bezahlen.

Nach vier Jahren im Urbanplanen-Viertel zog ich auf eines der vornehmsten Felder des dänischen Monopoly-Spiels: Grønningen Nr. 3, in Kopenhagen – mit einem französischen Balkon und Aussicht auf den Park, den Wallgraben und die Wälle des Kastells. Von der Langelinie wehte die Luft durch mich hindurch – ich war glücklich.

Vater hatte die Wohnung bezogen, als er in Kopenhagen den Job als Direktor der Allgemeinen Feuerversicherung angenommen hatte. Inzwischen war er aber in Pension, die Wohnung wäre für mich eine Chance gewesen, noch einmal ganz neu anzufangen

Wenn sie die Wohnung nicht mit Großmutters Möbeln eingerichtet hätten – ich hatte die exakte Kopie des Kettenhofwegs 106 vorgefunden.

Sie war aus dem Bett gefallen und hatte sich das Genick gebrochen, sie starb an ihrem dreiundneunzigsten Geburtstag. Ich hatte ein Glückwunsch-Telegramm geschickt: »Liebe Oma.« Das Trauergefolge durch Münchberg hatte kaum den Friedhof erreicht, als sie sich schon um das Erbe stritten.

Ich wollte ihr Geld nicht haben. Mutter ebenfalls nicht. Sie konnten es behalten. Das Einzige, was ich wollte, waren die Bücherschränke – und meine deutschen Onkel, Tanten und Vettern rafften das Geld an sich und überließen uns mit Freuden die Schränke und Bücher.

Nun standen sie an den Wänden in Kopenhagen, zusammen mit dem Schreibtisch und der Standuhr aus Papa Schneiders Herrenzimmer. Die Teppiche waren ausgerollt, das Gemälde von Magnus Zeller hing über dem Sofa, ein gestutzter Weidenbaum an einem dunkeln See. Es roch nach ihr. Als wäre ich in Frankfurt. Sogar die Schatten waren dieselben – und aus den Bücherschränken kletterte: das bucklige Männlein.

Er stellte ihre Fotografie auf den Schreibtisch wie ein Siegel, das nicht gebrochen werden durfte, und feixte. Alles sollte genauso bleiben, wie es gewesen war. Man durfte nichts verändern. Ich war in ein Mausoleum gezogen.

Mutter hörte keine klassische Musik mehr. Es erinnerte sie an Großmutter. Wir redeten nie über sie und erwähnten mit keinem Wort, dass sie tot war. Kamen meine Eltern zu Besuch – und sie kamen häufig –, aßen wir Geschnetzeltes und lebten weiter auf Deutsch.

Ich konnte sie spüren und hörte, wie die Glastür klirrte und sie in ihr Wohnzimmer ging. Sie schlich herein, setzte sich und strich mir über die Wange: »Mein kleines Knüdchen.« Ich trug Fliege und Seitenscheitel. Wir spielten »Mensch ärgere Dich nicht«, und sie tat ihr Bestes, um niemanden nach Hause zu schicken.

Meine Eltern benutzten das Schlafzimmer am Wochenende, dann bezog ich das Sofa. Alles wurde unterbrochen. Ich hatte kein Privatleben mehr. Mir fiel ein Stein vom Herzen, wenn sie am Sonntagabend das Auto packten und zurückfuhren. Dann konnte ich von vorn anfangen, als wäre ich gerade erst in die Stadt gekommen.

Ich erklärte ihnen, ich hätte kein Nebenfach belegt, weil ich direkt die Magisterprüfung ablegen wollte – und wäre bereits ziemlich weit damit. Es war gelogen. Aber ich konnte die Katastrophe hinauszögern und das Versäumte nachholen, wenn ich mir ein großes Ziel setzte: eine Jahresarbeit!

Sie würde ein Jahr in Anspruch nehmen, wie schon aus der Bezeichnung ersichtlich war, es sollte um Dylan Thomas gehen. Ich setzte mich in Großmutters Sessel und las seine Gedichte, Notizbücher, Briefe und die Biographien über ihn, seine Frau Caitlin und ihre stürmische Ehe. Auf dem Boden wuchsen die Stapel an Sekundärliteratur.

Ein Jahr verging rasch. Und ich war lediglich zu der furchtbaren Einsicht gekommen, dass seine Verse zwar gut klangen, aber unverständlich waren:

*Altarwise by owl-light in the half-way house*
*The gentleman lay graveward with his furies.*

Allerdings hatte ich bereits zu viel Zeit und Arbeit investiert, um jetzt abzubrechen und mich für etwas anderes zu entscheiden. Aber ich konnte auch nicht einfach nur abschreiben und so tun, als wüsste ich nicht ganz genau, dass es falsch war. Es gab keinen Weg, weder vor noch zurück. Dieses Puzzleteilchen ließ sich nicht verschieben.

Vielleicht war es ja ein bisschen viel verlangt, dass jemand zur Erkenntnis der Wahrheit gelangt, dass plötzlich der Groschen fällt und der Vorhang zu einer neuen und anderen Welt sich öffnet, aber sie hätten ja auch sagen können, ein bisschen weniger wäre auch genug.

Also grübelte ich weiter in Großmutters Sessel und analysierte Sätze, bemühte eine Theorie nach der anderen. Nicht eine lieferte eine Erklärung. Ich zählte die Silben und buchstabierte die Worte rückwärts, um zu sehen, ob sie irgendeine verborgene Botschaft enthielten. »Llaregubb« war der Name des Dorfes in *Under the Milkwood*, es wurde zu »bugger all«. T.S. Eliot ergab beinahe »toilet«. Vielleicht war ja alles nur ein einziger, komplizierter Witz?

Inzwischen ging ich nur noch aus dem Haus, um einzukaufen. Wein, Wodka und Coca-Cola. Nacht für Nacht schlug ich mich mit dieser unmöglichen Aufgabe herum, versuchte sie zu lösen und rauchte. Das Marihuana konnte gar nicht stark genug sein, um diesen Code zu knacken.

Die Gedichte waren das schwerste Kreuzworträtsel für Erwachsene, sie bestanden aus Wortspielen, aber man konnte nie wirklich sicher sein, ob der Dichter es so oder vielleicht ganz anders meinte. Vielleicht interpretierte man ja auch nur etwas hinein.

Er bewegte sich konsequent in Widersprüchen, und wenn er das Eine sagte, sagte er gleichzeitig auch das Gegenteil, Sommer und Winter, Licht und Dunkelheit, Ebbe und Flut. Gott steckte im Detail. »Author's Prologue« reimte sich hundertacht Zeilen bis zur Mitte und einem blitzartigen und flüchtigen Nun: »Now«.

Wenn alle Bedeutungen aufgehoben waren, war das Gedicht zu Ende. Es blieb nichts zurück, nicht der kleinste Rest: »An upright man in the antipodes«. Die Gedichte zogen sich in ein schwarzes Loch zurück, und mir wurde allmählich klar, dass jede Interpretation einem Bekenntnis gleichkam.

Die Gruft der Worte öffnete sich – und man hörte nur das Echo seiner eigenen Stimme. Man lebte in den eigenen Worten. Sie waren wie das Rauschen von Muscheln.

*Der Brief des Lord Chandos* war in meinem Briefkasten gelandet, und die Worte zerbröselten mir zwischen den Fingern. Ich konnte keinen Punkt setzen und etwas fertig schreiben, ich musste es sofort wieder ausstreichen, weil es falsch war.

Dylan Thomas hatte unter einer lebenslangen Schreibblockade gelitten – »the words have swallowed their tongues« –, und sie war ansteckend. Die Möglichkeitsbedingungen für eine gültige Aussage existierten nicht. Ich schrieb mit einem Radiergummi.

Meine Eltern fragten nicht länger: »Wann bist du fertig?« Es war nicht nötig. Mutter konnte mich mit einer leichten Modulation ihrer Stimme am Boden zerstören, wenn ich vergessen hatte, zu Hause anzurufen. Ich studierte ihr trauriges Gesicht wie eine Anklageschrift.

Sie bezahlten die Rechnungen, die Miete, das Essen, die Bücher, und ich ertrank in Schuldgefühlen. Denn was tat ich, wenn man es wirklich nüchtern betrachtete und von den edlen Motiven und höheren Zielen absah?

Ich versank im Suff und rauchte Shit in einer täglichen Verleugnung der Wirklichkeit. Sie türmte sich vor dem Fenster auf, und ich zog die Gardinen zu.

Natürlich war ich in der Regel auch am nächsten Tag noch nicht nüchtern und litt unter einem moralischen Kater. Mein Verhältnis zu anderen Menschen war wie beherrscht von einer Verschwörungstheorie. Jedes Wort klang wie eine Anklage. Ich hörte, wie sie sich über mich lustig machten. Hinter meinem Rücken zeigten sie mit dem Finger auf mich.

Es stank nach Stillstand und existenzieller Fäulnis – es saß in den Kleidern. Andere bestanden ihr Examen, bekamen einen Zeitvertrag an der Uni oder fanden einen Job in einem Verlag, bei einer Zeitung, oder wo es sonst freie Stellen gab, während es mir immer schlechter ging.

Meine Kommilitonen waren fort, ich kannte am Institut niemanden mehr. Aldo war abgegangen. Ebenso wie Claus. Er hatte mit der Ausstellung »Messer im Kopf« seinen Durchbruch als einer der »jungen Wilden« – und ging auf die Kunstakademie in Köln.

Warum habe ich es denn nicht geschafft, dachte ich, aber die Jahre waren mit Nichtstun vergangen. Ich hatte es nicht geschafft, auch nur einen einzigen Artikel in Druck zu geben, kein einziges Gedicht war angenommen worden, kein Leserbrief von mir erschienen. Die Türen waren verschlossen, und ich lebte und starb mit dem Traum vom Insel Verlag.

Von meinem Balkon aus war es aussichtslos, der Horizont war verschwunden. Aus mir war nichts geworden, ich musste mich schämen, und das tat ich von morgens bis abends. Der Dezember war am schlimmsten. Denn nun erhielten sie überall an ihren Arbeitsplätzen Mitarbeitergeschenke und wurden zur Julefrokost, dem Weihnachtsessen, eingeladen.

Das war immer mein Maßstab für Erfolg gewesen. Wurde man nicht zur Julefrokost eingeladen, war man verloren. Ich wusste nicht, dass es so etwas wie Julefrokost gab, bis ich einen Klassenkameraden aus dem Gymnasium am zweiten Weihnachtstag besuchte. Der lange Tisch war mit Schnaps, Bier und Hering gedeckt, mit Fischfilets, Hühnersalat, knusprigem Schweinebraten mit Rotkohl – und Mandelreispudding! Wer soll das alles essen?, fragte ich, als würde ich vor einem Märchen stehen: Tischlein deck dich! Die Familie, Freunde und Bekannte kamen zur Julefrokost und feierten.

So ein Weihnachtsessen gab es bei uns nicht. Wir hatten auch keine Freunde und Bekannte. Und unsere Verwandten lebten in Deutschland. Wenn wir sie besuchten, redete Vater über die hohen Unterhaltskosten eines Autos in Dänemark. Einmal sprach er auch über die sogenannte »Weihnachts-Frokost«.

Es sei eine dänische Tradition, erklärte er. Es klang wie etwas Fernes und Exotisches aus einem fremden Land. Aber wir waren die Fremden und gehörten nicht dazu. Wir sprachen eine andere Sprache, aßen andere Speisen und feierten die Weihnachtstage anders.

Jedes Jahr wurde ich daran erinnert, wenn ich in der winterlichen Dunkelheit durch die Straßen lief und gegen den Schnee trat. Fahle Lichter, der Rauch aus den Schornsteinen, schwarze Gestalten, die davontrotteten, ich hatte einen dicken Mantel an. Hinter den erleuchteten Fenstern saßen die Menschen im Wohnzimmer bei der Julefrokost und feierten miteinander. Für jedes Fenster gab es einen Stein.

Ich hätte ihn in ihre Feier schmeißen und sie verderben können, meine Verzweiflung wuchs im Laufe meiner Studienzeit zu einem tiefen und innigen Hass. Es war der lebende Beweis, dass ich misslungen war – und wie jeder echte Hass erwuchs er aus unglücklicher Liebe.

Ich finge an, mit meinen Eltern dänische Julefrokost zu veranstalten, in einem verzweifelten Versuch, den Lauf der Dinge zu ändern und den Fehler mit Schnaps, Bier und Hering zu korrigieren. Ich briet Fischfilets, richtete Hühnersalat an und servierte knusprigen Schweinebraten mit Rotkohl im Esszimmer.

Wir waren unter uns und prosteten nur uns zu. Mutter klatschte in die Hände, wir aßen und tranken. Dann zündete sie sich ein Zigarillo an und stieß den Rauch aus: Jetzt hatten wir eine richtige »Jullefrohkost«.

Vater wollte keinen Schnaps. Er schüttelte den Kopf. Das sei doch viel zu viel zu essen, genug für eine ganze Gesellschaft! Genauso war es. Nur gab es keine Gesellschaft.

Ich schaute auf den leeren Stuhl am Tischende und wartete und wartete auf den Tag, an dem jemand – irgendjemand, wer auch immer – sich setzen, mitessen und unsere einsame Julefrokost mit der Welt da draußen verbinden würde, aber dieser Tag kam nie.

Die Anzahl der Gerichte am zweiten Weihnachtstag wurde immer übertriebener: drei Sorten Hering und zwei Sorten Schnaps. Linie Aquavit reiste als Decklast in Sherryfässern einmal um die Welt und bekam dadurch seine goldene Farbe und seinen einzigartigen Geschmack! Glasierter Schinken und Lendenbraten, kleine Frikadellen, mehrere Sorten Brot. Aber es half nichts, nicht einmal der Krabbensalat, nichts konnte meine unendliche Schuld wiedergutmachen.

Die Teilnahme an einer Julefrokost war eine Frage von Sein oder Nichtsein – und ich war nicht dabei. Was sollte ich mit Schnaps, Bier und Hering machen, solange ich keinen Arbeitsplatz und keine Kollegen hatte und nicht einmal im Monat mein Gehalt bekam?

In meinem Fall überwies Vater das Geld aufs Konto, und das bedeutete, dass auf dem Julefrokost-Buffet Ausgrenzung und Einsamkeit in dicken Scheiben in Lake und geschmorten Zwiebeln lagen.

Der Schnaps war der Beruf, den ich nicht hatte, und ich leerte die Flasche. Der Hering war der Erfolg. Ich aß alle drei Sorten. Die kleinen Frikadellen waren die Kollegen und der Mandelreispudding der gemeinsame Gesang. Ich sang nicht mit, ich hatte keine Kollegen und wünschte, die ganze Welt würde zur Hölle fahren. Schuld daran war die »Jullefrohkost«!

*Taxi Driver* lief im Kino, im Klaptræet am Kultorvet. Das wurde meine Gesellschaft. Ich schaute mir den Film wieder und wieder an und hörte der Tonspur auf der Reise zum Ende der Nacht zu:

> *Loneliness has followed me my whole life, everywhere. In bars, in cars, sidewalks, stores, everywhere. There's no escape. I'm God's lonely man.*

Ich steckte die Hände in die Taschen und folgte denselben Impulsen wie im Film: Begierde, Abweisung, Aggression. Er verliebt sich in die Blondine, sie weist ihn ab, und er reagiert mit dem finalen Abknallen von Kriminellen im Dienst der gerechten Sache. Es war reine Selbstjustiz – und Selbstmord –, und es erklärte viel von dem, was in der Stadt vor sich ging.

Jungs soffen sich reihenweise um den Verstand und prügelten sich aus Frustration, weil sie bei keinem Mädchen gelandet waren und keinen Sex hatten. Auf dem Heimweg gab es zum Frühstück Pizza.

Es gab Kneipen genug, in denen man Prügel beziehen konnte, man musste am Hauptbahnhof nur den Hinterausgang nehmen. Früher oder später landete man in der Skipper Bodega oder der Tunesia Bar.

Die Western-Türen stammten noch aus der Zeit, als die Kneipe ein Tanzsalon mit Jazzmusik und leichten Damen war. Nun jammerte auf der Bühne eine Hammondorgel. Nikotin tropfte von den gelben Gardinen. Vor Qualm konnte man nichts sehen.

Es wirkte wie ein Relikt aus der Zeit der alten Größe, dass am Tisch serviert wurde. Die Kellnerin war eine vertrocknete Bohnenstange, deren Kopf und Hände so zitterten, dass Gläser und Flaschen vom Tablett zu fallen drohten. Tremor – eine Alkoholikerin servierte für Alkoholiker im tiefsten Loch der Istedgade. An der Toilette leuchtete das Schild: »Exit«.

Ich wurde von einem unbestimmten Gefühl getrieben, dass nichts so war, wie es den Anschein hatte. Es fehlte etwas, es musste etwas anderes, etwas weiter unter der Oberfläche zu finden sein.

Man hielt es vor mir geheim. Aber ich war ihm auf der Spur. In den Pornokinos der Istedgade ließ sich das am heftigsten Ausgegrenzte und Verborgene finden: Keyhole, Club34, Nonstop Bio. Man musste nur die Scham ablegen – und hinreichend betrunken sein.

Ich betete, dass keine weiteren Gäste da waren. Es war meine größte Angst, irgendeinem Bekannten zu begegnen, erkannt und erwischt zu werden. Hastig drückte ich mich an der Bar vorbei, wo bisweilen Frauen oben ohne standen und einem Haufen Männer Bier servierten. Zum Glück war es spät in der Nacht.

Ganz hinten in Bio 1 gab es ein paar Reihen mit roten, zerschlissenen Plüschsitzen, vorne standen tiefe Ledersofas. Eines davon war mit Klebeband repariert. Die weißen Toilettenpapierrollen an der Armlehne leuchteten im Geflimmer der Leinwand auf. Geschlechtsteile klatschen in Nahaufnahmen zu einem lauten, nachsynchronisierten Stöhnen auf Deutsch zusammen: »Ja, fick meine geile Möse!« Und die Muzak-Berieselung übertönte das Brummen des Projektors.

Hin und wieder hustete meine Mutter. Ich zuckte zusammen. Aber sie war es nicht, natürlich nicht. Es war meine Angst vor ihr. Sie war so groß, dass ich sie hören konnte.

Das Schlimmste war der Gestank. Es war erstickend. Ich verbrachte Stunden damit, von Kino zu Kino zu gehen und in dem Sperma auf den gefliesten Böden der dunklen Gänge auszurutschen. Ich hatte das Gefühl, ein Wiedergänger zu sein, aber irgendwo hinter all den Bildern gab es ein Leben, und ich würde erlöst werden.

Der schwarze nasse Asphalt glänzte. Auf dem Heimweg taumelte ich betrunken umher und schrie ins Regenwetter: »And death shall have no dominion!«

*

Als er erfuhr, dass es wieder so weit war – sie würden weiterreisen –, öffnete M. das Fenster und den Vogelbauer mit dem Finken. Er flog. M. stellte den Käfig in die Ecke und half beim Packen. Die Uhr und der Frühstückstisch – die Schatten an der Wand –, ihr Zuhause wurde abgebaut, zusammengerollt und in Kisten verpackt. Die Adresse – »Meral Apartment, Işıltı Sokak no. 8« – ergab keinen Sinn, wenn er sie aussprach.

Am letzten Schultag war er zu Abby Waters gelaufen und hatte sie geküsst. Das Einzige, was sie sagte, war: »What took you so long?«

Sie verbrachten ein paar Wochen im Hilton. Istanbul endete an der Türschwelle, der Gebetsruf versank in den weichen Teppichen. Er erinnerte sich an den Pool und die Lastenaufzüge und suchte all die Orte im Hotel auf, an denen er früher so oft gewesen war, doch im Friseursalon arbeitete jemand anderes. Die Zimmermädchen erkannten ihn nicht wieder, und wenn er nach der Klinke griff, war die Tür verschlossen: »Staff Only«.

Es gab antiamerikanische Proteste, weil »Enterprise«, der Flugzeugträger der Sechsten Flotte, angelegt hatte: »Big E«. Vater war an Bord eingeladen, M. durfte mitkommen und quetschte sich durch die Demonstranten. Der Kommandeur empfing sie auf der Brücke.

Sie wurden von einem Piloten herumgeführt. Die Flügel

der Jagdflugzeuge waren zusammengefaltet, Phantom F-4. Man wusste nicht so genau, ob man Angst haben musste oder sich geborgen fühlen durfte.

Das größte Kriegsschiff der Welt hatte Atomantrieb und ließ alles um sich herum schrumpfen. Die Blaue Moschee war ein Spielzeug. Man konnte sie in der Hand halten.

Die Besatzung begab sich in der Nähe eines Fußballstadions auf Landgang. Istanbuls Mannschaft Fenerbahçe verlor beim Europa-Cup 1969 0:2 gegen Ajax. Die Anhänger tobten und ließen ihre Wut an den uniformierten Soldaten auf dem Kai aus. Sie warfen sie in den Bosporus.

Duane Clarridge – »Dewey«, der Chef der CIA in der Türkei –, berichtete später über dieses Ereignis in seinem Buch *A Spy for All Seasons*. Er war gerade bei Betty Corp zu Gast.

Betty hatte ihr ganzes Leben für das amerikanische Konsulat gearbeitet. Es hieß, als junge Frau sei sie die Geliebte von Allen Dulles gewesen, den man während des Ersten Weltkriegs mit der amerikanischen Delegation nach Istanbul entsandt hatte.

Zumindest waren sie eng befreundet gewesen, die Fotos an der Wand bewiesen es. Aus ihrem Wohnzimmer blickte man auf den Dolmabahçe-Palast. Sie genossen die Aussicht.

Die Marinesoldaten waren mit Booten von dem Flugzeugträger an Land gebracht worden und warteten auf die Busse zum Sightseeing. Plötzlich stürmte eine Volksmenge den Hügel hinunter – Studenten der Universität –, und vermutlich hatte sich auch einige andere unter die Hochschüler gemischt. Sie liefen am Fußballstadion vorbei und skandierten Parolen gegen die USA.

Duane sah von der Wohnung aus machtlos zu, wie sie auf die Soldaten losgingen und sie ins Wasser schubsten. Die Polizei erschien und löste die Demonstration auf. Weil viele Soldaten ernsthaft verletzt waren, änderte sich seine Sicht auf die Dinge radikal.

Es sollte der Beginn seines Kampfes gegen den Terrorismus – und Fußballfans – und der Anfang einer langen Karriere bei der CIA werden. Insgeheim betrieben sie ihre eigene Auslandspolitik – Attentate, Staatsstreiche –, und er war bis hin zu den Anhörungen vor dem Kongress zur Iran-Contra-Affäre daran beteiligt.

Er wurde gemeinsam mit seinem treuen Knappen und Assistenten wegen Meineid und Amtsmissbrauch angeklagt. Alan Fiers wurde verurteilt, obwohl er keine Ahnung hatte, was Cliff Crubs getan hatte. »Dewey« wurde von George Bush begnadigt.

Damals in Istanbul hatte er angefangen, eine Guerillatruppe aufzubauen. Sie arbeitete angeblich mit den Grauen Wölfen zusammen und sollte im Fall eines kommunistischen Putsches zurückschlagen.

Das Land wurde erschüttert von Bombenattentaten, Entführungen und Morden. Die Linksradikalen an den Universitäten, die Rechtsradikalen, die Faschisten, die Kommunisten und die Islamisten kämpften um die Macht. Dazu kam die Wirtschaftskrise. Die Bevölkerung versank in Depression und hörte auf, ihre Häuser zu streichen. Die Parks waren voller Müll.

Die Stimmung richtete sich immer aggressiver gegen die USA und den Westen. Angeblich trugen sie die Schuld an all dem Unglück. Als Amerikaner konnte man sich nicht auf der Straße bewegen, ohne belästigt oder sogar überfallen zu werden.

Es dauerte nicht lange, bis ein kommunistischer Putschversuch vom Militär vereitelt wurde. Der Regierung wurde das Ultimatum gestellt, Atatürk zu folgen, die Reformpolitik fortzusetzen und alle antidemokratischen Kräfte zu bekämpfen.

Die Geschichte der Türkei ist eine Ansammlung von Lügen und Märchen, behauptete ihr Vater. Ein paranoider Sultan lebte am Meer, um es zu kontrollieren; ein Dienstmädchen prostituierte sich, um ihre Herrschaft zu versorgen, als die ihr Vermögen verlor. Ein Baum aus der Zeit der Kreuzfahrer wurde gefällt, um einer Baumschule Platz zu machen. Letzten Endes wusste niemand, was wirklich wahr war.

Sie fuhren zum Hafen. Die Fähren legten alle halbe Stunde ab. Rauch stieg aus dem Schornstein mit dem weißen Halbmond und dem Stern. Der Plymouth sah aus wie ein Ding aus einer anderen Welt, als er die Rampe hinaufrollte.

M. hatte die Fahrt zwischen der europäischen und der asiatischen Seite schon früher unternommen und dabei sogar einen Drachen im Wind steigen lassen. Es war schön, auf der Fähre einfach nur in die Gegend zu schauen, noch schöner aber war es, den Menschen auf den entgegenkommenden Fähren zuzuzwinkern. Diesmal war es jedoch anders. Sie fuhren nicht wieder auf die eruopäische Seite zurück.

»The Eagle has landed«, sagte Vater, als sie von der Fähre fuhren. Die Ostseite war so staubig und trostlos, dass sie tatsächlich das Gefühl hatten, auf dem Mond gelandet zu sein. Armstrong und Aldrin hätten in ihren Raumanzügen herumspringen und die Stars and Stripes-Flagge pflanzen können. An der Landstraße standen Reklametafeln – »BALIK« – und Wellblechschuppen, Abfall wurde verbrannt.

Am Nachmittag hatten sie die amerikanische Basis in Karamürsel erreicht. Sie lag an der Bucht von Izmit. Weißgetünchte Steine an beiden Seiten markierten das letzte Stück der Straße bis zu dem Wachtposten am Tor: »TUSLOG Detachment 3«.

Im inneren Bereich der Basis war das Gras grün. Es gab eine Post und eine Kirche, eine Bibliothek, eine Bar – AFEX – und eine Zahnarztpraxis, ein Geschäft für Hobbyartikel, ein Theater, eine Feuerwache, einen Spielzeugladen, eine Schule, eine Minigolf- und eine Bowlingbahn.

»Die veranstalten auch Tupperware-Partys«, behauptete Missy. Es war offensichtlich so gefährlich, dass Kampfflugzeuge bereitstanden.

Vater ging ins Hauptquartier, »um ein bisschen zu reden«, sie wurden mit einem Jeep abgeholt. Die Soldaten trugen Helme und weiße Gamaschen über den Stiefeln. Sie eskortierten sie in einen Bungalow für »VIPs«

»Was ist ein VIP?«

»Eine Very Important Person«, antwortete seine Mutter.

»Und das sind wir ihrer Meinung nach?«

Sie hatten wohl nicht oft Gäste.

Nach den Hotdogs in der Messe gingen sie an den Strand. Das Wasser war lauwarm und stand still, der Sog des Schwarzen Meeres hatte sich verzogen. Der Sand fühlte sich schmutzig an.

Vater stand mit aufgekrempelter Hose am Ufer und rauchte eine Zigarette. Er musste über etwas nachdenken. Nachts glaubten sie, die Lichter Istanbuls blinken zu sehen. Der kleinste Windhauch hätte sie ausgeblasen.

Verließ man in der Türkei eine Stadt, war man sofort mitten auf dem Land. Was es an Fortschritt gab, war rasch verbraucht. Zwischen Pferdekarren, Kühen und Schafen gab es immer weniger Autos; die Hirten waren junge Burschen in seinem Alter. Grau in Grau verblassten selbst die Farben in den Olivenbäumen und Büschen, eine Telefonleitung hing schlaff von einem Betonmast herab, aber es gab ja auch kein Telefon.

Die Hitze war unerträglich. Hinter ihnen erhob sich eine Blume aus Staub. M. saß auf dem Rücksitz eingeklemmt zwischen seinen Geschwistern, sie schubsten sich, spielten Karten und spielten Fingerhakeln:

*One, two, three, four,*
*I declare a thump-a-war;*
*Five, six, seven, eight,*
*Try to keep your thump straight.*
*Nine, ten, let's begin!*

Vater war auf einer Expedition. Und damit daran kein Zweifel aufkam, hatte er eine Safarijacke und Sandalen angezogen. Zwischen ihm und Mutter stand eine Kühlbox – Igloo – mit »leicht verderblichen Lebensmitteln«, wie sie sagte. Obst wurde geschält. Sie tranken Wasser nur aus Flaschen oder wenn es abgekocht war. Mutter hatte sich hinter ihrer Sonnenbrille verschanzt, sie trug einen Jeansrock, ihr Mund war ein rotes Minus. Es gab eine größere russische Rechnung zu begleichen.

*

Es dauerte nicht lange, bis ich wieder Besuch aus Falster bekam. Ich brachte die leeren Flaschen hinunter, räumte die Wohnung auf und versuchte zu erklären, was ich tat. Allerdings konnte ich auf Dauer weder mir selbst noch meinen Eltern vormachen, dass es zu einem Ergebnis führen würde.

Wenn ich weiterkommen wollte, gab es nur eine Möglichkeit. Ich musste fliehen. Aber wie – und wohin?

In der Klima- und Ventilationsabteilung der Technischen Universität Dänemarks wurden Versuchspersonen gesucht.

Es ging um einen Geruchsversuch. Da ich einen guten Geruchssinn hatte, meldete ich mich – und erfuhr, dass ich von nun an weder duschen noch Seife oder Deodorant benutzen durfte.

Dann wurde ich in eine Kabine gesetzt. Sie schalteten die Anlage ein, und ich hatte meinen ersten Job!

Ich sollte nicht herausfinden, ob etwas roch, im Gegenteil. Ich sollte stinken. In den kommenden Wochen saß ich da und verdiente Geld mit Stinken, es war der Versuch, mich allem anderen zu entziehen.

Der Orient war das einzige Ziel, das eine Reise wert war. *Der kleine Muck, Kalif Storch* und die Quelle aller Geschichten: das Morgenland!

Das letzte Märchen in *Tausendundeine Nacht* war Nummer tausendundzwei und hieß *Vathek*. Es wurde 1786 von William Beckford herausgegeben und viele gingen ihm auf den Leim und glaubten, es sei die Übersetzung eines verlorenen Originalmanuskripts.

Ich liebte die Geschichte des wahnsinnigen Kalifen – und Beckford hatte wie Vathek einen Turm gebaut, der schließlich einstürzte und zu seinem Ruin führte.

Außerdem gab es die Artikel von Walter Harris. Er war um die Jahrhundertwende der außenpolitische Korrespondent der *Times* gewesen und zeigte mir in *Morocco That Was* eine Fatamorgana. Sultane, Oasen und Karawanen – Herz, was willst du mehr? Ich klappte das Buch zu, nahm im nächsten Sommer darauf den Zug nach Süden und stieg in Hamburg um.

Die Reise durch Spanien war heiß. Als wir Algeciras erreichten, war ich gut durchgebraten. Wo war die Fähre nach Tanger? Ich hatte Paul Bowles, Jack Kerouac und William Burroughs gelesen – *Naked Lunch* spielte in Marokko –, die Tickets und die Reisechecks hatte ich in einer Geldkatze am Bauch versteckt. Wink Europa auf Wiedersehen.

Wir saßen dichtgedrängt an Deck. Frauen mit Kindern und Hühnern, Männer mit Koffern. Alles, was sich bewegen ließ, wurde für den Transport genutzt. Autos, Fahrräder und Esel. So kreuzten wir zwischen den Kontinenten. Ich konnte Marokko bereits spüren, bevor ich aufblickte.

Einer nach dem anderen wandte mir sein Gesicht zu und starrte mich an. Ich war umgeben von Augen. Plötzlich wusste ich, wer ich war. Ich war der andere. Ich war der Fremde.

Als die Fähre in Tanger ankam, war sie verrostet und dem Sinken nahe. Man musste drängeln, um nach Afrika zu kommen. Die Schlange wurde zu einem chaotischen Gewimmel, und ich entdeckte das Missverständnis erst, als ich mich zur Passkontrolle vorgearbeitet hatte.

Ich hatte mich in die falsche Schlange gestellt, zurück nach Spanien. Der Ausgang hinter mir war vollkommen leer.

Zur Strandpromenade mit Hotels, Restaurants und Palmen brauchte man nur durch eine Tür zu gehen. Das Mittelmeer traf auf weißen Sand. Ich tauchte den Finger hinein. Es schmeckte wie erwartet salzig, und vor mir stand eine vermummte Gestalt mit einem Handtuch über dem Kopf.

Er zog es auseinander, und ich sah seine Pferdezähne, als er fragte: »Are you looking for some flower-power?«

Ich antwortete, nein, das täte ich nicht. »Are you looking for a cheap bordello?« Auch das tat ich nicht, und er verschwand mit einer Geste, die unmissverständlich war.

Ich hatte keine Ahnung, was um mich herum vorging, und verstand kein Wort, von dem, was sie sagten. Auch nicht auf Englisch.

Hin und wieder kam jemand auf mich zu, meist waren es jüngere Männer, von denen viele Pluderhosen und Westen trugen oder Uniformen, die sie vom Militärdienst mitgenommen hatten. Sie grüßten freundlich.

»Hello!«

»Hello!«, antwortete ich.

»Good morning!«

»Good morning.«

»How are you?«

»I'm fine. And you?«

»Welcome!«

»Thank you.«

»Do you have this in another colour?«

»Excuse me …?«

»Four persons!«

»I kiss your eyes!«

Es dauerte nicht allzu lange, bis mir klar wurde, dass sie einen Sprachführer aufsagten. Die Worte hatten nichts zu bedeuten. Ich war allein mit den Rufen und dem Lärm, es konnte alles Mögliche bedeuten: Tee, Zuckerhüte, Feuersbrunst.

Sie lasen von rechts nach links, und es klang, als redeten sie rückwärts. Die Rückseite eines Buches war die Vorderseite – die Schrift wogte in mystischen Zeichen. Ich hatte das Gefühl, als sei ich auf die andere Seite des Spiegels geraten, wie *Alice hinter den Spiegeln.*

Alles kam mir als Überraschung entgegen, zum ersten Mal, plötzlich und unerwartet. Selbst die gewöhnlichsten Dinge erschienen mir wie ein Rebus: eine Plastiktüte mit dem Gesicht von Micky Maus, ein paar Schuhe vor einer Tür, mein Schatten auf einer abgeplatzten Mauer.

Es lag mir auf der Zunge, ich musste nur darauf kommen – dann würde sich mir die Bedeutung offenbaren. Ich versuchte, zu raten, irrte mich und versuchte es erneut. Denn jedes Mal, wenn ich mir von irgendetwas ein Bild machte, ging es kaputt.

Es stimmte nicht. Ich war in meinen eigenen Gedanken gefangen. In einem Armenviertel liefen die Kinder zusammen. Sie waren schmutzig und bettelten. Beinahe fand ich nicht wieder hinaus. Oben auf dem Hügel suchte ich mir schließlich ein Hotel und löschte das Licht.

In *Naked Lunch* kriechen die Kakerlaken aus den Ritzen. Am nächsten Tag kaufte ich ein Insektenmittel. Ich zeigte auf die gelbe Spraydose mit einer schwarz durchgestrichenen Kakerlake und besprühte sämtliche Paneele und Ecken und zum Schluss die Bettpfosten.

Sie lagen auf dem Boden und wanden sich auf dem Rücken, als ich das Licht einschaltete, aber hinter der Tapete gab es noch mehr. Man konnte sie unmöglich loswerden. In der Toilette krabbelte ein riesiges Exemplar. Ich war schockiert, wie groß sie werden können, und checkte aus.

Niemand wusste, wann der Zug abfuhr. Es war Allah überlassen – und einem Wunder, dass er überhaupt fuhr. Vor dem Fenster erstreckte sich die Wüste, soweit das Auge reichte. Wenn wir durch eine Stadt kamen, sah es aus wie auf einer Müllhalde.

Gegen Abend kamen wir in Marrakesch an. Die Hitze blies mir wie ein Föhn ins Gesicht. Vor dem Bahnhof herrschte buntes Treiben, der Platz war voller Menschen.

Ich kaufte ein Kebab vom Grill – und aß es dann doch nicht. Nach einem endlosen Umweg in einem Taxi wurde ich an einem Hotel im französischen Viertel abgesetzt. Die Rezeption wirkte vertrauenswürdig, ein junger Mann mit Bart kam kriecherisch auf mich zu und bestand darauf, meinen Koffer ins Zimmer zu tragen.

Er schmunzelte und streckte die Hand aus. Ich hätte ihm keinen Dirham geben sollen. Am nächsten Morgen stand er vor dem Hotel und erklärte, er sei mein Guide.

Das war dann das Ende von *Die Stimmen von Marrakesch* – und dem Traum von Prinzessinnen, die Sorbet mit Eis vom Atlasgebirge aßen und mit dressierten Spatzen auf dem Arm auf Schmetterlingsjagd gingen. Stattdessen wurde ich von einem Bauernfänger an der Nase herumgeführt und sollte bezahlen, um das arabische Viertel überhaupt betreten zu dürfen. Er sprach ein Kauderwelsch aus Deutsch, Englisch, Französisch und Arabisch und vollführte ein paar wilde Gebärden, als wollte er ein Messer ziehen.

Es war nicht misszuverstehen. Ich bezahlte für meinen Schutz – und es war auch ein Schutz vor ihm.

Auf dem großen Platz flöteten die Schlangenbeschwörer, Männer spuckten Feuer, und saß da nicht auch einer auf Nägeln und schwebte da nicht ein anderer über dem Boden? Es war ein Zirkus stereotyper Vorstellungen und nichts anderes als: Souvenirs.

Ich trottete mit meinem Gefangenenwächter durch den Souk. Wir gingen von Laden zu Laden, und er redete mir zu, alle möglichen Dinge zu kaufen, vermutlich hätte ich sonst meine Hoffnungen, hier heil wieder herauszukommen, aufgeben können. Gewürze, eine Wasserpfeife, eine Teekanne, eine Deckenlampe, ein Teppich und ein roter Fez waren der Preis, um nicht spurlos zu verschwinden.

Sie waren ein bisschen zu freundlich an der Rezeption. Ich hatte das Gefühl, sie steckten mit meinem Guide unter einer Decke und teilten die Beute. Nach einigen Tagen gab ich ihm sogar meine Lacoste T-Shirts, sie gefielen mir ohnehin nicht, und er lud mich zu sich nach Hause zum Abendessen ein.

Er wohnte mit seiner Mutter und seinen Geschwistern in einem gemauerten und mit Lehm verputzten Haus im arabischen Viertel. Und nun sollte gefeiert werden! Ob ich Bier kaufen wollte? Das wollte ich natürlich gern.

Ich hatte keine andere Wahl, als mich hinter ihn auf ein Moped zu setzen. Wir schlingerten durch die Gassen bis wir unter dem Schild »Seulement pour les musulmans« standen. Ich wurde nervös, denn es war offensichtlich, dass ich hier nichts verloren hatte.

Es war eine kriminelle Handlung in einem Hinterzimmer mit Bierkästen. Ich bezahlte für eine Tüte mit Bier, und wir klirrten zurück und setzten uns am Boden zu Tisch.

Seine Mutter brachte eine große Schüssel herein, Lammfleisch, Gemüse, Couscous. Wir aßen mit den Fingern. Sie war dick, verschleiert und lachte laut. Dann holte sie den Nachtisch,: seine Schwestern, drei Mädchen mit Kopftüchern. Mit Entsetzen wurde mir klar, was hier vor sich ging.

Mir wurde angeboten, eine von ihnen zu heiraten und nach Dänemark mitzunehmen. Die Älteste zog ihr Kopftuch ein wenig zur Seite. Ihr fehlten zwei Vorderzähne, sie lächelte mich an.

Wie es mir gelang zu entkommen, ohne sie zu beleidigen, kann ich nicht mehr sagen. Auch nicht, was ich alles versprach. Ich schrieb Namen und Anschrift auf und stellte fest, wie schwer es mir fiel, eine falsche Adresse anzugeben: Knud Rømø Hansen, Grønnnegade 10, 1253 Åbenrå, Dänemark.

Früh am Morgen schlich ich hinaus, bezahlte die Hotelrechnung und setzte mich in den erstbesten Zug. Fez war eine Universitätsstadt. Vielleicht war sie angenehmer – allmählich hatte ich aus teuer erkauften Erfahrungen gelernt, wie man »La, shukran« zu den Straßenverkäufern sagte, den Straßenkindern »Sir!« zurief und in einer Weise auftrat, dass man in Ruhe gelassen wurde.

Im Prinzip musste man nur arrogant sein. Man hatte furchtbar beschäftigt und zielstrebig auszusehen. Als sei man stets auf dem Weg zu einem bestimmten Ort.

Das geringste Zögern und die kleinste Unsicherheit, und man wurde zum Opfer. Sie nahmen einen beim Arm und servierten Tee, während sie ihre Waren präsentierten. Man musste sich freikaufen.

Ich lernte ein paar nette Studenten kennen, allerdings wurde die Situation sehr schnell befremdlich. Die Unterschiede ließen sich nicht ausgleichen. Immer lief es darauf hinaus, dass sie etwas von mir haben wollten. Ich sollte ihnen helfen. Ob ich jemanden kennen würde, eine Adresse hätte oder ihnen eine Arbeit in Dänemark vermitteln könne?

Ich fuhr nach Rabat und blieb für mich. Es sah ein bisschen aus wie in Paris, mit Palmen entlang der Boulevards. Der Souk war nicht sonderlich groß. Das Beste waren die rosaroten Gebisse im Schaufenster eines Zahnarztes. Und inzwischen hatte ich auch das größte Rätsel einigermaßen durchschaut: die Preise.

Der Preis betrug nicht ein Zehntel, sondern nur ein Hundertstel der Summe, die zuerst genannt wurde. Es kostete nichts und war auch nichts wert.

Ich wohnte in einem weiß verputzten Hotel an der Atlantikküste – und am Friedhof. Es war riesig, verlassen und verstaubt. Hier und dort flatterten Frauen in schwarzen Gewändern wie Krähen umher.

Jeden Vormittag schlenderte ich zum Souk und setzte mich zu einem der Männer, die dort mit Schreibmaschinen saßen. Sie erledigten die Schreibarbeiten für die Menschen, Briefe und Anträge – viele Marokkaner waren Analphabeten –, und ich hatte jemanden gefunden, der ein bisschen Deutsch und einigermaßen Englisch sprach.

Ich trank thé à la menthe, rauchte hin und wieder einen Joint und diktierte all das, was ich selbst nicht zu Papier zu bringen vermochte. Die Geschichten flossen in einem unbeschwerten, natürlichen Redestrom, eine nach der anderen, wie im *Märchen-Almanach.*

Ich hatte keine Ahnung, wie er es empfand und was er sich dabei dachte. Vieles musste einem Moslem merkwürdig, unrein und regelrecht verboten erscheinen. Ich war gespannt auf das Ergebnis,.

Er verlangte für das Manuskript mehr Geld, als wir vereinbart hatten. Sonst würde er es mir nicht aushändigen. Ich war es allmählich leid, ständig übers Ohr gehauen zu werden – von Marokko im Allgemeinen, von der Armut, der Unzuverlässigkeit, der Diktatur.

Ich packte meine Sachen und schickte sie nach Dänemark, ich rechnete nicht damit, sie je wiederzusehen. Dann nahm ich die Fähre zurück nach Europa. Schließlich konnte ich es nicht länger erwarten, das Manuskript zu lesen, und holte die Blätter heraus.

Erst mochte ich es nicht glauben und blätterte das Manuskript wieder und wieder durch, doch es hatte keinen Sinn. Er hatte willkürlich Buchstaben in die Tastatur gehämmert, während er genickt und mir unter dem Tuch, das er sich um den Kopf gewickelt hatte, aufmunternd zugelächelt hatte. Er hatte nichts von dem, was ich gesagt hatte, verstanden und er hatte auch nicht zugehört.

Als hätte ich alles einem Tauben erzählt. Seite um Seite war verloren und fort, Satz für Satz, Wort für Wort: unverständliches Zeug!

Ich erinnerte mich nur an Bruchstücke – alles andere war unwiederbringlich verloren – und dachte an meinen amerikanischen Freund. Er hatte gesagt, man wäre mit seiner Erinnerung immer allein. Jede Erinnerung sei ein Geheimnis.

*

Sie hatten lange weder Menschen noch andere Autos gesehen, aber ihr Vater fuhr einfach weiter durch die Türkei, als wäre er schon einmal dort gewesen und hätte es auf ein bekanntes Reiseziel abgesehen.

»Na, wo ist jetzt Troja?«

»Darüber wird seit vielen Jahren diskutiert«, antwortete er.

Plötzlich bremste er. Alle raus. Stille. Man hörte Grillen. Der Wind fuhr durch die Pflanzen. Sie waren verwelkt – es verging einige Zeit, bis man sich an die Geräusche gewöhnt hatte. Knorrige Bäume und Büsche. Ein Vogel.

Ihr Vater holte den roten Reiseführer von Baedeker heraus und breitete vorsichtig die Karte auf dem Kühler aus. Sie war alt und brüchig, vielleicht zeigte sie einen vergrabenen Schatz.

»Ach so!«

Ein Ruck ging durch ihn.

»Schliemann hat es gefunden! Dann können wir es auch!«

Mutter schälte Blutorangen. Sie lehnten an der Autotür und aßen sie, dann fuhren sie weiter auf einer Straße, die es nur im Kopf ihres Vaters gab. Er fuhr nach Kompass, quer über Stock und Stein, bis sie auf ein Schild stießen: »Truva«. Tatsächlich?

Sie kamen zu einem Parkplatz, das sichere Zeichen für eine Touristenattraktion. Er war leer. »Dort drüben liegt das Ida-Gebirge«, erklärte ihr Vater, »wir sind nahe dran.«

Sie schnappten ein wenig Luft. M. sah sich um. Das Meer war fort, außer Sichtweite. Keine Burg, keine Mauern, kein Troja. Vater fotografierte mit seiner Minox.

»Warum ist die so klein?«

»Keine Kamera ist groß genug.«

Dann nahm er den Führer und begann, den Abschnitt über die Ausgrabungen und das dabei gefundene Gold vorzulesen.

Schliemann hatte es seiner Frau geschenkt – und Mutter lebte auf. Sie war sicher, dass Schliemann recht hatte. Hier muss es gewesen sein, hier hatte man das Gold gefunden!

»Natürlich landete es in Berlin, die Nazis haben es gestohlen«, fügte Vater hinzu. Die Enttäuschung stand ihr ins Gesicht geschrieben: Und wo war es jetzt?

Sie gingen zwischen nicht existenten Häusern und Gärten umher und fühlten sich wie Gespenster. Die Grillen sangen. Wenn man auf das Unkraut trat, knallte es und verstreute kleine geflügelte Samen – er wurde gelb bis an die Knie. Die Samen waren hart. Als würde man auf Kies kauen.

M. suchte nach Resten von Säulen, Marmorstücken mit Inschriften – irgendetwas – und sammelte zur Sicherheit ein paar Steine auf. Das einzig Bemerkenswerte an diesem Ort war, dass sie ihn besichtigten. Aber was hatten sie erwartet? Troja war eine Sage.

»Glaubst du, der Wagen ist noch da?«

»Was meinst du?«, antwortete Tim.

»Na ja, die klauen den doch nicht, oder?«

»Doch, kann schon sein.«

»Sie sind hinter den Ungläubigen her«, erklärte Missy.

»Den Ungläubigen?«

»Solchen wie dir«, erklang es im Chor.

Der Plymouth stand glücklicherweise noch da. Das Blech war glühend heiß. Mutter schnitt Gurken in dünne Scheiben, bestreute sie mit Salz und rieb sie aneinander, bis sie schäumten. Sie sollten sich damit die Gesichter anfeuchten. Niemand begriff, wie es funktionierte. Die Zivilisation war untergangen, die Katastrophe war passiert – aber Gurken waren immer kühl.

Das übrige Land war nur im Weg. Vater hielt nicht an, bis sie vor einem unscheinbaren Gebäude in Ankara ankamen, in dem sie übernachten sollten. Es war ein sogenanntes »safe house« – die eigentlichen Bewohner zogen solange aus –, aber wieso schliefen sie nicht in der Botschaft?

»Jeder, der in die Nähe der Botschaft kommt, wird gefilmt«, erklärte Tim und meinte es ernst. Aber was sollte das für ein Film sein?

Auf dem Türschild stand ein türkischer Name, Vater drehte den Schlüssel um. Wie ein Einbrecher. Es roch nach Essen – Kohl und Zimt –, die Gardinen waren vorgezogen. Der Samowar in der Ecke war noch warm. Noch vor kurzem war eine Familie zu Hause gewesen, hatte am Tisch gesessen, gegessen und Tee getrunken.

Es war eigenartig, von einer unsichtbaren Familie umgeben zu sein, deren Wohnung man jetzt übernahm. M. mochte sich nicht in einen Sessel setzen, weil die Vertiefung des Kopfteils zu gut passte, wenn er sich zurücklehnte.

Er schaute nach seiner Mutter, die in die Küche gegangen war. Sie hatte sich eine Schürze umgebunden und drehte sich zu ihm um. Er war erleichtert, dass sie es war.

Missy hatte sich sofort entschieden, in welchem Zimmer sie schlafen wollte. Es war voller Bauklötze, Puppen und Bilderbücher. Sie mussten Kinder haben. M. fragte sich, wer sie wohl waren und ob es in der Familie einen Jungen wie ihn gab? In der Nacht ließen sie das Licht brennen.

Regen strömte herab. An den Straßen standen endlose graue Betonblöcke. Soldaten hielten Wache. Sie waren kurzgeschoren und trugen grobe, wollene Uniformen, schwarze Feldstiefel und Pistolen im Gürtel. Wenn er sie mit Vater und dessen Anzug mit der Uhr in der Weste verglich, wusste er nicht, wie Vater es gegen sie aufnehmen wollte.

»Wer will mit zu Atatürks Mausoleum?«

Jemand war in der Wohnung gewesen und hatte für frische

Verpflegung, Zahnpasta, Feigenkuchen und Wodka gesorgt. Sie konnten nicht schnell genug aufbrechen. M. folgte den Dörfern und Feldern, die an der Autoscheibe vorbeiflogen.

Sie hielten an einem Stand mit Wassermelonen. Die Sonne brach hervor. Wenn er die Kerne schluckte, sagte Missy, würden ihm Melonen aus den Ohren wachsen.

Die Ebenen wurden zu Bergen. Die Hütehunde der Schafe hatten Stachelhalsbänder und liefen dem Wagen durch die weiße Herde hinterher. Außer Lastwagen und einem einzelnen Bus, der sich in den Haarnadelkurven zur Seite neigte, gab es nicht sonderlich viel Verkehr. »Serpentinen«, sagte Vicky. Tim stöhnte und beschwerte sich. Ihm ging es schlecht, vielleicht hoffte er aber auch nur, dass er den Ruinen des klassischen Altertums entkommen war, wenn sie das Schwarze Meer erreichten.

»Genau hier in der Gegend stand Xenophon mit den Resten seines Heeres nach seiner Rückkehr aus Persien und sah endlich das Meer. Alle riefen: ›Thalassa, Thalassa!‹«

»Und?«

»Das bedeutet: das Meer, das Meer!«

»Wieso haben sie das gesagt – das ist doch einleuchtend, wenn sie am Wasser stehen, oder?«

»Sie waren Griechen und wussten, dass sie nach Hause kommen würden, wenn sie einmal auf dem Meer waren. Jedes Meer brachte sie nach Hause.«

»Aber sie waren tausend Seemeilen von Griechenland entfernt!«

»Das sind wir auch«, bemerkte Vicky.

Sie machten eine kurze Pause in Samsun. M. erkannte sofort den Duft. Es waren die Zigaretten, die er hinter dem Hilton geraucht hatte: Samsun. Die Packung war gelb, und er konnte sie sich leisten, weil es sie stückweise zu kaufen gab. Er zwinkerte mit den Augen und inhalierte, neunundzwanzig Grad, trockenes, klares Wetter. Die Sonne glühte.

Ihr Vater fuhr die Küste auf und ab und suchte in seinem Notizbuch nach Sehenswürdigkeiten, Kloster, Grabhügel, Burganlagen – überall gab es irgendetwas Wichtiges.

Manchmal war sie mit Stacheldraht eingezäunt. Es gab Wachtürme und Schilder, auf denen »No Entry« stand. Vater meldete sich bei den Wachtposten und verschwand, sie warteten draußen und sprachen leiser beim Anblick der hohen Antennen, die den Feind belauschten.

Am Schwarzen Meer verengten sich die Wälder zu einem grünen Tunnel. Trabzon entdeckten sie erst, als sie bereits mitten in der Stadt waren. Vater stieg als Erster aus, um das Einchecken im Hotel zu übernehmen.

Der Wagen hatte jetzt türkische Nummernschilder. Doch damit konnte man niemanden täuschen: ein Auto – noch dazu mit Amerikanern! Je länger es dauerte, desto mehr Menschen versammelten sich. Die Männer hatten Gebetsketten, die älteren Jungen standen auf den Zehen. Die Kinder wurden nach vorn geschoben und drückten sich an den Scheiben die Nasen platt. Sobald Vater sich mit dem Portier zeigte, zerstreuten sie sich in alle Winde.

»Trinkt kein Wasser! Auch nicht im Restaurant, sie füllen die Flaschen am Hahn.« Mutter überprüfte die Speisekarte, sie wollte kein Risiko eingehen, dass jemand krank wurde: einfache Zutaten und gebraten. Reis war okay, er war gekocht; Brot war okay, es war gebacken. Joghurt war besser als Milch, Salat der sichere Tod. Vater sagte, man sollte als Kind Erde essen, dann würde man als Erwachsener nicht krank, und winkte dem Kellner.

Am Kai schaukelten Fischerboote. Es gab eine Promenade

und einen Bazar, aber es war unangenehm, sich auf der Straße zu zeigen. Die Leute waren neugierig, aber da war noch etwas anderes, Stärkeres, er konnte es beinahe schmecken. Sie wurden gehasst.

»Liegt es daran, dass wir Ungläubige sind?«

Die Wellen schlugen an die Mole. Sie kamen aus der Sowjetunion, die am Horizont lauerte. M. hielt Ausschau nach U-Booten und Periskopen. Die Möwen setzten sich darauf. Es waren Stellnetzpfähle.

Ihre Sachen wurden feucht und steif vom Salz. Mutter hatte genug gesehen und wollte zurück zum Hotel. Sie hatte sich erkältet. Er fragte, ob es am Kalten Krieg lag, und Mutter putzte sich die Nase und antwortete, sie hätten gefroren, als sie klein war. So sei der Kommunismus: frieren, hungern und Stromausfall.

Mutter war stets bereit aufzubrechen, ohne zu packen, sie schob den Koffer unters Bett. Er holte ihr einen Tee. Sie wärmten die Hände am Glas und teilten die Stille. Beinahe konnte man sie in den Tee stippen und abbeißen.

Am Abend stellte Vater das Radio ins Zimmer, ein Zenith Royal 7000. Es hatte die Größe eines Koffers und war schwer. M. durfte es tragen.

Sie versuchten, BBC einzustellen, und flüsterten »psst«, wenn sie die Glocken und die Erkennungsmelodie hörten: »This is London – bee bee beep.« Sein Vater kontrollierte die Uhr und zog die Zeitverschiebung ab. Dann verfolgten sie die trockenen Tatsachen des World Service.

Es knisterte und knackte wie eine Schellackplatte. Manchmal drang das Signal nicht durch und sie erwischten russische Sender. Vater hielt das Ohr ans Radio und schrieb lange Zahlenreihen in sein Notizbuch: »406, 422, 438, 448, 462«. Es hätten die Lottozahlen sein können.

M. erinnerte sich nicht, dass sie je etwas anderes als die Nachrichten hörten, keine Unterhaltungssendung und keine Musik. Sie mussten mit den Batterien sparsam umgehen und schalteten sämtliche Unterhaltungsprogramme aus London, Paris und Rom aus: »Cities unreal«.

Vater kehrte spät zurück und schlich ins Zimmer. Er ging im Dunkeln zu Bett, als hätte er die Wohnung nie verlassen. Sie lagen bereits im Bett – Vicky hatte von einigen amerikanischen Soldaten erzählt, die sich mit Einheimischen im Bazar geprügelt hätten. In der Nähe gab es einen Luftwaffenstützpunkt. Missy behauptete, die Atomraketen würden direkt auf sie zeigen und losgehen, wenn er auch nur einmal hustete.

»Gute Nacht … Bucky.«

Auf dem Parkplatz hinter dem Hotel schmissen Jungen mit Steinen und trafen die Kühlerhaube. »Klong!« Schon bald aber waren sie außer Reichweite und fuhren die Küstenstraße entlang. In seiner Vorstellung wurde er zu einem Soldaten in Rüstung, der sich zusammen mit Xenophon ins Meer warf: »Thalassa! Thalassa!« Jedes Meer führte nach Hause.

Sie kämpften sich über schmale und enge Kurven die steilen Berge hinauf. Vor ihnen krochen Lastwagen mit einer Plakette auf der Heckklappe: »TIR«. Transport Internationaux Routiers. Es war eines der längsten Worte und umspannte die ganze Welt.

Vielleicht wurde ihr Umzugsgut gerade darin transportiert, und der Keramikaffe polterte in seiner Kiste. Wollte man an den Lastwagen vorbei, musste man nach links ziehen und mit durchgedrücktem Gaspedal zu Gott beten. Seine Mutter rief: »Vorsichtig, vorsichtig!« – »astarozna!« –, aber am Steuer saß Vater.

»Alexander marschierte gegen das gesamte persische Imperium in den Krieg. Diese Straße hat er genommen.« Sie überholten einen Lastwagen.

»Genau diese hier!«

Die Reifen schlidderten über den Schotter, er fing den Wagen ab – und folgte weiter der Fußspur Alexanders des Großen.

Vater hielt sich an Freya Stark. Ihr Buch lag im Handschuhfach: *Alexander's Path: From Caria to Cilicia.* Sie war eine echte Entdeckungsreisende, sagte er. Fragte man ihn, wo sie waren, schlug er eine Seite des Buches auf und antwortete: »Hier!«

Anatolien war bedeckt von goldenen Feldern. Frauen in langen Kleidern droschen Korn. Sie hatten Kopftücher vor dem Gesicht, der Staub flimmerte im Sonnenlicht – keine bemerkte das Auto, das an ihnen vorbeiglitt. Es war das Jahr 1550 und es blieb so.

Schließlich gab es nur noch Steppe und nackte Felsen. Rostige Telefonmasten. Sie tankten an einem Busterminal. Der Verkehr nahm zu und wurde zäher. Wie ein Donnerwetter polterten die Fahrzeuge über den löchrigen Asphalt. Sie wären bald da, sagte Vater und klopfte an die Frontscheibe:

»Der Berg Ararat! Hier ist Noahs Arche gestrandet!«

Vor einem schneebedeckten Vulkan erstreckte sich die Wüste. M. wusste es im Grunde, doch erst jetzt wurde ihm klar, wo sie eigentlich hinwollten. Es war ein Königreich aus der Bibel und ebenso unwirklich. Vater hatte sie aus ihrem Haus, dem Garten und dem Geruch von frischgemähtem Gras in der Surrey Street herausgerissen – und sie den ganzen Weg bis in den Iran gefahren.

Die Fahne in Grün, Weiß und Rot wehte über einigen flachen Gebäuden. Sie waren mit Soldaten bemannt. Nach einer halben Stunde sagte seine Mutter: »Bleibt im Wagen« – und ging in die Grenzstation, um nachzusehen, wo Vater blieb. Sie rührten sich nicht vom Fleck. Es kam ihnen wie eine Ewigkeit vor, bis sie zurückkam.

»Was ist los?«

»Sie wollen uns nicht reinlassen.«

»Warum nicht?«

»Das versuchen wir gerade herauszufinden.«

»Wo ist Vater?«

Es blieb ihnen nichts anderes übrig, als umzudrehen und zu dem Hotel zurückzufahren, an dem sie kurz vor der Grenze vorbeigekommen waren. Mutter saß am Steuer. Es sah falsch aus.

M. sank zurück in den Sitz und spürte plötzlich, wie sehr ihm sein Vater fehlte, wenn er nicht da war. Seine Weste und seine Taschenuhr, die endlosen Vorträge über die Antike – dann war alles in Ordnung, vertraut und wohlbekannt, als sei es bereits geschehen.

»The dogs? Yes, very strong for wolves!«

Er hatte den Mann an der Rezeption in Trabzon gefragt, warum die Hunde ein Stachelhalsband trugen. Wenn sein Vater nicht da war, stand niemand mehr zwischen ihm und den Wölfen. Er war eine leichte Beute.

Das Hotel hatte sechs Zimmer mit Kachelböden. Sie durften sie sich selbst aussuchen. Der dicke Besitzer schwitzte über einem Getränk, ansonsten war das Restaurant leer. Ein Vogelnest von Leitungen unter der Decke zapfte einen Straßenlaternenmast vor der Tür an.

Es war trocken, schmutzig und stank. Mutter beschaffte sich einen Basilikumzweig und steckte ihn hinters Ohr – das hatte sie von ihrer Großmutter gelernt: Man rieb den Zweig zwischen den Fingern und hielt ihn sich unter die Nase. Das war ihr Schutz, der einzige, den sie hatten. Der Duft einer Kräuterpflanze.

Sie kochten alles, wuschen alles und warteten. Die Zwillinge schmollten. Tim blieb im Bett. Ihm war übel, er hatte Bauchschmerzen. Das Penizillin wirkte nicht, und Mutter erklärte ununterbrochen, Vater käme gleich.

»Wann?«

»Farda.«

Das war Persisch und bedeutete »morgen«.

Es war immer »morgen«, und nichts geschah. Es gab nichts anderes als die Wüste. M. glaubte, er hätte eine Erscheinung, als zwei Citroën 2 CV in die Türkei einfuhren – und dann drei, vier und immer mehr! Die Fahrer erzählten, sie seien auf einer Rallye von Paris nach Kabul und zurück. Nach dreihundert Autos hörte er auf zu zählen.

Die Wagen hatten kleine Räder und sahen aus wie Wellblechschnecken. Sie waren bunt und voller Franzosen und jungen Frauen. Er war überrascht, dass nur so wenige die Gelegenheit nutzten, am Hotel zu halten.

»Der Reis! Warte nur, bis du den Reis probiert hast!«

Sie hatten bereits auf der Hinfahrt im Hotel übernachtet und wussten, dass auf der anderen Seite alles besser war:

»Allez! Bonne chance!«

Mit flatternden Halstüchern schwirrten die Hippies in ihren geblümten Hemdchen vorbei wie ein Schmetterlingsschwarm. Tim war aufgestanden, schaute aus dem Fenster und grüßte mit einem Handzeichen: V für »Victory« und »Peace«. Eigentlich fuhren sie um die Wette, aber sie waren so langsam, dass sie sich niemals überholten.

»Sollen wir sofort packen? Oder bis morgen warten?«

Mit der Aktentasche in der Hand stand Vater vor ihnen. Die Dinge waren geregelt, und seine Uhr verkündete, wie spät es war, »ding!« Die Zeit setzte sich wieder in Bewegung, und eine Stunde später glitt das Tor auf, und die Grenzposten inspizierten nicht einmal das Gepäck.

Es sah nicht anders aus – Felsen, Wüste, Einöde –, aber die Straßen fühlten sich sanfter und schneller an und führten sie direkt zum amerikanischen Konsulat in Tabriz.

Tims Gesichtsfarbe war gelblich, es bestand der Verdacht auf Hepatitis. »Man muss als Kind Erde essen.« Mutter schnaubte. Sie ließen ihn auf der Krankenstation, sagten »bis bald« und »gute Besserung« und trafen sich mit dem Konsul im Park.

Er war freundlich und deutlich jünger als Vater. Sie wurden in einem Nebengebäude für Beamte in »TDY« einquartiert. M. hatte es schon viel zu oft gehört: »Temporary Duty«. Alles war bloß vorübergehend.

Sie machten sich frisch, gingen in die Stadt und genossen es, in Ruhe spazieren gehen zu können. Über ihnen hingen elektrische Glühbirnen wie Perlen an einer Schnur. Er winkte seinem Schatten zu. Der winkte zurück.

Die Frauen waren verschleiert, die Männer trugen Vollbart. Sie fanden ein Restaurant und setzten sich. Es lag in einem Pavillon, es gab weiße Tischdecken. Die Teller waren aus Porzellan, der Reis dampfte in der Schüssel.

»Heißt es Iran oder Persien?«, wollte Vicky wissen.

»Beides.«

Vater zerschlug ein Ei und vermischte es mit seinem Reis. »Und das hier«, er streute Pulver darüber wie Zauberstaub, »ist Sumak, sehr raffiniert, sehr persisch.« Gegrilltes Lamm, frisches Brot und Käse, Obst, Salat, Tomaten – sie aßen, bis sie nicht mehr konnten, bis ihnen übel wurde. Aber ein »nein, danke« gab es nicht. Der Wirt tischte ein Gericht nach dem anderen auf.

Zum Nachtisch gabe es Eis – ein Sorbet –, dazu tranken sie

Granatapfelsaft. M. döste vor sich hin und betrachtete sie aus der Entfernung: Mutter und Vater, Vicky und Missy. Sie hatten rote Münder, vielleicht war ihr Lippenstift verschmiert, und lächelten über das ganze Gesicht.

Langsam stieg es von irgendwo tief unten in ihm auf, vor Angst lief es ihm kalt den Rücken hinunter. Es war fürchterlich. Er bekam keine Luft mehr. Sie sollten alle zusammen sterben, und den Schafen würde im Frühjahr die Kehle durchgeschnitten.

*

Gut möglich, dass ich nach Wien wollte, aber ich schaffte es nur bis zur Toldbod Bodega. Sie lag an der Esplanade. Ivar stand an der Tür und sah, wie ich beim Kaufmann Wein und Tabak holte, vermutlich dachte er sich: Das ist ein Alkoholiker.

Er war mit Helle verheiratet, die die Kneipe von ihrem Vater übernommen hatte. Es war eine alte Schnapsbrennerei, und am Ende der Wendeltreppe in den ersten Stock hatte der Kapellmeister und Komponist Lumbye gewohnt. Er hatte »Amélie Vals« komponiert und es wieder vergessen, weil er zu betrunken war, allerdings hatte sein Schwiegersohn das Stück aufgeschrieben.

Das Goldene Zeitalter war bewahrt und in Spiritus eingelegt. Es wurde ein Glas mit goldenem Schnaps eingeschenkt – Høeberg Aquavit –, und ich kam regelmäßig vorbei, um Wiener Schnitzel zu essen und Bier zu trinken.

Ich brauchte nicht erst zu bestellen, sondern bekam es sofort von Benny, dem Kellner, serviert. Er blieb so jung wie sein Lächeln.

Wenn Kopenhagen verschlossen war, konnte ich zumindest versuchen, durch den Hintereingang hineinzugelangen.

Er führte durch das älteste Wirtshaus der Stadt. Das Haus war 1801 nach dem Bombardement der Engländer stehengeblieben, und an den Wänden hingen mehrere Generationen der königlichen Familie hinter Glas.

Um sechs Uhr morgens schaltete Mary den Herd ein und setzte den Schweinebraten an. Nach der Vorstellung traf sich hier der Chor der Oper und sang bis zur Polizeistunde.

Die Stammgäste saßen rechts vom Eingang am »Tisch der Dorftrottel«, Tisch Nr. 4. Das Reserviert-Schild stand auf der weißen Tischdecke. Wenn ich je dort sitzen dürfte, wäre ich ein richtiger, echter Däne und würde im Hinterzimmer Billard spielen.

Ich wurde Existenzialist, wenn sich der Dezember näherte und die Julefrokost alles sinnlos werden ließ. Die Bodega wurde mit Tannenzweigen und roten Herzen geschmückt. Überall gab es Freunde und Familien, Kollegen, die gemeinsam feierten, skål!

»Skål!«, antwortete ich dem Weihnachtsstern auf dem Tisch und bestellte noch ein Bier. Ich hatte das Gefühl, als müsse ich ständig eine Klasse wiederholen – »sitzengeblieben« hieß das auf Deutsch – und käme nicht aus der Ecke heraus, in die man mich gestellt hatte.

Dort starrte ich die Wand an, an der eine vergilbte Fotografie von Frederik IX. hing und die Welt aufhörte. Ich studierte das Schwarze unter meinen Fingernägeln und begann zu spekulieren, was hinter meinem Rücken vorging.

Die Nachwirkungen der Jugendrevolte verebbten in heruntergekommenen Enklaven, in denen Frauen Pfeife rauchten und die Männer ihre Studiendarlehen nicht zurückzahlen konnten. Niemand fragte nach ihnen, und es gab auch keine Besucher mehr beim Festival der kommunistischen Zeitung *Land og Folk*. Bald gab es überhaupt keine Festivals mehr.

Mir kam es beinahe wie ein Racheakt der Geschichte vor. All das, wofür die Hippies gestanden hatten, war veraltet und direkt peinlich. Wehe dem, der ProgRock hörte. Ich legte *Nursery Cryme* für ein Mädchen auf, die aus einer Diskothek mit mir nach Hause gekommen war. Sie wollte nicht bis zum nächsten Morgen auf den ersten Bus warten.

Sogar Genesis mit Phil Collins an der Spitze benutzte Computertrommeln. Alles musste Hightech sein, und die Musik im Radio starb zu den Heultönen von Stock Aitken Waterman: »Never Gonna Give You Up!«

Anzeichen von Gefühlen oder Interesse an Dingen, die über Cocktails und Börsenkurse hinausreichten, wurden mit Hohngelächter quittiert. Man durfte keine Skrupel haben, um voranzukommen, man brauchte auch keine Bücher mehr, von Bret Easton Ellis' *Unter Null* abgesehen, sondern lediglich eine abgeschmackte, kaufkräftige Persönlichkeit in Form einer Kreditkarte.

Alles wurde glatt und eiskalt. Die Menschen schlidderten über die Oberfläche und verehrten die glitzernde Warenwelt mit Porsche-Brillen und Cabriolets, die vor dem Café Victor parkten.

Es war die *Invasion der Körperfresser* – es gab nur noch ein Exemplar von Mensch –, und das in unzähligen Kopien. Die Diskothek Iziz lag in einem gelben Betonkeller, in dem man sich gegenüberstand und nach einer weiteren Nummer von Kylie Minogue auf der Stelle trat. Die Frauen trugen Pudelfrisuren und wedelten in verwaschenen, hochtaillierten Jeans und pastellfarbenen Blusen mit dem Schwanz. Sie schminkten sich so kräftig, dass man ihnen seine Telefonnummer auf die Wange schreiben konnte. Die Männer waren plötzlich braungebrannt, mit Föhnfrisuren und trugen Segelschuhe.

Sie überprüften im Spiegel, ob es sie noch gab, gingen ins

Café Hering oder hingen in Peder Oxes Weinkeller am Gråbrødretorv herum, sogar in Nyhavn tauchten diese neuen, smarten Bars auf. Nachts zogen sie ins On the Rox und schnüffelten Kokain, so hieß es jedenfalls – ich ging nicht hin und wäre auch nicht hineingekommen.

Die versnobten Juppies aus Hellerup hatten Kopenhagen übernommen. Sie waren Mitglieder der Konservativen Jugend und studierten Jura und Wirtschaftswissenschaft. Der Kapitalismus war dein Freund, und jeder war seines eigenen Glückes Schmied.

Es war »survival of the fittest«. Sie liefen um ihr Leben, um auf dem Markt Erfolg zu haben, und trainierten im Fitnesscenter mit Schweißband und neonfarbenen Leggins. Jane Fonda instruierte sie per Video.

Die Gesellschaft war nicht krank, im Gegenteil: Man konnte gar nicht gesund, schlank und reich genug sein. Fotomodell oder Finanzspekulant zu werden war das absolut Erstrebenswerteste. Außer Geld und Markenwaren gab es nichts, worüber sich nachzudenken lohnte.

Schon bald kehrte Claus Carstensen nach Kopenhagen zurück und wurde Professor an der Kunstakademie – und einer meiner Kommilitonen wurde auf einen Direktorenposten im Gyldendal Verlag berufen.

Menschen mit Abschlussexamen und Arbeitsplatz waren Nägel zu meinem Sarg. Der Sargschmuck hatte eine Schleife, auf der »Verlierer« stand, und ich stürzte mich auf die letzte Chance, mein Schicksal umzudrehen: ein Hauptseminar am Institut. Und worüber? Wien um die Jahrhundertwende!

Es war ein Geschenk des Himmels, ich durfte ein Referat halten. Ich sollte über den Stoff dozieren, aus dem meine Träume waren. Das konnte unmöglich schiefgehen.

Ich hatte das Gefühl, mich selbst zu examinieren, als ich

aufstand und vor Professoren, Dozenten und Studenten im Hörsaal die Kreide in die Hand nahm. Ich schrieb »1857«. Dann wurde es in mir schwarz, so schwarz wie die Tafel.

Da war nichts mehr, ich wußte kaum noch, wer oder wo ich war. Ich wischte die Jahreszahl aus – »Entschuldigung, ich beginne noch einmal von vorn« – und schrieb blind dasselbe noch einmal: »1857.«

»Schau in deine Notizen«, flüsterte mein Professor. Aber ich konnte mich nicht einmal an meinen eigenen Namen erinnern und blätterte fieberhaft in den Papieren auf dem Tisch. Es waren Hunderte von Seiten. Dichtbeschriebene Schreibmaschinenseiten – »Dansk Bygnings Assurance« – und Eintrittskarten: Staatsoper, Kriminalmuseum. Servietten vom Café Schwarzenberg mit einer unleserlichen Handschrift. Dort stand alles und nichts.

Ich fing an, etwas von der spanischen Linie der Habsburger im Mittelalter vorzulesen und fuhr damit fünfundvierzig Minuten lang fort. Die Zuhörer fingen an zu husten, mit den Füßen zu scharren und ungläubig den Kopf zu schütteln. Langsam lichteten sich die Reihen, Stühle schrammten über den Boden, Türen öffneten sich, und der Professor drehte sich in dem leeren Auditorium zu mir um: »Sag mal, bist du auf Drogen?«

Ich packte meine Papiere zusammen, und der Schuss hallte in Sarajewo wider. Meine Welt versank zusammen mit dem Habsburgerreich nach dem Ersten Weltkrieg, genau wie in Stefan Zweigs *Die Welt von gestern*.

Sie hätten etwas über die Entwicklung ab 1857 hören sollen, als *Der Nachsommer* von Adalbert Stifter erschien – und wie er den Garten als Symbol für das Bildungsideal des liberalen Bürgertums geschaffen hatte. Um die Jahrhundertwende war der kultivierte Staatsbürger in *Der Garten der Erkenntnis* von Leopold von Andrian zum isolierten Schöngeist geworden.

Ich hatte sogar herausgefunden, dass der dünne Roman nicht nur die Kunst um ihrer selbst willen huldigte, also nicht nur l'art pour l'art im Jugendstil war. Nein, er war wie ein Palindrom aufgebaut! Anfang und Ende liefen in wortwörtlicher Umkehrung aufeinander zu und trafen sich in der Mitte wie in einem Spiegel, aus dem das Gesicht der Hauptperson schaute. Das war nicht »impressionistisch«, sondern »konstruktivistisch« – Leopold von Andrian war Mathematiker –, und ich konnte die Literaturgeschichte ein klein wenig korrigieren!

Aber wen hatte ich, wem konnte ich mich anvertrauen, mit wem sollte ich sprechen? Wenn ich dies irgendjemandem am Institut verriet, würden sie mir meine Entdeckung ganz bestimmt wegnehmen und unter eigenem Namen publizieren.

Nach vielen Überlegungen nahm ich Kontakt zu Peter Kemp auf, dem Professor für Philosophie an der Universität von Kopenhagen. Er nahm den Telefonhörer ab und klang überrascht, reagierte aber freundlich. Leider wäre er sehr beschäftigt. Ob ich im April noch einmal anrufen könnte?

So lange konnte ich nicht warten. Es war Januar, und ich musste schon bald mein Referat halten. Ich war so aufgeregt, dass ich überzeugt war, noch vor dem großen Tag zu sterben.

Zur Sicherheit legte ich meine Notizen in einem Kreuz auf dem Fußboden des Esszimmers aus. Es war so wichtig für die Nachwelt, dass sie gefunden wurden! Ich rief meine Eltern an. »Knüdchen«, sagte Mutter und versprach, dafür zu sorgen, dass ich nicht verschlief.

Ich ging früh zu Bett und wachte von allein auf. Es war dunkel – ich schaute auf die Uhr und packte meine Sachen –, ich hatte noch viel Zeit. Bevor ich mit dem Bus zur Universität fuhr, wollte ich meiner Mutter sagen, dass sie mich doch nicht zu wecken brauchte.

Vater ging ans Telefon. »Romer Jørgensen«. Was ich meinte? Wir hätten doch erst vor einer guten Stunde miteinander gesprochen. Dann begriff ich – es war noch immer abends und nicht morgens. In der Dunkelheit des Winters hatte ich mein Zeitgefühl verloren.

Ich ging zurück ins Bett und schlief natürlich nicht wieder ein. Am nächsten Tag fiel die Klappe, und meine Karriere als Akademiker war beendet. Und die Geschichte war so grausam, dass ich kein Wort über die Lippen brachte.

Um die Jahrhundertwende hatten die kulturelle Elite und das Bürgertum sich in die Villen und Gärten der Vorstädte zurückgezogen. Sie überließen Wien den reaktionärsten politischen Kräften, den Nazis.

Die furchtbare Wahrheit war, dass der Antisemitismus aufblühte. Bürgermeister Dr. Karl Lueger stand an der Spitze der populistischen Christlichsozialen Partei, die dadurch an die Macht kam, dass sie die verschiedenen Bevölkerungsgruppen und Nationalitäten in einem gemeinsamen Judenhass einte.

»Wer a Jud is, bestimm i!«, erklärte er und führte ein Berufsverbot ein, das bis zu seinem Tod 1910 galt. Es traf sogar Gustav Mahler: »Ging heut' Morgen über's Feld.« Er und Anna versteckten sich in einer Toreinfahrt, wenn sie das Getrampel von Stiefeln hörten.

Der Bürgermeister war ein Vorbild für Adolf Hitler, der nie an der Wiener Kunstakademie aufgenommen wurde. Nach dem »Anschluss« 1938 rächte er sich dafür an allem, was im Kulturleben gut und schön war. Denn sie waren fast alle Juden:

Mahler, Schönberg, Webern, Hofmannsthal, Schnitzler und Alfred Polgar, Franz Werfel, Hermann Broch, Karl Kraus,

Elias Canetti, Joseph Roth und Sigmund Freud, Viktor Frankl, Alfred Adler, Martin Buber, Karl Popper und Hitlers Klassenkamerad in Linz, Ludwig Wittgenstein. Sogar Theodor Herzl, der Begründer des Zionismus, lebte in Wien. Die Liste ließe sich fortsetzen.

Wenn ich am Westbahnhof aus dem Zug stieg, dachte ich an die armen Juden, die aus Osteuropa auf dem legendären Nordbahnhof angekommen waren: »Es gibt kein schwereres Los als das eines fremden Ostjuden in Wien«, hatte Joseph Roth geschrieben. Es gab zweihunderttausend Juden in Wien. Viele von ihnen ließen sich in der Leopoldstadt nieder, die »Mazzeinsel« genannt wurde, nach dem ungesäuerten Brot zum Passahfest. Die Nazis machten es zu einem Ghetto – und als der Krieg vorbei war, gab es noch fünfhundert Juden. Der Rest war geflohen oder in den Konzentrationslagern ermordet worden.

Ich konnte nirgendwo hingehen, ohne die brennenden Synagogen in der »Kristallnacht« zu sehen. Die Juden krochen auf den Straßen herum und mussten sie mit Zahnbürsten säubern. Das Hotel Metropol am Morzinplatz war das Hauptquartier der Gestapo. Die verhafteten Juden saßen nachts im vierten Stock mit dem Rücken zum Raum auf der Fensterbank und konnten wählen, selber zu springen oder irgendwann hinuntergestoßen zu werden.

»Niemals vergessen«, steht auf dem Denkmal im Park. Aber sie hatten nichts anderes getan, als zu vergessen. Mir wurde übel, wenn ich auf dem Dr.-Karl-Lueger-Ring spazieren ging, der nach Wiens antisemitischem Bürgermeister benannt war.

Ich blieb vor dem Palais an der Ringstraße stehen, das von der jüdischen Familie Ephrussi errichtet worden war. Der vornehmste Ausdruck europäischer Bildungskultur wurde 1938 von nazistischen Banden besetzt und verwüstet. Sie beschlagnahmten alles – Gemälde, Bücher, Porzellan – und verfrachteten es nach Berlin, wenn es dem Geschmack des Führers entsprach. Bekam es die Familie nach dem Krieg zurück? Nein. Erhielt sie irgendeine Entschädigung? Nein. Das Schild am Gebäude hätte ich am liebsten heruntergerissen: Casino Austria.

Die Wiener Philharmoniker waren lange vor dem Krieg Nazis. Die Hälfte der Musiker war in die Partei eingetreten – Mahler hatte bereits 1908 vor Antisemiten flüchten müssen. Sie waren überall und lösten in mir ein Entsetzen aus, das mich ans Ziel des braunen Reiseführers in Wien führte: die »Hitlervilla« in der Meldemannstraße 25.

Es war ein Wohnheim für obdachlose Männer, in dem Hitler von 1909 bis 1911 gewohnt hatte, als er versuchte, in der modernen Großstadt zu reüssieren – und gescheitert war: »In dieser Zeit bildete sich in mir ein Weltbild und eine Weltanschauung, die zum granitenen Fundament meines derzeitigen Handelns wurde«, erklärte er in *Mein Kampf*. Touristen klopften an die Tür und fragten, wo denn das Museum sei. Sie hielten vergeblich nach einer Erinnerungstafel Ausschau.

Am 12. März 1938 emigrierte die Familie Hofmannsthal nach England. Die regimetreue Heimatdichterin Maria Grengg zog in Hofmannsthals Fuchsschlössl und setzte sich auf den Stuhl, auf dem er das schönste Deutsch geschrieben hatte.

Ich reiste zurück und hatte Wien verloren. Sie hatten es mir genommen, die Kuchen mit Schlagobers und die Poesie, die Musik und Silvester, »An der schönen blauen Donau«. Ich trank zusammen mit Joseph Roth – er zog mit der Flasche von einem Hotel ins nächste, *Die Legende vom heiligen Trinker*. Vom süßen Leben war nichts geblieben als das Todesprinzip.

*

»This is London …«, aber das stimmte nicht. M. hörte Radio – niemand war zu Hause, kein Mensch. Der Fußweg war leer.

Er sah weder die Nachbarn noch sonst irgendjemanden im Viertel. Die Autos fuhren durch Tore und parkten hinter Mauern. Obwohl die Häuser groß waren, sah man sie wegen der Bäume nicht. Man hatte das Gefühl, in einem Wald zu sein.

Ein uniformierter Beamter schritt draußen auf und ab. Es sollte ihrer Sicherheit dienen, hatte aber die gegenteilige Wirkung. Warum war es überhaupt notwendig?

Wenn er Nachrichten hörte, hatte er Angst, darin vorzukommen. Man schrieb das Jahr 1970, und sie hatten das Ende des Wegs erreicht: Teheran.

Sie wohnten in einem wohlhabenden Vorort im Norden, wo die meisten Amerikaner lebten. Die Straße hieß Kuche Bahar, und das Eisentor hatte Stacheln und öffnete sich zu einem Garten mit Rosenbeeten und Obstbäumen. Auf dem Rasen plätscherte ein kleiner Springbrunnen – und es gab einen Swimmingpool!

Die Fassade und die Fußböden waren mit Marmor belegt. Wenn er seinen Namen sagte, klang es, als würde ihn jemand rufen. Das Arbeitszimmer seines Vaters, das große Wohnzimmer und die Küche befanden sich in dem Flügel, der der »Repräsentation« diente. Von der Haustür führte eine Treppe in die erste Etage zu ihrem Wohnzimmer und ihren privaten Zimmern.

M. hatte die Schlüssel bekommen, bevor sie überhaupt eingezogen waren, er hatte sich das Zimmer mit Balkon ausgesucht. Aber es war lediglich eine Frage der Zeit, bis Missy ihn hinauswerfen würde, um das Zimmer zu übernehmen.

Sie nutzten das Wohnzimmer, den People's Room, wenn

die ganze Familie zu Hause war. Das kam allerdings nur selten und eher zufällig vor. An den Wänden hingen Bilder, dort standen die Regale mit Vaters Büchern – und es gab einen Fernseher!

Seit Washington hatte er nicht mehr ferngesehen und suchte nach *Clutch Cargo* und *Secret Squirrel*, das Gesicht ganz dicht am Bildschirm. Agent 000 rettete die Welt mit seinem treuen Knappen Morocco Mole. Es war seine Lieblingsserie:

*Who's that?*
*Who's that?*
*Who's that?*
*Shh.. Secret Squirrel!*

Allerdings wurden keine Zeichentrickfilme und auch keine Western gezeigt, es gab nur einen einzigen Kanal, der Schwarzweiß-Bilder vom Frühjahr zeigte, Blumen, Blumen und noch mehr Blumen – und den Schah.

Er hielt Reden, empfing Staatsgäste und nahm Militärparaden in einer Uniform ab, die mit Orden und Medaillen übersät war. Wann auch immer man den Fernseher einschaltete, tauchten Blumen und der Schah auf.

»Auf welcher Seite steht er, gut oder böse?«

»Es ist einer von uns«, erwiderte Tim. »Er ist böse.«

Blaue Flammen leckten in der Dunkelheit, das Haus wurde mit Petroleumöfen geheizt. Sie wurden abgestellt, bevor sie zu Bett gingen. Im Winter hing der Geruch in den Kleidern.

Die Möbel waren wie gewohnt rundum verteilt: der Keramikaffe und die Amphore im Ständer, die Standuhr. Die Fotografien auf der Anrichte: Alfred und Dorothy, Mutters Geschwister und ihre Eltern, Tante Betty mit der ganzen Familie.

Missy schnitt Grimassen. Alles sollte so aussehen, als sei man zu Hause, aber man konnte nicht weiter weg sein.

Vater war zum Konsul ernannt worden und wochenlang verreist, Mutter arbeitete als Übersetzerin an der Botschaft. Ihre Eltern waren mit anderen und ernsthafteren Dingen beschäftigt, die Kinder waren im Großen und Ganzen sich selbst überlassen, und es gab keinen Grund, mehr als das Allernotwendigste zu wissen.

Sie wurden ermahnt, am Telefon nicht zu verraten, wie sie hießen oder was sie vorhatten »Sag nicht, wer du bist! Sag nicht, wo du wohnst! Astarozna!«

Es stand auf dem Tisch, ein schwarzes Siemens, schwer und altmodisch. Wenn er den Hörer abhob, hatte er das Gefühl, als befinde sich noch jemand im Zimmer. M. fragte sich oft, wer das wohl sein könnte und was er wollte? »Klopf, wenn du mich hörst!« Es kam keine Antwort. Er wäre lang hingeschlagen, wenn es dazu gekommen wäre.

Es war am besten, auf der sicheren Seite zu sein, »astarozna« – keine Namen, keine Adressen. Man konnte niemandem vertrauen, Mutter warnte sie ständig: »Redet nicht mit Fremden!«

»Mal ganz ehrlich«, sagte Vicky, »wer ist denn hier nicht fremd?«

Bei klarem Wetter konnte man die Berge sehen, die zum Rand des Himmels kletterten. Über die Hänge breitete sich die Stadt bis hinunter zum Flughafen im Süden aus – und hörte nie auf. Sie ging über in Vorstädte und Dörfer. Die Karawanen nahmen sie mit in die Wüste. Jeden Tag trat irgendjemand irgendwo aus der Tür und marschierte so lange, bis er Teheran erreichte.

Und mitten in der Stadt errichteten sie ein Monument. Es

war ein gigantischer Turm, Shahyad Aryamehr – »Zur Erinnerung an die Schahs«. Vater war daran vorbeigefahren, als sie in ihrem staubigen, verbeulten Plymouth unterwegs waren.

Schon bald würde die Gründung des persischen Reiches vor zweitausendfünfhundert Jahren gefeiert, erzählte er. Es war die Wiege der Zivilisation, wenn es irgendjemanden interessieren sollte: Der erste Würfel, die erste Fahne, die erste Rose – und zum ersten Mal brachte die Zahl dreizehn Unglück. Alles stammte von hier, auch Poker.

Vor ihnen entrollten sich die Boulevards mit Bäumen, Hotels und europäischen Geschäften. Altes wurde abgerissen und Neues aus Marmor und Beton gebaut. Hochhäuser schossen in die Luft, und der Direktor von Coca-Cola hatte eine Kopie von Versailles in einem kleineren Maßstab errichten lassen. Was von ihrer Geschichte übrig blieb, kam ins Museum.

»Sie schneiden den Mullahs die Bärte ab«, kicherte Missy.

Selbst die Autos waren viereckig, es handelte sich um die neuesten Modelle aus dem Westen. Niemand blinkte beim Abbiegen oder respektierte die abgefahrenen weißen Straßenmarkierungen. Die Beschilderung und die Ampeln waren lediglich zur Zierde da, der Verkehr ein Chaos aus orangefarbenen Taxis, Motorrädern und Fußgängern, die versuchten, sich lebend über die Straße zu retten. Es gab nur eine einzige Verkehrsregel – den kürzesten Weg zwischen zwei Punkten –, daher benutzen sie ebenso gern die entgegengesetzte Fahrbahn und fuhren mit durchgedrückter Hupe gegen die Einbahnstraße.

Trotzdem erhielt keiner einen Strafzettel. Gab es einen Unfall, sprangen die Fahrer heraus, schrien und gestikulierten mit Händen und Füßen. Zuschauer versuchten sie zurückzuhalten und ergriffen Partei in dem Streit, der sich fortsetzte, bis sie ihrem Zorn Luft verschafft hatten und auseinandergingen, als sei nichts geschehen.

In den tiefen Rinnsteinen floss der Abfall im Schmelzwasser, das aus den Bergen kam. Die Luft war braun vor Verunreinigung. Nicht so sehr im Norden, aber je weiter man sich in die tiefergelegenen Stadtteile im Süden hineinbewegte, desto schlimmer wurde es in der Hitze. Man erstickte beinahe und sprach mit heiserer Stimme. Wegen des Qualms und des Staubs konnten sich die Menschen manchmal tagelang nicht sehen.

Das südöstliche Teheran war alt und arm. Die Moscheen bröckelten, die Häuser waren baufällig. Die getrockneten Mauersteine bestanden aus Lehm. Es wimmelte von Menschen, Bettlern und Eseln. Kinder sprangen auf die Straße, um die Scheiben zu putzen, sobald der Verkehr ins Stocken geriet.

Die Straßen waren schmal und bildeten ein undurchdringliches Labyrinth. Es dauerte über eine Stunde, bis der Bus das Viertel durchquert hatte und an der Kuche Marizkhaneh drehen konnte.

Die Gasse war voller Autos, Busse und Limousinen mit Chauffeur – schwarze Jaguars, weiße Mercedes-Benz. Von allen Seiten strömten Schüler heran, und M. folgte seinen Geschwistern und quetschte sich durchs Schultor. Es war blau und schlug mit einem Knall zu.

Er hatte sich geweigert, weiterhin auf die französische Schule zu gehen, das Lycée Razi – nicht dorthin, nicht noch einmal! Außerdem war es die Schule des iranischen Kronprinzen, um Himmels willen, bloß das nicht. Die deutsche Schule kam nicht in Frage, die amerikanische wurde vom Militär betrieben, nur lag die internationale Schule am anderen Ende der Stadt am Jahle-Platz. Das ist ein kriminelles Viertel, behauptete Mutter, aber Vater meinte, so schlimm sei es nicht.

Herbert Schwarzkopf hätte seine Kinder seinerzeit auch dorthin geschickt. Das entschied die Angelegenheit. Sie wurden in der Community School angemeldet.

M. war gespannt, welche Reaktionen die Zwillinge hervorrufen würden. Sie waren eineiig und erregten normalerweise Aufsehen. Doch im Festsaal nahm niemand Notiz von ihnen. Sie wurden vom Rektor Douglas Hill willkommen geheißen, einem älteren Mann mit weißen Koteletten und Weste, der an seinem Pult eine Rede hielt.

Die Schüler stammten aus zweiunddreißig Nationen und hatten neun verschiedene Religionen! Der beste Beweis, dass man friedlich und aufgeschlossen miteinander leben konnte. Die Schule sei »eine kleine UN«, erklärte er, ihren Schülern gehörte die Zukunft!

Sie klatschten und johlten. M. sah sich nach Vicky, Missy und Tim um, die sich vom Großteil der übrigen Schüler nicht unterschieden: langhaarige Jungen und Mädchen in Schlaghosen und T-Shirts. Er konnte seine Lehrerin nicht finden, bis ihm jemand die Hand auf die Schulter legte.

Sie war jung und sagte »hi!«. Er ging bei Miss Roberts in die fünfte Klasse und begann mit einem Leben, das bis jetzt noch gar nicht richtig angefangen hatte.

In der Community School gab es keine Schläge auf die Knöchel. Miss Roberts hatte Lachgrübchen, die hüpfen und auf seinen Wangen landen konnten. Sie benutzte das Lineal zum Dirigieren und wackelte dabei mit dem Hintern. Zu Gitarre, Blockflöte und Bongotrommel grölten sie im Chor: »We all live in a yellow submarine!«

M. setzte sich in den Sitzkreis und gehörte dazu. Als müsse man einfach seinen Mantel ausziehen. Niemand war mehr Ausländer als andere. Sabine kam aus Deutschland, ihr Vater arbeitete in der Ölindustrie, und Filip war Serbe. Sie besaßen eine Champignonfabrik. Denzel war Kanadier aus Saskatchewan, seine Eltern waren auf Madagaskar stationiert gewesen. Er konnte Vogellaute und Affen imitieren. Robert und Ezra waren Juden, deren Familien aus Bagdad geflohen waren.

Ramin war Iraner und einige Jahre älter als sie; er wiederholte ständig eine Klasse, weil er nicht zum Militär wollte. Aryana stammte aus einer reichen Familie und besuchte die Schule, um später in den USA auf die Universität zu gehen. Nicole, Farid und Mark. Sie saßen alle im selben Boot.

Sie sprachen Englisch im Unterricht und lernten Französisch und Deutsch, die Iraner wurden zusätzlich in Persisch unterrichtet. Wenn es zum Schulschluss klingelte, quoll der Schulhof über vor Sprachen und Hautfarben. Sie spielten Basketball und tanzten mit den Philippinos »Tinikling« zwischen zwei langen Bambusstangen. Mr. Hill saß im Rektorengebäude und rauchte zufrieden seine Zigarre, dass es aus dem Schornstein qualmte.

In der großen Pause konnte man sich gegenüber im Laden von Agha Ali versorgen. Der Kaufmann stand an der Tür und schaute den Mädchen nach. Er hatte Laleh Chocolates, Minoo Adams und Orangenlimonade: Canada Dry. Er wog die Nüsse zu ihrem Vorteil ab. Wenn es Schokoküsse gab, waren sie sofort ausverkauft. Die meisten lebten von Sandwich mit Butter und Fetakäse, der in ein ausgehöhltes Baguette gesteckt wurde. Aber man musste sich beeilen und zurück sein, bevor das Tor geschlossen wurde.

Freitag und Sonntag hatten sie frei, um die verschiedenen Feiertage zu feiern. Muslime und Hindus, Juden, Katholiken – von einigen Religionen hatte er noch nie gehört: Zarathustrier? Bahais? Aber es war egal, und als Einziger wurde ein Sikh gehänselt, den alle »Ping-Pong« nannten. Er durfte sich nicht die Haare schneiden und rollte sie zu einem Ball zusammen, den er auf dem Kopf unter einem Taschentuch versteckte. Als er seinen Turban bekam, hörten sie auf, ihn zu ärgern.

Gott interessierte sich auffallend häufig für die Haare, die Essgewohnheiten – und Sex. Wenn es wirklich nur einen wahren Gott gab, mussten alle anderen falsch sein. Eigentlich war es schade. M. war es leid, ein Ungläubiger zu sein, und beschloss, Atheist zu werden.

Chemie unterrichtete eine Nonne. Sie begann den Unterricht mit dem Satz: »Der Heilige Geist ist kein Molekül.« M. hob die Hand und protestierte. Das war gegen die wissenschaftliche Methode! Sie kam von der christlichen Mission, die früher die Schule betrieben hatte.

Während des Zweiten Weltkriegs war das Gebäude als Krankenhaus für die amerikanischen Versorgungstruppen genutzt worden. Ihre Initialen hatten sie in die Fensterbänke geschnitzt. Hin und wieder fand er Notizen von verletzten Soldaten in den Büchern der Bibliothek: »Pleasant for me, today, is the sun glittering on these pages.« Das Sonnenlicht war am schönsten für die Sterbenden.

In einem der Klassenzimmer war die Königin geboren worden. »October 14th, 1938«. Es stand auf einer Messingplatte vor der Tür: »Farah Pahlavi«.

Nach der letzten Stunde konnte man wählen. M. hatte vorher nie eine Wahl gehabt und meldete sich zum Rugby. Das erinnerte allerding überhaupt nicht an die Spiele der Engländer, die er aus dem BBC kannte: »Bloody Yank, take that, bloody yob!« Hinterher hatte er gelbe und blaue Flecken und war übel zugerichtet – und kaum war der Bus um halb vier vor der Schule vorgefahren, um ihn zurück in seinen Teil der Welt zu bringen, freute er sich bereits auf den nächsten Tag.

Nachmittags kam man noch langsamer voran. Der Busfahrer nahm den Umweg Richtung Norden durch die Wüste – der Asphalt wurde zu Schotter. Er fürchtete das Schlimmste, »vertrau keinem Fremden!« Vielleicht fuhren sie ja bis in die Berge und wurden von Nomaden gekidnappt, und ihre Eltern vergaßen sie. Das Herz hüpfte und tanzte in ihm, bis eine Straßenlaterne im Sand auftauchte. Bald waren sie umgeben von Villenvierteln.

Sie erreichten Sa'adat Abad und fuhren am Park und zwei massiven grauen Gebäuden hinter einem Stacheldrahtzaun vorbei. Es war ein Gefängnis. Eine Traube schwarzgekleideter Frauen hatte sich davor versammelt, am nächsten Tag waren es noch mehr. Der Fahrer fuhr langsamer, drehte sich um und flüsterte: »SAVAK.« Was meinte er damit? Er grinste nur breit mit seinen Pferdezähnen.

M. war überrascht, seine Geschwister zu sehen, als er an der Kuche Bahar aus dem Bus stieg, er hatte sie nicht einen Moment vermisst. Als seien sie ferne Verwandte und gehörten zu einem anderen Leben.

Sie grüßten den Polizeibeamten, der nur diskret nickte, obwohl er in voller Uniform vor dem Haus patrouillierte. »Shh, Secret Squirrel.«

M. konnte dieses Wort nicht vergessen, aber es war etwas, worüber man nicht sprach, jedenfalls nicht bei Tisch: »SAVAK?« Tim hustete, die Zwillinge verdrehten die Augen, und Mutter ging ins Bett. Vater steckte sich die Serviette unters Kinn:

»Iss deinen Salat, das ist bloß grünes Wasser.«

Ihr Koch war ein netter Mann aus Punjab, der Yusef hieß. Er servierte fünfgängige Menüs und brillierte mit Ragouts und Soufflees. Vater bekam einen Spitzbauch, den Mutter als »Steak au poivre« bezeichnete. Eines Tages lag nichts auf den Tellern und es gab auch keinen Yusef mehr.

Er hätte das Zimmermädchen der Nachbarn vergewaltigt, sagte die Polizei. Vater konnte ihm nicht helfen. Yusef war ein guter Koch, aber seine Erklärungen überzeugten niemanden.

Sie mussten sich keine Gedanken um einen Ersatz machen. Sie stand mit ihrem Koffer in der Tür – voll verschleiert. Man sah nur die Augen in einem Spalt vor dem Gesicht. Sie trat ein und zog das Kopfteil ab. Darunter steckte eine rundliche Frau von ungefähr fünfzig Jahren.

Fatima war die Zweitfrau eines Fahrers der Botschaft und hatte keine Kinder. Statt mit dem üblichen »chanum« sprach sie Mutter mit »Madame« an. Darüber hinaus sagte sie nicht viel – und wenn sie es tat, war es nicht zu verstehen.

Sie konnte nicht lesen und erkannte das Geld nur an den Farben, rot waren hundert Toman, blau zweihundert, braun tausend Toman. Ihre Hände rochen nach rohem Lammfleisch. Es dauerte nicht lange, und wir nannten sie alle nur »Fati«.

Sie kannte nichts anderes als Eintopfgerichte, die sie allerdings mit Gewürzen und Granatäpfeln, Walnüssen, Pflaumen und Zitronen in unendlichen Variationen zubereitete. Ihr Reis war himmlisch. Sie kochte die Körner, ohne dass der Reis matschig wurde, er war locker, aber nicht hart. M. konnte nicht genug davon bekommen, und wenn sie gute Laune hatte, durfte er ihr bei der Zubereitung zusehen.

Fati wusch den Reis und schüttete ihn in einen großen Topf mit Salzwasser – eine Tasse für jede Tasse Reis und eine für den Topf. Das Ganze wurde aufgekocht, einige Minuten später nahm sie den Topf vom Herd, goss den Reis ab und ließ ihn unter laufendem Wasser abkühlen. Sie murmelte vor sich hin, es klang nach Beschwörungen.

Dann kam ein ordentlicher Klumpen Butter und ein bisschen Wasser in den Topf. Fati würzte mit Safran, dann goss sie den Reis vorsichtig zurück und drückte ihn zusammen. Mehr Butter. Der Deckel wurde mit einem Küchentuch abgedichtet. Sie drehte die Flamme kleiner und ließ den Reis eine Dreiviertelstunde stehen. So lange dauerte es, bis der Reis blühte.

War er fertig, war er doppelt so lang geworden und duftete wie ein Garten im Sommer. Und es hatte sich eine goldene Kruste gebildet, »Tahdig« – sie war das Begehrteste bei jeder Mahlzeit. Fati gab einen letzten Klecks Butter dazu, und wenn M. ein Stück von der Kruste ergattern wollte, dann jetzt.

Es war eine heilige Handlung, Tahdig zuzubereiten. Man musste aufpassen, was man sagte. Er hatte ihr von Reis mit dünnen, gebratenen Kartoffelscheiben am Rand erzählt, der aussah wie Tahdig. Sie schnaubte – »Tabriz, pfft« – und warf ihn aus der Küche.

Fatima putzte, wusch die Wäsche und bügelte die Laken. Ein paar Mal in der Woche hüllte sie sich in ihren Tschador und kaufte ein. Was sie noch tat, wusste niemand so genau. Sie sah gern fern, sprang aber sofort auf und nahm den Staubwedel in die Hand, sobald jemand das Wohnzimmer betrat, und immer war sie mit etwas anderem, Wichtigerem beschäftigt als das, worum man sie bat.

Sie lebte ihr eigenes Leben in einem leerstehenden Anbau des Hauses, fuhr am Wochenende nach Hause zu ihrem Mann und seiner jüngeren Frau und lieferte den Lohn ab.

Niemand im Haus störte ihn. Die Eltern waren ausgegangen, und er hatte keine Ahnung, wo seine Geschwister waren. M. sprang in den Swimmingpool und schwamm nackend. Das Wasser war seidenweich. Hätte Fatima ihn gesehen, wäre sie schreiend davongelaufen und er hätte in der Hölle geschmort.

Hinterher stieg er aufs Flachdach und legte sich in die Sonne. Er schloss die Augen und hörte die Wellen in den Bäumen brausen und dachte ans Meer: »Thalassa«.

Es wurde Abend, die Luft kühlte ab. Die Sterne gingen auf und funkelten über ihm in der Dunkelheit. M. hielt Ausschau nach Sternbildern, dem Großen Bären und Orion, konnte sie aber nicht finden.

Wenn es warm war und das Fenster offen stand, hörte man nachts Schüsse. Sie ertönten in der Ferne, scharf und deutlich. M. zählte sie wie die Blitze bei einem Gewitter. Immer zwei auf einmal und rasch hintereinander.

Es war die Polizei. Sie schickten Patrouillen aus, um die streunenden Hunde in Niavaran, Shemiran und den Vierteln im Norden zu töten. Um den Rest der Stadt kümmerte sich niemand. Die Leute schmissen mit Steinen nach ihnen, traten sie und nannten die Hunde »jube dogs«.

»Jube« hießen die Rinnsteine, die an den Straßen verliefen. Die Hunde waren dreckig und ausgehungert und hatten üble Wunden. Man wurde krank, wenn man gebissen wurde. Es gab Gerüchte, dass sie Säuglinge überfielen und fortzerrten.

Sie bellten, heulten und streiften durch die Straßen. Es war gefährlich, allein rauszugehen. M. sah sich um und hielt ein Taxi an, wenn es spät wurde. Er fragte sich, wo die Hunde herkamen und wo sie sich tagsüber aufhielten?

Er hatte die Skelette gesehen. Ein Maultier oder ein Kamel, das am Straßenrand umgefallen war. Die Hunde waren gekommen und hatten es aufgefressen, bis nur noch die weißen Knochen übrig waren.

Das Pferd hatte sich den Hügel hinaufgekämpft. Es war vor einen Karren gespannt, mager und entkräftet, er konnte den Anblick nicht vergessen. Der Besitzer schlug es mit einer Peitsche. Sobald es sich nicht mehr aufrecht halten konnte, stürzten sich die Hunde darauf. Kranke und alte Tiere, aber auch wenn Menschen stolperten oder husteten und Zeichen von Schwäche zeigten, waren die Hunde sofort da und ließen sich nicht abschütteln. Man konnte fliehen, man konnte sich verstecken, früher oder später kratzten sie aber an der Tür.

Sie waren vom Augenblick der Geburt an hinter einem her, und mit den Überresten eines Hundes begraben zu werden war das Schlimmste, was einem passieren konnte. Man kam nicht in den Himmel.

M. hörte abrupt auf, die Schüsse zu zählen, und duckte sich, als direkt vor ihrem Haus geschossen wurde. Aber es waren keine Unruhen. Auch keine Einbrecher, die einzudringen versuchten. Am nächsten Morgen fragte er den Polizeibeamten.

»*Sag*! I shot a dog!«

Der Polizist spuckte die Worte regelrecht aus. So war es, ein Hund zu sein. Verabscheut von allen. Heimatlos und ohne einen einzigen Menschen auf der Welt. Nicht eine Hand, die sich ausstreckte, es sei denn, um zuzuschlagen.

»Der Prophet konnte sie wohl nicht leiden, vor allem die schwarzen nicht«, erklärte Vater.

»Wieso, sie sind doch der beste Freund des Menschen?«

»Nicht nach der Schlacht von Kerbela. Hunde haben im Iran ein miserables Leben. Wenn ein Hund dir die Hand leckt, musst du dir sieben Mal die Hände waschen. Gerät ein Hund zwischen Mekka und dich, sind deine Gebete umsonst.«

M. fand nie heraus, was die Hunde getan hatten, und wollte Fatima davon überzeugen, dass Mohammed nichts gegen Terry, Snoopy und Lassie haben konnte. Aber sie verfluchte sie, wusch die Teller sieben Mal und rieb sie schon bei dem Gedanken an einen Hund mit Sand ab. Die Engel betraten kein Haus, in dem es einen Hund gab.

Es wurde beinahe auf Kommando Frühjahr. An einem frühen Morgen, von einem Augenblick auf den nächsten, zusammen mit den Kamelen. Sie waren braun und zottig und wogten mit großen Säcken dahin, die an beiden Seiten des Sattels baumelten. Es war Dünger in den Säcken, und Krokusse und wilde Schwertlilien schossen hinter ihnen am Wegesrand hervor.

Der Schnee auf den Bergen schmolz und strömte durch die Rinnsteine. An seiner Stelle waren da jetzt Blumen. Die Bäume sprangen aus. Gelbe, weiße, rosafarbene Blätter füllten die Gärten und rieselten in Regenbogen auf die Fußwege.

Am Bach, dort, wo er Zigaretten rauchte, wurde der Boden mit winzig kleinen Samenkörnern lebendig. M. baute Dämme aus Zweigen und Steinen. Das Wasser glitzerte, er steckte die Hand hinein und fischte eine Kette mit Glasperlen heraus.

Sie glitt durch seine Finger wie eine Gebetskette, ganz von allein. Zerstreut hing er seinen Gedanken nach, während ein Bild nach dem anderen wie die Perlen an der Schnur vorbeiflimmerte.

Das Elburs-Gebirge sah aus wie Wolken am Horizont. Der trockene Wind wirbelte Staub auf und fegte von der Wüste mit Luftspiegelungen heran. Auf der Straße waren Kamele und in den Bäumen Papageien, wie im Zoo, und überall gab es Obst und Nüsse zu kaufen.

Männer küssten sich auf die Schultern und gingen Hand in Hand. Eine Ziege zog mit einer alten Frau im Tschador davon, und vor ihm fuhr ein Junge auf einem Fahrrad zwischen den Autos herum, auf dem Gepäckträger einen Turm aus Joghurttöpfen. Vielleicht wurde er schon bald überfahren.

M. sah einen vornehmen Herrn mit einer runden weißen Pelzkappe, der neben einem Stapel Koffer stand, eine Mutter hatte sich mit ihrem Kind unter das Schild »Passengers to Istanbul« gesetzt. Es gab keinen Fahrkartenschalter und auch keinen Halteplatz. Sie hätten ebenso gut auf einen fliegenden Teppich warten können.

Die Geräusche hingen wie eine Glocke über der Straße. Klick-klack von Eseln, Hupen und Kindern, die »koja'i, koja'i« kreischten. Schafe blökten, schlugen mit ihren fetten Schwänzen und fraßen die Küchenabfälle, die ihnen von den Köchen zur Hintertür hinausgeworfen wurden. Und durch die Rinnsteine rieselte das Wasser.

Mit Stöcken schlugen die Kinder grüne, unreife Pflaumen von den Bäumen und verkauften sie in spitzen Papiertüten, »Gwoje«. M. biss hinein und seine Zehen krümmten sich. Er bestreute sie mit Salz und aß noch eine und noch eine, bis er Bauchschmerzen bekam.

Wenn eine der Pferdedroschken vorbeirasselte, sprang er hinten auf und fuhr mit bis zur Pahlavi Avenue, wo es »falude« gab: Eis aus Reisnudeln und Rosenwasser – für ihn wurden zusätzlich Pistazien darüber gestreut.

M. lernte, seinen Tee mit einem Zuckerwürfel im Mund aus kleinen Gläsern mit goldenem Rand zu trinken. Es duftete nach »Tokhme«, gerösteten Wassermelonenkernen. Und er hatte Sonnenblumenkerne in der Tasche. Mit ein bisschen Übung war es leicht, die Schale zu knacken und den Kern mit der Zunge herauszupulen. Mit dem Rest spuckte man im Kino nach Jerry Lewis.

Gugush war die iranische Barbra Streisand, die von allen geliebt wurde, und er sang mit bei »Man amadeam«. Er schlich zur Südseite der Häuser, wo die Küchen waren, und sog den Duft von »Ghorme Sabzi« und Basmatireis ein.

»Sowhan« hießen die weichen Karamellbonbons aus Honig, und »Gaz« war weißes Nougat. Seine Kuchen nannte M. »Shirini«, »Baklava« und »Tut«. Die Bäcker klatschten den flachen Teig an die Wände des Steinofens – die Brote fielen von allein herab, wenn sie fertig waren: »Taftun«, »Lavash«. Sie wurden an einem Nagel vor dem Laden aufgehängt. Er wischte den Staub ab, bevor er hineinbiss, es war glühend heiß und Sommer.

Die Menschen brachten ihre Matratzen auf die flachen Dächer und schliefen unter freiem Himmel. Sie mussten früh aufstehen, bevor die Hitze die Stadt eroberte; die Matratzen wurden von den Dächern geholt und bis zum nächsten Abend ins Kühle gestellt.

Mitten am Tag starben die Straßen in der Sonne aus. Der Asphalt kochte, barfuß laufen war unmöglich. Staub und Auspuffgase, die Luft roch süßlich nach Benzin. Es brannte in seinen Augen. Er wischte sie mit dem Ärmel aus und die Farben verschwanden. Alles wurde grau und braun und trocken wie die Wüste. Die Ladenbesitzer gossen Wasser auf die Fußwege, der Dampf stieg in dicken, weißen Wolken von den Marmorfliesen auf, wenn Hadji das Haus besprengte.

Vermutlich war er der einzige Gärtner im Iran, der eine Melone trug. Er war sanft und friedlich wie das Gras und der festen Überzeugung, dass das Unkraut von einem Dschinn besessen war. Der war auch schuld an den Stromunterbrechungen und den Löchern im Gartenschlauch. Er tauchte einen Zettel mit einem Koran-Vers ins Wasser, trank es und leierte seine »Basmala« herunter, wenn er sich um die Beete kümmerte.

Die Rosen blühten nacheinander. Die verblühten Pflanzen mussten beschnitten werden, damit sie aufs Neue austreiben konnten. In den hellhörigen Morgenstunden war seine Schere zu hören.

Nachts duftete der Jasmin. Er kletterte die Mauer unter dem Balkon hoch, als versuche er, zum Fenster hineinzukommen. M. las Märchen, und Hodscha Nasreddin ritt verkehrt herum auf seinem Esel und hatte für alles seine eigene Erklärung.

Unten an der Ecke hatte er einen Bauer mit Zwergpapageien entdeckt. Sie sahen aus, als hätte man sie in Farbe getaucht – einer war gelb, der andere blau –, und sagten die Zukunft voraus. Man bezahlte den Besitzer, dann pickten sie mit dem Schnabel einen Zettel aus einem Haufen. Darauf stand ein Vers von Hafis, allerdings auf Persisch, das er nicht lesen konnte.

Ganz leise führte die Perlenkette ihn Schritt für Schritt durch die Stadt. Sie brachte ihn zu dem kleinen Bazar in Shemiran. Alle Straßen von Teheran mündeten im Geschäft eines Vetters oder Onkels. Bevor er sich versah, trank er Tee in einem Geschäft, aus dem die Perlenkette stammte, und feilschte mit dem Eigentürmer über den Preis von etwas, das er gar nicht haben wollte.

Sie verlangten das Doppelte, und M. hatte gelernt, »nesfe« zu sagen, die Hälfte – alles kostete die Hälfte. Erst antworteten sie mit nein, dann rollten sie die Augen und sagten »Baraye shoma« – »aber für dich« – und schlugen eine Summe vor, der zwischen ihrem und seinem Preis lag. Man näherte sich mit immer kleineren Beträgen an, bis man sich in einer unendlich teilbaren Mitte traf.

Jede Menge Buden standen wild durcheinander und boten dieselben Waren an. Obst und Gemüse hier, Stoff und Nähzeug dort – Teppiche, Lampen und Glas. Sie riefen ihm »Gerdu« und »Kharboze« nach, er liebte eingemachte Walnüsse und Honigmelonen. Fünfliterkanister mit Ghee und Kisten mit Aras Cola, Aras Fanta und Aras Lemon. Ein Stand nach dem anderen mit Bergen von Gewürzen und getrockneten Kräutern, an denen Zauberer die Ingredienzien für ihre Zaubertränke holten.

Die Hausfrauen kauften Gemüse, die Männer Fleisch. Der Kopf eines Huhns lag auf dem Hackklotz und sah ihn an, während es mit den Flügeln schlug und die Federn gerupft wurden. M. hoffte, dass ihr Abendessen aus einer anderen Bude kam.

Furchteinflößend war es bei den Schlachtern. Es gab Schafsköpfe, Augen, Ohren, Zungen, Gehirne, Lebern, Mägen und Knochen: das ganze Schaf. Sogar die Hoden, »Dombalan«.

In der Schule riefen sie sich »Dombalan« nach, und M. versuchte nicht daran zu denken, aber der Anblick des Messers und des Bocks stellte sich von allein ein. Es kitzelte im Nacken, er rannte aus dem Bazar, sein Herz klopfte, und an den Opfertagen floss das Blut.

*Keyhan*, die dünne internationale Zeitung, wurde vom Fahrradboten bis zur Tür geliefert, und der Schah begrüßte Präsident Nixon und seine Frau Pat auf der Titelseite. Oder man hatte ihn im Skidress und mit Sonnenbrille in St. Moritz fotografiert. Oder im Cockpit eines Jagdflugzeugs. Kambodscha wurde bombardiert und die Beatles trennten sich. Apollo 13 war im All gestrandet. Was auch geschah, der Schah war immer auf der Titelseite.

Tim machte sich lustig über ihn und nannte ihn »Mo«. Man hatte ihn in Kupfer gegossen, er stand auf dem Platz am Fuße des Hügels: Mohammad Reza Pahlavi Aryamehr Shahansha-e Bozorg-e Arteshtaran. König der Könige und Licht der Arier! Man konnte die Augen nicht öffnen, ohne ihn zu sehen.

Der Schah war auf den Geldnoten und Briefmarken und hing in den Schulen an der Wand. Schlug man ein Lehrbuch auf, starrte er einen an. In Schaufenstern und über Ladenkassen. Kaufte man einen Bilderrahmen, war er mit seinem Porträt versehen. Er kam vor allen anderen: vor den eigenen Kindern, vor der eigenen Familie, vor einem selbst.

Die meisten Straßen, Parks und Museen waren nach ihm benannt, der Rest nach der Königin Farah Diba. Manchmal tauchten Graffitis oder rote Parolen auf, die aber sofort abgewaschen wurden.

M. duckte sich und ging rasch an der Statue vorbei, die einen langen Schatten über den Platz warf. Als hätte er ein schlechtes Gewissen. Er hatte das Gefühl, dass der Schah ihn im Auge behielt und alles wusste, was er tat, was er sagte und was er tief in seinem geheimsten Inneren dachte.

»Warum seid ihr hier? Was macht dein Vater? Wo willst du hin?«

Der Platz wurde am Abend kleiner, vielleicht hielten sich aber jetzt auch nur mehr Menschen dort auf. Die Männer gingen Arm in Arm und mit den Jacken über den Schultern spazieren und knabberten getrocknete Sonnenblumenkerne. Die Schalen knirschten unter den Füßen, und ein verschleiertes Mädchen schleppte eine Kiste mit Flaschen. Sie trug Plastiksandalen und hielt einen Zipfel ihres Kleides mit dem Mund vor dem Gesicht.

Der Schuhmacher saß vor seinem Schuppen. Der Fahrradmechaniker hatte viel zu tun – die meisten Fahrräder stammten aus China, und die Leute fuhren einfach gegen ein Hindernis, wenn sie bremsen wollten. Der Bäcker und eine Bank, dann hatte er die Apotheke erreicht. Die Glocke an der Tür läutete, und M. ging direkt zur Theke und legte das Geld und den Zettel darauf.

Er war zu jung, um Misstrauen zu erregen, wenn sein Bruder ihn losschickte, um Dexedrine zu kaufen: »Das ist besser als Speed!« Sie waren im Iran, und man konnte alles bekommen. Tim benutzte das Briefpapier des Konsulats und schrieb mit Vaters Füllfederhalter sorgfältig »Dexedrine × 30, 10 mg«. M. bekam hundert Toman und eine schlechte Entschuldigung, falls der Apotheker nachfragen sollte.

Der Apotheker in seinem weißen Kittel sah ihn lange und eingehend an. Es war wie beim Zahnarzt, aber M. machte den Mund nicht auf und verhielt sich einfach ruhig. Schließlich gab der Mann auf und verschwand im Hinterzimmer – fünf Minuten später lief M. mit dreißig Tabletten Dexedrine nach Hause.

Er lieferte das Glas bei seinem Bruder ab, der ihn das Wechselgeld behalten ließ, wenn er versprach, es niemandem zu erzählen. M. versprach es hoch und heilig, ein paar Tabletten hatte er für sich eingesteckt.

Den größten und besten Teil seiner Zeit verbrachte er in der Community School. Er fand etwas, das er bisher nicht gehabt hatte: Freunde.

Denzel rauchte alles – Oregano und Kopfschmerztabletten – und einmal trank er sich durch eine ganze Packung Schwarzer Johannisbeerentee und erbrach sich. Er trug den Spitznamen Diesel, weil er Benzin schnüffelte.

Er hatte zwei Brüder, Wendell und Kendell und eine Schwester, Dondell. Entweder war er nicht satt zu bekommen oder er bekam nichts zu essen. Sie wohnten nicht weit von ihnen entfernt, sodass er ständig an ihrer Tür klingelte. Dann stand Denzel mit gespreizten Beinen und dem Daumen im Gürtel vor ihm – und hatte Hunger. Als er Crêpe Suzette bestellte, war dann endgültig Schluss, er bekam nichts mehr

Mark sah aus wie Jim Morrison von The Doors und wollte Rockstar werden. Die Mädchen flüsterten und liefen auf die Toilette, wenn er des Wegs kam Er stammte aus Kansas, lebte aber bereits seit fünf Jahren in Teheran und konnte Persisch. Ihre Wohnung lag am Rand eines Arbeiterviertels.

Sein Vater war in der Armee. Und Indianer, Cherokee! Die Mutter stammte aus Österreich und war Hausfrau. Sie huschte in Kleidern mit Puffärmeln umher und sah sich Fernsehserien an, *Days of Our Lives*, *As the World Turns*. Sie wurden vom AFRTS ausgestrahlt, dem American Forces Radio and Television Service, und das Leben nahm seinen Lauf mit Pa Hughes, Nancy, Donald und den Familien in Oakdale, die noch nie vom Nahen Osten gehört hatten.

Sein großer Bruder Mike war unangenehm. Er redete über nichts anderes als über Waffen und die Überlegenheit des weißen Mannes, obwohl er damit eigentlich seinen Vater und sich selbst bloßstellte.

M. ging ihm aus dem Weg und vermied es, die Brüder zu besuchen. Er war enttäuscht, als er endlich einen Indianer kennenlernte – der hatte einen Bürstenhaarschnitt, aß Schnitzel und trank Tuborg. Alle tranken Tuborg.

Mark war der Anführer, Denzel folgte ihm, und wenn es Ärger gab, nahm sich M. der Sache an – er genoss diplomatische Immunität und zeigte seine ID-Karte. Darauf stand, dass sein Vater General war: »Mich kann man nicht verhaften!«

Sie schmierten Butter auf Türklinken und steckten irgendwelche Sachen an, weil sie herausfinden wollten, ob sie brannten. Miss Roberts gab ihm einen Brief mit nach Hause, aber niemand las ihn, er gab ihn mit einer gefälschten Unterschrift zurück.

Denzel hatte von seinem Vater für alle Fälle Pfefferspray bekommen, MK-3. Man durfte es nur im Notfall benutzen, »es ist extrem schmerzhaft«, hatte sein Vater ihn gewarnt. Sie wussten nicht, was sie damit anfangen sollten, bis Mark etwas davon auf die Heizung der Turnhalle sprühte. Nur ein bisschen, einen Spritzer. Die Schüler flüchteten ins Freie, Tränen liefen ihnen die Wangen hinunter. Es war beinahe erschreckend, über so viel Macht zu verfügen. »Wow!«

Sie schwänzten, gingen in Ray's Pizza und rauchten Zigaretten. Die iranischen Zigaretten waren kurz, schmal und in buntes Papier verpackt. Darunter versteckten die Straßenhändler die amerikanischen Schwarzmarktzigaretten, Pall Mall und Long John, die sie anboten, nachdem sie sich vergewissert hatten, dass keine Polizei in der Nähe war.

Nicht weit entfernt lag das Parlament, »Madschlis«, und Mark erzählte, vor dem Gebäude hätte es vor nicht allzu langer Zeit noch öffentliche Hinrichtungen gegeben. Das hatte ihm Gol Agha erzählt, der Busfahrer. Sie seien auf dem Weg zur Schule dort vorbeigefahren, um sie auf dem Platz baumeln zu sehen.

Obwohl sie eigentlich zu jung waren, konnten sie Wodka bestellen: »Soltani Vodka«. Der war billig und erfüllte durchaus seinen Zweck. Sie nippten an dem ersten Glas, das im Hals brannte und Hitzewellen durch den ganzen Körper sendete, und leerten das zweite, um zu beweisen, dass sie es konnten. Beim dritten Glas verwandelten sich ihre Köpfe in Luftballons. Sie stiegen in die Höhe, winkten den Leuten zu und schwebten durch den Tag.

Mr. Hurst unterrichtete persische Dynastien, die er von hinten aufrollte. Er begann mit den ältesten, Darius, Xerxes und die Sassaniden. Behzad trieb ihn zum Wahnsinn, weil er jeder Frage mit »farda« auswich, morgen.

Beim Klassenausflug bestiegen sie den Turm der Stille am Rand der Wüste. In den alten Tagen hatten die Zarathustrier dort ihre Toten den Geiern hinterlassen, die anschließend mit dem Rest der Geschichte davonflogen.

Alexander der Große vernichtete das persische Heer und plünderte Persepolis, aber je näher Mr. Hurst der Gegenwart kam, desto einsilbiger wurde er. Er murmelte, dass es mit »der weißen Revolution« und dem Aufbau »der großen Zivilisation« voranginge – und vermied es, weiter über den Schah zu sprechen. Es ging in erster Linie darum, die Stunde zu überstehen, ohne etwas Falsches zu sagen.

Sie wurden abwechselnd an die Tafel gerufen und mussten vor der Klasse einen Vortrag halten. M. war der nächste Kandidat – es ging um die Kreuzzüge –, er hatte eine Woche Zeit, um sich vorzubereiten. Eine Ewigkeit.

Er las Comics und tauschte Kaugummibilder, während er überlegte, wie er sich vor dem Vortrag drücken konnte. Bevor er eine Lösung fand, war die Woche vorbei.

Die Moslems aus dem Osten bekriegten die Christen im Westen, die wiederum mit Richard Löwenherz loszogen, um das Heilige Land zu befreien. Das war Israel, und Ezra, Robert und Abe Kou Kou waren Juden. Ihre Familien wurden verfolgt und waren aus dem Irak geflüchtet, als die Arabische Liga Israel den Krieg erklärte. So viel wusste M. Es war nicht genug.

Vielleicht würde eine der Tabletten helfen, die er für Tim besorgt hatte: Dexedrine – sie waren besser als Speed! Was immer das auch war. Er schluckte sie auf der Toilette.

Bereits auf dem Weg zum Schulbus kribbelte es in den Zehen und Fingern. Er grüßte nach allen Seiten und plauderte mit allen, die mit ihm im Bus saßen. Vor Aufregung konnte er kaum still sitzen. Das Klingeln konnte er kaum erwarten.

Mr. Hurst schrieb mit großen Buchstaben KREUZZÜGE an die Tafel und zeigte auf ihn. M. sprang auf, er hatte viel zu lange warten müssen. Es platzte aus ihm heraus.

Ihr Telefon wurde abgehört! Sein Vater arbeitete für die CIA! Der Schah war ein Clown, und Shelley hatte Brüste! Er redete lange – und viel. Die Klasse saß wie gelähmt da und lauschte mit offenen Mündern. Es war brillant.

»Ich war überhaupt nicht nervös und habe einfach drauflosgeredet!«

»Du schwitzt, bist du okay?«, erkundigte sich Tim.

Er nickte. »Was bedeutet SAVAK?«

»Das wissen doch alle.«

Am nächsten Tag wurde M. aus dem Französischunterricht geholt und zum Rektor geschickt. Es wäre halb so schlimm gewesen, hätte Mr. Hill nicht einen trockenen, strengen Engländer als Nachfolger gehabt, Mr. Long, dessen Lächeln einem krummen Nagel glich. Er wandte M. den Rücken zu und blickte lange aus dem Fenster, bevor er anfing zu sprechen.

»Dein Vater wurde informiert, und wir werden dein ernstes, dein sehr ernstes mangelhaftes Verhalten diskutieren. Er arbeitet an der Botschaft, nicht wahr?«

»Im Konsulat.«

Mr. Long drehte sich um und setzte sich an seinen Schreibtisch.

»Dein Problem ist …«, sagte er – es war beinahe so, als würde man BBC hören – »dass es dir an Disziplin mangelt, nicht an Fähigkeiten. Vielleicht ist es aber auch umgekehrt.«

Er schwieg, als würde er den Sinn dessen, was er gerade gesagt hatte, überdenken. Er trug eine blaue Krawatte mit roten Fragezeichen. Worauf lief es hinaus? Mr. Long beugte sich vor und stützte die Ellenbogen auf den Tisch.

»Wie du weißt, bin ich nicht immer Rektor gewesen.«

Er senkte die Stimme.

»Ich bin Mathematiker, und während des Krieges war ich an einem Ort, der Bletchley Park hieß. Wir trugen Krawatten, damit wir uns gegenseitig erkannten.«

»Wie in einem Club?«

Mr. Long sagte, er könne jetzt gehen. Auf dem Weg nach draußen bemerkte M. seinen Vater, der auf der Treppe mehrere Stufen auf einmal nahm.

Er duckte sich und lief in den Erdkunderaum. Mr. Rosatchi unterrichtete, er hielt eine Apfelsine in der Hand und erklärte, dass Landkarten ungenau seien. Alles läge in Wahrheit an einer anderen Stelle, weil die Erde dreidimensional sei, auf dem Papier aber zweidimensional abgebildet würde.

»So!«

Er schlug mit der Apfelsine aufs Pult, es spritzte nach allen Seiten.

Der Abend verging, M. tat so, als sei nichts gewesen. Er blieb in der Küche. Fati kochte Khoresht mit Pflaumen und Spinat. Er glaubte schon davonzukommen, als sein Vater den Kopf in die Küche steckte und ihn aufforderte, ihn in sein Arbeitszimmer zu begleiten.

Es lag am anderen, finsteren Ende des Hauses. M. hatte nie einen Fuß hineingesetzt: The Gun Room. Vater schaltete die Schreibtischlampe ein. Das Schrotgewehr hing nicht an der Wand.

»Du weißt, dass ich heute in deiner Schule war. Ich hatte ein Gespräch mit dem Rektor, Mr. Long.«

Sein Vater sah ihn an, ohne eine Miene zu verziehen.

»Ich habe dazu zwei Dinge zu sagen. Erstens: Wenn du meinst, das Richtige zu tun, dann mach es und lebe mit den Konsequenzen. Zweitens: Benimm dich!«

M. hatte keine Fingernägel mehr, die er kauen konnte, am liebsten hätte er alles erzählt. Richtig. Von Anfang an. Aber das war nicht möglich. Dazu war weder die Zeit noch die Gelegenheit, es gab nicht die geringste Verbindung zwischen ihm und seinem Vater. Es war wie mit der Erde und der Landkarte. Eine flache Apfelsine.

Sein Vater würde auf jeden Fall wieder verreisen. M. hatte keine Ahnung wohin. Wenn sie doch nur zusammen auf den Bosporus fahren könnten. Die Möwen, der Wind und das weiße, blubbernde Kielwasser.

Er hatte den französischen Ausdruck für die Dämmerung gelernt: »entre chien et loup«. Es war weder dunkel noch hell, und man konnte nicht zwischen dem Bekannten und Sicheren und dem Fremden und Gefährlichen unterscheiden, zwischen Hoffnung und Furcht. Sein Vater war der Hund und der Wolf.

*

Wir wollten uns im Restaurant des Hotel d'Angleterre treffen – Mutter, Vater und ich –, um das Resultat zu feiern. Nach zehn Jahren Literaturwissenschaft hatte ich mir die Eingeweide herausgerissen und endlich die Jahresarbeit über Dylan Thomas abgegeben.

Ich fiel beinahe in Ohnmacht, als ich bei meiner Tutorin zu Hause klingelte, die mich bereits im ersten Semester unterrichtet hatte.

Sie wohnte zusammen mit ihrem Freund, er war Autor eines Lehrbuchs, *Freuds Psychoanalyse*. Es war die ultimative Darstellung auf Dänisch, mit Klimt auf dem Umschlag – Zeus erscheint in einem goldenen Regen zwischen Danaes Beinen –, außerdem hatte er über Melanie Klein geschrieben. Mein Leben lag in ihren Händen. Sie ließ es fallen.

»Du glaubst wohl, du bist ein Genie?«, sagte sie.

In mir pochte es. Das Blut schoss mir in den Kopf. Was sollte ich dazu sagen? »Wie meinst du das?« Sie legte die Arbeit vor sich auf den Tisch.

Ich verstand nicht, worauf sie hinauswollte – ich sah nur,

dass sie wütend war. Sie strahlte vor sadistischer Freude, nahm die fotokopierten Seiten und zeigte auf die Einleitung. Sie war mit einem großen roten Kreuz durchgestrichen. Die ganze Seite.

»Das können wir wohl getrost übergehen, oder?«

Wenn sie dieser Ansicht war, musste es wohl richtig sein. Ich nickte. Das konnten wir. Dann blätterte sie weiter. Sämtliche Sätze waren mit derselben roten Tinte durchgestrichen. Die nächste und übernächste Seite ebenfalls – nicht dies, nicht das. Ich war am Ende und erinnere mich nur, dass ich mich bedankte und ihr an der Tür die Hand gab.

Ich hatte das Gefühl, unter ein Mühlrad oder in eine Zentrifuge geraten zu sein. Alles drehte sich – ich konnte kaum laufen. Einige wenige Passagen meiner sechzig Seiten waren weiß geblieben und hatten überlebt. Es waren die Abschnitte, die ich abgeschrieben hatte.

Ich bestand das Examen mit der schlechtesten Note, weil es sich nicht auszahlte, wenn man Studenten durchfallen ließ – es sah in der Statistik nicht gut aus. Von dem externen Gutachter bekam ich lediglich sechs Punkte:

»Das ist keine Analyse. Er masturbiert auf moderne Lyrik.«

Es war mir bei den Notizbüchern klar geworden. Ich glaubte, bei Dylan Thomas ein Muster gefunden und den Code geknackt zu haben: »cistern sex« – er onanierte auf der Toilette! »The loin of promise« war sein Unterleib, und er fühlte sich schuldig über »the empty ill«, zog ab und spülte.

Hatte man es erst einmal entdeckt, war es überall. Selbst »The Force that through the Green Fuse Drives the Flowers« las sich wie eine Erektion, wie ein Samenabgang und wies auf »The Sick Rose« von William Blake hin: »His dark secret love does Thy life destroy.« Er sagte es ganz direkt – »a poet's pencil is his middle-leg« – und schrieb mit seinem Penis.

Die Gedichte waren nichts anderes als ihrer eigenen Entstehung und Ausdruckskraft. Sie sangen vor Lust. Das größte Mysterium war das Gewöhnlichste von allem – der Trieb – und lag ganz buchstäblich direkt auf der Hand.

Darüber hinaus teilten wir die Angst vor Struwwelpeter. Die Scheren liefen ihm mit langen Beinen hinterher und schnitten ihm die Daumen ab. Er verbarg sich im Pornokino als der gesichtslose Junge: »the masked, headless boy. His reels and mystery – love's image on the screen«. Man sollte meinen, es handelte von mir!

So war es auch, wie der Gutachter bestätigte – es ging um niemand anderen als um mich. Was hatte ich mir eigentlich gedacht? Ich hatte einige mystifizierende Bekenntnisse abgeliefert, die nicht in die Universität gehörten, sondern eher in eine psychiatrische Klinik.

Ich würde es meinen Eltern nie erzählen können. Sie warteten am Tisch und winkten mit einem glücklichen Gesichtsausdruck: »Hier!«

Ich hatte das Gefühl, als könnte ich nur noch stoßweise atmen. Sie ließen sich jedoch nichts anmerken und wollten nur die guten Neuigkeiten hören.

»Ich glaube, ich werde wahnsinnig.«

Sie begriffen nicht, was ich sagte.

»Psychotisch, ich bin psychotisch geworden«, wiederholte ich.

»Fisch oder Fleisch?«, wollte Vater wissen.

Ich wusste nicht, ob ich lachen oder weinen sollte. Sollte ich in ein wahnsinniges Gelächter ausbrechen, das den letzten Rest von Gewissen liquidieren würde – oder heulend über allem zusammenbrechen: Insel Verlag, Literaturwissenschaft, Wien. Meine unersetzlichen, vergeudeten Jahre, ich hatte sie vertrunken und verraucht und mir alles selbst zerstört.

Es war wie ein Glas, das über die Tischkante geschoben wird. Man bemerkt es nicht, bevor es passiert ist. Es fiel herunter und zersplitterte auf dem Boden. Ich zerbrach.

Ich hatte es bereits in Amsterdam bemerkt. Ich war nicht dorthin gefahren, um das Rijksmuseum zu besuchen, sondern um Haschisch zu rauchen und auf Entdeckungsreise im Rotlichtviertel zu gehen. Die Prostituierten standen in den Fenstern und boten sich an. Die Kinos zeigten Filme jenseits des eigenen Verstands.

*Long Jeanne Silver* hieß einer der Filme. Ich dachte an *Die Schatzinsel.* Es dauerte eine gewisse Zeit, bis man sich an die Dunkelheit gewöhnt hatte, und es war nicht immer leicht zu entscheiden, was in dem Film eigentlich vor sich ging, man wurde nicht recht klug aus den grotesk vergrößerten Geschlechtsteilen auf der Leinwand.

Aber diesmal fiel es mir noch schwerer als sonst. Langsam formte es sich für mich zu einem Bild: Eine nackte Frau leckte einen Mann, während sie Sex mit einer anderen Frau hatte. Sie benutzte ihr amputiertes Bein dazu, den Stumpf! Sie stöhnten und schrien. Ich hätte mitschreien können.

Das Entsetzen hatte mich noch lange danach im Griff. Es wartete nur darauf, erlöst zu werden. Ich aß kein Hühnchen, weil es mich an die amputierte Frau mit den gespreizten Beinen erinnerte – wie ließ sich eine Erklärung für das finden, was ich gesehen hatte?

Man bekam keine Antwort auf etwas, wonach man nicht fragen durfte. Es war unsagbar. Es stand nicht im Lexikon, und ich blätterte mich durch die Bücherschränke, um es zu vergessen und in den *Märchen der Gebrüder Grimm* zu verstecken.

Sie machten es nur schlimmer. In der Geschichte von »Sechse kommen durch die ganze Welt« gab es das Bild von einem

Mann, der sich ein Bein abgeschraubt und es neben sich ins Gras gelegt hat.

Ich wagte nicht hinzusehen und suchte rasch weiter, bis ich es in der hintersten Ecke des Bücherschranks fand – das verbotene Buch: *Psychopathia Sexualis* von Richard von Krafft-Ebing, 1886.

Es war eine Katalogisierung von sexuellen Abweichungen. Ein Paragraph nach dem anderen zählte diese auf und beschrieb sie, nüchtern, objektiv und mit einer Nummer versehen.

Krafft-Ebing botanisierte die Perversionen und teilte sie in Gruppen, Klassen und Familien; in eine systematische Ordnung, wie Linné es mit den Pflanzen getan hatte. Eine tiefschwarze, klinische Version von *Die Blumen des Bösen.*

Er gab den Fetischen sogar lateinische Namen. Wenn mir bisher ein Grund gefehlt hatte, Latein zu lernen, hatte ich ihn jetzt. Das war besser als die Toten, die Gespenster und die Antike – dieses Lehrbuch hatte Generationen dazu gebracht, Grammatik zu pauken.

Denn die besten Stellen waren in Latein verfasst. Das begrenzte die Leserschaft auf einige wenige Auserwählte und bedeckte die fürchterlichen Tatsachen mit einem sprachlichen Feigenblatt, das den gegenteiligen Effekt hatte. Es zog nur die Aufmerksamkeit auf sich und erleichterte das Finden – wenn man etwas verbergen wollte, hinterließ man immer eine Spur.

Krafft-Ebing beschrieb die Sexualität als ein Verbrechen und stellte alles auf den Kopf. Sexualität war keine positive Eigenschaft an sich, im Gegenteil, sie wurde in einer endlosen Reihe von Abweichungen als eine negative Eigenschaft verleugnet und verdrängt. Das ganze Register sexueller Gelüste wurde als Krankheit definiert, die ganz genau diagnostiziert, untersucht und behandelt werden musste, am besten mit einer Lupe: je schlimmer, desto besser!

Indem man sie beobachtete, konnte man sich eingehend mit den am stärksten tabuisierten Phänomenen in ausgegrenzten und verleugneten Formen beschäftigen. Eine größere Distanz zwischen dem anonymen, beobachtenden Bewusstsein – Krafft-Ebing und seine Leser – und dem blinden, triebgesteuerten Körper war kaum denkbar. Dr. Jekyll und Mr. Hyde waren zwei Seiten ein und derselben Person.

Sex bedeutete Grauen und Entsetzen, und jede körperliche Lust wurde in ihr Gegenteil verwandelt und präsentierte sich als Schmerz, Verbrechen und Wahnsinn. Sex gehörte in die Rechtsmedizin und die Psychiatrie.

Ich machte es mir mit einem Wörterbuch bequem und buchstabierte mich in Großmutters Sessel durch die Krankheitsgeschichten. Irgendwann kam ich zu den Männern, die auf körperliche Behinderungen fixiert waren, § 97, § 98, § 99.

Herr X. und Herr V. wurden ausschließlich durch Frauen erregt, die krumme Füße hatten und hinkten. Sie träumten davon, für sie onanieren zu dürfen. Herr Z. hatte bis zu seinem zwanzigsten Lebensjahr keine Ahnung vom Unterschied der Geschlechter, aber er verspürte ein starkes Mitleid gegenüber gelähmten Mädchen, von denen er sich sexuell angezogen fühlte. Er ahmte sie nach, indem er zu Hause mit zwei Besen als Krücken herumlief – und nachts auch auf der Straße.

Sie alle litten an Schuldgefühlen und Selbstmordgedanken. Herr V. überlegte, sich selbst zu kastrieren, um seinen Neigungen zu entgehen.

Krafft-Ebing rubrizierte sie als »degenerierte Fetischisten« und zählte sie zu den Schuh- und Fußfetischisten. Er zitierte den amerikanischen Arzt Dr. Lydston, der in seinem Artikel »Clinical Lecture: Sexual Perversion, Satyriasis and Nymphomania« aus dem Jahr 1889 von einem ähnlichen Fall berichtete: »Er hatte eine Affäre mit einer Frau, deren rechtes Bein unterhalb des Knies amputiert war. Nachdem sie sich getrennt hatten, suchte er verzweifelt nach einer anderen Frau mit derselben Behinderung.«

Es las sich wie ein Verbrecheralbum mit Amputationsfetischismen à la Jack the Ripper – und drückte die größte Angst aus: Man selbst war ein Körper, man selbst könnte seine Arme und Beine verlieren und zum Gegenstand des Schmerzes werden. Krafft-Ebing erklärte die Faszination für Amputierte zu einem »negativen Fetisch«, weil sie auf ein mangelndes Körperteil abzielte.

Aufgrund der sadistischen Elemente bei der Lust auf abgetrennte Gliedmaßen verglich er diese Fetischisten mit Haarfetischisten, die Mädchen die Haare abschnitten, oder mit Hautfetischisten, die ihren Partnern die Haut abschälten und sie aßen.

Ging es mir vorher schlecht, ging es mir nun dreckig. Ich stellte das Buch zurück und hörte im selben Moment, wie sich rasche Schritte näherten. Jemand packte mich mit einem festen Griff im Nacken – es tat weh – und knurrte: »Was tust du da!?«

Es war Papa Schneider! Ich drehte mich um – niemand, er war verschwunden –, und schlug die Tür des Bücherschranks hinter mir zu.

Ich sprach mit niemandem darüber, sondern behielt das Schlimmste für mich. Was sollte ich meinen Eltern sagen? Wir saßen im Restaurant und bestellten, und ich wünschte, ich hätte mich ihnen anvertrauen und ihnen sagen können, wie es tatsächlich um mich stand.

Das Allerschlimmste war *Alice in Wonderland* – die Erstausgabe bei Hatchards am Picadilly. Es war die Krönung meiner Karriere als Bücherdieb. Ich hatte sie gestohlen.

Sie stand in einem Glasschrank. Ich hatte gesehen, wie die Buchhandelsgehilfin den Schlüssel in die Schublade legte und zum Mittagessen ging. Man musste nur die Schublade aufziehen, den Schlüssel herausnehmen und aufschließen. Ich klemmte das Buch unter meiner Jacke unter den Arm und schlich die Treppe hinunter. Es gehörte mir!

Aber so war es nicht. Alles um mich herum zog sich zurück, die Erde wurde zu einem fremden Planeten. Sogar die Flasche auf dem Tisch, ich konnte sie nicht erreichen; ich konnte kaum noch atmen und japste wie ein Fisch an Land, als ich begriff, was ich getan hatte.

Ich war verrückt – und vollkommen allein damit. Wenn ich es wieder einrenken wollte, dann jetzt. Verzweifelt versuchte ich, ein bisschen von der Wirklichkeit zu retten, bevor sie in Schutt und Asche versank.

Es war so, als spule man einen Film zurück, um etwas ungeschehen zu machen. Ich stellte *Alice in Wonderland* zurück in den Glasschrank und schloss die Schublade. Sowie ich nach Kopenhagen zurückkam, ging ich durch die Antiquariate der Fiolstræde und stellte die wertvollsten Bücher dorthin zurück, wo ich sie gestohlen hatte.

Das Prachtstück war Johannes V. Jensens *Des Königs Fall* in drei signierten Bänden. Erst 1901 erschienen die drei Romane *Das Frühjahr*, *Der große Sommer* und *Der Winter* in einem Band – *Der Herbst* hatte er nie geschrieben. Jeder Band hatte auf der Titelseite eine Illustration von Gudmund Hentze – er gehörte zu den Symbolisten, die Johannes V. Jensen eigentlich nicht mochte. Die Bücher waren so selten, kostbar und gefragt, dass das Stehlen eigentlich mit der Todesstrafe hätte geahndet werden müssen.

In gewisser Weise war es auch so. Denn kaum hatte ich sie zurückgestellt, war es zu Ende. Die Angst holte mich ein und explodierte wie ein Stern. Ich hatte die Grenze einmal zu oft überschritten und hörte im Restaurant das Glas fallen.

Vater blickte von der Speisekarte auf: »Fisch oder Fleisch?«

*

Ihre Mutter erzählte nur selten von Russland – außer im Winter –, eine Geschichte erzählte sie jedoch immer wieder.

Als Kind sollte sie einmal Brot holen, es war in Leningrad, und sie bekam einen Schal um den Hals, der sie warmhalten sollte. Auf dem Weg zum Bäcker schneite es, und eine alte Frau rief ihr hinterher.

»Kleines Mädchen, mein kleines Mädchen, komm zur Großmutter!«

Die alte Frau stand an der Tür eines mehrstöckigen Hauses.

»Was für ein schöner Schal«, sagte sie.

»Ja, und er ist warm.«

»Oh, darf ich ihn meiner Enkelin zeigen? Sie wird sich freuen!«

Mutter gab ihr den Schal.

»Warte hier, ich bin gleich zurück.«

Sie wartete und fror, es wurde immer kälter, aber sie wagte nicht, ohne den Schal nach Hause zu gehen.

Du darfst niemandem vertrauen, niemals, sagte Mutter. Noch immer schneite es in ihr. Sie rechnete mit dem Schlimmsten und gönnte sich allen Luxus, den sie bekommen konnte.

Champagner, russischen Lachs, teure Schuhe. Sie liebte Violinen und klassische Musik. Manchmal ertappte M. sie, wie sie allein mit einem Flakon in den Händen dasaß. Sie duftete nach Parfüm.

Mutter ging zu den Empfängen der Botschaften und besuchte Theaterpremieren. Sie putzte sich mit einem geblümten Abendkleid für ein Fest im Taj Tennis Club heraus. Mrs. Mesbahzadeh überreichte den Pokal zusammen mit General Khosrovani. Die bestangezogenste Frau gewann eine Reise mit Allitalia nach Rom und wurde für die *Kayhan International* fotografiert!

Jeden zweiten Montag spielte sie Rubberbridge und aß im Hotel Intercontinental mit Mrs. Bump und Mrs. Sisk zu Mittag, das war die Präsidentin des AWC: The American Women's Club of Iran. Sie boten Kunstkurse und Diskussionsabende an, Blumenbinden, Ballett und Hundedressur. Sie beteiligte sich am Bazar, von dessen Erlös Möbel für ihre neuen, größeren Clubräume gekauft wurden. Dort trafen sie sich zu Kaffee und Kuchen und zur Vorführung des neuesten Radarange-Mikrowellenherdes.

Er kostete fünfundfünfzigtausend Rial, inklusive Bedienungsanleitung. Mr. Nasser Hagighi nahm die Bestellungen entgegen – und Mutter war entzückt. Man stellte die Uhr ein und drückte auf einen Knopf, und zwei Minuten später war das Essen fertig!

M. fragte, ob der Herd auch Zimtschnecken backen könne, und Mutter versuchte, Fati anzuleiten, die aber mit mystischen Gebärden reagierte und die Mikrowelle zusammen mit dem Reiskocher von Hitachi zur Seite stellte. Um dann den Topf auf die Gasflamme zu stellen. Die Tage zogen sich hin, vergingen langsam und dufteten nach Safran.

Einmal in der Woche ging seine Mutter in die Schönheitsklinik. Nicht als Kundin, sondern um dort zu arbeiten. Sie bot dort Gesichtsmassagen an. Hier trafen sich die Frauen der iranischen Oberschicht und Diplomatenfrauen, die sich nicht entspannen konnten.

Ihr Lächeln war eingefroren, die Grimasse saß fest. Mutter

pflegte sie mit Cremes und ließ ihre Hände arbeiten. Eine Sorge hier, eine Heuchelei dort, ein Streit – nach und nach löste sie die Verspannungen und sorgte für einen normalen Gesichtsausdruck.

»Mich hat sie gestern behandelt, sie ist wirklich gut – ich bin eingeschlafen.«

Vicky hatte vor einem Rendezvous den Schönheitssalon besucht.

»Aber weshalb macht sie das? Brauchen wir das Geld?«

»Ich glaube, es gefällt ihr. Die Inhaberin wird oft von der Königin gerufen.«

»Will sie Farah Diba kennenlernen?«

»Vielleicht.«

Der Salon lag im ersten Stock eines Gebäudes in der Saltanatabad Avenue – es war die Straße, die zum Palast des Schahs führte –,darunter befand sich eine Filiale der Bank Melli.

Die Wände des Salons waren mit rotem Velours bezogen, die Stühle mit Goldfarbe lackiert, die Spiegel mit Glasmalereien verziert. Iranische Mädchen sorgten für die Maniküre, während die Kundinnen unter Trockenhauben saßen, über die geheimsten Dinge plauderten und dabei immer lauter wurden, weil sie bei dem Lärm ihr eigenes Wort nicht verstanden.

In den Regalen standen Büsten mit Perücken. Seine Mutter nannte sie »Perückenköpfe« und sagte, man müsse bedenken, dass muslimische Frauen ihr Haar bedecken. Es zu schneiden war äußerst heikel und eine Sache für sich.

Es gab ein Set Scheren, Kämme und Lockenwickler für sie und ein anderes für Christinnen – alles war zwei Mal vorhanden, wie bei einer Spiegelung. Männer hatten keinen Zutritt.

Mutter war mit der Inhaberin, Mrs. Saxberg, befreundet. Sie war Dänin, mit einem reichen Iraner verheiratet und hatte früher als Friseurin von Jacqueline Kennedy in Washington gearbeitet.

Sie erzählte, sie habe ihr zu der später legendären Frisur verholfen, mit der sich ihr flacher Hinterkopf kaschieren ließ, genauso wie der Pillendosen-Hut.

Jackie war unglücklich und sah ihre Kinder nur eine Viertelstunde am Tag. Und seine Geliebte hatte der Präsident gleich um die Ecke vom Weißen Haus untergebracht. Es gab für sie sogar einen Platz im Atombunker.

Mrs. Saxberg empfing die Hofdamen des Palastes, die alle dieselbe Frisur wollten und auf sämtliche Einzelheiten der jüngsten Skandale neugierig waren. Sie wurden mit Samthandschuhen angefasst. Ein falsches Wort konnte zur Schließung des Salons führen.

Bevor sie frisiert wurden, mussten ihre verkrampften Gesichter massiert werden. Das übernahm Mutter – und hörte zu, wenn sie sich über ihre Männer beschwerten.

Einer der Kundinnen war ein weißer Pudel zugelaufen, den sie behalten hatte – ihr Mann arbeitete für eine Firma namens Kosan Gas. Sie wohnten in Niavaran, und der Hund stammte eindeutig aus einem guten Haus. »Er hat sehr feine Manieren, schläft in unserem besten Sessel und will nur Steaks fressen«, erzählte sie und kam schon bald wieder mit neuen Verspannungen.

Der Pudel hatte inzwischen die Herrschaft übernommen und benahm sich, als seien sie seine Untertanen. Er war zu einer Plage geworden – und zu einem teuren Vergnügen. Sie hängten überall Zettel auf und hofften, dass der Besitzer sich meldete und ihn zurücknahm. Und so kam es. Eine schwarze Limousine hielt vor ihrem Haus, und der Fahrer bat darum, ihm den Hund zu übergeben. Er gehörte dem Schah.

M. durfte in den Friseursalon mitkommen, weil er noch als

Knabe durchging. Mitten auf dem Boden kochte und blubberte es in einem Topf – es war das Wachs, das zur Enthaarung diente. Die persischen Frauen kümmerten sich intensiv um ihr Äußeres und verbrachten Stunden und Tage damit, Make-up aufzulegen.

Die Wimpern konnten nicht lang genug sein. Und hinterher versteckten sie sich unter dem Schleier. Ein großer Aufwand für nichts.

Vicky und Missy trugen ihr Haar jetzt straff zurückgekämmt, genau wie Mutter – und Farah Diba. Sie war eine der hübschesten Frauen der Welt. »Abgesehen von Audrey Hepburn«, sagte Vicky. »Und Brigitte Bardot«, sagte Missy.

Es erforderte große Mengen an Haarspray. Es verbreitete sich wie Sprühregen, klebte und stank: Sprühgold – die bevorzugte Marke der Königin. Mutter las die Frauenzeitschriften, die das APO, das Army Post Office, in die Botschaft schickte. Es war ihr Luftloch, sie atmete durch *Vogue*, *Marie Claire* und *Harper's Bazaar*.

Farah Diba flog nach Mailand, um Schuhe zu kaufen. Ihr Arzt wohnte in der Schweiz. Sie aß bei Maxim's de Paris – oder ließ sich das Essen mit ihrem Privatjet bringen.

»High life«, sagte Mutter und wünschte sich ein Kleid von Valentino. Es war knallrot. Und eine Handtasche von Dior. Das Make-up auf ihrem Toilettentisch war von Elizabeth Arden und die Cremes hießen … Farah. Sie ging ins Museum und studierte Kunst und Antiquitäten, und jedes Mal, wenn Farah Diba eine Ausstellung eröffnete, war Mutter dabei.

Sie setzte sich eine große Sonnenbrille auf, und die Verwandlung war komplett. Wenn da nicht ihre breiten Züge gewesen wären. »Slawisch«, seufzte sie, sog die Wangen ein und verstand nicht, wie Farah ein solch schmales Gesicht haben konnte.

Sie klagte Mrs. Saxberg ihre Not, die meinte, dass diesem Problem leicht abzuhelfen sei. Mutter sollte es so machen wie die Königin. Sie hatte sich die Backenzähne ziehen lassen.

Lichterketten, Plakate und Blumen hingen über den Straßen. Das Monument war fertig – Shahyad Aryamehr –, und er hörte Mutter über nichts anderes mehr reden, als über das Fest aus Anlass der Zweitausendfünfhundertjahr-Feier.

Könige, Kaiser und arabische Scheichs, Präsidenten, Staatsminister und Generalgouverneure wurden zum größten Gala-Abendessen der Geschichte eingeflogen. Es fand in einer glitzernden Zeltstadt bei Shiraz statt. Die ganze Welt war eingeladen – mit Ausnahme von Mutter. Und den Iranern, sagte Tim.

Er sah aus, als könnte ihm ein Bad guttun. Er hatte lange Haare und Bartstoppeln. Die meisten seiner Freunde gingen nicht auf die Community School, sondern trieben sich in Cafés oder auf dem Universitätsplatz herum. Die Polizei hatte Studenten festgenommen, die auf die Toilettenwände »Devil's Festival!« geschrieben hatten.

»Terroristen«, erklärte Mutter und meinte Tim. Er würde nicht so unverschämt sein, wenn Vater hier wäre!

Sie kam von einem Empfang im Royal Hilton Hotel mit dem offiziellen Guide, der offiziellen Münze und der offiziellen Schale mit Goldrand und Wappen zurück. »Spode«, hauchte sie, »englisches Porzellan.«

Im People's Room wurde der Tisch gedeckt – Kanapees und Champagner. Mutter und die Zwillinge hatten sich herausgeputzt und rochen nach Sprühgold. Sie sahen aus wie die Klone von Farah Diba.

M. sollte König Kyros sein, er wand sich unter einer Krone aus Weihnachtspapier, die Mutter ausgeschnitten und ihm auf den Kopf gesetzt hatte. Das ist beinahe so, als wäre man dabei, meinte sie und schaltete den Fernseher ein.

Der Schah trat wie eine lebende Statue in Gala-Uniform auf – die Eröffnungszeremonie wurde direkt aus Persepolis übertragen. Er legte einen Kranz am Grabmal von Kyros dem Großen nieder – »I, Shahanshah of Iran, offer thee salutations« – und hielt eine Rede auf die Knochen seiner Vorväter.

»Das sind nicht seine Vorväter!«, protestierte Tim. »Sein Vater war irgendein Kosake aus einem Dorf in Savadkuh, die Engländer haben ihn doch nur wegen des Öls auf den Thron gesetzt.«

Plötzlich knallte es, M. zuckte zusammen. Bomben, Krieg! Es war ein Ehrensalut aus Kanonen und Feuerwerkskörpern. Mutter goss die Champagnergläser ein, als wäre Silvester.

Farah Dibas Kleid war aus Gold gewebt und mit Silber bestickt. Sie stand neben dem Schah und empfing Kaiser Haile Selassie, Vizepräsident Spiro Agnew, Präsident Tito, Fürst Rainier von Monaco. »Seht mal«, rief Mutter, »Fürstin Grace!«

Der Herzog von Edinburgh, Imelda Marcos, König Konstantin und Anne-Marie von Griechenland – »Exkönig Konstantin«, murmelte Tim. Königin Ingrid von Dänemark stammte aus dem ältesten Königshaus, sie war die prominenteste Vertreterin des europäischen Hochadels und und wurde vom Schah in einem gigantischen Zelt mit goldeingefassten Türen und Kristallkronleuchtern zu Tisch geführt.

»Es ist serviert«, trällerte Mutter und reichte die Schüssel mit dem Wappen herum. Die Zwillinge hielten die Kanapees mit abgespreizten kleinen Fingern in der einen Hand und das Glas mit abgespreizten kleinen Fingern in der anderen.

M. hatte Angst, dass Tim die Schüssel fallen lassen und das kostbare Porzellan – das Jubiläum und überhaupt alles – kaputtmachen könnte. Aber Tim rührte die Häppchen nicht an und gab Geräusche von sich, als hätte er etwas in den falschen Hals bekommen.

Es waren über sechshundert Gäste. Mutter hatte die Speisefolge von Carita und Alexandre erfahren, die aus Paris gekommen waren, um das königliche Haar zu richten. Es war eigentlich geheim.

Sie schwärmte für Wachteleier – mit Kaviar gefüllt – und den Wein: »Château Lafite Rothschild 1945«, japste sie.

Tim bekam einen immer röteren Kopf: »Mit jedem Glas, das sie trinken, stirbt irgendjemand vor Durst.«

Das Hauptgericht war gebratener Pfau, gefüllt mit Gänseleberpastete – die Braten waren mit den Schwanzfedern dekoriert –, dazu Nuss- und Trüffelsalat. »Mit jedem Bissen, den sie essen, stirbt ein Kind vor Hunger!« Tim breitete die Arme aus und brüllte.

Dreißig Quadratkilometer hätten sie von Giftschlangen säubern lassen, Stacheldrahtzäune hätten sie aufgestellt und Soldaten postiert, aber sie seien das Gewürm und müssten alle miteinander eingesperrt werden!

Es wurde ganz still. Mutter hatte den Fernseher ausgeschaltet.

»Der Schah ist unser Alliierter bei der Bekämpfung des sowjetischen Einflusses im Nahen Osten und am Persischen Golf. Und du bist unter schlechten Einfluss geraten und kommst bald aufs Internat nach Syracuse.«

Ihre Worte klirrten wie Eiswürfel. M. hatte sie nie so reden hören und zog sich die Krone vom Kopf.

»Oder nach Ostdeutschland«, schlug Vicky vor.

Missy lachte: »Du musst sowieso nach Vietnam.«

Ausnahmsweise lachte niemand mit.

*

Die Psychose drückte sich in Angstzuständen aus, wie damals, als ich klein war und mich vor den Schlangen unterm Bett fürchtete. Nun hatte ich nachgesehen – und tatsächlich waren dort Schlangen! Von überall her hörte ich ihre Stimmen, wer lästerte denn da in der dritten Person über mich.

Die Leute wussten, was ich getan hatte, und die Radioprogramme steckten voller Andeutungen –, selbst beim Wetterbericht. Ging ich auf die Straße, schienen die Dinge zu sprechen und meine schlimmsten Geheimnisse zu entblößen.

Ich wurde in einem wachen Albtraum von innen nach außen gestülpt. Alles drehte sich um mich. Sogar ein harmloses Kinderbuch in einem Schaufenster – *Onkel Ampel* – konnte mich zu Tode erschrecken:

*Kind, hier will ich dir erzählen,*
*wonach du unbedingt musst sehen.*
*Schau auf meine großen Augen,*
*willst du über die Straße gehen.*

Die Ampel hatte Arne Ungermann gezeichnet, sie sah mich mit einem strengen Blick an und breitete die Arme aus: »Stopp!« Ich war bei Rot über die Straße gegangen. Es gab keinen Weg zurück von der anderen Seite, dort wo die Geistesgestörten sich aufhielten. Sie blinzelten und nickten mir verständnisvoll zu.

Die Stadt war nichts anderes als ein Hohlspiegel meiner Vorstellungen und des Verfolgungswahns, der mich strafte. Zog ich die Gardinen auf, standen sie draußen mit Halstüchern vor dem Gesicht und riefen im Chor: »Saus und Braus? Knud muss raus!«

Es kam in Wellen, mal war es stärker, mal schwächer. Zwischendrin war mir klar, dass ich allmählich verrückt wurde aber wo sollte ich Hilfe suchen? Wer gehörte nicht zu der Verschwörung, wer war nicht hinter mir her?

Die Studienberatung an der Universität war der Vorhof der Hölle, bis ich an der Reihe war. Die Graffitis auf dem Weg dorthin drohten mit »Satan« und »666«. Der Mann vom studentischen Beratungsdienst lächelte mich boshaft hinter seinem Schreibtisch an. »Du kannst wählen, entweder du lässt dich einweisen oder du bekommst Medikamente«, sagte er.

Was ich ihm über die Vorgeschichte anvertraute, war egal. Es hatte nichts zu bedeuten. Ich war ein Patient und krank. Würde ich erst einmal Medikamente nehmen, wäre ich verloren, so viel wusste ich.

Aber was sollte ich tun? Ich hörte mich um, und mir wurde eine Praxis in Charlottenlund empfohlen. Ich legte mich auf die Couch eines Lacan'schen Psychoanalytikers. Nach fünfundvierzig Minuten unterbrach er mich und fragte, ob ich »grübeln« gesagt hätte? Das hatte ich, wieso?

Darauf könne ich mir selbst die Antwort geben, erwiderte er und stellte eine Rechnung über tausendzweihundertfünfzig Kronen aus. Ich wurde wütend, zerriss sie und trat auf dem Heimweg in jede Hundescheiße. Es gab niemanden, an den ich mich wenden konnte.

Schließlich fand ich einen älteren Mann, einen Psychologen. Er hatte einen weißen Bart, war ausgesprochen friedlich und so zuverlässig, dass ich ein wenig zur Ruhe kam. Ihm erzählte ich alles und hoffte, es damit los zu sein.

Allerdings war er der Meinung, dass ich wohl doch eine Nummer zu groß für ihn sei. Ich sollte mich eher an einen Psychiater wenden. Also schrieb er mir eine Überweisung und ich landete bei der Bezirkspsychiatrie – und begab mich zu der Abteilung am Nørreport und zog eine Wartenummer.

Doch es nützte nichts. Auch wenn der Arzt seine Hand ausgestreckt hätte, um mir zu helfen, hätte meine Hand sich aufgelöst und wäre zu Wasser geworden. Ich ertrank in mir selbst, als wär's der Indische Ozean.

»I did everything just like you said, and look where I am now.«

Kurt Vonneguts Sohn war eingeliefert worden und hatte die Antipsychiatrie in *Harper's Bazaar* angeklagt. »Why I want to bite R. D. Laing.« Er fühlte sich verraten und verlassen. »You bastard!« So ging es mir auch: »Tune in, turn on – and drop out.« Und wenn man ausgestiegen war, was dann?

Ich müsse unbedingt schlafen und hätte gern Schlaftabletten, sagte ich dem Arzt, Rohypnol. Es waren die stärksten, die man bekommen konnte, und die einzige Rettung, wenn es begann und ich nachts erwachte.

Ich hörte hastige Schritte im Treppenhaus und ging in den Flur. Licht fiel durch das Guckloch und den Briefschlitz – es sah aus wie ein Schädel. Ich öffnete die Tür, um nachzusehen, wer dort war.

Der Junge lief die Treppe auf und ab – »Die Katze tritt die Treppe krumm, die Katze tritt die Treppe krumm« – und stand direkt vor mir. Ich blickte auf mein Hemd. In meiner Zwangsvorstellung war es falsch geknöpft. Vor Schreck wachte ich auf, aber es nahm kein Ende; nach ein paar klaren Momenten begann es von vorn. Schlaf ist die beste Medizin, und die Zeit heilt alle Wunden, erklärte ich mir.

Rohypnol war bei Drogenabhängigen populär. Man musste nur ein paar Tabletten mit Starkbier einnehmen, schon fing man an zu halluzinieren, aber das wusste ich nicht. »Hypnos«, ich wollte nur schlafen.

Das dürfe ich auch, sagte der Krankenpfleger, der mich in weißen Clocks hinausbegleitete. Außerdem würde er mir empfehlen, tagsüber wach zu bleiben und nachts zu schlafen. Ich sollte weniger Kierkegaard und mehr Boulevardzeitungen lesen, sauber machen und Dauerwurst essen.

Er hatte mir einen guten Rat gegeben: »Pass auf dich auf.« Es war so, als bekäme man das Realitätsprinzip auf Rezept, und ich befolgte es, weil ich überleben wollte. Es konnte nicht schon vorbei sein.

Ich stellte mir den Wecker, stand um sieben Uhr morgens auf und putzte mir die Zähne. Ein Toast mit Butter, und dann in die Kleider, die ich am Vorabend auf den Stuhl gelegt hatte. Ich musste mich beeilen, wenn ich aufräumen, den Müll hinunterbringen, einkaufen und kochen wollte, bevor alles aus der Spur lief und die Paranoia wieder Oberwasser bekam. Dann schluckte ich eine Rohypnol und schlief vierundzwanzig Stunden lang.

Stück für Stück, Minute um Minute, versuchte ich mich in den Alltag einzugliedern, den die anderen miteinander teilten. Es war wie Gehenlernen. Ich blieb bei Rot stehen und ging bei Grün über die Straße und gab Zeichen, wenn ich Fahrrad fuhr. Nach Ihnen, wie Sie meinen, Sie haben recht. Ich hörte zu und tat, was man mir sagte.

Allmählich trennten sich meine Gedanken und die Dinge. Jedes Mal, wenn mich eine Zwangsvorstellung überkam, dachte ich: »The map is not the territory.« Man konnte keine Schlüsse aus irgendetwas ziehen.

Den größten Teil des Tages lief ich. Ich war auf der Flucht und konnte nicht stehenbleiben – nach einigen hundert Metern bekam ich keine Luft mehr und trottete, um Atem ringend, weiter. Dann lief ich um das Kastell und wurde nicht müde, ich lief einfach weiter, Kilometer um Kilometer, eine Runde nach der anderen – und hoffte, dass ich nicht psychotisch war, wenn ich das Ziel erreicht hatte.

Nach einem halben Jahr war ich so weit, dass ich die Bücher zusammensuchte und mit dem ganzen Stapel Sekundärliteratur zur Königlichen Bibliothek ging. Ich lieferte sie zu spät ab – nicht einen Monat, sondern fünf Jahre zu spät –, außerdem waren sie voller Unterstreichungen, Notizen und Ausrufezeichen in mehreren Farben. Ob ich so freundlich wäre, mit ins Büro zu kommen?

Ich hätte über Dylan Thomas geschrieben, habe man ihm erzählt. Der Oberbibliothekar troff vor Ironie. Vielleicht sollte ich darüber nachdenken, beim nächsten Mal eine Arbeit über das Zurückgeben von Büchern zu schreiben – in einwandfreiem Zustand. Die Geldstrafe war größer als ich, und ich musste zu Kreuze kriechen und Vater bitten, sie zu bezahlen. Er bezahlte. Wie immer.

Die große Herausforderung bestand nicht in der Grenzüberschreitung, sondern in der Normalität. Der schmale und gerade Weg war ein schwieriger Balanceakt – nicht zu wenig und nicht zu viel. Man musste achtgeben und achtsam sein. Die kleinsten Dinge erforderten meine Aufmerksamkeit. Es war eine Sisyphusarbeit an Unwesentlichem, ein gutbürgerliches Leben aufrechtzuerhalten.

Man musste sich den Wiederholungsmustern unterwerfen und jeden, aber auch jeden Tag dasselbe tun. Ich putzte mir die Zähne, band die Schnürbänder zu und sah im Fernsehen die Nachrichten – und versteckte mich in der Wirklichkeit.

Obwohl es nur eine Imitation war, funktionierte es. Ich knöpfte mein Hemd zu, wurde zu einem vergessenen und versteckten Ort und verschmolz mit der Tapete, wo mich niemand finden konnte. Es gelang mir sogar, eine Arbeit über die griechische Tragödie zu schreiben, die exakt dem Lehrbuch entsprach, und sie rechtzeitig abzuliefern – und ganz allmählich funktionierte es wieder.

Es war ein Wunder, dass ich lebend durch dieses fürchterliche Jahrzehnt der achtziger Jahre kam. Mark Paulines Roboter kämpften am Kopenhagener Hafen die letzte Schlacht für die Survival Research Laboratories, mit Druckluftkanonen und Flammenwerfern, schwarzen Kaskaden von brennenden Glasfiberbooten und dem Gestank von Schlachterei- und Molkereiabfällen: der Tag des Jüngsten Gerichts, jetzt!

Ich wusste, dass es jetzt vielleicht überstanden war, als ich Massive Attacks »Unfinished Sympathy« hörte. Die neunziger Jahre wogten mit diesem tiefen, weichen Basslauf heran. Dann klingelte es an der Tür.

Mein amerikanischer Freund hatte einen Koffer in der Hand. »Bulbul«, lachte er und fragte, ob er bei mir übernachten könne? Selbstverständlich, ich freute mich, ihn zu sehen, komm herein!

Er war auf der Durchreise, wollte aber nicht darüber reden. »Ich war nicht in Berlin«, sagte er, »und auch nicht in Stockholm.« Wir spielten wie gewöhnlich Schach. Er wirkte abwesender als sonst und verlor – und ich versuchte ihn dazu zu bringen, mir etwas über den Priesterstaat zu erzählen.

Demonstranten hatten auf Grønningen Parolen gerufen. Ich wohnte neben der iranischen Botschaft. Sie hatten sich maskiert und ihre Gesichter verborgen, um nicht erkannt zu werden.

Genau so war es, sagte er. Regimegegner würden überall verfolgt, auch im Ausland, an den Universitäten verschwanden Studenten. Man konnte sich niemals sicher fühlen.

Wir redeten über die Besetzung der amerikanischen Botschaft in Teheran. Unter den Geiseln waren auch viele Freunde von ihm. Am Morgen hatte M. noch die Marineinfanteristen gegrüßt, die getötet worden waren. Es war durchaus noch nicht überstanden, und die Folgen würden das Schicksal der gesamten Region verändern.

Die vertraulichen Dokumente der CIA wurden makuliert, bevor sie ihnen in die Hände fielen. Aber die Maschine, mit der die Dokumente vernichtet wurden, kannte nur eine Richtung und produzierte lange, dünne Streifen statt Konfetti.

Die Dokumente kamen aus dem »Spionagenest«, wie die amerikanische Botschaft genannt wurde, und die Teppichhändler der Ferdowsi Street mussten sie wieder zusammensetzen. Die Teppichweber arbeiteten mit unendlicher Geduld. Langsam und methodisch erschufen sie die Geschichte neu.

Die losen Fäden wurden zu Worten und Sätzen verbunden. Früher oder später würde die Wahrheit ans Licht kommen und der Name seines Vaters in einem Bericht auftauchen, der für immer und ewig die höchste Geheimstufe tragen sollte:

*In the name of Allah, the Compassionate, the Merciful!*

Nach einigen Tagen zog er ins Hotel Phoenix – er wollte mir nicht zur Last fallen –, dann flog er zurück in die USA, ohne sich von mir zu verabschieden. Es wurde immer unwahrscheinlicher, dass es ihn gab.

Er schickte mir per Post einen Gruß – und ein Paket mit Büchern. Als wollte er mich an etwas erinnern: *Amok Fourth Dispatch: Sourcebook of Extremes of Information in Print.*

Andere Bücher aus diesem Katalog müsste man gar nicht erst lesen, hieß es hier nach einem Zitat von J. G. Ballard. John Waters nannte es eine »Leseliste aus der Hölle«. Eine beunruhigendere und verwegenere Sammlung von Titeln und Buchbeschreibungen war kaum vorstellbar, und man konnte sie tatsächlich bestellen:»Amok Books, how can I help you?«

Man konnte beinahe hören, wie ihr die Brille auf die Nasenspitze rutschte. Sie klang wie jede andere Telefonistin – und verkaufte Bücher, die die Grenzen der Meinungsfreiheit beinahe überschritten. Ich musste an Alex DeLarge in *A Clockwork Orange* denken: »Suddenly, I viddied what I had to do.« Vielleicht gab es ja doch einen Weg, gedruckt und gelesen zu werden. Der Skandal ist die Mutter der Berühmtheit, dachte ich und setzte mich an die Schreibmaschine.

## LECK MICH AM ARSCH!

### Der gefährlichste Postkartenschreiber der Welt

»Mögest du von einem Esel gefickt werden! Möge deine Frau von einem Esel gefickt werde! Möge dein Kind deine Frau ficken!« Das sind ägyptische Flüche aus der 23. Dynastie, der ältesten der Welt, dreitausend Jahre alt. Sie stehen in Hieroglyphen auf der Mitgliederkarte von The International Maledicta Society – einer Vereinigung, die sich dem Studium der Schimpfworte gewidmet hat.

Sie umfasst weltweit über neuntausend Mitglieder, Akademiker und muntere Amateure, Prominente und Leserbriefschreiber – und sie ist das Werk eines einzigen Mannes: Dr. Reinhold Aman ... Uncle Mal.

Aman hat sein Leben einer übersehenen Nische der Sprachwissenschaft gewidmet: Schimpfworten oder »maledicta«, wie er sie nennt (Lateinisch: male = schlecht, dicta = Worte). Sein Ziel ist großartig – er hat sich vorgenommen, jedes anstößige Wort auf der Welt zu registrieren. Er ist regelrecht besessen davon:

> *Ich habe über dreißig Jahre darauf verwendet, Tag und Nacht, ich habe geschuftet wie ein wahnsinniger Biber, so viel gibt es zu tun.*

Aman will für Schimpfworte das werden, was die Gebrüder Grimm für das Volksmärchen waren, er will in die Geschichte eingehen als Vater der Maledictologie – koste es, was es wolle! Bisher hat es ihn seinen Job und seine Rente, seine Frau und sein Auto, sein Haus, sein Vermögen und seine Freiheit gekostet.

Aman kann in zweihundertzwanzig Sprachen fluchen, und er hatte es auch nötig. Inzwischen spricht er wie Kapitän Haddock nur noch in Schimpfworten und nimmt alles aufs Korn, was sich bewegt – vor allem, wenn es sich um Angehörige einer offiziellen Behörde handelt: »legal scumbags, fucking federal Nazis and the U.S. Government Gestapo!«

Er war schon immer aufbrausend gewesen, auch bevor die Widrigkeiten auf ihn einprasselten. Die Maledictologie ist weitgehend ein absurdes Beispiel der Kongruenz eines wissenschaftlichen Projekts und einer Persönlichkeit. »Leben und Werk.«

Selbstverständlich kann der führende Experte für Schimpfworte nichts anderes sein als ein Querulant – ein verrückter, alter Mann.

Andererseits ist es nicht ganz unverständlich, dass er mürrisch ist und sich verfolgt fühlt. Er ist einer der wenigen Professoren der deutschsprachigen Literatur des Mittelalters, den seine philologischen Interessen ruiniert haben und der aufgrund von ein paar Postkarten im Hochsicherheitsgefängnis gelandet ist.

Reinhold Aman ist entweder der gefährlichste Postkartenschreiber der Welt – und wie gefährlich kann so etwas sein? – oder einfach nur vom Pech verfolgt.

»Himmikruzifixherrgottsakrament!« – in Bayern können sie fluchen, und hier wird Reinhold Albert Aman 1936 in Fürstenzell geboren. Er wächst in Straubing und Oberschneiding auf, studiert Chemieingenieur in Augsburg und arbeitet in Frankfurt und München, bevor er 1957 nach Montreal, Kanada emigriert.

Von dort reist er schon bald weiter in die USA, wo er einen Job als Chemieingenieur findet und heiratet: »Heirat 1960. Scheidung 1990 nach dreißig Jahren zunehmender Hölle«, wie er seine Ehe beschreibt.

1964 kommt die Tochter Susan zur Welt, doch das Elternglück ist nicht so groß, dass Aman sich nicht im Jahr darauf auf die Schimpfworte stürzen und The International Research Center for the Study of Verbal Aggression gründen würde.

Gleichzeitig beginnt er, ein Archiv über das Quellenmaterial und die Literatur zum Thema aufzubauen, The International Maledicta Archives. Es ist seither auf ungefähr viertausend Bücher, achtzehntausend Seiten publizierte Forschung und sechstausend bibliographische Referenzen und Zusammenstellungen angewachsen.

Es ist ambitiös, sein Hobby ein internationales Forschungszentrum zu nennen, und es wirkt ein wenig kindisch, wenn er sich selbst als Oberarchivar und Direktor bezeichnet – seine Leidenschaft für Schimpfworte und der Kampf gegen sein Umfeld gehen inzwischen Hand in Hand mit einer guten Portion Größenwahn. Er steht im Zentrum und die ganze Welt ist gegen ihn. Paranoia – ist das nicht beinahe ein Synonym für das Studium der Flüche?

Dazu muss man auch Amans Herkunft in Betracht ziehen. Er ist ein deutscher Jude – das allein gibt schon reichlich Anlass zum Fluchen. Und um es noch schlimmer zu machen, entscheidet er sich für eine Karriere in seinem Hobby-Fachgebiet und studiert deutsche Philologie.

1968 schreibt er seine Doktorarbeit – eine zweihundertneunundsiebzig Seiten lange Analyse der Schlachtszenen in einem heroischen Epos aus dem 13. Jahrhundert, »Der Kampf in Wolframs Parzival«. Dann wird er assistierender Professor an der University of Wisconsin-Milwaukee und stürzt sich in die Forschung.

1971 veröffentlicht Aman eine Abhandlung über schlüpfrige Wortspiele: *Sinnliches. German wordplays* (Milwaukee, 1971) – und ein Jahr später ein zweites Buch über herabsetzende Begriffe und ihre Bedeutungen in der deutschen Sprache: *Psychological, Literary and Linguistic Aspects of German Pejoratives* (San Francisco, 1972).

Sein erstes größeres Werk ist eine »psycho-linguistische Einführung in sprachliche Aggression« – ein Wörterbuch über zweitausendfünfhundert bayerische und österreichische Schimpfworte, *Bayrisch-österreichisches Schimpfwörterbuch* (München, 1973). Das Buch erscheint in mehreren Auflagen und Ausgaben 1978, 1983 und 1986 und war zwischenzeitlich vergriffen, dank »der stinkend dummen, stinkfaulen Lektoren des Verlags«.

Es folgen Schwanz und Fotze in der englischen Sprache: *Pornographia: Picturesexed Words* (Milwaukee, 1974) – dann krönt er sein Werk mit einer vergleichenden Analyse in politischer Rhetorik: *NIXLER: The Prosaic Poetry of Richard Nixon and Adolf Hitler* (Milwaukee, 1974). Das war zu viel.

1974 wird sein Vertrag an der Universität aufgrund von Unstimmigkeiten nicht verlängert. Als er das Büro des Institutsleiters verlässt, nennt Aman ihn eine »stinklangweilige Schlafmütze«, dreht sich dann aber noch einmal um und korrigiert sich: »Wenn ich dich sehe, schlafen mir die Füße ein!« Das ist nicht sonderlich kreativ für einen Mann, der in zweihundertzwanzig Sprachen fluchen kann, und Aman entschuldigt sich: »Ich bin ein Meister im Fluchen, aber manchmal übernimmt mein Hypothalamus, und dann werde ich so wütend, dass ich nicht denken kann.«

Er legt gegen die Kündigung Widerspruch ein, der jedoch abgewiesen wird – und verliert auch den letzten Rest an Respekt vor der Universität und Akademikern. »Kakademiker«, nennt er sie nun: »Diese hirntoten Schlappschwänze. Jeden Tag werden Menschen durch Beleidigungen verletzt und getötet, aber sie weigern sich, über dieses Thema zu forschen, weil es nicht ernst genommen wird.« Es sollte nicht das letzte Wort gewesen sein, dass sie von Aman hörten. Fickt euch!

Die öffentliche Toleranz für »unartige« Wörter war gering, als Aman anfing, darüber zu arbeiten, und er konnte sicher sein, dass er in Milwaukee, Wisconsin Anstoß erregen würde – in »Waukeshit«, wie es von ihm genannt wird. Lenny Bruce war gerade während eines Nachtclubauftritts in San Francisco verhaftet worden, weil er einen der Transvestiten der Show als »cocksucker« bezeichnet hatte.

Wenn es schon strafbar war, auf der Bühne eines Nachtclubs zu fluchen, war es bei Zeitungen, Film und Fernsehen erst recht problematisch, wo Worte wie »fuck« oder »cunt« in den USA einen Skandal ausgelöst hätten.

Sie waren tabu und kamen im *Oxford English Dictionary* vor 1972 nicht vor. Schimpfwörter waren jedenfalls kein Forschungsgebiet für einen Professor der Universität. »Dungheap U« oder »Arschloch U«, wie er die Institution Universität bezeichnete:

> *Unser Forschungsgebiet ist genauso alt wie die Menschheit, und doch haben Dungheap U's edle Kakademiker sich geweigert, dessen Existenz anzuerkennen.*

So schreibt es Aman in der Einleitung zur ersten Ausgabe seiner Zeitschrift *Maledicta – The International Journal of Verbal Aggression*. Sie erscheint 1977, drei Jahre betreibt er hier nach seinem Rausschmiss sein Forschungsprojekt auf eigene Faust weiter. 1976 gründet er The International Maledicta Society und ernennt sich selbst zum Präsidenten.

Er sammelt Geld von seinen Abonnenten, um seine Studien der Schimpfworte weiter betreiben und den Parnass an der »Arschloch U« bekämpfen zu können. Der besteht für ihn aus »fart-faced colleagues«, »biodegradable nitwits« und »amoeba-brained cacademoids« – um nur einige Begriffe zu nennen, mit denen er die Kakademiker in seinem Manifest beschimpft.

Er ist in der Opposition und ein Mann mit einer Mission, und er hat sein eigenes Medium, *Maledicta*!

Aman ist für das Layout verantwortlich und druckt die erste Nummer selbst. Die Zeitschrift sieht aus wie eine wissenschaftliche Publikation und enthält Beiträge über alles Mögliche, von »Talking Dirty in Cuban Spanish« und »How to Jugde People's Character by Their Farting Styles« bis zu einer Untersuchung über »Sarcastic Interrogative Affirmatives and Negatives« – mit anderen Worten rhetorische Fragen, die in Form sarkastischer Kommentare verwendet werden: »Ist der Himmel blau?«, »Ist der Papst Katholik?«, »Scheißt ein Bär in den Wald?«

Die Auflage liegt bei fünftausend Exemplaren und Aman erreicht nach und nach zweieinhalbtausend Abonnenten und kann mit Müh und Not Frau und Kind versorgen. Sie wohnen in einem bescheidenen Holzhaus, und er verbringt die nächsten zwölf Jahre damit zu schimpfen und über Schimpfworte zu forschen.

Mit dem von ihm gesammelten Material gibt er zehn Nummern von *Maledicta* heraus. Sie decken das gesamte Feld ab – von Graffitis im antiken Rom und dem Slang der Pädophilen bis hin zu Euphemismen für »Furz« auf Polnisch und unappetitlichen Speisekarten. Währenddessen wachsen ihm die Schulden über den Kopf, und 1989 passiert dann das Unvermeidliche: Seine Frau Shirley Beischel will sich scheiden lassen.

*Juristische Schwanzschweine!*

Dazu gibt es im Grunde nicht viel zu sagen, und Aman will es so rasch wie möglich hinter sich bringen. Aber hier hat er sich verrechnet und das amerikanische Phänomen vergessen, das man Anwälte nennt. Scheidungsanwälte.

Bevor er sich versieht, ist Shirleys Anwalt dabei, ihm alles abzunehmen, was er besitzt und hat – oder nicht hat. Er soll ihr die Hälfte vom Erbe seiner Mutter auszahlen, die Hälfte des Werts des Hauses und seiner Einrichtung, die Hälfte vom Wert der Büchersammlung und der zu erwartenden Einnahmen von *Maledicta* und natürlich sämtliche Kosten für den Anwalt seiner Frau und das Gerichtsverfahren übernehmen.

Aman ist ruiniert, er tobt und er muss sich Luft verschaffen.

Er greift zu dem einzigen Mittel, das er kennt: Schimpfworte. Seine Frau erhält zwei Postkarten, auf die er wie bei Drohbriefen aus Zeitungen ausgeschnittene Buchstaben geklebt hat, mit denen er sie wüst beschimpft. Es ist seine Art von Humor, die sie nach dreißigjähriger Ehe eigentlich kennen sollte.

Danach schreibt er das Pamphlet *Legal Slimebags of Wisconsin* über die Ungerechtigkeit, der er ausgesetzt ist, und macht sich lustig über die Richterin Marianne »Peckerhead« Becker, den Scheidungsanwalt Charlie »Filthy« Foullips (»ein Scheidungsanwalt, auch Kloakenratte, Lügner, Hyäne, Geier, Barrakuda genannt!«) und andere »robenbekleidete Schweine«.

Er schickt das Pamphlet an einen breiten Verteiler von Juristen in Wisconsin, und die Empfänger nehmen ihn beim Wort. Aman wird verhaftet – von einer Einheit aus sieben Polizeibeamten – und bekommt nun buchstäblich die volle Bedeutung von sprachlicher Aggression zu spüren: die Buchstaben des Gesetzes.

Aman wird vorgeworfen, in fünf Fällen gegen den § 876, Absatz 18 des Strafgesetzbuches über Drohbriefe verstoßen zu haben. Das Strafmaß beträgt bis zu fünf Jahren Gefängnis und ein Bußgeld von bis zu zweihundertfünfzigtausend Dollar.

Er hat kein Geld mehr, um einen Strafverteidiger zu bezahlen und muss die Pflichtverteidiger akzeptieren – Jeff »Bullshytter« in San Francisco und John »Kuntbrain« Miller in Milwaukee: »stinkfaule, verlogene, unerträgliche Geistespygmäen, die bei jedem dieser debilen, halbhirnigen, speichelleckenden Taschenprokuratoren des Staates verloren hätten!«

Er verbringt die sieben Monate bis zu seinem Gerichtsverfahren in Hausarrest mit einer elektronischen Fußfessel und bekommt schließlich für den Sprachgebrauch in dem Pamphlet und den Postkarten drei Mal siebenundzwanzig Monate Gefängnis ohne Bewährung sowie eine zusätzliche Gefängnisstrafe von drei Jahren auf Bewährung. Das ist der Schlüssel, der umgedreht wird.

Einen Monat nachdem Aman sich einer Herzoperation unterziehen musste, wird er ins Federal Correctional Institution, Terminal Island in Kalifornien gebracht, dem ersten einer langen Reihe von Mittel- und Hochsicherheitsgefängnissen.

Er wird von einem Gefängnis ins andere verlegt, als Strafe,

dass er auch weiterhin flucht und schimpft und gegenüber den Behörden und Gefängnisaufsehern (»Officer Monkeybrain«) auf seinen Rechten besteht. Er lernt das Sonoma County Jail in Santa Rosa kennen, das Federal Building in San Francisco, das Alameda County Jail in Santa Rica, das Federal Prison Camp in Lompoc und das Federal Prison Camp in Dublin.

Nach anderthalb Jahren in Ketten und orangefarbenen Gefangenenoveralls gelingt es Aman, seine Strafe aufgrund eines Verfahrensfehlers beim Gerichtsverfahren zu reduzieren. Daraufhin wird er in das Resozialisierungszentrum von San Francisco überführt und schließlich auf Probe entlassen.

Wenn er in dieser Zeit einmal zu viel fluchte oder außerhalb des zugelassenen Bereichs in Kalifornien erwischt würde, müsste er ohne Pardon zurück ins Gefängnis. Als er wieder auf freiem Fuß ist – Aman stand ohne einen Cent auf der Straße und musste die Abonnenten und Mitglieder der International Maledicta Society um Geld anbetteln –, schreibt er als Erstes ein weiteres Pamphlet:

> *J'accuse! OFFENER BRIEF AN DIE JUSTIZMINISTERIN JANET RENO, AMERIKANISCHES JUSTIZMINISTERIUM, von Reinhold Aman, föderaler Exgefangener Nr. 03873-089 und der gefährlichste Postkartenschreiber der Welt.*

Aman breitet seinen Fall aus und läuft Amok. Er nennt den Staatsanwalt »Heinrich Himmlers Hurenkind« und »ein strafgeiles Gestapo-Schwein« und den Richter Joseph Stadmüller »Scatmüller«. Er klagt die Rechtsmaschinerie und das Gefängniswesen in einer Jeremiade an, die eine lange Liste mit den Namen von Richtern und Anwälten unter folgender Überschrift umfasst: »Die hier zitierten Personen gehören zum inkompetenten, imbezilen, stinkfaulen, lügnerischen, betrügerischen, heuchlerischen, scheinheiligen, moralisch zweifelhaften, schleicherischen und widerlichen Juristengewürm. Pisst auf sie!« Und er endet mit der Herausforderung: »Verklagt mich doch, Juristengewürm!«

Er weiß genau, dass er mit dem Feuer spielt, aber er kann es nicht lassen. Das Ganze ist es ihm wert:

> *Moderate Freunde, die mehr Grips im Kopf haben als ich, baten mich eindringlich, nicht mit den Stinktieren um die Wette zu pissen. Im schlimmsten Fall kann der erbärmliche kleine Scatmüller bestimmt noch ein obskures Gesetz aufstöbern und mich noch einmal mehrere Jahre ins Gefängnis werfen. Aber wenn ich wieder mit Stinktierpisse bespritzt werde, kann ich doch zumindest Befriedigung darin finden, ihnen einen geistigen Tritt in ihre hutzligen kleinen Eier gegeben zu haben. Dafür ist es wert, ins Gefängnis zu gehen.*

Das Pamphlet erscheint zusammen mit einem Wörterbuch, an dem Aman im Gefängnis gearbeitet hat. Systematisch hat er die Schimpfwörter und den Slang der weiblichen Gefangenen gesammelt – *Pen Pal: A Guide to Life and Lingo in Federal Prison*. Er leitet es mit den Worten »Welcome Inside!« ein.

Es ist eine bittere Satire, wenn er dem Leser hilft, sich mit Hilfe eines Wörterbuchs der Gefangenensprache in ein Gefängnis zu begeben: So erfährt man zum Beispiel, was es bedeutet, wenn eine lesbische Insassin eine andere zu ihrer »bitch« macht.

Aman fügt noch einen Guide über das Überleben in Gefängnissen hinzu, *Basic Survival Techniques*: »Folge meinen Ratschlägen, und du überstehst deine Zeit im Gefängnis, ohne größeren physischen und psychischen Schaden zu nehmen. Du wirst den Knast zäher als je zuvor verlassen.« Er endet damit, dass er zum Verfechter einer Gefängnisreform wird; mit einer hochemotionalen Beschreibung der Lebensumstände der Gefangenen widmet er das Buch allen Häftlingen und ihren Familien und Kindern – und wirft es wie eine Bombe von sich.

Diesmal entgeht Aman jedoch weiteren Anklagen. Er kann dort weiterarbeiten, wo er aufgehört hat, als er sechs Jahre zuvor geschieden wurde. *Maledicta 11* erscheint mit einem triumphierenden »We're back!« Gleich zu Beginn peitscht er die Leser aus, weil sie ihn in der Not nicht unterstützt haben: »Gut viertausendachthundert sogenannte Freunde von *Maledicta* verhielten sich vollkommen gleichgültig. Es ging ihnen am Rattenarsch vorbei. Sie waren zu geizig oder zu abgestumpft, um mir in meiner schwärzesten Zeit zu helfen, nicht einmal mit einem schäbigen Zehner.« Natürlich schickt er diesen offenen Brief auch an den Justizminister.

Alles ist wieder beim Alten, mit Artikeln über die routinierte Reaktion von Stand-up-Comedians, wenn sie aus dem Publikum angegriffen werden – »Du bist hässlich, dein Schwanz ist klein, und alle vögeln deine Mutter!« –, und Schimpfworte in Neu Guinea. Englische Telefonsex-Anzeigen, Slang in mexikanischen Restaurants, die Skatologie in Mozarts Briefen und andere Beiträge aus der unendlichen Malediktologie.

Ungefähr da stehen wir heute. *Maledicta 13* ist in Vorbereitung, und Aman überlebt durch die Einnahmen aus seiner Zeitschrift und Buchveröffentlichungen, die frühere Beiträge versammeln: *Opus Maledictorum: A Book of Bad Words. A new anthology from Maledicta vols. 1-11* und *Talking Dirty: A Bawdy Compendium of Abusive Language, Outrageous Insults & Wicked Jokes. An anthology from Maledicta 1-10.*

Zwischendurch verschickt er einen Rundbrief mit kurzen Beiträgen über Beleidigungen, Schimpfwörter, Skatologie, Anzüglichkeiten, Zensur und Buchbesprechungen – »Maledicta Monitor« –, es ist ein Fest. Er ist sogar so weit gegangen, Merchandise-Produkte wie einen Kalender zu produzieren, *Dr. Aman's Insult Calender* (mit dreihundertsechsundsechzig Unverschämtheiten in einsilbigen Worten), und Visitenkarten mit Beleidigungen, »Maledicta Insult Cards«: »Thank you for not farting«, »Küss meinen Arsch!« auf Jiddisch, »Mögest du von einem Esel gefickt werden!« in Hieroglyphen und »Du Arschloch!« als Strichzeichnung.

Was tut man nicht alles, um ein bisschen Geld zu verdienen? Die Visitenkarten kosten einen Dollar, und das ist unverschämt billig.

Aman arbeitet noch immer an seiner Autobiographie, er will über seine Erlebnisse mit dem amerikanischen Rechtssystem und seine Gefängnisaufenthalte berichten. Es hatte einen vernichtenden Einfluss auf ihn, gar keine Frage: »Warnung! Caveat Lector! Unzensierte Sprachforschung von der Verfassung geschützt. Wenn du unter einundzwanzig Jahre alt bist, unreif, juristisches Gewürm, ein geistig verfickter Journalist, ein politisch korrekter Clown oder wenn du dich von Worten gekränkt fühlst, dann verschwinde einfach.«

Er ist besessen von seiner Sache, bei der die Beschwerden über sein ungerechtes Schicksal und die Bekleidung von Richtern und Anwälten (»robenbekleidete Schweine«), der Kampf gegen die Behörden (»legal scumbags, fucking federal Nazis and the U.S. Government Gestapo!«), gegen Kakademiker und die Universität (»Arschloch U«) im sauberen Milwaukee, Wisconsin (»Waukeshit«) und der Kampf für Schimpfworte als sprachwissenschaftliches Feld – sein Feld, seine Expertisen, »maledicta«! – nicht mehr voneinander zu unterscheiden sind. In einer hemmungslosen Suada von Flüchen und Verwünschungen lehnt er sich gegen den Rest der Welt auf, es ist ein einziger großer ... *Mein Kampf.*

Man kann durchaus sagen, Dr. Reinhold Albert Aman ist ein Mann, dessen Hobby ihm über den Kopf gewachsen ist. Er ist ein Schreckensbeispiel dafür, was passieren kann, wenn die Freizeitinteressen zu einer fixen Idee werden und sich zu einer Vollzeitbeschäftigung entwickeln, die den Anspruch hat, reguläre Forschung zu sein, die an die Universität gehört.

Amateure zeichnen sich dadurch aus, dass sie sich persönlich für etwas engagieren und all ihre Gefühle investieren. Sie stehen für die unmittelbare Vermittlung eines Stoffgebiets und beschäftigen sich intensiv mit dessen besonderen Bedingungen, um es mit Blick auf eine Erklärung zu beschreiben und zu analysieren.

Es sind Menschen, die eine identifikatorische Beziehung zu bestimmten Dingen haben und eine Baskenmütze tragen, wenn sie sich für Frankreich interessieren; sie stürzen sich auf suggestive und impressionistische Schilderungen von suggestiver und impressionistischer Kunst. Oder sie tragen Lederweste und Bart und wissen ALLES über Fassbinders Filme – und so weiter. Nerds, Aficionados und Fans, die sich auf ein Thema in einer fetischistischen Weise spezialisiert haben und ihren Gegenstand eher verehren, als dass sie ihn systematisch untersuchen.

Aman ist ein echter Amateur, der Gegenstand und Methode nicht zu trennen vermag. Er ist eins mit seinem Stoffgebiet, wenn er satirische Untersuchungen über satirische Literatur vornimmt oder schlüpfrige Studien mit schlüpfrigen Wörtern beschreibt. Er schimpft und flucht, um die »abgewiesenen« und »unterschätzten« Schimpfworte als wertvolle und seriöse Themenfelder der akademischen Forschung durchzusetzen – und seine eigenen Publikationen als gültige und wichtige Beiträge zur Sprachwissenschaft.

Es sind verschiedene Seiten der gleichen Medaille, die letzten Endes von seiner Person handeln. Aman fühlt sich abgewiesen und unterschätzt, wenn es um die soziale und akademische Anerkennung geht, die ihm seiner Meinung nach zustehen müsste, und auch den Schimpfworten zustünde.

Er ist letztendlich ein Exempel für das, worüber er spricht und womit er sich beschäftigt: sprachliche Aggression. Er ist identisch mit den Schriftzeichen auf der Mitgliedskarte seiner Vereinigung und den Visitenkarten, die er für einen Dollar verkauft – eine wütende Hieroglyphe –, und sein Leben hat sich entwickelt, als stünde es unter einem ägyptischen Fluch.

Die Widrigkeiten und Aman – es ist schwer zu entscheiden, wer da wen angezogen hat. Ist er ein Unglücksvogel oder ist er selbst schuld – und vielleicht sogar darauf aus, sich zu einem Märtyrer zu stilisieren und sich als der missverstandene Begründer der Malediktologie zu verewigen?

In jedem Fall kann er über etwas fluchen. Die Malediktologie ist im Guten wie im Bösen zu seinem Schicksal geworden. Aman hat sich seinen Weg zu einer Art Berühmtheit gepflügt – und geflucht –, indem er fünfunddreißig Jahre lang dasselbe getan hat. Er ist auf dem Weg, ein Begriff zu werden.

Die *Chicago Tribune* nennt ihn »den Noah Webster der sprachlichen Aggression«. So wie Hollywood sich von Rock Galotti als Experten für Schusswaffen beraten lässt, wendet man sich an Aman, wenn es um den Slang der Huren in Saigon während des Vietnamkriegs geht: »Me so horny. Me love you long time.«

Trotz des ganzen Gegenwinds, den er verspürt hat, ist er noch immer gut zu Fuß auf dem Weg zu seinem Ziel und dabei, sich in der Sprachwissenschaft als Uncle Mal zu verewigen, dessen Name synonym mit Flüchen ist.

Amen!

Ich war sicher, dass irgendjemand meinen Essay über Dr. Reinhold Aman drucken würde – wieso sollte man es nicht tun? –, vielleicht sogar *Lettre International* in einer Übersetzung! Aber ich hörte nichts von ihnen, abgesehen davon, dass sie den Text bekommen hätten und vorschlügen, dass ich ihn woanders, ganz woanders, hinschicke.

Der Golfkrieg brach aus, während ich in der Königlichen Bibliothek saß und über hebräische Zeitrechnung las. Ich hatte am deutschen Institut einige Semester Jiddisch belegt. Aron war ein nach Schweden geflohener polnischer Jude, er war neunzig Jahre alt und der strengste Lehrer, den ich je hatte.

Einmal in der Woche kam er von der Universität in Lund nach Kopenhagen. Nach der ersten Stunde gab es außer mir keine weiteren Studenten.

»Kanud, zeyer oremer talmid!«

Jiddisch war geradezu eine Kinderbuchversion von Deutsch, weich und liebevoll. »Neshume« bedeutete Seele und klang wie das dänische »skumring«, Dämmerung. Ich war so glücklich mit Scholem Alejchem und Isaac Bashevis Singer, dass ich sie von rechts nach links in hebräischen Buchstaben lesen musste.

Außerdem hatte ich mich in ein jüdisches Mädchen verliebt. Sie war rothaarig und kreideweiß. Als ich Aron meine auf Jiddisch verfassten Liebesgedichte vorlas, sah ich ihn das einzige Mal lachen. Die Tränen liefen ihm über die Wangen.

Ich bekam eine sehr kurze Antwort von ihr – nichts – und las stattdessen Martin Bubers *Ich und Du*. Dann stolperte ich in der Königlichen Bibliothek über Rasmus Rask.

Hin und wieder zog ich einen Karteischrank auf und steckte den Finger an irgendeiner Stelle zwischen die Karten. Man musste nicht allzu weit zurückgehen, bis die mit Schreibmaschine getippten Karteikarten aufhörten, und die Bibliothekare sich mit ihren hübschen fließenden Handschriften unsterblich gemacht hatten: »Die älteste hebräische Zeitrechnung bis Moses, nach den Quellen neu bearbeitet und versehen mit einer Karte des Paradieses, 1828«.

Rasmus Rask studierte die Bibel und die apokryphen Schriften und suchte nach dem Paradies auf Erden. Den idyllischen Garten, in dem Adam und Eva in glücklicher Unschuld gelebt hatten, wo lag er? Gleich um die Ecke oder auf einer abseitigen Insel, jenseits des Meeres. Oder war er versunken? Im Fernen Osten, in Mesopotamien? Immer an einem anderen Ort.

Er war außerhalb der Reichweite, tief in uns selbst versteckt, aber dennoch gelang es Rasmus Rask, den Garten geographisch zu lokalisieren. Er hatte sogar eine eigene Zeichnung hinzugefügt: die Karte des Paradieses.

Euphrat und Tigris teilten sich, das wusste ich eigentlich schon vorher, nur sollte ich daran erinnert werden: Kuwait. Ich schrieb an die Zeitungen und legte eine Kopie der Karte bei, obwohl ich wusste, dass es vergeblich war. Wir waren dabei, das Paradies zu bombardieren!

*

Die Kuchen in Teheran klebten am Blechboden fest. Man musste besonders viel Butter und Mehl nehmen, damit sie sich lösten. Und mehr Flüssigkeit, weil sie verdampfte. Dafür hatte man mit Backpulver sparsam zu sein und durfte den Teig nicht zu sehr kneten. Etwas länger dauerte es, Gemüse zu kochen. Sie befanden sich mehr als tausend Meter über dem Meeresspiegel, und ihm stockte der Atem bei dem Gedanken.

Sein Vater hatte M. erklärt, dass er sich von drei Dingen fernhalten sollte: Religion, Mädchen und Schnaps. Wie man das machte, hatte er nicht gesagt, sondern M. ein Handbuch gegeben. Dort standen die Antworten auf all seine Fragen:

*TRADOC DCSINT HANDBOOK NO. 2*

*PERSIAN CULTURAL AWARENESS*
*OFFICE OF THE DEPUTY CHIEF OF STAFF FOR INTELLIGENCE US ARMY TRAINING AND DOCTRINE COMMAND FT. LEAVENWORTH, KANSAS*

*JANUARY 1972*

Daraus ging hervor, dass der Iran ein schiitisches Land mit sehr religiösen Einwohnern war. Sie gingen drei Mal am Tag ihren Gebete nach und folgten genau dem Koran. Sie hatten geschriebene Regeln für alles, was rein und unrein war – erlaubt oder nicht –, sogar, dass man anzuklopfen hatte, bevor man beim Nachbarn eintrat.

War etwas verboten, musste es nicht unbedingt für alle gelten, und auch nicht zu jeder Zeit. Es konnte an einem Ort gestattet, an einem anderen aber eben nicht gestattet sein. Die Grenzen waren fließend, und man konnte in der Stadt schnell etwas falsch machen.

Es war nicht so merkwürdig, dass Poker ein persisches Spiel war. Denn das meiste war Bluff. Was eigentlich hinter ihren Pokergesichtern und geschlossenen Fassaden vor sich ging, wusste niemand wirklich. Sie spielten mit verdeckten Karten, sagten das Gegenteil von dem, was sie meinten, und taten das Gegenteil von dem, was sie sagten.

Man konnte kaum fragen, wie spät es war. Es war eine Beleidigung, sich direkt an jemanden zu wenden und Dinge unmittelbar anzusprechen. Alles stand diskret zwischen den Zeilen, und man erreichte sein Ziel nur über Umwege, langsam und vorsichtig, es war eine Annäherung wie aus weiter Ferne.

Es war wie mit den zwei Karawanen, die sich in der Wüste treffen. Begegnete man sich, recken sich Hände in die Luft, man jubelte über das Wiedersehen und musste erst einmal Neuigkeiten austauschen. Was war in der Zwischenzeit passiert, wie ging es entfernten Verwandten? Bis man das Interesse aneinander wieder verlor und zum Mittagessen ging. Wenn sie je zur Sache kamen, dann erst viel später.

Niemand kannte den Preis im Bazar – nur Allah. Er änderte sich von Mal zu Mal nach den Umständen. Alles war verhandelbar. War man arm, zahlte man wenig, war man reich, wurde es teuer. War der Besitzer betrübt, rückte er mit der Ware erst gar nicht heraus. War er glücklich, bekam man es geschenkt.

Log jemand, konnte er durchaus die Wahrheit sagen. Es hing vom Tonfall ab. Jahrhunderte mit hysterischen Tyrannen und willkürlichen Strafen hatten sie gelehrt, vorsichtig aufzutreten und in nicht greifbaren Wendungen zu sprechen. Es konnte gefährlich sein, seinen Gedanken Ausdruck zu verleihen und sein wahres Ich zu zeigen; man musste konstant auf der Hut sein.

Sie waren misstrauisch und schlossen außer ihrer eigenen Familie und ihren Verwandten alle aus. Das galt vor allem für diejenigen, die eine hohe Position erreicht hatten, Beamte, aber auch das Regime und fremde Mächte – und aus gutem Grund. Wer den Kopf zu hoch trug, riskierte, dass er, historisch gesehen, mit einem Krummsäbel abgeschlagen wurde.

Was ihre Zukunft anging, so rechneten sie mit dem Schlimmsten und hatten darauf keinerlei Einfluss. Von einem Tag auf den nächsten konnte es anders kommen, vielleicht ging ja die Welt unter. Stattdessen setzten sie auf das Glück und das Spiel der Zufälle. Es ging darum, das Talent zu entwickeln, Situationen auszunutzen und das Risiko zu minimieren. Die Perser waren die geborenen Opportunisten. Sie würfelten mit dem Schicksal.

»Vielleicht« bekam man am ehesten als Antwort, und das durfte nicht als »ja« verstanden werden. Sie vermieden es, nein zu sagen oder jemanden kategorisch abzuweisen. Man konnte ja nie wissen. Außerdem wollten sie niemanden unnötig enttäuschen, sich aber auch nicht zu mehr als absolut notwendig verpflichten.

Sie gingen gerade so weit, dass sie keinen Schaden nahmen, sollten sie die Vereinbarung brechen müssen, und tricksten, wo es nur ging. Schwindel und Betrug waren akzeptable Mittel im Dienst der höheren Sache. Eine nützliche Lüge war besser als eine schädliche Wahrheit.

Ihr Leben gestaltete sich als Glücksspiel. Natürlich hatten sie Poker erfunden. Sie hielten die Karten dicht am Körper, und M. würde nie die Bildseiten zu Gesicht bekommen.

Jeden Augenblick legten sie als Zeichen ihrer Aufrichtigkeit die Hand aufs Herz und schworen bei ihrer Familie, ihrem ältesten Sohn, dem Propheten – mögen mir die Hände abgeschlagen werden! Gleichzeitig machten sie Komplimente, behaupteten Dinge, die nicht stimmten, und gaben Versprechen, die sie nicht hielten.

Es war keine Höflichkeit, keine Demut und auch keine

Heuchelei. Es war etwas anderes. Sie hatten sogar einen Begriff dafür: »Taroof«.

Es lief darauf hinaus, andere scheinbar wichtiger zu nehmen als sich selbst und der glückliche Geber zu sein, beziehungsweise zu vermeiden, von jemand anderem in die Tasche gesteckt zu werden – je nachdem, wie man es betrachtete, blieb es offen, wie sie es tatsächlich meinten.

Im Restaurant stritten sie oft, wer die Rechnung bezahlen durfte, manchmal prügelten sie sich sogar. Taxifahrer wollten kein Geld, bis man es ihnen bereits zum dritten Mal aufnötigte. Nahm man sie beim Wort und bezahlte nicht, brach die Hölle los.

Wollte man etwas kaufen – selbst kostbaren Schmuck – bekam man zu hören, es sei wertlos und der eigenen Persönlichkeit schlicht nicht würdig. Andererseits strömten sie über vor Dankbarkeit: »Du hast uns mit deinem Besuch beehrt, das ist für uns wertvoller als unsere Augen, sei so gut, erweise uns die Ehre und komm wieder!« Wurde man zum Abendessen in ihr Haus eingeladen, musste man es oft genug abschlagen, um immer wieder aufs Neue eingeladen zu werden – hatte man die Einladung schließlich angenommen, erfuhr man nie, ob man nicht doch ungelegen kam.

Man wurde genötigt, noch eine Portion zu nehmen und mehr zu essen – und sollte doch nein, danke sagen, man sei satt –, auch wenn man vor Hunger beinahe starb. Das Essen konnte man nicht hoch genug loben. Dafür war es eine Katastrophe, wenn man etwas Nettes über ihre Einrichtung sagte. »Was für eine schöne Vase.« Man bekam sie geschenkt. »You like? Take it!« – und wurde aus tiefstem Herzen verflucht.

Es war ihnen beinahe unmöglich, durch eine Tür zu treten. Sie konnten sich nicht einigen, wer als Erster gehen sollte.

Vielleicht ließ sich dieses »Taroof« am besten durch einen Witz beschreiben: Eine Frau war schwanger, kam aber nicht nieder. Nach vielen, vielen Jahren gebar sie endlich zwei ausgewachsene Zwillinge mit Vollbart, die sagten: »Nach dir.« »Nein, nach dir.«

Sie befolgten Gesetze, die er nicht kannte, und lebten nach Regeln, die er nicht verstand. Ihr Leben war undurchschaubar und verborgen und spielte sich zu Hause hinter verschlossenen Türen ab.

M. dachte an die Vorgärten in Somerset, in denen sich alles gepflegt und präsentabel zur Straße öffnete. Sie mähten den Rasen, schnitten die Hecken und stutzten die Rosen. Auf der Fensterbank standen Zierrat und Nippes. Man konnte direkt in die Häuser hineinsehen, und Dorothys Pelargonien gewannen den ersten Preis des Gartenvereins.

Es schien, als hätten die Perser sich umgedreht und dem Westen den Rücken zugekehrt. Sie lebten in eine andere Richtung – nicht nach außen, sondern nach innen –, und die Gassen wurden immer schmaler und endeten an hohen Hausmauern ohne Fenster. Bisweilen gab es eine unscheinbare Tür. Man musste wissen, dass sie da war, um sie zu sehen.

Die Fassaden waren bescheiden und anonym und sahen nach nichts aus. Sie waren schmucklos, die Fensterläden verschlossen. Doch dahinter gab es einen Hof und einen Garten mit Maulbeerenbäumen und Blumen. Der Himmel spiegelte sich im Wasserbecken, und Gott lächelte in den Kräuselungen eines kleinen Springbrunnens. Leise glitt das Wasser in vier Kaskaden wie die Flüsse des Paradieses hinunter.

M. ging an Palästen vorbei, ohne sie zu sehen. Wer wohnte in ihnen? Frauen. An einigen Stellen gab es Gitterstäbe vor den Fenstern, und einmal sah er, dass ein Korb zu einem Straßenhändler herabgelassen wurde, der ihn mit Gemüse, Obst und Brot füllte. Er legte das Wechselgeld mit dazu, und der Korb wurde wieder hochgezogen.

Die Frauen waren eingesperrt und nahmen die Einsamkeit mit, wenn sie hinausgingen – Die Ehrbarsten hüllten sich in einen Tschador. Einige waren weiß und gemustert, andere schwarz oder bunt wie Papageien. Sie schlugen die Augen nieder wie die untergehende Sonne.

Viele Frauen begnügten sich damit, den Kopf mit einem Kopftuch zu bedecken und es zurückzuschieben, sodass Haare und Stirn zu sehen waren. Jedes zur Schau gestellte Haar wurde zu einer Schlange, hieß es. Sie gingen mit ihrem Gesicht wie mit einem Geheimnis um. Vielleicht holten sie es am Abend vor dem Spiegel hervor.

Nördlich von Abassabad trugen die meisten Frauen aus den Dörfern und den Slumvierteln Tschador, einige arbeiteten als Bedienstete bei den reichen Familien. Die jungen Mädchen im Salon in Niavaran trugen ihn bereits, wenn sie morgens zur Arbeit kamen. Je weiter man nach Süden kam, desto unsichtbarer wurden die Frauen, bis man sie überhaupt nicht mehr auf der Straße sah.

M. konnte das Mädchen mit den blauen Sandalen nicht vergessen, das ihr Tuch mit dem Mund festgehalten hatte. Vor einem Museum saß ein Mann mit einem Brett über den Knien. Er zeichnete das Porträt eines Mädchens. Auf dem Bild fehlt der Schleier.

Ein Gebäude des Viertels unterschied sich von den anderen an der Straße. Die Barbierstube im Erdgeschoss hatte geöffnet. Es kamen Männer heraus, die man nicht hineingehen sah. Abgesehen von der kleinen Plakette mit dem amerikanischen Siegel deutete nichts darauf hin, dass es sich um das Konsulat handelte.

M. zeigte dem Wachtposten seine ID-Karte und lief die

Treppe hinauf in die erste Etage. Die breiten Flure führten durch viele Glastüren, bis er das Vorzimmer erreicht hatte.

Ein Trinkwasserspender, ein braunes Chesterfieldsofa, ein Tisch mit Zeitschriften: *The New Yorker, Time* und einige Ausgaben von *Amerika*. Sie wurden vom USIS auf Russisch herausgegeben, dem United States Information Service. Tim sagte, es handele sich um Propaganda, aber die Fotos waren großartig.

M. klopfte an. Es brummte, die Schlösser gaben mit einem Klicken nach. Vater telefonierte. Überall lagen Papiere, der Aschenbecher glich einem Vulkan. In der Ecke stand ein Safe – vielleicht lag die Pistole dort? Ein roter Magnetstreifen hing daran: »CLOSED«.

»Was kann ich für dich tun, Moish?«

»Deine Unterschrift – ich weiß nicht, was das ist.«

»Her damit.«

Er hatte gehofft, sein Vater würde es lesen und mit ihm schimpfen. Aber er unterschrieb bloß, nickte ihm zu und verschwand wieder hinter dem Telefon.

»Hej«, murmelte er und ging zum Visumbüro, um sich sein Geburtstagsgeschenk bei Vicky abzuholen.

Die Beamten und ihre studentischen Helfer hatten gut zu tun; unter den Helfern waren viele Iraner, die zum Übersetzen der Dokumente eingesetzt wurden. Das Büro war voller Menschen.

Vicky sorgt dafür, dass ihre Anträge in Ordnung waren, sie wurden in dreifacher Ausführung mit Stempeln versehen und archiviert. Einige der Helfer waren auch auf der Community School gewesen. Sie gingen davon aus, dass Vicky ihnen helfen könnte, weil sie sich kannten, auf jeden Fall grüßten sie sich. Sie war ihre Freundin. Etwas Besseres konnte ihnen gar nicht passieren.

»Wenn du wüsstest, was mir alles angeboten wird«, sagte Vicky. »Es ist grotesk. Sie sind wirklich verzweifelt.«

Natürlich hatten sie alle ein Empfehlungsschreiben und sie hatten auch alle den Antrag korrekt ausgefüllt. Sie hatten ihren Platz in der Schlange, ja. Doch dann lieferten sie ein weißes Blatt Papier ab und klopften sich mit dem Zeigefinger an die Nase. Sie erwarteten, dass Vicky so tat, als wisse sie von nichts, und sie durch das Nadelöhr in die USA ließ.

»Das ist doch Bestechung!«

»Nein«, erwiderte Vicky, »das ist Parti bazi.«

Alles war eine Frage von »Parti bazi«. Wie du mir, so ich dir, alles hing davon ab, ob man gute Verbindungen hatte. Man bekam keinen Job oder einen Platz in der Nationalmannschaft, weil man tüchtig war, sondern weil man mit jemandem verwandt war. Das Glück im Leben hing davon ab, wen man kannte. Freundschaftsdienste waren die einzige Möglichkeit, weiterzukommen und etwas zu erledigen.

Egal, ob es sich um einen Tisch in einem Restaurant handelte oder um einen Telefonanschluss, die unbedeutendsten Dinge hingen davon ab. Ohne Verbindungen war man aufgeschmissen und konnte den Rest seiner Tage darauf waren, eine Telefonnummer zugeteilt zu bekommen, aber wen sollte man auch anrufen, wenn man keine Freunde hatte?

Das Geld sprach seine eigene Sprache. Dicke Briefumschläge wurden ihr in die Hand gedrückt. Das meiste war durch Bestechung zu erreichen, doch die eigentliche Währung war »Parti bazi«.

Es war ein Wechselspiel von Verbindung und Einfluss, über das der Schah herrschte. Er bestimmte über alles, vom Öl im Boden bis zum Kaviar im Kaspischen Meer. Je nach Laune oder gesundem Nachtschlaf, konnte er den einen zum Minister ernennen und mit Geld überhäufen, während er dem anderen alles wegnahm und dafür sorgte, dass er auf unbestimmte Zeit als Häftling in einem Loch verschwand.

Je näher man dem Schah stand, desto besser, sagte Vicky – und desto gefährlicher. Alle waren überzeugt, dass Vicky Wunder bewirken konnte, weil ihr Vater Konsul war und den Botschafter kannte, der Zutritt zum Palast hatte.

Aber das wurde nie offen ausgesprochen und blieb Gegenstand einer stummen Übereinkunft. Die größte Angst der Perser war, in Ungnade zu fallen. Deshalb sagte man am besten nicht viel und hielt sich zurück. Wie schnell konnte sich die Tür schließen, und man wusste nicht einmal warum. Vielleicht hatte man einer wichtigen Person kalten Tee serviert.

»Dein Name ist eine Blume! Möge dein Schatten niemals kleiner werden! Ich bin Schmutz unter deinen Füßen!«

Vicky amüsierte sich.

»Sie schlagen Purzelbäume rückwärts vor Höflichkeit.«

M. fand es nicht komisch und wartete darauf, dass sie sein Geburtstagsgeschenk brachte. Eine Seiko mit schwarzem Ziffernblatt und persischem Kalender. Er legte sie an und war zwölf Jahre alt. Doch durch den Kalender hatte er das Gefühl, hundert Jahre alt geworden zu sein, viel zu alt, als dass er sich erinnern konnte, wer er war.

»Und was willst du als Gegenleistung?«, fragte er, »… Parti bazi?«

»Du könntest damit anfangen, danke zu sagen. Bei deinem Benehmen würdest du schnell auf der Straße landen.«

Es gab über fünfzigtausend Amerikaner in Teheran, aber man sah sie nie. Sie hielten sich im The American Women's Club auf und schwammen im Pool des Pars American Club oder spielten Tennis im Shemiran Tennis Club. Der Offiziersclub lag in Sultanatabad in der Nähe der Kasernen der iranischen Armee, der O-Club. Man traf sich zu einem Drink im Gulf District und aß im Teheran Steakhouse. Die Stewardessen nahmen ein Sonnenbad auf dem Dach des Hotel Intercontinental.

Sie hatten ihre eigenen Schulen und Geschäfte, Banken und Postfilialen – und Gesellschaftsclubs. Einen Radio- und einen Fernsehsender. Und vier Footballteams. Die Geschäfte verkauften Souvenirs mit Uncle Sam. Das Diana Kino an der Shahreza Street zeigte *MASH* das zweite Jahr hintereinander.

Sie hörten Casey Kasems *American Top Forty* – »That was all for today, kelly boob, very good stuff!« – und hatten für die Perser nichts als Verachtung über. Sie nannten sie »ragheads«, weil sie Tücher um den Kopf trugen. Sie waren im Vergleich mit den Amerikanern zurückgeblieben und ausgesprochen schlechte Kopien. Wendy's schmeckte auf der ganzen Welt am besten.

Auch ihre Lampen und Kühlschränke, die Rasierapparate und Fernseher wurden mit Strom aus einem schwarzen Transformator vor dem Haus versorgt. Er wandelte die iranischen zweihundertzwanzig Volt in hundertzehn Volt um, sodass die Geräte keinen Kurzschluss erlitten. Die meisten Amerikaner wussten kaum, wo sie waren, und lebten weiter, als befänden sie sich auf einer Militärbasis in Texas.

Stars and Stripes wehten von den Flaggenmasten, und der Adler hielt Krieg und Frieden in seinen Klauen: die Pfeile und den Olivenzweig. Die Botschaft erstreckte sich über mehrere Blöcke, verschanzt hinter dicken roten Mauern mit Gitterzäunen und Stacheldraht. Sie wurde von Marineinfanteristen bewacht. Es war eine Festung.

Der Haupteingang lag in Richtung Takhte Jamshid, und der Sicherheitsabstand wurde immer länger. Wollte man in die Botschaft, zog sie sich mit jedem Schritt, den man tat, ein wenig zurück. M. passierte nacheinander zwei Kontrollposten. Sie überprüften ihn so gründlich, dass er am Ende sein Gesicht und das Foto auf seiner ID-Karte nicht mehr auseinanderhalten konnte.

Als er schließlich auf dem Parkplatz stand, war ihm klar, dass nur er selbst es sein konnte. Die Autos waren weiß, mit Ausnahme einer schwarzen gepanzerten Limousine, an deren beiden Kotflügeln Wimpel steckten. Botschafter Farland fuhr damit durch das Westtor hinein und hinaus.

Karees mit Büros, Messen und den Unterkünften der Marineinfanteristen, die Wege waren auf beiden Seiten mit farbigen Steinen markiert. Dann kam er am Supermarkt vorbei: Oscar-Mayer-Würstchen! Wonder Bread! Cheerios! Amerikanisches Kaugummi, amerikanische Zigaretten und amerikanischer Alkohol, Budweiser, Jack Daniels!

Es war ein Schlaraffenland, wenn man Dollar hatte – und deswegen war er gekommen. M. hatte einen Ferienjob angenommen, um sich einen neuen Tennisschläger zu kaufen. Zwischen den Bäumen schimmerten die roten Tennisplätze am Haus des Botschafters.

Das Zentrallager hatte eine Klimaanlage. Der GSO – der General Service Officer wurde nie anders genannt – stand hinter seinem Schreibtisch auf und gab ihm die Hand. Er war freundlich und umgänglich und hörte nicht auf zu reden. »Willst du's sehen?« Er öffnete die Tür mit einer ausladenden Handbewegung: »Hier!«

Die Halle schien zu groß, um Teil des Gebäudes zu sein. Trotz der Beleuchtung lag sie im Halbdunkel und verlor sich in endlosen Gängen mit Inventar: Stühle und Tische, Schränke, Betten und Teppiche für sämtliche Wohnungen.

»Die Leute können ihre Möbel nicht mitbringen – es ist zu beschwerlich.«

Die Luft stand still und war staubig. Es roch nach Mehltau.

»Außerdem finden sie bei uns das, was sie zu Hause auch haben. Wir sind gut sortiert und können alles bieten, was ein typisches Vorstadthaus ausmacht.«

Wahrscheinlich hatten sie auch noch ein gerahmtes Familienfoto für den Schreibtisch parat. Die Frauen sorgten für die Einrichtung. Sie trippelten durch die Gänge des Zentrallagers und zeigten auf ein Sofa hier und einen Tisch dort, den und den und den und den. Wenn sie ihre Bestellung am Tresen abgegeben hatten, wurden die Möbel eingesammelt, mit einem Aufkleber versehen und zur Lieferung bereitgestellt: »Property of the US Government.«

Sie hatten viel zu tun, weil viele Amerikaner zu Beginn des Sommers das Land verließen und ihre Möbel wieder eingelagert werden mussten. Dann zogen neue Familien in die Wohnungen ein. M. wurde eine Stehlampe in die Hand gedrückt. Den Rest der Ferien half er beim Umziehen.

Als die Sommerferien zu Ende waren, löste er seinen US Government-Check ein. Er versorgte sich im Supermarkt mit Kaugummi und verließ das Gebäude. Hinter ihm verschloss sich die Botschaft zu einer Festung.

Sie lag gar nicht an der Ecke Roosevelt Avenue und Takhte Jamshid, sondern irgendwo in Washington. Bereits an der nächsten Kreuzung hieß die Straße Khiaban-e Takht-e Tavus – »Pfauenthronstraße« –, und man verlief sich im Wirrwarr der Gassen.

Die Straßen hatten persische Namen, die »Frühling«, »Rose« und »Himmel« bedeuteten, und schlängelten sich mit Scharen von Hühnern, Kindern und Frauen in schwarzem Tschador durch das Viertel. Die Männer trugen Bärte, zerschlissene Kaftane und Tücher um den Kopf. Sie nickten freundlich und zeigten den Weg, aber wenn er ihrem Blick die Straße hinunter folgte, endete sie in einer Sackgasse.

Der Busbahnhof an der Shareza Street markierte die Trennlinie zwischen dem reichen Norden und dem armen Süden – zwischen »Bala-ye Shahr«, der Oberstadt und »Pain-e Shahr«, der Unterstadt. Hier lag auch die Universität. Der Platz war voller Studenten und Buden, die unter der Last von Büchern ächzten; die Kioske verkauften Zeitungen und Kassetten mit Musik und politischen Reden. Viele Stände versorgten sich mit Strom aus den Straßenlaternen und wurden abends von bunten Lampen erleuchtet.

Die Reiterstatue von Reza Shah, dem Vater des Schahs, stand auf einem Sockel. Er saß in Uniform auf seinem Pferd und starrte über die Studenten hinweg, die in Jeans, Lederjacken und mit langen Haaren durch die Stadt zogen. Hin und wieder wechselte er seine Position – natürlich war das nicht der Fall. Man hatte sich bloß verlaufen.

In dem kleinen Park hüpften Vögel um einen kleinen Springbrunnen. Im nächsten Moment waren sie davongeflogen. Der Wunschbrunnen mit Kerzen auf dem Rand und den Bildern von einem heiligen Mann, wo war er geblieben?

M. setzte sich auf eine Bank unter einen Baum und versuchte, sich alles genau einzuprägen. Es war still, Männer tranken Tee an einer offenen Tür, und er würde nicht mehr nach Hause zurückfinden. Jeder Ort war eine Insel, die nicht mit dem Rest der Welt verbunden war. Er hatte diese Inseln zuletzt gesehen und war in seiner Erinnerung allein mit sich.

Er hatte sich verirrt und empfand es als einen glücklichen Zufall, wenn er in ein Schaufenster blickte und sich selbst sah. Das einzig Unveränderliche waren die blaugrauen Berge im Hintergrund, der Damawand im Elburs-Gebirge.

M. fand ständig neue Straßen und dachte darüber nach,

was passieren würde, wenn es plötzlich keine mehr gäbe, wenn die ganze Stadt kartographiert wäre. Sie zogen die Metallgitter vor die Läden herunter. Es wurde dunkel.

Er träumte, lange bevor er in seinem Bett lag. Jeder Tag in Teheran war so lang wie ein ganzes Leben und nachts gingen die alten Männer mit langen Reisigbesen in den Straßen umher und fegten es auf.

Es mochte sein, dass die Perser nicht herauskonnten, aber die Amerikaner kamen auch nicht hinein, auch nicht mit ihrer ganzen Militärmacht. Der Iran konnte weder besetzt noch von irgendeinem Diktator beherrscht werden.

Sie befanden sich nicht nur an einem anderen Ort, sondern auch in einer anderen Zeit. Vielleicht war es 1972, aber sie lebten im Jahr 1572. Es war eine Verspätung, die nicht einzuholen war. Sie kamen zu spät, und nichts war passiert: »Farda, Inshallah.«

Das erste moderne Gebäude in Teheran war Shams al-Amare, aber die riesengroße, goldene Uhr in dem Turm hatte man angehalten. Die Menschen waren wütend, denn sie wollten sich nicht danach richten, schließlich bauten ein paar Eulen ihre Nester im Uhrwerk. Die Glocken läuteten nicht, stattdessen flogen Eulen auf. Sie kündigten Unheil an.

Persien hatte zweitausendfünfhundert Jahre existiert, die Vergangenheit war größer als die Zukunft. Die Moscheen würden auch nach Wendy's noch stehen – Wendy's war nichts anderes als ein Augenblinzeln –, die Antike verwandelte die moderne Welt in Ruinen.

Vielleicht waren die Plakate an den Wänden neu und die Böden frisch gescheuert, die künstlichen Palmen unverwüstlich, und doch wirkte alles staubig, fettig und abstoßend. Vernachlässigt, verfallen.

Der Tod arbeitete bereits in den Dingen. Das Stundenglas

hatte ein Loch, alles verlief in dem Sand, der die Wüste füllte. Nicht er ging, sondern sein Gerippe.

Die Schachweltmeisterschaft auf Island stand bevor. Island läge genau in der Mitte zwischen den USA und der Sowjetunion, sagte Mr. Long, ihr Rektor: »auf neutralem Boden.« Im Schachclub nach der Schule ging er mit ihnen berühmte Partien durch und erzählte von Bobby Fischer.

Es schien, als hätte sich Fischer, schon seit er ein Kind war, auf diese Partie vorbereitet – die letzten Monate hatte er allein in einem Hotelzimmer verbracht. Spasski hatte ein Imperium hinter sich. Bobby hatte nichts – kein Geld und keine Assistenten. Er hatte nur sich und ließ sich die Plomben aus den Zähnen ziehen, um zu verhindern, dass die Kommunisten seine Gedanken mit Funksignalen störten.

Es herrschte der Kalte Krieg – die USA gegen die Sowjetunion –, der Mensch gegen die Maschine, das Individuum gegen den Staat. Wer das Spiel gewann, hatte die ganze Welt gewonnen.

Mr. Long seufzte – »er braucht wirklich Hilfe« –, bedankte sich für ihre Aufmerksamkeit und forderte sie auf, am nächsten Dienstag wiederzukommen. Dann beugte er sich über das Schachbrett.

Es war allen ein Rätsel, warum Mr. Long so gut informiert war. Die Nachrichten kamen meist gar nicht, und wenn sie kamen, waren sie veraltet. Abgesehen von einer Notiz in der *Kayhan* wurde über die Weltmeisterschaft nicht berichtet. Vielleicht hatte er es aus der Botschaft.

Nixon war auf offiziellem Staatsbesuch, und Mutter erzählte, Vater hätte Kissinger begrüßt. Der Empfang sei etwas anderes gewesen als damals, als man für Präsident Eisenhower die Straßen mit Teppichen ausgelegt hatte. Diesmal hatte man

Vorsichtsmaßnahmen getroffen und alles in der Nacht vorher geprobt.

Sie warteten am Flughafen auf Air Force One, die noch nicht gelandet war. Nixon und sein Gefolge kamen nicht die Treppe hinunter, und er schritt auch nicht die Ehrengarde ab.

An der Fahrtroute standen die Sicherheitsposten aufgereiht, sie mussten niemanden auf Abstand halten. Nixon und der Schah standen in der Dunkelheit – vielleicht haben sie gewinkt, sehen konnte man es nicht –, dann fuhren sie wie ein Geisterzug mit ihrer Wagenkolonne durch öde Straßen.

Tagsüber kam es zu Bombenattentaten. Sie verletzten zwei Wachtposten der Botschaft und zerstörten die Fenster in der Messe und im Versorgungsgebäude. »Terroristen«, dachte M., »Iraker, Palästinenser, Mudschaheddin.« Er war sicher, dass er das Datum für die Ragnarök kannte, es war die Weltmeisterschaft im Schach, der 11. Juli 1972.

Die iranisch-amerikanische Gesellschaft an der Vesal Street war ebenfalls betroffen, und die Büros von Pepsi-Cola. Die Explosionen kamen als Gerüchte in der Schule an, es hieß, es seien Studenten der Universität gewesen. Marxisten, die Pepsi-Cola hassten, aber sie seien nicht mehr als neun gewesen und es gäbe keinen Grund zur Besorgnis, man habe alle verhaftet.

Obwohl man es nicht bemerkte, wurde das Schultor von nun an überwacht. M. versuchte zu erraten, wer der Wachtposten war, wenn er ein paar Männer mit Schnurrbärten auf der Straße stehen sah.

Dienstags nach dem Unterricht traf er sich mit Behzad, und sie redeten darüber, was passieren würde, wenn Spasski Weltmeister wurde. Hatten die Sowjets dann den Kalten Krieg gewonnen?

Mr. Long saß am Schachbrett. Man sollte meinen, er hätte

sich seit einer Woche nicht bewegt, wäre da nicht die Krawatte gewesen. Er hatte sie aus diesem Anlass angelegt – blau mit roten Fragezeichen, die Codeknacker vom Bletchley Park – und sah müde aus.

»Die Russen können ihn nicht einschätzen. Und warum können sie das nicht?«, fragte er und gab sich selbst die Antwort: »Weil er wahnsinnig ist.«

Auf seinen Lippen zeigte sich etwas, was sie bei ihm noch nie gesehen hatten – ein Lächeln –, dann erklärte er, dass er im Büro noch einen Telefonanruf zu erledigen hätte. Sie waren bereits ein wenig ungeduldig, als er endlich mit zerzaustem Haar zurückkam. Er setzte sich ans Brett und schlug sein Heft auf. Darin hatte er jede Menge Züge notiert.

»Bobby eröffnet immer mit e4. Er hat nie etwas anderes getan, dieses Mal macht er es nicht.«

Mr. Long zog eine Figur und drückte auf den Knopf der Schachuhr. Sie saßen in einem abgelegenen Klassenzimmer in Teheran – und weit, weit entfernt, in Reykjavik, begann in diesem Moment die Schlacht um die Welt.

*

Die ersten dreißig Jahre meines Lebens hatte ich damit verbracht, mir selbst ein Loch zu graben, das so tief war, dass ich mich daraus nicht mehr würde befreien können. Schließlich kam ich zum Höhepunkt meines Literaturwissenschaftsstudiums: die Magisterprüfung! Es ging um alles oder nichts.

Es war wie ein Sprung vom Dach des Magistrenes Hus. Ich musste etwas Spektakuläres vorweisen und mit meiner Abschlussarbeit mindestens die Goldmedaille gewinnen, um mir etwas Gutes zu tun. Ich wollte meine Existenz rechtfertigen und mein ewiges schlechtes Gewissen.

Ich hatte längst aufgehört, Belletristik zu lesen. Nicht einmal der Surrealismus konnte mit der Wirklichkeit mithalten. Außerdem konnte ich nur noch in der Naturwissenschaftlichen Abteilung der Kopenhagener Universitätsbibliothek Bücher ausleihen.

Sie lag an der Ecke Tagensvej und Nørre Allé und dort hatten Sie mich noch nicht wegen unbezahlter Bußgelder gesperrt. Ich folgte dem Prinzip von *Amok Fourth Dispatch: Sourcebook of Extremes of Information in Print* und arbeitete mich vor zu dem interessantesten Titel im Regal: *Der Tic, sein Wesen und seine Behandlung* von Henry Meige und Eugene Feindel, 1903.

Die beiden Autoren behandelten die Geschichte der nervösen Zuckungen und begannen mit Aretaios aus Kappadokien. Der griechische Arzt war ein Schüler des Hippokrates gewesen und beschrieb Menschen, die Grimassen schnitten, wie Hunde bellten oder plötzlich Flüche ausstießen: »Du Arschloch!« Kaiser Claudius und die Veitstänzer im Mittelalter tauchten auf. Man versuchte, den Dämon auszutreiben, und verbrannte die Ketzer auf dem Scheiterhaufen.

Am Hof des Sonnenkönigs stopfte sich der Fürst von Condé Vorhänge oder andere Dinge in Reichweite in den Mund, um seine nervösen Zuckungen zu unterdrücken. Molière, Napoleon und sogar Peter der Große litten an Tics.

So ging es weiter durch die Jahrhunderte, und erst gegen Ende des 19. Jahrhunderts isolierte und beschrieb Gilles de la Tourette die Symptome in seiner Studie über Madame de Dampierre, die seit ihrem siebten Lebensjahr zunehmend an Tics litt, als eine klinische Einheit.

In gewisser Weise wurde Tourette selbst Opfer der nach ihm benannten Krankheit. Er wurde von einem Patienten, der an nervösen Zuckungen litt, erschossen. Das war der Preis, den man bezahlen musste, wenn man einen Namen und ein Nachleben haben wollte. Man musste dafür sterben.

Ein äußerst anschauliches Beispiel für das Tourette-Syndrom war Charlie Chaplin. Unablässig lupfte er seinen Hut, zuckte mit den Schultern, schwang den Stock, machte Kniebeugen und mechanisierte sämtliche Gebärden und Bewegungsabläufe. Er verwandelte das gesamte Arsenal menschlicher Ausdrucks- und Verhaltensformen in zwanghafte Tics.

Es war ein Stummfilm, bei Tonfilmen musste man im Fernsehen nur den Ton leise drehen oder den Film schnell vorspulen –, um es zu durchschauen. Wir Menschen traten wie fremdgesteuerte Roboter auf, deren Gebaren von Zahnrädern angetrieben wurde.

Das disziplinierte Alltagsleben zeigte sich als eine zwanghafte Wiederholung des ewig Gleichen in Zeit und Raum. Egal, ob es sich um so triviale Dinge wie Zähneputzen und Schuhebinden oder die Routine der täglichen Arbeit handelte, sie unterschieden sich nicht von den Mechanismen des Tourette-Syndroms: »Guten Tag! Auf Wiedersehen!«

Es reichte, einen Blick auf den am Fließband hantierenden Chaplin in *Moderne Zeiten* zu werfen, um die mechanischen Aspekte des Daseins zu erkennen. Diese Regulierung des Trieblebens setzte sich bis in die simpelsten Bewegungsabläufe fort – egal, ob man in einem Buch blätterte oder in der Nase bohrte – und erforderte sozial produzierte und erlernte Handlungsschemata, um funktionieren zu können.

Es war daher letzten Endes nur eine Frage der Perspektive, ob man die eigenen Handlungen nun als freie und motivierte Selbstrealisierungen betrachtete – oder als zwanghafte Wiederholungen von Mustern.

In *Der Sandmann* ist Olimpia ein Automat, und diese Erkenntnis treibt den Protagonisten in den Wahnsinn. Kein Geringerer als Rilke hatte in *Die Aufzeichnungen des Malte Laurids Brigge* einen Mann mit Tourette-Syndrom geschildert, der sich die Straße hinaufkämpft und vor Tics explodiert.

Meige und Feindel hatten ihrer Abhandlung einen Epilog beigefügt, *Les confessions d'un ticquer.* Diese tragische Autobiographie handelte von einem Mann, der sich durch seine nervösen Zuckungen das Leben ruinierte. Zwei Mal hatte er versucht, Selbstmord zu begehen, um seinen Zwangshandlungen zu entkommen.

Schon die Niederschrift seiner Autobiographie war für den Mann eine reine Folter gewesen. Er entwickelte Tics und nagte sich schneller durch den Bleistift, als er die Worte aufs Papier bringen konnte, bis er schließlich eine Metallkappe auf den Bleistift setzte. Nun klapperte er mit der Metallkappe an seinen Zähnen, bis sie sich lockerten und ausfielen. Dann bekam er ein Gebiss und damit entstanden neue Tics.

Ein anderer hatte als Kind den unwiderstehlichen Drang verspürt, das Verhalten seiner Mitmenschen, ihre Ausdrucksweise und ihre Mimik zu imitieren. Jetzt konnte er es nicht mehr lassen, als wäre er eine lebendige Karikatur.

*Der Tic* war jedoch nicht nur eine tragische Lektüre. Schlimmer war, dass sie ansteckend war. Wie die nervösen Zuckungen, die sich durch das Klassenzimmer der Grundschule zogen und von einem zum anderen übersprangen, begann ich unwillkürlich meinen Körper zu spüren – die blinzelnden Augen, die Finger –, und bevor ich mich versah, hatte ich selber Tics angenommen.

Ich hatte ein unbekanntes Meisterwerk gefunden! In einem neuen Genre, genau so war es! Ich wollte die Literaturgeschichte der Spasmen schreiben, mit den unfreiwilligen und mechanischen Handlungen als Motiv. Wenn eine Magisterprüfung über Tics keine Goldmedaille wert war und Aufsehen erregte, wüsste ich auch nicht weiter.

Ich war meiner Sache so sicher, dass ich an den Gyldendal Verlag schrieb, der gerade Beiträger für die Große Dänische Enzyklopädie suchte. Ob ich vielleicht einen kleinen Beitrag schreiben könnte, unter »T«?

Die Begeisterung blieb aus, und ich ließ das Thema fallen und suchte nach einem anderen, besseren. Ich fand es in der illustrierten Ausgabe von John Clelands *Memoirs of a Woman of Pleasure*, London, 1749.

Das Buch war zu billig, und dem Stempel nach zu urteilen, war es offensichtlich aus der Königlichen Bibliothek gestohlen worden. Und dann fand ich den handschriftlichen Vermerk: »GEMMET No. 112«, VERSTECK Nr. 112.

Ich schaute in der Bibliothek nach, allerdings war das Buch in der Kartei nicht registriert. Es musste aus einem heimlichen Depot stammen, wie es sich auch in anderen Nationalbibliotheken fand, »the secret compartment«. Anders konnte ich es mir nicht erklären.

Nach der Französischen Revolution hatte das Bürgertun die erotische Literatur nicht nur verboten, sondern auch ganze Auflagen verbrannt, mit Ausnahme eines einzigen Exemplars, das in der Bibliothèque nationale de France aufbewahrt wurde. Die Sammlung war für die Öffentlichkeit unzugänglich. Sie wurde l'Enfer genannt, die Hölle – ein Wortspiel mit »enfermé«, was einschließen oder abschließen bedeutet –, und etwas Ähnliches gab es auch in der Britisch Library in London, The Private Case.

Die geheime buchhistorische Sammlung der Königlichen Bibliothek schien GEMMET zu heißen, aber niemand wusste davon. Es gab nur bruchstückhafte Informationen, denen ich nachgehen konnte, bis eine ältere, pensionierte Bibliothekarin mir meine Vermutung bestätigte.

Man hatte mit der Sammlung Ende des 19. Jahrhunderts begonnen, erzählte sie mir. Die Königliche Bibliothek bekam damals mit H.O. Lange einen sehr puritanischen Direktor. Er unterhielt Verbindungen zu der sogenannten Mitternachtsmission, deren Mitglieder Männer in Bordellen und Wirtshäusern ansprachen und versuchten, sie auf den schmalen und geraden Pfad der Tugend zurückzubringen.

GEMMET gab es also und diese Sammlung enthielt Literatur, die man aus unterschiedlichen Gründen hinter Schloss und Riegel sperren wollte. Es waren moralisch anstößige und pornographische Bücher, die auch nicht durch Diebstahl auf dem Schwarzmarkt gelangen sollten, wo sie für Sammler von Interesse sein könnten.

Es war nicht möglich, diese Bücher einzusehen oder auszuleihen, da sie nicht katalogisiert waren. Für die Öffentlichkeit zugänglich war nur ein Protokoll mit langen Listen.

Von diesem Augenblick an hatte ich nur einen Gedanken: In die Gruft einzudringen, die Bücher zu katalogisieren und eine empirische Studie über verbotene Literatur zu schreiben: »La Bibliothèque Infernale!« Es hätte mir sofort eine Forschungsstelle an der Universität eingebracht, doch die administrative Antwort war das übliche Nein.

Ich musste etwas anderes finden. Es fiel buchstäblich vom Himmel. Ich stand auf der hohen Leiter eines Antiquariats, als mir ein schweres Buch aus der Hand glitt und auf den Boden fiel: *Essai sur les cloaques; ou, Egouts de la ville de Paris, envisagés sous le rapport de l'hygiène publique et de la topographie médicale de cette ville* von Alexandre Jean-Baptiste Parent-Duchâtelet, 1824.

Es handelte sich um eine systematische Beschreibung der Pariser Kloaken. Ich sah ihn vor mir, wie er mit seinem hohem Seidenzylinder und einer Laterne in der Hand unter den tropfenden Wölbungen stand. Wie er im Abwasser durch Exkremente und Ratten watete und die Grundlage für eine Wissenschaft legte: die öffentliche Hygiene.

Parent war Empiriker, Sinneserfahrung war seine Religion. Und er war fest im Glauben und so fleißig, wie es nur ein Protestant sein kann. Er schrieb nicht ein Wort nieder, bevor er die Dinge nicht eigenhändig verifiziert – gerochen, geschmeckt oder mit eigenen Augen gesehen – hatte. Er benutzte die Nase, um giftige »Miasmen« aufzuspüren, wie man üble Gerüche damals nannte.

Sie wurden als Quelle von Krankheiten angesehen, da man von Bakterien, die die Gerüche verursachten, noch nichts wusste, und die ärztlichen Berichte dieser Zeit lasen sich, als hätte sich ein Hund durch das stinkende Paris geschnüffelt.

Parent verfolgte den ganzen Weg der Exkremente, vom Klosett bis zu den Latrinengruben. Deren Inhalt wurde geleert, abtransportiert und weit entfernt in einem Vorort gesammelt, in Montfaucon.

Die zweiunddreißigtausend Quadratmeter großen Depots hatten sechs Bassins, zwei oben und vier unten. Zur Zeit der Französischen Revolution wurden hier jährlich siebzehntausend Wagenladungen mit Exkrementen abgeladen. Früher hatte hier auch der Galgen gestanden, den Victor Hugo in seinem Roman *Der letzte Tag eines Verurteilten* beschrieb.

Krähen und Skelette, die an Ketten baumelten – und »der Gestank der Kadaver, wenn der Wind in nordöstlicher Richtung wehte und der Geruch aus Montfaucon sich bis Faubourg du Temple ausbreitete«. Und es waren nicht nur die menschlichen Kadaver, in die Bassins mit den Exkrementen aus Paris mischten sich auch die stinkenden Exkremente der zwölftausend Pferdekadaver aus den Abdeckereien und der dreißigtausend Katzen und Hunde, die hier verwesten und verbrannt wurden.

Ich besaß einen Druck mit dem Bild einer Frau, die ein Pferd zerteilt. Ihr Kind spielt neben ihr in einem Laufstall, der aus Rippen besteht. Die Gänge der Ratten ließen die Häuser einstürzen, und man wagte nicht, Montfaucon stillzulegen, aus Angst, dass hunderttausend Ratten Paris überschwemmen könnten. Es war Dantes Inferno.

Das Beste indes war kleingedruckt und verbarg sich in den Fußnoten, wo Parent Nebenbemerkungen über Hygiene unterbrachte. Eine handelte von Napoleon. 1796 heiratete er Josephine. In der Hochzeitsnacht wurde Paris von bunten Lampen illuminiert – und was war deren Brennstoff? Menschliches Fett, vermischt mit Talg.

Medizinstudenten gewannen das Fett aus den Leichen, die in den Krankenhäusern lagerten, und verkauften es an Kerzenmacher, um sich Geld für ihr Studium zu beschaffen. Im Surrealismus hätte man keine stärkere Metapher finden können. Das Buch war eine Sensation.

Der Kaiser in der Stadt der Liebe, die Hochzeitsnacht des Weltenherrschers, dessen Bett auf einem Haufen von Schädeln aus den Napoleonischen Kriegen stand, wurde von brennendem Menschenfett festlich beleuchtet.

Es fand ein lebhafter Handel mit Leichen statt, die man auf den Friedhöfen ausgrub oder aus den Leichenhäusern stahl. Auch in England waren sogenannte »body snatchers« oder »resurrection men« ziemlich verbreitet. Sie versorgten die privaten Obduktionsräume, die jetzt überall in feuchten Kellern eingerichtet wurden, wo wissbegierige Bürger nach dem Abendessen ihrem Hobby nachgingen.

Zu meiner großen Freude hatte Parent später noch einen anderen Untergrund erforscht: die Prostitution. Und auch darüber hat er eine wissenschaftliche Abhandlung geschrieben: *De la prostitution dans la ville de Paris, considérée sous le rapport de l'hygiène publique, de la morale et de l'administration*. Sie erschien 1836 postum, als hätte er mit der Schande nicht leben können:

»Wenn ich die Kloaken penetrieren konnte – das Schmutzigste, Unappetitlichste und Gesundheitsgefährdendste, was man sich nur vorstellen kann –, warum weiche ich dann davor zurück, in diese andere und noch abscheulichere Kloake einzudringen?«

Nach dem Vorwort wusste ich genau, wovon meine Magisterarbeit handeln sollte. Bis ins kleinste Detail hatte Parent den Abfall und die Prostitution kartographiert. Sogar die Länge der Klitoris von Prostituierten wurde nach der statistischen Methode gemessen und quantifiziert und in Tabellen und Schemata eingetragen. Es war perfekt!

Ich wollte über die öffentliche Hygiene in Paris zwischen 1750 und 1850 schreiben, als sich das Bürgertum und die bürgerliche Wissenschaft entwickelten und alles in einer idealistischen Weltsicht in »schmutzige« Körperlichkeit und »reines« Bewusstsein aufgeteilt wurde.

Das Gesunde und Vernünftige wurde vom Kranken, Wahnsinnigen und Kriminellen in einer Gesellschaftsordnung mit Licht, Luft und Reinlichkeit getrennt. Es wurde aufgeräumt, die inakzeptablen Aspekte des Daseins wurden ausgegrenzt und in die Unterwelt verdrängt.

Damals gab es keine Trennung von Fachliteratur und Belletristik, Mentalitätsgeschichte und Stadtsanierung. Der Text über die öffentliche Hygiene wurde einer der ersten Bestseller, er erschien 1842 als Feuilleton im *Journal des débats*. Darin wurden zum Erschrecken, zur Warnung und zum wohligen Schaudern die Schattenseiten der Stadt erforscht: *Les Mystères de Paris*.

»Wo es am hellsten ist, herrschen insgeheim die Fäkalien«,

hatte Adorno gesagt, wenn man ständig sauber machte, dachte man an nichts anderes mehr als an Dreck. An der Universität verlangten sie Realismus und Verankerung in einem praktischen Lebenszusammenhang. Das sollten sie bekommen.

Ich konnte mich den ganzen Tag damit beschäftigen und wälzte mich in Grenzüberschreitungen, Sex, Tod und Fäulnis im Namen der Literaturwissenschaft – um das halbe Königreich zu erringen.

Das war zumindest mein Plan. Ein größerer Abstieg war kaum vorstellbar, aber ich war fest von meinem Vorhaben überzeugt. Ich setzte darauf, dass ich mit einer monumentalen Diplomarbeit über das Pariser Kloakensystem das Ganze drehen und zu einem Erfolg machen könnte.

Ich fing an, jeden einzelnen Polizeibericht aus der Zeit zu lesen, dazu Krankenberichte, Dissertationen und Artikel in medizinischen Zeitschriften. Sie haben Taubendreck gewogen – der Kot der Tauber war schwerer als die Hinterlassenschaften der Taubenhennen – und errechneten, wie viel Tonnen wie viel Taubendreck täglich in der Stadt ungefähr produziert wurden.

Ich stolperte über einen Chemiker, der glaubte, das Duftmolekül der menschlichen Seele gefunden zu haben.

Die Arbeit wuchs unter meinen Händen und weitete sich von der öffentlichen Hygiene auf die Rassenhygiene aus. Die Nazis in ihren braunen Hemden und deren ethnische »Säuberung« – wie nannten sie die Juden? »Einen Sack Scheiße.« Und wie lautete das bevorzugte Schimpfwort der Deutschen? »Scheiße!«

Es ließ sich in der Philosophie verfolgen, angefangen bei Kant und der Vorstellung des selbstidentischen, reinen Individuums, das über den Körper und die Umgebung in einer freien und vernunftgesteuerten Kontrolle seiner Umwelt herrscht. Nur dass man ein wenig schwitzte, erfüllte Kant mit Grauen.

Ich sammelte immer mehr Stoff, Gesellschaftstheorie, Kunst, Fotografie. Schließlich stieß ich auf das Spekulum. Es wurde als »Vergewaltigung aus Stahl« bezeichnet und zunächst hauptsächlich bei Prostituierten angewandt, ich begann zu schreiben und blieb stecken. Ich hatte das Gefühl, einen Berg zu besteigen oder tausend Stockwerke auf den Schultern zu tragen. Die Arbeit türmte sich vor mir auf, und ich saß nachts da und verzweifelte vor einem schwarzen Computerbildschirm mit blinkenden Buchstaben.

Es war die Kopie eines IBM-Computers mit Floppy Disk, der mit fünfhundert Kilobyte einige hundert Seiten speichern konnte. Meine Eltern hatten ihn mir zum Geburtstag geschenkt – und ich hatte mich bedankt – und kehrte damit wieder nach Hause zurück.

Ich packte meine Sachen, die Bücher, die Papiere, mein vergeudetes Leben. Dann schloss ich die Tür hinter Kopenhagen – und zog dorthin zurück, wo ich hergekommen war: Nykøbing Falster.

Der verlorene Sohn kehrt heim, wie in *Malte Laurids Brigge*. Aber tat ich es wirklich? Entweder hatte ich mich verändert, oder aber der Ort. Es war eng geworden, grau und gleichgültig. Die Stadt war geschrumpft und mit Rollator unterwegs.

Nichts war mehr so, wie es gewesen war. Kaufmann Olsen hatte geschlossen. Mein Königreich war ein Provinzviertel mit Kies in den Vorgärten. Ein Einfamilienhaus, wie es auf Falster viele gab. Dort zog ich zu meinen Eltern in den Keller, um meine Magisterarbeit zu Ende zu schreiben.

Sie waren alt geworden. Es war meine Schuld. Vater sagte nichts, Mutter hatte schwermütige, betrübte Augenlider. Alles sah so aus wie immer – die Anrichte, der Kronleuchter, die weißen Servietten –, aber irgendetwas war falsch. Etwas fehlte. Und das waren wir.

Wir waren Vergangenheit und spukten in den Dingen, wenn die Standuhr schlug. Vergaß Vater, sie aufzuziehen, erstarrte alles zu einem Stillleben: »Gute Nacht.«

Ich hatte immer Angst gehabt vor dem Lied vom Jungen, der seine Mutter verließ und hinaus in die Welt zog, »Hänschen klein«. Es endete damit, dass er zurückkehrte:

*Lieb' Mama, ich bin da,*
*sagt das Hänschen, hopsassa,*
*Glaub' es mir, bleibe hier,*
*Geh' nicht mehr von dir.*

»Hänschen klein«, das war ich, »Knüdchen«. Ich hatte die Hans Ditlevsensgade 14 nie verlassen.

*

Im Iran war es einfacher, sich von Religion und Alkohol fernzuhalten als von Frauen. Wenn sie im realen Leben nicht zu greifen waren, musste man sie woanders finden, aber wo?

Alle waren damit beschäftigt, sexuelles Begehren zu unterdrücken. Sex war verboten, aber überall zu finden. M. bekam einen Schock, als der Gemüsehändler im Bazar plötzlich eine Mappe hervorholte und ihm Bilder von persischen Männern verkaufen wollte, die Sex mit europäischen Frauen hatten. Das Begehren lag direkt unter der Oberfläche, hinter einem dünnen Schleier, der jeden Moment zerreißen konnte. Die Verbote hatten die gegenteilige Wirkung.

Sie sind von Sex besessen und denken an nichts anderes, behauptete Vicky. Deshalb mussten die Frauen sich bedecken, die Männer konnten nicht an sich halten; vor der Ehe waren die Geschlechter streng getrennt. Sie hatten sogar separate Eingänge – mit Türklopfern, die Geschlechtsteilen von Frauen beziehungsweise Männern ähnelten.

M. durfte nun nicht mehr mit in den Friseursalon kommen, er war laut den islamischen Regeln jetzt erwachsen – die Mädchen waren bereits mit neun Jahren Frauen. M. musste jetzt vor der Tür auf seine Mutter warten.

Auf dem gegenüberliegenden Bürgersteig stand ein Straßenverkäufer. Er hatte einen falschen Schnurrbart und verkaufte Zigaretten, Streichhölzer und Lotterielose. Männer betraten das Treppenhaus, aber sie wollten bestimmt nicht zur Schönheitsbehandlung.

Missy behauptete, es sei ein »Liebesnest«. Die Wohnung neben dem Friseursalon stand leer. Die Wohnung darunter ebenso.

»Verheiratete Frauen, sie langweilen sich und treffen sich mit Männern, amerikanischen Offizieren.«

Woher wusste sie das? Sie durften nicht auf den Balkon hinaus, um nachzuschauen. Das war verboten.

»Glaubst du, Mutter macht das auch?«

Die Frauen klatschten und redeten über nichts anderes als Sex. Je keuscher und frommer sie nach außen auftraten, desto geiler waren sie. Sie gaben zu viel Salz ins Essen, wenn sie mit ihrem Mann ins Bett wollten.

M. wollte davon nichts mehr hören, aber Missy bereiteten diese Geschichten das größte Vergnügen, sie genoss es, ihn zu quälen.

Die iranischen Frauen hätten die hübschesten Augenbrauen der Welt, getrimmt zu perfekten schwarzen Bögen, wie ein

Halbmond. Aber das seien nicht die einzigen Haare, die sie entfernen ließen.

»Sie sind unten glattrasiert.«

»Aber nicht Farah Diba!«

Zwischen ihrem und dem Schlafzimmer des Schahs gab es Hunderte von Türen. Er hatte jede Nacht eine neue Geliebte. Die Schönheitsexpertin des Salons, Nahid, hatte erzählt, dass Farah Diba in einen goldenen Käfig gesperrt war und schon zwei Mal versucht hatte, Selbstmord zu begehen.

»Männer sind solche Schweine.«

Man konnte nicht auf die Straße gehen, ohne gekniffen zu werden. Südlich von Shemiran wurde es richtig schlimm. Die Männer kniffen den Frauen in den Hintern und in die Oberschenkel, häufig sogar ziemlich fest. Missy hatte gelernt, ihnen hinterherzurufen; »Tork-e khar!« Das bedeutete »türkischer Esel«. Türke war das Schlimmste, was man sein konnte.

Allerdings verhielten sie sich auch nicht anders. Sie hießen »Ali« und »Muhammed« nach dem Propheten und ließen sich die Bärte wachsen. Gleichzeitig konnte man aber überall Alkohol kaufen. Sie tranken und rauchten und spielten Poker. Es gab offene Prostitution und Teheran floss über vor Drogen.

Selbst der Tschador der Frauen war aus einem leichten Stoff, der sich in der Handtasche verstauen ließ. Je nach Gelegenheit legten sie ihn an oder nahmen ihn ab. Darunter waren sie geschminkt, trugen Minikleider und Stilettos. Die Grenzen waren fließend, die Sünde florierte Seite an Seite mit den Gebetsrufen.

Wenn man auf irgendetwas im Iran nicht herumtrampeln sollte, dann war es ein Teppich oder ein Imam. So jedenfalls lautete das Sprichwort. M. hatte das Gefühl, dass sie nichts anderes taten; er sah, wie einige Männer einen Teppich aus einem Laden an der Ferdowsi Street schleppten und vor eine Ampel legten. Die Autos fuhren darüber, als es Grün wurde.

Mutter veranstaltete »homeparties« und lud Freunde, Kolleginnen aus der Botschaft und ausgewählte Mitglieder des American Women's Club ein. Sie hatte eine Vereinbarung mit einem Teppichhändler, Abbas, und bekam bei ihm einen ordentlichen Rabatt.

Abbas kam vor den Gästen und brachte zwei junge Assistenten mit, die sich still verhielten. Sie hatten auch nichts zu sagen. Auf Abbas' Wink hin zogen sie den einen oder anderen Teppich aus dem enormen Haufen, der mitten im Wohnzimmer lag.

Er war unrasiert, saß mit übergeschlagenem Bein und den Händen im Schoß auf der Sofakante – weißes Hemd, Strickweste – und ließ die Gebetskette durch die Finger laufen. Sein Goldzahn blinkte, wenn er lächelte und sagte: »Bara-ye shoma« – »aber für Sie«.

Die Teppiche waren schön. Er hatte eine große Auswahl. Zuckersüße, seidenweiche Nain-Teppiche und rustikale Qaschqai. Frauen aus verschiedensten Stämmen hatten seit mehr als tausend Jahre Teppiche mit der Hand geknüpft.

Es gab die populären Torkaman und Täbris und sogar einige Kerman-Teppiche. Am besten gefielen M. die Teppiche aus Belutschistan. Nomaden hatten sie gefertigt, die Knoten saßen dicht und stramm, die Wolle war grob. Die Farben waren von unterschiedlicher Qualität, je nachdem, in welchem Teil der Wüste sie angefertigt worden waren und was für Material ihnen zur Verfügung stand.

Die Bilder und Muster waren rätselhaft. Aber irgendwann einmal hatten Menschen zusammengesessen und dasselbe gedacht und getan – jeder Knoten hatte eine Bedeutung – und es im Teppich bewahrt.

Am späteren Abend wurden die verkauften Teppiche zusammengerollt und in die Autos ihrer neuen Besitzerinnen getragen. Der Rest ging zurück in den Laden. Einige der Teppiche hielt Mutter zurück. Abbas trank eine letzte Tasse Tee – den Würfelzucker zwischen den Zähnen – und sagte: »Behalten Sie die Teppiche, die Ihnen gefallen und bezahlen Sie diese beim nächsten Mal.«

Sie entschied sich für den kleinen Gebetsteppich in Cremefarben. Die Knoten waren so klein und so dicht, dass man sie kaum sah. Nur Kinder konnten sie knüpfen. Wenn die Finger zu groß wurden, übernahm die jüngere Schwester. Abbas bog den Teppich am Rand ein Stück um: »Sehen Sie selbst!«

Das Mädchen, das ihn knüpfte, hatte viele Jahre dazu gebraucht, mit Fingern, die dabei wie Spinnen krabbelten, zwölf, fünfzehn Stunden am Tag. Je deutlicher das Motiv auf der Vorderseite hervortrat, desto wilder und chaotischer sahen die Fäden auf der Rückseite aus, während ihr Leben zu einem Teppich wurde.

Hin und wieder liehen sich Mark, Denzel und M. in einer kleinen Werkstatt für ein paar Dollar die Stunde Motorräder. Honda 50cc und Yamaha 125cc. Der Besitzer hieß Ali. Er trug eine Sonnenbrille und hatte Bartstoppeln wie ein Gangster, war aber nicht so gefährlich. Ging das Benzin zur Neige, klemmten sie das Motorrad zwischen die Beine und wippten damit hin und her, um herauszufinden, wie viel noch im Tank war. Ali hatte ihn verschlossen, um sicherzugehen, dass sie zurückkamen und nicht zu weit wegfuhren.

Ali mochte sie. Sie verstanden genug Persisch, um zu verstehen, was er sagte, und er sprach langsam. Um sich von seiner großzügigen Seite zu zeigen – »Ihr seid meine besten Kunden!« –, lud er sie zu einem Kebab ein und erklärte ihnen, warum die iranischen Frauen Tschador trugen.

»Sie wollen es so. Um zu zeigen, dass sie ehrbar sind.«

Er glaubte daran.

»Eure amerikanischen Mädchen sehen aus wie Huren.«

»Na und?«, erwiderte Mark. »Was ist denn daran so verkehrt?«

Ali sah ihn verblüfft an. Dann brach er in schallendes Gelächter aus.

»Du hast recht, ich mag Huren!«

Er senkte die Stimme.

»Habt ihr schon mal? Ihr wisst schon!« Sein Unterarm pumpte auf und ab.

»Ja, klar.« Es klang nicht sonderlich überzeugend.

»Afarin!«, rief Ali. Seine Augen strahlten. »Wo?«

Mark sagte: »Shahr-Now« – die neue Stadt. Im Süden gab es ein berüchtigtes Bordellviertel, über das man nicht reden durfte, sonst wurde einem die Zunge abgeschnitten.

»Shahr-e Now? Geht nicht dorthin. Das ist kasif!«

Es bedeutete »unrein«, aber eigentlich meinte er, dass es in der Nähe etwas Billigeres gäbe.

»Versucht's am CRC«, sagte er.

Das Central Recreation Center lag nicht weit entfernt, es gab ein Kino und man konnte Bowling und Billard spielen. Perser, Amerikaner und alle möglichen anderen Jugendlichen trafen sich dort, aber sie hatten dort noch nie eine Prostituierte gesehen.

»Wie?«

»Sie stehen davor und tun so, als warten sie auf ein Taxi«, erklärte Ali. »Und wenn ein Taxi hält, steigen sie nicht ein. Achtet mal darauf.«

Hielt er sie zum Narren? Dafür war Ali bekannt. Es konnte passieren, dass das Gitter an der Werkstatt schon geschlossen war, wenn sie zurückkamen. Das war eine mittlere Katastrophe, denn was sollten sie mit den Motorrädern jetzt machen?

Dann tauchte er plötzlich auf, grinste und berechnete ihnen fünfzehn Minuten extra.

Ihm gehörten die Motorräder nicht einmal. Sie waren bei ihm in Reparatur und sollten ein paar Tage später abgeholt werden; in der Zwischenzeit verlieh er sie. In seiner Werkstatt herrschte Halbdunkel. Überall lagen Werkzeug und Reserveteile herum, Getriebegehäuse, Stoßdämpfer, Reifen; der Boden war schwarz vor Öl, es roch nach Benzin. Er beschäftigte zwei Mechaniker, die ihm auch Tee und Coca-Cola holten.

»Wollt ihr wissen, warum ich so glücklich bin?«

Ali streckte die Hand nach einer Zigarette aus, er hatte die Packung gesehen, echte Marlboro.

»Na?«

Er strich ein Streichholz an.

»Ich habe zwei Frauen!«, erklärte er und inhalierte. »Und ich bin pflichtbewusst.«

Was meinte er damit?

»Wir haben ein Sprichwort: Ein Junge für die Lust, eine Frau für die Pflicht, aber noch mehr Freude macht eine Melone.«

»Und dann sagst du, unsere Mädchen seien Huren?«

»Du bist ein Farangi, du bist eine Beleidigung für Allah«, erwiderte er.

»Zu dumm, ich bin nicht ungläubig.«

»Du bist Christ: der Papst, Rom?«

»Nein«, antwortete M., »ich bin Atheist.«

»Völlig egal, was du bist, denn du bist ein Farangi, ein Ausländer. Vermutlich isst du Schweinefleisch und hast einen Hund. Das sieht man dir deutlich an.«

Sie hatten keine Lust auf weitere Diskussionen, die doch zu nichts führten, und verließen mit Ali die Werkstatt.

»Bist du schon mal geflogen?«, wollte er wissen.

»Äh, ja.«

»Ein Mann aus Rasht nahm als Erster aus seiner Familie ein Flugzeug nach Teheran. Als sie landeten, sagte er, wenn er gewusst hätte, dass es nur eine Stunde dauern würde, wäre er zu Fuß gegangen. Ha, ha!«

Sie verschwanden, und er rief ihnen noch hinterher:

»Du hättest auf dem Motorrad sicher zwei Stunden gebraucht, ha, ha, ha – oder drei, wenn es eins von meinen gewesen wäre!«

Man musste nur den Vanak Circle überqueren, um das Verderben zu erleben. Es schien, als kämen die Autos nicht wieder aus dem Kreisel heraus, wenn sie erst einmal hineingefahren waren, sie fuhren ständig im Kreis. Dort gab es ein Drive-in-Kino, das iranische-B-Filme zeigte – *Shirbaha* –, und fuhr man etwas weiter an der Straße entlang, gab es dort einen Billardsalon, eine Diskothek, ein Restaurant – das Chehel Sotun – und einen Vergnügungspark: Fanfar Charkh-o-Falak. Es war das Zentrum des Nachtlebens, besoffene Perser spielten im Dunkeln Minigolf.

Chattanooga war das neueste und exklusivste Restaurant. Dort bekam man Eiskaffee und Cappuccino. Aus den Panoramafenstern blickte man auf den Park – Shahanshahi. Es gab eine Bar mit einer Terrasse, auf der man sich nach der Schule traf und unter den gestreiften Sonnenschirmen feierte. Am Freitag strömte »T'amo e T'ameró« mit Shahram Shabpareh aus den Lautsprechern.

Denzel aß im Ray's Pizza, M. und Mark wollten sich im Chattanooga umsehen. Die Mädchen waren hübsch und reich und trugen Miniröcke und lange Stiefel mit Reißverschlüssen. Ihre Freunde heulten mit einer Honda 750 über den Boulevard, und sie saßen auf dem Rücksitz. Die Männer hatten Schnurbärte und Koteletten und rochen nach Paco Rabanne. Es kam schon vor, dass einer aus einem silbermetallic BMW 2002 stieg, Los Angeles war nichts dagegen.

Am späten Abend zogen die meisten weiter in den Nachtclub Château. Der lag an der Avenue Naft und hatte eine Diskothek, in der es Stoff zu kaufen gab: Haschisch, Opium, Heroin. Es kostete weniger als eine Schachtel Zigaretten, und Tausende junge Amerikaner langweilten sich auf den Militärbasen und hatten nichts anderes zu tun, als die Zeit – und sich selbst – totzuschlagen.

Sie fuhren zu Mark, um *American Top Forty* zu hören, sie wollten wissen, wer auf Platz eins stand. Mark zeigte M., wie man aus einer Karotte ein Chillum bastelt, er hatte es von seinem Bruder gelernt. Man höhlte sie aus und schnitt ein Loch in den dickeren unteren Rand. Dann hielt er es zwischen den Fingern – es war die italienische Geste für »schön« –, legte die Handfläche der anderen Hand über das Loch und setzte es an den Mund.

»Hast du's ausprobiert?«

»Na klar.«

»That was all for today, kelly boob, very good stuff!«, fügte Casey Kasem hinzu.

Saeed zeigte in der Schule eine Zeitschrift herum, *Cheri*. Sie gehörte seinem Vater – näher kam man der Pornographie nicht. Vielleicht mit Ausnahme der Bücher im French Club – er lag direkt am Meydan-e Ferdowsi – oder auch im Shemiran Tennis Club.

In den meisten Clubs gab es eine kleine Sammlung von Zeitschriften und Büchern. Wenn man Glück hatte, war Henry Miller dabei oder eine der grünen Juwelen der Olympia Press, dem Verlag von Maurice Girodias. Dort erschien auch *Travel-*

*ler's Companion* für einsame Männer auf Reisen – und M. hatte ein Paperback der Olympia Press gefunden: Frances Lengels *School for Sin*.

Er wagte nicht, es aufzuschlagen, sondern lief damit nach Hause und wartete, bis es dunkel war. Dann schaltete er das Licht ein: Peggy und Doreen fuhren nach Dublin und endeten im Bordell. Noch lange, nachdem er das Licht ausgeschaltet hatte, brannte es in ihm.

Vergeblich suchte er seinen Vater in dessen Büchern. Die meisten konnte er nicht lesen: Russisch und Deutsch, Französisch, Italienisch, Griechisch, Türkisch, Persisch, Altgriechisch oder Lateinisch. Einmal hatte er M. ein Buch in die Hand gedrückt – *The Wallet of Kai Lung* – und behauptet, es sei das Amüsanteste, was es gäbe. Es war so staubtrocken, dass er husten musste.

Aber wenn er mit seinem Vater schon nicht reden konnte, dann konnte er zumindest dessen Bücher lesen. Sein Vater hatte so viele Seiten – M. fragte sich, wie es möglich war, dass er alle in sich vereinigte. Was verband Marcus Aurelius mit Pierre Lotis Roman *Die Entzauberten*, ein Buch, in dem es um das Haremsleben in Konstantinopel ging? Wie kam man von Robert Byrons *The Road to Oxiana* zu Boswells *London Journal* und *The Dungeons of Old Paris*? Städte und Länder, Reisebeschreibungen.

Vater war überall gewesen und hatte den größten Teil der Welt gesehen. Vielleicht wusste er deshalb immer alles im Voraus, er hatte es bereits gelesen.

Das schönste Buch war *Birds and Bees of Classical Antiquity*. M. hielt im Garten nach Vögeln und Insekten Ausschau, aber sie schienen längst ausgestorben und versteinert zu sein. Einige Bücher waren uralt, zum Beispiel *Musaeum Clausum* von Sir Thomas Browne aus dem Jahr 1684, und wenn sein Vater etwas war, dann genau dies: ein versiegeltes Museum.

Eigentlich gab nur es zwei Bücher, behauptete sein Vater – die *Ilias* und die *Odyssee*, Krieg und Reisen. Doch es gab noch ein drittes, und ihm wurde glühend heiß, als er darauf stieß: *A Spy in the House of Love* von Anaïs Nin.

M. setzte sich in den People's Room, wo man einigermaßen sicher sein konnte, in Ruhe gelassen zu werden. Er war tief in seine Lektüre vertieft, und erschrak fast zu Tode, als sein Vater plötzlich vor ihm stand.

»Was liest du?«

»Ein Buch …«

»Kein schlechter Einstieg«, sagte er, zog ein dickes Buch aus dem Regal und blätterte darin.

»Ich bin mal nach New York gefahren, um Anaïs Nin kennenzulernen.«

Woher wusste er, was er las?

»Ich bin gemeinsam mit meinem Freund Norris Embry getrampt, er ist Kunstmaler, eine unglückliche Seele.«

»Getrampt …?«

»Ja, ich war das von der Schule in Putney gewohnt, wenn ich in den Ferien nach Hause wollte.«

Er blickte auf und klappte das Buch zu.

»Die ganze Klasse fuhr nach Washington zur spanischen Botschaft. Um unsere Unterstützung für die Republik zu demonstrieren. Wir träumten davon, uns der Internationalen Brigade anzuschließen. Man konnte sich bewerben.«

»War das nicht gefährlich?«

»Unsere Schule war beinahe ein Kibbutz. Es gab jede Menge geflohener deutscher Kommunisten. Ich hatte einen sehr idealistischen Lehrer. Er sah gut aus – auf diese arische Art –, blauäugig und stark, redegewandt.«

»Warum war er geflüchtet?«

»Er hatte in Hamburg gewohnt und nachts Leute auf einem kleinen Klepper-Kajak auf neutrale Schiffe im Hafen geschmuggelt. Juden, unerwünschte Personen, Verfolgte, die aus Nazideutschland herauswollten. Schließlich kletterte er selbst an Bord eines Schiffs. Als Kommunist wusste er, was ihn erwartete, wenn es ihm nicht gelang zu entkommen, bevor sein Gewissen ihm gebot, bis zum bitteren Ende zu bleiben. Er war ein fantastischer Mann, der uns alle inspirierte. Ich hatte richtig gute Deutsch-Noten.«

»Und wieso haben sie dich dann vom College geschmissen?«

»Ich habe die falschen Bücher gelesen.«

»Wie?«

»Nach St. John arbeitete ich auf einer Werft in Baltimore, montierte Kanonen auf Liberty-Schiffen – Versorgungsschiffen – und meldete mich zur Armee.«

»Warst du nicht viel zu jung?«

»Sie schickten mich auf eine Sprachschule, weil ich Deutsch und Französisch konnte – das hatte ich gelernt, als wir in der Schweiz wohnten. Großvater organisierte die Flüchtlingshilfe der Weißrussen, die von der Krim evakuiert wurden. Ich bekam auch Russisch-Unterricht – das sollte sich schon bald als nützlich erweisen –, und hinterher wurde ich mit dem OSS nach Frankreich geschickt.«

»Was ist das?«

»Der militärische Nachrichtendienst. Wir waren fünfhundert Leute. Wir sollten die Schlachtordnung und die Kommandostruktur der Deutschen erkunden. Und Informanten anwerben. Ich fuhr in einem Jeep herum – wir gehörten keiner bestimmten Einheit an –, und wenn wir auf ein paar Kriegsgefangene stießen, hielten wir an, verhörten sie und gaben die Ergebnisse an das Hauptquartier weiter.«

»Warst du eine Art Spion?«

»Ich wurde mit achtzehn Jahren Feldwebel. Darüber war der ältere Feldwebel nicht sonderlich begeistert. Aber ich habe es mir auch nicht gerade leichtgemacht.«

M. wusste, was er meinte. Er hatte eine Fotografie seines Vaters gesehen, wie er in der Normandie mit einem Franzosen, der eine Baskenmütze trug, eine Straße hinunterspazierte – mit einem Offiziersstab unter dem linken Arm. Einem Offiziersstab?

»Es gibt keine Vorschrift, die einem Nicht-Kombattanten oder Zivilisten, wenn du so willst, verbieten, ihn zu tragen, also dachte ich, was soll's? Nach dem Krieg landete ich als Verbindungsoffizier in Salzburg und stand auf Skiern. Betty kam auch.«

»Und der Krieg war vorbei?«

»Nein, der nächste hatte begonnen.«

»Was ist mit Anaïs Nin?«

»Anaïs Nin – sie stand in der Tür und war sehr freundlich, obwohl wir sie anstarrten, als würden uns gleich die Augen herausfallen. Sie glich einem Stummfilmstar in vollem Make-up. Kreideweißes Gesicht und rabenschwarzer Pagenkopf.«

Sein Vater warf ihm das Buch zu: »Hier, fang. Kennedy hat es während der Kuba-Krise an seinen Stab verteilt.«

»Damit sie es lesen sollten?«

»Damit die Geschichte sich nicht wiederholen sollte.«

Es hieß *The Guns of August* und handelte vom Ersten Weltkrieg. Der Kaiser, der Kriegsminister und der Präsident hatten aufgrund eines einzigen Schusses in Sarajewo Millionen von Soldaten in den Tod geschickt.

Es übertraf alles, was die Welt bis dahin gesehen hatte – und das Ganze war ein Irrtum. Es war sinnlos, es gab weder

Götter noch Helden, und doch war es tatsächlich passiert. Das Buch enthielt sogar eine Landkarte.

M. dachte an seinen Großvater, und wie unglaublich es war, dass er die Schützengräben überlebt hatte. »Weil ich nicht geraucht habe«, hatte er gesagt. Denn am gefährlichsten war es auf der Wache. Man wurde von Heckenschützen erschossen. Sie warteten mit dem Finger am Abzug und drückten ab, sobald die Glut der Zigarette in der Dunkelheit aufleuchtete.

Die Geschichte war eine Katastrophe, sie liefen über Massengräber und gingen zwischen Ruinen umher. Der Krieg hörte niemals auf. Er füllte die Bücherregale: *Ilias* und Cäsars *Gallischer Krieg*, eine Biographie über Mountbatten, eine zweite über Napoleon. Der Dreißigjährige Krieg, der Hundertjährige Krieg und Buch um Buch über den Zweiten Weltkrieg,

Seine Familie hatte an jedem einzelnen Krieg teilgenommen, den die USA ausgefochten hatten, Väter und Söhne. Sein Urgroßvater Robert hatte sich während des Bürgerkriegs dem Unionsheer angeschlossen. Onkel Frank war in der Kavallerie unter »Black Jack« Pershing. Das Siebte Regiment jagte den Aufständischen Pancho Villa ein Jahr lang, aber sie erwischten ihn nicht. Nach der Mexikanischen Revolution zogen sie sich zurück, und Onkel Frank landete mit den letzten berittenen Truppen in einem Fort in Kansas.

Großvater Arthur wurde auf dem Schlachtfeld in Frankreich mit Senfgas vergiftet. Dorothy war die Erste, die er sah, als er die Augen wieder öffnen konnte. Sie arbeitete für das Rote Kreuz: »You're okay, soldier!« Seither hatten sie sich nicht mehr aus den Augen gelassen.

Arthur liebte Bäume und war steif wie ein Stock. Er hatte im Landwirtschaftsministerium gearbeitet, Wälder unter Naturschutz gestellt und Nationalparks eingerichtet. New Mexico, Texas, Oklahoma – wenn er es vermocht hätte, wäre jeder grüne Fleck der Erde von ihm unter Naturschutz gestellt worden, weil er sich nichts anderes wünschte als: Frieden.

Er lebte von Tee, den er mit zwei Stücken Zucker trank. Dorothy stellte ihm die Tasse hin, warf die Würfel hinein und rührte um. Sie waren umgeben von schnurrenden Katzen – seit den Schützengräben hatte er Angst vor Ratten. »So groß wie Hunde waren die«, flüsterte er.

Großvater hatte die Nothilfeorganisation CARE gegründet, die insgesamt einhundert Millionen Pakete mit Lebertran, Konservendosen und Rosinen verschickte. »For a hungry person«, stand auf den Paketen. Es reichte nicht, es wurde immer schlimmer. Die Katastrophen stürzten auf sie ein.

Er kannte Pat Garrett, den Sheriff, der Billy the Kid erschossen hatte, und war mit Präsident Truman befreundet. Hin und wieder rief er bei der UN an, beschwerte sich und bat darum, mit Fridtjof Nansen verbunden zu werden, dem Hochkommissar für Flüchtlingsfragen: »Hello, hello?« Er schrie in den Hörer, doch Fridtjof gab es nicht mehr. Und auch Lord Balfour nicht.

Arthur und Dorothy schenkten M. jedes Jahr zu Weihnachten dasselbe. Er war nicht mehr enttäuscht und musste das Geschenk auch nicht mehr auspacken: »For a hungry person«. Lebertran, Konservendosen, Rosinen.

Vater war im Zweiten Weltkrieg gewesen, und sogar Tante Betty: »China 1944.« Sie diente als Krankenschwester in Militärlazaretten in Burma, tief im Dschungel.

Früher oder später waren sie an der Reihe. M. erinnerte sich an den Satz, den Missy geknurrt hatte:

»Du musst sowieso nach Vietnam.«

Er hatte sich immer gewünscht, ein Teil der Geschichte zu sein. Nun konnte er ihr nicht entkommen und das Buch einfach zuklappen. Es ging um Krieg und um noch mehr Krieg, um nichts anderes.

Sie befanden sich mitten im Kalten Krieg, und M. bekam einen Schreck, als der den Eingang zum Ajudanieh-Park sah. Er wurde von zwei riesigen Schachfiguren flankiert – einem weißen Springer und einem schwarzen Springer, die sich beide aufbäumten –, und der Park war mit roten und weißen Fliesen bedeckt.

M. trat vorsichtig darauf und fühlte sich wie eine Figur in einem Spiel, das er nicht durchschaute und über das er keine Macht hatte. Jeden Moment konnte er geschlagen und hinausgeworfen werden.

Wenn sein Vater tatsächlich für die CIA arbeitete, merkte man es nicht. Er stand auf, frühstückte und fuhr ins Büro. Er kam nach Hause, aß zu Abend und ging ins Bett. Manchmal war er auf Reisen, aber das gehörte dazu, er absolvierte das Programm, das man von einem Diplomaten erwartete.

Er war höflich, langweilig und vollkommen undurchschaubar. Er war nicht zu fassen und hinterließ keine Spur.

Sie lebten wie jede andere Familie, der Alltag ging seinen gewohnten Gang. Das war vielleicht das Fantastischste überhaupt: dass es einem gewöhnlichen Leben zum Verwechseln ähnlich sah. Doch so war es nicht. Es war eine perfekte Imitation – Mutter spielte die Rolle der »Mutter«, und Vater die Rolle des »Vaters«. Niemand von ihnen konnte aussprechen, wie es sich in Wahrheit verhielt und was eigentlich vor sich ging. Das Schweigen war größer als sie.

Entscheidend war nicht, wie die Dinge zu sein schienen, sondern wie man sie sah, es ging um die Perspektive, es passierte im Kopf. Was für andere täglicher Trott war, war für sie tödlicher Ernst, seine Eltern führten ein fremdes, lebensgefährliches Leben am Rande des Atomkriegs.

Sie rekrutierten Verräter mit Charme, Gin Tonics und einer Menge grüner Dollar. Und abends tauchten die Diplomatenfrauen ihre Zigaretten in Opium und feierten.

Es war eine andere Welt, und sie war voller Verstecke in hohlen Bäumen, Informanten und Decknamen. Nachts saß sein Vater in seinem Arbeitszimmer, The Gun Room, und schrieb mit unsichtbarer Tinte Briefe an Präsident Nixon.

Sie würde niemals zum Vorschein kommen. Nie würde M. das Negativ seines eigenen Lebens belichtet sehen und erkennen, wer seine Eltern eigentlich waren. Sie lebten und starben als unbekannte Personen.

*

Zwischen mir und der Zukunft türmte sich die Magisterarbeit auf. Im Keller erwachte ich erst spät und ging hinauf ins Esszimmer. Dort stand ein Hörnchen mit Butter für mich bereit. Dann zog ich wieder hinunter ins Gästezimmer. Großmutter hatte dort übernachtet, wenn sie zu Besuch war. Der Schreibtisch, der Schrank, das Bett und die kleine Schale, in der sie ihre Bonbons aufbewahrte. Zu Weihnachten duftete es nach Lebkuchen, und ich las ihr aus *Nußknacker und Mausekönig* vor. Nun saß ich da und schrieb über Abfall, die Stadt und den Tod.

Es begann mit Martin Luther, der seine »große Offenbarung im Turm« auf dem Lokus des Klosters bekommen hatte. Unser aller Kirchenvater litt an chronischer Verstopfung, die ihn beinahe ebenso beschäftigte wie sein Verhältnis zu Gott. Es war ein immer wiederkehrendes Thema in seinen Briefen, in denen er fluchte und schimpfte und seine Leiden in ausführlichen Beschreibungen schilderte.

Seine Schmerzen – Bauchdrücken, Hämorrhoiden, Jucken

und Brennen – und die Erleichterung, wenn eine Hämorrhoide platzte oder er sich endlich entleeren konnte. Nicht genug damit, Luther kratzte sich ständig am Hintern. Und er bewarf Satan mit seinen Exkrementen, als der auftauchte, um ihn zu verhöhnen, und ihm den blanken Hintern zeigte!

Aber was hatte das mit seiner religiösen Offenbarung zu tun? Nun ja, die Offenbarung lief darauf hinaus, dass Gottesverehrung und Erlösung nichts mit dem kollektiv organisierten Christentum der Kirche zu tun hatten, wo es Ablässe zu kaufen gab, sondern dass es bei Gnade und Glauben um ein ausschließlich persönliches, inneres Verhältnis zu Gott ging. Die Privatisierung von Gott – selbstverständlich konnte die Erlösung nur vom privatesten aller Orte überhaupt ausgehen.

Die Reformation und der Abort waren auf ihre je eigene Weise Ausdruck für die Intimisierung und Individualisierung, die sich in der besitzenden Klasse durchsetzte. Mit dem Handelskapitalismus und dem Anwachsen des Bürgertums und der Städte blieben die Menschen in steigendem Maß allein mit ihrem Scheiß – körperlich, wirtschaftlich und religiös.

Luthers Verinnerlichung eines alles sehenden und kritisch beurteilenden Gottes passte gut zur Charakterbildung des Handelsbürgertums. Es entwickelte eine Persönlichkeitsstruktur, die gerade die soziale Autorität und die Perspektive der anderen in Form eines »Überichs« und der Selbstkontrolle verinnerlichte.

Die Fremdsteuerung wurde durch eine innerlich gesteuerte Selbstdisziplin ersetzt. Die »sündigen« körperlichen Gelüste und unmittelbaren Befriedigungen wurden zugunsten höherer, langfristiger Ziele unterdrückt, bei denen profitorientierte Arbeit witzigerweise mit dem Weg zu Erlösung und dem ewigen Leben übereinstimmte.

Diesen Zusammenhang zwischen Arbeitsmoral und Religion hatte Max Weber in *Die protestantische Ethik und der Geist des Kapitalismus* dargelegt. Kein Wunder, dass Luther an Verstopfung litt, wie auch das Bürgertum nach ihm. Dazu hatte Freud im Zusammenhang mit dem sogenannten »Analcharakter« noch mehr zu sagen.

Er argumentierte, dass charakteristische bürgerliche Tugenden wie Selbstkontrolle, Fleiß, Sparsamkeit, Ordnungs- und Realitätssinn typisch seien für den sogenannten Analcharakter, der seine Lektion auf dem Töpfchen gelernt hatte.

Dieses produktive und akkumulierende Verhalten setzte auf Aufschub und Transformation von Triebimpulsen, die eine direkte Entladung forderten. Laut Freud ließ sich diese Triebregulierung auf das Töpfchen-Training zurückführen. Es war die erste Begegnung mit der sozialen Forderung, »einzuhalten« und eine Muskel- und Impulskontrolle auszuüben.

Kurz gesagt, konnte das Verhältnis zu Geld als das in der Form umgewandelte Verhältnis zu Exkrementen aufgefasst werden, in der gleichen Weise wie das Ersparte dem Zurückhalten der Darmentleerung entsprach. Der Bürger mit Privatbesitz saß auf einem Haufen Geld, der ein Haufen Scheiße war.

Die Umkehrung fand in der Düngerindustrie statt, die sich im Laufe des 19. Jahrhunderts in der kapitalistischen Großindustrie entwickelte. Hier saß man auf einem Haufen Scheiße, der ein Haufen Geld war. Die Kapitalakkumulation war unmittelbar und ganz realitätsbezogen mit der Akkumulation von Exkrementen verbunden, die zu Dünger verarbeitet und an die Landwirtschaft verkauft wurden. Der Markt war so groß, dass der menschliche Dünger als die beste Einnahmequelle und der beste Exportartikel großer Städte angesehen wurde.

Selbst in einer Großstadt wie Paris waren Latrinengruben erst 1533 eingeführt worden (das heißt zu der Zeit, als Luther unter Verstopfungen litt und die Reformation und die Frömmigkeit des Volkes sich in ganz Europa verbreitete). Bis dahin war es normal, seine Notdurft einfach dort zu verrichten, wo man sich gerade befand; die Polizeiverordnung verlangte lediglich, dass man Passanten warnte und »Gare l'eau!« rief, bevor der Nachttopf aus dem Fenster geleert wurde.

Dies wurde nun unter Androhungen von Bußgeldern verboten und darüber hinaus wurde angeordnet, dass sämtliche Häuser mit Abtritten und Latrinengruben versehen werden mussten, deren Inhalt nachts in geschlossenen Wagen abtransportiert wurde. Die Fäkalien wurden einer sozialen Regulierung unterworfen, die die Darmfunktionen »nach innen« verdrängte, auf private Aborte, während die Exkremente »nach außen« verdrängt wurden, in Depots außerhalb der Stadt.

Es dauerte mehrere hundert Jahre, bevor das kollektive Töpfchen-Training sich durchsetzte und die Menschen aufhörten, sich auf der Straße zu erleichtern. Erst nach der Revolution und der Aufstellung öffentlicher Pissoirs 1794 entwickelte sich das Tabu so weit, dass Defäkation in aller Öffentlichkeit als Schamverletzung angesehen wurde. Die bis dahin akzeptierte Handlungsweise wurde als »irrationale« und »unkontrollierbare« Abweichung von den gesellschaftlichen Normen angesehen und konnte zu einer Strafanzeige führen.

Diese Verschärfung zeigte sich auch im Umgang mit den eigentlichen Fäkalien. Ab 1608 wurde es immer häufiger verboten, die Latrinen in den Rinnstein zu entleeren, und 1726 trat eine Verordnung in Kraft, die den Nachtmännern untersagte, den Latrineninhalt in die Brunnen oder die Seine zu gießen. Außerdem durften sie weder Wettfahrten veranstalten noch sich unterwegs in Wirtshäusern aufhalten, sie hatten direkt zu den Latrinendepots zu fahren. 1664 wurde eine obligatorische Entlüftung der Latrinengruben eingeführt, und schließlich wurde 1809 durch ein kaiserliches Dekret verfügt, dass die Gruben mit undurchlässigen Fundamenten versehen werden müssten, um die Vergiftung des Grundwassers zu unterbinden.

Die steigende Abneigung gegen die Geruchsbelästigung, also den Gestank, ging Hand in Hand mit der bürgerlichen Verdrängung des Körpers und der Nahsinne zugunsten des »rationalen« Bewusstseins und der Fernsinne – und wurde zu einer direkten Krankheitsursache in der sogenannten Miasmen-Theorie überhöht.

Daher überrascht es kaum, dass die Aufmerksamkeit sich vor allem auf die stinkenden Gase der Latrinengruben richtete. Sie wurden zu einem Laboratorium für eine Vielzahl von Desinfizierungs- und Desodorierungsmethoden mit Salzsäure, Chlor und schließlich mit Labarraques berühmtem Chlorkalk. Er wurde für alles eingesetzt, mit ihm versuchte man Fäkalien und Leichen, Syphilis und Krebs zu »desinfizieren« – als Versuch, sich eine gesunde, saubere und geruchsfreie Welt zu bewahren.

Im Laufe des 17. Jahrhunderts wurden die Müllplätze für anderen Abfall von den Latrinendepots getrennt. Die Müllplätze wuchsen weiterhin wild um ganz Paris, während der Latrineninhalt in immer entferntere Depots gebracht wurde. Es endete damit, dass er in den Bassins von Montfaucon gesammelt wurde.

Die flüssigen Bestandteile flossen in die unteren Sammelbecken, wo sie sich zum Teil als Jauche absetzten, aber auch in den Boden sickerten. Die alchemistische Verwandlung von Scheiße zu Gold vollzog sich in den oberen Bassins, wo die festeren Bestandteile sich in den nächsten sieben Jahren am Boden absetzten.

Mit hohen Temperaturen wurden sie dann getrocknet, pulverisiert und zu Briketts gepresst, die als beliebtes Düngemittel verkauft wurden: Poudrette. Man konnte in der Großstadt tatsächlich von seiner eigenen Scheiße leben, leider führte dieses ausgezeichnete System jedoch zu einer Reihe von Problemen.

Zum einen konnten die Sammelbecken als Folge des Bevölkerungswachstums schon bald nicht mehr alle Exkremente aufnehmen. Als Notlösung wurden sie entweder durch einen unterirdischen Kanal in die Seine geleitet oder mit dem Schiff fünfzehn Kilometer zu einem entlastenden Depot in Bondy gebracht. Weit schlimmer aber war, dass die Latrinengruben in der Stadt ebenfalls nicht mehr alles aufnehmen konnten. Die festen Fundamente verhinderten das Versickern von Wasser und Urin, während der Wasserverbrauch stieg, je mehr Menschen anfingen, sich zu waschen.

Die Überschwemmungsgefahr wurde mit Hilfe eines Tonnensystems abgewendet. Die festen Bestandteile wurden in einem stationären Behälter zurückbehalten, die flüssigen Bestandteile flossen in mehrere mobile Tonnen. Diese Tonnen konnten somit separat entleert werden – nach 1850 wurde ihr Inhalt durch die Rinnsteine und (teilweise offenen) Kloaken in die Seine geleitet. Dem stationären Behälter wurde Aktivkohle zugesetzt, die die Fäkalien an Ort und Stelle in Dünger umwandelte. Der Dünger wurde abgepumpt und zur weiteren Behandlung abtransportiert – schwuppdiwupp: So wurde die Toilette zum Geldspeicher.

Und das war auch der Grund, warum dieses ziemlich unhygienische und umständliche System sich trotz aller Schwierigkeiten und Proteste durchsetzen konnte. Es gab bereits Vorschläge, die Latrinen durch Abwasserrohre in die Seine zu leiten. Jedes Mal aber wurde ein derartiger Vorschlag so entschieden zurückgewiesen, dass allein der Gedanke einen »Untergang des Analkomplexes« heraufzubeschwören schien.

Im gesamten 19. Jahrhundert tobte eine Diskussion, in der die »realistischen« Anhänger der Latrinengruben sich gegen die »idealistischen« Fürsprecher eines Kloakensystems behaupteten. Während der gigantischen Sanierung und Modernisierung von Paris zwischen 1853 und 1870 hatte dies zur Konsequenz, dass Hunderte Kilometer von Abwasserleitungen gelegt wurden, die allerdings nicht dazu gedacht waren, die Exkremente der Wasserklosetts abzuführen.

Der Latrineninhalt wurde nach wie vor mit Karren abtransportiert, in großen unterirdischen Zisternen deponiert und von dort aus durch ein Rohrsystem elf Kilometer weitergepumpt, um in Bondy zu Dünger und Ammoniak verarbeitet zu werden. Der zusätzliche Gewinn durch die chemische Verarbeitung des Urins führte dazu, dass mit Ammoniapolis ein riesiger Industriekomplex geplant, jedoch nicht realisiert wurde.

Gegen Ende des 18. Jahrhunderts war die Kapazität des Cimetière des Innocents vollkommen erschöpft. Die Leichen eines Jahrhunderts überschwemmten die Straßen und Keller des gesamten Viertels. Im Winter wurde der Friedhof umgegraben. Karren voller Skelette wurden in einer Prozession mit betenden Mönchen und brennenden Kerzen abtransportiert und in den Katakomben versteckt. Der Tod sollte ein für alle Mal aus dem bewussten Leben ausgegrenzt werden.

Der Stadtplaner Haussmann kaufte Land auf und plante einen gigantischen Friedhof weit draußen vor Paris: Necropolis. Von einem Totenbahnhof aus sollte er mit einem Zug versorgt werden – nur die Lebenden brauchten eine Rückfahrkarte –, und war als getreue Kopie der Stadt mit Straßen und Häusern als Grabstätten gedacht.

Exkremente und Ausscheidungsfunktionen waren aus dem Stadtbild und dem Bewusstsein nach und nach fast vollständige verdrängt worden. Der Bürger war zu einem reinen Geist geworden, selbst seine materiellen Abfallprodukte wurden zu verkäuflichen Produkten und Kapital veredelt. Auch nicht der geringste Duft erinnerte an den realen Charakter des Körpers und der Latrine: Geld stinkt nicht.

Der effektive Nutzen des Düngers wurde im Verhältnis zu den Kosten indes stark überschätzt. Das wurde deutlich, als man Konkurrenz von Düngemitteln wie Guano aus Peru und Nitraten aus Chile bekam. Gleichzeitig wussten die Bakteriologen inzwischen, dass die kostbaren Exkremente eine aktive Ansteckungsquelle waren und Mitverursacher der Cholera-Epidemien in Paris.

Die anale Betriebswirtschaft war schon bald am Ende. Mit einem Schlag wurde die mühsame Kulturarbeit des vorhergehenden Jahrhunderts vernichtet. Der Dünger wurde wieder zu der Scheiße, die er die ganze Zeit gewesen war, und mit dem Wasserklosett hinuntergespült, das am 10. Juni 1894 endlich eingeführt wurde.

Die Administration der Exkremente in Paris war ein kollektives Beispiel für den Analcharakter, der die direkte Entleerung zugunsten produktiver Arbeit und Akkumulation zurückhielt. Noch schwieriger war es, die größten analen Individuen im Bürgertum des 19. Jahrhunderts auszuwählen, deren Schließmuskeln in Form von steifen Kragen bis unter den Hals rutschten. Die sogenannten »Vatermörder« hielten die vornehmen Herrschaften in einem kastrierenden Würgegriff.

Richtete man den Blick auf die USA, litt die fleißige, puritanische Bevölkerung so sehr an Verstopfung, dass diese irgendwann als »americanitis« bezeichnet wurde. Ärzte und Gesundheitsapostel aus den religiösen Milieus schenkten daher der Verdauung die größte Aufmerksamkeit.

Ganz vorn in der Reihe der analfixierten Reformkostfanatiker stand in der Mitte des 19. Jahrhunderts Sylvester Graham. Er war Pastor der reformierten Kirche und Sprecher der Alkoholgegner in Pennsylvania. Grahams Vorträge und Pamphlete beschränkten sich aber nicht nur darauf, den Alkohol zu verdammen, sondern richtete sich schon bald gegen alles, was ihm missfiel: Bettdecken und nächtlicher Samenabgang, Korsetts, warme Kleidung (achtzigtausend Todesfälle im Jahr waren auf »schlechte Bekleidung« zurückzuführen), Torten, Weißbrot und Tee, der angeblich zum Delirium tremens führte, während Senf Wahnsinn verursachen konnte.

Graham konzentrierte sich vor allem auf die Masturbation und verdammte sie, ganz im Einklang mit der Auffassung dieser Zeit, als Grund für die völlige körperliche und geistige Regungslosigkeit und den Tod: Gottes Strafe. Laut seiner *Lecture to Young Men* aus dem Jahr 1834 wuchs ein Onanist auf mit »einem Körper voller Krankheiten und einem Geist, der in Ruinen liegt, da diese abscheuliche Angewohnheit ständig in unerschöpflicher Tyrannei als ein Teufel der Finsternis über ihm herrscht«. Verschiedene Symptome bewiesen das heimliche Laster, darunter Pickel, die sich bei masturbierenden Teenagern zu einer tödlichen Krankheit entwickeln können:

> *Nässende Wunden brechen in gewissen Fällen auf dem Kopf, der Brust, dem Rücken und an den Schenkeln aus und wachsen bisweilen zu permanenten Krebsgeschwüren heran, die, möglicherweise jahrelang, große Mengen übelriechender Materie ausscheiden. Es endet nicht selten mit dem Tod.*

Die Angst vor der Sexualität stand auch hinter den Ideen, die Graham über Nahrung und Gesundheit entwickelte. Seine Theorien waren inspiriert von William Metcalf, einem Homöopathen und Mitglied der vegetarischen Gemeinde The Bible Christian Church. Er war ein leidenschaftlicher Anhänger von Spargelsamen als Kaffeeersatz.

Während Metcalf gegen das Fleisch in religiösen Formeln predigte, wurde Graham zum Fürsprecher einer vegetarischen Diät, weil er der Ansicht war, durch sie würde die sexuelle Lust gedämpft. Sex, Essgewohnheiten und Gesundheit hingegen hingen zusammen, und Enthaltsamkeit war in jedem Fall der Königsweg zur Gesundheit – sein Gesundheitsbegriff war eine als wissenschaftlich getarnte Sexualmoral.

Er verglich Hunger mit sexueller Begierde, da beides den Körper schwächte und das Risiko für Krankheit und Tod erhöhte. Graham entwickelte nach und nach die Theorie, dass das Gehirn, der Magen und die Geschlechtsteile so miteinander verbunden waren, dass Gewürze und Fleisch den Magen irritierten und erregten, der dann seinerseits eine sexuelle Erregung auslöste, die zur Masturbation führte:

> *Allerlei stimulierende und reizende Substanzen: stark gewürzte Speisen, fette Gerichte, großzügige Verwendung von Fleisch und überhaupt Essen im Überfluss erhöhen mehr oder weniger – und einige in besonders hohem Maße – die Empfindlichkeit der Geschlechtsorgane und den unschweren Übergang ins Lüsterne.*

Sexuelle Aktivitäten schwächten die geistigen Fähigkeiten und die Gesundheit. Dafür war die vorbeugende Maßnahme gegen Krankheiten einfach und universal: sexuelle Enthaltsamkeit. Höchstens zwölf Mal im Jahr Geschlechtsverkehr bei Ehepaaren, viel Gymnastik, um dem nächtlichen Samenabgang vorzubeugen, und Diät.

Seine Regeln zur Ernährung bauten auf der metaphorischen

Assoziation, dass vor allem Fleisch die fleischlichen Gelüste stimuliert. Daher waren Fleischgerichte auszuschließen, sie wurden ersetzt durch Obst, Gemüse, Grütze und Brot – allerdings nicht irgendein Brot.

Graham war überzeugt, dass die Volksgesundheit sich im Niedergang befand, weil man Mehl in einem dekadenten und sündigen Maß raffinierte. Das einzig richtige Brot wurde aus Weizenmehl hergestellt, das alle Bestandteile des Korns enthielt, inklusive der Schalen. »Bringt die Kleie zurück!«, predigte er und schenkte der Welt eine Kur gegen schlechte Verdauung, Masturbation und Krankheiten, die noch immer verfügbar ist: das Grahambrot und der Grahamkeks.

> *Sehet da, ich habe euch gegeben alle Pflanzen, die Samen bringen, auf der ganzen Erde, und alle Bäume mit Früchten, die Samen bringen, zu eurer Speise.*
>
> *1. Mose 1.29*

Graham verlor allerding ein wenig an Glaubwürdigkeit, als er es übertrieb und dem Schulwesen vorwarf, es würde das Gehirn überbelasten, was zu »einer generellen Schwächung des Nervensystems, darunter der Geschlechtsorgane« führen würde. Er endete als kranker, verbitterter Mann im Rollstuhl.

Dennoch fanden seine Ideen nach seinem Tod 1851 großen Anklang. Es entstanden Hunderte von Vereinigungen, Zeitschriften, Pensionen und Sanatorien wurden gegründet, in denen der gesunden Lebensweise auf der Basis von Enthaltsamkeit, Diät und – Grahambrot – gehuldigt wurde

Eines der bekanntesten »grahamitischen« Sanatorien war James Caleb Jacksons Institution Our Home on the Hillside in Dansville, New York. Jacksons Kur kombinierte Gymnastik, frische Luft, Enthaltsamkeit, Diät und eine sogenannte Hydrotherapie, die auf kalte Waschungen und das Trinken von großen Mengen Mineralwasser schwor. Außerdem servierte er seinen Patienten einen Gesundheitskaffee und seine eigene Weiterentwicklung des Grahamkekses – Granola. Eine steinharte Weizenwaffel, die über einen Tag eingeweicht werden muss und mit Milch verzehrt wird: das erste kalte Frühstück der Welt.

Neben diesen Delikatessen bot Jackson auch erbauliche Vorträge an, die das Personal den Gästen ankündigte, indem man eine Fahne mit dem Buchstaben »J« über Our Home hisste.

Einer der Gäste des Sanatoriums war die adventistische Krankenschwester Ellen White. Sie war von einem Engel dorthin gerufen worden und so begeistert von dem Ort, dass sie noch eine weitere Erscheinung hatte, in der sie aufgefordert wurde, ein entsprechendes Etablissement für Adventisten zu schaffen. Kurz darauf eröffnete sie das Western Health Reform Institute in der Hochburg der Adventisten in Battle Creek, Michigan.

Schwester White hatte sich schon lange für die Volksgesundheit eingesetzt und dazu 1864 mit einem eigenen Werk über das Übel der Masturbation beigetragen: *An Appeal to Mothers Relative to the Great Cause of the Physical, Mental and Moral Ruin of Many of the Children of Our Time.*

Allerdings waren ihre betriebswirtschaftlichen Fähigkeiten nicht ganz so gesund. Das Institut schwächelte in den folgenden zehn Jahren, bis ein junger Arzt und Ernährungsexperte die Leitung übernahm: John Harvey Kellogg.

Kellogg war in den adventistischen Kreisen mit seinen medizinischen Ideen populär geworden, die sich erneut auf … Masturbation konzentrierten. Statt mit seiner Frau auf Hochzeitsreise zu gehen, schrieb er ein Handbuch für die Familie, das 1881 erschien: *Plain Facts für Old and Young.*

Die sechshundertvierundvierzig Seiten waren eine einzige lange Warnung vor Sex. Unter anderem beschäftigt er sich siebenundneunzig Seiten mit »The Secret Vice (Solitary Vice or Self-Abuse)«.

Er lieferte eine fürchterliche Krankheitsgeschichte nach der anderen und stellte eine Liste von neununddreißig Symptomen des »heimlichen Lasters« auf – darunter Schlaflosigkeit, Hang zur Einsamkeit, Haarausfall, Abgelenktheit, großer Appetit, Pickel und Rauchen. Um die sündigen »Anbeter des Molochs« zu kurieren, schlug er vor, ihnen die Hände zu bandagieren oder die Geschlechtsteile in einen Käfig zu sperren. Wenn das nicht half, gab es noch immer die Kastration in Form der Beschneidung:

> *Ein Mittel, das im Großen und Ganzen bei kleinen Jungen immer wirkt, ist die Beschneidung (…) Die Operation muss aber von einem Chirurgen ohne Betäubung durchgeführt werden, da der kurzzeitige Schmerz, der den Eingriff begleitet, eine heilsame Wirkung auf das Gemüt hat (…) Bei weiblichen Wesen ist es die Erfahrung des Verfassers, dass die Behandlung der Klitoris mit unverdünnter Karbolsäure (Phenol) hervorragend geeignet ist, die unnatürliche Erregung zu mindern.*

Kellogg selbst entfernte in mindestens einem Fall bei einer Frau die Klitoris, um sie von der Sünde zu heilen. Chirurgie war auch die ultimative Lösung im Zusammenhang mit seinem zweiten Problemkind, der Darmfunktion. Er versammelte seine Ideen über das Thema in dem 1917 publizierten Buch *Colon Hygiene.* Grundlage der Abhandlung war die ausgezeichnete These, dass unser Darmsystem für Rohkost gedacht ist und zu viel Fleisch, Soßen und gekochte Kartoffeln nicht verträgt.

Die Schlussfolgerung indes war fantastisch. Er folgte dem deutschen Arzt Johann Kämpf aus dem 15. Jahrhundert, der glaubte, die Ursache der meisten Krankheiten wäre eine Vergiftung durch angehäufte Exkremente im Darmkanal. Krankheiten könnten daher mit Hilfe von Darmspülungen kuriert werden.

Parallel zum bürgerlichen Toiletten- und Reinlichkeitstraining war die Anwendung von Klistieren ausgesprochen populär geworden, und Kellogg schwor auf diese Behandlung. Wie es hieß, hat er den ehelichen Verkehr mit Ella Eaton nie vollzogen (sie hatten separate Schlafzimmer), sondern genoss stattdessen jeden Morgen nach dem Frühstück eine Darmspülung durch die Hand seiner Oberschwester. Es ist naheliegend, diese Behandlung als einen passiven, analen Ersatz für den heterosexuellen Geschlechtsverkehr anzusehen, der ihm so große emotionale Probleme bereitete.

Kellogg war der Ansicht, dass der lange Weg durch den Darm die Exkremente einem Fäulnisprozess aussetzt, der das Blut und den Körper durch Verstopfungen vergiftet: »Das am meisten verbreitete und am meisten zugrunde richtende Leiden zivilisierter Menschen.« In *Colon Hygiene* empfahl er daher eine Kur gegen Verstopfung, die regelmäßigen Schlaf, Bäder, gute Haltung, gymnastische Übungen, vegetarische Diät und Klistiere umfasste. Er lieferte Rezepte von wohlerprobten Einläufen wie warmes Wasser, Seife, Zuckerwasser, Paraffinöl und Glyzerin. Am Ende erstellte er einen »Colon Code« in achtzehn Punkten, dessen erste beiden Forderungen fast wie eine rektale Version des muslimischen Gebetsrufs klangen:

*Leer den Darm mindestens drei Mal am Tag. Folg selbst dem geringsten »Drang« umgehend. Eine Verzögerung von fünf bis zehn Minuten kann katastrophal sein.*

Die radikalste Lösung des Problems war ein chirurgischer Eingriff, der den Darm verkürzte – eine sogenannte »colon short-circuiting«. Kellogg war ein glühender Verfechter dieser Operation, die er selbst an Tausenden von Menschen ausführte. Waren Patienten nicht bereit, sich dieser Operation zu unterziehen, hatte Kellogg für sie als Gäste des Sanatoriums eine besondere Diät entwickelt. Sie bestand aus Granola, auf Karamell basierendem Kaffee, Joghurt und Fleischersatz wie Protose oder Nuteena. Das Menü wurde berühmt für seine heilende Kraft.

Die große Anzahl an Geheilten erklärte sich jedoch so, dass das Sanatorium keine Menschen mit ernsthaften Krankheiten aufnahm. Und in den Fällen, in denen die Diät nicht anschlug, schob Kellogg den Patienten die Schuld zu, indem er sie als chronische Onanisten bezeichnete.

Hielt die Krankheit an, dann nur, weil sie weiterhin onanierten oder weil sich die Folgen der elterlichen Sünden vererbt hatten. Die wenigsten hatten Lust, diese Vorwürfe näher mit Kellogg zu diskutieren. Das Sanatorium boomte.

Nach und nach wurden die kulinarischen Experimente zum wichtigsten Arbeitsfeld für Kellogg. Er schenkte der Welt nicht weniger als fünfundsiebzig neue Produkte. Irgendwann interessierte er sich ausschließlich für Nüsse als Weg zu einer guten Verdauung und Gesundheit (»Nüsse können die Rasse retten«, hieß es typischerweise in einem seiner Artikel) und erfand die Erdnussbutter.

Er war ein großer Anhänger von Graham und Vollkorn, daher entwickelte er Granola weiter zu einer Mischung aus

Weizen- und Maismehl, dass er zunächst auch Granola nannte, dann – nach gerichtlichen Auseinandersetzungen – Granose. Es waren Experimente mit knusprigen Weizenflocken, die 1895 zu seiner größten Erfindung führen sollten: den Cornflakes! Von einem Tag auf den anderen verwandelte sich die Hauptstadt der Adventisten in die amerikanische Hochburg der Reformkostproduktion.

Die Sahne vom Frühstück schöpften indes andere ab. Der verkrachte Erfinder C.W. Post hatte neun Monate in Kelloggs Sanatorium verbracht und sich in dieser Zeit sämtliche Theorien zur gesunden Ernährung angeeignet – inklusive des Rezepts für Cornflakes. Post eröffnete sein eigenes Sanatorium, La Vita Inn, wo er als parapsychologischer Heiler für verstopfte Adventisten wirkte. Mit großem Erfolg brachte er Naturkost und Cornflakes auf den Markt, die ihn zum Multimillionär machten.

Kellogg zog es vor, weiter mit dem Essen zu spielen, und verordnete Einläufe mit Cornflakes, während die Dinge um ihn herum zusammenstürzten. Das Sanatorium wurde zahlungsunfähig und musste schließen, Kellogg wurde von den Adventisten exkommuniziert.

Es war sein Bruder, William K. Kellogg, der zum Gegenangriff überging. Er überzeugte John Harvey, einen Kompromiss mit seinen Idealen zu schließen und eine eigene Firma zu gründen. 1906 wurde dann die Battle Creek Toasted Corn Flake Company als Aktiengesellschaft mit William als Direktor gegründet.

Als sein Bruder sich auf einer Auslandsreise befand, kaufte William die Aktienmajorität auf und taufte die Firma in Kellogg Co. um. Dann setzte er den Cornflakes Zucker zu und entfernte die religiösen Symbole von der Packung. Sie wurde nun mit seiner Unterschrift versehen und als Kellogg's Toasted Corn Flakes mit dem Slogan »The Sweet Heart of the Corn« beworben. Damit war die Grundlage für das Frühstücksimperium von Battle Creek gelegt.

Die Brüder Kellogg führten eine jahrelange gerichtliche Auseinandersetzung, die William gewann. Dafür hielt John Harvey es für einen Sieg seiner Theorien über Enthaltsamkeit, Diät und Darmspülungen, dass sie beide einundneunzig Jahre alt wurden.

Sie hatten die bürgerlichen Ernährungsgewohnheiten revolutioniert. 1876 bestand das Frühstück der Mittelklasse aus Bacon, Eiern, Würstchen, Beefsteak, Kartoffeln, Weizenkuchen, Donuts und Obst. Nur eine Generation später hatten die Naturkostproduzenten und ihre asketische Gesundheitsideologie das Frühstück in eine kalte, trockene Portion Cornflakes verwandelt, bei der es nur noch darum ging, genügend Ballaststoffe zu sich zu nehmen, damit die Scheiße oben schwimmt.

Die Geschichte von Graham, Jackson, Kellogg und ihren Schülern ist bezeichnend für das Bürgertum des 19. Jahrhunderts, das unter Leiden und Verzicht das Triebleben verdrängte. Dadurch wurden Körper und Triebe jedoch nur zum Gegenstand noch größerer Aufmerksamkeit, die sich auf das Verleugnende und Eliminierende der fleischlichen Lüste richtete. Das rigide Verhalten und der übertriebene Hang zu Ordnung und Reinlichkeit waren nicht nur Zeichen einer Analfixierung aufgrund einer rücksichtslosen sozialen Regulierung der Darmfunktion und des Trieblebens insgesamt. Sie wies auch ständig auf ihr Gegenteil hin – auf den Wunsch, in unmittelbarer Triebentfaltung »loszulassen« und sich in Exkrementen, Sex, Gewalt und hemmungslosem Konsum zu ergehen.

Es war daher nicht überraschend, dass das Bürgertum Ende des 19. Jahrhunderts ein Phänomen des Showbusiness feierte, das den analen Gelüsten zu einem Ventil verhalf: Der Furzkünstler Joseph Pujol – »Le Pétomane«!

Pujol kam aus Marseille, wo er mit seiner Frau Elizabeth ein ganz normales Leben als Bäcker geführt hatte. Während seiner Zeit bei der Armee hatte er seine Kameraden mit einer besonderen Fähigkeit unterhalten, die er zum ersten Mal entdeckt hatte, als er als Kind am Strand badete und mit seinem Enddarm Wasser aufnahm. Seither hatte er die Muskelkontrolle über seinen Anus so weit entwickelt, dass er Luft aufnehmen und ausstoßen und auf diese Weise ein breites Repertoire an Tönen hervorbringen konnte.

Pujol stand gern auf der Bühne und trat hin und wieder auch als Sänger und Komiker auf, während sein eher provozierendes Talent privaten Gesellschaften vorbehalten war. Seine musikalischen Fürze lösten jedoch so große Begeisterung aus, dass er den Mut fand, ein regelrechtes Unterhaltungsprogramm zu erarbeiten.

Es wurde ein überwältigender Erfolg, der es Pujol ermöglichte, seinen Beruf als Bäcker aufzugeben und auf eine Tournee durch Frankreich zu gehen. 1892 kam er nach Paris und unterschrieb nach einem einzigen Auftritt einen Vertrag mit dem Moulin Rouge. Viele der stramm in ein Korsett eingeschnürten Damen des Publikums fielen mit Lachkrämpfen in Ohnmacht. Diese Reaktion wurde fortan ausgeschlachtet – als zusätzlichen Effekt hielten sich während der Vorstellungen uniformierte Krankenschwestern im Theatersaal auf.

Pujol betrat die Bühne korrekt und elegant bekleidet und präsentierte seine Nummern zurückhaltend und ernst. Sein Stil stand in scharfem Kontrast zu den analen Entfaltungen und verstärkte ihre humoristische Wirkung. Sie löste eine zeitweilige Liquidierung der sozialen Etikette und Autorität aus – und die Verdrängung in Gelächter auf.

Nachdem er sich selbst vorgestellt und dem Publikum versichert hatte, dass sein Rektum gründlich parfümiert sei, lieferte er Kostproben seiner Kunst: »La pétomanie«. Er begann mit einer Skala von Fürzen von Tenor über Bariton und Bass und ging dann zu Imitationen über. Er imitierte Fürze von kleinen Mädchen, von Schwiegermüttern, einer Braut vor der Hochzeitsnacht (klein) und danach (groß). Er ahmte Donner und Kanonen nach – und das Geräusch, wenn Stoff ganz langsam zerrissen wird. Darauf verschwand er hinter der Bühne und tauchte mit einem meterlangen Gummirohr im Hintern wieder auf. Er rauchte damit eine Zigarette und spielte Melodien wie auf einer Flöte. Als großes Finale blies Pujol aus sicherem Abstand einige Kerzen aus und furzte zu einem munteren Lied, das er zusammen mit dem Publikum anstimmte.

Natürlich war es eine gute Show. Aber sie hätte zu einem anderen historischen Zeitpunkt kaum diesen Erfolg gehabt. Die Leute strömten von nah und fern, um sich dieser hemmungslosen skatologischen Lust hinzugeben – Spießbürger, Aristokraten, sogar der König von Belgien besuchte die geschlossene Vorstellung für Männer, bei der Pujol in einem Badeanzug mit einer Öffnung hinten auftrat und damit die Echtheit seiner Fürze bewies. Das Moulin Rouge verdiente bis zu zwanzigtausend Franc an einem Abend mit Le Pétomane, während Sarah Bernhardt als Vergleich auf dem Höhepunkt ihrer Karriere dem Theater nicht mehr als achttausend Franc einbrachte.

Vertragsstreitigkeiten und die Aussicht, diese Summen selbst zu kassieren, führten dazu, dass Pujol das Moulin Rouge bereits ein Jahr später verließ. Er eröffnete sein eigenes Etablissement, das Théâtre Pompadour.

Es gab ein reguläres Programm mit Pantomimen und Zauberkünstlern, aber die Hauptattraktion war Pujol. Auf einer

Tournee quer durch Frankreich trat er mit einer neuen Nummer auf, in der er Tier- und Vogelstimmen imitierte. Pujol wurde ein reicher Mann. Er hatte im buchstäblichen Sinn einen Arsch voller Geld.

Das Interesse am Furzen ließ um die Jahrhundertwende nach – kurz nachdem auch die Bakteriologie und das Wasserklosett der Kapitalisierung von Exkrementen in der Düngerindustrie ein Ende gesetzt hatten. Das Theater wurde jedoch mit gutem Erfolg von Pujols Kindern weiterbetrieben, von denen er im Gegensatz zum puritanischen Dr. Kellogg viele hatte.

Mit Ausbruch des Ersten Weltkriegs musste das Theater jedoch schließen, da vier Söhne Pujols eingezogen wurden. Zwei von ihnen kehrten als Invaliden heim, und Pujol verlor jegliches Interesse an der Bühne. Er ging mit seiner Familie nach Marseille und arbeitete wieder als Bäcker. 1922 zog er nach Toulon. Dort eröffnete er eine Fabrik für Backwaren, die er seinen Kindern übertrug. Pujol starb 1945 im Alter von achtundachtzig Jahren. Er hatte sich weder von Sex noch von Fleisch ferngehalten.

Das Bürgertum hatte alles auf den Kopf gestellt und den Körper zugunsten eines »sauberen« Bewusstseins verdrängt. Man gab den Putzmitteln Namen aus der griechischen Mythologie – Ajax war ihr Gott –, und selten war das Dasein in einem derartigen Maß durchreglementiert und geruchsfrei.

Allerdings musste man nicht lange suchen, um auf die andere, die skatologische Seite der bürgerlichen Tugend zu stoßen. Hinter jeder erklärten Unlust, jeder Verdrängung, verbarg sich eine umso größere Befriedigung bei der Umgehung des Verbots.

Dies kam am unterhaltsamsten in der Notaufnahme zum Ausdruck, wenn diverse Utensilien entfernt werden mussten, die zur Onanie im Enddarm verwendet worden waren. Es waren Unglücksfälle und es gehörte zu den Ausnahmen, dass ärztliche Hilfe nötig war, aber dennoch konnten David B. Bush und James R. Starling aus Madison, Wisconsin, 1986 im *Surgery Magazine* eine Statistik über fünfhundert Fremdkörper erstellen, die aus dem Rektum entfernt werden mussten.

Alles kam darin vor, von Vibratoren, Kerzen, Obst und Gemüse über Würste, Flaschen, Cocktailgläser und Nippesfiguren bis hin zu Nähnadeln, Besenstielen, Tennisbällen, Gardinenstangen, Hühnerknochen und gefrorenen Schweineschwänzen als eher ungewöhnliches Ende der Skala. Die verschiedenen Gegenstände waren an sich schon eine Studie des sozialen Status, der Geschmacksbildung und der Sexualität von Alltagsobjekten, und ich musste jedes Mal an diese Statistik denken, wenn zu Hause der polierte Kerzenhalter auf den Tisch kam.

Die Wahrheit über den analen Kleinbürger und die Mokkatassen fand sich auf der Toilette. Wir waren nicht mehr als ein Darm, wir aßen und kackten, produzierten und verbrauchten und machten nichts anderes als Scheiße. Die Gesellschaft war ein einziges großes Kloakensystem.

Vierhundert Seiten und ein Jahr später war ich eingeschlossen, ich war in der Finsternis lebendig begraben. Der Ölofen brummte neben mir, und meine Magisterarbeit war inzwischen nur noch eine schlechte Entschuldigung, um mich totzusaufen: der Selbstmord des Feiglings.

Im Garten türmten sich die leeren Wodkaflaschen. Wollte ich nicht im Keller meiner Eltern sterben, musste ich etwas tun – und zwar sofort. Die einzige Aufgabe, die mir an der Universität noch blieb, war aufzugeben.

Die Tür des Kleiderschranks knarrte, und ein Schatten krabbelte heraus: das bucklige Männlein. Und ich schraubte den Deckel von der Flasche und schaltete den Computer ein, doch ich hatte mich von allem abgewandt. Es würde ohnehin nichts daraus werden. Das Rennen war gelaufen.

Die Landstraße und die deutsche Romantik, Novalis, die Kinderbücher, George MacDonald und der Traum vom Insel Verlag. Es hatte mein Leben ruiniert. Ich hinterließ all dies im Keller und verabschiedete mich.

Ich nahm meinen Koffer und floh. Es gab keinen Jungen, der über die Felder einem Zug hinterherlief, und es war auch nicht mehr ich, der in Kopenhagen ausstieg.

*

Im Winter gingen Männer durch die Straßen, die flache Holzschaufeln über der Schulter trugen und nach Kunden riefen. M. hörte das Geräusch – »whoomp« –, wenn der Schnee geräumt wurde und in großen weißen Kaskaden von den Dächern fiel, damit sie nicht einstürzten.

Der Schah lief gern Ski und hatte deshalb einen Wintersportort anlegen lassen: Dizin. Für eine Krähe oder einen Hubschrauber nur knapp hundertzwanzig Kilometer von der Stadt entfernt, aber es dauerte drei Stunden, um mit dem Auto dorthin zu kommen, denn man musste einen enormen Staudamm umfahren.

Sie brachen frühmorgens auf, die Straßen waren noch leer. Der Bus fuhr am Iranisch-Amerikanischen Club ab – eine Villa in einem dicht bewachsenen Garten, umgeben von einer hohen Mauer.

M. trug Stiefel, Handschuhe, Mütze, das Butterbrotpaket in der Hand, die Skier auf der Schulter – jugoslawische Elan, die fast so lang waren wie er. Es war anstrengend, aber noch schlimmer war, dass ihn zwei wilde Hunde verfolgten.

Er lief auf den Soldaten zu, der vor dem offenen Tor Wache hielt. »Wenn du dich umdrehst, sehen sie, dass du keine Angst vor ihnen hast«, sagte der Soldat und bückte sich mit wehendem Mantel. Die Hunde blieben stehen, beschnüffelten ihn und verschwanden.

Sie setzten sich in den Bus, der mit flackernden Scheinwerfern wartete, und verließen die Stadt. Rechts breitete sich die Wüste aus, dahinter kam die Silhouette des Elburs-Gebirges zum Vorschein. Die Sonne ging über dem Karadsch-Staudamm auf, der sich wie ein Tor aus Beton in die Schlucht bohrte.

Steinböcke mit nach hinten gebogenen Hörnern sprangen auf den steilen, graubraunen Felsen herum. Sie ästen ungestört, denn sie standen unter dem Schutz des Schahs. Sein Onkel ging gern auf die Jagd.

Der Bus fuhr auf einer zweispurigen Straße den Fluss entlang. Weiß schäumend floss er dahin. Würden sie weiter durch die Berge fahren, kämen sie ans Kaspische Meer, wo Apfelsinenbäume blühten und vor Honig troffen. Von dort kam der Frühling.

Der Ski-Ort bestand aus einem Hotel und einem Parkplatz – Mercedes, BMW, Peugeot und Jaguar. Die Wagen waren mit Schneeketten versehen und voller Schneematsch. Etwas höher am Berg ragte eine drei Stockwerke hohe Alpenhütte heraus, die an Österreich erinnerte. Es war ein Geburtstagsgeschenk für Farah Diba.

Der Schah hatte einen modernen Lift mit roten Gondeln bauen lassen, in die vier Personen passten – die Skier wurden in einen Metallbehälter an der Außenseite gesteckt. Es ging das Gerücht, dass man riskierte, aus dem Lift geworfen zu werden, wenn man nicht Mitglied der Partei war. Es gab nur eine Partei – die Partei der Auferstehung, Rastakhiz.

An der Mittelstation lag ein Restaurant mit einer breiten Veranda, auf der man Tee trinken und sich sonnen konnte. Männer und Frauen beim Après-Ski in der neuesten Skisportmode und Pelzstiefeln bis an die Knie. Man konnte aussteigen und von hier abfahren oder bis zur Endstation sitzen bleiben.

Es gab keine Bäume. Aber Maschinen, die die Pisten präparierten. Dahinter begann das tief verschneite, nicht markierte Gelände. Jedes Jahr starben dort zwei, drei Skifahrer durch Lawinen.

Wenn die Bindung mit einem Klicken einschnappte, war alles in Ordnung. M. war glücklich. Die kalte Stille auf dem Gipfel der Welt und kilometerweise feinster Pulverschnee. »Champagner« nannten sie ihn. In weichen, fließenden Schwüngen glitt er den Berg hinunter, es prickelte in ihm. Allein mit dem Schnee, dem Licht und der Luft.

Von November bis März, sogar noch im April, stand M. auf Skiern – an jedem Wochenende, bei jedem Wetter. Egal, ob es kalt oder der Himmel bedeckt war. Ob die Sonne schien oder Schnee fiel. Nur Regen hielt ihn auf. Und wenn er seine Skier über Schotter schrammen hörte, wusste er, dass die Saison vorbei war.

Es war ihm gelungen, ein Paar Hart Freestyle mit der Post zu bestellen, obwohl sie die vorgeschriebene Paketgröße überschritten. Es gab nur sehr wenige amerikanische Skier auf den Pisten, und er wurde aufgestellt, wenn die Botschaften ein Rennen organisierten. Es fand in der Schulzeit statt. Er freute sich jedes Mal über ein Schreiben seines Vaters, das ihn vom Unterricht befreite: »Required by the US Embassy«.

Sein Hotelzimmer war für vier Personen gedacht, aber mindestens zwanzig Jugendliche feierten hier, tranken und rauchten. Abends spielten sie Poker, wie es nirgendwo sonst auf der Welt gespielt wurde: Philip, Alan, Hesky, Abe Kou-Kou und er.

Die Regeln mit mehreren Jokern und ein, zwei oder drei offenen Karten auf dem Tisch waren so kompliziert, dass man weniger die Hand, sondern eher den Gegner spielte. Es war reines Glücksspiel, Bluff, und Robert Tchenguiz war der König.

Robbie sagte »Topp« oder »Parole«, wenn die Karten verteilt wurden, und spielte, bis er alle abgezockt hatte. Es war ein offenes Geheimnis, dass er auch nach Ab Ali fuhr, das weiter entfernt lag und im Verhältnis zu Dizin ein Karnickelhügel war – allerdings gab es dort ein Kasino. Er trug dieselbe Brille wie Kissinger und eine Samtcordjacke über dem T-Shirt, auf dem »The Lodge« stand. Er erzählte, es sei der Name einer Bar in Boston, wo sein großer Bruder Vincent auf die Universität ging.

Wie Ezra und Abe kam Robbie aus einer Familie irakischer Juden, die 1948 vor den Verfolgungen geflüchtet waren, als die Arabische Liga Israel den Krieg erklärte. Sein Vater hieß Victor und war Juwelier, seine reiche Mutter hieß Violet. Sie hatten ihren Nachnamen von Khadouri in Tchenguiz, den persischen Namen von Dschingis Khan, geändert: »Herrscher der Welt«. Sie entsprachen diesem Namen.

Der Vater gehörte zum inneren Kreis des Schahs, er war nicht nur der Hofjuwelier, sondern trug als Direktor der Nationalbank auch die Verantwortung für das iranische Münzwesen. Robbies Vater druckte Geldscheine!

Auf der Community School gingen sie in dieselbe Klasse, und Robert rettete M. vor ihrem Mathematiklehrer, Mr. Nichols. Er stellte unmögliche Fragen und massierte den Jungs die Schultern, während er auf ihre Antwort wartete. Der Einzige, der nicht gefragt wurde, war Robbie – er war einfach zu gut und konnte fünf Black Jack-Runden auf einmal spielen. Robbie bestand praktisch aus Gleichungen und unablässig war er am Zählen, als würden die Dinge nur aufgrund ihrer Anzahl existieren. Er addierte und subtrahierte und lächelte, wenn etwas für ihn dabei herauskam.

Dafür war er nicht gut in Geschichte. Also halfen sie sich gegenseitig bei den Hausaufgaben, wurden Freunde und lieferten sich Wettrennen auf Skiern. Sie waren nahezu gleich schnell, doch sobald die Karten auf den Tisch kamen, verlor M. gegen Robbie.

Man durfte ziemlich sicher sein, dass Robbies Vater beim Mossad war. Es war undenkbar, als Jude zum Inner Circle zu gehören und dem Schah so nah zu sein, ohne dem Geheimdienst anzugehören. M. wartete darauf, dass Robbie es ihm endlich sagte, und eines Nachts, als sie allein in ihrem Hotelzimmer saßen, fragte er ihn ganz direkt danach. Die anderen hatten es aufgegeben.

»Du weißt doch genau, dass mein Vater kein Konsul, sondern bei der CIA ist.«

Robbie verzog keine Miene. Dann hob er einen Geldschein hoch, den er ihm beim Pokern gerade abgenommen hatte, und machte das Licht an.

»Ich will dir etwas zeigen.«

Er legte den Schein auf den Tisch, zweihundert Rial.

»Finde den Fehler.«

Es war nichts zu sehen. Der Schein war ganz frisch und blau, auf die Rückseite war das Wahrzeichen gedruckt, das Shahyad Aryamehr-Monument, die Vorderseite zeigte den Schah zwischen Blumenranken und Ornamenten.

»Sieh dir die Sterne an.«

Sie standen blass im Hintergrund und sahen aus wie alle anderen Sterne auch – was meinte er?

»Zähl mal die Zacken.«

M. zählte und der Groschen fiel.

Es hätten sieben Zacken sein müssen, aber einer fehlte – es musste ein Druckfehler sein –, es waren sechs. Der sechszackige Stern, der Davidstern. Auf einem persischen Geldschein. Robbie grinste, »die laufen Amok, wenn sie das entdecken«. M. durfte den Schein behalten.

Und so kam es, ein paar Wochen später wurden zehn Millionen Scheine aus dem Verkehr gezogen. Es war strafbar, einen Zweihundert-Rial-Schein zu besitzen oder darüber zu reden.

M. steckte den Schein in die Tasche, er schwitzte und brauchte frische Luft. Sein Atem stand in weißen, eiskalten Wellen vor seinem Gesicht. Der Himmel war schwarz, über den Bergen brannten die Sterne, der Schnee knirschte bei jedem Schritt.

Er fror und zündete sich eine Zigarette an. Die Glut leuchtete auf. Und dann hörte er das Geräusch: die Propeller. Es wurde lauter und lauter, der Hubschrauber näherte sich und flog über ihn hinweg. Der Schah war gekommen.

Am nächsten Morgen war die Piste gesperrt. Alle hielten Abstand und starrten auf den Hubschrauber vor der Alpenhütte – ein Huey, der amerikanische Kampfhubschrauber, der auch in Vietnam eingesetzt wurde. Er glich einer grauen Wespe und wirbelte Schnee auf, als er abhob und die fünfzehn Sekunden bis zum Restaurant an der Mittelstation der Piste hinunterflog. Er landete in einem Schneesturm.

Der Schah fuhr als Erstes den Berg hinunter, ihm folgten seine Generäle und Leibwächter, einer nach dem anderen – von der Gondel aus war es zu sehen. Farah Diba, die Königin, war eine gute Skiläuferin. Der Schah auch. Er trug eine Ray Ban.

Es kam aus dem Großen Bazar, den Moscheen und den Armenvierteln im Süden, aber zunächst bemerkte er es nicht. Es war allzu belangslos. M. hätte sich ebenso gut über einen Nadelstich wundern können. Es lag nicht an der Straße, wenn er stolperte, und das Wetter war auch nicht böse, nur weil es kalt war.

Dass irgendetwas nicht in Ordnung war, wurde ihm erst klar, als ein Bettler ihm das Geldstück zurückgab, er wollte es nicht haben. Die Stiefel drückten, als er sie vom Schuhmacher abholte, und der Reis klebte und war pappig. Dann wurde er auf der Straße angerempelt und wäre fast gestürzt:

»Sag!«

Das bedeutete »Hund«, aber er nahm es nicht ernst, bis er es noch einmal hörte und ein Passant ihn anfauchte: »Pedar sag.« Dein Vater ist ein Hund. Oder hatte er sich verhört?

Die Perser hatten viele Laute, die man im Englischen nicht kannte. Man musste das Wort Wassermelone nicht sonderlich falsch aussprechen, schon bekam es eine andere Bedeutung. Aber da hörte er es wieder: »Madar sag.« Deine Mutter ist eine Hündin.

M. begriff nicht, dass es sich gegen ihn richtete, bis ein Auto neben ihm langsamer wurde und der Mann »Esel« aus dem Fenster brüllte: »Khar!« Dann gab er mit quietschenden Reifen Gas. Sie verfluchten ihn.

Dein Vater ist ein Hund, deine Mutter ist eine Hündin, deine Schwester, dein Bruder – Hunde, Esel und Affen. Sie wurden durchs Tierreich gezogen, und er war eine Kuh – »Gav« –, ein Schwein – »Khuk« – und Amerikaner. »To kheyli bu-y bad midi«: du stinkst.

M. hatte Hufe an den Händen und Füßen und trampelte auf Heiligtümern herum, die er nicht sah; er lief Zickzack zwischen Gebräuchen, von denen er nie gehört hatte, bevor er sich an ihnen verging und von Skorpionen in die Zunge gebissen wurde.

Sie hofften, er würde erschossen – »Ishala tir bokhori« –, und ihnen tat der Mülleimer leid, in den seine Leiche geschmissen würde. Sie wälzten ihn in Scheiße und pissten in seine Haare. Wenn er lächelte, wollten sie ihre Exkremente zwischen seinen Zähnen sehen. Sie brachen ihm die Rippen und steckten einen Todesschrei hinein, damit er den Rest seines Lebens weinte.

Die Verwünschungen wanden sich hinter ihm in langen, blumigen Ranken. Tausend Ameisen krabbelten ihm die Gedärme hinauf: »Hezar-ta muche tu kunet gom beshan.« Von allen Seiten wurde geflüstert – »Farangi«, »Kesafat« –, aber sobald er sich umdrehte, war niemand da. So lernte er Persisch.

Überall sickerte die Gewalt heraus. Es dauerte nicht lange, bis das Vorderrad seines Fahrrads sich löste – jemand musste die Muttern aufgeschraubt haben – und M. mit dem Kopf auf den Asphalt stürzte; er hätte zu Tode kommen können.

Der Apotheker stand an der Tür und lachte ihn aus. M. nahm das Vorderrad unter den Arm und humpelte nach Hause – und war beinahe erleichtert, als er den Aufkleber am Tor bemerkte:

»Yankee, go home!«

Von nun an geschah es immer öfter, dass Autos plötzlich auf ihn zufuhren. Zunächst glaubte M., die Fahrer hätten die Herrschaft über ihren Wagen verloren, aber einige Schüler der American School erlitten üble Verletzungen. Sie waren von vorbeifahrenden Autos gerammt worden, die Fahrer hatten einfach die Tür aufgestoßen und sie niedergemäht.

Ihr Rektor erlitt ebenfalls einen Unfall und erlag seinen Verletzungen. Sie bekamen schulfrei. Als der Unterricht wieder aufgenommen wurde, ersetzte ein Oberst den Rektor.

Es war am besten, sich auf dem Bürgersteig ganz rechts zu halten. Wenn M. nach einem Taxi rief, trat er erst auf die Straße, nachdem es angehalten hatte. Es war ein unangenehmes Gefühl, allein mit dem Fahrer im Auto zu sitzen, obwohl M. möglicherweise nur an Verfolgungswahn litt.

Sie hörten von Demonstrationen auf dem Universitätsplatz. Es kam nicht in den Nachrichten – weder, wie groß sie waren, noch, worum es eigentlich ging. Es seien Unruhestifter, hieß es, Kommunisten; man wusste einfach nicht, ob irgendetwas davon stimmte.

Eines Morgens war der uniformierte Beamte vor ihrem Haus durch ein Auto ersetzt worden –, einen iranischen Paykan »Hillman Hunter«. Es stand dort Tag und Nacht, darin saßen ein paar in Zivil gekleidete Männer. M. winkte ihnen auf dem Weg zum Schulbus zu. Sie waren mit Uzis bewaffnet.

*

Zwischen Bücherschränken und Großmutters Möbeln war ich in meinem selbstgeschaffenen Gefängnis auf Grønningen gefangen. Es gab keine Tür. Woher hätte sie auch kommen sollen?

Siebzehn Jahre Literaturwissenschaft war länger als eine lebenslängliche Gefängnisstrafe, ich könnte ebenso gut einen Mord begangen haben. Ich hatte nichts vorzuweisen, weder eine fertige Ausbildung noch einen Titel, und am allerschlimmsten: keinen Lebenslauf. Was hatte ich getrieben, wo war ich angestellt gewesen, konnte ich eine Empfehlung meines früheren Arbeitgebers beifügen?

Ich war in bezirkspsychiatrischer Behandlung gewesen und hatte keine anderen Papiere vorzuweisen als meinen Krankenbericht mit der Diagnose »grenzpsychotisch«.

Es gab keine Zukunft. Mein Schatten war ein Grab, das man für mich ausgehoben hatte. Einen Schritt vorwärts und ich fiel hinein.

Zu entkommen war ebenso schwer, wie aus Colditz zu entkommen. Mir ging es so, als säße ich in der mittelalterlichen Festung auf der Spitze eines Felsens in Sachsen. Die Wehrmacht nutzte sie für alliierte Offiziere, die versucht hatten, aus anderen Gefängnissen zu fliehen. Colditz galt als ausbruchssicher.

Nachts wurde die Burg in das Licht von Suchscheinwerfern getaucht. Doch die englischen Offiziere versteckten sich in vergessenen Räumen, in Abwasserkanälen und dunklen Ecken – sie fertigten Dietriche an, nähten deutsche Uniformen aus Mänteln und färbten sie mit Kaffeesatz.

Sie kopierten Ausweispapiere und schnitten falsche Stempel aus dem Linoleum des Fußbodens. Mit Hilfe von Brillenglas konstruierten sie einen Fotoapparat für die Passbilder und hielten Tonköpfe von geflüchteten Offizieren hoch, wenn sie im Hof zum Appell antreten mussten.

Dominic Bruce kroch in eine Kiste des Roten Kreuzes. Peter Allan ließ sich in eine der Matratzen einnähen, die in ein Lager in der Stadt gebracht wurde. Monatelang gruben sie Tunnel und kletterten lebensgefährlich schaukelnd die Felswand mit zusammengebundenen Laken hinunter.

Die spektakulärste Flucht planten sie mit einem Segelflugzeug. Sie bauten es auf dem Dachboden der Festungskapelle – die Deutschen waren gewohnt, nach Tunneln zu suchen und nach unten zu blicken, nicht nach oben – und versteckten es hinter einer falschen Wand, die sie zur Tarnung mit Spinnweben bemalt hatten.

Bettrahmen für das Gestell und Wolle aus den Schlafsäcken für den Bezug, Hirsegrütze als Versiegelung, sogar eine Grammophonnadel wurde eingesetzt. Und die Startbahn, von der sie abheben wollten, bestand aus Esstischen, eine herabfallende Badewanne voller Beton sollte sie wie ein Katapult in die Freiheit schleudern.

Ansonsten konnte man so tun, als sei man krank oder geistesgestört. Viele von ihnen wurden beides und starben in Colditz. Aber hoffnungslos war es nicht. Sie hatten Möglichkeiten gesehen, wo es keine gab, und was andere für ein Bett hielten, für Bodendielen und Hirsegrütze, war für sie ein Flugzeug.

Wenn es keinen Weg gab, musste ich ihn mir bahnen, und wenn sich kein Loch fand, dann blieb mir nichts anderes übrig, als darauf zu pfeifen. Alles andere war besser als nichts.

Und wenn es mir möglicherweise nicht gelang, tagsüber am Leben teilzunehmen, dann musste ich es eben wie ein Dieb in der Nacht versuchen – und mich selbst einladen. Ich hatte mir vorgenommen, sämtliche zur Verfügung stehenden Mittel zu nutzen – ein Job, ein Job, ein Königreich für einen Job. Ich platzte in sämtliche Partys, zu denen ich nicht eingeladen war.

Ich steckte einen dicken schwarzen Filzstift ein, ging in die Frühjahrsausstellung in Schloss Charlottenburg – und signierte ein Gemälde nach dem anderen mit meinem Namen, bis man mich stoppte und ich hinausgeschmissen wurde. Dann ging ich in die Stadt.

Das Gute am Nachtleben war, dass es keinerlei Grenzen gab und offen für alle war. Man musste nur die eine oder andere Bar betreten, um ansonsten vollkommen voneinander getrennte Welten zu erleben. Die Empfangsdame und der Direktor, der Handwerker und die Studentin standen dicht gedrängt in demselben schweißigen Raum. Das eigene Glück war dem Zufall überlassen.

In der Kneipe verflachten die Hierarchien, die Unterschiede verflogen im Rausch und Glitzer der Diskothek. Nachts waren alle Katzen grau, und ich feierte von Montag bis Sonntag und in der Woche darauf, immer auf der Jagd nach dem Notausgang: *Auf der Suche nach Mr. Goodbar.*

Ich stand im Café Dan Turell und Det Elektriske Hjørne um Bier an und quetschte mich ins Jazzhouse. Auf der Tanzfläche bekam ich eine Flasche auf den Kopf. Es war mein Geburtstag.

Das Blut lief mir übers Gesicht, als ich im Wessels Kro Silke kennenlernte. Sie hatte platinblondes Haar, trug durchlöcherte Jeans und setzte sich hinten aufs Fahrrad. Wir fuhren zu ihr nach Hause in eine Zweizimmerwohnung in Nyboder.

»Ich habe Gonorrhö.«

Den Rest der Nacht lag ich da und hörte den Geräuschen hinter der Wand zu – Wimmern, Schreien und Stöhnen. Am nächsten Morgen begrüßten wir ihre Mutter im Schlafzimmer. Sie war klein und runzlig und rauchte eine Zigarette im Bett, neben ihr lag ein sehr dicker Mann mit einem brutalen Gesicht.

»Hej«, sagte ich.

»Hej.«

Die Todesroute führte bis zu Andys Bar in der Gothersgade – und nach Nørrebro zur Bananrepublikken. Dann weiter zur Nachtdisko in Det Gyldne Krus gegenüber dem Assistens Friedhof.

Louises, eine Kneipe, die schon frühmorgens geöffnet hatte, war ein verqualmter Sumpf aus Menschen. Ich wankte durch die Stadt zurück, vorbei am Annabels in der Lille Kongensgade, einem Nachtclub für halbseidene reiche Männer und Models; man konnte nur davon träumen, einer von ihnen zu sein.

Ich war wie die Kugel in einem Flipperautomaten und wurde von einer Person zur nächsten, von einem Ort zum anderen geschossen – einige brachten ein paar zusätzliche Punkte, aber alles, was zum Schluss blieb, war ein Kater.

Solange die Kugel im Spiel war, blieb das Ergebnis zumindest offen. Früher oder später war ich am Zug – und im Fælledparken traten Stereo MCs auf: »Connected«. Ein paar Mädchen mit Plateausohlen und Schlaghosen, Acrylpullover und Fünfziger-Jahre-Perücken tauchten aus der Musik auf. Sie sahen aus wie von einem anderen Stern – oder der Fähre nach Swinemünde. Ich schloss mich ihnen an, um zu sehen, wo es hinführte.

Sie waren aus Island. *101 Reykjavik* lag näher bei New York als Kopenhagen, und der größte Teil von ihnen war mindestens zehn Jahre jünger als ich. Meine vergeudeten zehn Jahre, der ewige Student – ich würde sie nie einholen. Es blieb mir nichts anderes übrig, als mich zu häuten und ein kariertes Holzfällerhemd anzuziehen, als wäre ich zur ewigen Jugend verdammt.

Ich hörte Soundgarden zu – »Black Hole Sun« – und las Comics von Fantagraphics. Es war nicht schwer, die *Hate Comics* mit Buddy Bradley zu mögen, der sein Dasein mit Dosenbier und dem Traum, Mitglied einer Rockband zu sein, vertrödelte.

Die Mädchen nannten sich »grrrls« und trugen Sachen aus der Altkleidersammlung. Es sollte so hässlich wie möglich sein, so wollten sie sich mit dem Badezimmervorhang ihrer Urgroßmutter von den anderen abgrenzen. Die Retrowelle setzte ein.

Man traf sich vor dem UFF, wo es gebrauchte Klamotten zu kaufen gab, während ein DJ Platten mixte – Vinylplatten: Soul, Funk, Jazz und all das, was als Kitsch vergessen, verdrängt und verworfen worden war. Henry Mancini und Dennis Martin, Les Baxter – ich hatte sie auf der Autobahn mit meinen Eltern im Auto gehört. Sogar Herb Alpert und seine goldene Trompete kehrte in dem unwahrscheinlichsten Revival von »easy listening« zurück.

Richard Linklater drehte einen Film über das Leben von Jugendlichen im Müßiggang, *Slacker.* Sie trieben orientierungslos herum und improvisierten mit Secondhand-Klamotten, Secondhand-Schallplatten, Secondhand-Büchern – alles war recycelt –, und die Pornokönigin der siebziger Jahre, Annie Sprinkle, trat mit ihrer Show in der Kanonhallen in Østerbro auf: *Sluts and Goddesses.*

Sie nannte sich eine post-pornographische Feministin. Ihr ging es darum, sich zu befreien und beide Seiten der stereotypen sozialen Rollen auszuleben: Hure und Madonna. Man könne seine Identität an- und ausziehen wie einen Mantel, ohne dass sie mit einer »echten« und »ursprünglichen« Person dahinter zusammenhängen müsse. Zum Finale lud sie das Publikum auf die Bühne ein, wo man sich ihren Gebärmutterhals durch ein Spekulum ansehen konnte.

Ich meldete mich sofort. Hauptsache eine Bühne! Hinterher besuchten wir einen, der Tätowierungen, Piercings und Implantate in der Stirn hatte. Er hatte sich auf Bodymodifikation spezialisiert, seit Stelarc sich an Haken über das Königliche Theater hatte heben lassen.

An der Wand hing ein gekreuzigtes Rattenskelett, und ich unterhielt mich mit einem Mädchen in schwarzer Kleidung, die ihr Gesicht wie ein Vampir kreideweiß gepudert hatte. Sie war eine Goth, schlief in einem Sarg und interessierte sich für faschistische italienische Architektur.

Die Locations konnten nicht heruntergekommen genug sein, weil es bezahlbar sein musste. Gleichzeitig konnte man den Grusel der verfallenen, fremdartigen Milieus und der hässlichen Ästhetik des »Slumming« genießen. Die Xart Bar in der Sojaschrotfabrik, der Club Okking in der Amigo Sauna. Der Club Armageddon lag in einem Kokslager, und ein leicht übergewichtiger Junge saß dort in einem Latexdress und trank Sahne, um fett zu werden, richtig fett.

Alle waren auf der Suche, wussten aber eigentlich nicht wirklich wonach, vielleicht nach sich selbst, nach einem Platz im Leben, nur war der besetzt. Die Arbeitsplätze waren besetzt, die Mädchen waren besetzt, aus den Telefonen kam das Besetztsignal. Und sogar an den Toiletten stand in roten Buchstaben: »Besetzt« – und ein Ende der Schlange war nicht abzusehen.

Wir feierten mal hier, mal dort und bei mir auf Grønningen. Wir drehten Björk auf: »Big Time Sensuality«. Der Nachbar über mir klopfte und beschwerte sich. Ich knallte ihm die Tür vor der Nase zu. Wenn es nichts mehr zu trinken gab, feierten wir im Soul's Cellar in der Vestergade mit billigem Bier weiter, weil jemand den Barkeeper kannte.

Im The Moose war immer Happy Hour – es war harte Arbeit. Ich stand unter den Gästen und leerte ein Bier nach dem anderen, in der Hoffnung, dass irgendjemand oder irgendetwas – wenigstens irgendetwas – mein Lächeln erwidern würde, bis ich nicht mehr konnte und morgens um fünf Uhr in den Rinnstein fiel.

Mir tippte jemand an die Schulter, und ich erwachte in einer Welt, die wieder jung geworden war. Bill Clinton trat in der Rolle als Präsident John F. Kennedy auf, und die goldene Zeit brach mit den Tönen eines Jingles an: »Fresh goes better, Mentos freshness, fresh goes better with Mentos, fresh and full of life.« Es herrschte Hochkonjunktur!

Die niederländische Firma Van Melle investierte Millionen in eine globale Markteinführung ihrer Pfefferminzpastillen Mentos. Mit Pauken und Trompeten belegten sie in *USA Today* den zweiten Platz auf der Liste der schlechtesten Werbespots. Ihre Fernsehwerbung war so missraten und daneben, dass Methode und Absicht für jeden Zuschauer überdeutlich waren. Hier wurde eine unbeschwerte, jugendliche Frische inszeniert, wie sie nur eine deutsche Werbeagentur zustande brachte, Pahnke + Partner. Die Kampagne löste nur Gelächter aus.

David Hasselhoff lutschte noch eine Pastille in *Baywatch* – und am Ende hatten die Pfefferminzbonbons Kultstatus.

Mentos hatte Glück im Unglück, weil sie sich an eine Generation wandten, die mit dem Fernseher als Babysitter aufgewachsen war. Nie zuvor wurden so viele Filme gezeigt, so viel Musik gehört, wurden so viele Bücher und Comics gelesen, alles war ständig verfügbar. Diese Generation wusste von vornherein, dass der Gärtner der Mörder war, und zappte weiter zu den nächsten bewegten Bildern, Kanal um Kanal.

Sie besaß ein Wissen und verfügte über ein breites Inventar an Genre-Konventionen, die sie in die Lage versetzte, die Inszenierung zu erkennen und Fiktion als Fiktion und Reklame als Reklame zu durchschauen. Jede Darstellung der Wirklichkeit war konstruiert, fabriziert, und das verfing bei ihnen nicht.

Die Jugendlichen schauten bewusst distanziert auf die vielen Formen konventioneller Unterhaltung. Ob es sich nun um einen röhrenden Hirsch handelte, die Typographie in einem Spaghettiwestern oder ABBA.

Kultstatus erreichten vor allem B-Filme, alte Plakate, Fernsehserien und was es sonst noch an dahingeschiedenen Kulturperlen gab. Die übertriebenen Busenwunder und schwarzgekleideten Detektive erleichterten den Illusionsbruch, so wie ein Kind einen Erwachsenen beim Mogeln erwischt.

Schlechter Geschmack wurde so populär, dass ein Lowbudget-Film aus Neuseeland sogar *Bad Taste* hieß.

Statt sich mit der Handlung zu identifizieren, enthielt man sich seiner Gefühle – und spielte mit dem klaren Bewusstsein, eine Rolle zu spielen, ohne die ganze Persönlichkeit darin aufgehen zu lassen, ohne Verpflichtung und nur zum Spaß: ironisch.

Es gestattete ihnen, sich ungehemmt den »primitiven« und »infantilen« Faszinationen wie Sex und Gewalt hinzugeben – und gleichzeitig die Wirkung der starken Ausdrucksformen abzuschwächen. Ihnen gegenüber verhielten sie sich kritisch und machten sie in einer gemeinsamen, erwachsenen Distanzierung lächerlich: Ha!

Die Ökonomie der Lust verdoppelte sich gleichsam, in der Distanzierung lag eine sadistische Freude. Mentos wurden zu einem endlosen Witz in Fernsehshows, Theaterkomödien und den Musikvideos von den Foo Fighters auf MTV.

Es gab Fanclubs, die Mentos lutschten, wenn sie sich vor dem Video versammelten, sich die Reklame ansahen und den Jingle mitsangen. Und es gab ein monatliches Magazin, *The Mentos Journal*.

Die Mentos-Werbung tauchte sogar in dem Spielfilm *Clueless – Was sonst!* mit Alicia Silverstone auf. Der Film war eine ironische Anspielung auf die Fiktionsmuster in Serien wie *Beverly Hills*.

Selbstverständlich wurde *Beverly Hills* nun ebenfalls zum Gespött und mit der Hasskampagne »I hate Brenda« geehrt. Die Serie vereinigte ironische und selbstbewusste Zuschauer auf der ganzen Welt, die an gar nichts mehr glaubten.

Aber es gab keinen Ausweg – wenn die Empfänger kritisch

und bewusst waren, musste die Werbung es eben auch sein. United Colors of Benetton zeigte Bootsflüchtlinge und Aidskranke auf dem Sterbebett, obwohl ihre Strickpullover und Cardigans nicht viel mit Gesellschaftskritik zu tun hatten. Oder die Werbespots für Marken wie Diesel oder KIMs Chips wurden ironisch und bauten eine Identifikation mit entsprechendem Verkaufserfolg auf.

Sogar Berlin wurde wieder so hip, wie die Stadt es einmal für Punker gewesen war. Die jungen Wilden waren die dänische Ausgabe der Neoexpressionisten – und Deutsch war an der Universität die Hauptsprache für die Kritische Theorie, Marx, Freud und den gesellschaftlichen Umsturz, sogar für den Terrorismus.

Der Kalte Krieg war vorbei, die Mauer gefallen. Deutschland wurde wiedervereinigt, aber damit nicht genug: Dänemark hatte Deutschland geschlagen und die Fußballeuropameisterschaft gewonnen und sprang in die Luft vor Euphorie. Es schien, als würde die Bitterkeit von 1864 und der Hass des Zweiten Weltkriegs in einer einzigen Nacht weggefeiert: »Deutschland, Deutschland, alles ist vorbei!«

Überall tauchten jetzt Kneipen mit Namen wie Wurst, Imbiss und Biergarten auf. Es reichte, einen Umlaut im Namen zu haben, um exotisch zu sein, weil niemand mehr Deutsch wirklich sprechen konnte – und die Künstler der achtziger Jahre wurden von dem neuen Jahrgang zu einer Gruppenausstellung eingeladen.

Sie erschienen mit dem Maler Claus Carstensen an der Spitze, und ihre Werke wurden in einem perfekten Generationenaufstand im Reißwolf geschreddert und in Konfetti verwandelt. Sie wurden in der Galerie gewogen und zu einem festen Preis hundertgrammweise verkauft. Ich habe eine Tüte mit gemischter Kunst gekauft.

Die Ideologien wurden auf den Müllplatz der Geschichte geworfen. Ideen und Stilarten, Modeströmungen und Musik, es gab so viele veraltete Ausdrucksformen, die man frei nutzen konnte, mit denen sich spielen ließ. Die fröhliche Wiederverwertung – eine Zitationskunst jenseits von Gut und Böse: Sampling.

*Headpress* von David Kerekes kam frisch mit der Post – »Sex, Religion and Death« – und ich begeisterte mich für die bunten Bücher von RE/Search – *Incredibly Strange Music* – und *Apocalypse Culture* von Adam Parfrey. Es galt, keine Zeit zu verlieren, wenn ich am Aufschwung teilhaben wollte – und so arbeitete ich systematisch, um mich auf den neuesten Stand von all dem zu bringen, was in der Königlichen Bibliothek an mir vorbeigegangen war.

*

In Teheran hatten sie inzwischen drei Botschafter erlebt. Douglas MacArthur war berüchtigt für seine steife, autoritäre Art. Seine Frau war ein Snob, ihr Vater war Vizepräsident unter Truman gewesen. Ein Dienstmädchen folgte ihr mit einem Tablett, auf dem eine Flasche Veuve Clicquot und ein Champagnerglas standen. Den übrigen Damen der Gesellschaft wurde Kaffee serviert.

Mit Joseph Farland war einfacher auszukommen, solange er mit wehenden Fahnen in seiner schwarzen gepanzerten Limousine herumfahren durfte, allerdings blieb er nur ein Jahr.

Er wurde 1973 von Richard Helms abgelöst. Helms war Chef der CIA gewesen – und stand hinter dem Putsch gegen Salvador Allende. Nixon schickte ihn in einem grauen Anzug in den Iran, wenn es denn Nixon gewesen war, aber der Anzug hatte es in sich.

Man musste ihn mit »Mr. Ambassador« ansprechen. Vater kannte ihn und nannte ihn Dick.

»Er ist Hitler begegnet.«

Ihnen fiel beinahe die Kinnlade hinunter.

»In Berlin, während der Olympiade.«

Den Schah hatte er kennengelernt, als er fünfzehn Jahre alt war. Sie waren zusammen auf einem Internat in der Schweiz gewesen. Auf einem sehr vornehmen Internat, Le Rosey. Der Kronprinz war in eine Prügelei geraten und hatte Schläge von den amerikanischen Schülern bezogen. Helms war einer von ihnen gewesen, aber er hatte vorgeschlagen, sich wieder zu vertragen. Sie wurden Freunde.

Jetzt haben sie ein ganzes Land zum Spielen, sagte Vater. Es war offensichtlich, dass er Helms nicht mochte. Aber was war das für ein Spiel? Räuber und Soldaten.

Das Visumsbüro war an den Haupteingang der Botschaft verlegt worden. Die Schlange zog sich von den Schreibtischen bis auf die Straße hinaus. Sie wand sich durch die Stadt. Standen die Menschen irgendwo Schlange, war es ziemlich wahrscheinlich, dass es sich um Leute handelte, die ein Visum beantragen wollten. Als sei das Land von Menschen bevölkert, die keinen größeren Wunsch hatten, als es zu verlassen.

An der Universität demonstrierten sie. Der Schah hätte es am liebsten gesehen, wenn Hunderttausende junger Leute zum Weiterstudieren ins Ausland gegangen und am besten gleich dort geblieben wären. Wenn M. auf seinem Weg zur Arbeit an einer dieser Schlangen vorbeikam, traf er stets auf bekannte Gesichter. Es gefiel ihm nicht, dass er einfach so an ihnen vorbeigehen konnte, obwohl er ja vorläufig nirgendwohin wollte.

Er passierte das Tor und die Sicherheitsposten und sah auf dem Parkplatz eine Gruppe von Menschen, die um einen weißen Chevrolet standen. Die Heckscheibe war eingeschlagen. Die Tür stand offen.

Über den Rücksitz lagen Verbundglassplitter verstreut. Auf dem Boden und der blauen Polsterung war Blut – an einigen Stellen verschmiert, weil man es mit einem Lappen aufgewischt hatte. Blutige Handabdrücke auf dem weißen Lack.

Ein Mann ging mit einem Eimer auf den Wagen zu.

»Was ist passiert?«

»Ein Unglück.«

M. sah den General Service Officer aus dem Lager an, der nur den Kopf schüttelte. Sie hatten auf der Straße direkt hinter der Botschaft zugeschlagen – er zeigte mit dem Daumen über die Schulter nach hinten. Zwei Mann hatten einen Angestellten der Botschaft erschossen. Der Fahrer war unverletzt geblieben.

»Sie sind entkommen.«

M. lief zu Vicky, um ihr von dem Vorfall zu erzählen, aber sie wusste es bereits – und zitterte vor Aufregung. Es hätte ebenso gut sie treffen können! Oder jeden anderen aus dem Büro!

Jeden Tag um die Mittagszeit wurden die Visumgesuche von der Botschaft ins Konsulat gebracht. Meist erledigte es John Stempel, ihr Vorgesetzter. Er war ein liebenswürdiger Mann, der seinen Bart pflegte und einen fischgrätgemusterten Anzug von Arthur Adler trug. Klassisches Washington.

Zu Fuß dauerte es nicht länger als zwei Minuten, aber zehn Minuten mit dem Auto, da man erst um die große Kaserne der Leibgarde des Schahs fahren musste, dann durch eine Einbahnstraße. Und ausgerechnet heute hatte nicht John Stempel die Gesuche abgeliefert.

Vater hatte ihn mit einigen wichtigen Unterlagen betraut und gebeten, stattdessen seinen Assistenten zu schicken – einen jungen Perser. Er hatte die Tasche mit den Visumgesuchen genommen und sich ins Auto gesetzt. An der Ecke wurden sie plötzlich von zwei Autos angehalten, die sich vor und hinter den Chevrolet setzten und ihn blockierten.

Ein bewaffneter Mann kam angelaufen und rief dem Fahrer auf Persisch »runter!« zu. Der Assistent schrie: »Nein, nein, nicht mich! Das ist ein Irrtum! Ich bin der Falsche!« Ihm wurde ins Gesicht geschossen.

»Vater hat Johns Leben gerettet!«, rief Vicky.

Einige Wochen später bat der GSO M., eine Kiste zum Konsulat zu bringen. Sie war groß genug für zehn Paar Stiefel und rasselte metallisch. Er nahm eine Abkürzung und schleppte sie durch die Gassen zwischen Botschaft und Konsulat. Würde er jetzt erschossen?

M. drückte die Klingel. Es summte an der Tür, er schob sie mit der Kiste im Arm auf.

»Ich habe eine Sendung des GSO.«

Er ging die Treppen hinunter und durch einen langen Gang mit einer Stahltür am Ende, wo er auf eine weitere Klingel drückte und der Gegensprechanlage mitteilte, wer er war. Die Tür ging auf, und ein Mann bat ihn, die Kiste im rechten Büro abzustellen.

Dort standen ein riesiger Schreibtisch und vier Safes, die größer waren als er: »Closed«. Nicht ein Staubkorn. Dann kam der Mann herein, blickte auf die Kiste, dann auf M.

»Hast du sie aufgemacht und nachgeguckt?«

»Öh … nein.«

Der Mann nahm den Deckel ab und holte unter der Wellpappe eine Pistole hervor.

»Die ist nicht sonderlich präzise, Kaliber 45. Aber aus nächster Nähe abgefeuert, tritt sie zu wie ein Esel. Hier!«

Er reichte M. die Pistole. Sie war kalt wie der Tod und schwer wie ein Backstein. In der Kiste mussten fünf oder sechs solcher Exemplare sein, und zusätzlich Munition.

»Gut«, sagte der Mann und legte die Pistole zurück. »Und erzähl es niemandem, ist das klar?«

»Ja, natürlich.«

»Im Übrigen will dein Vater mit dir reden.«

M. ging durch den Korridor, die Stahltür fiel hinter ihm zu. Im ersten Stock wartete Vater im Vorzimmer und umarmte ihn linkisch. Sie setzten sich aufs Sofa.

»Mach dir keine Sorgen wegen des Attentats – der Mann hatte selbst Schuld an seinem Tod.«

»Wieso?«

Vater erzählte, dass der Assistent Mitglied einer Gruppe von heiligen Kriegern der Volksmudschaheddin gewesen war. Er war deren Informant im Konsulat und hatte Informationen über seinen amerikanischen Chef und dessen regelmäßige Fahrten weitergegeben: Um zwölf setzt sich ein Mann auf den Rücksitz des weißen Chevrolets, der in die Einbahnstraße hineinfährt.

Die Terrorzelle, die das Attentat ausgeführt hat, kannte den Informanten nicht. Und an diesem Tag saß er mit seinem weißen Bart selbst auf dem Rücksitz. Er war seinem arrangierten Meuchelmord selbst zum Opfer gefallen.

»Vater?«

»Ja …«

»Woher weißt du das?«

Er antwortete nicht, sondern lächelte nur und stand auf. Die Zeit war um. Er musste zurück an die Arbeit, was immer er auch tat. Sie gingen zusammen zur Tür. Als er die Treppe hinunterging, hörte er seinen Vater flüstern:

»Be6!«

M. blickte hinauf, aber die Tür war geschlossen. Er erkannte sofort das Königinnenopfer. Es war Bobby Fischers verrücktester und bekanntester Zug. Mr. Long war die Partie mit ihnen so oft durchgegangen, dass sie sie auswendig konnten.

Es war das Schachspiel des Jahrhunderts, und Bobby Fischer gewann gegen die ganze Welt.

*

Es war eine kleinere Offenbarung, als ich den Film- und Videoverleih an der Ecke der Fredensborggade entdeckte. Nun war ich nicht länger darauf angewiesen, was in den Kinos gezeigt wurde – und vor allem nicht gezeigt wurde. Das Nachtfilmfestival war bisher die einzige Alternative zum immer Gleichen gewesen. Nun konnte ich selbst wählen, und der portable Videoplayer befreite mich von der Demütigung und dem Gestank von Keyhole und Cinema 1-2-3.

Nicht, dass es am folgenden Tag leichter gewesen wäre, als ich die Videos und das Gerät in peinlich nüchternem Zustand wieder abgeben musste. Ich zögerte es hinaus, doch die Rechnung wuchs, und ich musste aus schlichtem wirtschaftlichen Zwang den schweren Weg zurück zum Tatort antreten und der Wahrheit ins Auge sehen. Was hatte ich mir an Grenzüberschreitungen erlaubt, als ich betrunken, bekifft und vor Neugierde wahnsinnig war? Nie wieder, versprach ich mir – und wiederholte es gleich am nächsten Tag.

Ich arbeitete mich durch die Kassetten mit Fotos aus Fleisch und Blut und Sensationen auf den Covern. Es waren Genrefilme – Krimis und Komödien, Splatter und Science-Fiction – und ich lieh immer zwei Filme auf einmal.

Sie hießen »Ein Frecher zum Erschrecken« und »Weekend-Sandwich«. Grusel und Porno verstärkten einander und hoben sich in gewisser Weise auch auf. Beide führten zu einem

Zustand der Erregung, aber mit umgekehrten Vorzeichen: Angst und Lust.

Das Genre des Splatterfilms verleugnete den Körper als Quelle von Schmerz und Tod – jeder konnte abgestochen werden, wenn es sein musste. Das andere Genre bestätigte den Körper als Quelle von Genuss und Lust: Porno. Es waren zwei Seiten derselben Medaille und eine gute Entschuldigung füreinander.

Die Videothek betrieb eine Familie, Vater, Mutter und ein Sohn mit Pickeln und dicker Brille. Hin und wieder saß auch die kleine Schwester an der Kasse und holte die Kassetten aus dem Hinterzimmer. Mir fiel es schwer, bei ihr das Schlimmste auszuleihen, tat es aber trotzdem.

Schon bald war ich bei zehn Videos angelangt, dann bei fünfzehn, die ich in einem Turm des Wahnsinns aufstapelte – *Nekromantik*, *Vampyros Lesbos*, *Tetsuo* und *Bottom* mit Rik Mayall. Es musste sein. Ich legte eine Kassette ein, ohne zu wissen, dass es sich um einen Klassiker handelte – und der Frau wurde die Maske aufs Gesicht geschlagen, dass ihr das Blut aus den Augen spritzte. Der größte Schrecken meiner Kindheit: *Die Maske des Teufels*, auch bekannt als *Die Stunde, wenn Dracula kommt.*

Aber es gab nichts, wovor man sich fürchten musste. Es war Theaterblut. Ich kam bis zu Karate und Action aus Hongkong. John Woo und *City Wolf* führten die elegantesten und stilisiertesten Schussszenen auf – ein choreographiertes Ballett von Benzinexplosionen.

*Boiling Point* war jedoch nicht zu schlagen. Der Film hatte mich vollkommen überrumpelt. Gegen Ende des Films war ich sicher, zum Idioten geworden zu sein, weil ich zu viele Videos gesehen hatte; ich hatte absolut nichts von all dem verstanden, was darin passierte, und konnte auch der Handlung nicht folgen.

Ich spulte zurück zur einleitenden Szene. Ein etwas zurückgebliebener Bursche sitzt auf einer Bank und sieht ein paar anderen Jungen beim Baseball zu. So scheint es eine Ewigkeit weiterzugehen, es passiert nichts. Langsam wurde mir klar, dass es sich nicht um einen gewöhnlichen Gangsterfilm handelte.

Es war auch kein chinesischer, sondern ein japanischer Film. Der Autor, Hauptdarsteller und Regisseur hieß »Beat« Takeshi Kitano, er konfrontierte mich mit einem Erwartungsbruch, der sämtliche Erlebnis- und Verständnisrahmen einriss. Ich aktivierte automatisch Genremuster, an denen man sich orientiert und die dazu führen, dass die Handlung, die Action, die Komik, das Melodrama mehr oder weniger vorhersehbar sind. Er brachte alles ins Spiel und setzte alles außer Kraft. Man war blank.

Ebenso blank wie der Gangster, der Yakuza Uehara – Kitano spielte ihn selbst. Seine Handlungen waren unvorhersehbar und explosiv. Ohrfeigen, Erschießungen, homosexuelle Vergewaltigungen, alles Mögliche in einigen wenigen Sekunden der Überreaktion – um dann für lange, lange Zeit in Apathie und Stillstand zu verfallen.

Sein Protagonist war undurchschaubar und rätselhaft, man konnte sich unmöglich mit ihm identifizieren – und er selbst zeigte auch keinerlei Anzeichen von Empathie für seine Umgebung und lächelte mit einem leeren Blick. Er war der Psychopath in der Rolle des Clowns – und seine kindischen Scherze, der sadistische Slapstick und sein trockener Humor übertrafen alles seit Buster Keaton.

Sein Gesicht war eine Maske und ebenso unbeweglich wie die Kamera. Alles vollzog sich in Rahmen, die einem Stillleben nahekamen – eingefroren. Seine Gefühle und Motive waren wie der elliptische Schnitt, der in Zeit und Raum sprang und Ursache und Wirkung isolierte.

Man sieht den Effekt – eine Menge toter Menschen –, aber

die eigentliche Handlung ist herausgeschnitten. Es gibt keinen Grund, es ist unmotiviert.

Kitano schneidet tief bis auf den Knochen, bis er am Ende mit nichts in der Hand dasitzt und dies als reinen Dadaismus zeigt. Er sitzt mit einem Blumenkranz auf dem Kopf in einem Feld und starrt vor sich hin. Vergangenheit und Zukunft vermischen sich in einer zufälligen Ordnung, und der Schluss wird in einer Vorausblende mit Bildern der zusammengeschossenen, blutigen Hauptperson vorweggenommen. Der Tod ist von vornherein präsent.

Das Wiederholen von Belanglosigkeiten – sie spielen Baseball am Strand, sie teilen sich ein Eis – und lange Nahaufnahmen von ausdruckslosen Gesichtern und noch längere Sequenzen von einer Minute und mehr, in denen sie nur im Auto sitzen und herumfahren.

Er geht immer weiter und dreht das Verhältnis zwischen dem Bedeutungslosen und dem Bedeutungsvollen um, den Weg und das Ziel. Der Film endet, wie er begann, auf dem Baseballplatz. Der Bankhocker – der zurückgebliebene Trottel – wacht auf einem Plumpsklo auf.

Es explodiert, als er herauskommt – die Kacke ist am Dampfen –, und hinterlässt den Zuschauer mit einem Mosaik von Einzelszenen und zersplitterten Standbildern. Alles findet gleichzeitig statt, wieder und wieder – und auch wieder nicht, weder jetzt noch irgendwann. Ein Trottel, der es nicht auf den Platz schafft.

Kitano war Japans größter Komiker, der sämtliche Grenzen überschritten hatte. Er wuchs in Armut auf, mit einem Alkoholiker als Vater, der willkürlich und unerwartet zuschlug (sein letztes Wort vor seinem Tod war »Entschuldigung«). Die Mutter schuftete, um den Kindern eine Ausbildung zu ermöglichen, und wenn es dunkel war, hielt sie ihnen die Taschenlampe, damit sie lesen konnten. Die Mutter schlug sie, wenn sie ihre Hausaufgaben nicht machten. Kitano liebte sie über alles.

All das konnte man in seinen Filmen leicht wiederfinden – in *Hana-Bi* vermischt er plötzliche Brutalität und unablässige Zärtlichkeit bis zu einem Punkt, an dem Schmerz und Liebe eins werden.

Hana-bi bedeutet Feuerwerk, der Begriff besteht aus den Worten »Feuer« und »Blume«. Das Leben ist ein vergänglicher Augenblick, der sich als Dekonstruktion und Schöpfung, Action und Stille in der kalten, schneebedeckten Welt am Fuß des Fujiyama entfaltet: Blumen und Feuerwerke.

Bereits in *Boiling Point* pflückt Kitano Blumen, ohne dass man versteht warum, bis er mit einem Strauß in ein Lokal voller Gangster kommt – und sie im wahrsten Sinn des Wortes durch die Blume erschießt. Er hatte eine Maschinenpistole in dem Strauß versteckt.

Die Blume als Maschinenpistole – es war eine Poesie, in der die Gegensätze vom Blickwinkel der Ewigkeit ins Nichts erhoben wurden. Wo war der Unterschied, wenn es wirklich auf den Punkt kam: Polizeibeamter oder Gangster, Zärtlichkeit oder Schläge, lebendig oder tot? Vom diesseitigen Gut und Böse war nur ein Nihilismus geblieben, der sich parallel zu den Depressionen und dem Liebesverlust in seinen Filmen entwickelt und jedes Mal mit Selbstmord endet.

Kitano schuf sich eine Karriere auf dieselbe Weise wie der Trottel in *Boiling Point*, der trainiert und trainiert und vergeblich darauf wartet, mitspielen zu dürfen. Als er endlich auf den Platz kommt, schlägt er einen Homerun und gewinnt das Spiel, oder war das nur ein Tagtraum?

Kitano musste lange auf seine Chance warten und schlug mit extremen, unerwarteten Mitteln zu. Als Transvestit und Travestiekünstler sprang er im Theater für den Conférencier ein, versuchte sich erfolglos als Komiker und konnte seinen Debütfilm *Violent Cop* nur drehen, weil der Regisseur abgesprungen war.

Als er als Stand-up-Comedian nicht weiterkam – er bildete mit einem anderen Komiker ein Duo, The Two Beats –, begann er, für das Duo die Texte selbst zu schreiben. Es war die reinste Obszönität, als käme Mist aus einer Maschinenpistole.

Pisse und Scheiße, Schwanz und Fotze, Krankheit, Tod und Rassismus, nichts war ihm heilig – Alte, Behinderte, Arme, Hässliche, Frauen, Kinder, die Regierung. Überschreitungen und Bruch der Konventionen als Methode –, ein einziger Weg nach vorn, keiner zurück. Der Skandal war die Mutter des Ruhms, und in kürzester Zeit wurden The Two Beats zu Stars. 1976 füllten sie Konzertsäle.

Kitanos Karriere als Enfant terrible war eine Geschichte für sich. Sie führte zu immer größeren Grenzüberschreitungen und Selbstentblößungen, aber auch zu immer größeren Erfolgen. Irgendwann hatte er nicht weniger als sieben Fernsehshows, in denen sich die Demütigungen – nicht zuletzt seiner eigenen Person – und der Zynismus bis ins Unendliche fortsetzten.

Die Teilnehmer wurden ebenso schwachsinnigen wie lebensgefährlichen Prüfungen ausgesetzt. Viele von ihnen gehörten zu seinen Fans, die sich Gundan (»Takeshis Heer«) nannten und ihn als Tono (»Herr«) ansprachen, wie die Samurai ihre Meister nennen.

Seine Popularität als Komiker führte dazu, dass er schlichtweg nicht mehr ernst genommen wurde – weder als Schauspieler und schon gar nicht als Regisseur. Kitano war inzwischen so abgehoben, dass er bei einer Live-Sendung im Fernsehen seine Genitalien entblößte, sein »Heer«, Gundan, angriff und die Redaktion eines Klatschblattes verprügelte.

Das Publikum lachte über *Violent Cop*, worauf er den noch gewalttätigeren und pessimistischeren Film *Boiling Point* drehte. Es wurde ein Flop. Als mit *Sonatine* dasselbe passierte, begann er zu trinken, verfiel in eine Depression und verstummte in seinen Filmen mehr und mehr.

Mit der Parodie *Getting Any?* beging Kitano schließlich kommerzielles und künstlerisches Harakiri. Wenn die Leute etwas zum Lachen wollten, dann sollten sie sich totlachen. Die symbolischen Selbstmorde in den Filmen endeten schließlich 1994 in einem realen Selbstmordversuch, als er sich sturzbetrunken auf einen Motorroller setzte und gegen einen Schlagbaum fuhr, eine unheimliche Wiederholung des Motorradunfalls in *Boiling Point*.

Kitano überlebte mit einem teilweise linksseitig gelähmten Gesicht. Es sah maskenhafter aus als je zuvor, mit Zuckungen und Tics, die zu dem mangelnden emotionalen Ausdruck in *Hana-Bi* führten.

Dieser Film wurde Kitanos Meisterwerk, in dem die Puzzleteile all seiner Filme in einer langgezogenen endlichen und einer unendlich traurigen Elegie ihren Platz finden, die den Actionfilm in zenbuddhistischer Ultragewalt auf den Kopf stellt und als Melodrama und Poesie zurückspult.

Es war sein Triumph, eine Wiederauferstehung als Schauspieler und Regisseur nach seinem Selbstmordversuch. Aus Venedig kehrte er nach Japan (wo man ihn mit keinem einzigen Preis gewürdigt hat) mit dem Goldenen Löwen und den Worten »I am the master!« zurück.

Er trägt Schwarz wie ein Gangster – schwarz in der Trauer und schwarz wie der Tod –, und der Tod war ein Meisterregisseur aus Japan.

*

M. hatte einen Job im Garten der Residenz bekommen, aber den Botschafter sah er nicht. Richard Helms war immer irgendwo anders unterwegs. Sogar als man ihn bei den Feierlichkeiten zum 4. Juli mit großem Spektakel ankündigte, war »Mr. Ambassador« schon wieder weg

Den Unabhängigkeitstag feierten sie im Haus der Marineinfanteristen. Eine Menge Leute hatten sich auf dem Rasen um den Swimmingpool versammelt. Es gab Bier, eisgekühlte Drinks und Musik. Es wurde irgendetwas von Bread gespielt, der wohl langweiligsten Band im Universum.

M. besorgte sich ein Glas Cola Rum und hatte noch keinen Schluck getrunken, als er von einem kräftigen Mann zur Seite gezogen wurde – sein weißes Hemd spannte sich über dem Bauch, die Knöpfe konnten jeden Moment abspringen.

»Weißt du, wer ich bin?«

M. hatte keine Ahnung.

»Aber ich weiß, wer du bist. Denk bloß nicht, dass du so davonkommst. Ich behalte dich im Auge. Mach keinen Fehler, Klugscheißer!«

Dann verschwand er. Bill K. kam vorbei, der Marineinfanterist, mit dem Vicky ausging. Vielleicht wusste er, wer das war.

»Welcher Mann?«

»Der da, in dem blauen Anzug!«

M. zeigte auf den verschwitzten Mann, der sich händeweise Erdnüsse in den Mund schob.

»Das ist einer von der DEA, der Drogenpolizei.«

Tim versteckte sein Haschisch in einem Glas mit Hustentabletten. Es wurde in Klumpen von der Größe eines Fingerhuts verkauft – ein »Mescal« wurde es genannt und entsprach drei Gramm. Es kostete weniger als zwei Dollar. »Die Deutschen nennen es Shit«, sagte Tim und nahm ihn mit aufs Dach.

Er erwärmte den Klumpen über einem Feuerzeug, bis er weich war und zerbröselt werden konnte, und mischte die Krümel mit Tabak, den er aus einer Zigarette kratzte. Dann schüttete er alles zurück in das Papierröhrchen. Der Filter war zur Hälfte abgeschnitten, damit man besser ziehen konnte – das Haschisch brannte langsamer als der Tabak. Man musste aufpassen, dass die Zigarette nicht ausging.

»Bist du dabei? Du zuerst.«

Der Rauch war schwer und süßlich, es roch verbrannt. Er nahm einen Zug und hustete – und hustete. Dann lachte er. Er konnte nicht wieder aufhören. Alles um ihn herum löste sich in Gelächter auf und entfernte sich. Es wurde fremd und fühlte sich an, als würde jemand hinter ihm stehen. Gleich würde er vor Schreck sterben.

»Alle haben einen SAVAK-Mann«, sagte Tim. »Auch du.«

M. konnte an diesem Abend nicht einschlafen und am nächsten Morgen wachte er auch nicht richtig auf. In der Ecke stand die Kommode mit den Aufklebern für Motoröl und Dunlop an den Seiten. Das Plakat mit Segelbooten über dem Bett. Der rote Hudson Bay-Teppich auf dem Boden. Es war sein Zimmer in der Surrey Street.

Doch sobald er die Fensterläden aufschlug, sah er die Kuche Bahar, und vor ihrem Haus saßen Polizeibeamte im Auto und hielten Wache.

Der Bus wäre beinahe ohne ihn abgefahren, und als er in der Schule ankam, rollten schon die ersten Bleistifte vom Pult und Putz rieselte von der Decke des Klassenzimmers. Es rumpelte, bebte und klirrte. Dann wackelten die Stühle und Tische und der Boden unter ihnen – es wurde immer heftiger –, und sie zitterten mit.

Das Wasser in den Swimmingpools der Hotels schwappte von einer Seite zur anderen. Die offenen Fenster klapperten, als wollten sie davonfliegen. Mr. Nichols schrie: »Erdbeben!«

Sie stürzten aus dem Klassenraum: »Beeilt euch!« die Treppen hinunter, auf den Parkplatz des Schulhofs. Die anderen Schüler kamen mit ihren Lehrern angelaufen, sie stellten sich in einer Reihe auf und wurden durchgezählt. M. stand in sicherem Abstand zu den Gebäuden und sah vor seinem inneren Auge, wie alles in sich zusammenfiel.

Ein Vulkanausbruch des Mount Damavand. Die Aschewolken regneten über die ganze Stadt und äscherten sie ein wie Pompeji. In tausend Jahren würde man ihn mit versteinerten Gesichtszügen finden. Aber es war bereits überstanden.

»Was meinst du, wie kräftig war das?«

Sie standen da, hielten den Atem an und warteten auf das Nachbeben. Unter ihnen bewegte sich etwas – es gab Geschichten über Leute, die in der Toilette versunken waren –, es zitterte ihnen in den Beinen.

Sie spürten und dachten dasselbe. Die Welt war diesmal nicht untergegangen.

»Hattest du Angst?«

Behzad nickte. Nach zwanzig Minuten kehrten sie ins Klassenzimmer zurück, hoben die Dinge vom Fußboden auf und machten sauber.

Eine feine Staubschicht lag über allem. Das Foto des Schahs war heruntergefallen. Das Glas war zersplittert.

*

Mir stand das Wasser bis zum Hals und ich ertrank in meinem Körper. Mein glattes Gesicht, das angeklebt war wie ein Etikett, täuschte, in mir blubberte und gärte es. Irgendjemand hatte einen Korken in die Flasche gedrückt, und ich hatte getrunken und getrunken und war aus dem frustrierten Drang, mich äußern zu wollen, zu einem Molotowcocktail kurz vorm Explodieren geworden.

Es gab niemanden, der etwas mit mir zu tun haben wollte – kein Verlag, keine Zeitung, nicht eine Silbe –, aber ich hatte *Factsheet Five* entdeckt. Sie veröffentlichten die Bestelladressen von privat produzierten Zeitschriften. Ich bestellte Dutzende: *Ben Is Dead*, *Answer Me!*, *Murder Can Be Fun*. Man musste die Briefmarken auf dem Rücksendeumschlag nur mit einer dünnen Schicht Schulkleber überziehen, dann konnte man sie mehrfach benutzen.

Die sogenannten »Zines« verbreiteten sich durch Mundpropaganda und gingen von Hand zu Hand wie Samisdat während des Sowjetregimes, als politische Aktivisten verbotene Texte mit Matrizendruckern vervielfältigten.

Nun hatten wir etwas Besseres, etwas weitaus Besseres. Wenn Sampling zur vorherrschenden Ausdrucksform geworden war, dann war das perfekte Instrument der Computer. Inzwischen hatte er ausreichend Rechenkapazität zu einem erschwinglichen Preis: Apple Macintosh!

Ich musste einen haben, koste es, was es wolle. Es kostete mich den Rest meines Selbstrespekts, als ich Vater voller Scham um das Geld bat. Die Magisterarbeit würde fertig werden! Ich würde meine Magisterprüfung machen und eine Arbeit finden, versprach ich – und log.

Denn ich hatte andere Pläne. Es war das Fantastischste, wovon man träumen konnte, man konnte es sich selbst in seinen wildesten Fantasien nicht vorstellen. Mein amerikanischer Freund überbrachte die Botschaft auf seiner letzten Postkarte – man brauchte sie nicht länger. Zeit und Entfernung wurden auf wenige Sekunden verkürzt: das Internet – the World Wide Web!

Man brauchte nichts anderes als ein Modem – und ein Konto bei einem Internetanbieter. Beides war bei der Telefongesellschaft nicht zu bekommen. Universitäten und internationale Firmen waren im Grunde die Einzigen, die das Netz nutzten. Ein Modem war nirgendwo aufzutreiben, außer in einem Kellerladen der Falkoner Allé. Dort gab es Computer und etwas so Obskures wie eine Internetkopplung.

Ich setzte mich auf den Schreibtischstuhl meiner Großmutter und nahm den Fehdehandschuh auf, meinen Mac zu konfigurieren, obwohl ich nicht die geringste Ahnung hatte und im Dunklen tappte. Es war eine langwierige Affäre – das Modem machte einen gewaltigen Krach, wenn es versuchte, eine Verbindung herzustellen »boing, boing, boing«. Doch das Dialogfenster meldete »nicht verbunden«, und alles begann wieder von vorn.

Ich war davon besessen durchzukommen, saß rund um die Uhr am Computer und klopfte an – »boing, boing, boing« – und ging nicht mehr zu Bett. Nach und nach hörte ich auch auf, zur Toilette zu gehen. Ich war so auf diese Geschichte konzentriert, dass ich es einfach in der Hose trocknen ließ, während ich in der Dunkelheit dem Modem zuhörte und die höheren Mächte um ein Wunder bat.

Und dann passierte es. Mit einem Mal wurde es leise: »Open«. Ich spürte, wie das Kreuz von meinen Schultern gehoben wurde, eine Erleichterung ohnegleichen, als würde ich zum ersten Mal frei atmen. Und der Computer stürzte ab.

Ich taumelte in einen Abgrund der Verzweiflung, ich glaubte, er sei kaputt. Der bucklige Zwerg steckte sein hässliches Auge durch den Spalt und stopfte ihn zu. Es sollte mir nie gelingen.

Und doch funktionierte es. Als ich den Computer mit angehaltenem Atem wieder startete, tauchte das Icon auf und lächelte auf dem leuchtenden Schirm. Es funktionierte! Es gab ein Loch im World Wide Web, ich war drin – und der Pfropfen knallte mit dem Geist in der Maschine!

Ich hatte Champagner kalt gestellt, um das glückliche Ereignis zu feiern. Silvester und Wiedergeburt. Die Welt öffnete sich und strömte mir mit freier, unabhängiger, grenzenloser Kommunikation entgegen. Skål rief ich ihnen allen zu und leerte die Flasche.

Der erste Webbrowser, der auch Graphiken anzeigen konnte, war gerade eingeführt worden, Mosaic. Er hätte nicht anders heißen dürfen und er machte es möglich, zwischen Homepages zu klicken, die über mehr Informationen verfügten, als ich in meinem ganzen Leben hatte zusammenkratzen können.

The World Wide Web war ein Spinnengewebe von Beziehungen, Referenzen und Hinweisen. Es hieß nicht umsonst »Hyperlink«.

Ein Gutteil des Netzes wurde von Nerds bevölkert, jungen Leuten, Abtrünnigen aus der Gegenkultur. Es floss über von Pop und Perversionen, die direkt aus der ironischen und fetischistischen, selbstbewussten Metafiktion kamen, die das Netz geschaffen hatte.

Lange hatte ich vergeblich nach einer Buchhandlung in Baltimore gesucht, in der John Waters kaufte, »The Pope of Trash«. Nun fand ich den Katalog in kürzester Zeit online und konnte Bücher bestellen und in der Bank mit einer internationalen Überweisung bezahlen. Drei Wochen später kamen sie mit der Post: Atomic Books!

Schon bald musste das meiste irgendetwas mit »Cyber« sein. Ich lernte, HTML zu verschlüsseln, weil es die einzige Sprache war, mit der ich im Netz etwas anfangen konnte. Ich eröffnete Konten mit falschen E-Mail-Adressen von öffentlichen Institutionen – Danmarks Radio, Kopenhagens Universität – und legte all das, was ich auf dem Herzen hatte auf einen Server von www.moscow.com in den USA.

Ausnahmsweise gab es keinen Türsteher, keinen Redakteur und auch keinen Engel mit Flammenschwert, der sich in den Weg stellte. Man nannte es »e-zines« – die elektronische Version von Magazinen aus Papier –, und ich richtete so viele Links wie möglich für meine Seite ein. Dann fügte ich einen Zähler hinzu und ging in die Stadt.

Einige Tage später kam ich heim und schaute nach. Es hatte über tausend Besucher gegeben! Das war genial, ich war begeistert, bis mir klar wurde, dass die größte Liste von Links über Yahoo! kam, wo man meine Seite unter »Pornographie« einsortiert hatte. Die Besucher hatten nach scharfen Fotos gesucht und nicht ein Wort gelesen.

Außerdem benutzte in Dänemark so gut wie niemand das Netz – und schon gar nicht die Leute, an die ich mich wandte. Es war die pure Kräftevergeudung, und dann kam die Telefonrechnung. Ich hätte ebenso gut wochenlang über den Atlantik telefonieren können. Vater tobte: Ob ich glauben würde, das Geld wachse an Bäumen?

Das tat ich tatsächlich. Es war mir nicht klar, dass er inzwischen in Rente war und uns nach fünfzig Jahren Arbeit von neun bis fünf Uhr aus seiner privaten Pensionsrückstellung versorgte.

Also versuchte ich mich stattdessen an Desktoppublishing und stellte Artikel über Mentos und Beat Takeshi Kitano, invalide Erweckungsprediger und Ballonfetischisten in eine gehackte Version von QuarkXPress aus der Kunstakademie.

Man musste nur eine Büroklammer aufbiegen und die Enden am Fotokopierer in die beiden kleinen Löcher des Münzeinwurfs stecken, um die Bezahlung zu umgehen. Ich stand in der Hauptbibliothek und kopierte drauflos. Dann faltete ich die Seiten, heftete sie in der Mitte und verkaufte sie als Zeitschrift für zwölf Kronen.

Ich war nicht viel besser als der alte Mann, der in den Cafés mit Tier-Stickern herumging und einen Stapel im Flying A deponierte, dem Klamottenladen, der Buffalos verkaufte, und auch im Plattengeschäft Loud, wo man Trip-Hop bekommen konnte. Seit meiner Kindheit vor dem Radio war die Musik nicht mehr so gut gewesen. Ich liebte Ninja Tune und Funki Porcini: »It's a long road, there's no turning back.«

Ich schien mich Schritt für Schritt anzunähern. Ich ging zu Vernissagen ins Saga Basement und zu Festen im Rådskælderen und den Ateliers in Celle27E, bis beide Läden von der Polizei geschlossen wurden.

Sie leuchteten einem in der Dunkelheit mit Stablampen ins Gesicht und lösten die Veranstaltung wegen illegalen Ausschanks auf. In Zweierreihen standen die Beamten in den Hinterhöfen bis zu den Grünen Minnas auf der Vesterbrogade. Blaulicht und Blinker – »schießt auf die Beine!«, schrie ich. Es war wohl so etwas wie der letzte Aufruf, wenn ich nicht als Penner auf der Bank enden wollte.

Drei Mal Händeschütteln und man steht vor Napoleon, heißt es; ein soziales Labyrinth entscheidet darüber, ob unser Leben sich als Glückfall erweist oder zu einem schwarzen Unglück entwickelt. Es ging nicht darum, was man könnte, sondern wen man kannte – und das Schlimmste war, niemanden zu kennen und isoliert am Rande der Gesellschaft zu sitzen. Wir halten uns gegenseitig die Türen zur Wirklichkeit auf. Das Wichtigste ist, sie offen zu halten und ja zu sagen, denn eines führt zum anderen. Man weiß nie, wo es hingeht.

Hätte es nicht eine Handvoll Menschen gegeben, die mir weiterhalfen, wäre ich heute ein anderer – mit Grausen denke ich daran. Sie haben mich vor dem Schicksal gerettet, das auf dem Dach des Magistrenes Hus wartete.

Ich hatte nicht in den Arbeitsmarkt gefunden – es war sinnlos wie die Rübenäcker auf Falster – und nie Kontakt mit dem Alltagsleben gehabt, während ich von Fest zu Fest zog. An wen ich mich auch wandte, die Antwort war nein. Sie schüttelten den Kopf.

An einem Samstagvormittag trat ich auf die Straße, ich kann mich nicht mehr erinnern, was ich vorhatte. Meist hatte ich gar nichts vor. Außerdem hatte ich wie gewöhnlich noch Restalkohol im Blut. Ich winkte Christian Ramsø, der gerade auf dem Fahrrad vorbeifuhr.

»Trinken wir ein Bier?«, fragte ich, aber er antwortete, er sei auf dem Weg zur Arbeit. Ich konnte es nicht glauben: ein richtiger Job? Ja. Mit Gehaltskonto? Ja. Und Urlaubsgeld? Ja. Veranstalteten sie auch eine Julefrokost? Ja.

Ich war 1979 eines Nachts in der Diskothek des Jazzclubs Montmartre gelandet und hatte dort ein Mädchen kennengelernt, Erika, die gerade an der Kunstakademie angenommen worden war, und so kam es, dass ich an der Graphischen Hochschule auf Christian Ramsø traf. Und hätte Christian Ramsø nicht einen DJ gekannt hätte, der sich Yespr nannte, die Pet Shop Boys spielte und als Transvestit auftrat, wäre gar nichts passiert

Irgendwann hatte dieser DJ plötzlich Kleid und Mascara gegen einen Anzug mit blauer Krawatte getauscht. Er hatte ein vernünftiges Studium angefangen – eine Ausbildung zum Diplomkaufmann –, und einen Job als Wirtschaftsberater in einer Werbeagentur bekommen.

Und er sorgte dafür, dass Christian Ramsø dort als Graphiker eingestellt wurde. Das war die Tür, nach der ich zehn Jahre gesucht hatte. Auf ihr stand »Kunde & Co.«, und ich klopfte an, fiel auf die Knie und bettelte: Hätten sie vielleicht auch einen Job für mich?

Ramsø fragte nach meinen Qualifikationen. Keine, antwortete ich wahrheitsgemäß. Er grinste breit:

»Dann ist die Werbebranche genau das Richtige für dich!«

Wie durch ein Wunder kam ich zu meinem ersten und einzigen Bewerbungsgespräch. Ich hatte keine Ahnung, wo ich war oder was sie wollten, ich redete ihnen einfach nach dem Mund und sagte ja. Ob ich das gemacht hätte?, erkundigte sich einer der beiden Männer in dem Büro; er hielt die fotokopierte Zeitschrift hoch, die ich eigentlich nie in Umlauf gebracht hatte.

Am 7. Dezember 1995 wurde ich für achttausend Kronen im Monat zur Probe eingestellt. Die Kugel fiel in den Flipperautomaten, das Spiel war vorbei. Ich war gelandet – vielleicht stand ich ganz unten auf der Punkteliste –, aber ich stand zumindest an der Tafel: KRJ.

Mit fünfunddreißig Jahren, fünf Fremdsprachen und zweitausend Jahren Kulturgeschichte, die hinter mir lagen, war ich genau da gelandet, wo ich nicht hinwollte. Als wollte Gott mich strafen und mit Sonderangebotsanzeigen demütigen, weil ich den Insel Verlag anstrebte. So würde ich es lernen!

Ich war Pianist in einem Bordell geworden – »Ein Käfig ging einen Vogel suchen« –, und das war das Beste, was mir passieren konnte.

*

Über dem Haupteingang der Schule stand der Wahlspruch in schön geschwungener Schrift: »You shall know the truth, and the truth will set you free.« Der Satz stammte aus dem Johannesevangelium, und nichts konnte von der Wahrheit weiter entfernt sein.

Die meisten wussten davon, sagten es aber nicht laut, logen und taten so, als sei nichts gewesen. Man konnte es nicht benennen oder irgendwie einordnen. Es existierte nur als Furcht. Allein, den Namen zu nennen, genügte, um sie auf den Plan zu rufen: die Geheimpolizei SAVAK.

Sie operierten im Verborgenen. Sah man sie, war es zu spät, und man wurde gefangengenommen: »Rafteh« – er ist weg. Niemand wusste wohin. Es gab unsichtbare Gefängnisse.

Die Witwen versammelten sich in schwarzem Tschador vor den Gefängnissen Evin und Quezel-Qual'e und warteten darauf, ihre Männer als misshandelte Leichen zurückzubekommen, aber meist verschwanden sie spurlos. Die SAVAK flog über Dasht-e Kavir und warf sie in die Salzwüste.

Es gab keine unabhängigen Gerichte und niemanden, an den man sich hätte wenden können. Sie hatten keine Adresse und keine Telefonnummer. Nachts flackerten die Leuchtstoffröhren des Hauptquartiers und drohten zu verlöschen. Die Menschen schauten weg.

Ihre Büros waren auf Wohnungen, Hinterzimmer und Kellerräume verteilt – sie versteckten sich hinter Toren ohne Türschilder – unansehnlich und anonym –, man ging nichtsahnend daran vorbei. Sie führten direkt ins Fegefeuer.

Unbewohnte Häuser und Räume, die im Dunklen lagen und seit langem leer standen, würden von bösen Geistern heimgesucht, hieß es, daher öffnete man die Fenster, hängte einen Spiegel auf, zündete eine Kerze an und legte den Koran daneben. So wollte man sie vom Einzug abhalten.

Der Verhörraum konnte beim eigenen Nachbarn sein, vielleicht befand er sich aber auch in einer Zahnarzt-Praxis und der Behandlungsstuhl wurde nach Ende der Sprechstunde zur Folter eingesetzt. Und die Diskothek übertönte die Schreie aus einem Lager. Sie benutzten Kochplatten und elektrische Leitungen, Glas, Nadeln, Zigaretten. Plastiktüten wurden einem über den Kopf gezogen, sie sahen zu, wie man erstickte.

Selbst für das kleinste, symbolische Vergehen wurde man bestraft. Die Leute redeten um die Dinge herum und kamen nie zur Sache, aus Angst, etwas Falsches über das Regime und den Schah zu sagen.

SAVAK saß am Nebentisch im Café und stand hinter einem in der Schlange zum Bus. Sie erkundigten sich nach der Stimmung: »Trübes Wetter … heißt das, es läuft alles schlecht?«

Sie waren bei Hochzeiten und Begräbnissen, lasen die Liebesbriefe und schauten einem über die Schulter, wenn man die Aussicht genoss oder ein Buch aufschlug. SAVAK war überall, auch in der Schule. Vielleicht war es der Hausmeister, oder Ramin, der nicht zum Militär wollte und dafür jetzt Informationen über seine Klassenkameraden liefern musste. Es konnte der Kioskbesitzer sein, Agha Ali, der den Mädchen hinterherschaute, oder was war mit ihrem Gärtner, Hadji?

Sie lauerten in den Schatten, lauschten an den Türen und saßen neben deinem besten Freund. Flüsterte man diesem etwas zu, war es aus. Standen zwei Perser zusammen, war mindestens einer von ihnen ein Spitzel.

Die Menschen waren voreinander auf der Hut. Die Männer trugen alle dunkle Kleidung und versteckten sich in der Menge. Sie waren nicht voneinander zu unterscheiden, als würden ein identisches Jackett und die gleiche gestrickte Weste sie davor retten, entdeckt und verraten zu werden.

Das Misstrauen und die Unsicherheit vervielfältigte ihre Anzahl in einem Spiegelkabinett, in dem der Schah mit Millionen Augen und Ohren herrschte. Er verschloss ihnen den Mund

und sperrte sie vor Angst in sich selbst ein. Es fiel kein Blatt auf den Boden, ohne dass er davon wusste.

Fragt man, was vor Schah Reza gewesen war, bekam man keine Antwort. Er hatte seit ewigen Zeiten regiert, und vor ihm sein Vater mindestens zweieinhalbtausend Jahre – und er war überall. Sogar Elvis trat mit einem Goldring am Finger auf, der das royale Siegel trug. Neil Armstrong hatte ein Geschenk des Schahs mit zum Mond genommen.

Das Land entwickle sich rasant, hieß es in den Nachrichten. Wohlstand breite sich aus, Regierungsoberhäupter von nah und fern huldigen dem Schah und der Weißen Revolution. Das Datum war das Einzige, was sich auf der ersten Seite änderte, nicht einmal das Wetter passte in die Zeitung. Der Himmel war jeden Tag wolkenfrei.

Bei den Kinofilmen und Büchern war es nicht anders. Jack London? Verboten. *Früchte des Zorns*? Verboten. John Steinbeck existierte nicht auf Persisch, ebenso wenig wie Shakespeare, der wahnsinnige Tyrannen wie *Macbeth* stürzen ließ.

Die Hippies rebellierten und standen für Frieden, Freiheit, Liebe – und lange Haare. Sie wurden abgeschnitten. Sogar ein harmloses Kinderbuch, *The Little Black Fish*, wurde zensiert, weil man es für eine Satire auf das Regime halten könnte. Man riskierte, nie wieder Tageslicht zu sehen, wenn sie einen mitnahmen.

Man wusste nicht, was man durfte und was nicht. Es gab immer mehr Dinge, die nicht gesagt werden konnten. Die man nicht gesehen hatte. Die man nicht gehört hatte. Sie wurden entfernt und fehlten im Bild. Das Unsagbare, das Undenkbare: die Wahrheit.

Es war eine andere Geschichte als der Unterricht in der Schule, und man musste es selbst herausfinden und zwei und zwei zusammenzählen. Eine Person betrat den Raum, und es wurde still. Wie sie ihr das taube Ohr zuwandten und in die andere Richtung blickten. Die leeren Gesichter. Die blanken Seiten: SAVAK.

Die Erkenntnis kam aus dem Nichts. Plötzlich war sie da und nicht zu übersehen, und die Umgebung verwandelte sich vor den eigenen Augen in ein Gefängnis. Es ging um alles in der Welt darum, dichtzuhalten. Man blieb mit dieser Erkenntnis allein, es war das fürchterlichste Geheimnis, und man konnte es mit niemandem teilen. Es war unmöglich, eine Bestätigung dafür zu bekommen, und M. wusste nicht, wie er damit umgehen sollte.

Und am nächsten Tag stand er da und folgte ihm auf dem Weg in die Schule: blaue, zerschlissene Schlaghose, eine Levis-Jacke, Plateauschuhe – und eine Frisur wie David Cassidy. Es hätte das Plakat an der Wand sein können. Alle hatten einen SAVAK-Mann, auch er.

*

Nichts von all dem, was ich auf der Universität gelernt hatte, konnte ich gebrauchen. Im Gegenteil, man hätte mich umgehend dem Arbeitsmarkt entzogen und in eine psychiatrische Klinik geschickt. Weder strukturelle Semantik noch Mahler oder Alban Berg brachten mich weiter, dafür Pop und Gegenkultur, und willkommen bei den Massenmedien, Mode und Modernität!

Ohne es zu wollen, hatte ich mich für einen Job in der Welt der Werbung qualifiziert, die in der Literaturwissenschaft das große Böse gewesen war. Werbung stand für das Schlimmste im Kapitalismus, für den Warencharakter, die Verblendung, die Ausbeutung, den Verbrauch und den blinden Profit. Ich hatte drei Monaten, meine Qualitäten zu zeigen und mir eine

Festanstellung an einem Ort zu verdienen, an dem ich nicht sein wollte, weil er so weit von meinem Ziel entfernt lag, wie es überhaupt nur möglich war.

Mit jedem Schritt, den ich mich annäherte, entfernte ich mich von dem, was ich wollte. Mir blieb nichts anderes übrig, als mich komplett umzukrempeln.

Zumindest konnte ich meinen Eltern erzählen, dass man mich wert befunden hatte, eine Stelle anzutreten, und ich meine Rechnungen eines Tages würde selbst bezahlen können. Denn noch bezahlte mein Vater sie, und ich war ihm mehr schuldig, als ich je verdienen würde.

Sie setzten mich an einen Computer in der Ecke, einen großen Apple Macintosh, und ich wartete gespannt. Wenn man Lohn wollte, musste man irgendetwas von Wert hervorbringen; man bekam eine Aufgabe von jemandem, der sich darauf verließ, dass man sie lösen konnte.

Zum Glück wurde ein Junior-Projektleiter in meine Richtung geschickt. Blauer Anzug, Hemd und Krawatte, so musste man aussehen, sonst wurde man nicht ernst genommen. Er reichte mir eine Seite mit Informationen über den Kunden und wollte eine Anzeige für Büroausstattungen.

Wenn ich ein paar Tage Zeit hätte, würde ich alles über den Markt wissen, erklärte ich – ich sei es gewohnt, mich rasch in komplexe Stoffgebiete einzuarbeiten. Er sah mich verständnislos an und verlangte einen Slogan. Sie hätten es eilig.

»Sofort?«, fragte ich.

Er nickte.

»Also, jetzt … gleich?«

»Ja, wann denn sonst?«, erwiderte er.

Ich spürte, wie mir meine Chance aus den Händen glitt, und klammerte mich an die Sprache als letzten Strohhalm. Wenn ich mich aus der Klemme befreien wollte, musste ich den Slogan so formulieren, dass er sich selbst aufhob und nichts bedeutete – aber so, dass es niemand bemerkte. Aber ich durfte nicht zu viele Worte machen. Es musste kurz sein.

»Was ist mit …« Meine Stimme bebte.

»Ja?«

»Vielleicht könnte man …«

»Was könnte man?«

»Könnte man eventuell etwas sagen mit …?«

Ich war verzweifelt, dann brach es aus mir heraus:

»Wir haben alles fürs Büro – und noch ein bisschen mehr, wenn alles zu viel sein sollte!«

Der Junior-Projektleiter sah mich an. Er reagierte nicht. Ich war sicher, dass ich verloren hatte, meine Sachen packen und gehen durfte.

Ob ich das noch mal wiederholen könnte? »Wir haben alles fürs Büro – und noch ein bisschen mehr, wenn alles zu viel sein sollte!« Dann ging ein Strahlen über sein Gesicht, als ob es ihm langsam dämmern würde – er brach in lautes Gelächter aus.

»Damit fahren wir die Kampagne«, erklärte er.

In letzter Sekunde hatte ich einen Trick gefunden, das Problem zu umgehen – den Hinweis auf die Realität –, und vermied so, etwas Falsches oder überhaupt etwas auszudrücken. Es war eine Satzkonstruktion, die die Leute nicht nur kognitiv aus dem Konzept brachte. Sie reizte gleichzeitig zum Lachen, ja, sie brachte Gelächter beinahe als unbedingten Reflex hervor.

Das bedeutete, sie löste Lust aus – und die Befriedigung der Lust war in ihrer Ökonomie die höchste Valuta. Das war der Tauschwert, der mir ein Gehalt sicherte, weil ich das Geld wert war: Sie kauften den Satz!

Das Wichtigste war, dass der Projektleiter mit einer Aufgabe zurückkam, jetzt ging es darum, weiterzumachen. Als Nächstes kam ein Bekleidungsgeschäft auf der Strøget dran: »Schau rein und sieh gut aus!«

Ich produzierte die Sätze am Fließband, im Wettlauf mit der Stundenabrechnung. Die registrierte Agenturarbeit für zahlende Kunden – und mit jedem Mal wurde die Summe ein bisschen höher und das Budget ein bisschen größer.

Mein Glück war vollkommen, als ein Senior-Projektleiter mit dem neuen 5er BMW erschien. Der Slogan musste mindestens ebenso schnell und wertvoll wie die Limousine sein: »Was macht das beste Auto der Welt noch besser? Wenn man mit seiner Liebsten eine Runde dreht.«

Fazermint wollte mit Plakaten – sogenannten »outdoors« – im Flughafen und über Anzeigen in den Inflight-Magazinen der Fluggesellschaften etwas Exklusives auf dem zollfreien Markt lancieren. Ich saß mit einem Art-Direktor da und bastelte aus in Silberpapier verpackter Mintschokolade Sternenbilder am Nachthimmel. Es war wie mit den Metaphern in der Lyrik – nicht besser und nicht schlechter, nur ein anderes Medium. Die Dinge bekamen ihr Eigenleben, die Werbung bewegte sich in der beseelten und symbolischen Welt, die sonst dem Märchen und der Kunst vorbehalten war.

Vor allem nutzte sie eine avancierte Ästhetik, die sich auf der Höhe der Zeit bewegen musste. Die Kreativen, wie sie hießen – also diejenigen, die sich die Werbung ausdachten –, waren alle mindestens zehn Jahre jünger als ich. Wenn ich hineinpassen wollte, musste ich mich einer passenden Formwandlung unterziehen und zur Arbeit in einem großen roten Eishockeypullover der National Hockey League erscheinen.

Ich kam unter die Fittiche von Göttsch, Dreier und Nørgaard, das waren die Art-Direktoren. Sie brachten mir das Procedere bei, vom Briefing über das Konzept bis zur Kampagne. Ganz oben in der Hierarchie schwangen Jesper Kunde und Gaute die Peitsche: »Mach es!« Gearbeitet wurde rund um die Uhr, die ganze Woche, das ganze Jahr, und keine Aufgabe war zu groß und kein Gehalt zu klein, wenn es mir nur zu einem Leben verhalf.

Die Probezeit war fast vorbei, als Gaute die Treppe hinunterstürzte. Er steckte den Kopf zur Tür herein und brüllte mit seiner heiseren Stimme etwas von Nycomed, dem größten Pharmaunternehmen des Nordens. Sie hätten ein Meeting mit ihnen gehabt, es soll ein neues Firmenprofil erarbeitet werden, von Grund auf, mit Logo und allem, was dazugehört!

Apotheker, dachte ich – Ärzte, Krankheit und Gesundheit. Plötzlich freute ich mich über die Medizingeschichte und das unnütze Wissen, mit dem ich meine Zeit all die Jahre vergeudet hatte und das ich für meine Magisterarbeit im Keller von Falster angehäuft hatte.

Ob ich in der Lage sei, es zu schreiben?, fragte er etwas ungläubig. Ich erwiderte mit einem vorsichtigen Nicken:

»Wie lang soll es denn werden, hundert Seiten?«

»Wie wäre es mit einer A4-Seite, höchstens!«

Ich verkniff mir die Frage nach einer erkenntnistheoretischen Einleitung. Es war absolut kein Vorteil, auf der Universität gewesen zu sein – jeder Ansatz der Intellektualisierung wurde umgehend unterbunden. So kam es, dass ich mich an einem ausgereiften Firmenprofil versuchen durfte.

»Sie haben geheult, vor Freude geheult!«, rief Gaute heiserer denn je und wedelte mit dem Blatt Papier in seiner Hand.

Für sechzehntausend Kronen im Monat stellten sie mich fest ein. Ich krabbelte aus dem Keller – endlich würde ich an einer Julefrokost teilnehmen!

Es gehörte zu meinen glücklichsten Momenten, als ich mich als Sechsunddreißigjähriger tatsächlich an den großen

Tisch setzen durfte. Ich hatte etwas, das ich noch nie gehabt hatte: einen Job und richtige Kollegen. Ich wurde ein akzeptierter Teil von etwas Größerem und Umfassenderem als meinem eigenen Mief: »Guten Morgen!«

Wenn ich etwas tat, wurde etwas daraus. Andere schätzten es und bezahlten mich dafür. Mein Existenzrecht wurde an jedem Monatsersten regelmäßig auf meinem Gehaltskonto verbucht. Es eröffnete mir die Geschäfte, ich konnte Wiener Schnitzel im Restaurant Olsen essen!

Ich hatte das Wichtigste gelernt – einen Punkt zu setzen. Das ließ die Blase platzen, in der alles möglich, aber nichts notwendig war. Not lehrte einen nackten Mann singen, vor allem Zeit- und Geldnot, und die Angst war der größte Sänger. Hätte ich das nur etwas früher begriffen. Es musste nicht perfekt sein. Es musste fertig sein!

Die Zeit bekam Flügel. Die im Leerlauf verbrachten Wochentage und Teufelskreise begradigten sich und verliefen in eine bestimmte Richtung. Sie ergaben Sinn. Es wurde Montag, und es wurde Wochenende. Es gab drei Wochen Betriebsferien, ein bis dahin abstraktes Phänomen für mich – ich verband es mit Industrie und Schornsteinen, aus denen kein Rauch kam –, und wenn das Jahr sich seinem Ende näherte, kam die Julefrokost!

Die gesamte Agentur wurde mit einem gecharterten Flugzeug in die Schweiz geflogen. Mir war es nicht mehr egal, ob wir abstürzten. Wir wurden in einem Luxushotel in Verbier einquartiert und bekamen jeder eine Suite mit Betten so weich wie Wolken. Ich trat auf den Balkon, blickte auf Alpen und Schnee, atmete die kalte Luft tief ein und stieß den Dampf aus.

Es war einer der feinsten Wintersportorte und alles war inklusive. Ich stand an der Kinderpiste und fiel zu »Last Christmas« mit Wham! in den Schnee. Am Abend wurde an runden Tischen mit weißen Tischtüchern gegessen, die Kerzenleuchter schimmerten – Champagner, Wein und Cognac. Danach freie Wahl an der Bar der Diskothek, bis man mit Aussicht auf die schneebedeckten Gipfel in einer Wolke der Glückseligkeit versank.

So ging es drei ausgelassene Tage weiter. Sie machten den Unterschied zwischen Leben und Tod aus. Ich war nicht untergegangen, sondern landete lebend wieder auf dem Kopenhagener Flughafen Kastrup.

Es wäre mit mir aus gewesen, wenn ich es nicht endlich zur geselligen Julefrokost gebracht hätte, so viel war sicher. Sie war mir nicht länger verhasst und ich bekam jetzt keine Depressionen mehr, wenn sie sich mit Schnaps, Bier, Hering und Hühnersalat, Schweinebraten, Rotkohl und Mandelreispudding ankündigte.

Das Dasein war auf den Kopf gestellt, und statt in der Königlichen Bibliothek zu sitzen, stand ich mit beiden Beinen in einem Büro, das eine der größten Werbeagenturen des Nordens werden sollte, und peilte die Weltherrschaft an.

Ich las Magazine wie *The Face*, *ID* und *Dazed & Confused* statt Bücher und lernte Menschen kennen, die nicht in stundenlangen Monologen über den transzendentalen Signifiant sprachen. Oder über ihre Angstanfälle und antipsychotische Medikamente als höchste Auszeichnung – Melleril oder Haloperidol, das war die Frage. Sie waren fröhlich und erkundigten sich, was man von Damien Hirst, Oasis und Kate Moss hielt? Wir wetteten, wer sich einen Schnurrbart wachsen ließ und es am längsten aushielt, damit herumzulaufen. Es war lustig.

In der Agentur stand ein Tischkicker und an der Wand hing eine Dartscheibe, Musik dröhnte durch den Raum. Wir schrien »Fotze!« und »das ist genial!«, wenn jemand die Lösung für eine Kampagnenidee hatte. Freitagnachmittag hüpften wir zu »Born Slippy« herum, die Hände in die Luft gestreckt: »Das ist zu irre, wir sind high!« – und zogen jedes Wochenende gemeinsam in die Stadt.

Endlich öffnete Kopenhagen die Türen der Stereo Bar. Sie war mit Verner-Panton-Möbeln in orangefarbenem Plastik eingerichtet. Jimi Tenor spielte auf der Hammondorgel. In einem grenzenlosen, optimistischen Ausdrucksspiel vermischten sich nicht nur Kunst, Kitsch und Popkultur, sondern auch die Menschen. Alle kamen herein.

Wir trafen uns in einem engen Keller zu Gin-Tonics, Bier und Salzstangen und hörten DJ Opiate zu. Weiter ging es zum Club Mantra mit Drum and Bass und endete in der Amigo Bar, wo niemals die Sonne schien. Niemand musste allein nach Hause gehen, wenn man es mit dem Geschlecht nicht so genau nahm.

Björk wurde die Geliebte von Goldie, und London wurde die Hauptstadt in »Cool Britannia«, das sich mit einer Britpop-Frisur auf meinem vom Friseur in Unordnung gebrachten Kopf ausbreitete. Nachdem Kopenhagen 1996 Europäische Kulturhauptstadt war, sprossen Galerien wie die Pilze aus dem Boden. Es fanden immer mehr Vernissagen statt – trockener Weißwein, Giraf-Bier – und die beste Gesellschaft, die man sich wünschen konnte.

Im Ørstedparken gab es ein Konzert mit elektronischer Musik, »Tripping on Sunshine«. Der euphorische Zirkus hatte sich bald bis nach Islands Brygge ausgebreitet und übernahm die Lagerhäuser auf Holmen. Die Stadt versammelte sich zu einem riesigen, allumfassenden Fest.

Das Kunstmuseum Louisiana hatte sogar einen schwedischen Direktor eingestellt, der eine Ausstellung mit der Künstlergruppe Superflex arrangierte, »Nowhere«. DJ Kong stand hinterm Pult. Wir stolperten zwischen den Figuren von Giacometti im Stroboskoplicht und dem Dampf der Nebelmaschinen umher. »Now here!«

Der Kaugummiautomat aus der Vorhalle lag neben mir im Taxi, als ich zurückfuhr. Dem Direktor gelang es, das Museum in Richtung Abgrund zu schieben, bevor er die Leitung des Tate Modern übernahm.

Wenn ich nach dem Wochenende meine Wohnung auf Grønningen aufschloss – vollkommen durcheinander und betrunken –, wallte ein Gefühl in mir auf, das ich bis dahin nicht gekannt hatte. Es war warm, geborgen und kaufkräftig.

Ich war eins mit meinem Umfeld geworden und gehörte genau hierher – und legte mich mit einer nagelneuen Visa-Karte und der Telefonnummer eines Mädchens unter die Bettdecke. Wir sollten nach New York.

Der schwarze Taxifahrer verfluchte mich auf ewig, weil ich ihm kein Trinkgeld für die Fahrt vom Kennedy Airport gab. Woher sollte ich wissen, dass es obligatorisch war? Ich war nervös und hatte Angst, im Dunklen auf der Straße erschossen zu werden, als wir im Hotel 17 ankamen.

An der Rezeption saß ein Transvestit. Ich hatte keine Ahnung, wer das war, und erschrak: Amanda Lepore. Alles war rot. Am nächsten Tag liefen wir mit Stielaugäpfeln durch Greenwich Village. Jeden einzelnen Moment biss New York davon ab.

Wir trieben uns am St. Marks Place herum und aßen bei East Flamingo und Lulu in der Canal Street, dort kaufte ich Marihuana, wobei mir das Herz bis zum Hals klopfte. Die Polizei lockte einen in die Falle – »take it«, flüsterte er, »take it.« Ich wagte kaum, es unter dem Tisch anzunehmen, aus Angst, in einem amerikanischen Gefängnis zu landen. Gegen Morgen landeten wir im Save the Robots, die Transvestiten regierten das Nachtleben.

Im Love Saves the Day ließ sich Kitsch kaufen – Bettwäsche mit den Köpfen der Bandmitglieder von NSYNC und hellblaue Lampen, die nach der Büste von Elvis Presley geformt waren. In einem nicht enden wollenden Laden mit Klamotten, »mixed tapes« und Design aus Japan gab es alles, was man wollte. Der smarteste Secondhand-Laden hatte einen Rentner angestellt, der bei den Zeugen Jehovas war, mit seiner Altmännerkleidung aus braunem Samt trotzte er dem guten Geschmack noch mehr als die Beastie Boys: »Sabotage!«

Grenzen setzte nur der Überziehungskredit. Den erreichte ich im Warner Brothers Flagstore, wo man eine Bar mit Stühlen und Lampen anbot, die direkt aus einem *Batman*-Film kam. Trotz meiner regelmäßigen Gehaltserhöhungen – parallel zu den steigenden Umsätzen der Agentur – konnte ich sie mir aber nicht leisten.

Früher oder später würde Batman auf Grønningen einziehen. Ich kehrte heim in einem fliegenden Koffer, der bis zum Anschlag gefüllt war – und alles explodierte in einem einzigen großen festlichen Feuerwerk über dem königlichen Kopenhagen.

Das war das Ende der Geschichte und der Anfang des Goldenen Zeitalters! Man sollte meinen, dass die 1890er Jahre sich in einem neuen Fin de Siècle wiederholten. Der blühende Welthandel und die Einführung der Markwirtschaft würden alle Länder zu liberalen Demokratien werden lassen. Friedlicher Handel und Koexistenz ersetzten Ungleichheit, Unterdrückung und Krieg. Wir befanden uns mitten in einer universellen Modernisierung des Erdballs.

Selbst Island, weit draußen im Atlantik, konnte ins Zentrum der Aufmerksamkeit rücken und reich und berühmt werden. Ich wollte unbedingt nach Reykjavik. Von dort kamen die Manic Pixie Dream Girls, und es gab für jeden eine.

Ich musste daran denken, wie absurd es war, einen naiven norwegischen Junior-Projektleiter am 1. Mai in den Fælledpark zu schicken, um während der Kundgebung Anzeigenentwürfe von linken Demonstranten beurteilen zu lassen.

Vor langer Zeit hatte es mal geheißen: »Polizei und Militär, des Kapitalismus williges Heer!« Und nun entwickelte ich eine Testimonial-Kampagne für die Industrie- und Handwerksbank.

Der Junior-Projektleiter kam vom Kampftag der Arbeiterklasse mit zerzausten Haaren und aus der Hose hängendem Hemd aus dem Park zurück. Sie hatten ihn gejagt. Wir konnten ziemlich sicher sein, dass die Kampagne die eigentliche Zielgruppe, die Wirtschaft, erreicht und ihre beabsichtigte Wirkung erzielt hatte: »Industrie- und Handwerksbank – Kapital für ein gesundes Wachstum«.

Wir gewannen den Corporate Image-Preis, und ich wurde in einen schwarzen Anzug gesteckt und zu Kundenpräsentationen mitgeschleppt, seit der Direktor der Bank mit mir über Goethes *Faust* geplaudert hatte.

»Alles Vergängliche ist nur ein Gleichnis«, zitierte ich.

Gaute starrte mich fassungslos an und schüttelte hinterher den Kopf.

»Verflucht, Knud Romer, was soll das?«

Aber wir bekamen den Auftrag. Und schon bald gab es erneut Gehaltsverhandlungen.

*

Die USA spielten um den Iran Schach gegen die Sowjets. Der Schah war ihr König. Kissinger hatte es ihm in das eine Ohr geflüstert und ihn vor dem Kommunismus gewarnt. Und Nixon sprach in das andere und beruhigte ihn mit Geld und Militär.

Die angespannte Beziehung hatte sich in letzter Zeit jedoch in eine zwischenzeitliche »détente« gewandelt, wie M.s Vater es in diplomatischem Französisch ausdrückte. Er bat sie in den Aufenthaltsraum und teilte ihnen mit, dass es ein Fest geben würde!

Die Russen waren eingeladen. Er erwartete von jedem von ihnen, dass sie ihr Bestes gaben und nicht auffielen.

Am darauffolgenden Freitag wurde bereits mit den Vorbereitungen begonnen. Champagner, Bier und Whiskey – kein Bourbon, der laut Vater »swill« war. Er hielt sich an Wodka. Verschiedene Weine, im Iran seltene Tropfen, jedoch nicht in der Botschaft; der Supermarkt war gut bestückt.

Der Wein kam mit Militärflugzeugen, wenn es noch Platz gab, und für Alkohol war immer Platz: »Die Mutter alles Bösen.« Kiste um Kiste wurde ins Haus geschleppt.

»Wie viele werden kommen?«

»Ich weiß nicht, ob die Russen kommen.«

»Alle? Oder nur einige von ihnen?«

»Wir werden sehen.«

Mutter war damit beschäftigt, das Silber zu putzen und bereitzustellen: die Zigarettenkiste, die Kerzenleuchter – sogar einen Beißring für Babys. Das Buffet bog sich unter Kaviar, Blinis und Crème fraîche, Salatgurken und gefüllten Eiern. Rote Bete, Sauerkohl, Hering und Kartoffeln. Gekochte Zunge mit Meerrettich und verschiedene Sorten von Wurst und Käse. Alles kunstvoll angerichtet. An der Bar musste man sich selbst bedienen, Fatima und Hadji hatten frei.

»Warum gibt es keine Bedienung?«

»Es ist am besten, wenn wir unter uns bleiben.«

M. blieb an diesem Abend auf seinem Zimmer. Im großen Wohnzimmer wurde zu dem offiziellen Empfang Musik gespielt – eine Platte mit gedämpfter Ballroom-Musik. Nach und nach kamen die Gäste. Aber nicht ein Russe war zu sehen. Es sah so aus, als kämen sie nicht.

Er schlich nach unten, um sich ein paar Snacks zu holen, und stieß auf seinen Vater, der mit einer gerahmten Fotografie aus seinem Büro kam. Er stellte sie auf die Anrichte.

»Wer ist das?«

Der Mann trug eine Kosakenmütze und einen Waffenrock.

»General Wrangel«, antwortete sein Vater. Er lächelte. »Ab mit dir. Du kannst später vorbeischauen, aber sorg dafür, dass du repräsentabel aussiehst.«

M. ging wieder nach oben und legte sich aufs Bett. Dann hörte er etwas vor der Haustür – sie befand sich direkt unter seinem Fenster – und sah nach. Festlich gekleidete Menschen in einer langen Reihe: die Russen, mindestens dreißig von ihnen.

Sie flüsterten miteinander. Das war das Geräusch, das er gehört hatte. Wollten sie draußen bleiben?

Nach einer Viertelstunde klingelte es an der Tür. Sein Vater öffnete, sie strömten herein. Nun wurde gefeiert. Klirrende Teller und Gläser, lautes Gelächter. Sie sangen mit zur Musik, und Vater erzählte Witze und rezitierte Puschkin auf Russisch – den *Ehernen Reiter.* Alle waren betrunken. Sie gingen erst, als der letzte Krümel verzehrt war und das Essen, die Nüsse und der Wodka ihren Teil zum Weltfrieden beigetragen hatten.

Übervolle Aschenbecher, Zigarettenkippen und Getränkereste auf den Teppichen, der Boden war schwarz und verdreckt. Nachts blickte niemand mehr nach unten. Am nächsten Morgen ließ es sich allerdings nicht vermeiden.

»Gefiel ihnen das Foto?«

»Sie glauben nicht, dass ich Amerikaner bin. Sie glauben, ich sei in Wirklichkeit Russe und Wrangel mein Onkel. Allerdings haben sie keine Ahnung, wie er tatsächlich aussah.«

»Das war ziemlich merkwürdig. Sie standen alle in einer Reihe vor der Tür, bevor sie klingelten.«

»Sie haben sich der Rangordnung nach aufgestellt und auf den Botschafter gewartet. Alles lief nach Protokoll ab.«

»Sind so die Spielregeln?«

»Ja, und im Übrigen fanden sie es komisch, dass du lange Haare trägst. ›Ist das ein Junge‹, haben sie gefragt.«

»Nicht so merkwürdig, wenn man bedenkt, wie ihre Frauen aussehen.«

Sein Vater lachte. Es war lange her, dass sie zusammen gelacht hatten. Vater war völlig fertig. Dann ging er zum Plattenspieler, legte eine Platte auf und winkte ihn zu sich. Die Donkosaken sangen aus voller Kraft. Vater formte mit den Händen einen Trichter und flüsterte ihm ins Ohr:

»Divar mush dare, mush gush dare.«

Es war ein persisches Sprichwort:

»Die Wand hat eine Maus, und die Maus hat Ohren.«

M. spürte, wie der Raum sich zusammenzog und er Atemnot bekam. Es gab versteckte Mikrophone im Haus. Sie wurden abgehört!

Die Stille war ein Ohr, das mithörte, und er schlich umher und vermied jedes Geräusch, um sich nicht zu verraten. Keiner sollte mitkriegen, was er tat, was er sagte, was er dachte. Sie wurden von einer unbekannten, einer fremden Macht überwacht, und vielleicht war es schon immer so gewesen.

M. wagte kaum, sich zu bewegen, er saß wie versteinert in seinem Zimmer und starrte auf die Lampe an der Decke, den

Kleiderschrank in der Ecke, die Gardinenstange über dem Fenster. Die Mikrophone konnten überall versteckt sein.

Er konnte sie nicht finden. Aber sie hatten ihn längst gefunden. Wo konnte er sich verstecken? Nirgendwo, sie wussten alles über ihn – und er hatte sich nie eingesperrter und einsamer gefühlt.

Wenn er etwas sagte, holte er bis tief ins Zwerchfell Luft, als könne er die Worte zurückziehen, bevor sie jemand hörte. Aber es gab keinen Ausweg, und er flüchtete tief in sich hinein, als würde er durch ein umgedrehtes Fernglas schauen, auf der Suche nach dem kleinsten Loch, in das er hineinkrabbeln konnte – kleiner und kleiner und kleiner –, bis er sich in einer persischen Miniatur der Welt wiederfand.

M. wusste nicht, mit wem sie es zu tun hatten, welcher Nachrichtendienst hinter ihnen her war. War es der KGB und Vater spielte den Kosakenchor zum Spaß? Oder war es SAVAK, und der Schah thronte in seinem Palast und sah ihm bei den Hausaufgaben und dem Frühstück zu?

Vielleicht war es der Mossad, oder die CIA überwachte das Haus zu ihrer Sicherheit und belauschte die Gäste der russischen Botschaft, wenn sie besoffen waren und sich am späten Abend verplapperten.

Er wusste es nicht, es hätte ebenso gut Gott sein können, und schließlich fragte er einfach in die Dunkelheit hinein:

»Hi! How are you?«

Er versuchte es mit Russisch:

»Privyet! Kak dyela?«

Nach einer langen Zeit nahm er seinen Mut zusammen:

»Salam! Hal-e shoma chetor ast?«

Niemand antwortete. Aber solange er nichts wusste, konnte er ohnehin nichts verraten. M. kümmerte sich nicht weiter darum, und schon bald war es wieder Alltag und spielte letzten

Endes auch keine Rolle. Wer immer auch mithörte, hatte bestimmt Paranoia, weil es nichts Interessantes zu berichten gab.

M. war durchsichtig, richtete sich in seiner Einsamkeit ein und sprach mit dem Ohr, als sei es sein insgeheimer Freund. Abends las er ihm vor: *The Little Black Fish*, *The Spy Who Came in from the Cold* und Camus' *L'Étranger*. Es waren seine Lieblingsbücher, und er war ein Teil von ihnen und sagte gute Nacht.

*

Beim Marketing ging es nur um eines: Branding. Mein Gesellenstück lieferte ich mit einer niederländischen Firma. Brabantia produzierte alles, von Salatbestecken über Bügelbretter bis zu Briefkästen in einem sinnlosen Durcheinander. Sie verkauften ausschließlich über Prospekte und Anzeigenblätter mit dem knallgelben Signal: billig! Aber es gab immer jemanden, der seine Waren noch billiger verkaufte. Daher wollte Brabantia lieber Bodum sein.

Das war jedoch eine blöde Idee, denn diese Marktposition war ja bereits besetzt, und selbst dem Wohlmeinendsten fiel es schwer, zu begreifen, wie sie ihre geblümten Bügelbretter als Design anpreisen wollten.

Brabantia fand einfach seinen USP nicht, den »unique selling point«. Bis in ihrem Produktkatalog ein Mülleimer auftauchte. Er hatte zwanzig Jahre Garantie. Und was lange währt, bleibt immer gut. Der neue Mülleimer von Brabantia stand für Qualität, und dieses Qualitätssiegel ließ sich plötzlich auf sämtliche Produkte der Firma übertragen.

Jetzt brauchte man nur noch eine zugespitzte Formulierung, die ihre Marktposition neu definierte und sich im Bewusstsein wie ein Ohrwurm festsetzte.

So etwas wurde als »Pay-off« bezeichnet. Man konnte gleichsam die Kasse klingeln hören: »Brabantia – solid company«.

Entscheidend war nicht, ob das Produkt eine funktionale Eigenschaft hatte, die einem praktischen Zweck diente. Im Gegenteil, die meisten Produkte aus einem Bereich waren, was die Funktionalität angeht, weitgehend identisch, sie löschten den Durst oder halfen beim Saubermachen. Daher ging es darum, sich durch andere, abstrakte Werte abzugrenzen, die sich mit dem Produkt als Ware verbanden – und die einzig und allein durch Ästhetik und Kommunikation vermittelt wurden: Marketing.

Werbeagenturen konnten sich glücklich schätzen, dass nichts per se von Bedeutung war. Sicherlich war ein Spaten ein Spaten und eine Schaufel eine Schaufel – am tatsächlichen Inhalt ließ sich nichts ändern. Aber die Bedeutung des Spatens oder der Schaufel war etwas ganz anderes und vollkommen willkürlich, denn es ging um eine sprachliche und metaphorische Ergänzung, aus der einzig und allein das Besondere des Spatens und der Schaufel hervorging: die Geschichte.

Jede beliebige Sache konnte im Prinzip alles bedeuten. Auch wenn ich mich auszog. Die Handlung war identisch, aber die Bedeutung änderte sich radikal, je nachdem, wo ich es tat, am Strand oder auf dem Rathausplatz, im Königlichen Theater, in einem Stripclub oder daheim im Schlafzimmer oder in der Küche. Sogar der nackte Körper wurde seiner Bedeutung beraubt, es war ein sekundärer Effekt und wurde erst durch den Rahmen und den Ausdruckszusammenhang definiert – »Strand«, »Königliches Theater«, »Schlafzimmer« und »Küche«. Was auf der einen Seite akzeptables Verhalten und vornehme Hochkultur war, konnte ebenso gut verwerflich und primitiv sein. Es kam einzig und allein auf das Etikett an.

Hans Christian Andersen kam sogar mit einem exhibitionistischen Traum davon, als er in »Des Kaisers neue Kleider« seinen Wunsch auslebte, vor den Augen des versammelten Bürgertums alle Hemmungen abzustreifen und splitternackt durch die Stadt zu laufen. Denn der Körper wurde nur in negativer und ausgegrenzter Form aktualisiert: »Er hat ja überhaupt nichts an.« Der Körper wird in eine Erzählung integriert, die ihm eine andere, höhere, symbolische Bedeutung verleiht.

Das Märchen sollte von sozialem Status, von Heuchelei und Lügen in einer Welt der Erwachsenen voller Schuld und Scham handeln, und nicht etwa von der Wahrheit, die sich durch das aufrichtige und unschuldsreine Kind offenbart. Derselbe Idealismus wie in »Die Nachtigall«, wo der mechanische, künstliche Gesang nie auch nur annähernd an die echte und natürliche Nachtigall heranreicht.

Allerdings war es eine Illusion, die auch dazu führte, dass »Des Kaisers neue Kleider« nicht illustriert werden konnten. Der Kaiser trat konsequent in einem Hemd oder Nachthemd auf – die Vorstellung vom Körper und seiner Nacktheit existierte in unserem Bewusstsein nicht.

Exakt nach diesem Mechanismus funktionierte Branding. Man musste sozusagen nur die untergelegte Musik ändern – oder Ängste entwickeln –, und schon verwandelte sich Lassie in einen Werwolf. Wenn man den Ton ganz ausblendete, wurde es zu einem Hund ist ein Hund ist ein Hund, und daher musste der Stummfilm von dramatischer Klaviermusik begleitet und andere, sichtbare Gesten übertrieben werden, die Schauspieler mussten grimassieren, damit es eine Bedeutung ergab: Böh!

Wir lebten in unseren Genrevorstellungen von der Welt. Was die Dinge bedeuteten und wie sie sich uns zeigten, hing von der Musik ab, die mit unseren Gefühlen spielte. Es war ein Produkt der Erwartungen, der konventionellen Handlungsmuster und des Verständnisrahmens.

Dieser Effekt wurde als ESP bezeichnet: »emotional selling point«. Man konnte damit nach Belieben spielen. Alles konnte etwas anderes bedeuten, und Tuborg verkaufte sich als die Brauerei, die etwas für die Musik tat, weil sie Freiluftkonzerte unterstützte. Sie veranstalteten Konzerte und ließen den Zapfhahn laufen und kurbelten den Verkauf an. Vielleicht entstand so etwas wie süße Musik, wenn die Menschen sich bei einem Bier trafen, aber dadurch hing unser soziales Leben an einer Alkoholkultur.

Mentos wollte Ausdruck einer »frischen« Jugendlichkeit sein, war aber noch immer die Pfefferminzpastille einer selbstbewussten und ironisch distanzierten Generation. Die hatte den Mechanismus begriffen und lachte sich halb kaputt über das Schauspiel, das sich vor ihren Augen in Luft auflöste.

Der qualitative Sprung vom Produkt zur Markenware war so, als würde man mit einem Trampolin zum Himmel springen – den »brand heaven«. Es führte von der buchstäblichen zur übertragenen Bedeutung, indem man ein Etikett auf die Dinge klebte: die Warenmarke. Die traf nun den einen oder anderen Ausdruckszusammenhang und plötzlich war das Produkt nicht mehr einfach nur ein Produkt, sondern ein Lebensgefühl.

Die Mentos-Pastillen standen für »Jugendlichkeit« und das Tuborg-Bier für »Musik«. Die Bedeutung, die Geschichte und die Perspektive wurden diktatorisch in Brand Books, Wertegrundlagen und anderem Material gesteuert, das die Werbeagenturen für gigantische Budgets lieferten.

Brabantia sollte in absehbarer Zeit Produkte herstellen, die »Solidität« ausdrückten, vor allem aber sollten »solide« Werte vermarktet werden, die sich als Alternative zu der Gebrauchs- und Wegwerfkultur der Gesellschaft anboten.

Es gab nichts Haltbares mehr! Wir waren umgeben von Dingen, die kaputtgingen und ständig ausgetauscht werden mussten. Unser Verhältnis dazu war ebenso flüchtig und vergänglich, wie es die Menschen und unsere Beziehungen geworden waren. So gesehen war das Leben ein leerer One-Night-Stand, aber nicht für uns!

Wir glaubten an ein Morgen mit nachhaltigen Produkten und festen Überzeugungen, dauerhaften Beziehungen und Freundschaften, die ein Leben lang hielten: »Brabantia – solid company«.

Es ging nicht mehr um Salatbestecke, Bügelbretter und Briefkästen. Nicht mehr um ein einzelnes Produkt, es wurde auch gar kein Produkt mehr beworben. Die Lifestile-Anzeigen zeigten stattdessen einen sturmumtosten Baum an der Küste, einen für eine Goldene Hochzeit geschmückten Hauseingang oder das Gesicht eines alten Mannes. Sogar ein Feldstein konnte dieses Wirklichkeitserlebnis auslösen und diese Haltung symbolisieren, die sich mit der Markenware als eine feste – »solide« – Beziehung verband. Um sicherzugehen, dass die Produkte gekauft wurden und die Käufer daran glaubten, wurden die Preise um zwanzig Prozent erhöht.

Ich musste an Walter Benjamin und die Allegorien im barocken Trauerspiel denken. Der König stirbt, die Welt geht unter, und die Dinge bleiben als wertloser Krempel in einem Stich von Albrecht Dürer liegen: »Melencolia«. Den Dingen wurde die eine oder andere Bedeutung in dem tragischen Bewusstsein zugewiesen, dass sie künstlich und mechanisch sind und jede Verbindung zur Wirklichkeit fehlt, die sich einem unnahbaren und geheimnisvollen Jenseits entzog. Das Paradies auf Erden war verloren, wo die Dinge und ihre Bedeutung vom Gesang der Vögel zusammengehalten wurden, konnte auch keine Julefrokost in Barcelona helfen.

Man konnte Hunden nicht das Tanzen beibringen, und schon gar nicht Bastarden. Es gab keine Brücke zu der glücklichen Gemeinschaft, als ich mich endlich zu Tisch setzte. Es gab nur Worte – und ich schrieb, um dazuzugehören und an all dem teilzuhaben, was von vornherein verloren war.

Ich saß in einer Werbeagentur, arbeitete bis tief in die Nacht und versank langsam, aber sicher vor Müdigkeit in mir selbst. Dann klingelte das Telefon und ich erschrak. Als ich abnahm, was es der buckelrückige Zwerg: Lars von Trier.

*

Langsam, aber sicher veränderten sich die Verhältnisse in Teheran zum Schlechteren. Was zunächst unschuldiger Radau und Neugierde war – Alkohol, Sex und Drogen –, wurde brutaler und roher. Sie hatten den Autos erst Schneebälle, dann Steine hinterhergeworfen, nun schossen sie von der Anhöhe mit Raketen und Notsignalen.

Mark und sein neuer Freund Saeed hatten ein paar Motorräder gestohlen – Yahama Enduro 36 cc – und sie in einer Garage in der Nähe versteckt. Sie fuhren in der Gegend herum, den Gasgriff bis zum Anschlag aufgedreht, und rissen im Vorbeifahren den Frauen den Tschador ab. Es war kriminell.

Vor dem CRC, wo sie früher Billard und Bowling gespielt hatten, gabelten sie am Samstag eine Prostituierte auf, die Fereshteh hieß, und brachten sie auf Marks Zimmer. Die Jungen aus der Schule stellten sich an und bezahlten, um Sex mit ihr zu haben. Mark kassierte das Geld an der Tür.

Alles bewegte sich in die falsche Richtung und geriet mehr und mehr außer Kontrolle. Hätte jemand um eine Erklärung gebeten, wäre man in Erklärungsnot geraten, aber es fragte ja niemand. Sie konnten tun und lassen, was sie wollten.

Tim kam nicht mehr nach Hause, nicht einmal zum Schlafen, auch er hatte sich verändert. Er sah anders aus, trug Weste, Pluderhose und Pantoffel und wurde allmählich Perser.

Und noch schlimmer war, dass er angefangen hatte, Heroin zu rauchen. Er tat es zusammen mit fünf, sechs Freunden. Einige studierten an der Universität, ein paar waren Amerikaner, ihre Eltern arbeiteten bei Bell Helicopter.

Sie zündeten ein Feuerzeug unter einem Stück Silberpapier an und bröckelten etwas Heroin darauf. Dann inhalierten sie den Rauch durch die Hülle eines Kugelschreibers. Das Heroin schmolz schnell, kroch wie eine Spinne über das Silberpapier und hinterließ braune Streifen. Es roch bitter und scharf. Dann nickten sie schwer mit den Köpfen und schliefen ein.

»Wieso machst du das?«

»Glaubst du an Gott?«

»Was meinst du?«

»Das, was ich sage: Glaubst du an Gott … den Vater, den Sohn?«

»Wieso?«

»Wir haben keinen Vater, und du bist von niemandem der Sohn.«

Wenn sie rauchten, wurde M. in die Stadt geschickt, um für seinen Bruder einzukaufen. Seine Aufgabe war es, Tang für sie zu besorgen – ein Pulvergetränk mit Orangengeschmack. Die NASA hätte es entwickelt, behauptete Tim, es enthielt eine Menge Zucker und Vitamine und versorgte sie mit neuer Energie. Sie tranken es warm. M. servierte es in Krügen, wenn sie high wie die NASA waren. Man konnte es auch für den Abwasch benutzen.

Er wäre nie auf die Idee gekommen zu petzen. Er war loyal wie Struppi, und Tim erzählte ihm dafür, wer den Drogenhandel organisierte: Prinzessin Ashraf – die Zwillingsschwester des Schahs!

Es war ein Märchen, das nur unter Heroin entstanden sein konnte, es ging dabei um einen armen Kosaken aus Savadkuh, der Reza Khan hieß. Er hatte einen Schnurbart und einen festen Blick, mit dem er jeden zum Gehorsam zwang. Reza Khan bekämpfte turkmenische Aufständische, russische Stoßtruppen und was sonst noch im nordöstlichen Iran einen Schatten warf.

In der Nacht zum 26. Oktober 1919 hatte er einen Traum gehabt. Er träumte, dass im Zimmer zwei Kerzen angezündet würden. Er hatte vorher noch nie geträumt, weil er zu müde war – und am nächsten Morgen beriet er sich mit seinem Diener, Yadollah Ardel, der Träume zu deuten wusste.

»Was bedeutet das?«

Yadollah antwortete, dass es eine doppelte Beförderung zum Oberst bedeute, und putzte weiter die Stiefel, bis er darin das Fenster hinter sich sehen konnte.

In derselben Nacht setzten bei Rezas zweiter Frau Tadj ol-Molouk die Wehen ein. Sie lag weit entfernt in einem Vorort von Teheran im Ahmadiyeh Hospital. Eigentlich war es nur ein ärmliches und primitives Dorf, aber hier presste und japste sie, presste und schrie, bis sie morgens um Viertel nach acht einen Sohn zur Welt gebracht hatte: Mohammad.

Doch es war noch nicht überstanden, die Wehen setzten sich fort. Tadj presste und japste und presste und schrie erneut, bis sie abends um zehn Minuten vor elf von einer Tochter entbunden wurde: Ashraf.

Sie konnte Allah nicht danken, denn sie hatte Angst vor Rezas Reaktion, der an keine anderen Götter glaubte als den

Krummsäbel und das Maschinengewehr. Einige Tage später bekam er ein Telegramm und schlug es seinem Diener um die Ohren: »Doppelte Beförderung!« Sie hatten Zwillinge bekommen.

Reza wurde vom Westen als der erste Schah eingesetzt. Man sagte, die Kinder und Erben des Throns seien in der Gebärmutter vertauscht worden. Mohammad war in Wahrheit das Mädchen, das nicht herauswollte, und Ashraf der Junge, der zuerst kam. Sie hatte schwarze Haare, schlug die Augen auf und lächelte ihre Mutter an. Entsetzen erfasste die Mutter bei ihrem Anblick: Ashraf war mit Zähnen geboren worden.

Sie war klein und hässlich – und böse. Sie selbst hielt sich für die Hübscheste im Land. Sie ertrug in ihrer Nähe keine Frauen, die sie möglicherweise hätten überstrahlen können, es war lebensgefährlich, und fast alle Frauen am Hof mussten sich verschleiern.

Es ging das Gerücht, dass Ashraf Schuld an der unglücklichen, kinderlosen ersten Ehe ihres Bruders hatte, des Schahs. Sie war so eifersüchtig auf die Schönheit Königin Sorayas, dass sie ihr Abflussreiniger in die Badewanne goss. Oder sie hatte den Gynäkologen bestochen, dafür zu sorgen, dass Soraya keine Kinder bekam. Es endete damit, dass die Ehe geschieden wurde.

Ashraf war im Gegensatz zu ihrem unentschlossenen Bruder rücksichtslos und ehrgeizig. Wenn es darauf ankam, hatte Ashraf die Macht. Wollte man eine Lizenz, um im Iran Geschäfte zu machen oder zu bauen, gingen zehn Prozent an sie. Sie interessierte sich nur für zwei Dinge: Geld – und Männer.

Sie war eine professionelle Spielerin und spielte mit ihren Geschwistern, Eskandari, Hajedi und Mohammad Poker. Sie betrogen Mohammad und teilten das Geld unter sich auf. Jede Nacht ging sie mit einem anderen Mann ins Bett. Weigerte sich jemand, wurde er verhaftet und ins Gefängnis geworfen, bis er ein Auge für ihre Schönheit hatte. Zwischendrin flog sie nach London, um sich mit ihrem Liebhaber zu treffen, dem iranischen Botschafter Raji.

Sie war die Zuhälterin für ihren Bruder, der das Personal ausländischer Fluggesellschaften als Prostituierte benutzte, und stürzte sich auf die einträglichste Quelle zum Reichtum: Drogenhandel und Lotterien.

Die Loszettel wurden auf der Straße verkauft, einmal in der Woche gab es eine Ziehung. Aber nie hörte man von irgendeinem Gewinner. Es war reiner Betrug; Arme, Behinderte und andere Hungerleider, deren einzige Hoffnung im Leben der große Gewinn war, der vom Himmel fiel, wurden ausgenutzt.

Ashraf stand in Teheran hinter dem Handel mit Heroin, der Träume missbrauchte, um die Menschen in abhängige Junkies zu verwandeln. Solange ihr Bruder etwas zu sagen hatte, konnte sie so viele Drogen am Zoll vorbeischmuggeln, wie sie wollte. Dennoch war sie einmal von der Schweizer Polizei mit Koffern voller Heroin erwischt worden. Allerdings genoss sie diplomatische Immunität.

Sie hatte Mohammad überredet, nach dem Staatsstreich aus dem Exil in Rom zurückzukehren. Damals führte sie ein süßes Leben in Casinos und Nachtclubs an der französischen Riviera, bis sie eines Tages den Besuch einer Delegation amerikanischer und englischer Agenten bekam. Sie brachten einen Nerzmantel und ein Bündel Geldscheine mit. Ihre Augen leuchteten auf.

Kurz darauf war sie mit Mohammad auf dem Weg in den Iran, wo CIA und MI6 Demonstrationen und Unruhen provoziert und das Militär zum Eingreifen gebracht hatten. Präsident Mossadeq wurde abgesetzt. Der Rest war Diktatur.

»Wer ist Mossadeq?«, fragte M.

Tim sah ihn mit schweren, verschleierten Augen an, nickte und schlief ein.

Nicht lange danach überreizte er sein Blatt. Wenn Tim geglaubt hatte, er käme mit allem davon, irrte er sich fürchterlich. Er brach in The Gun Room ein und stahl eine Zeitung des Iranischen Studentenverbands und einige Kassetten mit politischen Reden, die im Umlauf waren – und nahm sie mit in die Schule, um sie seinen Kameraden zu zeigen.

Es sollte wohl seinen Ruf als unerschrockener Rebell bestätigen. Aber als er seinen Spind aufschloss, war nichts mehr da, die Zeitung und die Kassetten waren verschwunden.

Er wollte sich später in einem Café am Universitätsplatz mit seinen Freunden treffen, um Drogen zu kaufen. Stattdessen erwartete ihn sein Vater und forderte ihn auf, sich zu setzen. Warum hatte er das Material gestohlen, und warum hatte er es mit in die Schule genommen? War er sich darüber im Klaren, was er getan hatte?

Es war weniger der Zorn des Vaters, der ihn beeindruckte, als der beunruhigende Umstand, dass hier Kräfte im Spiel waren, die weit stärker waren und sehr viel weiter reichten, als er es sich jemals hatte vorstellen können.

Drogenabhängig, wie er war, hatte er in dem Irrtum gelebt, dass sie im Verborgenen agierten. Sie steckten die Streichholzschachteln falsch zusammen, sodass die Drogen auf die Erde fielen, falls sie von ihren Eltern oder der Polizei erwischt wurden. Sie legten die Autoritäten rein.

Nun stand es ihm erschütternd klar vor Augen, dass noch eine andere, eine unsichtbare und unheimlichere Ordnung existierte, und er hatte die Grenze hin zum blutigen Ernst überquert.

Tim fand nie heraus, wer ihn verraten hat. Er wurde von der Schule geworfen und von einem Beamten der DEA, der Drogenpolizei der Botschaft, zu einer Rundfahrt in der Stadt mitgenommen. Er wurde gezwungen, all die Orte zu nennen, an denen er Drogen gekauft hatte: Amir Kabir Avenue, Tajrish, der Park, das Central Recreation Center.

Normalerweise fuhr er mit seinem Freund Bosco, der sich den weißen Mercedes seines Vaters auslieh – er war jugoslawischer Diplomat –, nun saß er eingeklemmt zwischen dem Beamtem der DEA und einem persischen Verbindungsoffizier auf dem Rücksitz eines schwarzen Chevy. Die Pusher hatten sich in andere Gebiete verzogen.

Für ihn war das Abenteuer beendet. Tim wurde mit der Pan Am zurück über den Atlantik geschickt und sollte nach den Sommerferien an der Universität von Syracuse studieren. Sie verabschiedeten sich im Flughafen und winkten ihm zu. Bevor sein großer Bruder im Terminal verschwand, drehte er sich um und machte mit der Hand das italienische Zeichen für »hübsch« – als hielte er ein Chillum in der Hand.

Das Glas mit den Hustentabletten, M. verstand es sofort – das Haschisch –, aber er wollte es nicht. Er hatte geraucht und die Bekanntschaft der SAVAK einmal zu oft gemacht, er hatte nicht den Wunsch, diesen Leuten noch einmal zu begegnen.

*

Die gesammelte Summe an Katastrophen musste irgendwann einen Anruf der höheren Mächte auslösen, und schließlich war es so gekommen. Anders konnte ich es mir nicht erklären. Trotzdem war er der Letzte, dessen Anruf ich im Büro erwartet hätte.

»Hier ist Lars.«

Hin und wieder drehte er Werbefilme, weil sich damit Geld verdienen ließ, ansonsten hatte er nur Hohn für die Branche übrig, von der als die »Milbe« bezeichnet wurde. So viel wusste ich, aber ich hatte keine Ahnung, warum ich ihn am andcren Ende der Leitung hatte.

Nach einigen Bemerkungen über Kunde & Co – wie konnte man nur dort arbeiten, der Sarkasmus tropfte aus ihm heraus – kam er zur Sache und fragte, ob ich eine Rolle in seinem nächsten Spielfilm wollte?

Das muss ein boshafter Witz sein, dachte ich und fragte zurück, was er damit meine? Ich war kein Schauspieler. Wieso rief er mich an?

»Das macht nichts«, erklärte er. »Der Film heißt *Die Idioten*. Du musst nur dich selbst spielen!«

Ich hätte ebenso gut den Kaiser von China spielen können – oder den Teufel. Ich hatte keine Ahnung, was ich davon halten beziehungsweise wie ich reagieren sollte. Am nächsten Vormittag rief mich eine Frau an und wurde konkreter. Sie war für das Casting zuständig.

Es stimmte tatsächlich. Wenn ich den Mut aufbrächte, sollte ich zu Probeaufnahmen in ein Studio am Højbro Plads kommen. Mir blieb kaum Zeit, nervös zu werden, ich trank ein Starkbier, um mich zu motivieren, und rauchte eine Packung Zigaretten, während ich vor dem Spiegel *Taxi Driver* übte:

»You talkin' to me? You talkin' to me? Who the fuck do you think you're talking to?«

Meine Partnerin war jung, blond und sehr jütländisch. Wir lasen unsere Rollentexte vor, während ein Mann mit einem merkwürdigen Lächeln umherschlich und uns filmte. Dann spielten wir die Szene, einen Streit, wir wurden aufgefordert, frei zu improvisieren. Die junge Frau holte das dominante

Weibsstück aus ihrem Repertoire, und ich war nicht in der Lage, dagegenzuhalten, aber ich kannte jemanden, der es konnte: meinen Chef. Er war grob, heiser und frech wie ein Schlachterhund: »Was zum Teufel bildest du dir eigentlich ein?«

Wir warteten bei einer Tasse Kaffee, während die Aufnahmen zu Trier gefahren wurden. Als sie ihr Kind zur Welt brachte, hätte sie eine Symphysenlockerung gehabt, erzählte sie, was immer das auch sein mochte. Das wird wieder einmal nichts, dachte ich, und erwartete ein weiteres Nein. Ich war nur dort, um daran erinnert zu werden, und konnte es nicht fassen, als der Telefonanruf mit der Nachricht kam: Ich hatte die Rolle.

Jemand anders wohnte auf Grønningen, ich war mir selbst fremd geworden, als ich mich mit dem Manuskript der *Idioten* aufs Sofa setzte. Ich öffnete eine Flasche Wein und zündete mir einen Joint an. Ich hätte niemals inhalieren dürfen.

Die Angst und die Paranoia wuchsen im Takt mit der Erkenntnis, dass es der Wahnsinn in bewegten Bildern war. Ich sollte den ganzen Film über spielen, als hätte ich nicht alle Tassen im Schrank: »Axel zappelt und pisst auf das Auto der Gemeinde.« Axel, das war ich.

Seite um Seite war die Figur, die ich spielen sollte, im Drehbuch absolut grenzüberschreitenden und degradierenden Prüfungen ausgesetzt. Sie schmierten sich mit Kaviar ein und hatten Gruppensex. Karen onanierte und zuckte spastisch, während sie dabei zusah. Und es war nicht nur Fiktion. Es sollte tatsächlich stattfinden und der ganzen Welt gezeigt werden – und noch schlimmer: meinen Eltern.

Das war also die Vergeltung für meine Verbrechen. Nun durfte ich am eigenen Körper erfahren, wie es war, in einem Film entblößt, ausgestellt und missbraucht zu werden. Ich konnte bereits hören, wie sie mir auf der Straße nachriefen und mit dem Finger auf mich zeigten: Spast, Spast, Spast!

Mit Schweiß auf der Stirn sah ich nach, wer für den Film verantwortlich war. Tatsächlich hatte die Produzentin Vibeke Windeløv früher Softpornos gedreht: *Agent 69 Jensen – Im Zeichen des Schützen*. Ich war entsetzt.

Wenn man mir eine Lektion erteilen wollte, so wurde gerade erst damit angefangen – und mir wurde peinlich bewusst, warum man sich auszieht und alles mitmacht, solange es vor laufender Kamera stattfindet und den Traum von der großen Leinwand nährt: »It's the movies!«

Denn ich erschien trotzdem bei Lars von Trier in seinem Elternhaus in Lyngby, wo er noch immer wohnte. Im Garten lag eine Kletterausrüstung. Sie würde für »Phobiegymnastik« gegen Höhenangst gebraucht, erklärte er und servierte in der Küche Kräutertee.

Er war freundlich, nervös, und beinahe schüchtern, und ich bildete mir ein, mit dem Regisseurgott über Filmkunst und Philosophie sprechen zu müssen. Aber er reagierte nicht darauf – warum sollte er auch.

Stattdessen führte er mich ins Wohnzimmer, wo ein Kameramann mit langen Haaren auf uns wartete. Er grüßte, und Trier holte eine sehr edle rote Schachtel. »Seht mal«, sagte er, »ich habe das Ritterkreuz bekommen«. Er öffnete die Schachtel, und da lag es, das Ritterkreuz. Die Schachtel war voller Kokain.

Ob ich etwas wolle? Nein danke, antwortete ich und nippte am Kräutertee. Das war gefährlich, ich befand mich ohnehin auf schwankendem Grund und hatte mich immer von harten Drogen ferngehalten. So etwas kannten wir auf Falster nicht.

Anne-Grethe, die Schauspielerin vom Casting, klingelte an

der Tür und schloss sich der Gruppe an. Dann bekamen wir gesagt, wir sollten zappeln und herumhampeln. Der Kameramann hob die Kamera, und Trier setzte eine Brille mit kugelrunden Gläsern auf und brachte sich in Position. Er glich einer Eule, die ohne zu zwinkern auf ihre Beute starrt – und die Beute war die innigste, peinlichste und nackteste Ausgabe meiner selbst, die in den *Idioten* wieder herausgewürgt werden würde.

Aber wie sollte ich für die Aufnahmen frei bekommen? Man konnte sich ja kaum erlauben, Heiligabend zu feiern. In der Agentur gab es viel zu tun. Man wurde gefeuert, wenn man am Wochenende nicht zu Brainstorming und Pizza erschien. Und ich wollte nicht nur um einen dreimonatigen Urlaub bitten, sondern auch in einem Spielfilm auftreten, und wenn ich vielleicht gerade noch gedacht hatte, ich wäre etwas Besonderes, dann hatte ich mich geschnitten.

»Null«, sagte Gaute, und seine kristallblauen Augen glitzerten böse.

Und doch wollte ich tatsächlich den einzigen Job aufs Spiel setzen, den ich je gehabt hatte. Und das wusste er genau, und obwohl niemand unersetzlich ist, nicht im Geringsten, hatte ich doch meinen Wert bewiesen und zwei Jahre rund um die Uhr geliefert.

Er konnte es höchstens hinauszögern, mich zappeln lassen und mir so viele Steine wie möglich in den Weg legen. Schließlich fand ich auch heraus, warum. Trier hatte die Rolle für Gaute geschrieben, Jesper Kundes rechte Hand und Wunderwaffe, wenn es um die Akquisition von Kunden ging. Er hatte ihm ein Angebot gemacht, das er nicht ablehnen konnte.

Sie waren befreundet und spielten zusammen Tennis. Trier wollte die volle Kontrolle über Gautes Körper, er wollte ihn vorführen und lächerlich machen, um ihn dafür zur Goldenen Palme und dem Filmfestival von Cannes mitzunehmen.

Aber die Unkosten waren zu hoch. Gaute hatte seine eigene Firma, es stand zu viel auf dem Spiel. Die Millionen strömten herein. Er lehnte dankend ab. Also quälte Trier Gaute, die Rolle an einen anderen weiterzugeben und irgendein Faktotum aus seiner Agentur auszuwählen. Diese Rolle fiel mir zu, ohne dass ich es wusste.

Es war entwürdigend für alle außer Trier, der sich freuen durfte, mir war es jedoch egal. Ich war niemand und hatte nichts zu verlieren außer meinem Verstand, daher setzte ich darauf, dass ich mich tarnen und den ewig studierenden Akademiker mit der Pfeife verbergen könnte, indem ich all ihre Vorurteile über Werbeleute bestätigte.

Schließlich war ich kein Schauspieler und nicht durch meine Rolle geschützt. Im Gegenteil, ich sollte ja gerade »mich selbst spielen« und mich einer grenzenlosen Realityshow ausliefern. Aus demselben Grund hatte er für Trine Michelsen eine Rolle in dem Film vorgesehen.

Sie hatte den Tiefpunkt ihres Abstiegs als Nacktmodel erreicht und konnte nicht zwischen tatsächlichen Gesprächen und Repliken im Drehbuch unterscheiden, sie nahm alles wortwörtlich. Sie war über die Szenen im Film glücklich und beleidigt und traurig und benahm sich, als würden sie sich tatsächlich und ganz real gegen sie richten.

Sie und ich waren als Amateure und Privatpersonen ausgeliefert und eröffneten den Ball der Erniedrigungen, die den Rest des Ensembles erwarteten. Alle wurden lächerlich gemacht und in Idioten verwandelt, ebenso wie das Kinopublikum und die Jury in Cannes – und am Ende würde man im Saal nur noch Triers sadistisches Lachen hören.

Eigentlich hatte er sich gedacht, dass das Manuskript nur

als Anhaltspunkt für freie Improvisation dienen sollte. Und damit nicht genug: Während der gesamten Dreharbeiten sollten wir in der Villa in Søllerød wohnen, wo die Aufnahmen stattfanden, und eine Art Kommune bilden, die wie in den Avantgardefilmen der sechziger Jahren mit verschiedenen Formen des Zusammenlebens experimentierte.

Er träumte davon, uns vierundzwanzig Stunden am Tag zu filmen, mit unzähligen Kameras, die im Haus installiert waren, so wie es einige Jahre später in *Big Brother* tatsächlich passierte. Er wollte den Unterschied zwischen Rolle und Person auflösen – und die Person zerstören. Fiktion und Wirklichkeit sollte in einem hemmungslosen Pandämonium von Intrigen, Konflikten und Sex verschmelzen, das sich vor einer Spinne mit tausend Augen hinter dem Monitor entfaltete.

Da zogen die Schauspieler allerdings eine Grenze, obwohl Trier während der Proben obligatorische »Nackttage« einführte. Sie sollten sich ausziehen und sich systematisch daran gewöhnen, es später vor der Kamera zu tun, und irgendwann war es dann so weit.

Trier und seine Produzentin waren erklärte Nudisten. Bekleidungszwang war nichts anderes als Unterdrückung und bürgerliche Borniertheit. Es war befreiend und geradezu revolutionär, mit ihnen nackt zu baden.

Ich hatte dieses Lied schon einmal gehört, von den Sozialisten in der Fakultät. Sie lebten weiter in ihrer ideologischen Überzeugung, in einem kapitalistischen und ausbeuterischen System die besseren, freieren und kritisch bewussteren Menschen zu sein. Gleichzeitig nutzten sie das System aus, unterdrückten alle um sich herum und zogen in die Patriziervillen am Strandvejen.

Man musste sich bis auf die Haut ausziehen, wenn man sich

Hoffnungen auf eine Zukunft beim dänischen Film machen wollte – und bewies seine Loyalität gegenüber der Firma, indem man sich das Logo der Produktionsfirma Zentropa auf die Hinterbacke tätowieren ließ. Das konnte man in gewisser Weise auch als Branding bezeichnen. Sie machten einen zum Vieh.

Ich hatte aus meiner deutschen Herkunft eines gelernt. Man durfte sich nicht unterordnen und sich vor den Karren eines anderen spannen lassen. Man musste selbst bestimmen. Es war wie mit dem Reiter und dem Pferd. Wer saß oben, wer gehorchte wem?

Anerkennung wäre ein Kampf auf Leben und Tod, hatte Mutter gesagt – und sie wurde nicht müde, es zu wiederholen, als sei es das Wichtigste, was sie von dem Gut in Klein Wanzleben mitgenommen hatte. Herr war derjenige, der bis zum Tod kämpfte. Ein Sklave wich zurück, um sein Leben zu retten, und unterwarf sich aus Angst.

Damit war man nicht länger Herr über sein eigenes Leben, sondern lebte und arbeitete, um jemand anderem als Lohnsklave zu dienen. Der Tod war das absolute Überich und Realitätsprinzip. Blinzelte ich, war es vorbei.

Aber ich hatte alles getan, um dabei zu sein und sogar einen Vertrag unterschrieben, der mir im Grunde das Recht auf meinen eigenen Körper nahm. Ich hatte meine unsterbliche Seele verkauft. Der Film riss, und Mutter griff ein. Sie brach in einem Wutanfall aus mir heraus, schrie mich mit rotunterlaufenen Augen an – und zerriss den Vertrag, »nein!«

»Du bist gefeuert!«, brüllte Trier mir nach, aber sie konnten das Team nicht warten lassen, es dauerte zu lange, um nach einem Ersatz für mich zu suchen. Es war zu teuer.

*

Alles änderte sich an dem Tag, an dem sie aus einem persischen Märchen trat. In Gestalt von Shayteneh ging die Sonne auf. Die Männer drehten sich auf der Straße nach ihr um. Alles richtete sich in einem hübschen Muster nach ihr aus, als sei ihre Schönheit ein Magnet.

Die Nacht schlief in ihrem glatten schwarzen Haar, und ihre Augenbrauen waren Vogelschwingen, die bei der kleinsten Berührung aufflogen. Die Augenlider öffneten und schlossen sich wie schwere Blumenblätter in ihrem Gesicht. Ihre geschwungene Nase, ihre hohen Wangenknochen, ihre fülligen roten Lippen und die weißen Zähne, hinter denen sie ihre Zunge mit einem kostbaren Lächeln verbarg.

M. verliebte sich in dem Moment in sie, als er sie sah; er konnte seinen Blick nicht von ihr abwenden. Seine Augen klebten an ihr, wenn der Fahrer morgens die Tür des schwarzen Mercedes öffnete.

Sie kam aus einem Mädchen-Internat in England, ihr Stiefvater war Zeremonienmeister am Hof des Schahs. Er flog einmal im Monat nach Paris, wohnte im Hotel George V und schickte ihr Milka-Schokolade in Kilotafeln.

Shayteneh war eine Klasse über ihm, und M. hatte sich nie kleiner und hässlicher gefühlt, er hasste sich: »Bucky!« Seine Zähne waren zu groß, sein Gesicht bekam grobe Züge und Pickel. Er war nichts als ein kriechender Wurm im Staub.

Er verglich sie mit Gedichten, tauschte die Olympia Press mit der Bibel und las das Hohelied. Sein größter Wunsch war es, seinen Namen zu hören, zu erleben, dass ihr Mund ihn sagte.

Die meisten, die auch nur einen Hauch von Selbsterkenntnis hatten, wagten nicht, sich ihr zu nähern. Daher waren es nur die Dümmsten, die es versuchten. Putzi legte den Arm um sie, ihn kannte man wegen zwei Dingen: Drogen und seinem Motorrad, das er irgendwo in einem Garten vergessen hatte und nicht mehr wiederfinden konnte: »Ich hatte kein Benzin mehr.«

Sie war eine Luftspiegelung, die M. aus der Entfernung bewunderte. Nach Schulschluss glitt der schwarze Mercedes am Tor vorbei – und die Erde hörte auf, sich zu drehen, als der Wagen plötzlich neben ihm hielt. Sie öffnete die Tür und steckte den Kopf hinaus: »Wo musst du hin?«

Der Rücksitz war weich. Er sank tiefer und tiefer hinein. Der Fahrer, ein glattrasierter Mann im Blazer, beachtete sie nicht, der Wagen fuhr los. Er war beinahe lautlos. Sein Mund sprach von allein:

»Ich muss zum Majlis.«

Majlis war das Parlament, das fünfzehn Minuten entfernt lag.

»Wenn du mich beim Ray's absetzt, ist das auch okay.«

Das war gleich um die Ecke.

»Ist das der Wagen deines Vaters?«

Sie holte eine riesige Tafel Milka-Schokolade heraus.

»In gewisser Weise, er arbeitet am Hof. Er ist nicht mein richtiger Vater, aber er schenkt mir Sachen und kümmert sich um mich.«

Sie teilten sich die Schokolade, während sie durch den Verkehr segelten.

»Und was macht dein Vater?«, erkundigte sie sich.

Er senkte die Stimme.

»Du darfst es aber niemandem sagen.«

Mit einer Handbewegung verschloss sie ihren Mund und warf den Schlüssel fort.

»Ich glaube, er arbeitet für die CIA.«

»Wirklich?«

»Meine Schwester …«

»Welche?«

»Missy – damals, als wir in Istanbul wohnten, hatte sie einen Aushilfsjob. Ich sollte ihr helfen, Einladungen in Umschläge zu stecken und Adressen darauf zu schreiben. Ich habe eine ganze Woche dafür gebraucht.«

»Ja, und?«

»Es waren Einladungen zu einem Empfang im bulgarischen Konsulat, und ich fand das eigenartig.«

»Weil ihr keine Bulgaren seid?«

»Ein paar Wochen später fuhr ich mit meinem Vater am Konsulat vorbei, wo sich eine Menge festlich gekleideter Menschen versammelt hatte, die wütend war, weil sie nicht hineinkam. Mein Vater behauptete, dass sie den Jahrestag der Invasion des sowjetischen Heeres in der Tschechoslowakei feiern würden. Aber das stimmte nicht. Es war kein Fest.«

Sie fing an zu lachen, und M. lachte mit.

»Eigentlich«, sagte sie, »hatte ich mir das schon gedacht. Es liegt auf der Hand.«

»Wieso?«

»Euer Haus ist viel größer als die der anderen Mitarbeiter der Botschaft.«

»Das liegt daran, dass wir so viele sind.«

Sie klopfte mit dem Zeigefinger an ihre Nase – die persische Geste für Schwindel.

»Darf ich dich etwas fragen?«

Er nickte.

»Du bist Amerikaner.«

»Ja?«

»Dann kannst du doch beurteilen, ob jemand cool ist, oder?«

Er dachte an seinen großen Bruder und zuckte mit den Achseln.

Sie hielten vor dem Parlament. Als er ausstieg, lehnte sie sich zu ihm hinüber und lächelte ihn an.

»Es gibt da etwas, wonach ich dich heute Abend fragen möchte.«

Shay nahm ihn mit zu einem Ort, den sie ihm zeigen wollte. Sie legten sich auf das flache Dach. Es wurde allmählich dunkel. Sie zeigte in den Himmel: »Sieh mal!«

Es war ein Sternbild. Er hatte vergeblich gesucht und nie die Sternbilder gefunden, die er von zu Hause kannte. Sie waren nicht da, und er fühlte sich unter den fremden Himmeln verlassen.

»Sie haben sich verlagert«, sagte Shay.

Sie zeigte nach links und etwas höher, als er normalerweise blickte.

»Verbinde die beiden Punkte und dann sieh geradeaus.«

Er folgte ihrem Finger, bis er ins Schwarze traf:

»Der Nordstern!«

Der nächtliche Himmel drehte sich über ihm, und alles fand seinen Platz.

Der Himmel war mit Sternen übersät, die zu Göttern, Helden und Tieren wurden. Er musste nur die Punkte verbinden, um Teil der griechischen Mythologie zu sein. Die Dinge ergaben einen Sinn.

Sie rückte ihm so nahe, wie man einer Berührung nur kommen kann.

»Ich habe im April Geburtstag«, sagte sie, »kommst du?«

M. beschäftigte sich schon mehrere Tage vorher mit seiner Frisur und zog die Lederjacke an. Wenn jemand cool war, dann war er es – hätte ihn jemand danach gefragt. Sie wollten sich im Chattanooga treffen und dann weiterziehen. Sie wurde siebzehn und hatte eine Diskothek gemietet, in der es unglaublich voll war. Und sie stellte ihm Farhad vor. Er trug eine enge Hose, einen Polo-Pulli und roch nach Paco Rabanne, als hätte er darin gebadet. Man bekam einen Schwindelanfall – und sie war verrückt nach ihm: »Ist er cool?«

Shay sollte nach Paris umziehen, Farhad war auf dem Weg nach Boston, um dort zu studieren – und Paco Rabanne klärte den Rest. Ein Atemzug war genug. Sie tanzten eng, während M. dasaß, trank und schließlich nach draußen stolperte, um jemanden umzubringen: sich selbst.

Mark und Saeed standen an der Ecke und rauchten Zigaretten. Larks mit Kohlefilter – sie brannten im Rachen wie die Hölle –, und dort gehörten die beiden auch hin. Sie waren gerade aus einem Taxi gesprungen, ohne zu bezahlen, und johlten vor Begeisterung: »yeah« und »uh-huh«. Mike stieß zu ihnen – Marks Bruder in Kampfstiefeln und tarnfarbener Hose –, und sie fingen an, von den Huren und Shahr-e Now zu prahlen. Das berüchtigte Bordellviertel im Süden Teherans, die »neue Stadt« oder »die Zitadelle«. Alle redeten darüber, aber keiner war bisher dort gewesen. Es war verlockend, davon zu träumen, aber in Wahrheit viel zu gefährlich. Daher trauten sie ihren Ohren nicht, als M. einwarf:

»Dann macht's doch!«

Das sah ihm gar nicht ähnlich, und es war auch nicht er – er war ein leerer Name ohne Gefühle –, aber er meinte es ernst. Und obwohl sie sich nicht recht wohl dabei fühlten, wollten sie nicht ihr Gesicht verlieren. Wenn es schon sein musste, war es am sichersten, es gemeinsam zu tun. Sie waren schließlich zu viert und konnten aufeinander aufpassen, und Mike sah aus wie ein Söldner, immerhin trainierte er mit Nunchakus. Schwer zu sagen, was er sonst noch an verborgenen Waffen bei sich hatte.

Sie hielten ein Taxi an und hatten schon bald die Hauptstraßen hinter sich gelassen und waren in die Tiefen Teherans eingedrungen. Alle waren aufgeregt, und Mark kümmerte sich um den Fahrer und unterhielt ihn auf Persisch. Über der Straße hingen Leitungen und nackte Glühbirnen. Es gab ziemlich viel Verkehr. Sie bezahlten den Fahrer. Er grinste und sagte: »Guten Appetit!«

Sie wagten sich durch das Eisentor, Darvaze. Es markierte die Grenze zwischen der alten und der neuen Stadt – und zwischen vorher und nachher. Hinter den Mauern lag das Bordellviertel. Tausende Prostituierte wohnten in einem Labyrinth von schmalen Gassen – viele waren dort geboren und verließen das Viertel erst mit ihrem Tod. Mittendrin gab es einen offenen Platz mit Bergen von verrottendem Toilettenpapier, Einmalservietten und dem gesammelten Abfall, der ihr Leben war.

Männer strömten bester Laune durch die Straßen, als wären sie auf dem Weg ins Fußballstadion. Mit ihrer smarten Kleidung und den langen Haaren zogen Mark, Saeed, Mike und M. die Aufmerksamkeit auf sich. Neugierige Gesichter wandten sich ihnen zu. Sie waren weiß und jung und wollten etwas erleben – ob sie wohl käuflich waren?

Eine Gruppe Männer schloss sich ihnen an und folgte ihnen von Haus zu Haus. Schließlich betraten sie ein Bordell, um sie loszuwerden. Es war ein großer Raum mit einem Springbrunnen in der Mitte, auf der rechten und linken Seite des Raums führten Treppen hinauf in den ersten Stock, wo an einem offenen Korridor ein Zimmer neben dem anderen lag, wie Gefängniszellen. Alle waren belegt und erinnerten an einen Bienenstock, fand er.

Es roch nach Schweiß, man hörte das Summen der Stimmen. Sie hatten die Hälfte der Neugierigen von der Straße mit hineingezogen. Das Atmen fiel ihnen schwer, der Boden war feucht und klebrig. Eine alte Frau ging umher und versprengte aus einer roten Plastikkanne Rosenwasser.

Dann tauchte der Zuhälter auf – dick und unrasiert –, er war ihr »Saheb«, ihr Besitzer. Er fragte, was sie wollten. Mark erklärte, sie wollten sich nur ein bisschen umsehen.

Die Huren kamen die linke Treppe hinunter und stellten sich in einer Reihe vor ihnen auf, aber nicht zu nah. Füllige, ältere Frauen in lockeren Kleidern, die Haare zu großen schwarzen Nestern hochgesteckt. Ihre Arme waren bedeckt von dünnen, klirrenden Goldarmbändern.

»Pestun-e bozorg dust dari?« Magst du große Brüste?

Die meisten trugen Pantoffeln mit einem kleinen Absatz und lächelten sie an, allerdings nicht sonderlich schlüpfrig. Es wirkte eher ein wenig schüchtern und linkisch. M. hatte das Gefühl, dass in diesem Moment sie bewertet wurden.

Sie gingen weiter zum nächsten und zum übernächsten Haus. Die Männer folgten ihnen. Es wurde immer unangenehmer und bedrohlicher, aber die Männer hielten Abstand und begnügten sich damit, die Jungen anzustarren.

Mike war der Erste, der sich entschied, dann Saeed. Mark wählte die mit den größten Brüsten und folgte ihr mit einem triumphierenden Grinsen. Es dauerte lange. Schließlich ging M. hinauf, um nachzusehen, wo sie blieben.

Hinter einem der Vorhänge im Korridor sah er sie. Sie war jung und saß in dem kleinen Raum auf einer Pritsche. An der Wand hingen ein paar Postkarten mit Fotos. Eine Glühbirne an der Decke. Sie hielt die Hände vors Gesicht, und er zog den Vorhang vor und dachte an Shayteneh.

Auf dem Rückweg durch das Eisentor drehte er sich um, die Verfolger hatten sich zerstreut. Ein paar Schritte hinter ihnen ging ein Mann in Schlaghose, Levis-Jacke und Plateauschuhen, der aussah wie David Cassidy. M. hatte es die ganze Zeit gewusst, wollte es sich aber nicht eingestehen. Sie standen unter dem Schutz der Geheimpolizei SAVAK.

Sie waren Amerikaner und er der Sohn des Konsuls. Er hatte nichts zu befürchten. Er wurde überwacht, weil sie auf ihn aufpassten – ein unerträglicher Gedanke.

M. fühlte sich schmutzig, als er nach Hause kam und sich einschloss, um den Dreck von seinen Stiefeln zu schaben. Sie waren nass, als wäre er durch Schnee gegangen, und rochen nach dem Rosenwasser des Bordells. Er verbarg sein Gesicht in den Händen und wollte nur sterben. Aber er musste damit leben. Er hatte einen Todesengel als Schutzengel.

*

Vom Beginn der Dreharbeiten an waren wir in seinen Händen, und Trier zog uns durch groteske und zutiefst unangenehme Szenen, die eine Abrechnung mit einer heuchlerischen, kleinbürgerlichen Gesellschaft sein sollten: »Søllerød-Faschisten!«

Ich sollte vor laufender Kamera mit heruntergelassenen Hosen auf ein Auto pinkeln: »Komm schon, was machst du denn da?« Ich konnte das nicht auf Kommando, und mein Status sank auf die Stufe »Trottel«.

Dem Rest der Gruppe erging es noch schlimmer. Einer sollte einen »Spast« spielen, dem ein Rocker beim Pinkeln half, der Rocker sollte ihn hinterher auch abschütteln und abwischen. Es stand ihm ins Gesicht geschrieben, wie groß die Überwindung und die Scham waren: »So, cut!«

Wir wurden in ein Hallenbad geschickt, um dort in Badekleidung im Chlorwasser zu zappeln und uns aufzuführen, als seien wir durchgeknallt. Trine Michelsen sollte ihre Brüste zeigen, schließlich war sie Nacktmodel. Sie quollen aus ihrem Badeanzug heraus und der Hauptdarsteller wurde in die Frauendusche geschleppt. Dort sollte er von den Frauen gewaschen werden und dabei eine Erektion bekommen, aber er stand stundenlang da und bekam ihn nicht hoch. Trier stand in der Kulisse und hielt eine Spritze Alprostadil bereit, das zu einer vierundzwanzigstündigen Erektion verhilft.

Der Hauptdarsteller konnte es nicht, weil er sich einen Rest Selbstrespekt bewahrte, und damit war er ein schlechter Schauspieler. Als er es endlich schaffte, wurde er als Person ausradiert und auf ein Geschlechtsteil reduziert, das jetzt die Hauptrolle einnahm – nackte Frauen defilierten an ihm vorbei, um ihn boshaft anzustarren und auszulachen: »Was für ein großer Junge!«

Das war die Essenz aus Triers Methode als Regisseur, wenn die Schauspieler sich wie Idioten benehmen sollten. Er suchte ganz gezielt den Moment, wo man bei einer unfreiwilligen Handlung den Halt und den eigenen Willen verlor. Genauso, als würde man über eine Türschwelle stolpern oder einen Orgasmus bekommen, ein unbedingter Reflex. Das eigene prätentiöse Selbsterleben und das soziale Rollenspiel fielen fort – zugunsten des triebgesteuerten Clowns hinter der Fassade.

Aus diesem Grund entschied er sich beim Schnitt auch nicht für die beste Darstellung, sondern für die schlechteste, in der man neben sich getreten war und sich hinter dem Rollenausdruck nicht hatte verstecken können. »Danke, schlechter wird's nicht«, sagte er konsequenterweise.

Die Fehlleistungen schlugen Kerben in das »künstliche« Spiel und eröffneten die Aussicht auf die entblößte Privatperson, die einem sadistischen Blick ausgeliefert und lächerlich gemacht wurde: dem des Voyeurs. Man wurde systematisch heruntergebrochen bis zu dem Punkt, an dem die Fiktion zur Wirklichkeit wurde – zu »echter« Filmkunst.

Es war nicht nur peinlich, daran beteiligt zu sein, es musste doch auch dem Publikum furchtbar peinlich sein, aber Trier war ein Meister darin, in den Zuschauern starke Bilder und Gefühle zu provozieren. Sie spiegelten sich in der Handlung und in den Personen, bis die Entblößung und die Erektion real waren. Die Schauspieler wurden deutlich als »Schauspieler« – und man ging auf Distanz, hielt die Gefühle zurück und lachte, um sich gegen die Vorstellung zu schützen, selbst zu den »Idioten« zu gehören, die hier zum Narren gehalten wurden.

Trier bewunderte und beneidete den Regisseur Nils Malmros für dessen Realismus bei der Darstellung von Pubertät und von Bosheit zwischen Kindern. Er hatte damals einen Job als Fahrer bei Malmros und das Team von *Baum der Erkenntnis* zum Set gebracht, deshalb konnte er während der Dreharbeiten ein bisschen spionieren. Klar, war auch bei Trier jetzt ein Kinderstar mit von der Partie, ein junges Mädchen, das für den ultimativen Realismus sorgen sollte – und in das er sich hoffnungslos verliebte.

Er tauchte beim Bergfest in einem schottischen Kilt mit Sporran und Kniestrümpfen auf und tanzte mir ihr zu den Spice Girls – »Wannabe« –, verließ das Fest aber im Laufe des Abends, weil er sich vom Team abgewiesen fühlte.

Zum ersten Mal wollte Trier bei den Aufnahmen dabei sein, statt souverän hinter dem Monitor zu regieren, aber er war unglaublich nervös, weil sich alles in Herrschaftsbeziehungen abspielte, ohne irgendwelche Zwischentöne zwischen Macht und Ohnmacht.

Es war wie im Kokainrausch, der während der Dreharbeiten den Brennstoff lieferte und ihn in einen euphorischen Größenwahn versetzte. Ließ der Rausch nach, schlug es ins Gegenteil, in tiefe Depression, um. Selbstverursachte Paranoia war die Kehrseite, Zentrum der ganzen Welt zu sein.

Trier legte es darauf an, einen maximalen Abstand zwischen wahrnehmendem Bewusstsein und wahrgenommenem Körper zu etablieren und drehte, auch wenn sich das Genre änderte, immer wieder denselben Film, der dem Muster von *Breaking the Waves* folgte.

Sieht man von den religiösen und symbolischen Rahmen ab, handelt der Film von einem im Bett liegenden Mann, der eine einfältige und verletzliche Frau geheiratet hat, die er dazu missbraucht, sadomasochistische Bilder der Lust bei ihm hervorzubringen. Sie soll ihm eine voyeuristische Befriedigung seiner Sexualität schaffen und sich für ihn in absoluter Hingabe opfern. Es kulminiert darin, dass sie während einer Gruppenvergewaltigung umgebracht und im Tod vollends zu einem Gegenstand wird. Und im Himmel läuteten die Kirchenglocken.

Es waren eher trübe Aussichten, und ich fürchtete mich vor der Szene mit dem Gruppensex. Wir versuchten, sie zu vergessen, aber der Weg zu den Sternen führte durch eine entsprechende Erniedrigung, es ließ sich nicht auf unbestimmte Zeit aufschieben. Allein bei dem Gedanken daran, musste ich eine Flasche Cognac trinken, so sehr schämte ich mich. Alles in mir sträubte sich, ich konnte und wollte nicht und schleppte mich nackt herum, die Hose schlenkerte als letztes Feigenblatt hinter mir her.

»Was wünschst du dir zum Geburtstag?«

»Gruppensex!«

Trier tobte und beschimpfte uns, weil wir nicht mit Leib und Seele bei der Sache waren, sondern das Ganze ruinierten, indem wir herumalberten, kicherten und uns von der größten Grenzüberschreitung im Film distanzierten, als die Schauspieler in ihren Rollen als Spastis richtigen Sex miteinander haben sollten, »das reicht!«

Er musste Pornomodels als Doubles holen, die er zwischen

den Resten eines Kindergeburtstags mit Ballons, Papptellern und Fähnchen vögeln ließ. Wir sollten zumindest so tun und uns in einer hemmungslosen Orgie mit Trier als Cheerleader außerhalb des Bildes einmischen.

Trine Michelsen hoffte auf eine Zukunft beim Film, um das Einzige zu erreichen, was sie vermisste – soziale Akzeptanz –, und fing an, einen der Schauspieler zu masturbieren, der davon eine halbe Erektion bekam. Aber sie spielte keine Rolle und trat nur als das Nacktmodel auf, das sie war. Es war unendlich traurig.

Dafür rechnete Trier in Cannes mit einem Skandal – die erste Penetration in der Geschichte des Festivals –, entsprechender Aufmerksamkeit und künstlerischem Erfolg, obwohl diese Art von billigen Effekten und Doubles seinen eigenen Regeln im Dogma-Manifest widersprach, das mit den »künstlichen« Spielfilmen aus Hollywood abrechnen wollte.

Der unverhüllte Sex sollte wie die Handkamera das Gefühl des Realismus verstärken. Die unruhigen und körnigen Bilder vermittelten den Eindruck, einen Amateur- oder Dokumentarfilm zu sehen, in dem die Handlung weder Fiktion noch Schauspiel war, sondern die leibhaftige Wirklichkeit.

Und obwohl der Film genau diesen Anspruch erhob und sich zum Richter über eine schlechte und ungerechte Welt aufwarf, war noch weniger Realismus kaum möglich. Erneut waren es »Des Kaisers neue Kleider«, wenn Trier, im Gegensatz zur kalten Vernunft in der Welt der Erwachsenen, die Vorstellung einer wahren und unmittelbaren Menschlichkeit bei Kindern, Clowns und heiligen Idioten entwickelte und populistisch die Reichen als besonders intolerant gegenüber Abweichlern und geistig Zurückgebliebenen und deren unkontrolliertem Verhalten brandmarkte: »Søllerød-Faschisten!«

Weil sie Anspruch auf unsere Empirie und unsere Hilfe hatten, waren geistig Behinderte jedoch nicht die Repräsentanten einer besseren, edleren und echten Menschlichkeit, die von Erwachsenen mit einer normalen Intelligenz und Selbstkontrolle verdrängt wurde.

Man wich vor der Nacktheit auch nicht nur aus Sexualangst und Prüderie zurück. Scham war dazu da, Kontrolle über den eigenen Körper und die Reaktionen der Umgebung auszuüben – und um intime Gefühle und persönliche Bindungen in einer Beziehung zu entwickeln. Wenn Trier eine natürliche Nacktheit und Sexualität ohne Scham verfocht, setzte das voraus, dass Geschlechtsteile und Geschlechtsverkehr jegliche Bedeutung und erregende Wirkung verloren hatten.

Diese paradiesische Unschuld endete aber in dem Moment, als Adam und Eva sich ihrer körperlichen Merkmale vor Gott bewusst wurden – der große Blick des anderen. Sie verinnerlichten es in ihrem Gewissen und bedeckten sich mit einem Feigenblatt. Kleidung war ein Ausdruck dafür, dass man seine Gelüste mit den Forderungen seines Umfelds und der kritisch urteilenden Sicht auf sich selbst vermittelte.

Der Sündenfall und der Bekleidungszwang haben uns mit anderen Worten zu sozialen Wesen werden lassen, die Rücksicht aufeinander nehmen. Rücksichtnahme war allerdings eine Eigenschaft, die Trier fehlte. Und von der ideologischen Verpackung blieb lediglich der anonyme Gruppensex übrig. Vielleicht war das ultimative Genre, das er anstrebte und von dem er nicht loskam: Porno.

Wir waren Teilnehmer eines sadistischen Spiels, das sich als realistische Filmkunst ausgab, aber von ungekünstelter Freizügigkeit weit entfernt und ebenso künstlich und unnatürlich war wie die produzierten Bilder. Ständig schwankend und wackelnd, zeigten die Handkameras die Welt eines berauschten Manns.

Auf einem ganz anderen Blatt stand, dass niemand uns zur Teilnahme gezwungen hatte, außer unsere eigenen Ambitionen und Eitelkeiten – und ein Ticket ins gelobte Land: zum Filmfestival nach Cannes.

*

Niavaran im Norden von Teheran war mit Palästen aus Marmor und üppigen Parks das Reich der Reichsten. Der Himmel spiegelte sich in den Brunnenbecken. An heißen Sommertagen wässerten Gärtner die Beete. Und ganz oben regierte der Schah in seinem Palast. Auf dem Gipfel des Mount Damavand glitzerte es wie Schnee.

An der Ecke Jamshid Street und 18th Street stand ein neu gebautes und stark bewachtes Gebäude. Nachts wurde es von Scheinwerfern beleuchtet. Die Waffen der wachhabenden Polizisten waren deutlich sichtbar. In dem Gebäude waren sämtliche Schätze des Schahs untergebracht – und die Geschenke, die er aus dem Ausland erhalten hatte.

Er saß schließlich nicht umsonst auf dem Pfauenthron. Sein Globus bestand aus fünfunddreißig Kilo reinem Gold und war mit einundfünfzigtausenddreihundertsechsundsechzig Juwelen besetzt. Die Meere waren grüne Smaragde, die Kontinente Rubine. Iran, England, Frankreich und Südasien bestanden aus Diamanten. Das war die Welt, in der er sich bewegte, so reich war er.

M. dachte an die Frauen, die Kleider und Teller im Rinnstein wuschen. Schmutzige Kinder und alte, gebückte Männer. Den fürchterlichen Gestank. Die ramponierten Autos im Dreck, wenn der Schnee auf den Bergen schmolz und die Straßen im Sommer überschwemmte.

Der abschüssige Hang führte ihn automatisch weiter. Das

Misstrauen nagte in ihm, und er folgte der Straße, um es mit eigenen Augen zu sehen; diesmal wollte er den Weg bis zum Ende gehen. Er glaubte nicht länger an ihre Geschichten, in denen die Boulevards nie endeten.

Sie erstreckten sich träge zwischen Ahornbäumen und Pappeln, Cafés und Modeboutiquen, Kinos, Theatern und Casinos. Die Blätter waren gelb und rotbraun geworden, bevor der Westen aufhörte und es Herbst wurde.

Es änderte sich bei Vent-e Dakshid und der amerikanischen Botschaft. Auf der anderen Seite der Shahreza Street begann Süd-Teheran. Plötzlich bedeckten sich die Frauen und zogen den Schleier vor's Gesicht. Wie eine Wolke, die sich vor die Sonne schiebt.

Die Häuser bekamen Wellblechdächer. Die Familien kamen mit Pferdekarren vom Land. Straßenhändler riefen »aqa, aqa!«, sie saßen mit ihren Waren auf einer Pappkiste oder einem Lumpen. Brot, Zwiebeln und gekochte Eier, Nüsse und Rosinen in immer kleineren Tüten. Viele hatten so gut wie nichts. Streichhölzer. Einen Bleistift. Ein Mann ging mit einer Fahrradpumpe herum und lebte von Luft.

Hatte man gar nichts mehr, wurde man selbst zu einem Ding. Der Bettler an der Moschee hielt die Augen geschlossen und die Knie angezogen, die Hand lag darauf wie eine Schale.

M. hatte es schon früher gesehen. Den Abfall, das Elend, den langsamen Verfall in ihren Gesichtern, Krankheit und Hunger. Es war die Armut. Sie war überall gleich, egal, in welchem Land man lebte.

Der unheimlichste Anblick kam aus einem Albtraum gekrochen, mit Lederlappen an den Beinstümpfen und Schuhen an den Händen. Er benutzte die Arme, um sich vorwärts zu ziehen und hielt in den Zähnen eine Kette. An ihrem Ende hing ein Bündel Papier. Er verkaufte Lose – und hatte das unglücklichste Los von allen gezogen.

Prinzessin Ashraf wurde durch die Not anderer immer reicher und reicher, und Tim hatte erzählt, dass die Armen ihre eigenen Kinder nach der Geburt zu Krüppeln machen mussten. Je schlimmer ihr Handicap war, umso mehr Geld konnten sie für ihre Familie erbetteln.

M. hatte sich niemals vorstellen können, dass es wahr sein könnte, er hatte es für ein böses Märchen gehalten. Autofahrer waren gewarnt, auf rennende Kinder zu achten. Sie warfen sich gegen den Wagen und sprangen auf die Kühlerhaube, und taten so, als wären sie überfahren worden.

Im Handumdrehen versammelte sich ein Haufen Erwachsener, beklagte den scheinbaren Tod des Kindes und verlangte Schmerzensgeld. Mit wilden Gesten, lauten Rufen und Schaum vor dem Mund wurde verhandelt, bis der Betrag akzeptiert war und das Kind wieder aufstand und erneut als Verkehrsopfer eingesetzt werden konnte. Unterwegs nach Teheran, war es unmöglich, ohne einen solchen Zwischenfall in irgendeinem Dorf die Stadt zu erreichen.

Es gelang M., ein Taxi anzuhalten, bevor der Fahrer umdrehte, weil er nicht weiter nach Süden fahren wollte. Die Straßen waren nicht mehr asphaltiert, der Staub erhob sich in Kaskaden. Das Wasser in den Rinnsteinen war widerlich und stank. Es herrschte ein infernalischer Lärm. Esel brüllten und wurden zwischen die verbeulten Autos gepeitscht – iranische Paykans, die von Stricken und Gebeten zusammengehalten wurden.

M. fiel auf, dass es viele Werkstätten und baufällige Garagen gab, die mehr oder weniger abgefahrene Autoreifen verkauften. Der Taxifahrer erzählte, dass die Besitzer der Werkstätten ihre Söhne zu abseits gelegenen Straßen schickten, wo sie Löcher in die Erde gruben und mit Glasscherben und Nägeln füllten.

Fuhr ein Auto in die Falle, tauchten die Männer plötzlich aus ihrem Versteck auf und boten auf zuvorkommendste Weise ihre Hilfe an. Sie wollten den Reifen gern reparieren, natürlich gegen Bezahlung, zufällig hätten sie den passenden Reservereifen auch dabei

Geriet der Wagen in einen Verkehrsstau, war er sofort umringt. Jungen verkauften Zigaretten und Kaugummi und putzten die Scheiben mit Lappen, die sie nur noch dreckiger werden ließen. Der Fahrer fluchte und schimpfte, und lange, schmierige Schlieren liefen die Frontscheibe hinunter.

Schließlich hatten sie das Ende der Straße erreicht. M. bezahlte und stieg aus – und stand vor dem Großen Bazar. Der Haupteingang öffnete sich auf dem Platz wie ein Schlund: Sabzeh Meydan. Das Gewölbe war mit Mosaiken bedeckt und erhob sich vier Etagen hoch bis zu den Glasdächern, mit leuchtenden Lampen vom Boden bis zur Decke.

Sowie er über die Schwelle trat, wurde er verschluckt – und eine Hand griff zu und kehrte das Innerste der Stadt nach außen. Im Bazar wurde der Tag zur Nacht. Draußen wurde drinnen, und seine größte Angst richtete sich gegen ihn selbst und glitzerte mit tausend Augen aus Läden mit Teppichen, Kupferkesseln und billigen chinesischen Kopien.

Es war das älteste Einkaufszentrum der Welt und lag in der Mitte der Seidenstraße. Die Menschen drängten sich dicht an ihm vorbei, sie riefen und lärmten, und niemand wusste, wie viele Kilometer sich dieses Labyrinth bis ins Innerste von Teheran fortsetzte.

M. hatte das Gefühl, als käme ihm von allen Seiten die Wahrheit entgegen, nur wollte er nichts davon wissen. Doch bei den Schlachtern hingen die Lämmer an den Haken – mit abgezogenem Fell. Er zählte sie, es waren sechs, und der Gebetsruf hallte durch die Passagen und brach aus ihnen heraus. Er hatte es vergessen oder sich daran gewöhnt, doch nun schien es, als würde er es zum ersten Mal hören: »Allahu akbar!«

M. blickte in einer Sackgasse auf eine Mauer. Von einem Plakat schaute ihm ein Gesicht entgegen, der Blick starr und entschieden, die Augenbrauen hochgezogen, der Bart lang und weiß: Ayatollah Chomeini.

Herrschten der Schah und die USA im reichen Norden, der sich nach Westen orientierte, war dem Großteil der Bevölkerung nur der Glaube geblieben – und die Revolution, weil es ihnen nicht noch schlimmer ergehen konnte, egal, was kommen mochte.

Das Letzte, was er hörte, bevor er ohnmächtig wurde, war das Geräusch von Flügeln, der Todesengel – sein Vater hatte ihn geschickt, und er hatte ihn im Bazar gefunden. M. erinnerte sich nur an das Gefühl der Geborgenheit, als er hochgehoben und in Sicherheit gebracht wurde.

*

Wir sind auf dem Weg nach Cannes, zur Premiere! Es ist der schiere Wahnsinn! Der Koffer steht bereit, Smoking und Fliege eingepackt – und dazu noch ein paar Kleinigkeiten. Eine Polaroid-Kamera und dünne österreichische Zigarillos, Regina. Die sind so lang, dass man erst einen Strohhalm herausziehen muss, bevor man daran ziehen kann.

Außerdem hatte ich ein Gramm Kokain gekauft und bei einer Galaveranstaltung zur Probe eine vorsichtige Linie gezogen. Ich war nicht eingeladen, aber ich kannte jemanden in der Küche, der mich hineingelassen hatte – es wurde das beste Fest, auf dem ich jemals gewesen war. Sie hatten gelächelt, mich gegrüßt und genickt, alles hatte sich um mich gedreht, um mich und nochmals um mich!

Erst hinterher stellte ich fest, dass es nicht am Fest gelegen hatte, sondern am Kokain, doch da war es bereits zu spät. Es war ein Zauberstoff, der die Realität in eine egozentrische Wunscherfüllung mit mir in der Hauptrolle verwandelte.

Aber wir fahren zum Filmfestival. Es soll die reine Prominentenshow sein. Stars, wimmelnde Zuschauer, Blitzlicht, Journalisten, Paparazzi! »Glaubst du, ihr trefft Johnny Depp?«, fragte mein Friseur. Er hatte auch mal jemandem von der dänischen Popgruppe Aqua die Haare geschnitten.

Ich setzte einen glitzernd weißen Cowboyhut auf – und eine Sonnenbrille aus Israel. Sie war V-förmig, was dazu führte, dass ich bald einen sonnengebräunten Buchstaben mitten auf der Stirn hatte: V für Victory!

Wir hatten allerdings nicht damit gerechnet, nach Cannes in einem Bus zu fahren, der eigentlich zum Transport von Behinderten gedacht war. Aber das Budget ist niedrig und Dogma 95 wieder angesagt – und eine Glamour-Tour-Tortur auf deutschen Autobahnen. Dumm, dümmer: Troels Lyby, Trine Michelsen, Luis Mesonero, Anne Louise Hassing und ich. Warum fliegen wir nicht einfach mit den anderen? Der Bus soll bei der Premiere als Stunt verwendet werden, und jemand muss ihn dorthin fahren.

Wir müssen zweitausend Kilometer in einem Rutsch hinter uns bringen. Unterwegs werden wir immer behinderter. Es dauert ein paar Stunden, aus Kopenhagen herauszukommen. »Ich habe etwas vergessen!« Das Radio setzt bereits bei einem Song von Radio Valde aus, dem Lokalradio von ganz Südseeland. Insekten klatschen gegen die Frontscheibe, der Scheibenwischer geht kaputt. Es zieht durch alle Ritzen, während wir in der Hitze braten, und Trine sonnt sich.

»Bräunt sie denn?«

»Ja, sie bräunt immer ein bisschen.«

Troels niest, Anne Louise steht kalter Schweiß auf der Stirn, mir ist übel, und bis Cannes ist man lange unterwegs in einem Minibus Baujahr 1976. Das Kokain ist längst aufgebraucht, wir haben uns nicht getraut, es mit über die Grenze zu nehmen. Obwohl Trine zum Äußersten bereit war und vorgeschlagen hatte: »Wir können's doch einfach in meinem Höschen verstecken!« Ich sehe es vor mir, wie ein Drogenspürhund ihr das Bein hinaufspringt.

Die einzige Möglichkeit, es zu überstehen, ist ein Rausch aus zollfreiem Schnaps. Als wir die Schweiz erreichen, setzt sich Luis ans Steuer: »Typisch Däne – nein, ich bin nicht zu besoffen, um zu fahren!« Er bleibt die letzten sechshundert Kilometer auf der Überholspur und singt Julio Iglesias, um sich wach zu halten.

Keiner von uns hat ein Auge zugemacht, aus Angst, Luis könnte aufhören zu singen und einschlafen. Ich bekomme Halsschmerzen, Troels ist erkältet, Anne Louise hat Durchfall. Wir alle sind krank.

Endlich öffnet sich die Tür und ein Haufen ausgebrannter, durchgefrorener, bleicher, autokranker und verkaterter Idioten verlässt den Behindertenbus in Cannes. Wir treten in eine Explosion von Blitzlichtern und schreienden Menschen und stehen an einer Treppe mit dem breitesten roten Teppich, den ich je gesehen habe.

Trier stellt sich in seinem Smoking vor uns. Er wendet sich an Trine: »Zum Teufel, wie siehst du denn aus? Wie eine Nutte!« Dann lacht er und nimmt sie bei der Hand – und reckt eine Faust in die Luft. Die Internationale dröhnt über den Festivalplatz, und wir steigen langsam die in diesem Moment am meisten gefeierte Treppe der Welt hinauf:

»Ladies and gentlemen, Lars von Trier presents … Dogme 2: *The Idiots*!«

Man bewirtete uns auf einem roten Veloursofa unter einer goldenen Palme mit Kanapees und Champagner und brachte uns hinterher zu noch mehr Fotografen auf das Dach des Festivalgebäudes, »hier, hier!«. Es war so, als stünde man in einer Diskokugel aus Lichtblitzen.

Dann wurden wir in den Keller geführt und von der größten Polaroid-Kamera der Welt verewigt. Sie reichte vom Boden bis zur Decke, ein gigantischer Apparat, vor den wir uns zu einem Gruppenfoto aufstellen mussten. Es war ein festes Ritual seit den Anfängen des Festivals, die Fotos hingen an den Wänden des Palasts. Der Fotograf erklärte, was passieren würde, und bat seine Assistenten, sich bereit zu halten.

Es war wie das Sekundenzählen an Silvester – drei, zwei, eins –, dann lächelten wir in einen Blitzeinschlag. Sie saugten meine Seele heraus wie bei einem Indianer, zogen das Foto heraus und legten es auf den Boden. Ich stand da wie gelähmt und sah, wie ich langsam auf dem Polaroid-Foto auftauchte, das wie ein Teppich vor mir lag – bis es wirklicher war als ich.

Weiter ging es über Flure und Treppen. Und plötzlich traten wir in einen großen Saal und sollten uns der Weltpresse stellen – an einem Tisch mit Trier in der Mitte.

Ich hatte einen Dolmetscher im Ohrhörer. Meine Hände zitterten dermaßen, dass ich mir kein Glas Wasser aus der Karaffe einschenken konnte, ohne alles zu verschütten. Aber ich musste etwas sagen – jetzt oder nie –, und meine Chance kam, als eine Journalistin feststellte, dass es sicher hart war, die Szene mit dem Gruppensex zu drehen. Es sei so offensichtlich, wie unangenehm es gewesen sein musste.

Der rote Knopf leuchtete, und ich drückte ihn. Er wurde grün.

»How would you know, have you ever seen mongoloids fuck?«

Ich schaute zu Trier, der grinste, nickte und den Daumen hob. Hinterher kam sein Produzent mit einer Zigarre im Mund zu mir, um eine Wette mit mir abzuschließen. Er wollte, dass ich mir bei der Premiere die Hose herunterzog und dem Publikum meinen nackten Hintern zeigte. Ob ich es wagen würde? Selbstverständlich!

Niemals hatte ich so viele Gelegenheiten, mich zu blamieren. Ich sprach mit dem französischen Fernsehen, dem schwedischen, dem ägyptischen und mit dem ZDF. Sie stellten alle die gleiche Frage, die zum Refrain des Festivals wurde: »Wie ist es, ein Idiot zu sein?«

Ich hatte mein erstes Autogramm gegeben – der Mensch hatte keine Ahnung, wer ich war, und ich war ja auch niemand. Wir aßen Froschschenkel – sie schmeckten tatsächlich wie Hühnchen – und Cocktailhäppchen auf einer der Luxusjachten in einem Meer von Geld.

Auf dem Weg vom Hafen tauchen unsere Doubles vom Gruppensex als ein peinliches Echo auf. Ich kann das künstliche Stöhnen hören. Sie laden uns zum Fest der Pornobranche ein, das ein Stück weiter die Mole hinunter auf dem Boot PRIVATE-XXX stattfindet. Es ist voller kleiner dicker Männer, die langbeinige Schönheiten mit Silikonbrüsten umschwänzeln. Wir lehnen dankend ab, obwohl ich finde, dass ich mich am Vormittag für dieses Erlebnis qualifiziert hatte.

»Bist du bereit für ein paar Fotos mit Trine am Strand?«

Ich gehe mit, und sie zieht ihren Overall herunter, zeigt ihre Brüste und wird wieder zum Pin-up-Girl. »Ja, und?«, fragt der Fotograf. Er will allen Ernstes, dass ich ihre Brüste anfasse.

Ich wusste es nicht besser, aber man betrat ein anderes Territorium und ging nur für Nacktfotos zum Strand.

»So, ja, das ist super!«

Man sollte es nicht glauben, aber das war noch nichts gegen das, was *Extra Bladet* am nächsten Tag lieferte. Trine und ich auf der Vorderseite: »Die Idioten sind gelandet!«

Später sehe ich Trine auf der Hüpfburg vor dem Hotel. Sie springt mit einer Gruppe von Kindern herum und lacht. Sie ist selbst ein Kind, dem man etwas zuleide getan hat.

Cannes ist ein einziger großer, abstrakter Markt. Alle und alles ist zu verkaufen. Auf der gesamten Strandpromenade – La Croisette – geht es ausschließlich um Status. Was ist jemand wert, bezogen auf symbolisches Kapital und Bedeutung. Wie groß ist die Aufmerksamkeit, die man als Star erregen kann.

Alles hat seinen Preis, und der Filmpreis – Palme d'Or – hat den allerhöchsten Kurs. Es ist das Gold auf der Bank und kann am Ausgang direkt in klingende Münze umgewandelt werden.

Ganz unten in der Hierarchie bieten sich zwei Blondinen an – Mutter und Tochter in den gleichen Bodysuits mit Leopardenmuster. Nach jeder Premiere stehen sie bereit und kreisen umher. Im Straßencafé sitzt eine ältere Dame am Tisch gegenüber, die von Kopf bis Fuß violett gekleidet ist – sogar ihr Haar ist violett gefärbt.

Hinter ihrer riesigen Sonnenbrille erzählt sie, dass sie versucht, die Filmrechte an ihrem Leben zu verkaufen. Ihre Autobiographie sei gerade erschienen – und plötzlich wird mir klar, mit wem ich mich da unterhalte: Ultra Violet.

Andy Warhols Superstar und Salvador Dalís Muse. Ich bezahle ihren Kaffee, sie kann ihn sich kaum leisten.

Ich lerne Jean-Marc Barr aus *Im Rausch der Tiefe* kennen.

Er hat in einigen von Triers Filmen mitgespielt. Die Frauen kreischen, wenn er eine Bühne zu einem Live-Interview betritt. An der Bar bildet sich eine Schlange hinter Stellan Skarsgård, der sich mit der Arroganz des inneren Stockholms um den Verstand säuft. Man kann nirgendwo hinschauen, ohne das Gefühl zu haben, dass man in einem Klatschblatt blättert.

Schwarz und breit lächelnd ragt Dennis Rodman auf, hinter sich eine Entourage, die ihm wie ein langer Schwanz aus Bewunderung folgt. Sein Hut hat die breiteste Krempe – und das Mädchen unter seinem Arm ist hübsch und reicht ihm bis zum Schritt: Carmen Electra.

Wer ist zur Premiere eingeladen und wird in welcher Reihe des Kinos sitzen? Wer bekommt Zugang zu den Festen der Celebrities? Wo rangiert man in der Bedeutungs-Rangliste? Das sind die wichtigen Fragen. Die Akkreditierungen zeigen mit unfehlbarer Sicherheit, was man wert ist: »Where's the party?«

Wir bekommen Tickets zum MTV-Fest und drängen uns an den schreienden Zuschauern vorbei. Aber so aufregend ist das nicht, zwar bekommen wir einen Platz im Bereich für VIP's zugewiesen, aber es gibt natürlich noch ein anderes und exklusiveres Fest im Fest – und hat man sich dort am Türsteher vorbeigeschlichen, folgt gleich das nächste.

Ich hatte eine ganz simple Technik entwickelt, ich lief ganz einfach und mit der größten Selbstverständlichkeit am Türsteher vorbei. So ging es weiter, bis ich das Epizentrum der Berühmtheit in der kleinsten und innersten Bar erreicht hatte.

Und wer saß dort ganz allein mit sich und einem Glas Bier am Tresen? Simon Le Bon.

»Das ist doch verrückt!«

»Aber es stimmt! Das Papier zieht sich automatisch über die Brille und deckt sie vollständig ab!«

Wir trinken Cocktails auf der Terrasse des Carlton Hotels und diskutieren über Toilettenhygiene, während wir darauf warten, zu dem offiziellen Gala-Abendessen mit den Regisseuren und der Jury eingeladen zu werden.

»Vor dem Pullermann hängt sogar ein zusätzliches Stück Papier von der Brille, damit er nicht an die Schüssel kommt.«

Keiner von uns hat ein Abendkleid oder einen Smoking an, denn als es so weit ist, ist es zu spät zum Umziehen.

»Es ist okay. Sie sagen, die Idioten können kommen, wenn sie wollen!«

Die Starregisseure und die Produzenten konversieren im Restaurant – und Luis steht in Badelatschen da und versucht, mit unserem japanischen Verleiher ins Gespräch zu kommen, der aussieht, als stehe er unter Schock. Ich bleibe in der Ecke stehen und niese, dass die Asche meiner Zigarre auf den Teppich fällt. Allmählich dreht sich alles bei mir – ich trinke ein paar Gläser und kann nicht mehr, ich bin schlichtweg fertig. Trine hat das Gefühl, nicht dazuzugehören, sie ist sauer.

»Ich seh' aus wie 'ne Nutte!«

»Dann zieh dich doch aus!«

Wir setzen uns zu den anderen, essen und trinken und versuchen so zu tun, als sei das hier alles ganz normal. Aber das ist schwer, wenn mitten auf dem Tisch ein Schild steht, das uns zum tausendsten Mal erzählt, wer wir sind: *Les idiots*.

Ich begreife nichts von alldem. Warum bin ich hier, um gefeiert oder ausgebuht zu werden? Und Premiere ist heute Abend.

Wir waren alle beim Friseur im Grand Hotel, und während Anne Louise die Haarbüschel unter den Armen entfernt werden – ihr Stylist soll hinterher Sharon Stone das Make-up auflegen –, werde ich zum ersten Mal in meinem Leben rasiert.

Ein warmes Handtuch liegt über meinem Gesicht. Vielleicht ist es dumm, dass ich den Mund nicht halten kann und mich verplappere. Aber es hat den Vorteil, dass man von seiner Umgebung nicht korrigiert werden kann. Ich unterhalte den Friseur damit, dass ich mir gedacht habe, auf der Treppe zum Festivalpalast den Zuschauern meinen blanken Hintern zu zeigen.

»You are … what?!«

Es sitzt noch jemand im Salon – auch mit einem Handtuch über dem Gesicht –, und er hat es gehört und tobt. Ob ich den Verstand verloren hätte? Jeder Schauspieler würde seine eigene Großmutter verkaufen, um für die Goldene Palme nominiert zu werden und den roten Teppich von Cannes betreten zu dürfen.

»Have you got no self-respect?!«

Was bildete ich mir eigentlich ein, was glaubte ich, wer ich bin – und wer bin ich denn überhaupt?

Er reißt mir das Handtuch vom Gesicht. Ich erkenne ihn sofort. Einer der Schauspieler aus Ken Loachs Film. Ein richtiger Schauspieler. Und er hat mir gerade den Arsch gerettet.

Wir versuchen, ein Glas Champagner zu kippen, aber ich kann den Mund nicht öffnen. Mein Magen fühlt sich an wie ein Stein. So ist das jetzt.

Luis lässt den Bus für die Behindertentransporte an, auf dessen Seiten wir große Buchstaben geklebt haben: »THE IDIOTS«. Wir sollen der Kolonne der Limousinen folgen, verfahren uns aber, bis ein Auto uns auf die richtige Spur leitet. Vor uns strahlt das Festivalgebäude, wir drängen uns durch die Menschenmenge. »Bravo! Who are you? We don't know you!« Wir sind die Idioten, und wir sind die glücklichsten Menschen der Welt.

Aus reiner Verwirrung fahren wir zu weit, müssen zurücksetzen und stoßen mit der Limousine zusammen, in der Trine sitzt. Irgendwie kommen wir aus dem Bus und beginnen, die Treppe mit dem großen roten Teppich hinaufzustolpern. Trier an der Spitze.

Die Blitze zucken. Die Menschen klatschen und rufen. Auf der obersten Stufe drehe ich mich um und blicke über das Publikum, die Lichter, die Palmen, das Mittelmeer – und weiß nicht, ob ich lachen oder weinen soll.

Das ist das Größte, was ich je erlebt habe – und es ist ein Missverständnis. Ich bin kein Schauspieler, und es ist nicht meine Rolle – sie hätte von jedem anderen gespielt werden können: dem ersten, dem besten Idioten.

So ist es ja auch. Durch einen fantastischen Zufall hat Trier ein wenig von seinem Sternenstaub über uns gestreut, und ich zerhacke ihn mit meiner Visa-Karte zu einer langen weißen Linie. Ich rolle einen Geldschein auf, stecke ihn mir in die Nase und ziehe das Ganze hoch.

Es dauert einen kurzen Moment, wie bei Tinker Bell. Ich fliege heim.

*

Ein amerikanischer Luftoffizier wurde nur wenige Straßen von ihrem Haus entfernt in seinem Auto erschossen. Zwei Männer hatten Maschinenpistolen abgefeuert und waren auf Motorrädern geflüchtet. Sie ließen Flugblätter zurück – sie lagen überall –, auf denen stand, dass die Volksmudschaheddin die Verantwortung für den Mord übernahmen.

Es waren islamistische Sozialisten, die offiziell als »störende Elemente« und »Unruhestifter« verharmlost wurden. M. hörte Radio, aber in den Nachrichten kam nicht viel, und sein Vater tat es mit einer Bemerkung ab.

»A difficult trick«, sagte er.

Und doch rückte es näher. Sie kannten das Opfer so gut, dass sie wussten, wie er hieß: Paul Schaeffer – und die Attentate gingen weiter. Drei amerikanische Beschäftigte bei Rockwell International waren die nächsten Opfer.

An der Universität wurde gestreikt und demonstriert. Kommunisten, Islamisten und die Polizei fochten regelrechte Schlachten aus. Die Studenten des Seminars in Ghom, dem religiösen Zentrum des Landes, protestierten gegen das Regime und den Schah. Die Proteste wurden von Sicherheitskräften niedergeschlagen.

Überall tauchten Graffitis mit antiamerikanischen Parolen auf – »Death to USA« –, und M. fing an, sich umzusehen, wenn er aus dem Haus ging. Er erwartete das Schlimmste. Die kleinsten Dinge ließen ihn nervös werden. Ging jemand zu lange vor ihm her, wechselte er auf die andere Straßenseite.

Er lebte in einer Verschwörungstheorie und einem Katastrophenbewusstsein. Die Leute konnten jeden Moment eine Waffe ziehen und wild um sich schießen. Straßen mit parkenden Autos waren am besten, weil man dort sofort Deckung suchen konnte. Er hatte Steine in der Tasche, die konnte er im Notfall auf die Straßenbeleuchtung werfen und sich im Dunklen verstecken.

M. benutzte Schaufenster jetzt als Spiegel, um zu sehen, ob ihm jemand folgte. Bieg um die Ecke, wechsele die Straßenseite, geh in die entgegengesetzte Richtung, wenn du dich verfolgt fühlst. Roll unter ein Auto, wenn du Schüsse hörst.

Nachts waren Schüsse zu hören. Hunde wurden nicht mehr getötet. Menschen verschwanden. Es konnte jeden treffen, ohne ersichtlichen Grund. »Raftesh« – er ist weg. Eines Tages hatten sie auch Mrs. Saxberg geholt, die Schönheitsklinik war geschlossen.

Missy behauptete, sie hätte sie mit ihrer Tochter auf der Straße gesehen, abgemagert und verschleiert, und als sie Mrs. Saxberg begrüßte, hätte die sich umgesehen und sie mit einem zahnlosen Mund angestarrt.

Es war ein Spionage- und kein Liebesnest. Die SAVAK hatte den Salon aus den leeren Wohnungen neben und unter dem Schönheitssalon abgehört. Die Schönheitsexpertin Nahid hatte Mrs. Saxberg als Provokateurin denunziert. Sie hatte die Schauspieler von *Jesus Christ Superstar* frisiert und die Hofdamen, ohne es zu wissen, einer makabren Behandlung unterzogen.

Sie taten alles, um so hübsch wie möglich auszusehen, und benutzten künstliche Augenwimpern – sie flatterten wie Schmetterlinge –, und Mrs. Saxberg befestigte sie mit chirurgischem Leim, weil sie im Bad immer wieder abfielen.

Sie bestellten die Wimpern bei einer Firma in den USA, und von dem Iraner, der sie herstellte, hieß es, er sei früher einmal Pfleger in einem Krankenhaus gewesen und hätte die Wimpern den Toten im Leichenschauhaus herausgezupft. Die Hofdamen im Palast des Schahs blinzelten mit den Wimpern von Toten.

Allmählich wurde es ernst, und viele brachten sich in Sicherheit und verließen das Land. Im Zentrallager der Botschaft gab es viel zu tun. Möbel standen auf der Straße zur Abholung bereit – und jeden Tag nahmen weniger Schüler den Schulbus.

Das Telefon hatte geklingelt. Mark war mit seiner Familie nach England gezogen und bei einem Motorradunfall ums Leben gekommen. Denzel verließ das Land und nahm den Chor mit – die Papageien und Affen aus Madagaskar. Und Miss Roberts war auch nicht mehr da, um das Dasein mit ihren Lachgrübchen zu versüßen.

In der Schule hatte man ihnen gesagt, sie dürften keine grünen Sachen mehr tragen und es wäre am klügsten, nicht auf die Straße zu gehen. Al-Arba'in war eine religiöse Zeremonie, und es gab keinen Grund, die Gläubigen an diesem Feiertag mit ihrer Präsenz herauszufordern.

Der Iman Hussein war in der Schlacht bei Kerbela gefallen. Jedes Jahr feierten die Perser die Erinnerung an sein Martyrium und den Kampf gegen die Unterdrückung und das Unrecht. Sie waren ihm in der höchsten Not nicht zu Hilfe gekommen und peitschten sich aus Scham über ihren Verrat.

Aus irgendeinem Grund hatte sein Vater beschlossen, sich die Dinge näher anzusehen – und M. durfte mitfahren, obwohl es gefährlich war.

Die Straßen waren leer und ausgestorben. Es wirkte unheimlich, vor allem, wenn die Ampeln umschalteten. Warum bei Rot halten, wenn keine Autos fuhren?

Sie kamen von Süden in langen Prozessionen heranmarschiert. Der Lärm war ohrenbetäubend, Schreie und Rufe. M. biss die Zähne zusammen. Sein Vater bog in die Shemiran Avenue, von der aus man sie kommen sah – eine Mauer aus Menschen.

Sie drängten sich alle auf einer Fahrbahn, die andere nutzten sie seltsamerweise nicht.

Je näher sie kamen, desto deutlicher konnte man sie erkennen – schwarzgekleidete Männer. Einige von ihnen hatten den Oberkörper entblößt, in der rechten Hand hielten sie eine Peitsche, mit der sie sich erst über die linke, dann über die rechte Schulter schlugen und dabei ihm Chor riefen:

»Ya Hossein! Ya Ali!«

Sie trugen dreieckige grüne Banner mit Koranversen und goldenen Fransen. Trommeln dröhnten taktfest, wie im Krieg oder beim Jüngsten Gericht.

Die Peitschen hatten einen Holzgriff, an dem dünne Ketten hingen. Sie verursachten keine größeren Verletzungen, nicht mehr als ein paar blaue Flecken. Einige wenige Männer hatten ihre Ketten mit Nägeln gespickt, sie bluteten und verfielen in Ekstase. Es war ein ehrfurchtgebietender Anblick, wenn sie die Arme hoben und in einer rhythmischen Welle von Schlägen brüllten, dass es über den Boulevard schallte: »Marg bar diktator!«

Tod dem Diktator.

Sie fuhren neben den Demonstranten auf der anderen Seite der Fahrbahn entlang, gegen die Verkehrsrichtung – sehr vorsichtig und fast im gleichen Schritttempo mit den Männern, jedenfalls nicht viel schneller. M. presste sein Gesicht an die Scheibe und starrte eine Weile hinaus, bis sie den Umzug hinter sich gelassen hatten.

»Vater, wer ist Mossadeq?«

Er antwortete, als sei es eine Telefonnummer.

»Ich war 1953 hier, zusammen mit General Schwarzkopf. Norman und ich schauten uns damals von einem Dach aus einen Umzug an, und ich sage dir, das war etwas ganz anderes.«

Mossadeq war zum Präsidenten gewählt worden, und als erste Amtshandlung verstaatlichte er das Öl, sodass die Einnahmen dem eigenen Land zunutze kamen: Schulen, Krankenhäuser, Infrastruktur. BP, British Petroleum, war nicht gerade erfreut, und England leitete ein Handelsembargo ein, das einen Verkauf des Öls unmöglich machte.

Es löste eine Wirtschaftskrise aus, und Mossadeq bat die

USA um Unterstützung, sonst wäre er gezwungen, die Hilfe anzunehmen, die ihm die Sowjets angeboten hatten.

Es blieb nichts anderes übrig, als ihn zu stürzen und den Schah auf den Thron zu setzen, wenn sie einen kommunistischen Umsturz verhindern wollten. Die USA kaufte das Öl, und der Schah rüstete mit dem Geld das Militär auf. Das Geld strömte auf diese Weise zurück in die USA – zusammen mit Israel war der Iran ihr nächster Verbündeter im Nahen Osten.

»Es war blutig und gewalttätig. Sie waren in einem Blutrausch. Das hier hingegen … ist Theater.«

Sie fuhren an einer weiteren Prozession vorbei und dann in die Botschaft, wo sein Vater etwas zu erledigen hatte. M. wartete auf dem Parkplatz. Er hatte das Gefühl, als schlüge ihnen eine Flutwelle entgegen.

Gegen Ende des Jahres 1975 fuhren seine Eltern nicht mehr selbst zur Arbeit, sie wurden von einem weißen gepanzerten Mannschaftswagen mit Begleitfahrzeug abgeholt. Saigon war gefallen.

*

Vielleicht war es eine Art Spießrutenlauf bis Cannes gewesen, aber noch schwerer war es, zurückzukehren und wieder Fuß zu fassen. Wo waren die Blitzlichter, wo war das Fest?

Es fand auf dem Rücksitz eines schwarzen Mercedes statt, wenn B. vorbeikam. Ich zog eine Linie und ging Donnerstag, Freitag und Samstag in einem hellblauen Nylonanzug und rosafarbenen Rüschenhemd in die Stadt, die Taschen voller Briefchen mit Kokain und Tüten voller Shit, stoned und higher als der Runde Turm.

Ich regierte mit der Visa-Karte am Ende des Tisches im Restaurant Olsen: »Schnitzel für alle!« Dann ging es weiter zu einer Vernissage, bei der wir vor der Galerie V1 in der Oehlenschlægersgade herumhingen. Ich trank Wodka in der Ideal Bar, stand in der Schlange zum Zapfhahn der Nachtdisko im VEGA und ging ins LAB, um die letzten Tropfen der Berühmtheit herauszuwringen.

Ich hatte mehr oder weniger den Verstand verloren und war auf dem Weg, in der größten Agentur Dänemarks Kreativdirektor zu werden. Es hatte den Anschein, als würde der Teufel mir alles geben – oder besser: das bucklige Männlein. Selbstverständlich mit Ausnahme des Einzigen, das etwas bedeutete. Wien war zu New York geworden, die Kuchen zu Kokain. Mahler und Schönberg verklangen in dem österreichischen DJ- und Produzentenduo Kruder & Dorfmeister.

Ich hatte mich mit meinen Kidnappern identifiziert, das Stockholmsyndrom, ich hatte mich in die Parodie eines Werbemannes verwandelt.

»Du musst nur dich selbst spielen, Knud.«

Die Maske saß fest.

Wie könnte ich wiedergutmachen, was ich meinen Eltern all die Jahre angetan hatte? Die Rechnungen, die Sorgen. Ich dachte, ich hätte genügend Lebensmittel und Geschenke für ein ganzes Leben voller Entschuldigungen dabei. Weihnachten sollte aus Coq au Vin, warmen Socken, Mutter, Vater und mir bestehen, so wie es einmal gewesen war. Aber es wurde nie Weihnachten.

Ich saß in meinem hellblauen Anzug am Tisch und erzählte von Cannes und Kunde & Co. Sie hatten keine Ahnung, wovon ich redete, wollten es auch nicht wissen und rührten keinen Bissen an. Die weiße Decke, das Meissener-Porzellan, die Serviettenringe mit Namen und Taufdatum, der Tisch war leer.

Sie baten mich, die Geschenke, das Essen, den Konfekt zu

entfernen und in den Keller zu bringen. Wir sangen weder »Stille Nacht« noch ein dänisches Weihnachtslied und setzten uns aufs Sofa unter das Bild mit dem goldenen Rahmen vom Harz.

Es war Mutter Lieblingslied – ich hatte die Platte gekauft, um sie am Abend abzuspielen: »Moon River« mit Doris Day. Sie wurde böse und äffte den Gesang nach.

Es war nicht mehr sie. Sie war krank. Um zehn schleppten sie sich die Treppe hinauf, vom Wohnzimmer in die Küche. Mutter schmierte mit einem tiefen Seufzer Brote mit Leberpastete. Dann gingen sie ins Bett.

Im Gästezimmer roch es nach Feuchtigkeit, Mörtel und Schimmel. Die schwarzen Möbel – der Computer mit meiner Magisterarbeit. Irgendwo hier unten war ich eingeschlossen in die deutsche Romantik und lebte in einer Krypta weiter mit Novalis und den Kindermärchen.

Der Stern, der für mich über den Rübenäckern aufgegangen war, flackerte und war kurz vom Erlöschen. Er hatte nur Unglück gebracht. Aber wodurch ließ sich erstatten, worauf ich mein Dasein gesetzt hatte, was mir eine Richtung gab und mich nach etwas streben ließ – meine einzige Quelle von Bedeutung, der Insel Verlag?

Der Sinn konnte nicht in Geld bestehen. Es ließ sich nicht kaufen. Was war zu tun, was man nicht bereits getan hatte?

Es gab nichts, um den kostbarsten und innigsten Wunschtraum zu ersetzen – und doch. Wenn es etwas gab, dann mussten es die teuersten Schuhe der Welt sein: Berluti.

Als Mann konnte man keinen anderen Schmuck tragen – sogar Uhren waren verdächtig –, und Mutter hatte mich zu dem Laden in der Rue Marbeuf mitgenommen. Wir waren in Paris, um meinen fünften Geburtstag zu feiern.

»Wollen wir nicht losfahren?«

Sie füllte ihr Glas randvoll mit Wodka.

Wir prosteten uns zu und lachten über Vater, der entsetzt war. Er hielt nicht viel vom Reisen, und schon gar nicht ins Ausland. Allein der Gedanke, von einem Tag auf den anderen ins Blaue zu fahren, genügte, um ihn verzweifeln zu lassen.

Er saß am Tisch, legte den Kopf auf die Arme und zitterte – und noch dazu mit dem neuen Auto! Ich hatte das Gefühl, dass er weinte.

Mutter packte am nächsten Morgen die Koffer. Wir brachen auf. Eine einzige Übernachtung in einem Motel – und wir waren angekommen. Vater bekam in dem chaotischen Verkehr auf dem Ring rund um Paris einen leichten Nervenzusammenbruch.

Er hielt in einer Nebenstraße in der Nähe des Triumphbogens und weigerte sich weiterzufahren. Zumindest wusste man, wo man war. Mutter zog den Ozelot um die Schultern, zündete sich ein Zigarillo an und wollte sich nach dem Weg erkundigen, aber die Männer winkten abwehrend und eilten vorbei. Sie dachten wohl, sie hätten eine Prostituierte vor sich.

Wir quartierten uns in dem kleinen Hotel Harvey ein, und bereits am ersten Abend nahm Mutter mich unter den Arm. Sie war mit ihrer Freundin Inge Wolf im Sommer 1942 in den Ferien in Paris gewesen und kannte das Geschäft von damals. Es leuchtete an der Ecke und schimmerte in der Dunkelheit. Man bemerkte es erst, wenn man vor der Hausnummer 26 stand – und es waren keine Juwelen im Schaufenster. Sondern Schuhe.

Die feinsten Schuhe, die je die Erdoberfläche betreten hatten. Die Familie, die sie herstellte, stammte aus Italien, es war die vierte Generation nach Alessandro Berluti. Eigentlich hatte er den Beruf des Gerbers gelernt, aber schon als junger

Mann hatte eine Theatergruppe ihn aufgenommen – Commedia dell'Arte. Sie nahmen ihn mit nach Paris, und als Dank musste er ihnen Schuhe nähen.

1895 hatte er seinen Laden eröffnet, und die Welt wurde zu einer Bühne, auf der die Geschichte in Berluti-Schuhen auftrat. Toulouse-Lautrec, Pablo Picasso, Jean Cocteau, Pasolini, Jean Gabin, Salvador Dalí, François Mitterrand – alles, was an Kapital, Kultur und politischer Macht des Gehens mächtig war. Alle trugen Berluti.

Onassis war ein vielbeschäftigter Mann, der es eilig hatte und daher Slipper bevorzugte, die unauffällig waren und in die man einfach hineinschlüpfte, wenn man wollte, auch ohne Socken. John F. Kennedy hatte in den Ferien als Laufbursche für Berluti gearbeitet. Er trug Berluti – ein Paar klassische, schwarze Schnürschuhe –, als er seinen Eid als Präsident ablegte.

Olga Berluti war in der Werkstatt aufgewachsen und wusste, wie man Schuhe machte, doch es gab ein Problem. Schuhmacher war ein Männerberuf. Sie wurde in eine Klosterschule geschickt. Auf dem Weg zum Klassenzimmer kam sie an einem gekreuzigten Jesus vorbei. Einmal trat sie ans Kreuz, nahm seine genagelten und geschundenen Füße in die Hände und schwor, sie eines Tages zu heilen.

Später übernahm sie das Geschäft, und Andy Warhol bestellte Schuhe bei ihr: ultramarin, blaulilafarbene Slipper. Sie entwarfen sie gemeinsam, und er hätte es niemals gewagt, andere Schuhe anzuziehen. Er war abergläubisch, wenn es um seinen Erfolg ging, er war überzeugt, seine Kreativität säße in seinen Berluti-Schuhen.

Man erzählt sich, dass einer ihrer Kunden, ein Bankier, sich so sehr in die Schuhe verliebte, dass er jeden Tag ein neues Paar kaufte, bis sein Zimmer voll und er ruiniert war. Und irgendwann war auch ein Bettler hereingekommen, den Sack voller Münzen, um ein Paar zu kaufen.

Sie hatte Schuhe für Kriegseinsätze und Generäle in Bosnien entworfen, die aus dem Stück Haut bestanden, das die Narbe eines tödlichen Schusses zeigte: Warrior Line, Arrogant Style. Der größte politische Skandal in Frankreich wurde durch ein Paar Stiefel von Außenminister Roland Dumas ausgelöst. Er war von dem Mineralölunternehmen Elf bestochen worden, unter anderem mit teuren Schuhen von Berluti, und wurde in Handschellen aus dem Palais de l'Élysée abgeführt.

Es ist erlesenes Kunsthandwerk. Wie Chirurgen schneiden sie das Leder mit Skalpellen zu und nähen die Schuhe mit dünnen, ganz dünnen Fäden – man sieht nicht eine Naht. Die Schuhe bestehen aus einem einzigen Stück Leder und sind von großer Schlichtheit, ein Schuh mit vier Löchern für die Schnürsenkel.

Sie werden poliert, bis sie schimmern wie japanischer Lack – und geputzt werden müssen sie mit Dom Perignon und venezianischem Leinen. Man soll sie ins Mondlicht stellen, damit sie ihren Glanz bewahren – bei zunehmendem Mond, nicht bei abnehmendem. Es hieß, Olga hätte den Mondschein eingefangen.

Die teuersten Schuhe waren mit Perlen und Edelsteinen besetzt und konnten bis zu sechshunderttausend Kronen kosten. Aber nicht jeder, der Geld hatte, konnte die maßgeschusterten Schuhe von Berluti erwerben. Die Besitzer hatten ihre eigenen Kriterien.

Ich war ein Niemand, aber Lars von Trier war jemand. In Frankreich genoss er sogar noch größeres Ansehen als daheim in Dänemark – und das reichte gerade so, um mich auf die Liste zu setzen. Ich stand ganz unten, aber ich stand drauf. Nun war es nur eine Frage der Zeit.

Man muss nicht nur lange warten, sondern riskiert auch, abgewiesen zu werden, weil man die falschen Schuhe getragen und seine Füße ruiniert hat. »Ziehen Sie diese hier an, chère« – ein Paar Mokassins – »und kommen Sie zurück, wenn die Füße wieder gesund sind.«

Den Brief mit der Einladung von Olga Berluti fand ich zwei Jahre später im Briefkasten.

Ihre Werkstatt lag im Hinterhof eines heruntergekommenen Palais im Marais-Viertel. Sie war klein und weiß gekleidet – und lief barfuß. Ein schmales, lebhaftes Gesicht, umgeben von schwarzem Haar, ihre Augen große Pupillen.

Das Anpassen der Schuhe kam dem Akt des Handauflegens sehr nahe. Sie fragte nach Wünschen, Problemen und der Lebensgeschichte – und befühlte die Füße mit Händen, die sehen konnten.

Ihre Schuhe können Rückenschmerzen kurieren und einem zu einem neuen Leben verhelfen. Im Grunde können sie auch Karten für die Bayreuther Festspiele beschaffen – und ich fühlte mich noch nie so nackt, wie in dem Moment, als ich gebeten wurde, Schuhe und Strümpfe auszuziehen und ihr meinen Fuß entgegenzustrecken. Es ist das hässlichste Körperteil, aber es hieß, sie könne aus dem Fuß das Schicksal ablesen. Welche Farbe sollen die Schuhe haben, welches Modell soll es sein? Ich entschied mich für das Modell, das Kennedy getragen hatte, allerdings in rotviolett – »mauve-bourguignonne« nannte sie die Farbe –, dann wurden meine Füße vermessen, um einen Leisten anzufertigen.

Wie Marionetten hingen sie in der Werkstatt oder lagen auf den Regalen zwischen dunklen Glasflaschen und Werkzeug. Einige hatten Nummern, andere Namen, die Angst machten, weil ihnen die Welt zu Füßen lag. Die Schrift auf den Aufklebern war alt und ungelenk: Berluti.

Die Schuhe wurden auf den Leisten gefertigt, und nach einigen Monaten war es so weit. Nie vergesse ich das Gefühl, als ich sie zum ersten Mal anzog. Ich spürte einen Ruck – ihre Hand hatte meinen Fuß fest im Griff –, und von da an ging ich nicht mehr länger selbst.

Es waren die Schuhe, die mit mir liefen, und meine Füße wurden zu den anderen in die Werkstatt gehängt.

Sie hielt mein Schicksal in ihren Händen wie ein Puppenspieler seine Marionette, man konnte keinen Widerstand leisten. Anfangs tat es weh – es konnte doch nicht sein, dass sie drückten –, und man durfte nur eine Stunde in ihnen gehen, dann mussten sie sich ausruhen. Später zwei Stunden, dann drei. Es dauert ein Jahr, um sie einzulaufen – Schuh und Fuß finden langsam zueinander –, und schließlich geschieht etwas Wahnsinniges. Man zieht sie an – und die Füße verschwinden. Man hat keine mehr. Ich verlor den letzten Rest meiner Bodenhaftung und ging durch die Decke.

Die Agentur boomte, wir gewannen Kenzo als Kunden. Ich flog zur Modewoche nach Paris und zur Modewoche nach New York. Ich lernte die besondere Attraktion kennen, die sogenannte After-Show-Party. Es ging nur darum, einer der Auserwählten zu sein und hineinzukommen – »du, du, du nicht«. Die Models wurden immer dünner und jünger in unendlichen Kopien von Kate Moss. »She's in Fashion«. Sie brachte Popstars auf die Vorderseite von *The Face*: Heroin chic.

Es war das Zeitalter der Supermodels, und ich bildete mir ein, dass ich tatsächlich eine Chance hätte. Vielleicht begegnete ich ihr ja bei der Grammy-Verleihung im Madison Square Garden? Ich fuhr in einer Limousine vor, trat vor eine jubelnde Menschenmenge und winkte mit meiner verspiegelten Sonnenbrille, als sei ich für einen Preis nominiert.

Aber ich saß auf Sitzplatz Nr. 10.552, so weit entfernt, dass ich die Bühne kaum sehen konnte. Ich beschloss, es so wie immer zu machen und meinem eigenen Prinzip zu folgen – mich selbst einzuladen. Ich atmete tief durch, blickte stur geradeaus und war an den Kontrolleuren auch schon vorbei auf dem Weg zu einem der Plätze vor der Bühne. Sie waren für die Stars reserviert.

Die vorderen Stuhlreihen waren noch immer frei, ich war im Grunde der Erste. Auf den Sitzen lagen Karten mit Namen wie auf einer Hitliste: »Eric Clapton«. Da aber sein Sohn gerade vom Balkon gefallen war, war die Wahrscheinlichkeit gering, dass er kommen würde. Ich setzte mich auf seinen Platz.

No Doubt gewann einen Grammy und trat auf: »Don't Speak«. Irgendwann in der Nacht erwachte ich in einer Diskothek. Ich hatte mit dem Kopf auf dem Tresen geschlafen, wankte hinaus – und legte die Hände auf den Hintern eines tiefausgeschnittenen Mädchens. Sie gab mir eine Ohrfeige. Es war nicht Kate Moss.

Es gab frischgepressten Orangensaft und Champagner in der Lounge der Business Class – *Le Monde* und *Die Welt*. Ich bewegte mich in Taxis, wie kurz die Entfernung auch sein mochte. Keine Sorge, die Kunden bezahlen. Der Umsatz der Agentur stieg auf eine halbe Milliarde im Jahr.

Der Club hieß Swann's Club. Trägt man Berluti, ist man Mitglied. Er ist nach Swann, einer Figur aus Marcel Prousts Roman benannt. Das Vorbild für die Figur war Charles Ephrussi. Die arme jüdische Familie aus Odessa war ungeheuer wohlhabend geworden, sie war der Marktführer im Welthandel mit Korn, und Charles war bereits der Mäzen der Impressionisten, noch bevor sich irgendjemand für sie interessierte.

Dennoch war er als Jude von der feinen Gesellschaft ausgeschlossen. Es endete damit, dass sie während der Pogrome im Zweiten Weltkrieg alles verloren. Auch das Palais in Wien: Casino Austria.

Wenn jemand einen Schuh erkennt, dann, weil er ihn selbst trägt. Man lädt alle Berluti-Träger ein und geht ins Restaurant. Nach dem Abendessen wird Dom Perignon und venezianisches Leinen ins Lokal gebracht. Dann steht man in Strumpfsocken da, putzt seine Schuhe und macht Geschäfte. Alle Türen öffnen sich.

Wir eröffneten eine Abteilung in Stockholm und eine in London mit BJ Cunningham als Direktor. Er hinkte nach einem Motorradunfall und trug Berluti – und er hatte Death Cigarettes produziert.

Zusammen mit einem Freund, dessen Vater die Luxuszigarettenmarke Sobranie besaß, hatte er The Enlightened Tobacco Company gegründet. Die Schachtel war schwarz mit einem weißen Schädel. Die mit den Light-Zigaretten war weiß mit einem schwarzen Schädel. Philip Morris gefiel das gelinde gesagt gar nicht – und boykottierte Geschäfte, die Death Cigarettes verkauften.

Alles hatte sich in Rauch aufgelöst, aber wir versuchten, die Idee mit anderen Vorzeichen zu wiederholen, um die teuerste Zigarettenmarke der Welt zu entwickeln, deren Zielgruppe die Neureichen auf dem russischen Markt waren. Der Filter bestand aus echtem Kork mit einem Ring aus Blattgold um das Mundstück, dazu der feinste Virginiatabak, der sich auftreiben ließ, und alles in einem Silberetui. Die Zigaretten brauchten einen Namen – ich nannte sie »Cancellor« –, und einen Slogan, der die Kasse klingeln ließ:

»Cancellor – put your money where your mouth is.«

Wir gratulierten einander, gingen in einen Nachtclub – The Groucho Club – und hielten Ausschau nach Damien

Hirst. In diesem Jahr sollte die Weihnachtsfeier in London stattfinden. Wir vereinbarten, dass die Glam-Rocker der siebziger Jahre spielen sollten: Sweet.

Um die Ironie auf den Höhepunkt zu treiben, hatte Kunde & Co auch das Marketing für die Konkurrenten von Brabantia übernommen: Bodum. Eigentlich war Bodum immer an der Spitze gewesen. Aber plötzlich wussten sie nicht mehr recht, wer oder was sie waren. Und sie bezahlten andere dafür, es herauszufinden.

Die Kampagne hieß: »Give up bad coffee for good«. Die Überlegung war, dass der Claim variabel und elastisch sein musste und auch in Zukunft benutzt werden konnte. Man musste nur das Produkt auswechseln: »Give up bad tea for good«, »Give up bad design for good« und so weiter. Alle, die bei Bodum eine Meinung dazu hatten, wollten früher oder später gehört werden und mitbestimmen dürfen, was damit verkauft werden sollte. Wenn man so wollte, auch »Give up bad drugs for good«.

Das war Ende der neunziger Jahre, als das Interesse an Markenwaren parallel zur Hochkonjunktur zunahm. Das Theater der Geschmackspapillen hatte nach dem guten Wein und der guten Schokolade nun den guten Kaffee als Ausdruck des eigenen guten Geschmacks und des Status als Connaisseur mit Geld und hinreichendem Wissen entdeckt. Man musste jetzt nur noch zwischen Lintong, Monsooned Malabar und Blue Mountain wählen.

Die Idee war, dass Bodum diesen Trend bedienen und sich auf ihre Stempelkanne – die einzige Art und Weise, guten Kaffee zu kochen – konzentrieren sollte, statt sich mit dem Marketing für Pfeffermühlen, Käseglocken und Hunderte andere Produkte zu verzetteln, die Jørgen Bodum in der Schweiz designen ließ. Er hoffte, den Traum eines jeden Kaufmanns zu realisieren und zu Ikea zu werden, aber er verdiente keine Krone damit. Am Ende des Jahres waren nur die Stempelkannen verkauft, der ganze andere Kram stand noch in den Regalen.

Die Kampagne hatte nichts Neues und Originelles, im Gegenteil. Starbucks hatte den Markt längst sondiert und mit zusätzlicher Lebensqualität für seinen Kaffee geworben. Das Schöne daran war, dass es jetzt nur noch darum ging, die Hand auszustrecken und die Früchte der Investitionen anderer zu ernten. »Second mouse gets the cheese«, wie es heißt.

Aber wenn es schon schwer war, Jørgen Bodum zu überzeugen – er benimmt sich wie Onkel Dagobert und heult über jede einzelne Øre, die er ausgibt, aber dafür sind Millionäre eben Millionäre –, so war es noch schwieriger, den Chefdesigner und den Produktchef ins Boot zu holen, schließlich lag es in der Natur der Sache, dass sie immer wieder neue und noch smartere Knoblauchpressen und Salatbestecke erfinden mussten. Der ganze Zirkus lief dann allerdings beim Marketingdirektor in Deutschland auf Grund. Er rangierte auf dem dritten Platz der Beschlusshierarchie und sagte »nein« – und die Kommunikation brach zusammen.

Wenn wir über Werbung und Marketing reden, muss man, so lautet die erste Regel, die Bedürfnisse und Interessen anderer Menschen an seinen eigenen messen.

Meine Großmutter ging zu ihrem Bridgeclub, um ein wenig Gesellschaft zu haben. Die Damen trugen Hüte, klatschten und lästerten übereinander, dass es nur so seine Art hatte. Nur eine von ihnen kam glimpflich davon, denn sie sagte immer und immer wieder dasselbe: »Was sind Sie doch für ein wunderbarer Mensch« – und dafür wurde sie von den anderen geliebt.

Sie machte nicht viel Aufhebens um ihre Person, sondern

gab den anderen das Gefühl, dass sie tatsächlich diese einzigartigen und imposanten Persönlichkeiten waren, für die sie sich hielten. Dass sie mehr oder weniger senil war, spielte keine Rolle, sie hatte auf ewig recht.

Es ist eine simple Pointe, die auch in dem besten aller Bücher steht, das es zum Thema Verkauf und Beziehungen gibt, Dale Carnegies *Wie man Freunde gewinnt. Die Kunst, beliebt und einflussreich zu werden.* Es erschien 1936, enthält Kapitel über »Sechs Möglichkeiten, sich beliebt zu machen«, »Zwölf Möglichkeiten, die Menschen zu überzeugen«, »Neun Möglichkeiten, die Menschen zu ändern, ohne sie zu beleidigen oder zu verstimmen« – und man verkaufte schneller mehr Exemplare als die Bibel.

Daran dachte ich im Flugzeug nach Hamburg, als ich mich darauf vorbereitete, Bodums deutschen Marketingdirektor vom Sinn einer Kampagne für achtzig Millionen Kronen zu überzeugen.

Das Treffen fand im Restaurant Le Canard Nouveau an der Elbchaussee mit Blick über den Museumshafen statt. Er war Mitte fünfzig, hatte einen Fleischklops als Kopf und einen Bauch, in den der größte Teil der Küche gepasst hätte. Sein Körper entsprach seinem Ego.

Begleitet wurde er von einem jungen juristischen Berater als Claqueur – gegelte Haare und Brille – und seiner dünnen, blondierten und ordentlich hübsch zurechtgemachten Ehefrau. Er grüßte kaum, sondern setzte sich direkt an den Tisch auf der großen Terrasse und reichte mir die Speisekarte: »Solche Restaurants kennt ja man nicht in Kopenhagen.«

Ich lächele, gebe ihm in gebrochenem Deutsch recht und reiche ihm die Karte zurück – ich wäre dankbar, wenn er für mich bestellen würde, so wäre ich sicher, in guten Händen zu sein.

Es wiederholt sich mit der Weinkarte, als er vorschlägt, dass ich entscheide, aber vielleicht sollte er das doch besser tun: »In Dänemark gibt's ja keine Tradition für Wein, nicht wahr – da heißt es nur Bier, Bier und nochmals Bier, ist es nicht so?«

Ich nicke und kann ihm gar nicht genug recht geben, Bier, und so geht es den Abend über weiter. Er isst, redet und trinkt Wein – die Frau und sein Knappe sind nur als Publikum zugelassen, um mich einem gemeinsamen Gelächter auszuliefern. Das Peinlichste daran ist, dass sie stumm daneben sitzt, nicht einmal wendet er sich an sie, und obwohl ich es versuche, gelingt es nicht, sie in die Unterhaltung einzubeziehen. Stunde um Stunde vergeht, und sie hat kein Wort gesagt.

Nach dem Dessert verlässt der junge Rechtsberater die Runde, und der Direktor ist jetzt auf Betriebstemperatur, nun gibt es Cognac zum Kaffee: »Und sagen Sie mal, Knut, wo ist euer Laden doch gleich – wo liegt eigentlich Østerfælled Torv? Ha, ha!«

Nein, es ist bestimmt nicht das Zentrum der Welt, da hat er vollkommen recht. Er schlägt sich vor Lachen auf die Schenkel:

»Und die Strategie, Knut, die Strategie, wer arbeitet die aus? Jesper Kundes Ehefrau? Ha, ha!«

Ich breite die Arme aus und will darauf anstoßen, aber er muss den Koch begrüßen, der an den Tisch gekommen ist – er ist der Besitzer des Lokals und heißt Josef Viehhauser, ein Österreicher, der als einer der besten Köche Europas gilt. Er trägt eine Kochmütze, tritt entsprechend großspurig auf – arrogant, brutal – und passt gut zum Direktor, der ganz offensichtlich hier häufiger Gast ist.

»Das war schon ein Erlebnis, das war das komplizierteste Fischfilet mit Pommes frites, das ich je gegessen habe«, sage ich auf Dänisch.

Das Gesicht des Direktors glüht, nachdem er sich in Viehhausers Aufmerksamkeit gesonnt und sich mit dem berühmten Gourmet verbrüdert hat. Er bestellt noch eine Flasche Wein und redet da weiter, wo er unterbrochen wurde:

»Und das da!«

Er zeigt auf die Anzeigen-Layouts, die auf dem Tisch liegen.

»Wer hat die gemacht, das kann doch unmöglich ein Art-Direktor gewesen sein. Jesper Kundes Mutter?!«

Nun lacht er nicht mehr, und ich muss ihm recht geben, die Entwürfe ließen sich hier und da tatsächlich ein wenig verbessern. Eigentlich wäre ich ja sehr glücklich, wenn er dabei helfen könnte, ich würde mich dann darum kümmern, dass es erledigt wird – »implementiert« –, das verspreche ich.

Es hat die Wirkung eines Startschusses. Er stürzt sich in eine Suada aus Kritik, Verurteilung und Besserwisserei und lässt sämtlichen Frustrationen freien Lauf. Aus dem großen roten Kopf bricht es heraus:

»Das da! Und das da! Und das, das und das und das!«

Er arbeitet sich in einen sadistischen Rausch, während ich mir Notizen auf der Serviette mache, nicke und versuche, ihm, so gut es geht, zu folgen. Als er endlich fertig ist, habe ich beinahe Lust, ihm eine Zigarette anzubieten und zu fragen, ob es auch für ihn schön war.

Aber ja, es war fantastisch, ich bin verblüfft, was für ein gutes Auge er hat, und seine Meinung über die Kampagne ist richtig und seine Kritik daran geradeheraus – der Art-Direktor ist ein talentloser Clown. Ich habe das Gefühl, die ganze Zeit über etwas zu lernen, und unter uns, nun ja, die Dänen sind halt ein paar Bauernärsche und Østerfælled Torv liegt in Russland. Jesper Kunde ist ein aufgeblasener Narr – ich bin vollkommen Ihrer Ansicht und ganz Ohr; wir beide, er und ich, werden die Sache schon schaukeln.

Allein die Idee, mit Josef Viehhauser zu starten – genial! Selbstverständlich wird Bodum Anzeigen mit Testimonials in die Kampagne einbauen, der Welt von Viehhausers Kochkunst erzählen – und davon, wie man den besten Kaffee in Stempelkannen zubereitet.

Das einzige Problem könnte sein, dass Viehhauser nicht mitmachen will, aber ja, vielleicht – er steht doch mit ihm auf freundschaftlichem Fuß –, und wenn er seinen Einfluss geltend machen kann, wäre das ein großer Gewinn für Bodum.

Viehhauser wird gerufen, er kommt mit seiner Kochmütze und guckt böse, und der Direktor versucht ihn von der herausragenden Idee, die er gerade hatte, zu überzeugen. Er bittet ihn um seine Mitwirkung

Nicht überraschend wehrt sich Viehhauser – man ist schließlich nicht umsonst einer der besten Köche und Bodum ist ein Massenprodukt. Ich kann das gut verstehen, warum sollte ein Künstler wie er an einer solch kommerziellen Kampagne teilnehmen – in zweiundzwanzig Ländern? Und sein Name, sein Ruf und sein Restaurant werden wirklich in Anzeigen in *Wallpaper* und *Connoisseur* auftauchen?

Ja, wenn er einen Augenblick Zeit hätte, wäre es interessant zu erfahren, wie er das sieht – was braucht eine wirklich gute Tasse Kaffee?

Dann beginnt der Vortrag, nach ein paar Minuten setzt er sich neben den Direktor, und schon bald diskutieren sie über Bohnen, Röstung, Mahlgrad, Wasser, Zeit und Temperatur.

Ich bin vollkommen vergessen und nutze die Gelegenheit, ein paar Worte mit der Gemahlin zu wechseln, die fünf Stunden den Mund nur aufgemacht hat, um die Gabel hineinzustecken.

Sie müsse wirklich entschuldigen, so ist das, wenn Männer übers Geschäft reden. Es ist furchtbar unhöflich, sie hat das sicher schon hundert Mal erlebt, und wenn ich ehrlich sein soll, dann würde ich es auch vorziehen, einfach nur das Essen und die Aussicht zu genießen. Es sieht beinahe so aus, als würde sie lächeln, als hätte ich eine Freundin gefunden.

Er ist dabei! Dem Direktor ist es gelungen, Viehhauser zu überreden, und nun kommt auf Empfehlung der Küche eine Flasche auf den Tisch:

»Nein, Knut, den hier musst du mal probieren, was sagst du …?«

Er wird sanft und ganz freundlich und jovial, und ich schnüffele am Wein und sehe die Tränen am Rand des Glases herunterrinnen.

»Keine Ahnung, wir Dänen verstehen ja überhaupt nichts von Wein«, antworte ich – nun ist es kein gebrochenes Deutsch mehr, sondern fließend und sauber.

Wir lachen – sogar die Ehefrau –, und ich kann mich nicht mehr zurückhalten und muss erklären, wie wunderbar der Abend gewesen ist.

Ich hätte ihre Gesellschaft genossen, und die Bekanntschaft eines so großen Geschäftsmann zu machen – mit einer fantastischen Nase fürs Marketing und einem präzisen Auge für die Details. Es wäre ein Vergnügen gewesen zu verfolgen, wie er Viehhauser überzeugt hat – es würde mich mit Stolz erfüllen, wenn ich für ihn arbeiten dürfte.

Das Essen, der Wein und überhaupt alles. Er ist schließlich ein Kenner, ein Lebemann, der mich an Wallenstein in Döblins Roman erinnern würde, nur ohne dessen Grobheit. Ein richtiger Renaissancemensch!

»Nun, na ja«, erwidert er, lächelt und schwitzt, dass er die Mücken aus sämtlichen Gärten der Elbchaussee anlockt. Dann nickt er seiner Frau zu, lehnt sich über den Tisch und fragt zum ersten Mal etwas Persönliches:

»Sag mal, Knut, dein Deutsch, wie ist es möglich, dass du so gut Deutsch sprichst?«

Ist er wirklich dieser Meinung, nun ja, ich komme aus Falster, das ist im Sommer beinahe Deutschland, und außerdem fand ich schon immer, dass Deutsch die schönste Sprache der Welt ist, ich liebe sie und die Musik, Schubert, Mahler, die Zweite Wiener Schule, die Literatur. Seit ich klein war, habe ich Hesse und Hugo von Hofmannsthal gelesen – Rilke ist der Lyriker der Lyriker –, und als ich alt genug war, habe ich mir als Erstes eine Fahrkarte gekauft und bin in die Schweiz gereist, um den Turm zu besuchen, das Château in Muzot, wo er die *Duineser Elegien* und *Sonette an Orpheus* geschrieben hat.

Wir reden über Literatur, Musik und Erkenntnistheorie – die Vergänglichkeit aller Dinge – und bewundern die Aussicht auf die Elbe, den Sternenhimmel.

»Knut, nein, wir fahren dich ins Hotel«, erklärt er.

Seine Frau setzt sich ans Steuer eines Tankschiffs von schwarzem Mercedes, während er von seiner Karriere erzählt. Wie er ganz unten angefangen und sich hochgearbeitet hat, wie hart es gewesen sei. Er bittet seine Frau, an der Firma vorbeizufahren, in der er seinen ersten Job hatte – schau mal, genau dort, das große Gebäude –, du solltest zu mir kommen, Knut, dann würden wir's ihnen allen zeigen!

Sie setzen mich am Hotel ab, und wir geben uns die Hand und freuen uns darauf, uns bald wiederzusehen – es wird sicher nicht lange dauern, wir müssen ja die Kampagne auf den richtigen Kurs bringen, sage ich, blinzele kumpelhaft und winke ihrem Mercedes nach.

Ich gehe in mein Zimmer, schmeiße das Jackett auf den Boden und könnte schreien vor Wut. Sieben verdammte Stunden habe ich mich von ihm auslachen, verhöhnen und niedermachen lassen, hemmungslos hat er auf die Ringecke eingeschlagen, in der ich in den Seilen hing, ausgeharrt und eingesteckt habe, bis er sich müde getobt hatte.

Schwanzkopf, denke ich, öffne die Minibar und leere sie systematisch; ich sitze mit Schaum vor dem Mund da und zeichne auf kleine Post-it-Zettel, bis ich umfalle.

Am nächsten Vormittag erwache ich auf dem Fußboden, hebe das Jackett auf, schütte mir Wasser über den Kopf und verlasse ein Hotelzimmer, dessen Wände mit Hakenkreuzen auf Post-it-Zetteln gelb tapeziert sind. Das Flugzeug verpasse ich mit Absicht.

Ich kann den Zug nehmen und so vermeiden, am Østerfælled Torv zur Arbeit zu erscheinen. Es ist genug für heute. Auf der Fähre bestelle ich ein Fischfilet mit Pommes frites, das immer besser schmeckt, je länger ich an die Portion Eingeweide mit Blumen denke, die von Gourmets im Michelin-Restaurant zu sich genommen wurde. Das Mobiltelefon klingelt.

Es ist mein Kollege: »Was zum Teufel hast du getan?«

Das Herz sinkt mir in die Hose, mein schlechtes Gewissen schießt mir in die Ohren, sie sind rot und pulsieren – die Hakenkreuze, das gelbe Hotelzimmer und das Spiel im Le Canard –, ich winke dem Marketingbudget von achtzig Millionen und einer ganzen Menge Menschen, die dadurch einen Job gehabt hätten, zum Abschied hinterher.

»Öh, wieso, was?«

Das würde ich zu Recht fragen – er hätte gerade angerufen, der deutsche Marketingdirektor von Bodum, der Mann war wie verwandelt, die Freundlichkeit in Person. Er hat die Kampagne komplett abgesegnet, mit ein paar kleinen Änderungen – und er hat von irgendeiner Anzeige geredet, wer, was um alles in der Welt ist … VIEHHAUSER?

Zwei Wochen später wurden Fotos von Viehhauser gemacht, der bei seinen Töpfen und Pfannen steht, mit seiner Kochmütze auf dem Kopf, lächelt und erzählt, wie man den besten Kaffee in Stempelkannen von Bodum zubereitet. Und der Marketingdirektor ist persönlich aus Hamburg gekommen, läuft durch die Agentur am Østerfælled Torv, kommandiert die Leute herum und passt auf, dass seine Anzeige genau nach seinen Wünschen gestaltet wird.

Er thront neben meinem Art-Direktor und quält ihn mit Korrekturen, Umbrüchen und Ideen zum Layout: »Who iz ze professor now? WHO iz ze professor NOW?!«, schrie er wieder und wieder mit erhobenem Zeigefinger, bis all seine Wünsche erfüllt waren – und die Kampagne in Lifestile-Blättern aus zweiundzwanzig Ländern von *Wallpaper* bis *Schöner Wohnen* auf den Weg gebracht wurde.

Es bringt uns zurück zum Ausgangspunkt von Werbung und Marketing – es geht darum die Empfänger und ihre Bedürfnisse ins Zentrum zu rücken und ihre größten Interessen zu streicheln und zu befriedigen: also ihre eigenen.

Es gilt für die Kunden einer Agentur, und es gilt ebenso für deren Marketingdirektor – rede über sie und sie hören dir stundenlang zu. Es geht die ganze Zeit nur um dich, dich, dich. Dale Carnegie wusste das, und die Freundin meiner Großmutter wusste es auch.

Das schönste Wort in jeder Sprache ist der eigene Name, und wenn du glaubst, dass jemand zuhört, wenn du etwas sagst, dann hast du dich geirrt – sie warten nur darauf, dass sie an die Reihe kommen, um etwas zu sagen.

Wir waren umgeben von Spiegelbildern der lockenden Warenwelt, die unser Trieb- und Fantasieleben aussaugten – die Produkte waren nichts anderes als der Umweg des Verbrauchers zu sich selbst. Wir hatten unsere Identität, unsere Werte, unsere Lebensanschauung und unsere Gefühle auf sie verlagert, und die einzige Möglichkeit, all dies zurückzubekommen, bestand darin, das Portemonnaie zu zücken und an Kasse 1 zu bezahlen.

Ich trank meinen eigenen, dunklen Inhalt, der seinen Ausdruck im Traum von Coca-Cola gefunden hatte – die Flasche glich sogar einem Frauenkörper –, und was war »the real thing«? Ein Abgrund, das Rätsel meiner selbst.

Wir gewannen schließlich Bang & Olufsen als Kunden, und ich zog in ein Hotel am Place de la Concorde in Paris, um nachzudenken. Es gab Roomservice und alles Geld der Welt hatte sich an der Avenue Montaigne versammelt – zu Gucci hinein und bei Colette heraus und Abendessen im La Coupole und Drinks in der Buddha Bar.

Ich entwickelte für sie eine globale Kampagne für hundertzwanzig Millionen Kronen, die an Größenwahnsinn nicht zu übertreffen war: »Made on Earth«.

Die schlanken Lautsprechertürme strahlten unter der Überschrift: »You can never get rich enough, or thin enough« – damit ließ sich direkt eine Anzeige in der *Vogue Italia* schalten. Der Fernsehapparat für hunderttausend Kronen wurde mit dem Satz verkauft: »I watch televison for hours. Then I turn it on.« Es war der ultimative, einzigartige Luxus für einen fremden Planeten – und ausschließlich für dich, lieber Verbraucher. Exklusiver konnte es nicht werden.

Die traurigen Überreste von Sweet spielten ihre Rolle als Kitsch auf der Julefrokost in London, und den Hacken meiner Schuhe folgte der Corporate Image-Preis, der Direct Marketing-Preis, das Goldene Korn für die beste Kampagne und der Cannes Lion. Bei der Preisverleihung schlief ich auf der Toilette ein und nieste. »Hast du dich erkältet?« Ja, ein bisschen vielleicht.

Silvester sollte mit einem Fest gefeiert werden, das sämtliche Silvesterfeiern und alle anderen Feste übertraf: zum Jahrtausendwechsel nach Reykjavik!

*

Ihr guter, alter Plymouth hatte schließlich seinen Wehrdienst abgeleistet und war in die ewigen Jagdgründe der Autos eingegangen: nach Istanbul. Er sah ihn vor sich, mit Zierrat, Lichtern und Plattenspieler auf dem Instrumentenbrett; die Nadel hüpfte zum Klagegesang von Zeki Müren.

Sie hatten ein neues Auto, einen Chrysler »Dodge Dart«, marineblau und fünf Meter lang. M. besichtigte ihn am Morgen, »der hat Lenkradschaltung!« Sie müssten nach Afghanistan, sagte Vater und legte den Koffer mit dem Funkgerät und seine kakifarbenen Sachen bereit.

»Wer will mit? Wir folgen Alexander dem Großen – und fahren durch die Bibel!«

Er gab ihnen ein dickes Buch, Louis Duprees *Afghanistan*, siebenhundertsechzig Seiten über Geographie, Brauchtum und Geschichte von der Steinzeit bis heute. Dupree war der führende Experte und Ratgeber in Fragen des Mittleren Ostens und hatte mit seiner Frau Nancy Jahrzehnte in Kabul gelebt.

»Sie haben für fünf Uhr eingeladen. Ihr könnt entweder das Buch lesen oder mitfahren, entscheidet euch!«

Glücklicherweise wollte Missy nicht mit. M. mochte Vicky am liebsten, nur schien hin und wieder ein böser Geist durch sie zu sprechen, wenn sie mit ihrer Schwester zusammen war: wie bei einer Bauchrednerpuppe. Unter vier Augen war sie ganz anders.

Afghanistan war nichts anderes als eine braune Mondlandschaft aus Sand, Felsen und gezackten Bergen – und Firdausis Mausoleum glich einem Steinblock auf Treppen. Firdausi sei kein Imam gewesen, erzählte Vater, sondern ein Dichter, der Persien in einem Meer von Geschichten beschrieben hatte, sechzigtausend Verse, das *Shahnameh*, das »Buch der Könige«. Sie betraten das Grabmal. Es war dunkel und leer:

> *Für uns ist die Welt zuerst Glück und dann Trauer, so verlassen wir dieses vergängliche Leben. Unsere Betten sind Staub in aller Ewigkeit. Warum einen Baum pflanzen, den wir nie sehen werden?*

Die Straßen waren voller Schlaglöcher, und an einigen Stellen war so viel Sand darüber geweht, dass man den Verlauf nur anhand der Reifenspuren erkennen konnte. Es war am sichersten, sich in der Mitte der Fahrbahn zu halten.

»Ihr habt bestimmt bemerkt, dass die Straße nicht überall gleich ist«, erklärte Vater. »Die afghanische Regierung hat Entwicklungshilfe von den Deutschen, den Amerikanern und den Russen bekommen, und sie haben verschiedene Streckenabschnitte gebaut. Zehn Kilometer können von den Amerikanern gebaut worden sein, und die nächsten fünfzehn Kilometer von den Russen oder den Deutschen.«

»Und welche sind am besten?«

Vater antwortete nicht, sondern fügte fünfundzwanzig Kilometer später hinzu: »Alexander war natürlich auch hier.«

Es war so gut wie unmöglich, sich vorzustellen, wie jemand – und schon gar nicht ein Heer mit Tausenden Soldaten – diese Entfernungen, die sie mit dem Auto zurücklegten, zu Fuß bewältigen und dabei überleben konnte. M. sah den kleinen Wirbelwinden zu, die Sand und Staub über die Landschaft bliesen. Staubteufel. Sie drehten sich wie Kreisel und lösten sich mit einem kleinen Knall auf, und die Sandkristalle glitzerten im Sonnenlicht.

Kabul war ein großes Bergdorf mit Boulevards, die Häuser sahen stattlich aus. Man atmete Staub ein, der so fein war, dass er sich wie eine zweite Haut über einen legte. Sie fuhren zur Botschaft und wurden als TDY, »temporary duty« einquartiert. Der Garten war kühl, ein kleiner Bach lief hindurch.

Es war, als befänden sie sich auf einer ethnologischen Expedition. Unterwegs hatten sie den größten Teil von Afghanistan aufgekauft. Alles lag auf dem Autodach, einschließlich vier schwerer Holzstühle mit Sitzen aus ungegerbtem Leder. Ein Stamm hatte sie genutzt – die Baluchier –, die Stühle waren nicht höher als zehn Zentimeter, und doch markierten sie einen entscheidenden Unterschied zwischen Tier und Zivilisation.

Als alle anderen noch auf der Erde saßen, schliefen und aßen, hatten die Baluchier sich darüber erhoben, sich distanziert und einen Raum geschaffen, der mit Kultur gefüllt werden konnte.

»Die erste Gabel kam im Jahr 1120 nach Europa! Mit einer persischen Prinzessin, die den Sohn des Dogen in Venedig heiratete.«

Vater war begeistert.

»Die Gabel war klein und aus Gold, und sie aß damit bei ihrer Hochzeit.«

Doch der Hof hatten sich über diese Dekadenz geärgert. Sie hatte sich über die anderen erhoben, sie hatte sich abgegrenzt, und als sie an der Pest starb, hielt man es für Gottes gerechte Strafe für ihren Hochmut.

Vater wollte sich mit dem Botschafter treffen, den er als »Number Two« bezeichnete – Theodore Eliot. Er stammte aus einer einflussreichen Familie in Boston, sein Onkel war T. S. Eliot gewesen.

Der Anzug wurde aus dem Koffer geholt. Vater putzte die Schuhe, legte die Manschettenknöpfe an und kontrollierte die Repetieruhr, seinen wertvollsten Besitz. Wenn die Uhr schlug, hatte er das Gefühl, zu Hause zu sein. »Bong« und »ding, ding, ding«. Es war Viertel vor zwei.

Am Nachmittag durften sie mit auf das Fest. Mutter schminkte sich vor dem Spiegel nach und richtete ihre Frisur mit Sprühgold. Sie trug das rote Kleid von Valentino, duftete nach Parfüm und griff nach ihrer Handtasche, die ihre ständige Begleiterin war.

Exakt um fünf Uhr standen sie vor Duprees Haus in Quola Pushta. Es lag mitten in der Stadt, ein Stück vom Botschaftsviertel entfernt. Vater klingelte, die Tür wurde geöffnet:

»Valya! Peter! Und ihr habt die Kinder mitgebracht, wie schön, euch zu sehen! Kommt rein, kommt rein!«

Es war Nancy. Sie trug ein blaues Abendkleid mit einem goldenen Gürtel und schob sie ins Haus.

»Louis kommt gleich!«

Das Summen der Stimmen, klirrende Gläser. Zwanzig, dreißig Gäste waren gekommen, und Vater und Mutter kreisten umher und begrüßten afghanische Diplomaten und wichtige ausländische Persönlichkeiten. Helmut Gaisberger vom Hotel Intercontinental, Ursula Hilario von der USAID und ihren Mann Chris. Einen deutschen Geologen und einen englischen Zahnarzt, Universitätsdozenten. Chinesen, Pakistaner, Franzosen.

Bei Snacks und Cocktails tauschten sie Formalitäten aus – »Kriegszone« nannte Vater das. Es war überall dasselbe und hätte ebenso gut im Konsulat von Rom stattfinden können.

M. versorgte sich mit Salzstangen und zerbrach die Zeit in immer kleinere Stücke, Minute für Minute, Sekunde für Sekunde. Wäre er doch bloß auf seinem Zimmer geblieben und hätte gelesen. Irgendjemand tippte ihm auf die Schulter. Ein Mann im mittleren Alter mit abstehenden Nackenhaaren, der Smoking, Brille und Fliege trug.

»Du musst Peters Sohn sein«, sagte er.

»Ja.«

»Ich bin Louis Dupree, schön, dich kennenzulernen.«

»Ganz meinerseits.«

»Dein Vater hat viel von dir erzählt.«

»Okay.«

»Kann ich irgendetwas für dich tun?«

»Nee.«

»Du brauchst es nur zu sagen.«

M. sah sich nach Vicky um und fragte sich, was sie wohl gerade trieb, als sie auch schon auf ihn zukam. Sie glich einem Gespenst, sie war ganz weiß im Gesicht.

»Das ist vollkommen irre!«

»Ja, irre langweilig.«

»Wovon redest du?«

Vicky griff nach seinem Arm und zog ihn durch den Raum. Vater stand in einer Ecke, rauchte eine Zigarette und unterhielt sich jetzt mit Dupree, Mutter saß mit einer Gruppe Frauen am Tisch und lachte höflich.

M. wusste nicht, was daran so aufregend sein sollte, aber Vicky zerrte ihn am Ärmel und wies mit dem Kopf auf einige jüngere Männer, die von Frauen umgeben waren – sie sah aus, als würde sie jeden Moment explodieren: »Dort!«

Einer der Männer erinnerte schwach an Elvis, wenn Elvis Afghane gewesen wäre – er hatte breite Ohrläppchen und dicke Koteletten –, der andere blickte auf seine Schuhe. Er war groß und schlaksig und hatte einen buschigen Schnurrbart, das Haar reichte ihm bis auf die Schultern. Dem Aussehen nach zu urteilen, musste er Amerikaner sein, aber er passte überhaupt nicht in diese Gesellschaft.

M. hatte den Eindruck, als hätte er den Burschen schon irgendwo einmal gesehen. Vicky fing leise an zu singen:

*Winter, spring, summer, or fall,*
*All you have to do is call*
*And I'll be there, yes I will.*
*You've got a friend.*

Es war James Taylor. In Kabul. M. hätte sich nicht träumen lassen, ihm je zu begegnen, und dann war er ausgerechnet hier. Vicky ging auf ihn zu und starrte ihn verliebt an. Sie war vollkommen verloren, und James strich das Haar hinter die Ohren und erzählte – leise und sehr langsam –, dass er ein Konzert für die Entsandten des US Peace Corps gegeben hätte.

»Ich werde auch eine Freiwillige«, stammelte Vicky.

»Super«, erwiderte er.

Sie konnte sich nicht zurückhalten und legte die Arme um ihn – sie reichte ihm bis zur Brust – und fing an zu schluchzen, als würde ihre verborgene Liebe mit einem Mal aus ihr herausbrechen. Er tätschelte ihr beruhigend den Rücken.

»Na, na. Ist ja gut.«

M. musste Vicky beinahe von ihm wegzerren – »wir müssen jetzt gehen« – und sah James entschuldigend an, der ihn mit einem V-Zeichen verabschiedete.

»Na, was sagt ihr?«

Vater öffnete den obersten Hemdknopf, Mutter schminkte ihr Gesicht vor dem Spiegel ab. Vicky war in Tränen aufgelöst und noch immer außer sich.

»Vater?«

»Ja.«

»Danke!«

»Das war doch nicht der Rede wert. Er ist ein fantastischer Mann, oder?«

»Er schien verlegen zu sein, aber er war nett.«

»Da darf man sich nicht täuschen lassen. Er ist dem Tod häufiger von der Schippe gesprungen als eine Katze – der beste Fallschirmjäger im Krieg – Purple Heart und Bronze Star.«

»James Taylor?«

»Nein, Louis Dupree. Wer ist James Taylor?«

Sie fuhren nach Norden, um nach dem Anbeginn der Zeit zu suchen, wie Vater sagte. Dort gab es nichts mehr zu sehen, doch einst war die Wüste fruchtbar gewesen. Vor den Ziegen. Vor Timur. Jedenfalls vor langer Zeit. Sogar Löwen und Flüsse hatte es dort gegeben, Religionen schossen aus dem Boden und blühten in Juden und Muslimen, Sufisten und Buddhisten.

Zarathustra war als Prophet von Dorf zu Dorf gezogen und hatte den Monotheismus verkündet.

»Ein einziger Gott – gute Gedanken, gute Worte, gute Taten –, es geht um deine unsterbliche Seele.«

Vater erklärte, das Leben sei ein Kampf zwischen Gut und Böse, zwischen Wahrheit und Lüge, und jeder trage Verantwortung, damit das Gute siege. Das war leichter gesagt als getan, vor allem, wenn das Böse herrschte und es sich auszahlte zu lügen. Die Perser hatten dafür ein Sprichwort:

»Wenn der König befiehlt, dass der Tag Nacht ist, dann sag: Hier sind der Mond und das Siebengestirn.«

Am Vorabend hatte er sich darüber mit Louis Dupree unterhalten. Sie stimmten überein, dass dieses Sprichwort niemals in Saadis *Golestan* hätte aufgenommen werden dürfen.

M. hatte das Gefühl, als denke er laut und versuche, mit sich selbst ins Reine zu kommen; aber was immer es auch sein mochte, es gab niemanden, der zuhörte. Sie schlingerten durch den Staub auf dem Weg in die älteste Stadt der Welt, Balch.

Dort hatten Burgen gestanden, und sie fuhren über Ruinen von Städten und großartigen Gebäuden mit Säulen, die den Himmel trugen. Skythische Grabhügel. Griechische Tempel. Buddhistische Klöster. Moscheen und Minarette. Alles war zerstört, die Geschichte lag in Steinen und Topfscherben über die Wüste verstreut wie die Überreste eines gigantischen Schlachtfeldes – als könnte man sie einfach aufheben und zusammensetzen.

»Wollen wir einen Blick auf den Feind werfen?«

Die Grenze zur Sowjetunion war nicht weit entfernt, und einige Stunden später fuhren sie durch einen Haufen Abfall und Schrott, der sich als Ort ausgab: Hazareh Toghay.

So hatte es vermutlich auch ausgesehen, nachdem Dschingis Khan die Gegend geplündert hatte – und die Menschen rechneten offensichtlich damit, dass er jederzeit zurückkommen könnte. Sie machten sich nicht die Mühe, die Stadt wieder aufzubauen.

Dass es sich um ein Hotel handelte, hätte man nicht bemerkt, wenn an der Wand hinter der Rezeption nicht ein Touristenplakat gehangen hätte. Es sah aus wie eine Werbung von Pan AM, Afghanistan in Farbe. Sie bekamen zwei Zimmer mit Toilette – nicht mehr als ein Loch im Fußboden –, und Vater säuberte es mit Wodka aus einem roten Benzinkanister, den er für die Fahrt gefüllt hatte.

»Moish, hol unser Zenith, dann wollen wir mal sehen ob wir BBC finden.«

Er drehte am Knopf, aber der einzige Sender, den er empfing, war etwas Russisches, die Stimmen zischten wie Schlangen und ertranken im Lärm. Vater goss Wodka in den Zahnputzbecher, holte sein Notizbuch heraus und schrieb etwas auf, das wie eine atmosphärische Störung klang:

»Odin, tjetyrnadtsat, tjetyre, vosemnadsat, pjat, odin.«

Es waren Zahlenreihen, und er lächelte vor sich hin, als hätte er im Lotto gewonnen.

Mutter machte die Betten. Sie waren hart, die Laken dreckig. Vicky schrie und rannte aus der Toilette. Dort saß ein weißer Skorpion mit erhobenem Schwanz in der Ecke!

Vater fing ihn in einem Glas, griff zum Kanister und ersäufte den Skorpion in Wodka. Er würde ihn gern aufheben und mitnehmen, sagte er, aber Vicky fand es zu ekelig.

Niemand wagte, schlafen zu gehen, und Vater musste sie beruhigen. Er breitete Zeitungsseiten auf dem Fußboden rund um die Betten aus und erklärte, so hätten es die Spezialeinheiten in ihrer Villa in Kairo auch gemacht, wo sie sich zusammen mit Zofia Tarnowska während des Zweiten Weltkriegs aufgehalten hatten.

»Du bist die Herzogin Zofia«, sagte er zu Vicky. »Und du Captain Bill Stanley Moss. Wenn es weitere Skorpione geben sollte, könnt ihr sie auf dem trockenen Papier krabbeln hören. Gute Nacht.«

Sie schliefen bei brennendem Licht. M. schaute an die Decke und stellte sich vor, er sei im Zweiten Weltkrieg. Der Kronleuchter funkelte und fing an zu schaukeln, Putz bröckelte von der Decke. Es gab Bombenalarm, Rommel.

Der Skorpion kam in ein Marmeladenglas, und sie fuhren zur Grenze und hielten am Straßenrand. Der Eiserne Vorhang senkte sich unsichtbar fünfzig Meter vor ihnen.

»Dort drüben«, sagte Vater, »der Oxus und Samarkand.«

»Und die Rote Armee«, murmelte Mutter.

Es gab nichts zu sehen. Nur ein paar Betongebäude und ein rotweißer Schlagbaum mit einem schweren Gegengewicht. Zwei, drei Hütten, Soldaten, einige Lastwagen, und dahinter weitere Lastwagen, die mit Planen abgedeckt waren.

Vater reichte ihm das Fernglas.

»Kannst du sie sehen?«

Das konnte er: russische GAZ-Jeeps.

»Wenn ihre Jeeps kaputtgehen, ersetzen sie einfach das kaputte Maschinenteil, und versuchen gar nicht erst, es zu reparieren. Sie haben eine Methode gefunden, die Wagen komplett zu vereinfachen. Eine Einheit braucht keinen Mechaniker mehr. Man muss nur die Gebrauchsanweisung lesen, um die Teile auszuwechseln.«

»Sie sehen wie Spielzeug aus«, meinte Vicky.

»Und vor denen sollen wir Angst haben? Ich wette, sogar ein Paykan ist schneller!«

»Dreh um«, sagte Mutter.

Vater ließ den Wagen an, legte den Gang ein und rollte langsam vorwärts. Mutter bekam Angst.

»Don't, Piotr! Be careful!«

Es hörte sich an, als hätte sie gesagt: »Don't be careful.«

Vater wendete, der Wagen stand jetzt auf der Grenze. Fahnen flatterten im Wind, Soldaten hielten Wache und schauten durch ihre Ferngläser. Kurz darauf war der Grenzkontrollposten ein kleiner, schwarzer Fleck hinter ihnen, außer Sichtweite – genau wie sie.

»Welche Tiere gibt es in Afghanistan?«

»Solche, die Flügel haben und in der Luft fliegen. Und solche, die Schlangen und Hunden ähnlich sehen. Außerdem noch welche die anhalten, um sich auszuruhen, und dann weiterreisen.«

Vater lachte. »Korrekt.«

Sie fuhren denselben Weg zurück, den sie gekommen waren, und M. nutzte die Zeit auf dem Rücksitz, um eines der Bücher zu lesen, das er mitgenommen hatte: Chesterfields *Letters to His Son.*

»Observe, inquire, attend«, sagte Lord Chesterfield. Das hatte er getan. Vater war bei der CIA – und was auch immer er in Afghanistan zu tun hatte, er hoffte, es war das letzte Mal.

*

Dezember 1999. Wir näherten uns dem Jahrtausendwechsel, und ich wollte zu einem Fest bei Björk nach Reykjavik. Sie war das ultimative Manic Pixie Dream Girl, und ich fühlte mich eingeladen, weil sie in *Dancer in the Dark* mitgespielt hatte. Das Festival in Cannes drehte sich wie ein Planet um ihren Stern, und alle blickten ihr nach, als sie bei der After-Show-Party um den Swimmingpool der Villa Mogador ging. »Hej Björk!«, rief ich, »hier!« Drei Mal Händeschütteln und man steht vor Napoleon.

Ich flog nach Island und checkte in einem Hotel ein. Auf der Speisekarte standen Seepapageien. Sie schmeckten grauenhaft. Am Abend ging ich durch Schneewehen zu ihrem Haus. Alle sollten in Weiß erscheinen. Björk war als Pierrot verkleidet.

Vor der Bar und der Musik bildete sich eine Schlange. Um Mitternacht stand ich draußen im Schnee und sah, wie das Festfeuerwerk über Reykjavik das 20. Jahrhundert in die Luft sprengte. Es knisterte auf Catherine Deneuve herab, die sich den Gästen angeschlossen hatte und sich mit ihnen wie mit einem Pelz umgab.

»I think it will be the millennium of love!«, rief sie entzückt.

Auf dem Rückweg schneite es, und ich wurde klatschnass und fror und konnte in meinem Suff das Hotel nicht finden. Am nächsten Tag später erwachte ich komplett bekleidet im Bett und stieg ins Flugzeug zurück nach Kastrup. Alle rechneten damit, dass es abstürzen würde, wegen der Computerfehler zur Jahrtausendwende, dem *millennium bug*.

Als ich die Tür meiner Wohnung auf Grønningen aufschloss lag ein Briefumschlag im Flur. Ich öffnete ihn, ohne weiter darüber nachzudenken, und zog das Schreiben heraus – Kopien von Polaroid-Fotos fielen aus dem Umschlag. Es war die Kündigung der Wohnung mit augenblicklicher Wirkung.

Langsam verstand ich, was während meines Island-Aufenthalts passiert war. Ich hatte das Badewasser nicht abgestellt. Es war durch die Decke des Nachbarn unter mir getropft. Sie hatten die Wohnung aufbrechen müssen, um weitere Wasserschäden zu vermeiden.

Bei dieser Gelegenheit wurde auch die Ursache für das Ungeziefer im Gebäude festgestellt. Es kam aus meiner Wohnung. Sämtliche Räume waren als Beweismaterial fotografiert worden – die Kopien lagen bei. Ich sah sie mir wieder und wieder an, und eine jahrelange Koks-Linie holte mich wie eine angezündete Lunte ein und explodierte in meinem Gesicht.

Die Schweinerei im Flur. Das Wohnzimmer war eine Müllhalde aus Pizzaschachteln und leeren Weinflaschen. Berge von Dreck und Klamotten – Socken, schmutzige Unterhosen –, alles hatte sich angehäuft. Es stank, Fruchtfliegen flogen herum, es wimmelte von Silberfischchen. Die Gardinen waren vorgezogen.

Das Schlafzimmer sah aus wie bei einem Lumpensammler.

Die Wände waren voller Rotzflecken, weil ich den Schleim in die Luft spuckte und an der Tapete trocknen ließ, wenn ich hustete. Ich schlief ohne Laken und Bettbezug in einem fettigen Pfannkuchen von Bett. Es war lange her, dass ich eingeschlafen war, ohne einen Blackout zu haben.

Das Badezimmer war grünspanfarben und von Moos überwuchert. Mein Waschbecken war braun vor Algen – statt in die Toilette pinkelte ich dort hinein. Der Spiegel war verkalkt, sodass ich kaum etwas sehen konnte, wenn ich mich rasierte. Ich hatte ohnehin keine Lust dazu.

Ich hatte die Tür zur Küche geschlossen, damit ich sie nicht sehen musste. Das Spülbecken verstopfte ein Turm aus Tellern und Töpfen, auf dem Boden hatten sich Essensreste festgetreten, überall standen schwarze Abfallsäcke. Ohne dass ich es wusste, waren Tauben durchs offene Fenster geflogen und hatten in dem Müll ihre Nester gebaut.

Wenn ich nach Hause kam, konnte ich mir gerade noch den Weg durch den Flur bahnen, in der Dunkelheit stolperte oder fiel ich über die Flaschen – ich hatte keine Ahnung, wie man eine Glühbirne auswechselt – und versank im Sofa. Die Federn waren gesprungen, man konnte kaum wieder aufstehen. Die Standuhr war stehengeblieben, und meine Tage wiederholten sich.

Großmutters Wohnung im Frankfurter Kettenhofweg. Ich sah Großmutter vor mir, wie sie beim Kaffeeklatsch mit den Schatten der Vergangenheit Bridge spielte. Wir hatten im Wohnzimmer gesessen, Wiener Schnitzel gegessen und einen UFA-Film gesehen – »Liebling, mein Herz läßt dich grüßen«. Eduard Zimmermann suchte in *Aktenzeichen XY … ungelöst* einen Verbrecher. Mich.

Ich hatte alles ruiniert und saß vor einem halb defekten Fünfzigzoll-Fernseher mit Pornofilmen als Endlosschleife, soff

Wodka und nahm Drogen. Der Couchtisch quoll über vor Asche und den Resten von Joints. Tüten mit kambodschanischen Pilzen und CD-Hüllen – Mono, *Formica Blues*. Sie hatten Kratzer vom Zerkleinern des Kokains. Braune Fläschchen mit Amylnitrit – alles, um zu vergessen, was aus mir geworden war.

Ich zwang mich, zur Arbeit zu gehen, durch Grønningen, durch die Østerbrogade, hinein in die Agentur am Østerfælled Torv. Es war bereits später Vormittag, aber ich konnte es mir erlauben, solange ich rund um die Uhr für Firmen wie Lundbeck, Fritz Hansen und Anton Berg schuftete und einen weiteren Slogan lieferte. Der bucklige Zwerg grinste und feixte. Er hatte gewonnen.

Wenn ich am Wochenende frei hatte, rief ich als Erstes ein Taxi und fuhr nach Nørrebro. Meine Ankunft teilte ich telefonisch mit und ließ das Taxi warten, während ich zu einem Rocker mit Schlangenlederstiefeln lief, der kleine, gefaltete Umschläge bereithielt. Sie sahen aus wie Briefchen, die sich Puppen schrieben.

Dann fuhr ich weiter nach Vesterbro und lieh mir Videos im Hawaii Bio und Blue Movie. Zehn, zwanzig, so abgefahren wie möglich – dann mit dem Taxi nach Christiania, um Shit, Cannabis und Pilze an den Buden der Pusher Street zu kaufen.

Fängt einer deiner Freunde an zu riechen, liegt die Wahrscheinlichkeit nahe, dass er eine klinische Depression hat. Man wird immer passiver und achtet nicht mehr auf sich und seine Umgebung. Man geht nicht ins Bad und räumt auch nicht auf. Es gibt kein Ziel, keinen Zweck und keinen Grund, irgendetwas zu tun. Alles ist im Stillstand verschwunden, handlungsunfähig bleibt man in seinen Klamotten sitzen.

Man merkt es den Menschen an. Sie wechseln die Plätze,

wenn man sich neben sie setzt, aber ich kaufte mir einfach einen neuen Anzug. Du kannst dir nicht selbst helfen, jemand muss es für dich tun.

Das hatte die Allgemeine Brandversicherung nun übernommen, und damit war das Realitätsprinzip in die Gruft und mein allerheimlichstes, innerstes, höchst privates Versteck eingedrungen, wo ich mich vor der Wahrheit über mich selbst versteckte.

Sie hatten die Kündigung und die Kopien der Fotos auch meinem Vater geschickt, weil eigentlich er die Wohnung von der Versicherungsgesellschaft gemietet hatte. Doch nicht er wohnte darin, sondern ich, und das genügte dem Gericht. Ich wurde rausgeschmissen.

Da es ohnehin passiert war, konnte ich es ebenso gut auch zu Ende bringen. Ich stellte die Möbel in den Hof, so wie sie in der Wohnung gestanden hatten. Ohne Fußboden und ohne Wände standen sie nun dort unten – offen für Wind und Wetter und die Vögel der Stadt.

Die Bücherschränke mit Papa Schneiders Büchern wurden eingelagert, Novalis, Eichendorff und Rilke auf ewig. Dann verfasste ich meine eigene Kündigung. Ich erzählte, wie wir Bodum mit einer Stempelkanne um achtzig Millionen Kronen erleichtert hatten. Endlich, zum ersten Mal, veröffentlichte ich etwas unter eigenem Namen: »Das schönste Wort«.

Mein Artikel wurde im Mittelteil eines Anzeigenblatts gedruckt. Noch am gleichen Tag war Schluss bei Kunde & Co. Es war der einzige Job, den ich ja gehabt hatte, und ich hörte, wie sämtliche Türen Kopenhagens gleichzeitig zugeschlagen wurden.

Ich stand auf der Straße und schaute auf meine Berluti-Schuhe. Sie waren mit mir bis zum Höhepunkt der Party und den ganzen Weg zurückgelaufen – und genauso sahen sie auch aus. Die ruinierten, ausgelatschten Treter eines obdachlosen, arbeitslosen, alkoholisierten Penners.

*Wer jetzt kein Haus hat, baut sich keines mehr.*
*Wer jetzt allein ist, wird es lange bleiben.*

Ich hatte sie immer gefürchtet und nie gewagt, auf die Baracke zu schauen. Sie lag wie ein lebendig gewordener Albtraum am Ende des Güterbahnhofs: Himmelekspressen, die Herberge zur Heimat für obdachlose Männer. Nächster Halt Paradies.

*

Teheran geriet mehr und mehr ins Stocken, und selbst die besten Absichten strandeten in einem Verkehrsstau. Die Verkehrspolizei dirigierte und versuchte, die Ordnung aufrechtzuhalten, aber es half nichts. Es war so, als würde man sich mit einem Taktstock vor das Meer stellen.

Die Regierung hatte sich an Experten im Ausland gewandt. Probleme bereitete insbesondere die Angewohnheit der iranischen Autofahrer, auf dem weißen Mittelstreifen zu fahren, statt sich rechts auf einer der beiden Fahrbahnen zu halten.

Es endete damit, dass ein paar japanische Ingenieure eine Lösung vorschlugen. Sie brachten von Shemiran im Norden bis zum Vanak Circle im Süden eiserne Schikanen am Mittelstreifen an. Doch die Schikanen wurden umgefahren und lagen kreuz und quer auf den Straßen, und alles war wieder beim Alten.

Dann wurden schwere Betonklötze auf die Mittelstreifen gesetzt. Sie waren ungefähr einen halben Meter hoch. Fuhr ein Auto dagegen, war es kaputt – die japanischen Ingenieure erhielten dennoch die iranische Ehrenbürgerschaft –, aber schon bald waren auch diese Hindernisse beiseitegeschoben, es war nichts zu machen. Das Land war unregierbar.

Der Schah war der Schwächste und vollkommen allein, genau wie der König beim Schach. Seine Macht legitimierte sich durch andere, die Angst vor ihm hatten – der Herr war kein selbstbestimmendes Oberhaupt, sondern abhängig von dem Sklaven, der für ihn arbeitete. Wem konnte er sich anvertrauen? Seinem Hund? Einem Brunnen?

Er änderte die Namen von Straßen und Gebäuden, und er wollte die Zeit ändern. Am 15. März 1976 wurde von einem Tag auf den anderen ein neuer Kalender eingeführt, und die Perser, die glaubten, im Jahr 1355 zu sein, befanden sich plötzlich im Jahr 2535.

Keine Verabredung wurde mehr eingehalten, entweder kam man zu früh oder zu spät – es war das reine Chaos –, und sogar die Jahreszeiten fingen an, sich zu vermischen: Der Schnee fiel im Sommer. Alles passierte mindestens drei Mal: zur westlichen, zur islamischen und zur Zeit des Schahs.

M. musste an eine Passage denken, die er bei Barbara Tuchman über den Ersten Weltkrieg gelesen hatte:

> *Das Problem sei, so erklärte es ein russischer Großherzog einmal dem französischen Staatsmann Raymond Poincaré, dass niemand sicher sein könnte, dass ein Befehl, der in einem so enormen Reich wie Russland gegeben wurde, auch wirklich überbracht wurde.*

Selbst für einen zum Tode Verurteilten gab es noch Hoffnung, solange das Urteil ihn nicht erreichte; sein Leben wurde zu einem langen Aufschub, zu einem Schwebezustand in der Ungewissheit darüber, wann es mit ihm vorbei war.

Sie feierten das zweihundertjährige Jubiläum der amerikanischen Unabhängigkeit, die Buffets bogen sich, und ein Feuerwerk regnete rot, blau und weiß über die Botschaft. Es gab einen Schlag, als sei eine Bombe explodiert, und die Menschen zuckten mit ihren Drinks in der Hand zusammen und suchten instinktiv Deckung.

M. dachte darüber nach, dass es fast immer zu Unruhen und Krawallen kam und Gewalt ausbrach, sobald sie einen Ort verließen und zu ihrem nächsten Ziel weiterreisten: »operational posting«. Sie waren ständig unterwegs, als wären sie auf der Flucht.

Vater ging auf eine letzte Mission vor ihrer Abreise. Er wollte Louis Dupree in Kabul treffen und stritt sich abends lautstark und sehr russisch mit Mutter. Sie flehte ihn an und bat ihn, nicht zu reisen, aber er erklärte, es sei eine Formalität und reine Routine für das Konsulat. Noch vor Monatsende, das garantiere er, würden sie alle wieder in der Surrey Street sein.

Sie fingen an zu packen. Der Keramikaffe und die Amphore mit ihrer Halterung, die Fotografien auf der Anrichte. M. zog seine Schuhschachtel unter dem Bett hervor. Darin rasselten die Souvenirs: eine Serviette – »SS Constitution« – und einige Steine aus Troja, Muscheln vom Schwarzen Meer, Papierblumen von der Schießbude im Luna Park. Die Patrone war auch noch da: »Betty« und »China 1944«, nur lag Betty inzwischen mit Anne auf dem Mount Hebron-Friedhof.

Sie warteten und warteten. Erst hatte das Flugzeug Verspätung. Kurz darauf hieß es, er käme mit dem nächsten Flug – danach mit dem übernächsten. Dann wurde Mutter mitgeteilt, er sei mit Hepatitis in ein Krankenhaus in Kabul eingeliefert worden. Doch das war nicht die Wahrheit. Man hatte ihn verhaftet.

Sie fuhr zur Botschaft – es dauerte ihr zu lange –, und als sie wiederkam, war sie nicht mehr dieselbe. In ihr war etwas, das sie in all den Jahren zusammengehalten hatte, zerbrochen. Sie war stumm und verbissen und setzte sich mit ihrem Pelz in das leere Wohnzimmer, als würde sie frieren.

»Wo ist Vater?«

Sie schüttelte resignierend den Kopf. Dann reichte sie M. ein Dokument.

*EMBASSY OF THE UNION OF SOVIET*
*SOCIALIST REPUBLICS* *TEHRAN Nr. 181/7*
*Theran, October 7, 1976*

*The Embassy of the Union of Soviet Socialist Republics presents its compliments to the Diplomatic Missions accredited in Iran and has the honour to inform them of the presence, in their midst, of the notorious American spy and intelligence officer Peter Harrington, who poses as Consul of the American Consulate in Tehran.*
*The Embassy of the USSR is confident that the above information will be of use to the other Diplomatic Missions accredited in Iran, and avails itself of this opportunity to renew to the other Diplomatic Missions assurances of its highest consideration.*

*To: Diplomatic Missions accredited in Iran*

»Ich habe ihn in Salzburg kennengelernt.«

Nun kam es. Sie brach das Eis, das Schweigegelübde.

»Ich war den ganzen Weg von Wien gelaufen – alle, die es konnten, flohen, die sowjetischen Truppen rückten von Osten, von Westen und von Süden heran. Es waren Ukrainer.

Die Bomben regneten herab, die Oper war eine Ruine, der Stephansdom stand in Flammen, Menschen verbrannten. Ich bin Tamara gefolgt, meiner Cousine. Sie hatte einen Sohn, der evakuiert worden war – er war zwölf Monate alt, erst ein Jahr –, wir suchten nach ihm. Sie schickten die Kinder aufs Land.«

Solange sie sich erinnern konnte, war Mutter auf der Flucht gewesen. Sie hatte in Sankt Petersburg gelebt, aber nicht in Leningrad, und nach der Revolution war sie in ihre Datscha auf dem Land geflohen. Sie bauten Gemüsen an – ihr Vater, ihre Mutter und ihre drei Geschwister –, doch dann hatten sie auch kein Sommerhaus mehr.

Sie wohnten in einer Schule, dann standen sie auf der Straße und hatten nichts. Sie folgten dem Fluss in Richtung Süden und endeten in einer Industriestadt am Dnepr. Ingenieure aus Schlesien hatten sie gebaut, und Mutter lernte das Einmaleins auf Deutsch. Der Krieg brach aus. Und der Erste, der fiel, war ihr Vater.

»Die Front verlief quer durch die Stadt. Die Leute plünderten die Fabriken. Anfangs errichtete die deutsche Wehrmacht Feldküchen. Sie teilten Rationen aus, aber im Winter wurde der Nachschub abgeschnitten. Wir blieben uns selbst überlassen.«

Das Leben war ein Tauschhandel. Ein Paar Schuhe gegen einen Sack Kartoffeln. Ein Messer, Knöpfe, Schnürsenkel, um nicht vor Hunger zu sterben. Überall waren Flüchtlinge.

Schließlich hatten sie an die Tür einer volksdeutschen Familie geklopft, die sich ihrer annahm. Sie bekamen ein kleines Zimmer und ließen sich bei der Wehrmacht registrieren, um etwas Essen zu bekommen. Einige Wochen später erhielt Mutter den Befehl, sich am Bahnhof zu melden.

»Meine Mutter begleitete mich dorthin. Der Zug war voller Frauen. Sie kamen von weit her, so weit wie das deutsche Heer ins Land vorgerückt war. Es waren Viehwagen, achtzig, hundert Frauen in jedem Wagon. Man konnte nicht atmen. Wir waren zu Tode erschrocken, Mutter hielt mich fest und weinte. Ich schrie ›Mamoschka!‹«

Die drei Tage waren wie eine einzige unendliche Nacht. Dann hielt der Zug. Die Dunkelheit wurde mit einem Schlag beiseitegeschoben. Sie mussten auf einem Güterbahnhof aussteigen. Dort standen zwei Lastwagen. Sie lebte und wurde auf die Ladefläche gescheucht und in das Arbeitslager einer Kohlemine gebracht. Sie waren in der Tschechoslowakei.

»Ich arbeitete an einem Transportband und sortierte Kohlen. Wir wohnten in Baracken. Die anderen waren große, kräftige Bauersfrauen. Sie nannten mich ›Weide‹, weil ich so dünn wie ein Weidezweig war. Alle glaubten, dass sie bald nach Hause geschickt würden. Ich konnte Deutsch und übersetzte, was die russischen Frauen von den deutschen Soldaten haben wollten und was die Soldaten dafür verlangten. Dann wurde ich sehr krank.«

Sie bekam hohes Fieber und redete im Fieberwahn. Die Bauersfrauen fürchteten und bekreuzigten sich. Sie behandelten sie mit heißen Gläsern und Blutegeln und ließen ihren Weidezweig zur Ader. Aber es wurde nur schlimmer, bis sie in das Frauenkrankenhaus eines nahe gelegenen Klosters gebracht wurde.

»Zuerst bekam ich ein Bad, das erste seit zwei Jahren. Das Wasser wurde schwarz. Sogar die Nonnen waren überrascht, wie viel Staub sich in den Poren gesammelt hatte. Meine Haut hatte Kohle geatmet. Sie schrubbten mich aus der Mine heraus.«

Es war herrlich, in einem Bett mit sauberer Bettwäsche zu liegen. Alles war weiß. Sie waren so nett und freundlich.

Mutter hatte eine Blinddarmentzündung. Nach der Operation bekam sie einen geradezu unwahrscheinlichen Besuch. Es war der Sohn der Familie, die ihnen Obdach gewährt hatte. Er hatte sich zur Wehrmacht gemeldet, wo er als Dolmetscher arbeitete, und konnte sich einigermaßen frei bewegen.

Er brachte herzliche Grüße von ihren Geschwistern und ihrer Mutter; das Schlimmste aber war, dass man den Mann ihrer Schwester als Jude denunziert und deportiert hatte. Ihre Cousine war jetzt in Wien. Von deren Sohn erhielt sie ein Dokument, das die Verwandtschaft mit seiner Familie und ihre volksdeutsche Zugehörigkeit bestätigte.

Sie wurde in die Kantine versetzt und arbeitete auch als Dolmetscherin. Man konnte sich auf sie verlassen. Sie verließ die alte Baracke, die Umstände verbesserten sich, sie hatte mit weniger Menschen zu tun und bekam mehr Lebensmittel. Alle arbeiteten für die Verwaltung. Eine einzige Person und eine einzige gute Tat hatten dafür gesorgt, dass sie noch am Leben war.

In der Kantine erzählte man sich, dass die Rote Armee sich näherte. Nicht lange danach kamen Gesandte der Wlassow-Armee und warben für die Wehrmacht: »Schließt euch uns an, wir kämpfen gegen den Kommunismus!« Als das Lager schließlich aufgegeben wurde, fragte sie einen Offizier, ob sie mitfahren dürfe. »Spring rein«, sagte der.

»Wir fuhren nach Westen, und Wien rückte immer näher, den Rest des Weges ging ich zu Fuß.«

Sie folgte dem Flüchtlingsstrom, es waren Tausende. Sie wurden wie eine Flutwelle von der Roten Armee, die auf dem Vormarsch war, angespült. Wien lag in Ruinen, aber dennoch saß man in Grinzing an Tischen, trank Wein unter Tannenzweigen und zündete die Lampen an.

Sie bog um die Ecke der Bösendorferstraße. Die Wiener Philharmoniker spielten während des Bombardements und des Einmarsches der Russen Beethoven im Musikverein – und niemand im Konzertsaal hustete.

»Es war ein Wunder, dass ich meine Cousine fand, sie war Ärztin. Sie arbeitete in einem Militärkrankenhaus in der Nähe des Wienerwalds. Jeden Tag gab es Luftangriffe. Am Nachmittag. Man hörte, wenn man in Deckung gehen musste. Die Bomben heulten, je näher sie kamen. Die Leute sammelten die Asche der niedergebrannten Gebäude, um damit die Feuer zu löschen. Dann sprengten sie die Brücken über die Donau.«

Tatsächlich war ihre Schwester die Geliebte eines Offiziers, der ihr eine Wohnung in Wien beschafft hatte. Sie war schwanger geworden und hatte einen Sohn geboren, Victor.

Besonders ausgewählte Säuglinge wurden zusammen mit Krankenschwestern evakuiert. Tamaras einziger Gedanke war nun, Victor zu finden und die alliierte Zone zu erreichen. Sie fand ihn in Sicherheit beim Roten Kreuz in Salzburg.

Kriegsgefangene, Flüchtlinge und Vertriebene wurden in Lagern gesammelt. Alle versuchten, in die amerikanische Zone zu gelangen.

Die Sowjets wollten so viele Flüchtlinge wie möglich deportieren. Die Briten waren höflich und entgegenkommend und protestierten nicht, obwohl es Gerüchte über Selbstmorde in den versiegelten Zügen gab, die über die Grenze zurückfuhren. Allen war klar, was passierte, wenn man sie an die Russen auslieferte.

Die Amerikaner verlangten, dass die Menschen vor eine Untersuchungskommission zu treten hätten, die herausfinden sollte, ob sie sowjetische Staatsbürger waren oder nicht. Alles, was sie mit dem Westen verband, sollte berücksichtigt werden.

»Die Fälscher arbeiteten rund um die Uhr. Sie produzierten alle möglichen Dokumente, die bewiesen, dass man vor dem Krieg im Westen gelebt hatte: Bibliotheksausweise, Stromrechnungen, eine Hundemarke aus Paris. Wenn man nachts durch das Lager ging, konnte man das laute, knisternde Geräusch von Papier hören, das an dreckigen Haaren gerieben wurde, damit es bis zum nächsten Morgen alt aussah.«

Die Menschen waren verzweifelt und erpressten sich gegenseitig. Sie hatten nichts anderes als ihr Leben, und selbst das wurde ihnen genommen. Ein sowjetischer Soldat hatte sich in Mutter verliebt. Sie wies ihn ab, und er nahm ihr ihre Papiere ab und schleppte sie vor die Kommission.

Sie saßen hinter einem langen Tisch – ein Russe, ein Engländer und ein Amerikaner –, und der russische Soldat schrie und fuchtelte mit den Armen. Ihr Herz hämmerte vor Angst. Alle Hoffnung war verloren.

Dann zeigte der amerikanische Richter mit einem Offiziersstab auf den Soldaten. Er beugte sich über den Tisch und sprach plötzlich Russisch.

Ganz offensichtlich war der Soldat betrunken – und der Amerikaner ließ nach der russischen Militärpolizei rufen und ließ ihn festnehmen. Mutters Papiere bewiesen, dass sie in Heidelberg studiert hatte.

»Das war dein Vater, Moish.«

Menschen verschwanden – erst in der Nacht, dann am Tag. Der Krieg war vorbei, ein neuer begann: der Kalte Krieg. Er war ein guter Skiläufer, methodisch und schnell, und er nahm sie mit nach Berlin, Genf, Washington und auf den weiten Weg nach Teheran.

»Wer ist er?«

»Er ist ein Patriot. Er hat die meiste Zeit seines Lebens nicht in den USA verbracht – und wenn, dann immer nur ein paar Jahre.«

Sie wussten nicht, was mit Vater passiert war, hatten aber ständigen Kontakt zur Botschaft. Gäbe es jemanden, zu dem M. hätte beten können, er hätte es getan. Er dachte an das Kloster, das sie einmal auf dem Gipfel eines Berges besucht hatten. Es war verlassen, an den Wänden verwitterten Bilder von Heiligen und Bibelszenen, und man hätte sich aus irgendeinem Fenster stürzen und sterben können. Vater kehrte nie wieder aus Kabul zurück.

Sie kamen mit einem Lastwagen, um die Möbel abzuholen, die in ein Frachtflugzeug verladen wurden. Aziz aus dem Lager der Botschaft lächelte in seinem Strickpullover und fragte »wie geht's?«. Dann gingen sie hinein und räumten das Haus aus.

Es war ein merkwürdiger Anblick, als sie alles hinaustrugen, die Teppiche und die Kommode, an deren Seiten noch die Buttons für Motoröl und Dunlop klebten. Der Lampentisch hatte bei Großvater und Dorothy zu Hause gestanden. Aber M. meinte plötzlich, ihn an einem anderen Ort gesehen zu haben.

Der GSO hatte mit dem Finger auf den Tisch gezeigt, als er ihn damals im Zentrallager herumführte.

»Der ist aus Esche, das ist solide. Schwer. Ich wette, Anfang 20. Jahrhundert.«

M. hatte einen fürchterlichen Verdacht, was nun wenn? Es war beinahe Verrat, aber er tat es trotzdem – und da stand es, mit Datum und Unterschrift, an der Unterseite des Tischs:

»Property of the US Government.«

Alles war bloß Kulisse, Schauspiel und Lüge. Sogar die Geschichte war fabriziert und nur ein Deckmantel für etwas anderes, Fürchterliches. Vater und Mutter und Geburtstage, nichts davon war real.

Sie wurden von Sicherheitskräften zum Flughafen gebracht.

Am Vanak Circle bogen sie rechts ab und nahmen die Ausfahrt. Der Terminal war voller Menschen, die sich dort drängten und den Iran verlassen wollten. Der Schah und Farah Diba hingen in riesigen Fotos über dem Ausgang. Dann stiegen sie ins Flugzeug, Pan Am.

M. spürte, wie die Räder vom Boden abhoben und eingezogen wurden, er blickte hinunter. In der Dunkelheit breitete sich die Stadt aus. Die Scheinwerfer der Autos, die Neonreklamen und die Schaufenster blinkten wie ein Sternenhimmel unter ihm.

Teheran bedeutet »Ende des Wegs« auf Persisch. Er ließ es hinter sich – alles, was er war, was er besaß und liebte. Seine Kindheit, seine Freunde, seinen Vater, und er selbst blieb irgendwo im Lichtergewirr zurück.

Dort stand ein Junge am Fenster und lebte weiter mit dem Staub, den Straßenhändlern und den Gerüchen an der Südseite der Häuser. Er aß saure Pflaumen und fuhr hinten auf den Pferdedroschken die Pahlavi Avenue auf und ab, und das Schicksal wurde von Zwergpapageien mit einem Vers von Hafiz ausgelost.

M. wusste nicht länger, wer er war, er fühlte sich wie das Licht eines Sterns, der längst erloschen war.

*

Kopenhagen verschwindet im Rückspiegel. Die Autobahn in Richtung Süden wird zu Hügeln mit grünen Feldern, rotem Mohn und braunen Kühen. Ich habe es nicht eilig – im Gegenteil, am liebsten würde ich nie ankommen. Die Zeit, die man an der Brücke nach Farø spart, ist nichts gegen die Zeit, die man gewinnt, wenn man über Møn fährt und die Fähre von Bogø nach Stubbekøbing nimmt.

Der Fahrkartenkontrolleur heißt Karlson Anholt. Er lebt auf Anholt, gleich beim Friedhof. Nach einer Viertelstunde erreichen wir den Hafen, hier gibt es Bratwurst mit Senf, Ketchup, Remouladensoße, Zwiebeln und Gurken in Marinaens Køkken.

Hier unterhielt Marie Grubbe den Fährbetrieb mit ihrem Mann. Jetzt sitzen dort zwei Männer auf der Bank und diskutieren über den Preis einer Zehnerkarte für Mopeds.

Weiter geht's über die Landwirtschaftsschule Næsgård, das Hauptgebäude schimmert groß, weiß und golden zwischen den Hügeln und Wiesen am Sund, auf denen Pferde grasen. Johan Classen hat sie vor zweihundert Jahren gegründet – die Waffenindustrie hatte ihn reich werden lassen –, und er rief auch die Classenske Fideicommis ins Leben, eine Stiftung, die alles besitzt, was auf Falster schön ist.

In Hesnæs stehen reetgedeckte Häuser am Øresund. Der Buchenwald schließt sich bei Pomle Nakke grün um mich – im Herbst haben wir dort Pfifferlinge gesucht und im Frühjahr Maiglöckchen gepflückt. An der Straße nach Horreby stehen Schilder mit »Erbsen«, »Kartoffeln«, »Hundewelpen«. Die Erdbeeren sind so billig, dass es sich nicht lohnt, sie zu stehlen. Ich kaufe zwei Schalen für Vater.

Das rote Backsteinhaus wartet in der Hans Ditlevsensgade, so wie es immer gewartet hat. Die Gardinen sind zugezogen, obwohl die Sonne scheint. Wenn ich klingele, passiert nichts – er schläft in seinem Sessel –, und ich schließe auf und flüstere: »Vater.« Dann erwacht er.

Es war der Tag, an dem ich zum Verräter an meinem Vater wurde – und ihn ins Pflegeheim brachte. Denn ich hatte kein Zuhause und keine Familie für ihn, so wie er sie für mich gehabt hatte. Ich konnte ihm nicht helfen.

Ich war es, der Hilfe brauchte. Wie ein Dieb ging ich durchs

Haus, suchte seine Sachen zusammen und packte sie in einen Koffer. Seine Strümpfe, die Unterhosen und weißen Hemden, die Zahnbürste.

»Sag mal, was geht hier eigentlich vor?«

Er vergaß es sofort wieder, wenn ich versuchte, es ihm zu erklären. Es war auch nicht zu verstehen. Ich holte die beste und teuerste Flasche Weißwein aus dem Keller, die Mutter mitgebracht hatte. Sie stammte aus dem Jahr 1934 – auf dem Etikett war das Hakenkreuz, der Korken zerbröselte – und goss zwei Gläser ein.

Es war flüssiges Sonnenlicht. Honigbienen summten um uns herum: »Skål, Vater, ich liebe dich.« Dann half ich ihm in den Mantel, reichte ihm seinen Hut und den Stock und nahm ihn unter den Arm.

Es war das Letzte, was er besaß: ein Heim – und wir verließen es, Vater und ich. Ich schloss die Haustür ab. Hinter uns drehten sich die Bilder an den Wänden um und wandten sich von uns ab.

Im Toyota waren wir bereits Gespenster und fuhren den größten Umweg. »Wo um alles in der Welt willst du hin?«

Er sollte das Meer sehen. Ich half ihm auf dem Parkplatz von Bøtø aus dem Auto und schleppte ihn über den Deich zum Strand. Es tat weh, er konnte nicht gehen, und er konnte auch nichts sehen und hatte keine Ahnung, wofür das alles gut sein sollte.

Die Ostsee roch im Wind nach Salz und Brot. Die Brandung brauste weiß gegen den Strand. Es gab Seenebel – der Nebel wogte aufs Land zu und umschloss uns. Ich konnte den Weg nicht finden. Es war mühevoll.

Wir fuhren über die Brücke zum Pflegeheim außerhalb von Toreby. Es roch abgestanden nach Alter und gekochtem Gemüse. Im Aufenthaltsraum lärmten die Nachrichten im Fernseher. Sie waren nicht für die Insassen gedacht, nicht einmal die Wetteraussichten. Die Heizung war aufgedreht, um die Kälte abzuhalten, aber sie kam von innen. Sie froren.

Ich hatte sein Zimmer mit den Möbeln aus der Ecke des Wohnzimmers eingerichtet, in der er die meiste Zeit verbrachte. Ich hatte die Standuhr, den Lampentisch mit dem Telefon und seinen Sessel ins Pflegeheim gebracht.

»Ta-taa!«

Er setzte sich in den Sessel, faltete die Hände und beugte sich vor – die Brille rutschte ihm auf die Nase –, und ich stellte als krönenden Abschluss des Werks unsere Fotos auf: Mutter war blond und hübsch, ich hatte Sommersprossen.

»Vater?«

»Ja.«

»Kannst du dich an Mutter erinnern?«

»An wen?«

»An Mutter, deine Frau.«

»Augenblick, was, warte mal.«

»Wir haben erst kürzlich über sie gesprochen.«

»Oh, du meinst diese Deutsche?«

»Ihr seid fünfzig Jahre verheiratet gewesen, Vater – kannst du dich nicht an sie erinnern? Ihr hattet doch sogar Goldene Hochzeit!«

»Nein, das kann ich nicht. Merkwürdig, das ist mir nicht im Gedächtnis geblieben. Stimmt das denn auch – na ja, was ist denn passiert? Und wo gehörst du hin?«

»Ich bin dein Sohn, Vater.«

»Mein was?«

»Ich bin dein Sohn!«

»Ah ja, nee, nein.«

Was einmal ein Zuhause war, ist nun ein Flur in einem Pflegeheim. Er ist allein, Mutter ist fort und ich bin fort. Die Fotografien verblassen, werden ausgewischt und verschwinden, wenn ich gehe. Das Auto steht auf dem Parkplatz, es ist ganz still, und die Wolken werden länger als der Gesang der Amseln.

Ich konnte weder aufbrechen noch bleiben und fuhr auf der Autobahn mit eingeschalteten Scheibenwischern zurück, so sehr liefen mir die Tränen. Am nächsten Tag fuhr ich wieder zu ihm.

Sollte ich geglaubt haben, dass es schlimmer nicht kommen konnte, so hatte ich mich getäuscht. Denn er war hier nur vorübergehend untergebracht, bis er in das kommunale Pflegeheim von Nykøbing verlegt würde.

Woher hätte ich es auch wissen sollen? Wenn man alt wird und sich nicht mehr allein versorgen kann, verschwindet man in einem der vielen Container mit Klinkerboden, an deren Wänden nichts als Dienstpläne und weiße Schilder hängen: Büro, Toilette.

Es ist ein vollkommen entpersonalisiertes und klinisch funktionalisiertes Depot für die menschlichen Reste, die nicht mehr zu gebrauchen sind. Die einzige Aussicht sind die Umzugskartons vor den Türen; wenn sie vor deiner Tür stehen, bist du tot.

Er saß da, aß aus einer Plastikschale und erkannte mich kaum. Wenn ich anrief, war er verwirrt, »bist du das wirklich?« Er war beim gemeinsamen Singen und glaubte, es ginge um meine Beerdigung. Ich wurde begraben.

Ein anderes Mal erzählte er, das Pflegeheim sei besetzt und von Soldaten eingenommen worden, die die Insassen erschießen wollten. Ich setzte mich sofort ins Auto und fuhr zu ihm. Auf der Hin- und Rückfahrt geriet das Leben langsam ins Stocken.

Er hatte das gesetzlich verbriefte Recht auf eine Unterbringung in der Nähe seiner engsten Verwandten. So viel hatte ich mir angelesen. Nach endlosen Hindernissen gelang es mir, ihn in einem Pflegeheim in Nyboder unterzubringen.

»Wo bin ich?«

Es war das Beste, was ich tun konnte. Ich bildete mir ein, nun würde alles gut. Er zog die Standuhr auf, suchte nach der Quittung und brachte eine Buchführung von 1953 in Ordnung. Jeden Tag zog er mit großer Mühe ein weißes Hemd und den Anzug an, um präsentabel aufzutreten, doch es kam niemand.

»Du musst nicht traurig sein.«

Er hatte einen klaren Augenblick.

»Ich hatte ein schönes Leben und habe keine Angst vor dem Tod. Manchmal denke ich, ob da wohl etwas auf der anderen Seite ist, aber eigentlich glaube ich es nicht. Wir sind zu viele. Es gibt nicht genug Platz.«

Der Ficus welkte und ließ seine Blätter fallen als ich ihn bewegte. Ich hörte Kinderstimmen von der Straße. Der Makronenkuchen zum neuen Jahr stand auf dem Lampentisch. Er versank in der ausdruckslosen Einsamkeit der Demenzabteilung im zweiten Stock – und ich verschwand mit ihm.

*Knud Romer Jørgensen*

Mein Name stand an der Tür. Unsere Namen waren identisch – ich besuchte mich selbst als alten Mann. Ich fing an, zu vergessen und die Orientierung zu verlieren, ich konnte die richtigen Worte nicht finden. Langsam döste ich im Sessel dahin.

Aber ich konnte seinen Platz nicht einnehmen und hatte weder die Mittel noch die Fähigkeit, ihn zu pflegen. Er war zumindest in sicheren Händen, dachte ich, weit entfernt davon, sich am Ende der Kellertreppe den Hals zu brechen.

Das Telefon beim Zahnarzt klingelte mitten in meiner Wurzelbehandlung. Er war gefallen. Sie hatten ihn am Morgen auf der Toilette gefunden. Wie lange hatte er dort gelegen, allein, verzweifelt, und um Hilfe gerufen?

Ich eilte ins Bispebjerg Hospital. Es war unterbesetzt und überbelegt, es gab auf den Zimmern kein freies Bett. Er hatte sich die Hüfte gebrochen und lag auf dem Flur, über ihm war der Türöffner. Alle, die durch die Tür mussten, streckten den Arm über seinem Krankenbett aus. Ein Medizinstudent war bei der Visite dabei und versuchte, seinen Puls an der Leiste zu finden. Er war so schwach, dass man ihn nicht fühlen konnte.

Ich streichelte ihm über die Wange, er war unrasiert. Die weißen Bartstoppeln bedeckten sein eingefallenes Gesicht aus. Seine Augen standen halb offen – wässrig und verschleiert – und sahen nichts anderes als seine eigene Vorstellung über seinen Aufenthaltsort.

»Alles wird gut werden, Vater. Jetzt bist du hier. Sie passen auf uns auf.«

»Geh runter in die Kajüte«, sagte er.

Er segelte und glaubte, es sei Sommer. Wir brachen in einem LA-Kreutzer auf, das war in den Ferien der einzige Weg heraus aus Nykøbing. Mutter navigierte mit Seekarte, Lineal und Zirkel, und ich lag vorn auf dem Deck, naschte englische Lakritz und hielt Ausschau nach Land.

Wir segelten von Femø bis nach Småland und Grenaa und hörten den Wetterbericht: Doggerbank, Fladen Grund und die Fahrwasser westlich der Hebriden. Aber das Wetter schlug um und ein Orkan zog über dem Kattegat auf.

Er überließ Mutter das Ruder, legte die Rettungsleine an

und ging an Deck, um die Segel zu reffen. Er trat mit einer Sicherheit und Entschlossenheit auf, die ich vorher nie bemerkt hatte, weil ich sie für normal hielt. Vater war der unsichtbare Fels, der uns aufrecht hielt. Nun war es der Jüngste Tag.

Der Regen peitschte herab, es donnerte und blitzte. Weit entfernt sah ich eine Windhose übers Meer wirbeln. Sie erhob sich und türmte sich vor uns auf wie eine graue Mauer. Vater saß am Ruder und ich schaute ihm aus der Kajüte zu, wie er mit dem LA-Kreutzer durch die Wellen ritt – und ich bewunderte ihn über alles.

Leute hatten sich an der äußeren Mole versammelt und sahen zu, wie er angeschossen kam und in den Innenhafen einlief. Er ließ die Segel fallen, glitt an den Steg und legte an. Dann liefen wir hinaus auf die Mole – ich trug einen Südwester – und stellten uns zu den anderen und schauten aufs Meer: ein Dreimaster!

Er war in Seenot geraten und nahm Wasser auf. Dann ging er unter, mit dem Steven zuerst. Es gelang der Küstenwache, die Besatzung zu retten. Die Dunkelheit, der Regen und das stürmische Wetter hielten die ganze Nacht an.

Am nächsten Morgen war der Himmel blau und wolkenfrei. Die warme Sonne, die Geräusche des Hafens. Ich spielte am Strand und auf den Hügeln, ich rutschte in Pappkisten hinunter, die ich vom Kaufmann bekam. Die Schiffe waren violett von Möwenklecksen, weil sie Schwarze Krähenbeeren fraßen.

Die Fischer schenkten mir Schollenköpfe. Ich zog eine Schnur durch die Augen und knotete sie zusammen. Dann legte ich mich auf die Planken und fing Krabben – es duftete nach Teer und Salzwasser. War der Eimer voll, schüttete ich ihn aus und begann von vorn. Die Sommerferien währten ewig.

Es war die glücklichste Zeit meines Lebens, und wenn es das Paradies gibt, dann wache ich auf Anholt wieder auf, wenn ich einmal tot bin.

Doch Vater erreichte weder den Hafen, noch überlebte er die Operation. Er rang um Atem, als ich das Zimmer betrat. Er hatte ein Blutgerinnsel, das zu den Lungen wanderte. Neben ihm stand ein Krankenpfleger und schlug auf einen Apparat ein, der das Wasser abpumpen sollte:

»Das alte Scheißding – es funktioniert nicht!«

Vater erhob sich halb aus dem Bett und streckte die Arme nach mir aus. Ich wollte nach ihm greifen und ihn hochziehen. Er lag mit weit aufgerissenen, verzweifelten Augen da – und ertrank im Kattegat.

»Jetzt tu doch endlich etwas!«

Bevor ich mich versehe, zieht der Pfleger ihm die Sauerstoffsonde aus der Nase, um ihn in die Notaufnahme zu bringen. »Was machst du denn da? Man nimmt doch niemandem die Sauerstoffsonde weg, der keine Luft mehr kriegt!«

An dieser Stelle hätte ich eingreifen müssen – es war der Tod in einem weißen Kittel, der bucklige Zwerg –, aber wie, was hätte ich tun können? Ich bin kein Arzt und vertraue darauf, dass sie wissen, was sie tun – dass sie ihr Bestes tun –, und sehe machtlos zu, wie er anfängt zu zucken und in sich zusammenfällt.

»Herzstillstand!«, schreit der Krankenpfleger.

Ärzte und Krankenschwestern kommen angerannt, hektische Aktivität bricht aus. Sie setzen ihm einen Defibrillator auf die Brust.

»Zurücktreten. Kontakt!«

Nichts passiert. Auch dieses alte Scheißding funktioniert nicht! Wieder und wieder, ich traue meinen Augen nicht. Sie bitten mich, das Zimmer zu verlassen, ich soll mir das nicht ansehen. Wie könnte ich das tun – es ist mein Vater –, und sie führen ein großes Schauspiel für mich auf, bis es nicht mehr geht:

»Ist er nicht längst hirntot?«

»Schon.«

»Warum macht ihr dann weiter?«

»Sollen wir abbrechen?«

»Ja.«

Ich setze mich neben Vater, halte seine Hand und spüre, wie der Puls immer schwächer und schwächer wird und in einem leblosen Ding verschwindet.

Der Bestatter in der Nordre Frihavnsgade wusste zu erzählen, dass seine Firma auch die Beisetzung meines Onkels übernommen hatte – seines Bruders Ib –, und ich bat sie, eine Todesanzeige zu schalten. Es war, als sähe ich meine eigene in der Zeitung:

*Unser geliebter*
*Knud Romer Jørgensen*
**8.12.1912 †1.10.2001*

*Ein Blatt fällt zum Himmel*

Das sollte auch auf ihrem Grabstein in Nykøbing stehen, erklärte ich, habe es aber nie veranlasst. Er wollte keinen Grabstein, und er hatte auch keinen für Mutter oder seine Eltern aufstellen lassen. Sie glitten spurlos fort, und nun war es an ihm.

Der Kirchendiener überreichte mir die Urne, ohne ein Wort zu sagen. Wir gingen zusammen zum Grab. Es gab nur Kies – und ein frisch gegrabenes, rundes Loch. Ich versenkte die Urne neben Mutter und ließ die Schnüre fallen, er füllte das Loch wieder auf und klopfte es fest. Das war alles, was an Ritual geblieben war – kein Pastor, kein Gebet, kein Gesang –, in einem sinnlosen, ausdruckslosen Ende waren wir vollkommen uns selbst überlassen.

Das Einzige, was ich gut zu machen hatte, lag wie ein Stein auf meinem Herzen. Ich hustete ihn heraus – es war ein Kirschkern –, setzte mich in den Schneidersitz und nähte mit dem Rüssel einer Mücke ein Gedicht aus Tönen. Die kleinste Elegie:

*Mitten im Sommer*
*sitzt einer*
*der einer ist,*
*der einsam ist.*

*Vater schläft in seinem Sessel*
*und wartet, dass das Leben vorbeigeht.*
*Das Einzige, was noch bleibt,*
*ist zu vergessen,*
*und das Leben war lang, es dauert lange,*
*bis alles vergessen ist.*

*Er kann nicht sehen*
*und kann nicht hören*
*und sich an nichts erinnern.*

*Ist das die Wäsche?*
*Sind das die Erdbeeren mit Sahne?*
*Wie spät ist es?*
*Ist es so, wie es sein soll?*

*All seine Sinne*
*klammern sich an mich und wachsen zusammen.*

*Sein Mund ist eine Narbe,*
*und die Augen werden zu Glas.*

*Ganz leise lassen sie los und verlöschen*
*die Felder und Bäume und Blumen.*
*Alles verwelkt in seinem Gesicht,*

*und ein Blatt fällt zum Himmel.*

*

Der Bach lief unter der Hauptstraße hindurch, der Wisconsin Avenue, die Häuser waren auf beiden Seiten von Wald umgeben. Normalerweise schaute M. den Enten im Wasser zu, doch diesmal standen Leute auf der Brücke und lehnten sich über das Geländer – ein älterer Mann, eine Frau und ein Mädchen, sie war hübsch. Sie hatten Gras in den Händen.

Sie wirkten vertraut, zumal sie persisch aussahen. Plötzlich erinnerte er sich, dass es die Frühjahrs-Tag-und-Nachtgleiche sein musste – das Neujahrsfest –, und er fragte sie:

»Nouruz?«

Sie nickten, ja!

Er wünschte ihnen ein gutes neues Jahr. Der alte Mann sagte »Please, join us«, aber er lehnte es ab, es war ihre Zeremonie. Sie bestanden darauf, »no, please« – und noch einmal, um zu zeigen, dass sie es wirklich ernst meinten: »Tarof.«

Man musste ein paar Büschel Gras nehmen, die man so fest wie möglich zusammenband, und sich etwas wünschen. Alle machen Neujahr dasselbe, sie binden einen Knoten um das Gras, wünschen sich etwas und werfen es ins Wasser. Ihr Wunsch würde in Erfüllung gehen.

Er blickte nach unten. Es schwammen bereits viele kleine

grüne Büschel im Bach. Das Mädchen sagte: »Wir haben neunzehn gezählt.« Sie flossen davon und nahmen ihre Wünsche mit sich in die Zukunft, seine jedoch nicht. Sie flossen in die andere Richtung, gegen den Strom und endeten weit entfernt in Teheran.

M. wünschte »Happy Nouruz« und dachte an die persischen Schreibmaschinen, die in dieser umgedrehten Welt von rechts nach links schrieben. Sie waren unsere andere Seite. Wir waren Spiegelbilder, aber würden wir uns jemals treffen? »Wenn das Wasser nach oben fließt, singen die Frösche ein Abuata-Lied«, hatte Hadji immer gesagt und sich um das Rosenbeet gekümmert.

Als M. ihr Haus in der Surrey Street erreichte, war es dunkel. Etwas hatte sich in seiner Mutter angestaut – eine Kindheit in Not, Kriegsgefangenschaft, vierzig Jahre im Dienst der CIA –, in ihrem letzten, giftigen Kuss brach der Kalte Krieg aus. Sie war überzeugt, dass er ein Fremder sei, der es auf sie abgesehen hatte und sie von Agenten überwachen ließ.

Sie bekam Medikamente und wurde von einem Militärpsychiater behandelt. Aber sie kannte alle Tricks und Techniken beim Patientengespräch und setzte sie in ihren paranoiden Zwangsvorstellungen dem Arzt gegenüber ein. Was also ist die Wirklichkeit und was Fiktion, Herr Psychiater? Danach könnte er sich in seine eigene Abteilung einweisen lassen.

Sie wohnte allein, saß im Wohnzimmer und klammerte sich an einen Zettel. Vater hatte ihn heimlich einer Stewardess zugesteckt, als sie ihn aus dem Flugzeug geholt hatten. Seine Dienstnummer: 055 418.

Hin und wieder las M. einige der Bücher seines Vaters. Die *Ilias*, Herodot, Freya Stark – die unterstrichenen Stellen –, und wieder standen sie unter der glühenden Sonne im Staub. Die Grillen zirpten, Vater rezitierte und sie suchten nach Troja.

Sie waren selbst zu Ruinen geworden. Was war mit Tim? Er hatte die Universität aufgegeben und sich zur Marine gemeldet, wo er es aber auch nicht lange aushielt. Nun lebte er mit kleinen Jobs von der Hand in den Mund, wohnte mit ein paar Katzen in einem Haus auf dem Land und hatte Sklerose. Er konnte kaum noch seine Beine spüren.

Missy hatte einen Anwalt aus Dallas geheiratet, der wohlhabend genug war, um ihre Ausgaben zu finanzieren – und Vicky reiste mit einem jungen Agenten der CIA nach Bolivien. Er glaubte, es würde seiner Karriere nützen, die Tochter des alten Löwen zu heiraten – ihr Vater war schließlich nach dem Krieg in Salzburg einer der Gründer der CIA gewesen. Er benahm sich wie ein zweiter James Bond.

Er beging Unterschlagungen und Valuta-Betrug und war ihr untreu, während sie in der Geburtenklinik lag, schrie und presste. Missy schrie und presste in Dallas mit. Er wurde unehrenhaft entlassen, und Vicky zog mit ihrem Kind nach Dallas und heiratete den Bruder von Missys Gatten, der ebenfalls Anwalt war.

Sie konnten nicht voneinander lassen, wie sehr sie es auch versuchten, und Vicky unterzog sich immer mehr Schönheitsoperationen, bis sie nicht mehr wiederzuerkennen war. Missy ließ dieselben Operationen vornehmen. Sie ähnelten sich noch immer wie ein Ei dem anderen. M. wusste nicht, wer denn nun wer war, und fand es auch nie heraus.

Die CIA hatte ihn nach der Universität kontaktiert. Er hatte Kunstgeschichte und klassische Philologie studiert, um sicherzugehen, dass sein Studium zu nichts zu gebrauchen war. Der Kontaktmann stellte sich als »Sebastian« vor – »nenn mich Sibby« –, aber M. hatte sich mehrfach bedankt: das nicht!

»Grüß meinen Vater und richte ihm aus, dass ich nicht sein Sohn sein will.«

Sie hatten ihm einen anderen Job angeboten, erzählte M. Er

arbeitete nun als Kurier. Er war für den Transport der Kunst zuständig, die in den amerikanischen Botschaften hing. Nach einem Regierungswechsel packte er die Sammlung des Vorgängers ein und brachte sie zurück. Dann nahm er Bestellungen von den neuen Botschaftern entgegen. Land um Land – er war ständig unterwegs – und die Präzisionsuhr zeigte die Zeit an: Weltzeit von NOMOS Glashütte. Sein einziges Zuhause war der alte Zerstörer der Imperien, Pan American Airways.

Manchmal schien es M., als sähe er seinen Vater in der Menschenmenge über die Straße humpeln. Natürlich war er es nicht. Aber wer war er?

»Ein Patriot«, hatte Mutter gesagt. M. erinnerte sich an eine Bemerkung, die er auf dem Weg zur sowjetischen Grenze in Afghanistan ganz nebenbei fallen ließ: »Being a double is the only game left.« Konnte man das Spiel gewinnen, indem man auf beiden Seiten war?

M. stellte sich vor, dass sein Vater einfach in Rente gegangen war, um elf Uhr seinen Gin-Tonic trank, nie ohne seine Weste und die blank geputzten Schuhe. Die Repetieruhr schlug in einer Datscha auf der Krim. Abends stellte er den Korbsessel vor den Hang und betrachtete das Schwarze Meer. Der Leuchtturm an der Landzunge und die Sonne, die hinter der Steppe niederging und in einem fernen Segel aufleuchtete. Dohlen und Eulen an der Steilküste. Die Brunnen waren tiefer als das Meer.

Eines Tages war M. an der Spanischen Treppe in Rom dem Baron begegnet, dem Schmuckhändler aus dem alten Bazar. Wie lief's denn so?

»Maschallah!«

In einem Buch über die CIA hatte ich gelesen, dass sein Vater mit Zigarettenspitze rauchte. Ich fragte M., warum er das nicht erzählt hatte.

»Weil er es nicht getan hat. Wie oft soll ich es noch sagen: Alles ist gelogen.«

Es ließ sich unmöglich sagen, was wahr und was falsch war. Vielleicht war es überhaupt nicht passiert. Es waren nur Illusionen. Die Fenster in den Botschaften hingen an Wänden, und wenn man glaubte, man könnte durch sie nach draußen schauen, irrte man sich. Es waren Bilder, die ihre Sicht auf die Dinge wiedergaben: Weltbilder.

Wenn M. nicht wahnsinnig werden wollte, musste er sich selbst in psychiatrische Behandlung begeben – er brauchte ein Debriefing. Nur konnte er nichts sagen, und niemand würde ihm ein Wort glauben. Seine Kindheit war ein Tempel der Heimlichkeit: das versiegelte Museum.

Ich sei beim Schlussspiel besser geworden, sagte er – man sollte meinen, ich sei Russe – und hinterließ mir ein Buch aus der Sammlung seines Vaters: *The Owl's Watch Song* von J. A. Cuddon. Es spielt in den schmalen Gassen von Istanbul und erschien 1960 – dem Jahr, in dem wir beide geboren wurden, M. und ich.

Es war beinahe besser, als es selbst erlebt zu haben. Und dann ging es auch noch um Schach.

Ein Held spielte mit dem Teufel um seine Seele. Nach vielen Tagen gab es einen Gleichstand mit ganz wenigen Figuren, die noch übrig waren. Der Teufel war in eine Ecke gedrängt worden und hatte nur noch zwei Züge. Der eine setzte ihn matt, mit dem anderen hätte er gewonnen, doch dann würden seine Figuren das Kreuzzeichen bilden.

Er gab auf – und verpuffte mit einem lauten Knall in einem Feuerblitz und Schwefelwolken.

*

Auf dem Rückweg vom Østre Kirkegård fielen die Blätter zum Himmel, als würde der Herbst ein für alle Mal die Bäume leeren. Sie welkten und stoben auf dem Weg durch die Stadt zur Hans Ditlevsensgade und unserem Haus hinter mir her.

Dort hatte es gestanden und die Dornenhecke war wild um den ewigen Nachmittag gewachsen, an dem ich, den Kopf in die Hand gestützt, dalag und im Licht des Märchenlandes las. Alles war zugewuchert. Der Blauregen bedeckte die Mauern, bis sie kaum noch zu sehen waren. Das Haus meiner Kindheit war zu einer Erbmasse, einem Totenhaus geworden.

Wegen all der Zeitungen, Werbebroschüren und Fensterumschläge, die wie unbenutzte Zeit in einem Haufen im Flur lagen, konnte ich die Haustür nur mit Mühe öffnen. Vaters Mantel und Mutters Pelz hingen auf ihren Bügeln an der Garderobe, der Hut lag auf der Ablage, und mir fiel das Muster der Tapete auf. Eine weiße und eine blaue Taube legten verliebt die Köpfe aneinander.

Niemand hatte mich auf den Anblick vorbereitet, als ich das Wohnzimmer betrat. Der Fußboden war schwarz und wimmelte vor Ameisen. Spinnen hatten die Dinge in Spinnweben versponnen. Sie hingen in breiten Vorhängen von der Decke.

Die Wurzeln der Zimmerpflanzen waren durch das Parkett und die Wände hinaufgewachsen. Die Tapete hatte sich gelöst, Putz und Mörtel rieselten herab. Alles war von der Natur übernommen worden.

Ich öffnete die Gartentür. Meterhohe Disteln waren zwischen den Terrassenfliesen und dem Frühstückstisch im Sonnenschein aufgeschossen. Der Rasen wogte im Wind wie Strandhafer auf dem Deich. Die Stauden und Beete wurden von Unkraut erstickt. Vergissmeinnicht, Schleierkraut, Mutter und ihre Erinnerungen – alles war fort und vergessen.

Ich wusste nicht, wie ich es anfangen und was ich mit mir selbst anfangen sollte, und ging in den Zimmern wie ein Wiedergänger zwischen den Möbeln umher, wo wir unser Leben gelebt hatten. Im Esszimmer roch es nach Geburtstag, Weihnachten und Silvester – und nach Schwamm und Schimmelpilzen –, das Silbertablett mit ihren Pillengläsern stand noch auf der Anrichte. Die Küche war grün vor Schimmel. Nie wieder Apfelstrudel und Kaiserschmarrn.

Das Schlafzimmer lag mit vorgezogenen Gardinen im Dunkeln. Als ich das Licht einschaltete, hatte ich das Gefühl, als würde sich ein Junge einschleichen.

Ich sah zu, wie Mutter sich in Unterrock und schwarzen Krokodilschuhen vor den Toilettentisch setzte und sich schminkte. Sie trug Puder auf, ein wenig Rot auf die Wangen und bemalte sich den Mund mit Lippenstift, den sie mit Papiertaschentüchern abtupfte.

Mit einem Auge starrte sie in den runden Kosmetikspiegel mit Vergrößerungsglas. Sie zupfte sich die Augenbrauen und strich sie zu feinen Bögen.

»Tut das weh?«

Sie zwickte mit der Pinzette:

»Willst du es ausprobieren?«

Die künstlichen Augenwimpern glichen Tausendfüßlern. Sie klebte sie an, frisierte sich das Haar und besprühte es mit Haarspray, bis es hart und steif war und roch, als hätte man vergessen, das Gas abzustellen.

Die Kleider hingen ordentlich aufgereiht im Kleiderschrank. Sie ließ ihn zwischen dem rosafarbenen mit dem Silbermuster und dem grünen mit der Stickerei an der Brust wählen.

»Welches passt besser?«

Er zeigte auf das eine, sie entschied sich für das andere und schlüpfte hinein wie in ein Seidenbad, und er zog den Reißverschluss hoch, bis sie das Häkchen im Nacken spürte. Dann legte sie die großen goldenen Ohrclips, das Armband und die Perlenkette an.

Mutter war schön wie ein Gemälde und ebenso unnahbar. Es überraschte ihn, dass sie die Augen bewegte. Er bewunderte sie aus der Entfernung – egal, wie nah sie stand. Waren seine Eltern zu einer Einladung gefahren, holte er die roten, zerknüllten Wattekiisse wieder aus dem Papierkorb.

Ihre Hausschuhe standen noch immer nebeneinander vor dem Ankleidespiegel, doch der Spiegel war leer. Ich zog den Überwurf von ihrer Hälfte des Bettes. Auf dem Kopfkissen lag ihre Perlenkette. Seit sie gestorben war, hatte Vater neben der Kette geschlafen.

Ich zog die Schublade ihres Nachttischs heraus. Sie duftete nach Parfüm – und dort lag der Schmuckkasten. Darin hatte sie meine Milchzähne aufbewahrt.

Das Kinderzimmer sah so aus, wie ich es verlassen hatte. Die Stereoanlage, die Platten, die Bücherregale – *Insekten in Farbe* und *Der Räuber Hotzenplotz* –, die Steinsammlung. Der Schreibtisch mit der gelben Architektenlampe, an dem ich gesessen und mit einem hoffnungslosen Aufsatz gekämpft hatte.

Ich war niemals herausgekommen – und zog ein, um das Haus an mich zu nehmen und zu räumen. Nachts schrien die Katzen draußen im Garten wie Säuglinge. Mir graute vor der Hexe, die mit ihren langen Fingernägeln an die Scheibe kratzte, mich in den Sack steckte und in ein Märchen der Gebrüder Grimm sperrte.

Früher oder später musste ich anfangen – wie ein großer, rostiger Sarg stand der Container auf der Straße. Ich begann mit der Küche. Das kleine Sahnekännchen, die Zuckerschale von Villeroy & Boch, *Marions Kochbuch* mit Mutters Rezepten – sie hatte sie in Fraktur geschrieben und zwischen die Seiten gelegt –, Großmutters Waffeln, Zwetschgenknödel, wie hätte ich so etwas wegwerfen können?

»Knüdchen, Händewaschen, essen!«

Der Kerzenhalter vom Gerberhof und das Schlachtermesser, das so scharf war, dass man es kaum sah. Ich schloss die Augen und wanderte mit jedem einzelnen Gegenstand zum Container und wieder zurück, bis ich immer leerer wurde und mich in nichts auflöste.

Die Kleiderschränke mit ihrer Unterwäsche, den Socken, Kleidern, Anzügen und Schuhen; ich stopfte alles in schwarze Abfalltüten, sie fühlten sich an wie Leichensäcke. Die Bettbezüge und Tischdecken hatten gestickte Monogramme, was sollte ich damit machen? Die goldene Uhr um sein Handgelenk, das immer dünner geworden war, sein Trauring, sein Hörgerät – »Dreh es lauter, Vater!«

Das Lebkuchenherz vom Weihnachtsmarkt in Frankfurt – »Ich bleib Dir 3, 4+4« – und der Toaster, der das Brot in den Himmel schickte. Von nichts konnte ich mich trennen.

Die Möbel im Esszimmer, »Prost Neujahr!«. Das Silberbesteck für zwölf Personen – wir waren nie mehr als vier, wenn Großmutter zu Besuch kam. Die Serviettenringe mit dem eingravierten Namen und dem Taufdatum, die Schalen, der Kronleuchter. Das Meissener-Porzellan und die Gemälde: Max Pechstein – ich musste alles mitnehmen.

Alles war voll mit unserem Leben, unseren Gefühlen und unseren Erinnerungen, die hundert Jahre zurückreichten. Die Geschichte war wie ein Stillleben in Dingen gefangen.

Der Sekretär bog sich vor Briefen und Tagebüchern, Testamenten, Stammtafeln, und Fotografien – die Hälfte der Fotografierten kannte ich nicht. Einige waren aus dunklem Glas – Daguerreotypien –, und es gab drei Alben mit Fotos, die

Großvater während des Ersten Weltkrieg gemacht hatte: Schützengräben und zerstörte Dörfer, Gräber mit einem Helm auf dem Kreuz und ein Wirtshaus Zur letzten Gasmaske.

Ich versuchte, die Dinge ein bisschen zu ordnen, und gab auf. Sie hatten alles aufgehoben, Vater warf nichts weg. Sogar die Quittung vom Geburtstagsessen in Paris, mit Entrecôte und Crêpes Suzette. Die Mayland-Kalender. Tag für Tag und Jahr für Jahr, hier wurden Temperaturen, Ausgaben notiert, und die Häufigkeit meiner Anrufe, mit Uhrzeit.

Ich wagte nicht an den Rest im Keller zu denken. Papa Schneiders großer schwarzer Reisekoffer stand hinter dem Vorhang – er war rund um die Welt gereist. Einmal hatte ich drauf geklopft und furchtbare Angst gehabt, dass er herauskommen könnte.

Aufeinandergestapelte Pappkartons. Darin lagen sämtliche Schularbeiten – Rechnen, Dänisch –, in einem anderen das Taufkleid und die Schuhe. Die Krippe mit den Figuren und dem kleinen Jesuskind, der Weihnachtsschmuck – Glaskugeln, Kerzenhalter, der Stern – und die Engel mit den goldenen Flügeln, die mit den Händen in den Flammen beteten.

Ich zog ein Heft mit einer grünen Stechpalme und einer roten Schleife auf der Vorderseite heraus: *Weihnachtsfreude*.

Das war im Grunde Mutters einziger Umgang gewesen.

Es klingelte an der Tür, und eine ältere Dame mit Dutt und Mantel trat ein. Sie sagte nichts und sah auch nicht sonderlich fröhlich aus. Mutter holte das Portemonnaie, kaufte für fünf Kronen das Stück grüne Marken mit einem Stern und leckte daran. Und ich hoffte, dass es ausreichte, um Weihnachten herbeizuführen und Freude ausbrechen zu lassen.

Es war unmöglich, sich davon zu trennen, doch die Dinge legten sich mir auf die Schultern wie Ballast, der mich ins Grab zog. Aus dem Heizkeller brummte es heiß. Werkzeug,

Kästen mit Souvenirs aus Montreal, wo sie mit dem Lions Club waren – und in der hintersten Ecke, in Luftpolsterfolie verpackt: die Liebesbriefe. Von Mutter an Vater und Vater an Mutter. »Mein liebes Hildchen«, schrieb er. »Mein süßer Liebling«, antwortete sie. Die Briefe kreuzten sich in einem Kuss.

Das Kinderzimmer nahm ich mir zuletzt vor. Es war meins, und ich wollte es nur loswerden und vergessen, wer ich gewesen war. Die Matchboxautos, das Fort mit den Cowboy- und Indianerfiguren – ich saugte die Gefühle aus ihnen heraus, die ich einmal gehabt hatte: der letzte Mohikaner.

Die Würfel und Becher für Yatzi und Bluff, Scrabble, Monopoly – ich kaufte Grønningen, wenn ich die Chance bekam –, und das Stempel-Set, »Knuds Briefmarken und Co«. Ich hätte Briefmarkenhändler werden sollen.

In der Schublade fand ich einen kleinen, selbstgebastelten Umschlag, darin ein mit der Maschine geschriebener Brief:

*Donnerstag. der 2 februer.*

*du jeanne komm her zu mir.*
*ich habe gedacht dass du villeicht gedacht hast.*
*bei meinem fest dabei zu sein.*
*Freitag um 3.*
*Liebe grüse*
*KNUD*

Ich hatte ein rotes Herz gezeichnet, das von einem Pfeil durchbohrt wird, »jeanne und knud«, und darunter geschrieben:

*Ein Kuss*
*Von KNUD*

Es war ein Fest, das ich nie gefeiert, und ein Brief, den ich nie abgeschickt hatte.

Ich zog die Spieldose mit Brahms Wiegenlied auf: »Guten Abend, gut' Nacht, mit Rosen bedacht«. Es war das Erste, was ich gehört hatte, die Melodie hatte mir meine Muttersprache gegeben, die deutsche Sprache, und der Schnee fiel in weichen, weißen Flocken, wenn Frau Holle die Betten ausschüttelte.

Die Landkarte hing an der der Wand über dem Bett. »Landiae et Falstriae Accurata Descriptio«. Es war meine ganze Welt gewesen, mit Hügel, Wäldern und Kirchen, und die Fregatten flohen vor den Seeungeheuern über den Øresund.

Johannes Mejer hatte sie in alten Zeiten gezeichnet. Er wurde 1606 geboren, sein Vater war Pastor in Husum. Aber das hatte nicht viel geholfen, er starb, als Johannes elf Jahre alt war. Und die Mutter, Elisabeth, konnte die Familie nicht versorgen.

Sie waren sechs Kinder, Johannes war der Älteste. Er wurde im Haus ihres Bruders Johannes Jüngling untergebracht, der Hardesvogt im nicht weit entfernten Kropp war, und musste die Kühe auf der Marsch hüten.

Johannes hatte seinen Vater verloren und vermisste seine Mutter, und um ihn herum war alles Terra incognita – man hatte ihn fortgebracht, und er wusste nicht, wo er war. Das Einzige, was ihm noch blieb, war die Landschaft.

Der flache Horizont und die Bäume, die sich im Westwind bogen, die Wasserläufe, die Mühlenteiche und Deiche, die Felder und der Wald. Man musste nur mit den Fingern ein Rechteck in die Luft zeichnen, schon hatte man ein Gemälde – direkt zum Aufhängen an der Wand, wie es auch auf den meisten der großen Höfe geschah. Auf der Suche nach sich selbst ging Johannes mit den Kühen durch friesische Landschaftsgemälde.

Er wuchs in Ejderskellet auf. Im Osten war das undurchdringliche Dänische Wohld, dort lag die Lohheide und die Kropper Heide, und im Westen gab es das Moor von Stapelholm. Es war das strategische Vorterrain für den dänischen Grenzwall, das Danewerk. Jeden Tag ließ er seine Kühe dort grasen. Er notierte sich die Kirchtürme, Erdhügel, Hecken und Landmarken – hier wurde Johannes Kartograph und lernte, Karten zu zeichnen, die so genau waren wie der Sternenhimmel.

Kaum hatte er sich ein wenig zurechtgefunden, da wurde er auf der Flucht vor dem Dreißigjährigen Krieg und den kaiserlichen Truppen noch einmal fortgeschickt. Diesmal nach Kopenhagen, wo er bei seinem Onkel wohnen sollte, dem Pastor der deutschen Sankt Petri Kirche.

Johannes wusste, was er werden wollte, auf keinen Fall Pastor. Er studierte Mathematik – damals eine Mischung aus Astronomie, Astrologie, Landvermessung, Kartographie und allen möglichen anderen Disziplinen, die nützlich waren, wenn man wissen wollte, wo man war. Er studierte Tycho Brahe, Longomontanus und Lauremberg. Abends stritt er sich mit seinem Onkel Bernt über die biblische Geographie und Wissenschaft.

Dann kam der Lübecker Frieden. Die feindlichen Truppen verließen Husum. Johannes reiste zurück und setzte seine Studien fort, gab Privatunterricht und lebte von schriftlichen Arbeiten – Gelegenheitsgedichten für Hochzeiten und Begräbnisse.

Schon bald gab er astrologische Kalender und einen populären Almanach heraus. Und er begann ein bisschen zu kartographieren. Es ging um Grenz- und Landstreitigkeiten, die in den schleswigschen Marschgebieten häufig vorkamen, weil der Boden wertvoll war – nicht zuletzt aufgrund der teuren Eindeichungsarbeiten. Jede Generation versetzte die Grenzen um einige Meter in die eine oder andere Richtung, und er war der genaueste Landvermesser.

Johannes stürzte sich auf das Kartographieren der Marschgebiete um Husum, wo er sich als Kind verirrt hatte – und er machte es so gut, dass er die Aufmerksamkeit des Herzogs von Gottorp erregte. Er wurde beauftragt, den Kreis Apenrade und die Schlei mit ihren Heringszäunen und der näheren Umgebung zu kartographieren. Sein Glück war vollkommen.

Denn der junge Kartograph fiel König Christian IV. auf, der es ihm überließ, die Westküste der Halbinsel von Varde bis Glückstadt zu kartographieren. Später wurde der Auftrag auf die beiden Herzogtümer erweitert. Johannes vollendete die Kartographierung Schleswigs und Holsteins und wurde schließlich am 27. Januar 1647 zum Königlichen Hofmathematiker ernannt.

Er bekam die Aufgabe, eine Generalkarte des gesamten Königreichs anzufertigen – und sechs Jahre Zeit, um den Auftrag auszuführen.

Der König bewilligte ihm jährlich zweihundert Reichstaler sowie zwei Kutschen mit Gespannen. Seine Reiseausgaben, der Transport von ihm, seinen Helfern sowie der Verpflegung hatten die königlichen oder herzoglichen Verwaltungsbezirke zu übernehmen. Außerdem wurde Johannes ein kleineres Vermögen in Aussicht gestellt, wenn die Karte fertig war.

Er wollte im Frühjahr aufbrechen und die Arbeit fortsetzen, bis es durch Winter und Wetter unmöglich wurde.

Johannes hatte einen Vorsprung, da er die Belte bereits hatte vermessen lassen. Während seines Aufenthalts in Kopenhagen hatte er Erkundungen in Nordseeland und entlang der Küstenlinie der Insel unternommen. Seine Arbeit um Ribe und Varde kam ihm ebenfalls zugute, dennoch war die Aufgabe unmöglich zu bewältigen und von Anfang an zum Scheitern verurteilt.

Nach Südseeland und den Inseln konzentrierte er sich auf Jütland und schritt die Westküste ab – und je langsamer er ging, desto länger wurde sie. Dann drang er ins Landesinnere vor. Johannes übernachtete auf Gütern oder in Landgasthöfen, doch oft genug bekam er von einem Bauern erst ein Bett mit Heu und Läusen, wenn er ihm seinen königlichen Brief gezeigt hatte.

Die örtlichen Bauern waren misstrauisch und ihm feindlich gesonnen, weil sie für seinen Aufenthalt aufkommen mussten – und er zertrampelte die Ernte, wenn er quer durch die Felder, Bäche und Gärten wanderte und jedem Hindernis trotzte, ohne einen Zoll von seinem Kurs abzuweichen.

Außerdem war er Deutscher, und sie wussten ganz genau, warum alles vermessen und kartographiert werden sollte: zum Eintreiben von Steuern. Er fragte nach dem Weg, und sie zeigten in die falsche Richtung oder sahen sich nach rechts und nach links um, wenn er wissen wollte, wie der Ort hieß: »Was, wo?« Es war einfacher, nach dem Nachbardorf zu fragen, doch das führte wiederum zu anderen Problemen, da die Bauern die Orte mit ihren Spitznamen bezeichneten – »Hurenort« oder »Darm« – die seltsamsten Bezeichnungen kamen auf die Karte von Dänemark.

Johannes Mejer kämpfte sich in Regen und Sturm, Hagel und sommerlicher Hitze vorwärts, seine Helfer folgten ihm und hatten die schwere Ausrüstung zu schleppen: Astrolabien, Quadranten, Oktanten, Sextanten und andere Winkelmessinstrumente. Nachts bestimmte er die Breitengrade mit Hilfe des Nordsterns, am Tag anhand der Sonnenhöhe; er triangulierte von Kirchturm zu Kirchturm, bis er das Hochland erreichte.

Es gab tiefe Erosionsschluchten in den Tälern. Dazwischen lag eine Reihe vorgeschobener Höhepunkte: der Himmelberg.

»Das is' der höchste Berch der Welt«, sagte der Bauer und zeigte in die Luft.

Johannes und sein Diener schleppten die Ausrüstung durch den dichten Wald, er sank im Moor ein, sein Mantel blieb im Gebüsch hängen.

»Wo?«, fragte er nach zwei Stunden und sah sich um.

Es hatte keine dramatische Steigung in der Landschaft gegeben, im Gegenteil – sie standen an einem mit Heidekraut bewachsenen Hang, der zu einem großen See abfiel. Das klare, blaue Wasser breitete sich zwischen den Buchenwäldern, Tälern und Höhenzügen aus. Aber einen Berg konnte er nicht sehen – und schon gar nicht am Himmel.

Der Bauer hatte angeboten, ihm den Berg zu zeigen – gegen eine angemessene Anerkennung natürlich –, und wartete mit ausgestreckter Hand auf seine Bezahlung.

Johannes legte seufzend einen Schilling in die Hand, um ihn loszuwerden. »Lausiger Schulmeister«, schnaubte der Bauer. Aber der Geldbeutel war inzwischen leichter geworden – beunruhigend leicht –, und Johannes wollte nicht mehr für Schwindel und Betrug bezahlen.

Er peilte die Sonnenhöhe an und holte einen Kompass aus dem Reisesack – und einen Stab mit einer Winkeleinteilung, auf der sich ein kürzerer Stab verschieben ließ. Dann stellte er das dreibeinige Stativ auf. Der Bauer warf ihm einen misstrauischen Blick zu, als hielte er ihn für nicht ganz richtig im Kopf.

»Na bitte!«, rief Johannes nach einer Weile aus und schaute von seinen Berechnungen auf.

»Vierhundertzweiundachtzig Fuß macht doch keinen Berg!«

Der Bauer verstand kein Wort.

»Das is' der höchste Berch der Welt«, wiederholte er, nickte und streckte die Hand aus, als erwartete er, für eine Offenbarung belohnt zu werden.

Johannes notierte das schraffierte Symbol für Hügel auf der Karte – exakt dort, wo es hingehörte, sechsundfünfzig Grad Nord, neun Grad Ost – und schrieb »482 Fuß«. Damit war die Angelegenheit geklärt. Der Himmelberg war kein Berg. Es war ein Loch in der Erde.

Er rollte die Karte zusammen und steckte sie in ein längliches Rohr, das er über der Schulter trug. Die Wissenschaft hatte einmal mehr obsiegt. Obwohl er wusste, dass die Fakten nicht gern gehört wurden, hatte er nicht vor, sie zu ändern.

Jede fehlerhafte Messung – selbst die kleinste Abweichung –, und man verlief sich und verschwand. Er fand Dänemark, so wie er sich selbst einmal unter einem fremden Himmel gefunden hatte.

Ende Mai 1649 hatte Johannes Mejer noch immer erst die Hälfte des Seehochlands in Mitteljütland vermessen. Er hatte es eilig, die Zeit lief ihm davon, das Geld ging ihm aus – und die Geduld des Königs ebenfalls.

Der König drängte, inzwischen war es Frederik III., er verlangte die Fertigstellung. Am 13. August 1650 betrat Johannes Mejer mit seiner Generalkarte über das Reich Dänemark Schloss Rosenborg.

Er wurde in die Turmkammer verwiesen, ins Goldene Gemach. Es wurde genutzt, wenn Gespräche mit fremden Diplomaten unter vier Augen anstanden. König Frederik war erkältet, er kam mit Nachtmütze und Rotznase herein und wollte die Karte sehen.

Johannes bürstete die Kletten von seinem Mantel und rollte die Karte auf dem Tisch aus: Dänemark. Der König war enttäuscht. War es nicht größer? Weder größer noch kleiner, sondern genau so, wie es war. Dann fiel Frederiks Blick auf Jütland.

Es glich einem Mann mit Nachtmütze und Rotznase, und er tobte. Was bildete er sich ein!

Johannes breitete die Spezialkarten aus – hundertfünfundvierzig detaillierte Karten der verschiedenen Landesteile –, und der König bekam kaum noch Luft. Es war ungeheuerlich und kam beinahe einem Landesverrat gleich! Wenn diese Karten in die Hände des Feindes fielen – vor allem der Schweden –, fänden diese sich doch problemlos zurecht.

Dann wäre es aus mit Dänemark! Der König putzte sich die Nase und ließ die Karten wie ein Staatsgeheimnis tief unten in der Schatzkammer verschwinden. Sie wurden nicht veröffentlicht – und Johannes wurde auch nicht bezahlt.

Niemals hätte er sich unterwegs Kost und Logis leisten können, wenn die Bezirke, in denen er gerade kartographierte, nicht seine Rechnungen bezahlt hätten. Vor der Torstensson-Fehde, als das Finanzwesen der Herzogtümer noch funktionierte, bezahlten sie einen Teil der Ausgaben auf der Stelle, später aber waren die Landkreise dazu oft genug nicht imstande.

Sie beschafften ihm nur ein Fahrzeug und Leute, die ihm den Weg zeigten, den Rest musste er selbst auslegen. Johannes hatte unter dem Druck von ständig größer werdenden Schulden gearbeitet.

Anfang 1649 belief sich der Betrag auf nicht weniger als dreitausendachthundertfünfzig Reichstaler. Er hatte den König und den Herzog gebeten, die Ausgaben zu übernehmen, was nicht geschah. Keinen der beiden konnte man vor ein Gericht zerren und sein Recht fordern. Es war aus mit ihm.

Johannes Mejer kehrte nach Husum ärmer zurück, als er aufgebrochen war. Er lebte noch vierzehn Jahre – mit hohen Schulden und ohne Hoffnung, seine Arbeiten jemals gedruckt zu sehen. Es schien, als wollte Gott ihn strafen, dass er seinen Schatten auf Erden wiedergegeben hatte.

Er ging in der Marsch umher und schritt eine biblische Landschaft in voller Größe ab. Es war vollkommen allegorisch – Kilometer um Kilometer –, und man kann dort noch immer Wegsteine mit seinen verwitterten Initialen »J. M.« finden.

Johannes Mejer setzte eine Nation auf die Weltkarte – und konnte sich nicht einmal den eigenen Sarg leisten. Erst hundertfünfzig Jahre später wurden die Karten hervorgeholt und gedruckt. So lange dauerte es auch, bis sie übertroffen wurden. Heute ist es ein Rätsel, wie er es gemacht und woher er das Wissen hatte, um so etwas zustande zu bringen.

Es war unmöglich, die stark eingeschnittenen Küstenumrisse eines Landes exakt wiederzugeben oder die dicht bebaute Topographie zu zeichnen, so etwas konnte nicht dem Gehirn eines einzelnen Mannes entsprungen sein. Johannes Mejer wurde wieder ausgegraben und bekam endlich die Ehre und Würde eines offiziellen Begräbnisses – und sein Schädel lachte und lachte, dass es in der Geschichte widerhallte.

Denn niemand wusste, dass er eine Kopie seiner Karten angefertigt – und dem schwedischen König geschickt hatte. Der Krieg brach aus. Der Kleine Belt fror zu. Karl Gustav X. schickte seine Soldaten von Brandsø nach Middelfart übers Eis – und wir verloren beim Frieden von Roskilde Schonen, Halland und Blekinge.

Ohne die Karten wäre es niemals geschehen. Dänemark wurde amputiert, und das war die Rache des Kartographen.

Ich nahm die Karte von der Wand und rollte sie zusammen – nun war nichts mehr an den Wänden, das Haus war leer. Die Küche, das Schlafzimmer – die Dunkelheit am Ende der Kellertreppe, ich blickte hinunter. Es gab keine anderen Geräusche als meine eigenen Schritte auf dem Flur.

»Hildchen!«

Das Haus war ausgeschält und hohl wie eine Muschel am Strand. Das Wohnzimmer war bis auf den Teppich leergeräumt – das Kostbarste, was wir besaßen. Ein fliegender Teppich aus dem Orient. Vom Fenster fiel Licht darauf.

Als kleiner Junge hatte ich darauf gelegen, gespielt und meinen Gedanken nachgehangen – und war mit dem Finger den Linien gefolgt. Wege und Flüsse – weiß wie Milch und Sahne, rot wie Wein –, und es gab Blätter, Zweige wanden sich. Blumen schimmerten blau, golden und grün und als hätte man sie gleich pflücken können.

Alles wiederholte sich in einer verwickelten Ornamentik – Vasen, Medaillons und kleine Palmen – und führte mich immer tiefer und tiefer in das Labyrinth.

Aus dem Gewebten traten die Tiermotive heraus, ich hatte so etwas noch nie gesehen. Es vergingen einige Jahre, bis ich sie erkannte und wusste, dass es sich um Gazellen handelte und dass es Kolibris mit langen Schnäbeln gab. Sie flogen in der Luft und saßen auf Zweigen in einem Baum, der in der Mitte wuchs, und ich fantasierte und verbrachte den Tag auf dem Teppich liegend. Irgendwann stand ich auf – und betrachtete das Ganze aus der Vogelperspektive.

Es war ein Garten. Zwischen Teppich und Parkettboden

befand sich ein Zaun aus Borten – und ich hatte den Faden verloren und war für immer ausgeschlossen.

Ich ging den Grønsundsvej hinauf in die Stadt und trug die Standuhr wie einen Sarg unter dem Arm – ich konnte sie weder behalten noch wegwerfen –, ich brachte sie zu einem Antiquitätenhändler. Ich hatte Angst vor ihr gehabt, als würde der Tod darin wohnen und früher oder später herauskommen, um uns zu holen.

Dann setzte ich mich auf die Bank, die mich auf dem Platz erwartete, und hörte auf, mich zu waschen und mir die Haare zu schneiden. Mir wuchs ein Bart, meine Kleidung zerlumpte, ich führte laute Selbstgespräche – und ging in die Kneipe gegenüber: Fortuna.

Hinter der Theke stand der bucklige Zwerg und zog die Flasche auf. Mir war es egal, ich umarmte mein Schicksal und berührte seinen Buckel. Denn es heißt, das bringe Glück. Mir fiel es schwer, es zu glauben, ich setzte die Flasche an den Mund.

Ich trank all das, woraus nichts geworden war, das ganze unmögliche, misslungene Leben. Meine deutsche Kindheit, die Romantik und der Traum vom Insel Verlag, die Liebe, die ich nicht gefunden hatte, die Kinder, die ich nicht bekam, die Sommerferien, die Geburtstage und Weihnachten. Ich trank und trank, bis ich den Boden erreicht hatte.

Vielleicht kann man erst, wenn es vollkommen schwarz ist, das kleinste Licht sehen, und Gott, der einem zulächelt. Es sagt jedenfalls etwas darüber aus, wie hoffnungslos es in diesem Wirtshaus war, dass die Dartscheibe an der Toilettentür hing. Man riskierte, den Pfeil direkt ins Auge zu bekommen, wenn man zum falschen Zeitpunkt von der Toilette kam.

Ich öffnete die Tür und rechnete mit dem Schlimmsten –

und durch die Eingangstür kam ein Mädchen mit einem Geigenkasten über der Schulter. Es war Rebekka – »die wunderbare Freundin« –, und sie lächelte mich an und setzte sich an meinen Tisch.

Sie hatte in Wien die Musikhochschule besucht und bei Arenkow in der Solistenklasse studiert. Wir hatten noch nicht sehr viele Worte gewechselt, als wir uns erkannten und wussten, dass wir uns im andern gefunden hatten.

Ich zog in Kopenhagen in ihre kleine Dachwohnung in der Møllegade ein, mit Blick über den jüdischen Friedhof. Ihre beiden Katzen hassten mich zutiefst und aus ganzem Herzen, so wie ich sie liebte: Siam Rex.

Der Kater starrte mich mit großen blauen Augen und spitzen Ohren wie eine ägyptische Gottheit an – er war rasend eifersüchtig. Nachts sprang er wie wild und wahnsinnig umher, riss Dinge von den Regalen und schrie und heulte. Er landete im Bett auf meinem Rücken und schlug mir die Klauen ins Fleisch, dass ich blutete.

Rebekka lachte, holte ein Pflaster und streichelte ihn, bis er sich beruhigt hatte. Er oder ich, darum ging es – und ganz leise hörte ich von weit her die Musik: »Du alter Stephansturm«.

Als Erstes fuhren wir zusammen nach Hause – nach Wien. Sie gab mir alles zurück. Die Ringstraße war nie schöner als in ihren Augen, und sie sagte mit ihrer schönen Stimme laut die Haltestellen der Straßenbahn an.

»Ging heut' Morgen über's Feld« erklang in mir, und Mahler kam aus seinem Exil zurück. Ich kaufte ihr bei Oberwalder den vornehmsten Hut. Wir aßen Kartoffelpuffer an einer Bude, und dann schneite es: Puffer.

Der Weihnachtsmarkt leuchtete mit glasierten Äpfeln und Glühwein in der Dunkelheit vor dem Rathaus – und ein besseres Wiener Schnitzel als in Reinthaler's Beisl in der Dorotheergasse gibt es nirgendwo auf der Welt.

Sie nahm mich mit in die Kix Bar in der Bäckerstraße, um den Wirt Heinz und seine rumänische Frau zu begrüßen, die eine Freundin von Paul Celans Witwe gewesen war. Sie strahlten über das Wiedersehen, und all ihre Freunde tauchten einer nach dem anderen auf.

Am späteren Abend sagte Aleksey Igudesman, ebenfalls ein Geiger, es sei an der Zeit, sonst kämen wir zu spät.

Wir gingen durch die Altstadt, und Rebekka erzählte, sie hätte bei Iris Brendel gewohnt – Alfred Brendels geschiedener Frau, die mit all seinen Sachen in einer herrschaftlichen Wohnung in der Ungargasse lebte. Sogar seine Konzertkleidung und seine Hemden hingen noch in den Schränken und warteten auf ihn. Die Noten standen auf dem Flügel.

Sie blieb am Bauernmarkt vor der Hausnummer 21 stehen, direkt neben Ninas Bar. Es war ein Bordell – das älteste in Wien –, und ich wäre niemals hineingekommen, auch wenn ich das kleine Guckloch bemerkt hätte.

Rebekka nickte jemandem auf der anderen Seite zu, und die Tür zur Broadway Bar öffnete sich. Die Wände waren mit rotem Velour bezogen, der Raum mit der Bar am hinteren Ende lag im Halbdunklen – auf der anderen Seite stand ein Flügel. Wenn Wien das Zentrum der zentraleuropäischen Bildungskultur war, dann war dies das Zentrum im Zentrum, in der Mitte der Mitte – mir ging das Herz auf.

Der Nachtklub wurde von einem Ungarn betrieben, Bela Koreny – »er ist ein Vampir«, flüsterte Rebekka. Seine Frau Martha thronte an einem Tisch vor der Bar und trank ein Glas Wein, während sie die Gäste im Auge behielt. Es gab alles auf Kredit.

Hier trafen sich die größten Musiker der Welt, wenn sie in Wien ein Konzert gaben. Leonard Bernstein hatte hier gespielt,

Joshua Bell, Maxim Vengerov. Helmut Qualtinger war dort aufgetreten – und Udo Jürgens!

Es war kaum zu glauben, aber Rebekka saß da und unterhielt sich mit Julian Rachlin – irgendwann hatten sie nachts zusammen im Irissee gebadet, dem künstlichen See im Donaupark. Er griff zu seiner Geige, und es wurde Morgen.

Eines Tages wollten wir heiraten und Kinder bekommen, eine Familie sein – und in Wien leben. Wir gingen schlafen, erwachten in unserem eigenen Leben und zogen auf den Naschmarkt. Der kleine Platz mit dem Springbrunnen, der Franziskanerplatz, plätscherte in uns, und wir kauften Karten für die Vorstellung am Abend.

»Guten Abend, Herr Doktor, gnädige Frau«, sagte der Kellner im Café Schwarzenberg. In der Staatsoper wurde *Lulu* gegeben – und Lulu war mein.

Aus dem Lager in Südhafen wurden die Bücherschränke geholt und aufgestellt, ebenso wie die Anrichte und der Esstisch. Die Gemälde hingen an der Wand. Wir zogen in unsere Wohnung in Kopenhagen, und ich hatte das Gefühl, als sei es schon immer so gewesen.

Sie hatte in mir aufgeräumt und den Wodka verdünnt, bis es nur noch Wasser war. Die Telefonnummern der Kokaindealer wurden aus meinem Gedächtnis gelöscht – und eines Tages waren auch die Schuhe von Berluti verschwunden.

Aber sie hatte sie nicht weggeworfen. Sie hatte sie dem Theaterschuhmacher in der Tordenskjoldsgade zur Reparatur gebracht. Ganz sicher hatten sie nicht mehr ihren berühmten Glanz, aber ich konnte in ihnen gehen, ohne die Bodenhaftung zu verlieren. Eine Woche später starb der Schuhmacher.

Ich wollte die Schuhe loswerden – sie waren verflucht –, aber ich brachte es nicht fertig, sie wegzuwerfen. Sie würden mich nur aus dem Mülleimer heraus anstarren. Es war auch nicht besser, sie in Nyhavn ins Wasser zu werfen – und wenn ich sie verbrannte, würde ich die Luft einatmen.

Also stellte ich sie auf eine Bank in den Hof und überließ den Rest dem Zufall. Noch immer sah man schwach das Mondlicht darauf schimmern. Am nächsten Tag waren sie ihres Weges gegangen.

Was wohl aus ihnen geworden ist. Ob jemand sie mitgenommen und angezogen hat? Vielleicht ein Obdachloser, der mit ihnen in ein besseres Leben marschierte.

Rebekka wurde ins Symphonieorchester aufgenommen. Das ginge nur, wenn ich aus meinem Traum erwachte oder ihn realisierte, sagte sie.

Also setzte ich mich auf den letzten, zerschlissenen Stuhl am Esstisch meiner Großmutter und schloss die Augen und verschwand in Tausendundeiner Nacht. Meine Mutter hatte mir die deutsche Sprache und den Traum von einem Schriftstellerleben geschenkt. Nein, nicht Schriftsteller, Poet – deutscher Poet! Und sie hatte mir diese Geschichte geschenkt.

In meinem Herzen hatte ich an einer Silberkugel geschliffen und schließlich den Mut gefunden, die Pistole damit zu laden, auf den Insel Verlag in Frankfurt zu zielen – und abzudrücken: »Wer blinzelt, hat Angst vor dem Tod«.

Diese eine Kugel war alles, was ich hatte –, und ich wartete zwei Jahre, ohne zu wissen, dass der Text vom ersten Lektor zum zweiten Lektor, zum dritten Lektor und schließlich zu einem externen Leser ging.

Es gab nicht die kleinste Chance, dass es gelingen könnte. Sie verlegten so gut wie keine dänischen Autoren, und schon gar keine lebenden – ich wagte kaum hinzuhören, als der Anruf kam.

Es war vergeblich, ich dachte, ich hätte mein Leben eingesetzt und verspielt – und habe den Hörer seither nicht wieder aufgelegt. Sie hatten das Buch angenommen!

»Glückwunsch, Knut!«

Mein Stern stand am Himmel, pling! Ich war darunter geboren worden – aber niemand sonst konnte ihn sehen, weil er nur für mich da war und nur mir etwas bedeutete.

Es war beinahe zu schön, um wahr zu sein, als ich dem externen Leser begegnete, der ausschlaggebend gewesen war und den Roman für gut befunden hatte. Wir sahen uns an – er war es:

»Ulrich!«

Er hatte in der deutschen Buchhandlung Tysk Bogimport gearbeitet. In der Zeit meines Studiums war ich jeden Tag die Treppe hinuntergegangen, hatte nach Büchern gesucht und mit ihm geredet. Nun hatte er mir das größte Geschenk gemacht, das ich mir wünschen konnte.

Ich fuhr nach Frankfurt und wusste nicht mehr, ob es meine Kindheit war, eine Stadt oder ein Buch. Freßgass. Palmengarten, ich wanderte den Kettenhofweg hinauf, vorbei an dem Kiosk an der Ecke, bis zu Großmutters Wohnung in der Hausnummer 106.

Der Wind blätterte in den Kastanienbäumen und in *Des Knaben Wunderhorn*, und vor einem jungen Burschen mit einem Bündel über der Schulter tat sich die Landstraße auf. Die Glastüren zum Wohnzimmer klirrten. Nachts hörte ich die Flugzeuge und ich befürchtete, ich sei im Zweiten Weltkrieg angekommen.

Ich drückte die Nase gegen die Scheibe des Verlags in der Lindenstraße: der Insel Verlag – und ging hinein. Es war absolut unfassbar. Sie hatten mich zu einer Lesung eingeladen, und ich erschien und hatte plötzlich das Auditorium und die Universität vor Augen: 1857.

In der ersten Reihe saß Arno Lustiger – ich erschrak, als ich ihn erkannte. Er war Ehrenprofessor in Hessen. Lehrte am Fritz Bauer Institut und forschte über den jüdischen Widerstand. Das war seine Antwort darauf, dass er Konzentrationslager und zwei Todesmärsche überlebt hatte. Er wollte die Geschichte hören.

Ich wartete nur darauf, was er sagen würde. Er war während des ganzen Vortrags still – dann kam er und gab mir die Hand. Nur aus diesem Grund war ich auf der Welt, deshalb hatte alles einen Sinn. Denn durch mich gab er meiner Mutter die Hand und durch sie Horst Heilmann – ihrem Verlobten aus der Roten Kapelle. Das war eine antifaschistische Widerstandgruppe in Berlin gewesen. Er war nicht länger allein in der Todeszelle, Horstchen.

In Deutschland waren Straßen nach Horst Heilmann benannt. Er war die Hauptperson in Peter Weiss' *Ästhetik des Widerstands*. Für einige war es der deutsche *Ulysses* – andere hassten das Buch –, in Dänemark kannte es niemand.

An allen anderen Orten war es vergeblich gewesen, von Horst Heilmann und seiner Geschichte zu sprechen, aber hier war es möglich, darüber zu berichten und gehört zu werden.

Ich durfte in der kleinen Wohnung des Verlags übernachten und sah aus dem Fenster den Eichhörnchen zu, die in den Bäumen umhersprangen. Ich durfte nicht daran denken, wer schon alles hinter dem Schreibtisch dieser Wohnung gesessen hatte.

Ich wurde zum Kritikerempfang in die Villa Unseld eingeladen, ging umher und grüßte, als hätte ich nur aus diesem einen Grund Deutsch gelernt. Dann setzte ich mich in den Garten, um etwas Luft zu schnappen, ich versuchte zu verstehen, was geschehen war.

»Es ist vollbracht.«

Ich blickte hinauf in die dunklen Wolken über der Stadt und dachte an Hildchen und all das, was sie hatte durchmachen müssen, als ein Mann auf mich zukam und sich vor mir aufbaute. Er war groß und kahlköpfig – ungefähr sechzig Jahre alt – neben ihm stand eine kleine Frau.

»Na, Herr Romer, wie fühlt es sich an, ein Quisling zu sein?«

Ich fragte, ihn, was er meinte? Ich war weder Norweger noch ein Landesverräter, und wieso durfte ich keinen Roman über meine Mutter schreiben und über ihr Leben erzählen?

»Die Juden starben anonym – das hätte Ihre Mutter auch tun sollen, deutsches Schwein!«

Er goss den Rotwein aus seinem Glas über mein weißes Hemd und ging. Als sie verschwunden waren, starrte ich auf den Fleck. Es würde niemals vorbei sein und niemals gelingen. Sogar im Paradies gab es eine Schlange.

Ich kehrte zu den übrigen Gästen zurück und entschuldigte mich für mein Hemd – und Herr Simm sagte, nun sei es so weit.

Wir gingen in den Keller in einen großen Tresorraum. An der Tür wurde an einem Rad gedreht, dann öffnete sie sich und gab den Blick auf Regale frei. Regale und noch mehr Regale mit sämtlichen Büchern, die im Insel Verlag erschienen waren – jeweils die erste Auflage, signiert.

Sie waren in mir – ich hatte sie gelesen –, und dann gab man mir einen Füllfederhalter, um mein eigenes Buch zu signieren, und die Erlaubnis, es zu den anderen zu stellen. Nie hatte man mich bisher eingeladen, immer hatte ich mich selbst einladen müssen.

Ein Schatten kroch mit hinein – mit roten Augen sah er mich traurig an – und verschwand endlich dort, wo er hergekommen war, zwischen den Büchern: das bucklige Männlein. Die Tür glitt mit einem leisen Knall zu.

»Wohin gehen wir? Immer nach Hause«, schrieb Novalis, und die Sehnsucht, einen Ort zu finden und nach Hause zu kommen, währt ewig, weil dieser Ort unerreichbar ist – unmittelbar gegenwärtig oder präsent zu sein ist uns nicht vergönnt. Physiker würden sagen, es handelt sich um ein grundlegendes Defizit an Information. Sie wissen aber auch nicht, wer wir sind, wo wir sind und was eigentlich passiert. Wir sind Schatten, die eine Sonne hinter unserem Rücken wirft.

Ich würde nie so wie ein Tier das Gegenwärtige erleben, weil ich Bewusstsein besitze. Wir verfügen über kein durchsichtiges Fenster zur Wirklichkeit und haben keinen Zugang zu »den Dingen an sich« – und selbst Coca-Cola kann den Durst nicht stillen, obwohl es »the real thing« ist.

Wir befinden uns nicht »dort draußen«, wie der Anblick uns glauben machen will, sondern hier drinnen in der mentalen Konstruktion unserer Umgebungen. Sie sind auf der Grundlage von Sinneseindrücken und Gefühlen errichtet – und jede Darstellung der Wirklichkeit ist in aktivem Sinn erzeugt. Wir entdecken es nicht, bevor irgendetwas schiefgeht. Es schwankt, wenn uns schwindlig wird, oder wir klopfen auf ein Stück Holz, das wir gerade nicht dabeihaben. Wir leben unser Leben wie einen bewegten Geisteszustand in duftenden, klingenden, leuchtenden Weltbildern, und selbst der entfernteste Stern am Himmel ist nur ein Glitzern in unserem Auge.

Ich verließ den Traum von Falster und stand in einer Landschaft, die von mir abgerückt, öde und verlassen war. Alles war längst geschehen – und ich erinnere mich deutlich an das Gefühl, die Fülle der Zeit zu verlieren und mir selbst fremd zu werden; Spielzeug spülte an den Strand meiner

Kindheit, der sich zurückgezogen hatte: Bilderbücher, Matchboxautos, die Spieldose, ausgehöhlt und leer.

Wir können nicht nach Hause kommen, den größten Teil meines Lebens habe ich in Kopenhagen gelebt und davon geträumt, ein kleines Waldhaus bei Pomle Nakke oder Tromnæs auf Falster zu besitzen. Doch gehören die Häuser dort der Stiftung Det Classenske Fideicommis, und ich bin nicht mit der Königin verwandt.

Ein Haus im Wald an der Ostsee, weit weg von anderen Menschen? Das findest du nie. Ich habe gesucht und gesucht, auf Falster, auf Møn und an der ganzen Ostküste Seelands – und dort habe ich es endlich gefunden.

Wenn du die Abfahrt nach Bårse nimmst, öffnet sich der Horizont für dich, und plötzlich erinnerst du dich, dass wir zwei Landschaften haben – eine auf der Erde und eine im Himmel. Die Wolken stammen direkt von B. S. Ingemann, und du fährst hinunter nach Kalvehave in ein Gemälde aus dem Goldenen Zeitalter mit Wäldern, Wiesen und roten Kühen.

Die Felder wogen wie ein Schwarm Fische, die in dem gelben Meer die Richtung ändern. In den Gärten stehen Wohnwagen, weil die Menschen im Urlaub dorthin ziehen, und alles ist zu verkaufen – sogar am Gebäude, in dem die Büros der Maklerfirma untergebracht sind, hängt ein Schild: »Zu verkaufen«.

Über den Hügel führt die Straße in Richtung Rekkende, dann biegst du links ab auf den schmalen Weg und öffnest das Fenster. Der Klee duftet so süß, dass du Löcher in die Zähne bekommst, die Schafe blöken. Du fährst durch den Buchenwald, und die Straße wird zu einer Radspur mit gekappten Weidenbäumen auf beiden Seiten, mit Weiden und Gemarkungen bis zum Bøgestrøm, der grün vorbeifließt.

So hat es immer ausgesehen, wenn ich die Augen schließe, seit ich in der letzten Häuserreihe vor den Rübenäckern aufgewachsen bin –, es ist, als würde ich am helllichten Tag träumen.

Die Radspur windet sich hinauf zu einem kleinen Haus, das allein am Waldrand auf dem Hügel liegt – ein Hase läuft den ganzen Weg voraus –, und wenn du vor einem Garten voller Maulwurfshügel und Glyzinien stehst, dann hast du das Ende der Welt erreicht. Die Felder sind vom Mohn gefleckt, und drehst du dich um, siehst du das Wasser mit Schilf und einem kleinen Badesteg.

Dort schaukelt die Pirat-Jolle – sie trägt den Namen »Leben« –, und die Kirche von Jungshoved steht weiß und fein auf der anderen Seite der Bucht an einem kleinen Hafen. Die Schwäne fliegen auf, wenn die Glocken zur Abendandacht läuten.

Die Luft birst vor Vogelgesang – und ich höre zwei Mädchen, die in den Garten laufen und lachen. Der Kuckuck wiederholt dieselben Töne auf der Blockflöte im Wald, und ich zähle, wie viele Jahre noch bleiben.

Nachts ist es hier vollkommen dunkel – man kann die Milchstraße sehen –, und ich schleiche vorsichtig umher, um die Landschaft nicht zu wecken. Es summt in dem schwarzen Wald, und je weiter ich hineingehe, desto lauter wird es. Fast bekomme ich Angst, weil ich nicht weiß, was es ist. Dann sehe ich es. Ein Mückenschwarm wirbelt wie eine Rauchsäule auf der Lichtung umher, es sind Millionen. Sie haben sich versammelt, um über den Sund geblasen zu werden und zu sterben.

Vielleicht können wir doch nach Hause kommen, obwohl wir nichts anderes sind als Schatten – und wenn es auch nur das Bewusstsein der Abwesenheit ist, das alles durch Null dividiert.

Ich weiß es nicht, aber zumindest wohne ich wieder auf der Erde, in der Sonne, dem Wind und dem Regen. Die Jahreszeiten sind die einzige Uhr. Die Zeit ist jetzt, so lange es dauert und bis die Nacht in meinen Blick überfließt.